Der Autor

Jürgen Vogler wurde 1946 in Plön/Holsteinische Schweiz geboren und wohnt heute an der Ostseeküste. Nach seinem Dienst als Presseoffizier bei der Bundespolizei arbeitet er seit 1988 als Freier Journalist und Autor. Schon immer von historischen Ereignissen fasziniert schrieb er vor einigen Jahren bereits wöchentliche Zeitungskolumnen über die Vergangenheit Ostholsteins. Die tatsächliche Geschichte um den schwarzen Feldtrompeter Christian Gottlieb hat Jürgen Vogler seit Kindesbeinen nicht mehr losgelassen und so entstand der historische Roman „Der Mohr von Plön“. Wenn er nicht mit der Recherche für seine historischen Geschichten beschäftigt ist, schreibt der Autor auch augenzwinkernde Kurzkrimis.
www.juergenvogler.de

Weitere im Windspiel Verlag erschienene historische Romane des Autors:

„Der Narr von Eutin“

Beide Bücher sind auch als e-book erhältlich.

Jürgen Vogler

Der Mohr von Plön

Historischer Roman

Windspiel
Verlag
Scharbeutz

Besuchen Sie uns im Internet:

www.windspiel-verlag.de

Impressum

www.windspiel-verlag.de

3. Auflage 2014

Lektorat/Korrektorat

Birgit Rentz, Itzehoe

Künstlerische Gestaltung Umschlag

x-act-werbung, Scharbeutz/Klingberg

Zeichnung

Karina Schaper, Bliesdorf

Satz und Technik

Martin Kreber, Scharbeutz

Druck

CPI - Clausen & Bosse, Leck

ISBN 978-3-9813966-8-3

Prolog

Hamburg, im Herbst 1706

„Du holst dir noch den Tod."

Magda legte ihrer Mutter eine wärmende Decke um die Schultern und blickte sie mit sorgenvollen Augen an. „Es ist schon viel zu kalt in diesen Herbsttagen, um stundenlang draußen zu sitzen."

„Ich danke dir, meine Kleine, aber du weißt, ich bin sehr gern hier und gehe mit den Schiffen auf Reisen." Barbara Hildebrand versuchte ihre besorgte Tochter zu beruhigen. „Ein paar Minuten noch, dann komme ich herein."

Magda schüttelte den Kopf und ließ ihre Mutter mit ihren Träumen allein. Dieses Bild einer einsamen Frau auf der Bank unter den ausladenden Ästen einer alten Eiche, die gedankenverloren auf den Fluss blickte und ihn letztlich doch nicht wahrnahm, weil sie in fernen Welten schwebte und nicht mehr auf dieser Erde weilte, dieses Bild kannte Magda bereits von Kindesbeinen an.

Seit ihrer Geburt vor einundzwanzig Jahren wohnte sie mit ihrer Mutter im Haus ihres Onkels und seiner Familie in Hamburg am Elbufer. Es war ein sorgenfreies Leben für die junge Margaretha Magdalena, wie ihr Name lautete, auf den sie getauft war. Doch alle riefen sie nur Magda. Die stattliche Villa und der dazu gehörende Park waren für sie, ihre drei Cousinen und zwei Cousins der schönste Spielplatz gewesen. Auch wenn ihr Onkel Markus Hildebrand, der Bruder ihrer Mutter, als Advokat im Hamburger Rathaus, der dort für Recht und Ordnung sorgte, wie er selbst stets betonte, ein überaus korrekter Mann war, so hatte er die ausgelassenen Kinder doch stets mit einem nachsichtigen Lächeln gewähren lassen. Tante Edelgard legte zwar gesteigerten Wert auf gute Erziehung, Sauberkeit und Pünktlichkeit, da stand sie Magdas Mutter in nichts nach, doch alle beide hatten ein großes mütterliches Herz, in dem immer Platz für die kleinen und großen Sorgen der Kinder war.

Nur bestimmte Fragen schienen Barbara Hildebrand aus dem Gleichgewicht zu werfen. Zu einer gewissen Melancholie hatte sie zwar schon geneigt, als Magda noch ein kleines Mädchen war, doch erst viel später hatte sie festgestellt, dass die Ausflüge auf die Bank unter der Eiche sich immer dann häuften, wenn Magda Fragen nach ihrer Herkunft stellte.

„Wo ist eigentlich mein Vater?"

„Der ist im Himmel und wacht über uns", war damals die Antwort, mit der Magda sich als junges Mädchen noch zufriedengegeben hatte. Auch später, als sie bemerkte, dass sie anders aussah als die anderen Kinder, erhielt sie von ihrer Mutter nur ausweichende Antworten. Je älter Magda wurde, umso mehr bedrängte sie ihre Mutter mit ihren Fragen. Doch das milde Lächeln und der Hinweis, dass

Gott seine Geschöpfe auf vielfältige Weise erschuf, verstärkten nur den Zorn des heranwachsenden Mädchens. Warum erzählte ihr niemand, woher sie kam? Wer ihr Vater war? Das einzige Ergebnis ihrer Ungeduld war ein weiterer längerer Aufenthalt ihrer Mutter auf der Bank im Park. Auch ihr Onkel und ihre Tante konnten oder wollten ihre Fragen nicht beantworten. Magda wusste inzwischen, dass von ihrer Mutter und von ihren Verwandten keine Hilfe zu erwarten war. Doch damit wollte sie sich nicht zufriedengeben. Verzweifelt suchte sie nach einem Weg, wie sie dieses Geheimnis der Familie lüften konnte. Bis eines Tages ein Zufall sie wieder hoffen ließ, der Wahrheit ein Stück näher zu kommen.

In der Truhe ihrer Mutter hatte sie beim Aufräumen zwischen der Wäsche einen Brief gefunden. Mit schlechtem Gewissen las sie die Zeilen und erfuhr, dass es sich bei dem Absender um eine Freundin handeln musste, die Barbara Hildebrand schon seit langer Zeit kannte. Sie berichtete von ihrer Familie und manchen Begebenheiten im Ort. Wie gebannt starrte Magda auf das eine Wort: „Plön“. Die Freundin hieß Agnes und wohnte in Plön. Sie konnte sich daran erinnern, dass ihr Onkel irgendwann einmal von dieser herzoglichen Stadt irgendwo weit im Norden von Hamburg gesprochen hatte. Es ging um Warenhandel, Kutschen und Pferde. So genau wusste es Magda nicht mehr. Würde sie dort alle Antworten auf ihre quälenden Fragen finden?

„Herzlich willkommen, liebe Magda. Tritt ein!“
Vor ihr stand eine Frau, die ungefähr im Alter ihrer Mutter war und die sie offen und liebvoll anlächelte. Die unzähligen Falten um ihre Augen waren Zeugnisse dafür, dass sie in ihrem Leben viel gelacht haben musste.

Das war also Agnes Alexander, die Freundin ihrer Mutter. Magda fühlte sich nicht ganz wohl in ihrer Haut. Sie wusste nicht, ob es noch von der anstrengenden Reise in dem unbequemen Kutschwagen war oder ob es ein Zeichen der Ungewissheit bedeutete. Was würde sie hier erfahren?

„Ich habe ja bereits in dem Brief deines Onkels gelesen, dass keine zehn Pferde dich mehr in Hamburg halten konnten und du unbedingt nach Plön kommen wolltest. War die Reise nicht viel zu mühsam?“

Agnes Alexander und Magda hatten sich auf eine gemütliche Veranda mit Blick auf das Wasser des Plöner Sees gesetzt.

„Es war schon ein wenig anstrengend. Auch für meine Begleitung, Tante Ernestine, die mein Onkel mir als Anstandsdame mitgegeben hat. Sie erholt sich jetzt im Gasthaus von den Strapazen“, antwortete Magda aufrichtig.

„Und wie geht es deiner Mutter? Leider habe ich seit langer Zeit keinen Brief mehr von ihr erhalten.“

„Es ist ein trauriges Bild. Sie isst, sie trinkt, sie spricht auch mit uns, aber eigentlich lebt sie in einer anderen Welt. Dabei habe ich noch nicht einmal den Eindruck, dass sie unzufrieden ist. Ich bin mir gar nicht sicher, ob sie es richtig mitbekommen hat, als mein Onkel ihr von meiner beabsichtigten Reise nach Plön erzählt hat.“

Agnes Alexander schwieg betreten und blickte auf ihre Hände, die in ihrem Schoß lagen. Nach einer Weile hob sie ihren Kopf und sah Magda aus ernsten Augen an.

„Liebe Magda, ich weiß nicht, ob ich der richtige Mensch bin, der dir das berichten kann, was eigentlich die Aufgabe deiner Familie wäre. Doch als alte Freundin deiner Mutter und da ich dich nach all deinen Mühen nicht im Ungewissen lassen möchte, werde ich dir helfen. Bevor du mich aber mit deinen Fragen überfällst, lass uns einen kleinen Spaziergang machen."

Agnes Alexander hatte keine weiteren Erklärungen für den Ausflug gegeben, sondern war mit Magda von der kleinen Klostergasse über den Marktplatz in die Lange Straße eingebogen. Die Menschen, die ihnen begegneten, grüßten freundlich, blickten aber den beiden Frauen neugierig hinterher. Am Ende der Straße stießen sie auf eine kleine Kirche, die sie gemeinsam betraten. Agnes Alexander ging ohne zu zögern den Kirchengang entlang und blieb kurz vor dem Altar stehen. Als Magda an ihre Seite trat, ergriff Agnes ihre Hand. Mit der anderen zeigte sie auf den Boden, wo sich eine Grabplatte befand.

„Dieser Stein gehört Herrn Christian Gottlieb
ihre hochfürstlichen Durchlaucht Hof- und Feldtrompeter
ist gestorben anno 1690 den 3. Junius."

Nur mühsam konnte Magda im Zwielicht der kleinen Kirche die Grabinschrift entziffern. Fragend blickte sie Agnes an.

Doch die zog sie in eine der Kirchenbänke und setzte sich. „Christian Gottlieb war dein Vater."

Magda holte tief Luft, und noch bevor sie antworten konnte, fuhr Agnes fort: „Und er war ein Mohr!"

Teil I

Kapitel I

Schloss Ascheberg, im Sommer 1672

In weiter Ferne war ein Rascheln zu hören. Undefinierbare Geräusche wogten in seinem Kopf hin und her. Ein Schnauben vermischte sich mit vertrauten Gerüchen. Langsam, ganz langsam kehrte Bertram aus der Welt der Träume zurück. Unwillig öffnete er seine Augen und blickte gegen eine knorrige dunkle Balkendecke. Wieder dieses bekannte Schnauben. Mühsam richtete er seinen Oberkörper auf und schaute sich mit zusammengekniffenen Augen um. Er lag in einem Pferdestall. Mitten im Stroh. Neben ihm stand ein stattliches braunes Pferd mit schwarzer Mähne, das ihn mit seinen großen Augen ansah und erneut schnaubte. Sein Pferd, Aaron, sein treuer Begleiter seit vielen Jahren.

„Ich bin zu Hause!", war sein erster klarer Gedanke, den er an diesem Morgen fassen konnte. Mit einem wohligen Gefühl ließ er sich wieder in das Stroh fallen und verschränkte die Arme hinter dem Kopf. Vor zwei Jahren war er als Obrist, wie schon viele Male zuvor, dem Ruf des dänischen Königs gefolgt und mit ihm von Schlachtfeld zu Schlachtfeld gezogen. Hatte gekämpft, um Ruhm und Ehre gestritten und so manche Blessur davongetragen.

Erst spät in der Nacht hatte Graf Bertram von Rantzau nach kraftzehrendem Ritt durch Regen und Sturm sein Schloss und den Gutshof in Ascheberg erreicht. Auch wenn er seit Langem sehnsüchtig davon träumte, seine geliebte Dorothea, die Gräfin Rantzau, endlich wieder in die Arme schließen zu können, wollte er ihr nach dieser langen Zeit auf keinen Fall vor Nässe triefend und lehmverkrustet entgegentreten. So war er, nachdem er sein Pferd versorgt hatte, kraftlos und todmüde ins Stroh gefallen.

Langsam erhob sich Bertram von seinem unbequemen Lager. Aaron verfolgte die Bewegungen seines Herrn aufmerksam.

„Na, mein Alter, bist du auch so froh, dass wir wieder zu Hause sind?"

Der Graf wandte sich seinem Wallach zu und streichelte behutsam dessen Nüstern. Auch wenn das Tier die vertrauten Gesten mit wohligem Schnauben beantwortete, hatte Bertram plötzlich ein ungutes Gefühl. Irgendetwas stimmte nicht an diesem Morgen. Es dauerte eine Weile, bis ihm bewusst wurde, was ihn beunruhigte. Es war die Stille. Es fehlten die Geräusche, die für einen Marstall typisch waren. Kein geschäftiges Treiben der Pferdknechte. Kein Klappern der Futtertröge. Selbst das übliche unruhige Treten und Scharren der Tiere unmittelbar vor der morgendlichen Fütterung war nicht zu hören.

Als Bertram den Verschlag verließ, der ihm als Nachtlager gedient hatte, und durch die weite Halle des Marstalls blickte, war weit und breit kein Mensch zu sehen. Langsam schritt er dem großen Hallentor entgegen und traute seinen Augen kaum. Das war nicht der Marstall, den er vor zwei Jahren verlassen hatte. Bedrohlich fühlte Bertram die Wut in sich aufsteigen. Je genauer er den Marstall betrachtete, umso deutlicher zeichnete sich das Bild eines verwahrlosten Pferdestalls ab. In den

Verschlägen standen vereinzelte Pferde, die bereits bei oberflächlicher Betrachtung nicht zu den besten ihrer Art zählten. Ihr Fell erschien glanzlos und ungepflegt. Das Stroh war erkennbar lange Zeit nicht gewechselt worden und es stank nach Pferdeausscheidungen.

Bertram öffnete die Tür zum Geschirr- und Sattelraum. Dort, wo bisher die Sättel, Halfter und Zügel ordnungsgemäß auf Gestellen aufgehängt waren, stets gefettet und poliert, war jetzt nur ein heilloses Durcheinander von Lederriemen und Geschirren zu sehen. Wutentbrannt stieß er die Tür zum angrenzenden Raum des Stallmeisters auf. Als er ihn betrat, schlugen ihm Schwaden von abgestandenem Alkohol und menschlichen Ausdünstungen entgegen. Von einer Pritsche, bedeckt mit alten Pferdedecken, vernahm er aus dem Halbdunkel ein unverständliches Grunzen.

Widerwillig trat Bertram näher. „Aurich, bist du das, der hier besoffen in den Decken hängt?" Gleichzeitig trat er wütend gegen die Pritsche.

Langsam erschien ein grauer Schopf zwischen den Pferdedecken, der mit erschrockenen Augen den Grafen anblinzelte. „Herr Graf! Ihr seid es?! Herr Graf?!"

„Hör auf zu stottern, du alter Säufer, steh auf und erzähl mir, warum mein Marstall schlimmer aussieht als der Misthaufen vor dem Kuhstall!", schrie Bertram seinen alten Stallmeister an.

Dieser versuchte, so schnell er nur konnte, dem Gewirr der Pferdedecken zu entkommen und erhob sich schwankend von der Pritsche. Nachdem er nach einigem Suchen seine Stiefel gefunden hatte, folgte er dem Grafen schlurfend vor die Tür.

„Mensch, Aurich, du siehst aus, als ob du mehrfach unter ein Sechsergespann geraten wärest. Nun erzähl mal endlich, was hier passiert ist“, forderte der Graf den zitternd vor ihm stehenden Stallmeister auf.

„Herr Graf, ich weiß nicht, ob ich es Euch sagen kann, denn ich bin doch nur ein kleiner ...“

„Aurich, komm zu dir! Wir haben in unserem Leben so manche gemeinsame Schlacht geschlagen“, erinnerte der Obrist den alten Stallmeister. „Da hast du deinen Mann gestanden und auch als Stallmeister hast du mir treu gedient. Immer korrekt und immer wie aus dem Ei gepellt. Und dein klares Wort habe ich auch stets an dir geschätzt. Also raus damit! Was ist hier geschehen?“

„Es war so“, begann der Stallmeister zögernd, dabei war deutlich zu erkennen, dass er sich äußerst unbehaglich fühlte, „der Herr Graf, also Euer Herr Bruder, hat die Zuchtpferde verkauft und auch die Pferdeknechte entlassen.“

„Und warum hat mein Bruder das Gestüt nicht in meinem Sinne weitergeführt?“

„Ich kann es nicht sagen. Ich weiß nicht ...“

„Ist schon gut, Aurich“, unterbrach der Graf den stotternden Stallmeister, „jetzt bin ich ja wieder da. Ich erwarte von dir, dass der Marstall innerhalb von zwei Tagen wieder glänzt wie vor zwei Jahren, sonst lass ich dich vor die Kanone spannen. Geh runter ins Dorf und hol die Stallburschen zurück. Hast du das verstanden!?“

Aurich blickte seinen Grafen aus seinen vom Alkohol umnebelten Augen ungläubig an. Ein hoffnungsvolles Blinken verriet Bertram jedoch, dass der alte Stallmeister alles geben würde, um seinen Herrn zufriedenzustellen.

Bertram drehte sich um und verließ den Marstall, immer noch grollend aufgrund dieser für ihn unverständlichen Entwicklung. Am Wassertrog vor dem Marstall blieb er stehen und blickte über das sonnenbeschienene Gut.

Kurzerhand beugte er sich vor und tauchte seinen Kopf in den Wassertrog. Das kalte Wasser tat ihm gut. Prustend und erfrischt erhob er sich. Bevor er seine Augen wieder öffnete, spürte er einen kräftigen Schlag auf die Schulter und wusste sofort, dass es nur einer sein konnte, der sich ein solches Recht herausnehmen und ihm so vertraut nahetreten durfte.

„Alles wieder klar?", hörte er die ihm wohlbekannte Stimme seines Freundes Volkmar, bevor er sich nach ihm umdrehte.

„Du solltest deinen Kopf auch lieber einmal ins kalte Wasser tauchen, bevor du hier Respektspersonen misshandelst."

Volkmar konnte man nicht böse sein. Keiner konnte das. Graf Volkmar von Schwetzingen war ein Sonntagskind, wie er sich selbst gern bezeichnete. Ausgestattet mit einem überaus sonnigen Gemüt, fröhlichen Augen und gutem Aussehen, das ihn mit seinem lockigen blonden Haar gerade für das weibliche Geschlecht unwiderstehlich machte. Seine grundsätzliche Freundlichkeit durfte man jedoch nicht missdeuten. Bertram hatte in den langen Jahren ihrer Freundschaft häufig genug miterlebt, wie zielstrebig und vernichtend Volkmar sein konnte, wenn es darum ging, ausgemachte Feinde zu bekämpfen. Aus dem sonst so freundlichen Grafen wurde dann ein gefürchteter Kämpfer, der unerbittlich war und keine Gnade kannte.

„Es war bereits sehr laut heute Morgen und die tiefe Falte zwischen deinen Augenbrauen weist nicht unbedingt auf einen wohlgestimmten Grafen hin", stellte Graf Volkmar nicht ganz sorglos fest, indem er seinen Freund herausfordernd anblickte.

„Du kennst mich zu gut, mein Lieber. Hast du den Zustand des Marstalls gesehen?“

„Ja, hab ich. Ich kann deinen Zorn gut verstehen. Nicht gerade ein ansprechender Willkommensgruß. Es wird sicherlich eine Erklärung dafür geben. Du solltest dir die Freude über unsere glückliche Heimkehr aber nicht gleich am ersten Tag von solchen Äußerlichkeiten trüben lassen“, versuchte Volkmar seinen gräflichen Freund zu beruhigen.

Bevor der immer noch grübelnde Bertram antworten konnte, legte Volkmar ihm seinen Arm um die Schulter. „Ich hab einen Bärenhunger. Vorschlag eins, wir lassen uns von Martha mit ihrem berühmten Frühstück verwöhnen und Vorschlag zwei, wir tauchen in einen warmen Waschzuber, bevor wir uns unter das Volk mischen.“

„Du verstehst es immer wieder, einen alten Griesgram aufzuheitern. Du hast ja recht, und je mehr ich darüber nachdenke, knurrt auch mir der Magen mächtig.“

Lachend schlenderten die beiden Grafen Richtung Schlossküche, in der die Köchin Martha ein uneingeschränktes Regiment führte. Martha gehörte zum Inventar und schien grundsätzlich nicht zu altern. Ihr rundes pausbackiges Gesicht und ihr ausladender Körper wurden von einem resoluten Wesen unterstrichen, das in ihrem Wirkungsbereich, der Schlossküche, keinen Widerspruch duldete. Hinter ihrer schroffen Art versteckte sich jedoch ein überaus mütterlicher Instinkt, sodass das Dienstpersonal vom Pferdeknecht bis zur Zofe ein sehr vertrauensvolles Verhältnis zu Martha pflegte. Was letztlich auch bedeutete, dass die alte Köchin alles wusste, was im und rund um das Schloss geschah.

„Gibt es denn hier kein Frühstück für zwei hungrige

Wanderer?“ Bertram und Volkmar polterten durch den Hintereingang in die Schlossküche, indem sie die schwere Holztür weit aufstießen und diese mit einem kräftigen Dröhnen gegen die Mauer schlug.

Martha, die mit dem Rücken zur Tür an der Feuerstelle stand, fuhr zornig und kampfbereit herum, um ihr Territorium vor diesen ungehobelten und flegelhaften Eindringlingen zu verteidigen. Eine der drei Küchenmägde ließ vor Schreck eine silberne Fleischplatte fallen, die scheppernd auf dem Steinboden landete.

„Herr Graf! Welch eine Überraschung! Welch eine Freude!“ Der aufbrausende Zorn der Köchin verwandelte sich augenblicklich in einen Ausruf fröhlicher Begeisterung.

Graf Bertram trat auf die über das ganze Gesicht strahlende Köchin zu, ergriff ihre beiden Hände und blickte sie lächelnd an. „Liebe Martha, du bist das erste weibliche Wesen auf diesem Gut, das uns willkommen heißt, und deshalb kommt dir auch die Ehre zu, uns mit einem kräftigen Frühstück zu verwöhnen, auf das wir nunmehr zwei Jahre verzichten mussten.“

Martha wusste aus lauter Verlegenheit nicht, was sie sagen sollte. Eine Situation, die bei ihr äußerst selten vorkam. Und als Graf Volkmar charmant lächelnd mit den Worten neben die beiden trat: „Martha, ich habe den Eindruck, du hast abgenommen“, konnte man sogar eine leichte Rötung auf Marthas Wangen entdecken.

Schroff und jetzt überaus geschäftig drehte sich die Köchin um und wies den drei Küchenmägden barsch Aufgaben zu, um dem Wunsch der beiden Grafen nachzukommen. Bertram und Volkmar hatten sich derweil in freudiger Erwartung der morgendlichen Köstlichkeiten an dem großen Küchentisch niedergelassen.

„Martha, du hast dich wieder einmal übertroffen“, stellte Graf Bertram wenig später zufrieden fest und streckte die Füße weit unter den Küchentisch, nachdem sie mehr als gesättigt ihr kräftiges Mahl mit einem Humpen Dünnbier hinuntergespült hatten. „Wenn du jetzt deine Mädchen noch anweisen könntest, im Waschhaus den großen Zuber mit warmem Wasser zu füllen, damit Graf Volkmar und ich uns nach einem Bad dem Volk in absoluter Sauberkeit präsentieren können, wäre ich dir sehr dankbar.“ Bertram formulierte seinen Wunsch nach Reinlichkeit bewusst freundlich. Was auch unverzüglich zu klaren Anweisungen der Köchin an die Küchenmägde führte.

Nachdem die drei jungen Mädchen die Schlossküche eilig verlassen hatten, um das gräfliche Bad im Waschhaus vorzubereiten, richtete Graf Bertram erneut das Wort an die Köchin. „Martha, was ist während meiner Abwesenheit passiert? Wieso ist der Marstall so heruntergekommen? Und warum säuft Aurich wieder?“

Die Köchin, die sich mit dem Rupfen einer Gans beschäftigte, hielt inne und blickte den Grafen mit traurigen Augen an. „Herr Graf waren lange fort und, Herr Graf, Euer Herr Bruder, hat versucht, Euch so gut zu vertreten, wie er nur konnte ...“

„Das scheint ihm aber wohl nicht ganz gelungen zu sein“, unterbrach Bertram die unglücklich dreinblickende Köchin.

Volkmar legte seine Hand beruhigend auf Bertrams Arm, schloss kurz die Augen, schüttelte leicht den Kopf und erhob sich. „Wir sollten uns langsam auf unser reinigendes Bad vorbereiten, Bertram, das spült vielleicht auch ein wenig die Alltagssorgen fort“, forderte er seinen Freund zum Gehen auf.

Ohne ein weiteres Wort zu sagen, stand Graf Bertram auf und verließ grußlos die Küche. Mit verschlossenem Gesicht stapfte er auf das Waschhaus zu.

Als Volkmar ihn eingeholt hatte, stellte er sich dem Grafen in den Weg. „Wollten wir den Tag unserer Heimkehr nicht freudig begehen?“, fragte er seinen grimmig blickenden Freund und sah ihm auffordernd in die Augen.

„Bist du jetzt hier der Herr auf Ascheberg, dass du bestimmen kannst, wann und wie ich mein Gespräch mit meinen Bediensteten zu führen habe?“, forderte Bertram sein Gegenüber mit bebender Stimme heraus.

„Bertram, ich bin es, Volkmar, dein bester Freund. Lass uns doch die Dinge gelassen angehen. Wo ist dein sprichwörtlicher Weitblick? Erst aufklären, dann handeln! Das ist doch schon immer deine Devise gewesen. Die schlechteste Taktik war es noch nie, weder auf dem Schlachtfeld noch für einen Gutsherrn.“

Graf Bertram blickte auf den Boden. Bedächtig hob er seinen Kopf und schaute seinem Freund ins Gesicht. Dieser lächelte ihn aus seinen hellblauen Augen an und hob entwaffnend seine Hände, als wollte er fragen: „Hab ich etwas Falsches gesagt?“ Dann schwieg er eine Weile. Volkmar konnte fast spürbar seine Gedankengänge verfolgen. Ganz langsam entspannten sich seine Gesichtszüge bis zu einem Lächeln, das allerdings nicht ganz gelang.

„Ich wollte dich nicht beleidigen, Volkmar! Doch ich habe das Gefühl, dass mir alles entgleitet, dass ich nicht mehr Herr meiner eigenen Familie und meiner Besitzungen bin. Dass ich nur noch als Gast in meinem eigenen Haus geduldet werde und keiner mir eine klare Antwort geben will.“

„Was erwartest du denn von deinen Bediensteten? Du hast bisher doch nur mit Aurich und Martha gesprochen. Glaubst du denn im Ernst, dass sie dir fünf Minuten nach deiner Rückkehr alle Missetaten derer von Rantzau auf dem Tablett servieren? Warte, bis du mit deiner Familie und mit den wahren Verantwortlichen gesprochen hast. Mit deinem Bruder, mit dem Verwalter. Wenn du alle Hintergründe weißt, kannst du ein Urteil fällen und geeignete Maßnahmen treffen."

Bertram sagte wiederum eine ganze Weile nichts. Dann hob er an: „Es ist gut, einen aufrichtigen Freund zu haben, auch wenn einem das, was er sagt, nicht immer gefällt."

„Das hört sich schon besser an und zeugt von unbändiger Weisheit, Herr Graf, aber trotzdem gehört Euer Gnaden immer noch nicht zu den Wohlriechenden." Volkmar lachte seinen Freund unverschämt an, drehte sich schnell um und floh eilig Richtung Waschhaus.

„Ich wäre dir dankbar, wenn du dir heute einen kleinen Überblick über den Zustand des Gutes verschaffen würdest, während ich mich um meine Familie kümmere", bat Bertram seinen Freund, nachdem sie sich gründlich gereinigt und neue Kleider angelegt hatten.

„Sehr vernünftig, das mache ich gern."

„Ich muss unbedingt wissen, was hier in unserer Abwesenheit vorgefallen ist. Auch wenn ich es nur ungern zugebe, du hast ja recht, ich versuche die Sache gelassen anzugehen. Aber wenn du zunächst einmal ein Auge darauf wirfst, bin ich schon ein wenig beruhigt."

„Kümmere du dich um deine Familie, ich sehe mir das Gut an und werde dir dann ausführlich berichten", beruhigte Volkmar seinen immer noch besorgt dreinblickenden Freund.

„Wir sehen uns im Laufe des Tages und vielleicht triffst du ja auch bei deinem Ausritt rein zufällig das eine oder andere liebreizende Geschöpf." Bertram spielte darauf an, dass Volkmar mit Sicherheit die Nähe seiner Schwester Charlotte suchen würde.

„Wer weiß? Wer weiß?", erwiderte Volkmar schelmisch lachend.

Graf Bertram näherte sich mit zügigen Schritten dem Schloss und betrat es über einen Hintereingang, der normalerweise nur von den Bediensteten genutzt wurde. Über hölzerne Stiegen und durch winkelige Gänge erreichte er die oberen Etagen, in denen seine Gemächer und die der Gräfin lagen. Bertram kannte die Ecken und Treppen genau, hatte er sie doch als Kind schon mit großer Freude erkundet. Zumal man über diese verwinkelten Wege über Geheimtüren auch Zugang in die einzelnen Räume hatte. Behutsam näherte er sich einer solchen Tapetentür, von der er wusste, dass sie in das Schlafgemach seiner Frau führte. Als er sein Ohr an die Tür legte, hörte er gedämpfte Stimmen aus dem Raum, die zu Dorothea und deren Zofe Marie gehören mussten. Nach einer Weile öffnete er leise die Tür und sah Dorothea mit geschlossenen Augen vor ihrem Frisierspiegel sitzen, während die Zofe ihr mit einer Bürste die tief braunen Haare kämmte, die weit über ihre Schultern fielen.

Vorsichtig und lautlos versuchte Bertram den Raum zu betreten, doch ein kaum hörbares Knarren einer Diele ließ die Zofe aufblicken. Erschrocken, aber doch beherrscht stieß sie nur einen kurzen Schreckenslaut aus und bürstete dann weiter die Haare der Gräfin, zumal

Bertram ihr mit dem Zeigefinger vor seinem Mund zu verstehen gab, ihn nicht zu verraten.

„Was ist, Marie, was gibst du für merkwürdige Töne von dir?“, wollte die Gräfin wissen und blickte die Zofe fragend durch den Spiegel an.

„Oh, ich dachte nur, ich hätte Frau Gräfin durch mein ungeschicktes Bürsten Schmerz zugefügt“, reagierte Marie äußerst schlagfertig auf die Frage ihrer Herrin, allem Anschein nach jedoch nicht überzeugend genug, denn als sich Gräfin Dorothea daraufhin umdrehte, erblickte sie ihren Gatten.

Fassungslos hielt sie den Atem an. „Bertram, oh Bertram, wie kannst du mich so erschrecken?“ Gleichzeitig sprang sie von ihrem Hocker auf und warf sich dem ihr mit ausgebreiteten Armen entgegeneilenden geliebten Mann an die Brust. Schluchzend umfasste sie ihn und hielt ihn fest, als wolle sie ihn nie wieder loslassen.

Bertram streichelte ihr sanft über das Haar. Über die zuckenden Schultern der Gräfin nickte er der Zofe Marie, die mit der Haarbürste in der Hand die Szene beobachtet hatte, wohlwollend zu und gab ihr zu verstehen, dass sie gehen könne.

Marie legte leise die Bürste auf den Frisiertisch und zog sich mit einem Lächeln auf dem Gesicht diskret zurück.

Ohne ein Wort zu sagen, hielt Bertram Dorothea in den Armen, die immer noch herzerweichend an seiner Brust schluchzte. Nachdem sie sich ein wenig beruhigt hatte, legte der Graf behutsam seinen Zeigefinger unter ihr Kinn und hob ihren Kopf. Auch wenn ihr immer noch die Tränen über die Wangen kullerten, so sah er doch das Strahlen in ihren braunen Augen, die mit kleinen gelben Punkten versehen waren und ihn immer wieder an einen Sternenhimmel erinnerten.

„So traurig ist meine Wiederkehr doch gar nicht, dass sie so viel Wasser verdient", waren Bertrams erste Worte nach dieser tränenreichen Begrüßung. Dann küsste er sie zart auf beide Augen und ebenso sanft auf die Lippen, bis sie beide in einem leidenschaftlichen Kuss versanken.

Blinzelnd öffnete Bertram die Augen. Über sich ein faltenreicher Baldachin eines herrschaftlichen Bettes, das ihm bekannt vorkam. Seine nackte Brust war von einer Mähne braun wallender Haare bedeckt, die zu einem reizenden Wesen gehörte, das jetzt in seinen Armen schlief. Welch ein paradiesisches Gefühl. Während er sich von einer wohligen Mattigkeit treiben ließ, fragte er sich, warum er der Nähe dieses über alles geliebten Menschen an seiner Seite immer wieder entfloh. Was war so erstrebenswert, dem Ruf des Königs zu folgen und sich Jahr für Jahr in fernen Ländern mit fremden Soldaten zu schlagen? Wenn einen nicht der Tod oder eine gefährliche Verwundung ereilte, waren es vielleicht noch Ruhm und Ehre, die einen stolzen Mann auf das Schlachtfeld riefen. Immerhin! Aber war es das alles wert? Fern seiner Familie, fern der Menschen, die er liebte, fern eines geordneten Lebens auf dem Gutshof, das auf ganz andere Weise eine tägliche Herausforderung war. Dieser Gedanke allerdings vertrieb Bertrams gefühlsmäßiges Wohl augenblicklich. Denn das, was ihm bei dem Gedanken an seine ersten Eindrücke von dem Zustand des Gutes nach seiner Rückkehr bevorstand, beunruhigte ihn einmal mehr.

Als habe sie die innere Unruhe ihres Mannes bemerkt, öffnete Dorothea ihre Augen und blickte ihn zärtlich an. „Willkommen daheim, mein Geliebter", flüsterte sie ihm ins Ohr und streichelte seine behaarte Brust.

„Es war ein einmaliges Willkommen, meine liebe Doro, von dem ich in so manchen schlaflosen Nächten sehnsüchtig geträumt habe, wobei ich mir wünsche, dass wir diese Begrüßung durchaus von Zeit zu Zeit wiederholen könnten."

„Graf Bertram, du bist unmöglich", tadelte Dorothea ihren spitzbübisch dreinblickenden Mann mit behutsamen Faustschlägen auf die Brust.

„Ich weiß, ich weiß." Bertram lachte und fing die kleinen Fäuste an den Handgelenken ein. Doch dann verschwand das Lächeln auf dem Gesicht und seine Stirn umwölkte sich sorgenvoll. „Geht es dir gut?", fragte er und blickte dabei seiner Frau tief in die Augen.

„Ja, Bertram, mir geht es sehr gut, besonders, wo ich weiß, dass du wohlbehalten zurück bist. Aber warum fragst du mich das?"

„Ich mache mir große Sorgen, was hier während meiner Abwesenheit geschehen ist. Mein erster Blick in den Marstall und der Zustand der Pferde lassen mich Fürchterliches ahnen."

Dorothea richtete sich auf. Auch aus ihrem Gesicht war die gute Laune verschwunden und einem betrübten Blick gewichen. „Ja, es sieht sehr arg aus", antwortete sie zögerlich, „die ganze Entwicklung ist eine einzige Katastrophe."

„Ich möchte unser glückliches Wiedersehen wirklich nicht durch die Banalitäten des Alltags beschädigen, aber mich beunruhigt das Gesehene dermaßen, dass ich kaum einen anderen Gedanken fassen kann."

„Ich werde dir alles in Ruhe erzählen. Du wirst früher oder später darauf stoßen. Der Grund allen Übels ist das Verhalten deines Bruders Eberhard."

„Ich habe es mir fast schon gedacht."

„Er ist auf dem besten Wege, dein ganzes Hab und Gut zu verspielen."

Bertram war inzwischen aus dem Bett gestiegen und hatte damit begonnen, sich anzukleiden. Abrupt drehte er sich um. „Was? Er spielt?"

„Ja, er trifft sich regelmäßig in Plön mit einigen Gleichgesinnten und spielt offensichtlich um hohe Beträge. Wie es aussieht, ist er dabei auch noch äußerst glücklos."

„Was hat Eberhard denn in seinem Leben schon gut gekonnt?", brauste Bertram auf. „Sag bloß, das ist auch der Grund, weshalb er unsere teuren Zuchtpferde verkauft hat?"

„Genau, und nicht nur das. Wie es scheint, versucht er sogar, Teile deiner Ländereien zu veräußern", hatte Dorothea noch weitere schlechte Nachrichten.

„Das kann er nicht, weil er dafür gar nicht zeichnungsbefugt ist", brummte Bertram unwillig, wobei seine Stimme nicht überzeugend klang.

„Eine Sache noch, die du unbedingt wissen solltest. Eberhard und seine Gattin Adele haben es für notwendig erachtet, in deiner Abwesenheit jeden Monat ein rauschendes Fest auf Ascheberg zu feiern, zu dem jeweils bis zu hundert Gäste geladen waren. Feste, die großen Anklang fanden, da an Speis, Trank und guter Unterhaltung nicht gespart wurde."

„Unglaublich! Er wirft das Geld unserer Väter zum Fenster hinaus, nur um seine Spiellust und die Geltungssucht seiner Frau zu befriedigen?" Graf Bertram konnte sich kaum beruhigen.

Die Gräfin hatte inzwischen ebenfalls das Bett verlassen und sich einen leichten Morgenmantel übergeworfen.

„Bertram, mein Bertram." Mit ausgebreiteten Armen kam sie auf ihren wütenden Gatten zu, umarmte ihn und legte ihren Kopf an seine Brust. „Es freut mich ungemein, dass du deine Leidenschaft und dein Feuer nicht auf den Schlachtfeldern vergeudet hast. Das gibt mir auch die Kraft und den Mut zu wissen, dass du alles wieder zu deiner und unserer Zufriedenheit richten wirst. Aber bitte nicht heute!" Dorothea hielt Bertram weiterhin fest umschlungen und spürte an seinen Atemzügen, dass er sich langsam wieder beruhigte.

Nach einer Weile hob er mit einem tiefen Seufzer die Schultern. „Du bist schon die Zweite an diesem Morgen, die mich wieder auf die Erde zurückholt. Es war Volkmar, der mir einen ähnlich weisen Rat gegeben hat, alles in Ruhe anzugehen und diesen Tag des Wiedersehens zu genießen."

„Das freut mich ganz besonders, dass der liebe Volkmar ebenso wohlbehalten wieder bei uns ist. Ich vermute allerdings, dass sich bei einer anderen Dame des Hauses diese Freude noch ein wenig mehr zeigen wird", bemerkte Dorothea nicht ganz ohne hintergründiges Schmunzeln.

„Du denkst doch nicht rein zufällig an meine kleine Schwester Charlotte? Bisher hat sie sich Volkmars Werben gegenüber doch eher kratzbürstig gezeigt."

„Es sind inzwischen zwei Jahre vergangen, da verändern sich die Welten der jungen Mädchen weitaus mehr, als sich ein fantasieloses Männerhirn nur vorstellen kann. Volkmar und Charlotte – ein hübsches Paar." Dorothea seufzte mit einem träumerischen Ausdruck in ihrem Gesicht.

„Du hast recht, die beiden und deren Glück sind auch mir sehr ans Herz gewachsen. Hoffen wir das Beste.

Dabei fällt mir ein, wie geht es denn unserer Brut?"

„Deine gräflichen Kinder wachsen und gedeihen prächtig und erhalten ihren gräflichen Unterricht bei Herrn Fretwurst."

„Gut, liebe Doro, ich wäre dir dankbar, wenn du mich in ungefähr einer Stunde in der Bibliothek abholen würdest, um die jungen Damen aufzusuchen."

„Herzlich gern, mein Gebieter."

Bertram schmunzelte, küsste Dorothea liebevoll auf die Wange und verließ ihr Schlafgemach, um sich auf den Weg in die Bibliothek des Schlosses zu machen.

Kapitel 2

Graf Volkmar schlenderte mit den Händen auf dem Rücken gemächlich über den Gutshof. Die Gebäude, die Bäume, der See und das geschäftige Treiben auf dem Gut waren ihm sehr vertraut. Zuhause ... Wohl dem, der ein Zuhause hat, dachte er ein wenig wehmütig. In all den Jahren, die er Bertram schon kannte, war Ascheberg für ihn zu einer Heimat geworden. Als zweiter Sohn des Grafen Maximilian von Schwetzingen hatte er geringe Aussichten, das Schloss und die Ländereien derer von Schwetzingen zu erben. So war er im Laufe der Jahre immer wieder von Schlachtfeld zu Schlachtfeld gezogen. Für jeden Feldherrn ein gern gesehener Streiter, der seinen Mann stand und auf den uneingeschränkt Verlass war. Schon die erste Begegnung zwischen Volkmar von Schwetzingen und Bertram von Rantzau war geradezu schicksalhaft gewesen und hatte die Grundlage ihrer wachsenden Freundschaft geschaffen.

Volkmar konnte sich noch gut daran erinnern, als er im Alter von zwanzig Jahren einen entfernten Onkel in Glückstadt besucht hatte, der als Gesandter am Hofe des dänischen Königs Christian IV. diente. Der Ort unmittelbar an der Elbe war zu jener Zeit nicht nur ein belebter Hafen und Umschlagplatz für Waren aus aller Welt, sondern es zog auch immer wieder die dänischen Könige mit ihrem Hofstaat in die beliebte Sommerresidenz. Eines Tages hatte Volkmar als Gast seines hoch angesehenen Onkels eine Einladung vom Obermundschenk erhalten, zu den Abendstunden den königlichen Weinkeller aufzusuchen. Er traf dort einen illustren Kreis edler höfischer Bediensteter an, die sich mit großer Freude die erlesenen Tropfen munden ließen. Unter ihnen auch der damalige Kammerjunker Graf Bertram von Rantzau. Sie alle sprachen dem feinen Gesöff an diesem Abend intensiv zu und ließen den König und seine Gesundheit lautstark hochleben, nicht ahnend, dass es einen Geheimgang in direkter Verbindung zwischen Weinkeller und Schlafgemach des Königs gab. Sie erschraken nicht schlecht, als zu vorgerückter Stunde unvermutet der König auf der Wendeltreppe erschien und die Gäste seines Weinkellers von oben herab betrachtete.

„Sauft nur, edle Kumpanen, ihr habt die Hälse, ich habe den Wein, wollen doch mal sehen, wer es am längsten miteinander aushält." Mit diesen Worten ließ sich auch der König einen Pokal einschenken und trank gemeinsam mit ihnen.

Volkmar und Bertram hatten sich nach diesem denkwürdigen Abend nicht mehr aus den Augen verloren. Als der König kurze Zeit später im bevorstehenden Krieg gegen die Schweden seine Gefolgsleute zu den Waffen rief, zogen auch die beiden Grafen gemeinsam in die Schlacht.

Volkmar hatte diesen Schritt nie bereut. Neben dem Respekt und der Anerkennung, die er sehr schnell als Soldat bei unterschiedlichen Feldzügen erworben hatte, war es besonders die enge Freundschaft zu Bertram und seiner Familie, die ihm Kraft und Ruhe gab. Er betrachtete seinen Freund als einen großen Bruder, mit dem man Pferde stehlen konnte. Sie verband ein gegenseitiges Vertrauen, das nicht selten auch ohne Worte auskam. Ascheberg war somit auch für Volkmar zu einem Ort geworden, an dem er sich wohlfühlte, wo er willkommen war und an den er nach den Feldzügen mit Bertram jederzeit gern zurückkehrte.

Gedankenverloren lenkte Graf Volkmar seine Schritte Richtung Marstall. Es waren erst gut zwei Stunden vergangen, nachdem er und Bertram den Pferdestall verlassen hatten, doch von der morgendlichen Stille war hier nichts mehr zu spüren. Junge Stallburschen liefen eilig hin und her. Die Pferde am Halfter strebten sie mit langen Schritten den umzäunten Weiden zu. Von innen hörte man laute Befehle, die keinen Widerspruch zuließen. Volkmar konnte sich ein Schmunzeln nicht verkneifen. Graf Bertrams Donnerwetter am frühen Morgen hatte den alten Aurich anscheinend richtig wachgerüttelt. Zumindest brummte es im Ascheberger Marstall wieder, auch wenn der klägliche Pferdebestand zurzeit nichts an dem bedauerlichen Anblick des ehemals stolzen Gestüts änderte.

„Oh, Herr Graf, kann ich Ihnen zu Diensten sein?" Aurich wirkte überrascht, als er Graf Volkmar entdeckte.

„Ganz ruhig, Aurich, ich möchte nur, dass mein Pferd gesattelt wird, aber lass dich dadurch um Gottes willen nicht in deinem Eifer stören."

„Selbstverständlich, Herr Graf. Wird sofort erledigt." Der alte Stallmeister machte unverzüglich auf dem Hacken kehrt und rief einem Stallburschen, der gerade den Hallenboden fegte, ein paar kurze Befehle zu. Dieser ließ auf der Stelle seinen Besen fallen und rannte Richtung Sattelkammer. Kurze Zeit später führte Aurich persönlich Cäsar, Graf Volkmars schwarzen Hengst mit der auffälligen weißen Blesse, auf den Hof. Unruhig schnaubend und tänzelnd reagierte das Pferd, als es seinen Herrn sah.

Volkmar ergriff das Tier am Halfter und strich ihm beruhigend über die Nüstern. „Ich weiß, mein Alter, der Stall ist auch nicht deine Welt. Da bist du wie die Menschen. Wer mag schon gern eingesperrt sein? Dann lass uns einmal sehen, ob wir Ascheberg noch wiedererkennen." Volkmar schwang sich behände in den Sattel und lenkte Cäsar vom Reitstall über die Schlossbrücke zur langen Lindenallee. Kurz vorher jedoch ließ er das Pferd in einen leichten Trab fallen und ritt nach links über einen schmalen Pfad in den Wald, der sich von hier aus zwischen dem See und dem Dörfchen Dersau erstreckte.

Nach wenigen Minuten hörte Volkmar vor sich Geräusche aus dem Wald. Ein Horn wurde geblasen, und unmittelbar darauf erklang das typische Krachen und Bersten eines umstürzenden Baumes, der in einem dumpfen Schlag endete und den Waldboden erbeben ließ. Als der Graf näher kam, konnte er noch weitere vertraute Geräusche ausmachen, die eindeutig auf die Arbeiten von Forstleuten hinwiesen. Volkmar zügelte Cäsar. Vorsichtig folgte er dem Waldweg, bis er hinter der nächsten Biegung die arbeitenden Männer sah. Einige hatten aufgrund der warmen Sommerluft ihre Hemden ausgezogen und hackten mit Äxten die Äste von den gefällten Bäumen, während andere mit schweißglänzenden Oberkörpern die Stämme mit Sägen teilten. Zwischen ihnen sprang ein in Loden und Leder gekleideter Mann umher und trieb die Forstarbeiter lautstark zu schnellerer Arbeit an. Dabei schwang er unaufhaltsam eine Kutscherpeitsche und ließ sie über ihren Köpfen knallen.

Volkmar beobachtete das Treiben mit einem gewissen Befremden. Bisher hatte ihn noch keiner der arbeitenden Leute wahrgenommen. Am Ende des Waldweges fiel ihm ein schweres Arbeitspferd auf, das von einem untersetzten kräftigen Mann über die Zügel geführt wurde. Über das Joch, ein starkes Ledergeschirr und Ketten war das Pferd vor einen der gefällten Baumstämme gespannt worden und versuchte, diesen jetzt aus dem Gewirr von Ästen, Sträuchern und anderen Stämmen auf den Waldweg zu ziehen. Das mächtige Tier stemmte sich mit seiner ganzen Kraft in das Geschirr, doch der Baumstamm bewegte sich nur wenig. Die aufmunternden Worte des Mannes an den Zügeln führten zwar immer wieder zu erneuten Kraftanstrengungen des Pferdes, jedoch ohne den gewünschten Erfolg.

Volkmar sah, dass jetzt auch der Mann mit der Kutscherpeitsche auf die vergeblichen Mühen des Pferdegespanns aufmerksam geworden war. Fluchend stürmte er auf dieses zu, entriss dem Pferdeführer die Zügel und zerrte wild an ihnen, sodass sich das Pferd aufbäumte und ängstlich in das Geschirr sprang. Gleichzeitig drosch der Mann mit seiner Peitsche auf den Pferderücken ein.

Volkmar hielt es nicht mehr länger auf seinem stillen Beobachtungsposten. Derart hirnlose Attacken gegen eine Kreatur, ganz gleich ob Mensch oder Tier, waren ihm ein Gräuel und reizten ihn bis aufs Blut. Im fliegenden Galopp preschte er den Waldweg entlang, stoppte Cäsar erst kurz vor dem Gespann auf und fiel dem wütenden Aufseher ohne ein Wort in den Arm. Er entwand dem total Überraschten kurzerhand die Peitsche und schlug ihm mit einem kräftigen Hieb auf den Arm, der wenige Sekunden vorher noch die Peitsche geführt hatte. Dieser Vorgang vollzog sich in einer solchen Geschwindigkeit, dass später kaum jemand sagen konnte, was in welcher Reihenfolge geschehen war.

„Seid Ihr denn von allen guten Geistern verlassen, hier ohne Grund auf ein Geschöpf Gottes einzudreschen?“, schrie Volkmar den Übeltäter an und fixierte ihn mit drohenden Augen.

Der so Angesprochene hatte sich nach erster Überraschung sehr schnell wieder gefangen. Blitzartig griff er nach seinem Hirschfänger, doch bevor er den Griff seines scharfen Dolches erfassen konnte, zog ihm Volkmar erneut mit einem kräftigen Hieb mit der Peitsche über den Arm, sodass er mit schmerzverzerrtem Gesicht von seinem Vorhaben abließ.

„Ihr habt meine Frage noch nicht beantwortet. Wer seid Ihr, dass Ihr Euch selbst zum Herrscher über alle Kreaturen aufhebt und sie mit Peitsche und Dolch attackieren wollt?“

Wütend blickte der Aufseher den Unbekannten auf dem Pferd an. Langsam bemerkte er, dass es sich aufgrund der Kleidung und des Wappens auf der Satteldecke um eine höher gestellte Persönlichkeit handeln musste.

„Ich bin Hartwig Leberich, der bestellte Forstaufseher des Grafen von Rantzau, und wer seid Ihr, dass Ihr Euch erdreistet, mich anzugreifen?“ Dabei rieb er sich immer noch den rechten Arm und blickte Graf Volkmar mit erhobenem Kinn provozierend an.

„Ich rate Euch nur eins, Hartwig Leberich, kümmert Euch um Eure Aufgaben und lasst Mensch und Tier in Ruhe. Dann hättet Ihr auch längst erkannt, dass sich hier Baumstämme verkeilt haben, die selbst zehn Pferde nicht herausziehen könnten. Sollten mir von Euch weitere Untaten zu Ohren kommen, geht es Euch schlecht. Über den Griff zum Hirschfänger ist ohnehin das letzte Wort noch nicht gesprochen.“ Volkmar hob die Kutscherpeitsche hoch, zerbrach sie über seinem

Oberschenkel und schleuderte sie ins Unterholz. Ohne ein weiteres Wort wendete er Cäsar auf der Hinterhand und galoppierte über den Waldweg Richtung See davon.

Als Graf Volkmar nach wildem Galopp den Waldrand erreicht hatte, zügelte er Cäsar und blickte über die Felder, die ihn jetzt nur noch von dem Dorf Dersau trennten und deren Häuser bereits in der Ferne zu sehen waren. Noch immer war er von den Ereignissen im Wald erregt. Über eine Kuppe lenkte er sein Pferd zum See hinunter. Hier am Waldesrand stand eine kleine Holzbrücke, die zwischen dem Schilfgürtel in den See hineinragte und die ein kleiner Pavillon zierte. Volkmar glitt aus dem Sattel, band Cäsar am Brückengeländer fest und schritt über die knarrenden Bohlen zum Ende der Brücke. Tief in Gedanken ließ er sich auf der Holzbank im Pavillon nieder und blickte über das Wasser, ohne die Idylle von vorbeiziehenden Schwänen bewusst wahrzunehmen.

Der Vorfall im Wald beschäftigte ihn immer noch. Hatte er falsch reagiert? War sein Zorn berechtigt? Einerseits wusste er von seiner Empfindlichkeit, wenn es um das Wohl anderer ging. Den Wunsch zu beschützen, den Schwächeren zu helfen, hatte er schon als kleiner Junge verspürt. Woher dieser Drang kam, konnte er nicht sagen. Er war einfach da. Auch reagierte er stets auf Ungerechtigkeiten überaus heftig. Aber genau das schien das Problem zu sein. Immer wenn ähnliche Situationen wie die im Wald auftraten, entwickelte sich eine Selbstständigkeit seiner folgenden Handlungen, die Volkmar ängstigte.

Auch wenn er später in den meisten Fällen zu dem Ergebnis kam, dass seine Schritte die richtigen gewesen waren, sie auf andere Personen auch angemessen wirkten, befürchtete er doch immer wieder, nur ein

Opfer seiner Gefühlsaufwallung geworden zu sein. Irgendjemand entzog ihm das überlegte Vorgehen. Das beunruhigte Volkmar und verwirrte ihn immer wieder aufs Neue.

„Welch ein einmaliger Anblick, ein nachdenklicher Graf Volkmar!"

Volkmar schreckte auf. Tief in seine Gedanken versunken hatte er die Welt um sich gänzlich vergessen und auch keine Schritte auf dem Steg gehört.

Wenige Meter entfernt stand das schönste Wesen, das er sich je erträumt hatte. Volkmar sprang auf und schritt ihm mit ausgestreckten Armen entgegen. Vorbei waren die finsteren Gedanken, ein Strahlen erhellte sein Gesicht.

„Charlotte, Ihr schafft es immer wieder, meinem armen Dasein einen atemberaubenden Glanz zu verleihen."

Freudig begrüßte er die Schwester Graf Bertrams, der er sich bereits seit längerer Zeit liebevoll verbunden fühlte, die jedoch seinem Werben bisher immer eine kühle Schulter gezeigt hatte. Inzwischen waren zwei Jahre vergangen und Charlotte hatte sich von einem damals schon hübschen, aber doch ein wenig launischen heranwachsenden Mädchen zu einer siebzehnjährigen bezaubernden jungen Dame entwickelt.

„Jetzt erkenne ich den wahren Volkmar wieder", stellte Charlotte nach seinem Kompliment augenzwinkernd fest und legte ihre Hände zum Willkommen lächelnd in seine. „Ich freue mich außerordentlich, Euch wohlbehalten anzutreffen, lieber Volkmar, auch wenn die Zeit, die Ihr von Ascheberg ferngeblieben seid, allzu lange war. Ist mein geliebter Bruder Bertram auch wohlauf?"

„Erst jetzt, wo ich Euch sehe, wird mir grausam bewusst, welche Todsünde es war, Euch so unverschämt lange ohne meine Gegenwart zu lassen. Obwohl die heutige Charlotte mein Herz weitaus fröhlicher erklingen lässt als das verschwommene Bild der etwas kratzbürstigen Komtesse, die ich seinerzeit verließ."

„Volkmar, Ihr seid unverbesserlich!", entrüstete sich Charlotte gespielt, indem sie demonstrativ seine Hände wegschubste, die ihre bis dahin immer noch gehalten hatten.

„Auch ich freue mich, Graf Volkmar, Euch wohlbehalten in Ascheberg begrüßen zu dürfen."

In seinem verträumten Anblick Charlottes hatte er Gräfin Julia von Hardenberg gänzlich übersehen. Sie war eine jüngere Schwester von Dorothea von Rantzau und damit auch Charlottes Tante, die, kurz bevor Bertram und er zu ihrem letzten Feldzug aufgebrochen waren, ihren Ehemann bei einem Jagdunfall verloren hatte. Bertram hatte der jungen Witwe daraufhin angeboten, in seinem Schloss zu wohnen. Volkmar konnte sich daran erinnern, dass sich Charlotte und Julia sehr schnell angefreundet hatten und Julia seitdem auch als Anstandsdame für Bertrams Schwester gern gesehen war.

„Verzeiht mir, verehrte Gräfin Julia, dass ich Euch nicht gleichermaßen aufmerksam begrüßt habe. Trotzdem meinen aufrichtigen Dank für Euer herzliches Willkommen. Bevor ich es vergesse, natürlich geht es meinem Freund Bertram bestens. Er ist wohlauf."

„Ich denke, ich müsste mich jetzt wohl ein wenig um unsere Pferde kümmern." Gräfin Julia drehte sich daraufhin um und verließ mit einem verschmitzten Lächeln zügigen Schrittes das im ersten Augenblick ein wenig überraschte Paar.

„Äußerst diskret und rücksichtsvoll, Eure Tante", bemerkte Volkmar schmunzelnd, indem er Charlotte zur Bank im Pavillon führte. Als sie sich gesetzt hatten, schwiegen sie eine ganze Weile und genossen die beschauliche Stille.

„Einen Taler für Eure Gedanken", unterbrach Charlotte die anheimelnde Stimmung. „Was hat Eure Stirn so umwölkt?"

„Charlotte, Charlotte, Ihr habt eine faszinierende Wirkung auf mich. Kaum befinde ich mich in Eurer Nähe, schon versteht Ihr es, mich aus dem Gleichgewicht zu werfen. Und nicht nur das, selbst wenn ich in fernen Ländern an Euch gedacht habe, überkam mich ein ganz eigentümliches, aber nie unangenehmes Gefühl."

„Volkmar, versucht doch, ein einziges Mal ernst zu bleiben."

„Ich meine das, was ich sage, bitterernst, meine Liebe."

„Erzählt mir von dem schwankenden Gleichgewicht, vielleicht ist mein Einfluss auf Euch ja so stark, dass ich es auch wieder ins Lot bringen kann."

Volkmar wandte seinen Kopf zu ihr und blickte sie zärtlich an. Langsam hob er seine Hand und strich ihr ganz sanft über die Wange.

Charlotte rührte sich nicht. Sie zeigte auch keine Anzeichen, dass sie von dieser liebevollen Geste überrascht war. Sie sah Volkmar nur schweigend mit ihren großen braunen Augen und einem sinnlichen Lächeln an.

„Wie sehr habe ich einen solchen Augenblick wie diesen erträumt. Wie oft habe ich daran gedacht, mit Euch gemeinsam an einem stillen Ort zu sein, fernab allen Trubels dieser Welt." Volkmar seufzte tief.

„Und das Gleichgewicht?"

„Ach, Charlotte, Ihr zerstört meine Träume. Aber Ihr habt ja recht, der Alltag holt einen immer wieder ein. Manchmal schneller und grausamer, als einem lieb ist."

„Was hat Euch denn so überaus nachdenklich gemacht, bevor ich Eure Grübeleien gestört habe?“

„Wollt Ihr es wirklich hören?“

Charlotte nickte und sah ihn auffordernd an.

„Euch wird sicher nicht entgangen sein, dass sich das Gut während unserer Abwesenheit verändert hat. Euren Bruder Bertram beunruhigte der erste Eindruck sehr, den er heute Morgen im Gestüt vorgefunden hat, und er bat mich, mir einen ersten Überblick zu verschaffen. Bei meinem Ritt durch den Wald traf ich dann ein paar Forstarbeiter an und hatte eine äußerst unangenehme Begegnung mit dem neuen Förster.“

„Ich bin ihm nur ein oder zwei Mal begegnet, ein überaus unsympathischer Mensch. Aber das kann doch nicht der eigentliche Grund Eurer wolkenumwobenen Stirn gewesen sein.“

„Ich glaube, Ihr kennt mich besser, als ich vermutet habe“, stellte Volkmar mit Unbehagen fest und suchte vergeblich nach weiteren Worten.

Eigentlich hatte er nicht vor, seiner geliebten Charlotte von seinen Selbstzweifeln zu berichten. Schließlich kannte sie ihn eher als den fröhlichen und liebenswerten Optimisten, den kein Ereignis der Welt erschüttern konnte. An diesem Eindruck wollte er ungern etwas ändern. Doch gleichzeitig spürte er auch den kaum unterdrückbaren Drang nach Aufrichtigkeit Charlotte gegenüber. Nur ihre Anwesenheit, ihre Nähe schuf ein Vertrauen, das er Frauen gegenüber nie gekannt hatte.

„Vielleicht habt Ihr ja den Mut, Euer Herz auszuschütten, wenn ich Euch verrate, wie gut ich Euch kenne, obwohl so etwas zwischen einer jungen Frau und einem Mann sicherlich nicht schicklich ist. Ich weiß sehr wohl, dass Eure Vorfahren Euch diese liebenswerte und unbekümmerte Frohnatur eingepflanzt haben. Durch Erzählungen meines Bruders weiß ich auch, dass Ihr trotzdem kein Leichtfuß seid, sondern ein zuverlässiger und treuer Freund. Da Ihr zudem noch ein denkender Mensch seid, kann mich Euer sonst so offenes und freundliches Auftreten nicht darüber hinwegtäuschen, dass Ihr ab und zu auch über Euch selbst nachdenkt."

Volkmar schaute die junge Komtesse mit erstaunten Augen an. Wie konnte es angehen, dass sich ein Mensch in dieser kurzen Zeit von einem manchmal zickigen, aufsässigen Mädchen zu einer so wunderschönen und geistreichen Frau verwandelt hatte?

„Vor Euren Augen bin ich durchsichtig wie Glas. Ich ergebe mich", antwortete Volkmar nach einer Weile der anerkennenden Bewunderung und hob lachend beide Arme als Zeichen der absoluten Unterwerfung. „Ihr habt den Nagel auf den Kopf getroffen. Ich habe tatsächlich darüber nachgedacht, ob meine Reaktionen bei der Begegnung mit dem aufsässigen Förster richtig gewesen sind und woher mein Aufbrausen gegen Ungerechtigkeiten wohl kommen mag."

„Und habt Ihr eine Antwort gefunden?"

„Nein, das konnte ich nicht, da mein Nachdenken von einem elfengleichen Wesen gestört wurde, dem ich aufrichtig dankbar dafür bin, dass es meine trüben Gedanken auf diese wundersame Weise verscheucht hat." Volkmar ergriff mit diesen Worten Charlottes rechte Hand und deutete einen zarten Kuss an.

„Da ist er wieder, der schalkhafte Volkmar", lächelte Charlotte ihn an. „Doch bevor meine Tante ungeduldig wird, wollen wir lieber die Suche nach Eurem Gleichgewicht auf später verschieben."

„Ich freue mich schon jetzt darauf", erwiderte Volkmar

und begleitete die junge Komtesse zu der wartenden Gräfin Julia und den Pferden am Ende der Brücke.

Die Bibliothek des Schlosses Ascheberg war weitaus mehr als nur die Ansammlung gedruckter Werke. Graf Bertram hatte diesen Raum stets als sein Arbeitszimmer und persönliches Refugium empfunden. Rund um den prächtig verzierten Kamin waren schwere Sessel gruppiert, die schon so manche gemütliche Runde bei knisterndem Kaminfeuer erlebt hatten. Ein mächtiger Schreibtisch aus heimischer Eiche stand vor einem halbrunden Erker, dessen Fenster bis zum Boden gingen und die einen freien Blick in den Schlossgarten erlaubten. Außer einem weiteren Tisch mit acht Stühlen, der gleichermaßen als Arbeitstisch wie auch als Esstisch für eine kleine Gesellschaft diente, und einer Anrichte wurde dieses Ensemble von Bücherregalen eingerahmt, die vom Boden bis zur Decke reichten.

Bertram betrat den Raum mit etwas gemischten Gefühlen. Zwei Jahre war es her, dass er das letzte Mal diesen eigenartigen Geruch der Bibliothek wahrgenommen hatte. Erinnerungen an seine Kindheit flogen plötzlich vorbei. Diese Duftmischung aus Leder, verbranntem Holz und alten Büchern hatte ihn schon als Jungen angezogen. Obwohl es den Kindern streng verboten war, ohne Erlaubnis die Bibliothek zu betreten, hatte Bertram sich immer wieder heimlich hineingeschlichen und war ebenso häufig von seinem Vater in seinem Versteck hinter dem Schreibtisch ertappt worden. Doch der besondere Geruch und die geheimnisvolle Atmosphäre der Bibliothek hatten Bertram von jeher fasziniert.

Langsam durchschritt er den Raum. Die dicken Teppiche schluckten jedes Geräusch. Seine Augen schwenkten über das farbige Wechselspiel der Buchrücken, das noch durch das einfallende Sonnenlicht verstärkt wurde. Doch das wohlige Gefühl heimischer Gerüche endete urplötzlich, als Bertrams Blick auf den Schreibtisch fiel. Aufgeschlagene Bücher, Briefe und Schriftstücke stapelten sich in einem wirren Durcheinander. Die Schubladen waren zum Teil herausgezogen und quollen über von Papieren und Urkunden. Mit Entsetzen betrachtete er das Chaos. Natürlich konnte er nicht erwarten, dass die Bibliothek während seiner Abwesenheit nicht genutzt wurde. Auch der Schreibtisch stand selbstverständlich seinem Bruder in seiner Eigenschaft als offizieller Vertreter zur Verfügung, doch eine solche Unordnung war unerträglich.

Bertram läutete und es dauerte keine halbe Minute, bis sein Kammerdiener Conrad erschien. „Conrad, kannst du mir einmal erklären, was die Unordnung bedeutet und wer diese Katastrophe angerichtet hat?"

„Ich weiß nur, Herr Graf, dass der Herr Graf, Euer Herr Bruder, am gestrigen Tage, bevor er Ascheberg verließ, nach einem speziellen Dokument gesucht hat. Er war dabei sehr aufgebracht und untersagte anschließend jedem von uns, die Bibliothek zu betreten."

„Weißt du, wo mein Bruder sich zurzeit aufhält?"

„Nein, Herr Graf, das ist mir nicht bekannt. Und wenn ich hinzufügen darf, auch die Frau Gräfin, Eure Frau Schwägerin, scheint über den Aufenthaltsort ihres Gatten nicht informiert zu sein."

„Danke, Conrad, das wär's fürs Erste."

Der Kammerdiener hatte den Türgriff bereits in der Hand. Erst jetzt bemerkte Bertram, dass er in der Aufregung vergessen hatte, Conrad zu begrüßen. Offensichtlich schien der Kammerdiener auch nicht überrascht gewesen zu sein, ihn in der Bibliothek zu sehen. Vermutlich hatte die Köchin ihn bereits über seine Rückkehr informiert.

„Eine Sache noch. Bitte veranlasse doch, dass der Gutsverwalter Heidenreich mich so schnell als möglich aufsucht. Und noch eins, Conrad. Ich freue mich, dich in alter Frische wiederzusehen."

Mit einem Lächeln auf den Lippen und einer leichten Verbeugung verließ der Kammerdiener den Raum.

Bertram setzte sich an den Schreibtisch und blickte kopfschüttelnd auf das Wirrwarr von Papieren. Nach und nach begann er die verschiedenen Dokumente zu sichten. Mit großer Verwunderung und wachsendem Entsetzen stellte er fest, dass sich zwischen Danksagungen für eine Einladung zu einem Schlossfest, Rechnungen und Mahnungen auch bedeutungsvolle Dokumente befanden. Zum Teil alte und wichtige Urkunden, die die Besitzverhältnisse derer von Rantzau regelten und die normalerweise in einer besonderen Kassette in der untersten Schreibtischschublade unter Verschluss verwahrt wurden. Bertram konnte überhaupt nicht begreifen, was dieses Durcheinander bedeuten sollte.

Sorgfältig begann er, jedes Papier in die Hand zu nehmen und es nach seiner Bedeutung zu sortieren. Dabei entdeckte er, dass sein Bruder offensichtlich zu einem sommerlichen Schlossfest eingeladen hatte, das in zehn Tagen stattfinden sollte. Mehrere Danksagungen befanden sich zwischen den Papieren. Gleichfalls fielen ihm auch einige Mahnungen von Händlern in die Hände, mit denen er selbst bisher stets unproblematische und reibungslose Geschäfte abgewickelt hatte. Bertram runzelte die Stirn. Was war bloß in der Zeit seiner Abwesenheit geschehen?

Während er noch darüber grübelte und doch keine Antwort fand, trat Conrad nach kurzem Anklopfen ein. „Der Herr Gutsverwalter Heidenreich steht Euer Gnaden nunmehr zur Verfügung."

„Soll eintreten!", war Bertrams kurze Antwort.

Mit festem Schritt betrat Friedrich Heidenreich die Bibliothek. Ein kräftiger und vierschrötiger Mann mit rotbraunem Schopf, auf dem die Haare kreuz und quer standen und dem anzusehen war, dass er einen großen Teil seines Lebens im Freien verbracht hatte. Kurz vor dem Schreibtisch bremste der Gutsverwalter seinen forschen Schritt und strahlte den Grafen unverblümt an.

Bertram vergaß seine Verstimmung bei diesem schwungvollen Auftritt seines langjährigen Gutsverwalters, erhob sich, ging um den Schreibtisch herum und schüttelte Friedrich Heidenreich die Hand.

„Schön, Euch zu sehen, Heidenreich."

„Die Freude ist ganz auf meiner Seite. Herr Graf, erlaubt mir die Bemerkung, dass mir ein Stein vom Herzen gefallen ist, als ich hörte, dass Herr Graf wieder wohlbehalten zurückgekehrt sind."

„Herzlichen Dank, lieber Heidenreich." Bertram setzte sich wieder hinter seinen Schreibtisch, nachdem er den Gutsverwalter aufgefordert hatte, ebenfalls Platz zu nehmen.

„Ich will nicht lange um den heißen Brei herumreden. Wir kennen uns lange genug und haben bisher sehr konkrete und letztlich auch übereinstimmende Vorstellungen davon gehabt, wie ein herrschaftliches Gut zu führen ist. Das, was ich allerdings heute Morgen hier angetroffen und in den wenigen Stunden meiner

Anwesenheit bereits gesehen habe, entspricht dieser klaren Linie in keiner Weise. Gibt es Eurerseits dafür eine Erklärung?"

Der fröhliche Ausdruck auf dem Gesicht des Gutsverwalters war bereits bei den ersten Worten des Grafen verschwunden und seine Stirn wies nun deutliche Sorgenfalten auf. Der Mann, der sonst eher ein Mensch klarer Ansprachen war, wirkte betreten, bevor er antwortete. „Es tut mit leid, Herr Graf, dass Eure glückliche Rückkehr gleich von einer solchen Enttäuschung getrübt wird."

„Euer Mitleid hilft mir nicht weiter", unterbrach Bertram ungeduldig die vorsichtigen Worte seines Gutsverwalters. „Was ist passiert?"

„Im ersten Jahr Euer Abwesenheit gab es keine Probleme", begann Friedrich Heidenreich zögerlich zu berichten. „Im Sommer vergangenen Jahres allerdings beklagte sich Euer Herr Bruder darüber, dass das Gut zu wenig abwerfen würde, wie er sich ausdrückte. Ich legte daraufhin die Bücher vor und erläuterte dem Herrn Grafen die finanziellen Notwendigkeiten und Zahlungsverpflichtungen. Der Herr Graf hat dann die Bücher bei sich behalten und erklärt, er werde sich von nun an persönlich um die finanziellen Angelegenheiten des Gutes kümmern."

„Das heißt, dass Ihr seit einem Jahr nicht mehr die Bücher des Gutes geführt habt?" Graf Bertram schüttelte den Kopf, als wollte er nicht glauben, was er soeben gehört hatte.

„Das ist richtig, Herr Graf. Euer Herr Bruder hat dann in den folgenden Monaten grundlegende Veränderungen eingeführt."

„Welcher Art zum Beispiel?"

„Langjährige Verträge mit den Händlern von Saatgut

und landwirtschaftlichem Gerät wurden kurzfristig gekündigt und anderen Händlern übertragen. Ihr Herr Bruder hat den alten Förster Moldenhaupt entlassen und einen jüngeren Mann eingestellt."

„Und was ist mit dem Gestüt geschehen?"

„Wenn man es ganz genau nimmt, Herr Graf, gibt es ein Gestüt Rantzau nicht mehr."

Graf Bertram hielt es nicht mehr auf seinem Stuhl. Unruhig ging er in der Bibliothek auf und ab. Heidenreich, der sich ebenfalls sofort erhoben hatte, befahl er kurz mit den Worten „Bleibt sitzen!" auf seinen Stuhl zurück. „Wo sind die Pferde geblieben?"

„Euer Herr Bruder hat sie nach und nach verkauft, bis es keinen ausreichenden Zuchtbestand mehr gab."

„Wo ist der Leiter des Gestüts abgeblieben?"

„Den Herrn Rittmeister von Pottlitz hat Euer Herr Bruder entlassen."

„Und keiner hat etwas gegen diesen Wildwuchs getan?"

„Oh doch, Herr Graf. Soweit ich es verfolgen konnte, gab es kaum jemanden aus Eurer Familie, der nicht immer wieder interveniert hat. Rittmeister von Pottlitz, der alte Aurich und ich selbst haben versucht, Euren Herrn Bruder umzustimmen, jedoch erfolglos. Wir mussten uns allesamt Inkompetenz und Maßlosigkeit vorwerfen lassen."

Bei den letzen Worten des Gutsverwalters unterbrach Bertram abrupt seinen unruhigen Gang durch die Bibliothek. Verwundert blickte er Friedrich Heidenreich an. Bisher hatte er seinen Gutsverwalter stets als loyalen Menschen erlebt, doch aus seiner letzten Bemerkung war unzweifelhaft eine Missachtung zu entnehmen. Geradezu untypisch für den aufrechten Mann. Seine im ersten Augenblick aufkommende Entrüstung wich jedoch sehr schnell der Erkenntnis, wie stark sein treuer Verwalter und letztlich auch die anderen Bediensteten des Gutes verletzt worden waren, wenn Friedrich Heidenreich es für nötig erachtete, zu einer solchen Wortwahl zu greifen. Eine ganze Weile sagte Bertram nichts.

„Ich bitte um Entschuldigung, Herr Graf, ich wollte nicht ..."

„Ist gut, Heidenreich, es ist alles in Ordnung", unterbrach Bertram ihn, „ich habe Euch unrecht getan. Ich danke Euch für Eure Aufrichtigkeit. Wir wollen es zunächst dabei bewenden lassen."

Der Gutsverwalter erkannte, dass das Gespräch damit beendet war, erhob sich und verließ mit einer Verbeugung die Bibliothek. Bertram setzte sich wieder hinter seinen Schreibtisch und stützte den Kopf auf seine Hände. Nach dem Gespräch mit Heidenreich konnte er nur sehr schwer seine Gedanken ordnen. Für ihn war es kaum vorstellbar, wie sein Gut in eine derart dramatische Lage hatte geraten können. Das Schloss Ascheberg, das Gut und das Gestüt waren über Generationen mit dem Namen Rantzau verbunden. Treue, Zuverlässigkeit, Tradition und eine geschickte Hand im Umgang mit Mensch und Tier hatten zu jenem Ansehen geführt, das die Rantzaus über die Grenzen hinaus bekannt gemacht hatte. Grundlage von Hochachtung und Anerkennung an Fürstenhöfen und Königshäusern. All das sollte jetzt ins Wanken geraten? Was musste noch alles geschehen sein, wenn sich der zuverlässige Gutsverwalter zu derart kritischen Äußerungen über Familienmitglieder hinreißen ließ?

„Bertram, es ist ein sonniger Tag, Fortuna lächelt, du bist wieder da, alle sind fröhlich und du machst ein missmutiges Gesicht", unterbrach Gräfin Dorothea die Gedanken ihres Gatten.

„Du hast eben einen Mann schlichten Gemütes geheiratet, meine Liebe, der sein großes Glück gar nicht fassen kann." Bertram trat seiner Frau entgegen und umarmte sie.

„Darf ich denn meinen geliebten Narren zu seinen ebenso närrischen Kindern entführen?" Dorothea lachte den mittlerweile milde gestimmten Bertram an und hakte sich bei ihm unter.

„Du hast recht, vielleicht heitert es meine Stimmung ein wenig auf, wenn ich meine kleinen Prinzessinnen sehe."

Gemeinsam erklommen sie die zweite Etage des Schlosses, in dem neben den Spielzimmern der Kinder auch das Schulzimmer lag. Leise versuchte Bertram die Tür zu öffnen. Der erste Blick zeigte ihm ein vertrautes Bild vergangener Tage. Vor den sieben Kindern der Familie, die brav an kleinen Tischen saßen, stand Lehrer Leberecht Fretwurst. Ein aufrechter hagerer, fast asketisch wirkender Mann, der schon seit Jahren den Rantzaus als Hauslehrer diente. Der erste Eindruck seiner äußeren Erscheinung, unterstrichen durch nüchterne Kleidung, die keinen Farbtupfer zuließ, erlaubte keine allzu große Sympathie. Er wirkte abweisend, wenn nicht sogar hochnäsig.

Das Knarren der Tür zum Schulraum zerstörte die Aufmerksamkeit der Kinder urplötzlich. Alle Köpfe schnellten neugierig herum und blickten Dorothea und Bertram überrascht und erwartungsvoll an. Hedwig, die achtjährige Tochter der beiden, hielt es als Erste nicht mehr auf ihrem Stuhl. Mit einem freudigen „Papa ist wieder da!" stürmte sie auf Bertram zu und warf sich voller Übermut in seine Arme.

Graf Bertram wirbelte die Kleine herum und drückte sie herzlich an sich. „Meine kleine Prinzessin hat mich nicht vergessen.“

Behutsam küsste er sie auf die Stirn und setzte sie wieder ab, um die anderen Kinder zu begrüßen.

Hedwig wich nicht von seiner Seite.

Während sich seine jüngste Tochter Cathrine, sie war jetzt sechs Jahre alt, schüchtern in den Falten von Dorotheas Rock versteckte und sich an ihre Mutter schmiegte, schritt Margarethe, Bertrams älteste Tochter, zielstrebig auf ihren Vater zu. „Ich freue mich ganz besonders, lieber Vater, Euch gesund wiederzusehen.“ Sie strahlte den Grafen an und reichte ihm die Hand. Bertram war für kurze Zeit irritiert. Das Kind musste jetzt dreizehn Jahre alt sein und hatte sich von einem jungen Mädchen in eine kleine Dame verwandelt. Mit großer Freude nahm Bertram seine Älteste in die Arme und drückte sie an seine Brust. Inzwischen waren auch die anderen Kinder näher getreten, und nacheinander begrüßte der Graf die vier Söhne seines Bruders herzlich. Karl, der ein Jahr jünger war als Margarethe, Gunther, Herrmann und Franz. Nachdem der allgemeine Begrüßungstrubel verklungen war, wandte sich Graf Bertram dem Lehrer zu.

„Es tut mit leid, mein lieber Fretwurst, dass ich Eure Kreise gestört habe, aber meine Neugier zu sehen, wie sich der Nachwuchs unserer Familie entwickelt hat, war einfach zu groß.“

„Ich darf mich der Freude der Kinder anschließen, verehrter Herr Graf, Euch wohlbehalten wiederzusehen“, antwortete der Lehrer zurückhaltend, wobei seinem Gesichtsausdruck ein dezentes Wohlgefallen zu entnehmen war. „Wenn auch das Verhalten der Kinder bei Eurem Erscheinen entgegen jeder Etikette war und einen bedenklichen Verstoß gegen Anstand und Würde darstellte, möchte ich dieses doch entschuldigend dem freudigen Anlass zuschreiben." Lehrer Fretwurst wollte das ausgelassene Verhalten der Kinder nicht unkommentiert lassen. Streng seinem Erziehungsauftrag folgend.

„Erfreuen wir uns an der Spontanität der kleinen Seelen, lieber Fretwurst, der Alltag wird sie früh genug einholen. Jetzt möchte ich aber wissen, was ihr in den vergangenen zwei Jahren alles gelernt habt."

Bevor Lehrer Fretwurst organisierend eingreifen konnte, hatte sich Graf Bertram auf einen der kleinen Stühle gesetzt, die kleine Hedwig auf den Schoss genommen und die anderen Kinder aufgefordert, sich im lockeren Rund um ihn zu setzen. Anschließend warf er den Kindern einzelne Fragen zu:

„Wie schreit der Eichelhäher?"

„Wie viel ist drei mal acht?"

„Wie lautet das siebente Gebot?"

„Wie lange braucht ein Pferd vom Schloss bis zur Plöner Kirche?"

Die Kinder beantworteten seine Fragen mit großer Begeisterung und konnten kaum an sich halten, ihr Wissen von sich zu geben.

Während Gräfin Dorothea die stürmische Begrüßung und auch das lustige Frage- und Antwortspiel zwischen Bertram und den Kindern mit einem wohligen Gefühl und einem Lächeln auf den Lippen beobachtete, zeigte das Gesicht von Lehrer Fretwurst ein gewisses Befremden. Entsprach doch dieser lockere Umgang mit den Kindern keineswegs seinen Vorstellungen von Ordnung und Disziplin in seinem Unterrichtsraum. Doch fügte er sich dem Unvermeidbaren, denn eine wiederholte Belehrung seines Dienstherren über die „Spontanität der kleinen Seelen" wollte er nicht riskieren.

Dorothea nickte dem etwas griesgrämig wirkenden Lehrer aufmunternd zu und gab ihm damit zu verstehen, dass alles seine Richtigkeit hätte. Behutsam zog sie sich zurück, nicht ohne erneut einen Blick auf dieses so lange vermisste Bild ihres geliebten Mannes inmitten der Schar fröhlicher Kinder zu werfen. Leise schloss sie die Tür.

„Mir kommt es vor, als wären wir bereits vier Wochen wieder in Ascheberg und nicht erst wenige Stunden."

Gemeinsam saßen Bertram und Volkmar in den tiefen Sesseln am Kamin in der Bibliothek. Nach dem fröhlichen Ausflug in die Welt der Kinder war Bertram wieder in sein Arbeitszimmer zurückgekehrt. „Volkmar, es ist einfach erschreckend, was ich hier vorfinde. Wichtige Papiere schwirren durch den Raum wie Blätter im Herbst. Mein Gutsverwalter fühlt sich anscheinend nicht mehr zuständig, seitdem mein Bruder ihm die Verantwortung für die Bücher entzogen hat, und ein Gestüt Ascheberg gibt es überhaupt nicht mehr. Es ist ein Albtraum! Und ich möchte nicht wissen, was noch alles auf mich zukommt." Bertram zuckte resignierend mit den Schultern.

„Nun, Bertram, was ich bei meinem kurzen Ritt durch die Ländereien gesehen habe, wird dein Herz auch nicht gerade erfreuen", begann Graf Volkmar mit seinem Bericht. In groben Zügen beschrieb er seinem Freund die ersten Eindrücke, die er bei seinem morgendlichen Ausritt gewonnen hatte. Dazu gehörte der Anblick der ungepflegten Getreidefelder ebenso wie auch das verwaiste Gestüt.

Graf Bertram hatte sich die Lagebeschreibung seines

Freundes, ohne ihn zu unterbrechen, geduldig angehört. Als Volkmar jedoch seine unerfreuliche Begegnung mit dem neuen Förster schilderte, fuhr Bertram hoch. „Was, der hat dich mit seinem Dolch bedroht und du hast ihn nicht gleich arretieren lassen?“

„Bertram, beruhige dich. Er wusste doch gar nicht, wer ich war. Ich habe ihm schon mit seiner eigenen Peitsche gezeigt, was ich von seinen Ausfällen halte.“

Leise öffnete sich die Bibliothekstür. Beide Grafen blickten erwartungsvoll auf und erhoben sich unverzüglich von ihren Sitzen. In der Tür stand Graf Leopold von Brockdorff, der alte Onkel von Gräfin Dorothea. Er war ein gerngesehener Gast des Hauses. Er lebte seit Jahren zurückgezogen in einem Seitenflügel des Schlosses und widmete sich intensiv seinen Studien, die die Familiengeschichte fürstlicher Häuser umfasste wie auch die Beurteilung vergangener Feldzüge bedeutender Herzöge und Könige. Außerdem war er ein aufmerksamer Beobachter aller Dinge, die rund um ihn geschahen. Bertram hatte den Onkel seiner Frau ins Herz geschlossen, besonders da er sehr gern auf sein analytisches Urteil vertraute. Dieses konnte, wenn nötig, bei aller Bescheidenheit und Gutmütigkeit, die das Auftreten des alten Grafen begleitete, äußerst scharf und vernichtend sein.

„Ich störe nur ungern, aber wie mir zu Ohren gekommen ist, gibt es einen freudigen Anlass, bereits am frühen Nachmittag eine gute Flasche Bordeaux zu köpfen“, begrüßte Graf Leopold die beiden jungen Grafen mit einem verschmitzten Lächeln.

„Ich muss mich bei Euch entschuldigen, verehrter Onkel, dass ich noch keine Zeit gefunden habe, mich zurückzumelden, aber in den letzten Stunden sind so viele unliebsame Dinge auf mich eingeprasselt, dass ich selbst auf dem besten Wege bin, elementare Dinge des Anstandes zu vergessen.“ Bertram trat dem Onkel entgegen, schüttelte ihm herzlich die Hand und führte ihn zu einem der Sessel vor dem Kamin.

„Nun, mein lieber Volkmar, wie habt Ihr Euch dieses Mal geschlagen“, wollte Graf Leopold wissen, nachdem er sich bedächtig gesetzt hatte. Dabei blickte er Volkmar herausfordernd an. Sein weißes Haar, die vielen Falten und seine behutsamen Bewegungen zeigten zweifelsfrei, dass es sich hier um einen betagten Mann handelte, doch seine lebhaften Augen bewiesen, dass in diesem alten Körper ein überaus wacher Geist wohnte, der das Leben auch von der humorvollen Seite betrachten konnte.

„Verehrter Graf Leopold, auch ich freue mich sehr, Euch in alter Frische anzutreffen“, ging Volkmar sofort auf den ein wenig spöttischen Ton seines Gegenübers ein, „aber wir werden doch nicht in den ersten Sekunden des Wiedersehens bereits unsere Munition verschießen, wo uns doch Wochen und Monate abendfüllender Diskussionen vor dem Kamin erwarten.“

„So ist es recht, mein Junge, immer erst einmal eine volle Breitseite abfeuern, damit man weiß, wo der Feind steht. Ich freue mich schon jetzt auf die kommenden Abende.“

„Darf ich das Scharmützel der beiden Herren einmal kurz unterbrechen und den Vorschlag des Onkels aufgreifen. Wie wäre es also mit einem Schluck Wein?“, warf Bertram ein und läutete gleichzeitig nach seinem Kammerdiener.

Nachdem Conrad den Wein serviert hatte, erhoben alle drei ihre Gläser und tranken auf die glückliche Heimkehr des Herren von Ascheberg.

„Lieber Onkel, es fällt mir schwer, unsere Wiedersehensfreude mit trüben Gedanken zu belasten. Aber es brennt mir unter den Nägeln, von Euch zu erfahren, was in der letzten Zeit auf Ascheberg geschehen ist?“, richtete Graf Bertram die Unterhaltung nach kurzer Zeit auf jene Sorgen, die ihn bereits seit dem frühen Morgen beschäftigten.

Der alte Graf Leopold blickte in das Weinglas, das er in seiner rechten Hand hielt und schwieg, als er die Worte seines angeheirateten Neffen gehört hatte. Nach einer Weile hob er langsam den Kopf und blickte die beiden an.

„Mein lieber Bertram, es gibt Menschen auf dieser Erde, denen hat Gott für seine Aufgaben das nötige Rüstzeug mitgegeben. Sie setzen ihre Entschluss- und Tatkraft zum Wohl vieler ein. Sie umgeben sich mit Menschen, die auf der Ebene hoher sittlicher und christlicher Werte über einen ebenso hehren Charakter verfügen, wie sie selbst ihn besitzen. Aber es gibt auch Individuen auf dieser Welt, denen es an einer solchen Kraft nicht mangelt. Deren Urteilsfähigkeit begrenzt ist. Die fremdem Einfluss unterliegen, den sie selbst kaum steuern können. Deren Ziele ebenso hoch gesteckt sind. Doch auf ihrem Weg dorthin kommen sie durch selbst errichtete Fallen immer wieder ins Straucheln und letztlich nie ans Ziel. Es liegt nun an den Starken, dafür zu sorgen, dass nicht auch noch Unbeteiligte ins Verderben gezogen werden.“

Graf Leopold beendete seinen kleinen Ausflug über die Wesensart der Menschen mit einem wissenden Nicken. Bertram und Volkmar schwiegen betreten.

Bertram brauchte eine geraume Zeit, um sich zu sammeln. Er hatte eigentlich von dem alten Grafen eine Aufzählung der Unzulänglichkeiten auf dem Gut erwartet und nicht einen allgemeinen Vortrag über starke und weniger starke Charaktere. Doch bei längerer Betrachtung hatte Graf Leopold nichts anderes getan, als eine klare Beschreibung der derzeitigen Lage auf dem Gut abgegeben. Das desolate Erscheinungsbild, das Bertram angetroffen hatte, war letztlich nur eine Folge menschlicher Verhaltensweisen. Genau genommen Äußerlichkeiten. Zumindest aus der philosophischen Sicht des alten Grafen.

Plötzlich flog die Tür der Bibliothek mit einem lauten Krachen auf und ließ die drei Personen vor dem Kamin hochschrecken. Hereingestürzt kam Graf Eberhard von Rantzau. Irritiert bremste er seine Schritte, blieb stehen und blickte die drei Grafen verwundert an. Bertram hatte seinen Bruder vorher so nie gesehen. Vor ihm stand ein Mann, dessen Kleidung ungeordnet war, dessen Augen in tiefen Höhlen lagen und dessen Haare ungekämmt und wirr vom Kopf abstanden.

„Welch ein ehrbares Triumvirat: mein stolzer Bruder, sein unvermeidlicher Schatten und unser allwissender Hausgast. Haben die hohen Herren in ihrer Allmacht bereits etwas beschlossen, was ich wissen müsste?“ Graf Eberhards Begrüßung fiel provozierend zynisch aus, wobei er offensichtlich Probleme hatte, seine Worte deutlich zu akzentuieren und auf beiden Beinen sicher zu stehen.

„Ich hatte mir deine Begrüßung eigentlich etwas anders vorgestellt, Eberhard. Doch wie ich sehe, bist du gegenwärtig nicht ganz Herr deiner Sinne und deswegen empfehle ich dir, zunächst deinen Rausch auszuschlafen und dich ein wenig herzurichten. Vielleicht gelingt dir ein erneuter Versuch am Abend besser“, wies Graf Bertram seinen betrunkenen Bruder in seine Schranken.

„Sieh an, sieh an! Das ist er, wie er leibt und lebt, der alte Bertram. Immer von oben herab, belehrend und arrogant wie eh und je. Wie konnte ich bloß annehmen, dass mein großer Bruder sich jemals ändern würde."

„Bevor du dich weiter gehen lässt, was du gegebenenfalls später bereuen könntest, bitte ich dich dringend, uns jetzt allein zu lassen."

„Was glaubst du eigentlich, wer du bist, dass du ..."

Bevor Eberhard weitersprechen konnte, war Bertram in schnellen Schritten auf ihn zugetreten, hatte ihn umgedreht, ihn zur Tür hinausgeschoben und sie hinter ihm mit lautem Knall geschlossen. Durch die dicke Eichentür der Bibliothek war nur noch ein gedämpftes zorniges Grummeln zu hören, das sich mehr und mehr entfernte.

„Ich nehme an, verehrter Onkel, dass es das war, was Ihr uns mit Euren wohlgesetzten Worten vermitteln wolltet", unterbrach Bertram die Ruhe nach dem Gewitter, als er sich, noch immer erregt durch den anmaßenden Auftritt seines Bruders, wieder gesetzt hatte.

„Quod erat demonstrandum!", war der einzige Kommentar, den der alte Graf von sich gab.

„Auf einen Beweis dieser drastischen Art hätte ich gern verzichtet", stellte Bertram lapidar fest.

„Es tut mir leid, dass ich das sagen muss, lieber Bertram, aber Ihr werdet in den kommenden Tagen noch mehr dieser Beweise vorfinden. Wie ich Euch kenne, werdet Ihr mit Energie, Ausdauer und Beharrlichkeit den richtigen Weg wiederfinden. Nicht zuletzt auch in dem Bewusstsein, dass gute Geister in Eurer Nähe, wie Euer Eheweib und Euer bester Freund, Euch uneingeschränkt zur Seite stehen. Wie Ihr wisst, ist Euch auch meine Hilfe, wenn gewünscht, stets gewiss. Jetzt aber erlaubt einem alten Mann, dass er sich zurückzieht.

Auseinandersetzungen dieser Art ermüden mich doch mehr, als mir lieb ist.“ Zugleich erhob sich Graf Leopold beschwerlich aus seinem Sessel und nickte den beiden jungen Grafen, die ebenfalls aufgestanden waren, freundlich zu.

„Ich danke Euch von ganzem Herzen, verehrter Onkel.“ Bertram geleitete den alten Grafen zur Tür.

„Ein überaus bemerkenswerter Mann“, stellte Graf Volkmar anerkennend fest, nachdem sich die Bibliothekstür wieder geschlossen hatte.

Kapitel 3

Gräfin Dorothea hatte am Vormittag der Köchin Martha detaillierte Aufträge erteilt, welche Speisefolge sie am Abend für die gräfliche Familie erwartete. So sollten eine Fasanenpastete und in Branntwein gedämpftes Rindfleisch dazugehören wie auch ein Kapaun vom Spieß und gefüllte Rebhühner.

Die glückliche Heimkehr ihres Gatten und auch die des Grafen Volkmar wollte sie angemessen gewürdigt wissen. An diesem besonderen Abend hatte Gräfin Dorothea dafür gesorgt, dass alle Leuchter im weitläufigen Speisesaal des Schlosses entzündet waren. Sie tauchten den sonst eher nüchternen Raum in ein angenehmes warmes Licht. Alle Familienmitglieder waren pünktlich versammelt und warteten auf Graf Bertram und Gräfin Dorothea. Als sie endlich Arm in Arm durch die große Tür den Raum betraten, richtete sich die Aufmerksamkeit aller unverzüglich auf sie. Graf Volkmar folgte ihnen im Abstand von zwei Schritten.

Doch bevor der Hausherr zu Tisch bitten konnte, übernahm an diesem Abend Dorothea für kurze Zeit das Zepter. „Bevor wir uns zu Tisch begeben, möchte ich Euch, lieber Onkel Leopold, bitten, aus Anlass dieses erfreulichen Abends ein paar Worte an uns zu richten." Dorothea gab gleichzeitig ein Zeichen, jedem ein Glas Champagner zu servieren. Die Kinder bekamen Limonade.

„Die Familien Rantzau und Brockdorff haben in der

Vergangenheit über Generationen stets treu zu ihren Fürsten und Königen gestanden", übernahm Graf Leopold bereitwillig diese kleine Aufgabe, „sie haben ihnen in großer Tapferkeit gedient und nicht selten für sie auch ihr Leben eingesetzt. Graf Bertram von Rantzau folgt als Obrist des dänischen Königs dieser Tradition seit vielen Jahren. Bei allem familiären Stolz auf sein Wirken geht doch ein geradezu erlösendes Aufatmen durch alle Reihen, wenn er so wie heute gesund und in unternehmungslustiger Frische wieder vor uns steht. Ich darf Euch als Ältester in dieser Runde, lieber Bertram, offiziell auf Ascheberg willkommen heißen. Dieses gilt gleichermaßen auch für Euch, verehrter Graf Volkmar. Mit großer Freude erhebe ich mein Glas und trinke auf das Wohl der beiden glücklich Heimgekehrten."

Damit beendete Graf Leopold seine kleine Rede und hob sein Glas, dem alle anderen in der Runde folgten.

„Ich danke Euch von ganzem Herzen für Eure freundlichen Worte, doch bevor wir alle verhungern, darf ich zu Tisch bitten." Graf Bertram schritt gemeinsam mit Gräfin Dorothea auf die Stirnseite der langen Tafel zu. Doch kurz bevor beide diese erreicht hatten, sah Bertram, dass auch Eberhard sich auf den Stuhl des Hausherrn setzen wollte. Bertram warf Eberhard nur einen kurzen Blick zu und führte Dorothea zu ihrem Stuhl zu seiner Linken, bevor er sich auf seinen Platz am Kopfende der festlich gedeckten Tafel setzte.

Nicht nur Eberhard versuchte jetzt einen neuen Platz zu finden, auch seine Familienmitglieder schienen irritiert, denn durch die Anwesenheit von Bertram und Volkmar lebte wieder jene Sitzordnung auf, wie sie schon vor zwei Jahren üblich gewesen war. Neben Dorothea saß traditionsgemäß ihr Onkel Leopold und neben ihm nahm Gräfin Julia Platz. Zu Bertrams Rechten, darauf legte der Graf gesteigerten Wert, saß stets Graf Volkmar. Eine große Ehre, war er doch kein Familienmitglied. Neben ihm saß Komtesse Charlotte. Dann folgten Graf Eberhard, seine Gattin und deren Mutter, Gräfin Isolde von Bredenbeck. Geschlossen wurde die Tafelrunde durch die Kinder. Diese Sitzordnung fand nicht bei allen ungeteilte Zustimmung, doch Graf Bertram hatte seinerzeit zu verstehen gegeben, dass er seine Gattin in seiner Nähe haben möchte und nicht am „anderen Ende der Welt", wie er die gegenüberliegende Stirnseite der langen Tafel bezeichnet hatte.

Nachdem Graf Bertram das Tischgebet gesprochen hatte, gab Gräfin Dorothea dem Personal ein Zeichen, das Essen zu servieren. Obwohl im Hause Rantzau stets sehr viel Wert auf ausgesuchte Speisen gelegt wurde, hatte sich die Köchin Martha an diesem Tag förmlich übertroffen. Man konnte es ohne Weiteres als Ausdruck ihrer Freude über die Rückkehr der beiden Grafen werten.

Während des Essens waren die Themen der Unterhaltung eher allgemeiner Art. Man freute sich über den ungewöhnlich warmen Sommer, lachte über die eine oder andere Anekdote, die Graf Bertram zum Besten gab und plauderte über den neuesten Klatsch am herzoglichen Hof in Plön.

„Wir können sicherlich davon ausgehen, dass Ihr Euch zunächst ein wenig erholen wollt, bevor Ihr Euch wieder dem Alltag auf dem Gut zuwenden werdet", lenkte Gräfin Adele die Unterhaltung in eine andere Richtung.

„Dem wird nicht so sein, liebe Schwägerin. Ich möchte die Last, die mein Bruder und nicht zuletzt damit auch Ihr die vergangenen zwei Jahre getragen habt, unverzüglich von Euren Schultern nehmen. Wir werden in den kommenden Tagen einige Gespräche führen, um die reibungslosen Geschäfte sicherzustellen. Aber das sind fürwahr heute Abend nicht der rechte Ort und die richtige Zeit, diese Angelegenheiten zu erörtern."

„Mein großer Bruder kam, sah und siegte", stieß Graf Eberhard zornig hervor. Auch wenn er am Abend in ordentlicher Kleidung erschienen war, hatte er doch dem Wein beim Essen intensiv zugesprochen, was unüberhörbar auch an seiner lallenden Stimme zu erkennen war.

„Eberhard, ich bitte dich. Wir können alles morgen in Ruhe besprechen", versuchte Bertram die Wogen zu glätten.

„Wie Ihr nicht wissen könnt, hat sich während Eurer Abwesenheit das Schloss Ascheberg doch sehr zum Vorteil verändert", warf, für alle unverhofft, Gräfin Isolde von Bredenbeck ein, bevor noch ihr Schwiegersohn antworten konnte. „Durch die regelmäßigen Schlossfeste", fuhr sie fort, „ist hier ein kultureller Ort entstanden, der inzwischen Beachtung und große Bedeutung erlangt hat."

Bertram traute seinen Ohren nicht. Da hatte sich die verarmte angetraute Sippe seines Bruders auf seine Kosten eine dekorative Bühne zur Selbstdarstellung geschaffen, das Geld für rauschende Feste zum Fenster hinausgeworfen und behauptete jetzt in unbändiger Dreistigkeit, dem Schloss Ascheberg dadurch kulturelle Bedeutung verschafft zu haben. Bertram musste sich zur Ruhe zwingen.

Dorothea hatte, kaum bemerkt von den anderen, beschwichtigend ihre Hand auf seinen Arm gelegt.

Der Graf blickte Gräfin Isolde, für deren arrogante und selbstgefällige Art er noch nie allzu große Sympathie empfunden hatte, eine Weile stumm an. „Wie die Uhren in Zukunft auf Ascheberg gehen, liegt nun wiederum in meiner Hand, da Gott in seiner Güte es gefügt hat, uns wohlbehalten zurückzuführen. Das heißt, was getan werden muss, wird getan. Und Ihr könnt ganz sicher sein, dass dieses stets zum Wohl unserer Familie und des Ansehens von Schloss Ascheberg geschehen wird." Graf Bertram versuchte trotz seines schwelenden Zorns möglichst diplomatisch zu antworten.

Doch er hatte mit diesen Worten das zänkische Gemüt von Gräfin Isolde bei Weitem nicht beruhigt. Einerseits sah sie die einstige Macht ihres Schwiegersohns innerhalb eines Tages schwinden, andererseits wusste sie genau, dass damit auch ihr persönlicher Einfluss auf das Geschehen rund um das Schloss ganz schnell verblassen würde.

„Nur zu Eurer Information, die Einladungen zum nächsten Sommerfest sind versandt. Es findet in zehn Tagen statt. Wir können doch davon ausgehen, dass Ihr nunmehr als Hausherr Aschebergs die Gäste begrüßen werdet, so wie es Graf Eberhard bisher zusammen mit meiner Tochter Adele getan hat", bedrängte Gräfin Isolde Graf Bertram weiter.

Ursprünglich hatte Bertram im Kreise seiner Familie zusammen mit Volkmar seine Wiederkehr stimmungsvoll und gemütlich begehen wollen. Er hatte sehr wohl registriert, dass Dorotheas fürsorgliche Hand diesen Rahmen geschaffen hatte, ebenso wie auch die exquisite Speisefolge auf der Grundlage von Marthas vorzüglichen Kochkünsten. Dass die Stimmung nun durch seinen angetrunkenen Bruder und dessen renitenter Schwiegermutter zerstört werden sollte, ärgerte ihn maßlos. Außerdem gehörte es zu einem ungeschriebenen Gesetz, dass Tischgespräche vor den Kindern nie in einer solchen Schärfe geführt werden durften.

Doch Bertram platzte jetzt der Kragen.

Obwohl noch nicht alle am Tisch ihr Dessert beendet hatten, faltete er seine Serviette zusammen, legte sie auf den Tisch, stand auf und sagte: „Ich danke allen für diesen herzlichen Willkommensabend." Dann ergriff er Dorotheas Hand, führte sie an seine Lippen und richtete die nächsten Worte an die Damen. „Ich wünsche den Damen eine gute und geruhsame Nacht." Mit einem Blick auf die Herren stellte er kurz fest: „Wir sehen uns in der Bibliothek!" Dann drehte er sich um und ging mit zügigen Schritten auf die Tür des Speiseraums zu. Kurz bevor er diese erreicht hatte, stoppte er ab und blickte über die Schulter zurück. Alle Anwesenden hatten ihm nachgesehen.

„Eins noch, verehrte Gräfin Isolde, geht ruhig davon aus, dass es in nächster Zeit kein Schlossfest auf Ascheberg geben wird." Ohne sich um die vereinzelten entrüsteten und aufgeregten Stimmen zu kümmern, verließ Bertram den Raum.

Graf Bertram war nicht gleich in die Bibliothek gegangen, sondern zunächst auf die Terrasse getreten, von der aus er durch die Bäume des Gartens den Mond auf dem Plöner See blitzen sah. Der milde Sommerabend kühlte sein erregtes Gemüt ein wenig ab. Den Tag seiner Heimkehr hatte er sich schon so oft in seinen Träumen ausgemalt. Immer dann, wenn er auf seinem kargen Feldlager nicht hatte einschlafen können, hatte er sich einen warmherzigen Empfang fröhlicher Menschen vorgestellt. Zu seinem Traumbild hatten auch ein blühendes Gut mit eleganten und kraftvollen Pferden sowie ein strahlendes Schloss inmitten eines prachtvollen Parks, umgeben von dienstbaren guten Geistern, gehört. Doch es war wohl nur ein Traum gewesen.

Als Bertram die Bibliothek betrat, hatten sich der alte Graf Leopold, Graf Volkmar und auch Graf Eberhard bereits vor dem Kamin niedergelassen. Bertram setzte sich zu ihnen, nicht ohne sich vorher ein Glas Wein eingeschenkt zu haben.

„Welch ein Tag!“, stellte Graf Leopold nach einer Weile fest. „Bezogen auf die Menge seiner Ereignisse hätten wir auch ohne Weiteres fünf Tage damit füllen können.“

„Verehrter Onkel, Ihr nähert Euch gefährlich tief philosophischen Betrachtungen“, neckte Bertram den alten Grafen.

„Ein grundsätzlich unverfängliches Pflaster angesichts der grausamen Realität“, stellte Graf Volkmar lächelnd fest.

„Glaubt nicht, dass ich mich hinter meinen geistigen Ausflügen vor der Wahrheit verstecken möchte, mein lieber Volkmar, doch die nächsten Wochen werden noch oft genug angefüllt sein mit den nüchternen Tatsachen des Alltags“, erwiderte der alte Graf ebenfalls lächelnd.

„Ist diese Weisheit auch der Grund, dass Ihr Eurem Prinzip, dass alte Knochen nichts auf jungen Pferderücken zu suchen haben, untreu geworden seid?“, fragte Volkmar schmunzelnd.

Bertram und Eberhard horchten auf. Was sollte diese Frage? Wussten sie doch, dass der alte Graf Leopold seit Jahren nicht mehr geritten war, weil er seine alten Knochen schonen wollte, wie er selbst stets betonte.

„Volkmar, Ihr habt ein vorlautes Mundwerk“, versuchte Leopold diese Bemerkung schnell zu überspielen.

„Ich hatte einen guten Lehrmeister“, konterte Volkmar, doch bevor er fortfahren konnte, unterbrach Bertram die beiden ungeduldig.

„Ist es wahr, Onkel, dass Ihr wieder geritten seid?"

„Ja, ja, nun messt doch einer ganz natürlichen Sache nicht allzu große Bedeutung bei. Ein Graf hat ein Pferd bestiegen. Das ist doch wahrhaftig nichts Ungewöhnliches", bemühte sich Leopold weiter, dieser Tatsache eine untergeordnete Beachtung zu schenken. Doch er konnte weder Bertram noch Volkmar täuschen, wussten sie doch, dass es einen ganz besonderen Grund für diesen Wandel in der Ansicht des Onkels gegeben haben musste. Lediglich Eberhard verfolgte das Gespräch mit mäßigem Interesse.

„Darf ich nach dem Grund Eures Sinneswandels fragen?", forderte Volkmar den alten Grafen weiter heraus.

„Zu Eurer Beruhigung: Erstens war ich bei meinen Ausritten stets in Begleitung eines überaus eifrigen und talentierten Pferdeburschen. Zweitens sind, wie Ihr seht, alle meine Knochen noch an den Stellen, wo sie auch hingehören, und drittens können die Erkenntnisse, die man auf einem Pferderücken gewinnen kann, wie Mosaiksteine einem Zauber gleich ein lückenhaftes Bild zu einem Ganzen fügen." Graf Leopold hatte bei seiner letzten Bemerkung seine linke Augenbraue ein wenig angehoben und gleichzeitig einen kurzen Blick auf Eberhard geworfen.

Volkmar und Bertram waren den Worten des alten Grafen aufmerksam gefolgt. Vermutlich hatte es ihn aufgrund der erschreckenden Entwicklung auf dem Gut nicht länger in seinem Studierzimmer gehalten. Eines schien gewiss, Leopold wusste weitaus mehr, als er jetzt im Beisein von Eberhard preisgeben wollte.

„Damit wäre der Beweis erbracht, dass geistiges Schaffen allein nicht zur Erfüllung der Menschheit führt", versuchte Volkmar die Atmosphäre zu entspannen.

„Wer das Glück dieser Erde ausschließlich auf dem Rücken der Pferde sucht, wird ohne Zweifel nicht von großen Geistesblitzen getroffen“, konterte der alte Graf lächelnd und dankbar zugleich.

„Trinken wir also auf das ausgewogene Maß eines entspannten und friedfertigen Daseins von Körper und Geist.“ Bertram erhob auffordernd sein Glas.

„Was soll dieses blödsinnige Gequatsche!“, polterte Graf Eberhard in die Runde. „Da fällt der große Bruder auf einmal vom Himmel, übt sich in weisen Sprüchen und alles ist wieder wie früher – oder wie soll das hier laufen?“

„Wir möchten nichts anderes, als diesen aufregenden Tag in Ruhe ausklingen lassen, und dazu sind ein paar wohlformulierte Worte ja letztlich nicht ungeeignet“, stellte Graf Volkmar ruhig, aber bestimmt fest.

„Was mischt Ihr Euch eigentlich in Angelegenheiten ein, die Euch gar nichts angehen. Ihr gehört nicht zur Familie. Was macht Ihr hier überhaupt?“, fuhr Eberhard den gelassen dreinblickenden Volkmar an.

„Schluss jetzt, Eberhard, Graf Volkmar ist mein Gast. Das weißt du, und das weiß die ganze Familie. Und wenn dir wiederum der Wein zu sehr zu Kopf gestiegen ist, dann würde ich dich bitten, dass du dich zurückziehst, damit wir nicht noch weitere Beleidigungen von dir ertragen müssen.“

„Ein Vorschlag, dem ich mich auch anschließen möchte, da Ihr, Eberhard, anscheinend unserer Konversation ohnehin nicht mehr folgen könnt“, ergänzte Graf Leopold Bertrams Worte zur großen Verwunderung Eberhards. Erschrocken blickte er ihn an, als er sah, dass der alte Graf ihm gegenüber einen ungewohnt feindseligen

Gesichtsausdruck zeigte.

Graf Eberhard erhob sich mühsam aus seinem Sessel und blickte irritiert von einem zum anderen. Ohne ein Wort verließ er schwankend die Bibliothek.

Bertram stand an diesem Morgen in aller Frühe auf. Leise verließ er sein Schlafgemach und begab sich in die Schlossküche, wo die Köchin Martha bereits geschäftig hantierte. Der Graf bat lediglich um ein schnelles Frühstück, konnte sich aber eines deftigen Rühreis mit gepökeltem Schinken und eines Kanten frisch gebackenen Brotes nicht erwehren. Mit zügigem Schritt ging er anschließend auf den Marstall zu und stellte auch hier bereits lebhaftes Treiben fest. Als Aurich den Grafen entdeckte, versuchte er seine anfängliche Überraschung zu verbergen, folgte den Weisungen Bertrams eilig, und kurze Zeit später ritt der Graf auf seinem braunen Wallach Aaron durch die Lindenallee davon.

Obwohl sein Freund bereits einen sorgfältigen Bericht über den allgemeinen Zustand des Gutes abgegeben hatte, musste Bertram sich unbedingt selbst ein Bild machen. Er wollte mit den Menschen sprechen. Er wollte wissen, was sich verändert hatte und nach Möglichkeit auch die Gründe dafür erfahren.

Die ersten Sonnenstrahlen hatten den Nebel vertrieben. Ein leichter Wind ließ die Blätter der Silberpappeln am Ufersaum rauschen. Langsam erinnerte sich Bertram an die unbeschwerte Zeit vor seinem letzten Feldzug. Wie hatte er diese morgendlichen Ausritte genossen. Geradezu paradiesisch erschienen ihm in der Erinnerung heute jene Tage, wenn auch Dorothea ihn begleitet hatte und sie gemeinsam den erwachenden Tag mit all seinen Farben und Geräuschen hatten erleben können. Von Zeit zu Zeit hatte sich auch Volkmar diesen Ausflügen angeschlossen. Es waren unbekümmerte und fröhliche Tage gewesen, an denen selbst die Arbeit und Verantwortung für Gut und Gestüt mit einer wohltuenden Leichtigkeit erfüllt war.

Auf seinem Weg am bewaldeten Ufersaum des Plöner Sees lichteten sich nach einer Weile die Bäume. Vor ihm erschien eine Ansiedlung mit strohgedeckten Katen, zwischen denen Netze gespannt waren. Im Ufersand lagen vier Fischerboote mit dem Kiel nach oben. Auf einem dieser Boote saß ein alter Mann, der ein Netz flickte. Bertram ritt langsam näher. Als er nur noch wenige Schritte entfernt war, hob der alte Mann seinen Kopf und blickte Bertram mit klaren Augen an.

„Es gibt nur noch wenige Anlässe, die das Herz eines alten Mannes zum Hüpfen bringen können, Herr Graf. Ich bin Euch dafür von ganzem Herzen dankbar", begrüßte der alte Fischer seinen Herren und versuchte dabei, sich von dem Boot zu erheben.

„Bleib sitzen, mein lieber Fuhrmann. Es freut mich besonders, dass ich dir an diesem wunderschönen Tag eine Freude bereiten konnte", antwortete Bertram mit einem Lächeln auf den Lippen.

Er konnte diesem treuen Gefolgsmann einfach nicht böse sein. Grundsätzlich galt es als ungehörig, wenn ein Nachgeordneter dem Grafen gegenüber als Erster das Wort ergriff, und dieses auch noch in sitzender Position. Doch Bertram kannte Anton Fuhrmann bereits seit seiner Kindheit, denn schon unter seinem Vater hatte der Fischer als Wadenmeister gedient.

„Ich habe den Eindruck, dass du gar nicht überrascht bist, mich zu sehen", war Bertram ein wenig verwundert über die Selbstverständlichkeit, mit der ihn der Fischer begrüßt hatte.

„Ihr wisst doch, Herr Graf, die Fische wissen und hören alles. Und das meistens noch drei Tage vorher", antwortete der alte Fischer und blinzelte dabei mit seinen listigen Augen.

„Genau das ist der Grund, weshalb ich heute bei dir bin", verriet der Graf den Anlass seines Besuches. Er war inzwischen abgestiegen und hatte sich neben dem Fischer auf das Boot gesetzt. „Da die Fische alles wissen, möchte ich jetzt von dir hören, was in den vergangenen zwei Jahren geschehen ist."

„Nun, Herr Graf, ich kann nur für die Fischer sprechen. Ein Urteil über andere Veränderungen auf dem Gut steht mir nicht zu."

„Einverstanden, sprechen wir über die Fischer. Wo ist dein Sohn, der Wadenmeister?"

„Mein Sohn Jonathan ist mit den anderen Fischern auf dem See, aber Wadenmeister ist er nicht mehr."

Bertram sah den alten Fischer verwundert an.

„Wieso das nicht, ich habe ihn doch vor rund drei Jahren selbst zum Wadenmeister bestellt. Nicht zuletzt auch als Referenz an dein Alter."

„Das ist wohl richtig, doch der Herr Graf, Euer Herr Bruder, hat die Bestellungsurkunde vor ungefähr einem Jahr eigenhändig zerrissen und das damit begründet, dass ein Grünschnabel für dieses Amt ungeeignet sei."

Bertram schüttelte den Kopf.

„Gab es für die Entscheidung meines Bruders einen konkreten Anlass?"

„Nun ja, Euer Herr Bruder hatte meinen Sohn bedrängt, den wöchentlichen Fang zu verdoppeln. Jonathan hat dann versucht, Eurem Herrn Bruder zu erklären, dass dadurch der Fischbestand im See stark geschmälert würde."

„Und wen hat mein Bruder dann als Wadenmeister eingesetzt?"

„Ihr sprecht gerade mit ihm, Herr Graf", antwortete der Fischer und zuckte zugleich entschuldigend mit den Schultern.

Bertram schüttelte erneut den Kopf. „Hat mein Bruder denn die Forderung an eine höhere Ausbeute an Euch nicht gestellt?"

„Oh, doch, das hat er. Ich habe ihm auch versprochen, dass wir unser Bestes tun werden, doch es sind einfach nicht mehr Fische in die Netze gegangen."

Bertram blieb das listige Blinzeln in den Augen des alten Fischers nicht verborgen. „Und das hat mein Bruder akzeptiert?"

„Nun, er war sehr erbost, doch ich glaube, die unerschütterliche Aussage eines alten Wadenmeisters war wohl auch für ihn nicht ganz unbedeutend."

„Fuhrmann, du bist ein mit allen Wassern gewaschener hinterlistiger Meuterer, den man auf einem Schiff schon längst an der höchsten Rah aufgeknüpft hätte. Bist du dir dessen bewusst?" Bertram blickte dem Alten eindringlich in die Augen, wobei er sich das Lachen nur mit Mühe verkneifen konnte.

„Jawohl, Herr Graf, ich bitte um Vergebung, wenn ich mich Euch oder Eurer Familie gegenüber unbotmäßig verhalten habe. Ich glaube, die Fische werden es mir trotzdem danken, und das mit dem Aufknüpfen ängstigt einen alten Mann wie mich nicht über Gebühr." Dabei sah Anton Fuhrmann seinen Herren dermaßen unschuldig an, dass Graf Bertram nun doch herzlich lachen musste.

„Fuhrmann, dir sei verziehen", versprach Bertram immer noch lachend. „Da es mir garantiert nicht mehr gelingen wird, aus dir einen anständigen Menschen zu machen, entlasse ich dich aus dem Amt des Wadenmeisters und weise dich an, deinen Sohn Jonathan in den nächsten Tagen gewaschen und im besten Anzug ins Schloss zu schicken für eine erneute Bestellung als Wadenmeister. Haben wir uns verstanden?"

„Jawohl, Herr Graf, ich nehme die Strafe an", antwortete daraufhin der Fischer mit treuherzigem Blick, aber strahlenden Augen.

Bertram hatte sich inzwischen erhoben und legte dem alten Mann die Hand auf die Schulter, als auch dieser aufzustehen versuchte.

Das Gespräch mit dem alten Fischer hatte Bertram beunruhigt. Was war nur in Eberhard gefahren, dass er das funktionierende Zusammenspiel auf dem Gut derart aus dem Gleichgewicht gebracht hatte?

Der Vorfall mit dem neuen Förster, den Volkmar ihm am Vortag beschrieben hatte, warf ebenfalls ungeklärte Fragen auf. Von der Köchin Martha hatte Bertram erfahren, dass der vorherige Förster Moldenhaupt mit seiner Familie bei seiner Schwester untergekommen war, die in einer Kate in der Nähe der Glashütte wohnte. Der Graf lenkte sein Pferd vom Ufer des Sees entlang des Mühlenbaches in die Feldmark. Auch ihm fiel auf, wie schon seinem Freund Volkmar am Vortag, dass das Korn nicht gut stand. Lücken und große Abstände zwischen den Halmen waren ein untrüglicher Beweis dafür, dass schon bei der Aussaat nicht sorgsam gearbeitet worden war. Auch hier musste etwas Unvorhergesehenes geschehen sein, denn die Bauern und Knechte, die diese Arbeiten auf dem Gut versahen, hatten einen ganz besonderen Stolz. Ein erkennbarer Lohn ihres Schaffens war für sie stets auch eine gute Ernte. Außerdem wussten die Bauern ganz genau, dass Graf Bertram ihren guten Arbeitswillen Jahr für Jahr mit einem mehr als üblichen Anteil des Ertrages in Form von Deputat entlohnte.

Bertram ließ die Glashütte links liegen.

Langsam näherte er sich dem Teichholz, jenem Waldgebiet, an dessen Rand die angestrebte Kate lag. Schon von Weitem sah er, dass sein ehemaliger Förster auf einer Bank vor dem Haus saß und zwei spielenden Kindern zuschaute. Hinter der Kate hängte eine junge Frau Wäsche auf. Bertram wusste, dass es Lisa, die Tochter des Försters, war, die ihm den Haushalt führte. Sie und ihre Söhne lebten seit dem Tag mit ihm unter einem Dach, an dem ihr Mann von einem umfallenden Baum erschlagen worden war. Die Kinder erblickten den herannahenden Reiter als Erste und liefen geschwind zu ihrem Großvater. Bertram sah, wie der Förster beruhigend auf sie einsprach, als er erkannt hatte, wer sich der Kate näherte. Schwungvoll sprang er von der Bank auf und eilte dem Grafen entgegen, während die Kinder ihm neugierig folgten.

„Moldenhaupt, du pflegst intensiv den Müßiggang, wie ich sehe“, begrüßte er den Förster mit Handschlag, nachdem er abgesessen war und dem ältesten der Kinder die Zügel seines Pferdes überlassen hatte.

„Ich könnte lachen und weinen zugleich, Herr Graf, wenn ich Euch sehe“, begrüßte der Förster seinen Grafen.

„Herzlichen Dank, mein lieber Moldenhaupt. Fang vorne an und erzähl mir die ganze Geschichte“, forderte Graf Bertram ihn auf, nachdem sie sich gesetzt hatten.

„Es begann damit, dass Euer Herr Bruder mich vor einem halben Jahr fragte, wer verantwortlich für die Einschlaglisten sei. Ich habe ihm daraufhin erläutert, dass die zeitliche Folge des Schlagens der Bäume durch den Wuchs und durch das Alter der Bäume bestimmt wird und dass ich die Listen nach meinem besten Wissen erstellt und mit Euch und dem Herrn Gutsverwalter abgestimmt habe. Ungefähr eine Woche später erhielt ich dann vom Gutsverwalter eine Liste mit dem Auftrag, die Bäume nach einer neuen Zeitfolge zu schlagen. Die Wuchszeit der Bäume war darin durchgehend um zwei Jahre gekürzt. Ich habe dann nach Durchsicht der Listen dem Gutsverwalter mitgeteilt, dass ich diese Anordnung nicht vollziehen kann, da sie jedem Grundgedanken ernsthafter Forstwirtschaft widerspricht." Deutlich war zu erkennen, wie erregt der Förster war.

Bertram hatte seinen Worten aufmerksam gelauscht, ohne ihn zu unterbrechen.

„Noch am selben Tag wurde ich noch ins Schloss beordert", setzte der Förster seinen Bericht fort. „Euer Herr Bruder fragte mich, warum ich seinen Weisungen nicht folgen würde. Ich erläuterte dann erneut meine Bedenken mit dem ergänzenden Hinweis, dass ein solch grünes Holz als Bauholz nicht verwertbar sei. Euer Herr Bruder wies mich darauf hin, dass es nicht mir obliegen würde zu entscheiden, wann das Holz geschlagen und wofür es verwendet wird."

„Und weiter?"

„Euer Herr Bruder fragte mich, ob ich seinen Auftrag durchführen würde, und als ich verneinte und es damit begründete, dass ich diese Arbeit nicht mit meinem Gewissen vereinbaren könnte, wies Euer Herr Bruder mich an, innerhalb von zwei Tagen das Forsthaus zu verlassen", beendete der Förster seinen Bericht.

„Es scheint, mein lieber Moldenhaupt, dass hier ein paar Dinge überaus unglücklich gelaufen sind", versuchte Bertram den ratlos dreinblickenden Mann zu beruhigen.

„Ich weiß, wie schwer dir diese Entscheidung gefallen ist, da du dich bisher stets von einer äußerst loyalen Seite gezeigt hast. Ich habe in den nächsten Tagen viel zu tun und einige Angelegenheiten zu regeln, aber stelle dich darauf ein, dass der Müßiggang der letzten Tage bald vorbei ist."

Dabei erhob sich der Graf von der Bank. Dann pfiff er auf zwei Fingern und winkte die beiden Jungs mit seinem Pferd herbei. „Ihr bekommt Nachricht, wann ihr wieder in das Forsthaus ziehen könnt." Bertram verabschiedete sich von seinem alten Förster, der ihm noch eine ganze Weile sichtlich erleichtert hinterherblickte.

Gedankenverloren verließ Bertram seinen getreuen Förster. Mehr und mehr wurde ihm bewusst, dass gerade jene Menschen, die ihm seit Jahren in tiefer Verbundenheit dienten, verunsichert und sogar verärgert waren. Ob die mütterliche Köchin Martha, sein verantwortungsvoller Gutsverwalter Heidenreich, ob der bodenständige Fischer Fuhrmann oder auch jetzt der aufrechte Förster Moldenhaupt, sie alle vermittelten den Eindruck, dass ihnen auf irgendeine Weise Unrecht getan worden war. Bertram hatte keinen Zweifel an ihren Beschreibungen. Denn auch das klang bei den Gesprächen unterschwellig durch: Es ging ums Geld. Der Verkauf der teuren und wertvollen Gestütspferde setzte allem noch die Krone auf. Er musste dringend mit Eberhard reden.

Unmittelbar vor den großen Doppelflügeltüren des Marstalls sprang Bertram schwungvoll aus dem Sattel. Stallmeister Aurich war ihm entgegengeeilt, nachdem er die trommelnden Hufschläge auf dem Gutshof gehört hatte.

„Aurich, kümmre dich um ihn. Eine Extraportion Hafer hat er heute auch verdient." Er drückte dem Stallmeister die Zügel in die Hand.

Als er sich gerade abwenden wollte, um schnellen Schrittes das Schloss zu erreichen, erstarrte er wie vom Schlag getroffen. Unvermutet war sein Blick auf einen Stalljungen gefallen, der sich deutlich von den anderen abhob. Er war tiefschwarz. Es war ein Mohr.

Kapitel 4

Graf Bertram traf seine Familie im Speisesaal des Schlosses beim Frühstück an.

„Bertram, du bist früh auf den Beinen“, begrüßte ihn Gräfin Dorothea freundlich. „Willst du nicht mit uns frühstücken?“

„Ich habe bereits bei Martha in der Küche gefrühstückt“, entgegnete er. Dabei beugte er sich über Dorothea und küsste ihr die Hand.

„Du riechst nach Pferd“, flüsterte sie ihm schmunzelnd zu.

„Ein Grund mehr, nicht länger in deiner Nähe zu weilen“, lächelte er sie liebevoll an.

„Ich wäre der Familie dankbar, wenn sie sich heute Morgen zu meiner Verfügung halten würde und wir uns um elf Uhr in der Bibliothek treffen könnten.“ Da er in der Runde seinen Bruder Eberhard vermisste, fuhr er fort: „Verehrte Schwägerin, wärt Ihr so gütig, meinen Herrn Bruder ebenfalls über unsere Zusammenkunft zu informieren?“

Gräfin Adele blickte Bertram abweisend an. Wie kam sie dazu, Weisungen entgegenzunehmen wie ein gemeiner Domestik. Doch bevor sie ihren Unmut äußern konnte, hatte Graf Bertram den Speiseraum bereits verlassen, nicht ohne vorher Graf Volkmar kurz zuzunicken, um ihm zu signalisieren, dass auch seine Anwesenheit erwünscht sei.

Nachdem Bertram sich erfrischt hatte, damit er „nicht mehr so nach Pferd roch", begab er sich in die Bibliothek und setzte sich an seinen Schreibtisch. Dabei kam ihm wieder die überraschende Begegnung mit dem Mohrenjungen in den Sinn. Stallmeister Aurich hatte ihn nur so weit informieren können, dass der schwarze Junge seit ungefähr einem Jahr auf Ascheberg weilte. Er wurde die meiste Zeit als Pferdebursche eingesetzt und stellte sich dabei überaus kundig an.

„Der Junge hat ein Händchen für Pferde", wusste der Stallmeister zu berichten. Von Zeit zu Zeit hatte der Mohr auch im Schloss gedient. Bei Festen und Gesellschaften war er in farbenfrohe Gewänder gesteckt worden und hatte den herrschaftlichen Gästen auf einem Silbertablett süße Köstlichkeiten servieren müssen. Den nötigen „Schliff" für die Aufgabe im Schloss, verriet Aurich, hatten ihm der Kammerdiener Conrad und die Köchin Martha beigebracht.

Bertram verspürte geradezu einen schmerzlichen Druck im Magen, wenn er nur daran dachte, dass es auf seinem Gut einen Jungen aus Afrika gab. Ihn widerten diese vermeintlich edlen Damen regelrecht an, da sie es für unverzichtbar hielten, ohne einen Mohren auszukommen. Sklavenhandel war für ihn unchristlich und unmenschlich. Als er seinerzeit als Kammerjunker in der Sommerresidenz des dänischen Königs in Glückstadt weilte, war er das erste Mal schwarzen Menschen begegnet. In dem Hafen an der Elbe hatte bereits zu jener Zeit ein reger Handel mit den Ureinwohnern Afrikas geblüht. Die Schiffe, die aus den fernen Ländern des schwarzen Kontinents zurückgekehrt waren, hatten nicht nur fremdländische Handelsware in ihren Bäuchen, sondern auch schwarze Frauen, Männer und Kinder.

Bertram erinnerte sich, dass sie schon damals an herrschaftliche Häuser und reiche Kaufleute verkauft worden waren. Für ihn war dies ein unerträglicher Zustand. Menschen waren Gottes Geschöpfe, ganz gleich, ob sie nun eine weiße oder eine schwarze Hautfarbe hatten.

Bertrams Gedanken wurden durch ein Klopfen an der Bibliothekstür gestört. Kammerdiener Conrad trat ein. Ihm folgten die einzelnen Familienmitglieder. Unter ihnen Graf Eberhard, der sich protestierend in den Vordergrund drängelte. „Was soll dieser Auftrieb am frühen Morgen? Wir haben alle genug andere Dinge um die Ohren, als hier untätig herumzusitzen", fuhr er Bertram an.

Graf Bertram erhob sich betont langsam von seinem Schreibtischstuhl, ignorierte Eberhard vollkommen und bat seine Familie, an dem großen Konferenztisch Platz zu nehmen. Als sein Bruder erneut aufbegehren wollte, fuhr er ihn kurz an: „Eberhard, setz dich, du kommst noch früh genug zu Wort!"

Als alle endlich am Tisch saßen, auch Eberhard, stellte sich Bertram hinter seinen Stuhl am Kopfende des Tisches und blickte in die Runde. Das war seine Familie. Seine geliebte Dorothea, ihre verwitwete Schwester Julia und ihr alter Onkel Leopold, seine liebreizende Schwester Charlotte, sein missmutig gestimmter Bruder Eberhard, dessen reservierte Frau Adele und ihre stets arrogant wirkende Mutter Isolde. Und natürlich sein langjähriger Freund Volkmar. Die Kinder wusste er, wie jeden Wochentag um diese Zeit, unter der bewährten strengen Aufsicht von Lehrer Fretwurst.

„Ich habe euch heute hergebeten, da es Dinge zu besprechen gibt, die keinen Aufschub gestatten", begann Graf Bertram seine kleine Ansprache. „Das Ascheberg, das Graf Volkmar und ich nach unserer Rückkehr gestern hier vorgefunden haben, ist nicht mein Ascheberg, das ich vor zwei Jahren verlassen habe."

Raschelnde Kleider und dezentes Gemurmel zeugten von Unruhe unter den Beteiligten.

„Es ist an mir, die wahren Gründe dafür aufzuklären. Dazu wird es noch einige gravierende Fragen an den einen oder anderen von euch geben. Fest steht, das Schloss und Gut Ascheberg wird von nun an ausschließlich von mir geführt."

Bertram hatte bei den letzten Worten seine Stimme gehoben und dabei jeden aufkeimenden Widerspruch erstickt. „Meine Bilanz der ersten Stunden ist erschütternd. Ich bin entsetzt über den Zustand des Gutes. Ein Gestüt, der Stolz derer von Rantzau seit Generationen, gibt es nicht mehr. In unserem Forst wird ohne Sinn und Verstand gerodet und die Felder sehen aus wie das Fell eines räudigen Hundes. Die Bediensteten sind verunsichert und der gute Geist dieses Gutes hat sich in Luft aufgelöst."

Bertram redete sich langsam in Rage.

„Und jetzt kommt Bertrams Inquisition und nagelt uns alle ans Kreuz. Bravo, großer Bruder!" Eberhard sprang auf und klatschte hämisch Beifall.

„Ich bin noch nicht fertig, mein lieber Eberhard. Außerdem bist du unter uns allem Anschein nach der Letzte, der das Recht auf wortgewaltige Anschuldigungen hat", fuhr der Obrist seinen Bruder in scharfem Ton an. „Ich befürchte, es werden noch viele Gespräche nötig sein, um den Veränderungen auf Ascheberg auf die Spur zu kommen. Eines möchte ich jedoch schon heute von euch wissen. Wie kommt der Mohr auf unser Gut?" Bertram schaute seine einzelnen Familienmitglieder herausfordernd an.

„Ich nehme an, Herr Schwager, dass das Wissen um die gesellschaftlichen Notwendigkeiten dieser Zeit durch den Pulverdampf der Kanonen während Eurer Feldzüge nicht gefördert wurde“, fühlte sich Gräfin Adele bemüßigt, ihrem Schwager zu antworten.

Bertram hatte förmlich darauf gewartet, dass von ihr oder auch ihrer Mutter eine entsprechende Antwort kommen würde.

„Ein gut geführtes Haus hält sich einen Mohren, um mit ihm zu festlichen Anlässen angemessen repräsentieren zu können. Daher hielten wir es für geboten, auch um den guten Ruf derer von Rantzau besorgt, einen Mohren für diese Zwecke zu erwerben“, schloss Gräfin Adele mit einem überlegenen Gesichtsausdruck ihre Ausführungen, nicht ohne Beifall heischend in die Runde zu blicken. In ihrer Überheblichkeit und Einfalt bemerkte sie jedoch nicht, dass es lediglich ihre Mutter war, die ihr wohlwollende Blicke zuwarf, während alle anderen eher betreten dreinschauten.

„Wenn ich Euch recht verstanden habe, verehrte Schwägerin, seid Ihr diejenige gewesen, die sich dieses arme schwarze Menschenkind zur Befriedigung Eurer persönlichen Eitelkeit zugelegt hat? Ich hoffe nur, dass Ihr an dem Tag, an dem Ihr vor Eurem Schöpfer steht und er Euch fragt, wie Ihr mit Gottes Geschöpfen auf Erden umgegangen seid, eine bessere Antwort findet.“ Bertram bebte innerlich und konnte seine Erregung kaum mehr unterdrücken. Aus den Augenwinkeln sah er das besorgte Gesicht Dorotheas.

„Wir haben es nicht nötig, uns beleidigen zu lassen, auch von einem Rantzau nicht.“ Adeles Mutter schoss von ihrem Stuhl hoch und warf empört ihren Kopf in den Nacken.

„Ich wäre Euch dankbar, Gräfin Isolde, wenn Ihr mir Eure Entrüstung ersparen könntet, Ihr werdet sie nämlich gleich noch benötigen." Bertram konnte nicht umhin, dem arroganten Aufbrausen und affektierten Verhalten dieser beiden angeheirateten Damen den Gnadenstoß zu versetzen. „Ich erinnere noch einmal daran, dass das große Sommerfest auf Ascheberg, zu dem bereits eingeladen worden ist, nicht stattfinden wird!"

„Das ist ein Affront ohnegleichen!"

„Unmöglich!"

„Skandalös!"

„Diese Entscheidung können wir nicht akzeptieren!"

Ein Sturm der Entrüstung schlug Bertram entgegen. Wie er nicht anders erwartet hatte, kam der lautstarke Protest ausschließlich von seinem Bruder Eberhard, seiner Frau Adele und deren Mutter Isolde. Alle anderen Familienmitglieder hielten sich bedeckt. Wobei Bertram auf Dorotheas Stirn ein paar Sorgenfalten feststellte. Auf Onkel Leopolds Gesicht hingegen glaubte er ein dezent zufriedenes Lächeln zu registrieren.

Als Bertram die verbalen Attacken mit stoischer Miene wortlos über sich hatte ergehen lassen und für die Streithähne keine Anzeichen erkennbar waren, dass er ihnen widersprechen würde, legte sich langsam die Entrüstung, bis Eberhard noch einmal nachdrücklich forderte: „Dieses Fest muss stattfinden. Bedeutende Persönlichkeiten sind eingeladen. Eine Ausladung kommt einer persönlichen Beleidigung gleich."

„Ich denke, ich habe mich anfangs deutlich genug ausgedrückt, wer die Entscheidungen auf Ascheberg in Zukunft treffen wird. Mein erster Eindruck von der Lage unseres Gutes legt den Verdacht nahe, dass wir gegenwärtig finanziell nicht auf Rosen gebettet sind. Genaueres wirst du mir, lieber Eberhard, sicherlich im Anschluss an unser Treffen berichten."

„Welche Blamage! Das wird das Haus Rantzau nicht unbeschadet überstehen", warf Gräfin Isolde von Bredenbeck ein.

„Das sollte Euch wenig bekümmern, da Ihr ja keine von Rantzau seid." Graf Bertram ließ die Schwiegermutter seines Bruders abblitzen. Bevor diese sich erneut echauffieren konnte, dankte er der Familie für ihr Kommen und entschuldigte sich dafür, dass es keinen erfreulicheren Anlass für die Zusammenkunft gegeben hatte.

Während Gräfin Isolde und ihre Tochter die Bibliothek als Erste erhobenen Hauptes verließen und Bertram keines Blickes mehr würdigten, trat Dorothea kurz zu ihm, legte ihre Hand auf seinen Arm und schaute ihm sorgenvoll, aber aufmunternd in die Augen. Als sie sah, dass sich ihr alter Onkel ein wenig mühsam von seinem Stuhl erhob, eilte sie zu ihm.

„Erlaubt Ihr mir, lieber Onkel, dass ich Euch in Eure Gemächer begleite?"

„Nun, das kommt darauf an, ob hier eine Nichte einem lieben Onkel ihre Aufmerksamkeit schenken möchte oder ob die Hausherrin nur einem alten Mann helfen will", antwortete der alte Graf mit einem verschmitzten Lächeln, indem er sich bei Dorothea unterhakte.

„Sucht es Euch aus, lieber Onkel."

„Ich wusste doch gleich, dass ich von dir nur eine respektlose Antwort erwarten konnte."

Dorothea schmunzelte.

Beide steuerten bedächtigen Schrittes die Tür an. Doch kurz bevor sie diese erreicht hatten, drehte sich Graf Leopold zu Bertram um. „Bevor ich es vergesse, Euch zu sagen, Bertram, die angenehme Begleitung während meiner Ausritte war schwarz auf weißer Natur."

„Welche Ausritte?" Dorothea sah ihren Onkel verwundert an. Doch der alte Graf zog seine Nichte mit beschwichtigenden Worten zur Tür und verließ die Bibliothek.

Bertram hatte die für einen Fremden eher verwirrend wirkenden Worte des Onkels seiner Frau schon verstanden. Er wollte ihm signalisieren, dass es der Mohr gewesen war, der ihn vermutlich auf einem Schimmel bei seinen jüngsten Erkundungsritten begleitet hatte.

„Eberhard, bitte setz dich", wies Bertram seinen Bruder an, bevor auch dieser den Raum verlassen konnte. Kurz vorher hatte er Volkmar durch einen Blick zu verstehen gegeben, dass auch er bleiben möge. „Es scheint, es wird allerhöchste Zeit, dass wir uns über die Lage des Gutes unterhalten."

„Du hast dir ja bereits eine Meinung gebildet, sodass ich mir wohl jedes Wort ersparen kann."

„Eberhard, wir kommen doch mit unsachlichen Argumenten nicht weiter. Du hast zwei Jahre lang das Gut geführt. Ich möchte jetzt wissen, was geschehen ist. Das kann doch wohl nicht zu viel verlangt sein." Bertram versuchte, seinen Unmut über die Halsstarrigkeit seines Bruders zu zügeln.

„Dann verrate mir einmal, was der denn hier will, wenn wir familiäre Dinge zu besprechen haben?" Dabei zeigte Eberhard mit dem Finger auf Graf Volkmar, der sich abseits der beiden auf einen Stuhl gesetzt und das Gespräch aufmerksam verfolgt hatte.

„Was soll das, Eberhard, du weißt genau, dass Volkmar so gut wie zur Familie gehört. Deine Aggressionen ihm gegenüber sind denkbar unangebracht."

Volkmar zuckte bei Eberhards Attacke mit keiner

Wimper. Er sah ihn lediglich mit gleichmütiger Miene an. Volkmar ahnte, dass diese Ausfälle nur einen Grund haben konnten. Bertrams Bruder wollte von seiner Unsicherheit ablenken, denn die Fragen, die er jetzt beantworten sollte, hingen offensichtlich wie ein Damoklesschwert über ihm.

„Konkret, Eberhard, warum hast du das Gestüt verkauft?"

„Ich musste die Pferde verkaufen, da die Hälfte von ihnen bereits an Druse erkrankt war. Bevor die gesunden Pferde sich auch noch anstecken konnten, musste ich sie schnell loswerden, um einen vernünftigen Preis zu erzielen."

Bertram wusste wohl, dass diese Pferdekrankheit äußerst ansteckend war, hatte aber Zweifel, dass es überhaupt möglich gewesen wäre, nur ein Pferd zu verkaufen, wenn bekannt war, dass diese Pferdeseuche grassierte. Doch er äußerte seine Bedenken nicht. „Wieso musstest du im Sommer Holz einschlagen lassen?"

„Ist das hier ein Verhör oder was soll das?"

„Beruhige dich, Eberhard, ich will nur eine plausible Antwort von dir für eine Maßnahme, die aller forstwirtschaftlichen Grundlagen entbehrt."

„Ich hatte einfach ein gutes Angebot für das Holz. Was ist daran so verkehrt? Da du ja nun wieder da bist, kannst du es ja in Zukunft besser machen", begehrte Eberhard auf und es war deutlich erkennbar, dass er sich in seiner Haut ganz und gar nicht wohlfühlte.

„Für dich zur Information, ich werde Heidenreich anweisen, den Holzeinschlag zu stoppen und Förster Leberich zu entlassen. Ab übermorgen wird Moldenhaupt das Amt wieder übernehmen."

„Das kannst du nicht machen. Wir haben Verpflichtungen, die wir vertraglich garantieren müssen. Außerdem lasse ich mir von dir nicht meine Autorität untergraben."

„Du magst Verpflichtungen haben, ich habe sie nicht. Zumindest dann nicht, wenn es offensichtlich um unseriöse Geschäfte geht. Denn kein denkender und anständiger Kaufmann würde einen Pfifferling für dieses grüne Holz ausgeben."

Eberhard sprang auf, beugte sich vor und stützte seine Hände auf den Tisch. „Du hast die Weisheit mit Löffeln gefressen, mein großer Bruder, aber du wirst noch dein blaues Wunder erleben. Warte nur ab!"

Bertram zwang sich zur Ruhe. Auf das Niveau seines Bruders wollte er sich nicht herablassen.

„Eberhard, ich möchte, dass du mir noch heute die Rechnungsbücher vorlegst", sprach Graf Bertram seinen Bruder betont ruhig an, ohne auf seine Drohungen einzugehen.

„Die hat der Gutsverwalter, das hast du doch sicherlich nicht vergessen!"

„Das ist verwunderlich, denn der Gutsverwalter Heidenreich schwört Stein und Bein, dass du sie ihm abgenommen hättest."

„Dann lügt er eben! Aber wenn du einem Domestiken eher glauben möchtest als deinem eigenen Bruder, dann bitte schön. Aber das kann ich dir schon jetzt garantieren, mein lieber Bruder, du wirst eines Tages ganz fürchterlich auf die Schnauze fallen, und dann weine ich dir keine bittere Träne nach." Dabei tobte Graf Eberhard mit hochrotem Kopf um den Tisch herum auf seinem Bruder zu, stieß zwei Stühle um und schwang seine Fäuste gegen ihn.

Während Bertram auf seinem Stuhl wie angenagelt seinen rasenden Bruder ungläubig anstarrte, war

Volkmar, das drohende Unheil voraussehend, aufgesprungen und zwischen die beiden getreten.

Eberhard schrie vor Schmerz auf. Volkmar hatte ihm mit einem energischen Griff den rechten Arm auf den Rücken gedreht. Schreiend und wild um sich schlagend versuchte er sich aus der menschlichen Zwinge zu winden, doch Volkmar verstärkte nur seinen Griff, sodass Eberhard unverzüglich stöhnend innehielt.

Bertram hatte sich inzwischen aus seinem Stuhl erhoben und trat vor seinen winselnden Bruder.

„Du bist eine Schande für die Familie. Was ist nur aus dir geworden? Geh mir aus den Augen, du armselige Kreatur!“ Graf Bertram wandte sich um und starrte aus dem Fenster, während Volkmar Eberhard, den er immer noch fest im Griff hielt, zur Tür schubste und sie mit einem Knall hinter ihm schloss.

„Es tut mir leid, Bertram, wenn ich etwas überzogen reagiert habe, es ist deine Familie“, versuchte Volkmar sich für sein impulsives Handeln zu entschuldigen.

„Es ist alles in Ordnung, Volkmar, ich danke dir. Er wäre tatsächlich auf mich losgegangen. So habe ich ihn noch nie erlebt.“ Bertram ließ sich erschöpft in seinen Schreibtischstuhl fallen. Geistesabwesend blickte er die Bücherwand an.

Volkmar trat zu ihm und legte ihm die Hand auf die Schulter. „Es geht nichts über die klaren Linien einer Feldschlacht!“

„Da hast du wohl recht, verehrter Freund. Zumindest weiß man dort, wo der Feind steht.“

Schweigend musterte Graf Bertram den Jungen, der vor seinem Schreibtisch stand. Da war er nun, der Mohr, den er am Morgen mit großer Verwunderung im Marstall entdeckt hatte. Bertram wollte mehr von dem Jungen wissen und hatte den Stallmeister angewiesen, ihm den schwarzen Stallburschen am Nachmittag ins Schloss zu schicken. Bertram musste mit einer gewissen Irritation feststellen, dass der Junge sich aufmerksam im Raum umsah und mit staunendem Interesse die Vielzahl der Bücher bewunderte. Eine Reaktion, die bei einfachen Bediensteten eher selten vorkam. Ohnehin fiel dem Grafen auf, dass der Junge in keiner Weise ein unterwürfiges Verhalten zeigte. Gleichermaßen wirkte er auch nicht demonstrativ aufsässig.

Noch etwas erschien dem Grafen ungewöhnlich. Auch wenn er selbst immer gesteigerten Wert darauf legte, dass sein Gesinde stets ordentlich gekleidet war, wusste er doch, welche Mühe es den meisten jungen Stallburschen machte, bei der nicht immer sauberen Arbeit mit den Pferden ihre Kleidung in Ordnung zu halten. Auf dem Wams, dem einfachen Hemd und den Hosen des Mohren waren jedoch weder Staubkörnchen noch Strohhalm zu entdecken.

Aufrecht stehend, seine Kappe in den Händen, blickte der Mohr den Grafen aus seinen tiefbraunen Augen freimütig an.

„Wie heißt du, Junge?“, unterbrach Graf Bertram das Schweigen.

„Man ruft mich Namo, Herr Graf“, antwortet der Mohr.

„Ist das dein Geburtsname?“

„Ich glaube nicht, Herr Graf.“

„Warum zweifelst du?“

„Ich habe durch Zufall vor langer Zeit einmal von meinem einstigen Herrn gehört, dass Namo nur eine Abkürzung für ‚namenlos‘ sein soll.“

Graf Bertram schüttelte missbilligend den Kopf. „Ich

möchte, dass du mir deine ganze Lebensgeschichte erzählst. Zumindest das, was du davon weißt."

„Wie ich aus meinem Geburtsland hierher gekommen bin, weiß ich nicht. Ich kann nur sagen, dass meine erste Herrin mir berichtete, dass ich mit meiner Mutter auf einem Schiff über das große Wasser gekommen bin, als ich noch sehr klein war. Meine Mutter starb in frühen Jahren und ich bin bei meinem ersten Herrn aufgewachsen."

„Wo war das?"

„Das war in Rostock. Mein erster Herr hieß Hartemann und war ein bedeutender Kaufmann in der Stadt."

Graf Bertram blickte erstaunt auf, als er den Namen hörte. „Ich kenne den Kaufmann Martin Hartemann. Soviel ich weiß, gibt es kaum etwas auf der Welt, mit dem er nicht handelt. Verfügt er nicht auch über eigene Schiffe?"

„Ja, Herr Graf, als ich noch bei ihm war, verfügte er über drei Kauffahrteifahrer."

„Gut, du bist also bei der Familie Hartemann aufgewachsen. Was hast du dort gemacht, als du größer wurdest?"

„Als kleiner Junge habe ich oft mit den Hartemannkindern gespielt, später dann habe ich in den Speichern gearbeitet und Botendienste versehen."

„Kannst du lesen und schreiben?"

„Ja, Herr Graf, ich kann auch rechnen und spreche mehrere Sprachen."

Bertram blickte verwundert auf. Zumal er bei dieser Bemerkung des Mohren in keiner Weise einen besonderen stolzen Unterton feststellte, als würde der Junge diese ungewöhnliche Tatsache als ganz selbstverständlich bewerten.

„Und wo hast du das gelernt?"

„Auch in den Speichern, Herr Graf. Als Herr Hartemann merkte, dass ich immer die Waren, die ein- und ausgingen, zählte, hat er mir gezeigt, wie man rechnet. Und durch die Seeleute aus den verschiedenen Ländern habe ich im Lauf der Jahre auch Niederländisch, Französisch und Welsch gelernt."

Graf Bertram war beeindruckt. Der Mohr, der hier vor ihm stand, schien offensichtlich ein gebildeter Junge zu sein. „Wie alt bist du?"

„Das weiß ich nicht, Herr Graf." Namo zuckte bei dieser Bemerkung ein wenig resignierend mit den Schultern.

Bertram vermutete, dass der Junge ungefähr dreizehn Jahre alt war. „Nun gut, aber du bist nicht immer bei dem Kaufmann Hartemann geblieben?"

„Nein, Herr Graf, vor ungefähr drei Jahren bin ich dann auf das Gut Ludorf gekommen."

„Und was hast du dort gemacht?"

„Ich habe dort als Stallbursche gearbeitet, wie manchmal auch bei Herrn Hartemann zuvor."

„Hartemann hatte Pferde?"

„Ja, Herr Graf, nicht viele, nur sechs schwere Arbeitspferde, um die Waren zwischen den Speichern und den Schiffen zu transportieren, und vier Reitpferde für sich und seine Familie."

„Macht dir die Arbeit mit Pferden Spaß?"

„Ja, Herr Graf."

„Wie viele Pferde gab es auf Ludorf beim Grafen von Knuth?"

„Ungefähr achtzig, Herr Graf."

„Und Stallbursche war deine einzige Aufgabe auf Ludorf?"

„Nein, Herr Graf, ich wurde bei Festen auch als Lakai eingesetzt und musste Getränke und Speisen darreichen, wie auch hier auf Ascheberg."

Graf Bertram merkte, wie bei der letzten Bemerkung des Mohren sein Unmut wuchs. Besonders dann, als er sich das Bild der herrschaftlich aufgetakelten Damen vorstellte, verziert durch die Anwesenheit eines farbenprächtig dekorierten schwarzen Lakaien.

„Gut, Namo, so viel für heute. Du wirst weiter deine Weisungen von Stallmeister Aurich erhalten. Als Lakai wirst du im Schloss in Zukunft nicht mehr benötigt." Bertram bemerkte, dass der Junge daraufhin ein wenig irritiert wirkte. „Das hat nichts mit dir zu tun, es wird ohnehin in der nächsten Zeit keine weiteren Feste auf Ascheberg geben." Dann nickte er ihm zu und gab ihm zu verstehen, dass die Unterredung beendet war.

Der Mohr verneigte sich dezent und verließ die Bibliothek.

Graf Bertram konnte nicht verleugnen, dass ihm der Junge gefallen hatte. Er war nicht ganz sicher, wie er sein Verhalten einschätzen sollte. Der Mohr zeigte ein Selbstbewusstsein nahe einem gewissen Stolz, der für Personen seiner Stellung äußerst unüblich war. Auf der anderen Seite verhielt er sich in seiner Wortwahl und seinem Benehmen untadelig und ließ in keiner Weise ein trotziges Aufbegehren erkennen. Eines stand für Bertram fest: Namo war ein ungewöhnlicher Junge. Er musste ihn im Auge behalten. Ganz langsam wuchs in ihm die Gewissheit, dass dieser Mohr seiner schützenden Hand bedurfte.

Nachdem er die Bibliothek verlassen hatte, schritt Namo langsam durch den Eingangsbereich des Schlosses. Mit neugierigen Augen musterte er die schwungvolle Treppe, die in die oberen Räume führte. Von den Wänden blickten die Vorfahren derer von Rantzau in prachtvollen Gewändern und Uniformen aus den Bildern auf den schwarzen Eindringling herab. Obwohl Namo schon mehrfach bei den Festen im Schloss gewesen war und einen Teil der Räumlichkeiten kannte, verspürte er heute eine eigentümliche Unruhe in sich. Zügig verließ er das Schloss. Gedankenverloren lenkte er seine Schritte zum Marstall.

Das Gespräch mit dem Grafen hatte für ihn etwas Unfassbares. Der Graf war zwar sehr sachlich in seinen Worten gewesen. Namo hatte sich auch nicht unbehaglich in seiner Nähe gefühlt, doch die Eindringlichkeit der Fragen, das große Interesse an seiner Person und die dezenten Reaktionen des Grafen bei seinen Antworten wollten einfach nicht in das Bild passen, das er bisher von seinen Herren gewohnt gewesen war. Graf Eberhard hatte ihn grundsätzlich nicht zur Kenntnis genommen, und wenn, dann nur, um seine schlechte Laune auszutoben. Auch auf dem Gut Ludorf hatte er nur als Stallknecht und Lakai gedient. Lediglich beim Kaufmann Hartemann in Rostock hatte er das Gefühl gehabt, dass ihm seitens der Familienmitglieder eine gewisse Aufmerksamkeit entgegengebracht worden war.

Hier auf Ascheberg war alles ganz anders. Graf Eberhard und seine Frau wie auch die alte Gräfin Isolde verhielten sich nicht anders als die Grafen und Gräfinnen, denen er bereits früher einmal begegnet war. Sie beschäftigten sich in erster Linie mit sich selbst und benutzten die Dienerschaft als notwendige Staffage. Das war Namo gewohnt. Doch auf Ascheberg traf er auch Menschen ganz anderer Natur. Anfangs hatte er diesen Zeichen keine große Bedeutung beigemessen. Aber er beobachtete das Verhalten bestimmter Personen ihm gegenüber immer wieder. So hatte Gräfin Dorothea stets ein freundliches Wort für ihn, wenn er im Schloss diente. Auch Komtesse Charlotte blickte ihn stets wohlwollend an.

Ganz ungewöhnlich zeigte sich der alte Graf Leopold ihm gegenüber. Einerseits war es ohnehin verwunderlich, dass der Stallmeister Aurich gerade ihn bestimmt hatte, den alten Grafen bei seinen Ausritten zu begleiten, andererseits konnte sich Namo die Freundlichkeit des Grafen Leopold kaum erklären. Zugegeben, er hatte ihn anfangs schon mit quälenden Fragen traktiert, doch später war Namo aufgefallen, dass der alte Graf sich mit ihm fast wie mit seinesgleichen unterhielt. Zu guter Letzt hatte er ihm sogar Bücher aus der Bibliothek ausgeliehen. Ein Privileg ganz besonderer Art, das Namo bei jeder Gelegenheit intensiv nutzte, indem er sich in die hinterste Ecke des Marstalls verkroch und las.

Vertieft in seine verwirrenden Gedanken stolperte Namo in den Marstall und prallte mit dem Stallmeister Aurich zusammen.

„Was träumst du denn um diese Zeit durch die Gegend“, fuhr der Stallmeister Namo an.

„Ich komme gerade aus dem Schloss. Der Graf wollte mit mir sprechen“, versuchte Namo sich zu entschuldigen.

„Ach ja, richtig, der Graf wollte dich sehen. Und was hat er gesagt?“

„Ich soll weiter im Stall arbeiten, nur als Lakai im Schloss braucht er mich nicht mehr.“

„Das hab ich mir schon gedacht“, bemerkte Aurich wissend, was Namo einmal mehr verunsicherte.

„Wieso habt Ihr davon gewusst, Meister Aurich?“

„Ich glaube, es ist an der Zeit, dass ich dich ein wenig aufkläre“, stellte der Stallmeister fest, griff Namo am

Arm und zog ihn mit sich in die Strohkammer am Ende des Marstalls.

„Setz dich!", befahl er dem Mohren, nachdem er es sich selbst auf einem Strohballen bequem gemacht hatte. „Ich werde dir jetzt einmal eine Geschichte erzählen. Es kann sein, dass du dann die Dinge auf Ascheberg ein bisschen besser verstehst. Ich kannte den Grafen Bertram schon, als er noch ein junger Mann war. Wir haben so manche Schlacht gemeinsam geschlagen und manchen Becher gehoben. Ich weiß, wie er denkt, und ich weiß, wie er fühlt. Ich weiß, was er mag, und ich weiß, was er hasst. Er verlangt, dass jeder auf seinem Posten gute Arbeit leistet, aber er kann fuchsteufelswild werden, wenn Menschen ungerecht behandelt werden. Dann ist es ihm ganz gleich, ob es sich dabei um einen Grafen oder einen Mohren handelt. Hast du das verstanden, Namo?"

Namo blickte den Stallmeister zweifelnd an. „Wenn ich ganz ehrlich bin, nicht so ganz."

„Also gut, dann etwas deutlicher. Ich wusste gleich, dass Graf Bertram dich nicht mehr als Lakaien im Schloss haben wollte. Da bist du nur ein hübsches ausgefallenes Möbelstück, das den anderen Herrschaften vorgezeigt werden soll. Guckt mal alle her, was wir in Ascheberg auch haben, einen Mohren aus fernen Ländern."

„Meint Ihr denn, dass er mich wegschicken oder gar verkaufen wird, wenn er doch keine Mohren mag?"

„Namo, sonst bist du doch nicht so blöd im Kopf, dass du das nicht verstehst. Im Gegenteil, er mag es nicht, dass ein Mensch schlecht behandelt wird, nur weil er anders aussieht als die anderen."

„Und was geschieht jetzt mit mir?"

„Du machst deine Arbeit mit den Pferden wie bisher. So wie der Graf das angeordnet hat. Und dann warten wir einmal ab, was noch passiert."

„Darf ich Euch noch eine Frage stellen, Meister Aurich?"

„Nur los, wenn ich sie beantworten kann."

„Warum habt Ihr mich unter den Stallburschen ausgewählt, den alten Grafen Leopold bei seinen Ausritten zu begleiten?"

Aurich blickte den Mohren eine Weile mit leicht geneigtem Kopf an und schmunzelte vor sich hin. „Du hast doch selbst erlebt, dass der alte Graf schon ein wenig gebrechlich ist. Er braucht halt Hilfe. Und er braucht eine Begleitung, mit der er sich unterhalten kann. Sollte ich ihm etwa einen von den schlichten Gemütern mitgeben, die vor lauter Angst kein Wort herausbringen? Und wenn ich mich recht erinnere, habt ihr beide euch doch ganz gut verstanden, oder etwa nicht?"

„Doch, doch, er ist ein äußerst interessanter Mann mit einem unbändigen Wissen und ..."

„Dann ist ja alles gut", unterbrach der Stallmeister den schwarzen Jungen. „Schluss mit der Erzählstunde, zurück an die Arbeit." Dabei erhob er sich langsam von dem Strohballen. Namo sprang ebenfalls auf und verließ mit eiligen Schritten die Strohkammer. Aurich blickte ihm lächelnd hinterher.

Genau genommen wusste Namo auch nach dem Gespräch mit dem Stallmeister nicht, woran er war. Diese schleichende Ungewissheit nagte an ihm. Eigentlich konnte er sich nicht beschweren. Ob der alte Graf Leopold, ob Graf Bertram und auch der sonst eher mürrische Stallmeister Aurich, sie alle waren ihm freundlich begegnet. War das nun ein gutes Zeichen oder doch die Ruhe vor dem Sturm? Namo fühlte sich wie ein Blatt im Wind, hin- und hergewirbelt, ohne selbst in seiner kleinen begrenzten Welt die Richtung bestimmen zu können. Was würde noch kommen?

Frei wie ein Vogel fühlte sich Graf Volkmar immer dann, wenn er auf den Zinnen des Schlossturms in Ascheberg stand. Von hier aus hatte er einen weiten Blick über die Gipfel der Bäume auf den Plöner See. Es war jener Ort, den er aufsuchte, wenn er sich nach Ruhe sehnte, wenn ihn keiner stören sollte. Die Wahrscheinlichkeit war ohnehin nicht allzu groß, dass ihn hier jemand vermuten würde, denn den verwinkelten Aufstieg über alte knarrende Treppen, vorbei an Spinnweben und aufgescheuchten Fledermäusen, kannte kaum jemand. Und seitdem die alte Köchin Martha einmal etwas von einem Gespenst, das im Schlossturm umgehen sollte, erzählt hatte, wagte sich kaum mehr jemand in seine Nähe.

Graf Volkmar fühlte sich nicht ganz wohl in seiner Haut. Es war nicht Marthas Gespenst, was ihn beunruhigte, sondern die gesamte missliche Situation, die Bertram und er seit ihrer Rückkehr auf Ascheberg angetroffen hatten. Der morgendliche Zusammenstoß mit Bertrams Bruder hatte seine Sorgen nur noch verstärkt. Eberhard und die seinen hatten ihm von Anfang an reserviert gegenübergestanden. Doch über diese Eifersüchteleien hatte Volkmar bisher großzügig hinweggesehen.

Jetzt aber schien sich die Lage grundlegend geändert zu haben. Aus der skeptischen Distanz war offene Feindseligkeit geworden. Eine Situation, der Volkmar sich durchaus gewachsen fühlte, die aber trotzdem ein ungutes Gefühl in ihm hervorrief. Eberhard hatte etwas zu verbergen, das war unübersehbar. Er verhielt sich nach der Rückkehr seines Bruders wie ein ertappter Junge, der trotzig um sich schlug. Volkmar war sich bewusst, dass er als Scheuerpfahl für Eberhard geradezu geeignet erschien.

Während er noch überlegte, auf welch elegante Weise er vergleichbaren unliebsamen Begegnungen wie am Morgen aus dem Wege gehen könnte, schweifte sein Blick über den Schlossgarten. Plötzlich zögerte er und innerhalb von Sekunden waren seine trüben Gedanken verflogen. Ganz am Ende des Gartens hatte er in einer Laube, umrankt von gelben Rosen, ein engelsgleiches Wesen entdeckt. Sein Herz fing an zu hüpfen, was ihn selbst verwunderte, denn für einen verträumten Romantiker hielt Volkmar sich nun wahrhaftig nicht. Versunken in ein Buch saß Charlotte auf der weißen Bank und schien fern in die fantastische Welt ihrer Literatur entrückt zu sein. Vergeblich suchte Volkmar nach Gräfin Julia, die er schon scherzhaft als Charlottes Schatten tituliert hatte. Doch heute war von der ständigen Begleiterin weit und breit nichts zu sehen.

Volkmar flog über die knarrenden Schlossturmstufen nach unten. Verborgen hinter Hecken und Büschen näherte er sich vorsichtig der Rosenlaube, in der er vom Schlossturm aus Charlotte entdeckt hatte. Kaum zehn Schritte entfernt trat er leise hinter einem rund geschnittenen Buchsbaum hervor und betrachtete die lesende junge Frau. Es war ein Bild voller Harmonie und Stille. Volkmar musste über sich selbst lachen. War er vielleicht doch ein unverbesserlicher Romantiker?

Charlotte blickte hoch. Auf eigentümliche Weise fühlte sie sich beobachtet. Als sie Volkmar sah, ging ein erfreutes Lächeln über ihr Gesicht. Ohne ein Wort zu sagen, wies sie mit ihrer Linken einladend auf den Platz neben sich. Als Volkmar sich gesetzt hatte, ergriff er ihre Hand und küsste sie zärtlich.

Charlotte betrachtete ihn mit einem leicht amüsierten Gesichtsausdruck. „Wie habt Ihr mich entdeckt?“

„Von hohen Zinnen ließ ich meinen Blick schweifen über das Land, welches nicht mein eigen ist, als ich eine holde Maid erblickte, umkränzt von Blüten und Dornen, die voll Anmut ihr güldenes Haupt ...“

„Volkmar, hört auf, das ist ja nicht auszuhalten“, lachte Charlotte und legte ihre Hand beschwichtigend auf seinen Arm, zumal Graf Volkmar seine hochtrabenden Worte noch mit ausholenden Gesten unterstrichen hatte.

„Ihr lacht mich aus, wo ich Euch gegenüber einen ritterlichen Minnegesang anstimme“, entrüstete sich Volkmar übertrieben.

„Es tut wirklich gut, Euch in der Nähe zu wissen, mein lieber Volkmar. Ihr versteht es immer wieder, mich zum Lachen zu bringen.“

„Ist es nur das, was Ihr an mir schätzt?“ Dabei blickte er Charlotte nunmehr sehr ernst an.

Die junge Komtesse senkte ihren Kopf und zögerte ein wenig mit ihrer Antwort. „Lieber Volkmar, wir kennen uns schon viele Jahre und Ihr wart stets wie ein großer Bruder zu mir. Ganz anders als meine wahren Brüder Bertram und Eberhard. Der eine sachlich und vernünftig, der andere meist unüberlegt und hitzig. Ihr hingegen wart immer fröhlich und aufmerksam. Ihr habt den Frauen stets das Gefühl gegeben, dass sie auch wichtig sind.“

„Ein Bruder bin ich also für Euch, nicht mehr?“, unterbrach Volkmar die junge Frau enttäuscht.

„Geduld, mein Lieber, Geduld. Ich habe Euer Werben in der Zeit, bevor es Euch erneut in den Krieg zog, wohl bemerkt. Doch ich war einfach noch zu jung, um es richtig zu bewerten und zu beurteilen. Erst als Ihr fort wart, fühlte ich einen traurigen Schmerz in mir, und immer, wenn ich an Euch dachte, sehnte ich mich danach, in Eurer Nähe zu sein. Jetzt verrate ich Euch etwas, das sich für eine wohlerzogene junge Frau nicht schickt. Als ich Euch gestern auf der Brücke am See wiedersah, ist mein Herz fast stehen geblieben."

Charlotte konnte nicht weitersprechen, denn Volkmar hatte ihr seinen Zeigefinger behutsam auf den Mund gelegt. „Welch leichtfertige Worte für eine wohlerzogene Komtesse", schüttelte er entrüstet seinen Kopf, legte seinen Arm um ihre Schulter und küsste sie zärtlich.

„Und wenn uns jetzt jemand sieht?", fragte Charlotte ein wenig atemlos, nachdem sie Volkmars Kuss mit geschlossenen Augen ebenso liebevoll erwidert hatte.

Volkmar betrachtete die junge Frau an seiner Seite schweigend und streichelte ihr mit seiner Hand sanft über die Wange.

Ihre Blicke trafen sich.

„Ihr habt recht, liebe Charlotte, wir sollten vorsichtig sein, denn nicht alle Bewohner des Schlosses sind uns wohlgesonnen", antwortete Volkmar nach einer Weile und sein sonst so unbekümmertes Gesicht zeigte ein paar Sorgenfalten.

„Was beunruhigt Euch so sehr?" Charlotte merkte, dass sie mit ihrer Frage ungewollt die liebevolle Stimmung zerstört hatte.

„Nun, Euer Bruder Eberhard benimmt sich überaus unberechenbar und ich gehöre wohl nicht zu seinen Freunden", versuchte der junge Graf den unliebsamen Vorfall in der Bibliothek vor Charlotte zu verbergen, doch vergeblich.

„Was ist vorgefallen, das Euer sonst so optimistisches Gemüt so arg verstört?"

Graf Volkmar schilderte ausführlich die Auseinandersetzung ihrer beiden Brüder und sein Eingreifen, um größeren Schaden zu vermeiden.

Bestürzt schüttelte Charlotte den Kopf. „Ich kann es gar nicht glauben, was hier in der letzten Zeit geschieht. Eberhard war zwar immer schon ein Mann, der das Leben allzu leicht nahm, doch wie er sich in den wenigen Monaten verändert hat, ist kaum vorstellbar."

„Habt Ihr eine Ahnung, aus welchem Grund er das Gut in so kurzer Zeit derart heruntergewirtschaftet hat?"

„Er braucht Geld. Viel Geld."

„Und wofür?"

„In erster Linie sind es wohl Spielschulden, die ihn immer wieder dazu zwingen, auf irgendeine Weise Geld aus dem Gut herauszuziehen. Wie Ihr Euch vielleicht erinnert, ist meine Freundin Friederike von Arnheim Hofdame bei der Herzogin in Plön. Ich besuche sie immer einmal wieder und erfahre durch sie die neuesten Nachrichten. Dem Herzog und der Herzogin bleibt kaum etwas verborgen, was im und rund um das Plöner Schoss geschieht. Leider spricht man dort auch bereits über Eberhards Eskapaden."

„Das wird Bertram aber gar nicht gefallen", warf Volkmar sorgenvoll ein.

„Ihr wisst ja, wie behutsam und rücksichtsvoll Dorothea stets ist, aber selbst sie hat versucht, Eberhard von seinen unsinnigen Ausgaben abzuhalten. Die übertriebenen Schlossfeste waren gar nicht nach ihrem Geschmack. Insbesondere schon deshalb nicht, weil Eberhards Frau und ihre geltungssüchtige Mutter dahintersteckten. Doch es hat alles nichts genützt. Eberhard hat lediglich betont, dass er jetzt der Herr auf Ascheberg sei und keiner ihm dazwischenreden dürfe. Sogar mit dem lieben alten Grafen Leopold hat er sich angelegt."

„Wie konnte das denn geschehen? Der tut doch nun wirklich keiner Fliege etwas zuleide."

„Er hat Eberhard eines Abends in seiner bedächtigen Art an seine Verpflichtungen in seiner Eigenschaft als Graf Rantzau erinnert, als er sich anstellte, das Gestüt zu verkaufen. Daraufhin hat Eberhard ihm geantwortet, dass ein Brockdorff einem Rantzau nicht zu sagen hätte, was dieser tun und lassen dürfe, und außerdem könnte er ja das Schloss Ascheberg jederzeit verlassen, wenn es ihm hier nicht mehr gefallen würde."

Graf Volkmar war entsetzt. Eberhard schien wirklich von allen guten Geistern verlassen zu sein. Es blieb nur zu hoffen, dass Bertram in der Lage sein würde, den angerichteten Schaden in einem überschaubaren Zeitraum beheben zu können.

Sie schwiegen eine Weile. Fast gleichzeitig fiel beiden auf, dass Volkmar die rechte Hand Charlottes während ihrer Erzählungen mit seinen Händen fest umschlossen gehalten hatte.

Das Lächeln kehrte auf Volkmars Gesicht zurück. „Es ist überaus bedauerlich, dass der Zwist zwischen den Brüdern unsere Wiederkehr so belastet. Aber Eure strahlenden Augen, liebe Charlotte, entschädigen mich für all den Ärger, der hier durch das Schloss schwebt."

Volkmar beobachtete amüsiert, dass die junge Komtesse aufgrund seiner Bemerkung sogar ein wenig errötete.

„Da ist er wieder, der alte Graf Volkmar, der scheinbar nichts ganz ernst nimmt", lächelte Charlotte ihn schelmisch an. Doch bevor Volkmar antworten konnte, zog Charlotte ihre Hand schnell zurück und setzte sich betont ordentlich hin. „Wir müssen sittsam sein", flüsterte sie und wies mit ihrem Kopf den Parkweg entlang.

Volkmar rückte ebenfalls von Charlotte ab, als er sah, dass sich Gräfin Julia näherte. Er erhob sich und begrüßte sie mit einer leichten Verbeugung.

„Ich habe versucht, verehrte Gräfin, Euch während Eurer Abwesenheit angemessen zu vertreten. Zugegeben ein Versuch, der von vornherein zum Scheitern verurteilt war. Ihr erlaubt, dass ich mich zurückziehe." Volkmar verbeugte sich erneut, zwinkerte Charlotte verschwörerisch zu und entschwand mit schnellen Schritten hinter der nächsten Hecke.

„Er ist und bleibt ein Charmeur", stellte Gräfin Julia belustigt fest.

„Du warst lange fort", versuchte Charlotte das Thema zu wechseln.

„Auf dem Weg zurück sah ich durch das Schlossfenster, dass du nicht allein warst, und dabei fiel mir ein, dass ich mir unbedingt noch ein Buch aus der Bibliothek holen wollte", erklärte Julia ihre Verspätung übertrieben wichtig.

Beide jungen Frauen blickten sich an und fingen gleichzeitig an zu lachen.

„Du bist eine wahre Freundin, liebe Julia", stellte Charlotte immer noch lachend fest.

Nur wenige Meter von den fröhlichen Menschen im Schlosspark entfernt stand ein Mann, den weder deren Ausgelassenheit noch das idyllische Bild berührte oder gar erfreute. Im Gegenteil, Eberhard bebte vor Zorn, als er nur zufällig durch ein Schlossfenster Volkmar und Charlotte einträchtig beieinander im Schlosspark entdeckte.

Dass sein Bruder Bertram so unverhofft aus dem Krieg

wieder zurückgekehrt war, bevor er seine missliche finanzielle Lage hatte bereinigen können, war ohnehin schon ein Ärgernis, das er irgendwie lösen musste. Ihm würde schon etwas einfallen, obwohl Bertrams Anwesenheit und seine Pedanterie es nicht leichter machen würden. Dass aber dieser Schmarotzer Volkmar von Schwetzingen sich auf Ascheberg immer breiter machte, ihn sogar persönlich angegriffen hatte und nun offensichtlich versuchte, auch noch mit seiner Schwester Charlotte anzubandeln, brachte Eberhard zur Weißglut.

„Diesem Schönling werde ich noch ganz gehörig die Suppe versalzen", dachte er grollend. Doch das musste warten. Viel wichtiger war es, unverzüglich das drohende Unheil aus Plön zu verhindern, das sich in der Person des Stadtrates Hinrich Stellmacher verkörperte. Eine bedeutende Persönlichkeit, die ihr stattliches Vermögen offiziell als Kornhändler angehäuft hatte. Doch einen ehrbaren Kaufmann konnte man ihn wahrhaftig nicht nennen. Wenn es galt, seinen eigenen Vorteil zu nutzen und dabei auch sein Geld zu mehren, dann hatte ohne Frage auch Stellmacher seine Finger im Spiel. Stets gut verborgen hinter der vermeintlich aufrichtigen Fassade eines rührigen Stadtrates, der sich ausschließlich um das Wohl der Bürger kümmern würde.

Auch Graf Eberhard war auf diesen mit allen Wassern gewaschenen „ehrbaren Bürger" Plöns hereingefallen. Anfänglich hatte er sich bei Getreidegeschäften mit dem Stadtrat Stellmacher einen schnellen Profit versprochen, der sich wider Erwarten dann doch nicht einstellte. Später versuchte der betrogene Graf sein Glück im Spiel, um so seine Verluste auszugleichen. Rein zufällig gehörte auch Stellmacher zu jener Runde, die sich regelmäßig im Jagdzimmer des „Weißen Hirschen" traf und um hohe Beträge spielte. Anfängliche Gewinne waren schneller zerronnen, als die Schwentine durch Plön plätschern konnte. Irgendwann stellte der Stadtrat Stellmacher dem „momentan nicht liquiden Grafen" großzügig einen Schuldschein aus, dessen Betrag er aber nach kurzer Zeit mit nicht unerheblichem Zins wieder einforderte. Eberhards Spielschulden wuchsen und Stellmachers Forderungen wurden immer unverschämter. Das Gestüt Rantzau wurde geopfert und das Holz aus dem Schlossforst verpfändet. Zuletzt hatte der umtriebige Stadtrat dem Grafen eine Unterschrift abgefordert, die ihm das Vorkaufsrecht auf das gräfliche Land vor dem Wentorfer Tor zusprach. Ein landwirtschaftlich kaum nutzbares Areal zwischen der Stadt und dem Koppelsberg, umgeben von Seen, das Herzog Hans Adolf dem Grafen Bertram von Rantzau vor längerer Zeit für wohllöbliche Dienste verliehen hatte.

Eberhard hatte bereits vergeblich nach der Besitzurkunde über dieses Land gesucht. Jedoch ohne Erfolg. Mit diesem Handel wäre er alle seine Sorgen losgeworden. Doch jetzt drohte der Stadtrat Stellmacher seinen vermeintlichen Anspruch schon am Ende des Monats einzufordern. Eberhard musste diesen unberechenbaren Halsabschneider auf irgendeine Weise bremsen.

Graf Eberhard hastete über den Schlossplatz und schrie unwirsch, schon bevor er den Marstall erreicht hatte: „Sattelt mein Pferd, aber ein bisschen plötzlich!"

Als in kurzer Zeit ein Stallbursche im Laufschritt mit dem Pferd am Zügel erschien, riss Eberhard ihm diese aus der Hand, schwang sich in den Sattel und preschte vom Hof. Doch bevor er den galoppierenden Braunen in Richtung Plön lenkte, schlug er kurzerhand den Weg

Richtung Forsthaus ein. Nach wenigen Minuten hatte er den Ort erreicht, sprang aus dem Sattel und stellte mit Befriedigung fest, dass Leberich, der junge Förster, noch nicht aufgebrochen war.

„Sieh an, der Herr Graf." Hartwig Leberich war mit einem süffisanten Lächeln aus der Tür getreten, als er den rasanten Hufschlag vor dem Forsthaus gehört hatte. „Mit einem tränenreichen Abschied Eurerseits hätte ich nun wirklich nicht gerechnet."

„Erzähl nicht einen solchen Blödsinn, Leberich! Sieh lieber zu, dass du nicht noch mehr Unheil anrichtest!"

„Ich und Unheil? War ich nicht ein willkommener Diener für die windigen Geschäfte des Herrn Grafen? Und das soll nun der Dank dafür sein?"

„Hör zu, Leberich, die Dinge sind nicht ganz so gelaufen, wie ich es mir vorgestellt habe. Die frühe Rückkehr meines Bruders und die Einmischung seines Schattens, dieses Wichtigtuers Schwetzingen, haben meine Pläne etwas durchkreuzt ..."

„Sieh an, der Graf von Schwetzingen ist nicht nur mir in die Quere gekommen, sondern auch Euch? Die Zahl seiner Freunde scheint nicht zuzunehmen. Mit dem habe ich ein ganz besonderes Hühnchen zu rupfen."

„Du hältst dich zurück, Leberich! Du bekommst noch deine Chance. Zu allem Übel macht er auch noch meiner Schwester Charlotte den Hof, aber wir werden ihm schon noch die Suppe versalzen. Du, Leberich, siehst zu, dass du so schnell als möglich von Ascheberg verschwindest. Geh zurück zu meinem Freund Heinrich von Ahlefeld nach Lehmkuhlen und verhalte dich ruhig. Wenn ich dich brauche, lasse ich es dich wissen. Hast du das verstanden?"

„Ich bin ja nicht blöd, Herr Graf."

„Du hörst von mir!“ Mit diesen Worten schwang sich Graf Eberhard wieder in den Sattel, schlug dem Pferd seine Sporen in die Flanken und galoppierte Richtung Plön.

Krachend flog die schwere Tür des Wirtshauses „Zum Weißen Hirschen“ gegen die Wand. Graf Eberhard stürmte in den Schankraum und fuhr den verwundert dreinblickenden Kröger Schwien an: „Wo ist Stadtrat Stellmacher?“

„Oh, Herr Graf, das weiß ich nicht, aber ich vermute, er wird wohl im Rathaus sein“, beteuerte der Wirt beflissen, wobei er mehrfach nach vorne wippte, was der Andeutung einer Verbeugung nahe kam. Eine tiefere Neigung seines Oberkörpers ließen seine Leibesfülle und die darum geschlungene Lederschürze nicht zu.

„Erwartet Ihr ihn heute noch?“

„Ich glaube schon, Herr Graf“, beeilte sich der Wirt zu versichern, ohne sein Wippen zu unterbrechen. „Spätestens zur Mittagszeit wird die Sitzung im Rathaus unterbrochen und dann pflegt der Herr Stadtrat in meinem Hause zu speisen.“

„Ich warte im Jagdzimmer auf ihn. Sagt ihm das, wenn er kommt, und bringt mir ein Bier.“ Graf Eberhard ließ den Schankwirt kurzerhand stehen.

Kröger Schwien stellte sein Wippen kopfschüttelnd ein, ergriff einen tönernen Bierkrug, der nicht weit von ihm entfernt stand, und schüttete das kühle Nass in einen Becher.

„Trine!“, rief er kurz darauf nach seiner ältesten Tochter, einem Mädchen von sechzehn Jahren, das sich trotz ihres jungen Alters bereits den ausladenden Formen ihres Vaters näherte. „Bring dem Grafen Rantzau sein Bier. Er sitzt im Jagdzimmer."

Trine schwebte ins Jagdzimmer. Mit wogendem Busen und schwingenden Hüften stellte sie den Krug vor dem Grafen auf den Tisch. „Euer Bier, sehr verehrter Herr Graf, darf ich sonst noch etwas für Euch tun?"

Graf Eberhard schreckte aus seinen trüben Gedanken auf und blickte Trine irritiert an. Er konnte nicht umhin und musste lachen. Vor ihm stand das dralle Schankwirtsmädchen mit blonden Zöpfen, strahlendem Gesicht, geröteten Pausbacken, einer geschnürten weißen Bluse, die nur mit Mühe ihre prallen Rundungen halten konnte, und einer blauen Schürze, die sie eng um die ausladenden Hüften geschlungen hatte.

„Ich könnte mir schon sehr gut vorstellen, was du noch für mich tun könntest", antwortete Eberhard mit lüsternem Blick. Doch bevor der Graf nach Trine greifen konnte, entwischte sie mit gekonntem Hüftschwung aus seiner Reichweite und verließ lachend das Jagdzimmer.

Es dauerte nur wenige Minuten, als die Tür erneut mit Schwung geöffnet wurde und eine stattliche Person den Türrahmen ausfüllte.

„Meine Herolde berichten, dass Graf Eberhard von Rantzau soeben in die Stadt eingezogen ist und das dringende Bedürfnis verspürt, mich persönlich zu sprechen." Stadtrat Hinrich Stellmacher betrat polternd das Jagdzimmer. Selbst bei den sommerlichen Temperaturen verzichtete er nie auf einen weißen Spitzenkragen und einen knielangen Gehrock, der mit aufwendigen Pelzbordüren verziert war. Nicht zuletzt, um seine Bedeutung zu unterstreichen.

Schwerfällig ließ er sich gegenüber von Eberhard auf einen Stuhl fallen, und bevor dieser einen Ton sagen konnte, forderte der Stadtrat ihn mit hämischem Grinsen auf: „Nun, mein verehrter Herr Graf, wo drückt denn der Schuh? Könnte es sein, dass Euch die plötzliche Rückkehr Eures Herrn Bruder ungelegen kommt?“

„Ihr müsst Euch keine Sorgen machen, ich stehe zu meinem Wort“, versuchte Graf Eberhard einen angemessenen Ton zu finden, um den Stadtrat für sein Vorhaben gütlich zu stimmen.

Doch dieser fing schallend an zu lachen. „Das ist der beste Witz, den ich aus Eurem Mund je gehört habe.“ Stellmacher schlug sich immer noch laut lachend auf die Schenkel.

Eberhard war auf diese heftige Reaktion nicht gefasst gewesen.

„Ihr steht zu Eurem Wort? Ich höre wohl nicht recht. Das ist ja eine ganz neue Variante.“ Von einer Sekunde auf die andere änderte Hinrich Stellmacher seine Tonlage. Während er eben noch gelacht hatte, ließ er urplötzlich seine rechte Hand auf die Tischplatte knallen, neigte seinen Kopf nach vorn und stieß mit zornig verzerrtem Gesicht hervor: „Ihr seid mir Geld schuldig, Graf Rantzau, viel Geld. Und wenn ich dieses nicht bis zum Ende des Monats sehe, werde ich mit großer Freude Euren gräflichen Arsch in den Schuldenturm manövrieren lassen. Und auf mein Wort könnt Ihr Euch garantiert verlassen!“

Eberhard starrte den Stadtrat entsetzt an. Verunsichert durch dessen Attacken suchte er nach Worten. „Ich wollte Euch doch nur um einen kleinen Aufschub bitten, sehr verehrter Herr Stellmacher. Bisher habe ich doch stets meine Schulden beglichen.“

„Das ich nicht lache. Mit Almosen habt Ihr mich abgespeist. Angefangen von alten Kleppern Eures ach so gelobten Gestüts bis hin zu grünem Holz aus dem gräflichen Forst, von dem ich bis heute noch keinen einzigen

Stamm gesehen habe. Nein, mein lieber Rantzau, so haben wir nicht gewettet. Bringt mir die Besitzurkunde des Geländes vor dem Wentorfer Tor und wir sind wieder im Geschäft."

Der Stadtrat erhob sich schwungvoll von seinem Stuhl und ging mit schweren Schritten auf die Tür zum Schankraum zu. Kurz bevor er sie erreicht hatte, drehte er sich noch einmal um und rief dem sprachlosen Grafen mit aufmunterndem Lachen zu: „Trinkt noch ein Bier auf meine Kosten. Und beste Grüße an den Herrn Bruder."

Graf Eberhard konnte die Schritte des Stadtrates selbst durch die geschlossene Tür noch hören und ebenso auch sein lautes Lachen.

An diesem Nachmittag genoss Bertram die Gemütlichkeit in Dorotheas Salon. Ein Raum, den nicht alle im Schloss betreten durften. Die Gräfin legte ganz besonderen Wert darauf, ihr persönliches Refugium zu wahren. Lediglich ihre Kammerzofe Marie hatte hier Zutritt. Selbst von der Familie wagte es keiner, Dorotheas Salon ohne ihre ausdrückliche Einladung zu betreten. Auch Bertram respektierte diese kleine Marotte seiner Frau.

„Es tut mir leid, liebe Dorothea, dass wir in den vergangenen Tagen einfach keine Zeit gefunden haben, über ein paar persönliche Dinge zu sprechen, aber ..."

„Ich weiß, Bertram, ich weiß", unterbrach Dorothea ihren Mann verständnisvoll.

„Es gibt so einige Dinge, die ich gern mit dir erörtern möchte, aber in einer ganz besonderen Angelegenheit benötige ich unbedingt deinen Rat."

Dorothea nickte Bertram aufmunternd zu und legte ihren Kopf ein wenig zur Seite.

„Du kennst sicherlich den schwarzen Jungen, den

sie Namo rufen, der seit einiger Zeit auf Ascheberg als Stallbursche arbeitet."

„Ja, ich habe ihn schon mehrfach gesehen. Besonders an den Tagen, als Eberhard und Adele ihre Schlossfeste feierten und der Mohr den Gästen in bunten Kleidern vorgeführt wurde", antwortete Dorothea nicht ohne kritischen Unterton.

„Du weißt, wie ich zu derartigem Verhalten stehe und wie mich diese Art von Missachtung menschlicher Würde abstößt."

„Ich weiß, mein Lieber, und ich teile deine Ansicht vollkommen. Was du vielleicht noch über den Mohren wissen solltest, ist Onkel Leopolds Einschätzung über den Jungen."

„Woher kennt Onkel Leopold den Mohren denn?", fragte Bertram verwundert.

„Nun, nachdem mein lieber Onkel mir reumütig gebeichtet hat, dass er mehrfach ohne mein Wissen trotz seines Alters ausgeritten ist, erzählte er mir auch, dass ihm Stallmeister Aurich den jungen Mohren als Begleitung mitgegeben hat."

„Äußerst ungewöhnlich", stellte Graf Bertram ein wenig irritiert fest.

„Doch Aurich scheint sich dabei etwas gedacht zu haben, denn Onkel Leopold berichtete, dass es sich bei dem Jungen um einen für seine Stellung und sein Alter gebildeten Menschen handelt, der sogar lesen und schreiben kann ..."

„... und auch mehrere Sprachen beherrscht", warf Bertram wissend ein.

„Genau, das hat auch Onkel Leopold erzählt. Zudem scheint der Junge unbändig wissbegierig zu sein, sodass der Onkel ihm sogar ein paar Bücher aus der Bibliothek geliehen hat."

Bertram schwieg eine Weile nach Dorotheas Bericht über den Mohren.

„Ich sehe ein paar graue Wolken über deinem Haupt schweben, mein Lieber. Sind das gute oder schlechte Zeichen?", unterbrach Dorothea die Gedanken ihres Mannes.

Bertram lächelte sie liebevoll an. „Was ist los mit dir, du kleine Hexe, bist du aus der Übung? Bisher konntest du meine Gedanken doch immer lesen."

„Oh, das kann ich auch heute noch. Ich wollte dir lediglich die Chance geben, sie selbst zu formulieren."

„Welch ungewohnte Großzügigkeit, doch darauf möchte ich in diesem konkreten Fall einmal verzichten. Hexe, sprich, was liest du aus den Wolken, die mein Hirn umschweben?"

„Als Erstes sehe ich eine Situation, die dir nicht gefällt."

„Welch grandiose Vorhersage. Wie bist du bloß darauf gestoßen?", stellte Bertram mit bedeutungsvoller Miene fest.

Mit einer Handbewegung wischte Dorothea seinen zynischen Einwand weg. „Zweitens hegst du bereits Pläne, diese unliebsame Lage des jungen Mohren zu verändern."

„Auch diese Deutung erfordert noch keine allzu großen hellseherischen Fähigkeiten, wenn man mich kennt", bemerkte Graf Bertram nüchtern.

Unbehelligt fuhr Dorothea fort: „Und drittens hast du bereits einen Plan, wie du diese unliebsame Lage ändern möchtest."

„Mit dieser Feststellung hast du den eindeutigen Beweis erbracht. Du bist eine Hexe und mir damit auf Gedeih und Verderb ausgeliefert. Du kannst deine Lage ausschließlich durch ein großes Opfer verbessern."

„Und das wäre?"

„Du musst mir sofort einen Kuss gewähren und mir ewige Liebe schwören. Das ist mein unerschütterliches Urteil!"

„Mir bleibt anscheinend nichts anderes übrig, als mich in dieses unvermeidliche Schicksal zu ergeben." Bei diesen Worten erhob sich Dorothea aus ihrem Sessel und setzte sich auf Bertrams Schoß, legte ihre Arme um seine Schultern und küsste ihn.

„Welch ein schreckliches Urteil!", lachte sie den Grafen an und blickte ihm liebevoll in die Augen. „Aber nun einmal ernsthaft, weißt du schon, was du mit dem jungen Mohren vorhast?"

„Zunächst habe ich ihm gesagt, dass er weiter bei Aurich im Stall helfen soll, aber nicht mehr als Lakai im Schloss benötigt wird. Auf jeden Fall möchte ich diesem Jungen eine Chance geben. Er hat vermutlich in seinem kurzen Leben eine Menge durchgemacht. Der Raub aus seiner Heimat, der Verlust von Familie, Vater und Mutter, das Leben in einem fremden Land, in vielen Augen scheint er nicht mehr wert zu sein als ein Stück Vieh. Das ist abgrundtief unchristlich und fern aller Nächstenliebe. Ich möchte ihm die Grundlage eines angemessenen eigenverantwortlichen Lebens schaffen. Wie das konkret ablaufen soll, weiß ich noch nicht genau. Hilfst du mir dabei?"

Dorothea streichelte ihrem Mann liebevoll über die Wange. „Ich wundere mich immer wieder aufs Neue, wie es möglich ist, dass in ein und demselben Körper ein so kämpferischer Landsknecht und gleichzeitig ein so einfühlsamer Mensch leben kann. Aber gerade deshalb liebe ich dich so sehr. Ich finde es gut, wenn du dem Mohren einen hoffnungsvollen Weg in die Zukunft bahnst."

„Eine ganz andere Frage habe ich noch an dich", wechselte Bertram das Thema. „Hast du eine Vorstellung davon, was der Herzog von mir will?"

„Nein, wieso kommst du darauf?"

„Heute Morgen erhielt ich eine Depesche des Herzogs, dass man mich morgen Mittag auf dem Plöner Schloss sehen will."

„Und das ohne Grund und Erwähnung des Anlasses?"

„Genau das ist es ja, was mich ein wenig beunruhigt. Meinst du, dass es mit der desolaten Lage unseres Gutes zusammenhängen könnte?" Inzwischen hatten Bertram und Dorothea von Charlotte erfahren, dass die Eskapaden Eberhards rund um das Ascheberger Schloss auch dem Herzog und der Herzogin in Plön nicht verborgen geblieben waren und dieses immer wieder Gesprächsstoff bei Hofe bot.

„Ich glaube nicht, dass der Herzog sich mit dir über Klatsch und Tratsch unterhalten möchte, vielleicht will er dich nur nach deiner langen Abwesenheit einmal wiedersehen."

„Vermutlich hast du recht", stimmte Bertram ihr zu, wobei er sich in seiner Haut nicht ganz wohl fühlte.

Kapitel 5

Graf Bertram von Rantzau zügelte sein Pferd und hielt inne. Volkmar von Schwetzingen lenkte sein Pferd neben seinen Freund. Beide blickten in die Ferne – andachtsvoll und ohne ein Wort zu sagen.

„Es ist immer wieder ein atemberaubender Anblick, wenn man von hier aus das Schloss das erste Mal erblickt“, unterbrach Bertram die Stille.

Auf ihrem Weg nach Plön verweilten sie jetzt auf dem Koppelsberg, jener Anhöhe, von der aus man über die Seen das Plöner Schloss in seiner ganzen Pracht bewundern konnte. Majestätisch erhob sich das klar gegliederte Gebäude, verziert mit seinen beiden Türmen über den Dächern der Stadt Plön. Geradezu beschützend, wie eine Glucke über ihre Jungen gebeugt.

Gemächlich ließen die beiden Grafen ihre Pferde wieder antraben und setzten ihren Weg fort. Bertram hatte Volkmar gebeten, ihn nach Plön zu seiner Audienz bei Hofe zu begleiten. Einer Aufforderung, der sein Freund bereitwillig nachkam, da er, wie er geheimnisvoll verriet, ohnehin noch eine wichtige Angelegenheit in Plön zu regeln hätte. Mehr war ihm trotz wiederholter Nachfrage nicht zu entlocken.

Am unteren Tor zum Schloss trennten sich ihre Wege. Während Volkmar dem Wentorfer Tor zustrebte, erklomm Bertram den steilen Weg zum Schloss. Verabredet hatten sie sich für später bei der Witwe Sander, einem Gasthaus in der Langen Straße, das offiziell „Drei Kronen“ hieß und einen vorzüglichen Ruf genoss.

„Ah, mein lieber Rantzau, herzlich willkommen in der Heimat“, begrüßte ihn Graf Benedict von Kuningham, der Hofmarschall des Herzogs, freudig.

„Aufrichtigen Dank, mein lieber Kuningham. Es ist immer wieder ein erhabenes Gefühl und nicht ganz frei heimatlicher Regungen, wenn man das erste Mal nach so langer Zeit das Schloss aus der Ferne sieht. Ganz zu schweigen von dem Blick aus Euren Gemächern über den See.“

„Höre ich da einen gewissen Neid in Eurer Stimme angesichts meiner zugegebenermaßen komfortablen Räumlichkeiten?“, wollte der Hofmarschall scherzend wissen.

„Mein lieber Kuningham, Ihr könnt ganz sicher sein, vor dem hohen Amt eines Hofmarschalls möge mich der Herrgott bewahren.“

„Nun gut, da wir das ein für alle Mal geklärt haben, können wir auch zu dem eigentlichen Anlass Eures Erscheinens kommen, denn der Herzog wartet schon ungeduldig auf Euch und hat bereits mehrfach nach Euch gefragt.“

„Könnt Ihr mir verraten, was der Herzog von mir will?“

„Mein lieber Rantzau, ich könnte schon, nur darf ich nicht. Der Herzog würde mir den Kopf abreißen, wenn er nur ansatzweise erfahren würde, dass Ihr eingeweiht seid. So viel kann ich jedoch versprechen, Ihr werdet überrascht sein und garantiert das Schloss frohen Mutes verlassen, bedenkt man die derzeitige Lage auf Ascheberg.“

Der letzte Satz des Hofmarschalls ließ Bertram aufhorchen. „Was weiß der Herzog über die Verhältnisse, die ich nach meiner Rückkehr auf Ascheberg angetroffen habe?“

„Mein lieber Rantzau, Ihr kennt den Herzog schon so viele Jahre. Wart Ihr je in der Lage, irgendetwas vor ihm zu verbergen?“

Bertram schüttelte kaum merklich den Kopf, fühlte sich aber nach wie vor unbehaglich.

„Nun wollen wir den erlauchten Fürsten nicht länger warten lassen.“ Schwungvoll erhob sich der Hofmarschall von seinem Stuhl hinter dem Schreibtisch. Gemeinsam erklommen die beiden Grafen die herzoglichen Räumlichkeiten in der zweiten Etage des Schlosses.

Kaum hatten sie das Audienzzimmer betreten, flog die Tür des angrenzenden Raumes auf und der Herzog stürmte mit ausgebreiteten Armen auf Graf Bertram zu. „Da seid Ihr ja endlich, mein lieber Rantzau.“ Freudig begrüßte er den Grafen und schlug ihm gleichzeitig mit der Rechten aufmunternd auf die Schulter.

„Ich bitte ergeben um Verzeihung, Durchlaucht, wenn ich mich verspätet habe.“ Bertram deutete eine Verbeugung an, die jedoch ein wenig verunglückte, da der Herzog ihn kurzerhand vor sich her in sein Gemach schob.

„Rantzau, wir haben uns lange nicht gesehen und mir scheint, Ihr seid älter geworden. Das Leben im Felde geht an die Substanz. Ich weiß, wovon ich rede, mein Lieber. Besonders dann, wenn einem das Glück nicht ganz hold ist wie meinem königlichen Vetter bei der letzten Schlacht gegen die verteufelten Schweden. Aber ich wollte mit Euch nicht in Kriegserinnerungen schwelgen, sondern habe einen ganz anderen Plan zu erörtern. Seid Ihr bereit zu neuen Taten?“ Der Herzog ließ sich auf einem Sofa nieder und signalisierte Bertram mit einer kleinen Geste, dass er sich ebenfalls setzen dürfe.

„Ich stehe Euch zu Diensten, Durchlaucht", antwortete Bertram, doch dem Herzog blieb die dezente Zurückhaltung seines Getreuen nicht verborgen.

„Keine Angst, lieber Rantzau, ich werde einen meiner treuesten Streiter weder nach den wenigen Tagen seiner Rückkehr wieder in das Kampfesgetümmel jagen noch ihn von seinen Lieben in Ascheberg trennen, zumal dort sicherlich einiges zu richten ist."

Bertram wurde hellhörig. Ging es also doch um das Chaos, das Eberhard in seiner Abwesenheit angerichtet hatte? Musste er sich jetzt Vorhaltungen anhören und für seinen leichtsinnigen Bruder vor dem Herzog rechtfertigen?

„Zur Sache, Rantzau", fuhr der Herzog fort. „Ihr erinnert Euch sicherlich noch daran, dass ich Euch vor längerer Zeit die Ländereien zwischen der Stadt und dem Koppelsberg übertragen habe."

„Ich bin Euch auch heute noch sehr dankbar für Eure Großzügigkeit, Durchlaucht", beteuerte Bertram.

„Ihr müsst zugeben, dass dieses Land zwischen den Seen nur begrenzt nutzbar ist. Was würdet Ihr dazu sagen, wenn ich Euch auffordern würde, mir das Gebiet wieder zurückzugeben?" Der Herzog lächelte den nun etwas verwirrt dreinblickenden Grafen an.

„Durchlaucht, Ihr überrascht mich", versuchte Graf Bertram seine Verwunderung zu überspielen.

„Oh, das erfreut mich ganz besonders, dass mir das bei einem solchen Haudegen wie Euch immer noch gelingt. Ich will Euch nicht länger auf die Folter spannen. Ich verfolge einen Plan, dessen Konturen bereits überaus deutlich sind. Ich bin fest davon überzeugt, da ich Euch als fortschrittlich denkenden Menschen kenne, dass auch Ihr meine Begeisterung teilen werdet." Unvermutet sprang der Herzog von seinem Sofa auf und eilte auf eine kaum sichtbare Tapetentür zu. „Kommt mit, Rantzau, Ihr werdet staunen."

Der Herzog hatte nicht zu viel versprochen. Das kleine Kabinett, das sie jetzt betraten, wurde von einer großen Tafel eingenommen. Auf dieser erkannte Bertram Häuser und Straßen in Miniaturausgabe. Ihm wurde klar, dass es sich um die Stadt Plön handelte. Das Schloss überragte die Häuser und Straßen, der Kirchturm und das Rathaus am Fuße des Schlossbergs waren deutlich zu erkennen. Auch die Stadttore und die Seen zeigten den bekannten Ort. Doch dann stutzte Bertram. Hier stimmte etwas nicht. Gen Westen, unmittelbar vor dem Wentorfer Tor, auf dem Gelände, von dem der Herzog gerade gesprochen hatte, standen Häuser, die es in Wirklichkeit nicht gab. Auch eine Kirche überragte die Giebel.

Der Herzog beobachtete Bertram aufmerksam. Als er seine Irritation beim Anblick der neuen Häuser entdeckte, konnte er kaum an sich halten. „Nun, mein lieber Rantzau, habe ich zu viel versprochen? Was sagt Ihr zu meinen Plänen?"

Graf Bertram dämmerte es langsam, wie die neuen Pläne des Herzogs aussehen sollten. Hier standen sie bereits en miniature vor ihm. „Ich bin, wie Ihr Durchlaucht bereits vermutet habt, überaus erstaunt. Ihr plant eine neue Stadt außerhalb der Stadt."

„Genau, besser kann man es kaum beschreiben. Plön platzt aus den Nähten. Die Seen engen uns ein, doch das Areal, das Ihr bis heute Euer eigen nennt, ist geradezu perfekt für die Vergrößerung Plöns", begann Herzog Hans Adolf begeistert von seinem Vorhaben zu schwärmen.

Dabei sprang er von der einen zur anderen Seite der Tafel mit den kleinen Häusern und beschrieb mit großer Leidenschaft und ausholenden Armbewegungen seine kühnen Pläne. „Es soll ein Ort aufrechter und strebsamer Handwerker werden. Gleichermaßen finden hier auch ehrenwerte Menschen ganz gleich welchen Glaubens eine neue Heimat", fuhr der Herzog ausführlich fort.

Bertram hörte gespannt zu und war sich sehr schnell klar darüber, dass die Antwort auf die Frage des Herzogs nach der Rückgabe des einst geschenkten Geländes längst gefallen war und nicht von seiner Entscheidung abhing. Ein Nein hätte bei dem Herzog absolutes Unverständnis hervorgerufen und letztlich auch zur unwiderruflichen Ungnade derer von Rantzau geführt. Bertram schmunzelte über die Begeisterungsfähigkeit des Herzogs. Außerdem konnte man dem Herzog kaum widersprechen, als er das Gelände als nur begrenzt nutzbar beschrieben hatte.

„Ich bin sehr beeindruckt, Durchlaucht", antwortete Bertram aufrichtig, als der Herzog ihn erwartungsvoll und auffordernd anblickte, „Ihr habt Euch eine große Aufgabe gestellt."

„Nun, das Ganze hängt jetzt nur noch von Eurer Zustimmung ab, mein lieber Rantzau, denn Ihr allein seid der Herrscher über die Wiesen und Auen, auf denen einmal die neue Stadt stehen soll."

Bertram fing an zu lachen. „Verzeiht mir, hochverehrte Durchlaucht, meine ungebührliche Reaktion, doch Ihr kennt mich bereits so viele Jahre, und auch ich habe die Ehre, Euch schon von Kindesbeinen an zu kennen, deshalb erlaubt mir auf Eure Frage eine respektlose Gegenfrage. Gesetzt den Fall, ich würde Nein sagen, hättet Ihr für mich Kerker oder Halseisen vorgesehen?"

Nur für Sekundenbruchteile wirkte der Herzog verwundert, bis er ebenfalls laut zu lachen begann. „Rantzau, dafür liebe ich Euch, Ihr seid einer der wenigen, die auch sagen, was sie denken. Eigentlich müsste ich Euch allein schon wegen dieser Bemerkung außer Landes jagen."

„Stets zu Diensten, mein Fürst", antwortete Bertram, immer noch lächelnd, mit einer tiefen Verbeugung.

„Ihr seid unverbesserlich, mein lieber Rantzau, aber im Ernst, ich habe etwas vergessen, das Eure Entscheidung gegebenenfalls nicht unmaßgeblich beeinflussen könnte. Ich würde mich gern von den Ländereien rund um den Schmalensee trennen und diese noch mit zwanzigtausend Talern verzieren wollen, zumal es für die derzeitige Lage auf Ascheberg sicherlich nicht unwillkommen sein dürfte."

„Durchlaucht, Ihr wisst, ich bin Euch stets ein treuer Diener gewesen. Eure Pläne für die neue Stadt sind von einer derart offenen und fortschrittlichen Denkungsweise geprägt, die ich mit großer Freude teile, sodass mir von der ersten Sekunde an nie Zweifel über die Notwendigkeit des Geländes für dieses Vorhaben gekommen sind. Es wäre mir eine große Ehre, Euch dieses Areal für Eure Pläne zu übergeben."

„Ich danke Euch, mein lieber Rantzau, einmal mehr für Eure Aufrichtigkeit und Treue. Ich habe nichts anderes von Euch erwartet. Glaube ich doch nach all den Jahren auch zu wissen, wie Ihr denkt und handelt. Schmalensee und die erwähnte Beigabe sind allerdings unverzichtbarer Teil unseres Vertrages. Hier kenne ich kein Pardon und würde jede Widerrede als persönliche Beleidigung empfinden."

„Das liegt mir fern, Durchlaucht, zumal ich mein Kontingent heute vermutlich bereits überschritten habe."

„Mit absoluter Sicherheit, mein lieber Rantzau, mit absoluter Sicherheit." Der Herzog geleitete den Grafen lachend aus seinen Räumen und verabschiedete ihn. „Die Verträge hat Kuningham bereits vorbereitet, Ihr müsst sie nur noch unterzeichnen."

Mit einem tiefen Seufzer trat Graf Bertram von Rantzau aus dem Hauptportal des Plöner Schlosses und ließ sich von dem immer wieder atemberaubenden Blick über den Plöner See einfangen. Das im Sonnenlicht glitzernde Wasser, das dunkle Grün der Inseln, die die Stadtbucht einschlossen, und die sich weit bis Bosau öffnende Wasserfläche beeindruckten Bertram stets aufs Neue. Wie hatte der Hofmarschall noch vor kurzer Zeit gesagt: „Ihr werdet das Schloss frohen Mutes verlassen!" Er hatte recht behalten.

Nachdem der Herzog ihn entlassen hatte, hatte er lediglich noch die von Graf Kuningham vorbereiteten Dokumente für den Besitzaustausch unterschreiben müssen. In seinem Wams befand sich jetzt zusätzlich eine Anweisung an das herzogliche Schatzamt, dem Grafen Bertram von Rantzau nach Vorlage zwanzigtausend Taler auszuzahlen. Mit einer gewissen Erleichterung hatte Bertram festgestellt, dass weder der Herzog noch der Hofmarschall etwas über die verworrene Lage auf dem Gut Ascheberg und Eberhards Eskapaden erwähnt hatten.

Während Bertram noch seinen Gedanken nachging, trat ein Page mit Aaron am Zügel auf ihn zu. „Euer Pferd, Herr Graf!"

Bertram schreckte auf, besann sich auf seine Situation und antwortete nach einem kurzen Zögern. „Ich möchte, dass mein Pferd zur Witwe Sander gebracht wird."

„Sehr wohl, Herr Graf, ich werde dafür sorgen!"

Graf Bertram hatte sich entschlossen, den Weg in die Stadt zu Fuß zu gehen. Langsam schritt er den steilen Schlossberg hinunter, vorbei an den Torwachen, die ihn freundlich grüßten. Noch bevor er das Rathaus erreicht hatte, konnte er das typische Stimmengewirr hören, das das geschäftige Treiben eines Markttages begleitete. Der sonst freie Platz am Fuße des Schlossberges zwischen dem Rathaus und der Kirche war jetzt fest in der Hand von Bauern, Händlern und Fahrensleuten, die auf Ständen und Tischen nicht selten lautstark ihre Waren anboten. Zwischen den engen Gängen schoben sich die Menschen, prüften die Waren, feilschten unerbittlich oder hielten kurz inne für einen kleinen Klönschnack.

Bertram verweilte einen Augenblick und genoss aus der Distanz dieses bunte Treiben, diesen lebendigen Pulsschlag einer aufstrebenden Stadt. Ein Possenreißer faszinierte seine Zuschauer durch Fingerfertigkeit und Zauberspiel. Nicht nur, dass er allein schon durch sein farbenfrohes Harlekinkostüm auffiel, er ließ zudem drei goldene Taler fast schwerelos durch die Luft segeln, um sie im selben Augenblick ganz und gar verschwinden zu lassen. Großes Erstaunen rief er dann bei seinen kleinen und großen Zuschauern hervor, wenn er die Taler danach aus Nasen oder Ohren seiner Bewunderer wieder hervorzauberte.

Auch Graf Bertram war für eine kurze Zeit von dem geschickten Spiel des Harlekins gefangen genommen worden, bis er durch eine Bewegung, die er aus dem Augenwinkel registriert hatte, abgelenkt wurde. In der bewegten Menschenmasse des Markttreibens entdeckte er auf den Stufen zum Rathaus seinen Bruder Eberhard, der eifrig mit dem Stadtrat Stellmacher diskutierte. Auch wenn ihm immer wieder kurzzeitig die Sicht durch andere Menschen versperrt wurde, war doch offensichtlich, dass die beiden kein freundschaftliches Gespräch führten. Was hatte sein Bruder mit dem windigen Kornhändler Stellmacher zu tun? Bertram konnte sich nicht erinnern, jemals mit diesem zwielichtigen Kaufmann Geschäfte gemacht zu haben. Noch bevor er sich weitere Gedanken machen konnte, beobachtete er, dass sich Stellmacher mit einer abfälligen Handbewegung von Eberhard abwandte und wutentbrannt über die Stufen im Rathaus verschwand. Eberhard hatte er wenig später zwischen den Menschen aus den Augen verloren.

Irritiert setzte Graf Rantzau seinen Weg fort. Er hatte noch eine wichtige Aufgabe zu erledigen, bis er sich mit Graf Volkmar bei der Witwe Sander treffen wollte. Als er die Marktstände hinter sich gelassen hatte, lenkte er seine Schritte nach rechts, vorbei am Waisenhaus in die Klostergasse. Vor einem kleinen Fachwerkhaus, das auch schon bessere Tage gesehen hatte, hielt er an. Bertram wagte kaum, den mächtigen eisernen Türklopfer zu betätigen, da das Holz, das ihn hielt, nicht sehr stabil und vertrauenswürdig aussah. Doch auch das zaghafte Klopfen war erhört worden.

Bald darauf wurde die Tür mit lautem Knarren geöffnet. Vor ihm stand ein altes Mütterlein, das ihn mit schief gehaltenem Kopf von unten her anblinzelte. „Für Almosen wendet Euch an den neuen Pastor!“, stieß sie aus ihrem zahnlosen Mund hervor.

„Das werde ich gern tun, Jungfer Hildegard, aber vorher muss ich noch den Pastor Mollzahn sprechen.“ Graf Bertram konnte sich ein Lachen nicht verkneifen, wusste er doch, dass die alte Haushälterin des Pastors fast blind war.

„Graf Rantzau, Ihr seid es. Ich konnte nicht ahnen ...“

„Ist schon gut, Hildegard“, unterbrach Bertram die alte Frau. „Ist der Pastor im Haus?“

„Ja, sicher doch, tretet ein, Herr Graf, bitte schön.“ Die Haushälterin des Pastors gab die Tür frei.

Bertram traf den alten Pastor Mollzahn an seinem Schreibtisch in seinem „Studierzimmer“ an, wie Hildegard den beengten Raum bezeichnet hatte, der angefüllt war mit Büchern und Papieren.

„Graf Rantzau! Welch eine Ehre in meiner bescheidenen Hütte. Gott sei Dank, dass Ihr wohlbehalten wieder im Lande seid.“ Der alte Pastor begrüßte den Grafen voll Überschwang. Mit einer wendigen Bewegung, die sein Alter vergessen ließ, sprang er von seinem Schreibtischstuhl auf. Bevor er noch eine tiefe Verbeugung vollbringen konnte, war Bertram auf ihn zugetreten und hatte seine Rechte mit beiden Händen ergriffen.

„Ich freue mich auch, Euch gesund und munter zu sehen, mein lieber Pastor. Wie ist es Euch ergangen in den letzten zwei Jahren?“

Nachdem sich die beiden in dem Studierzimmer niedergelassen und Hildegard ihnen ein dünnes Bier serviert hatte, berichtete der Pastor davon, dass er nunmehr seit einem Jahr auf das Altenteil verschoben war, wie er sich ausdrückte. Auf Betreiben einiger Stadträte hatte der Herzog einen neuen Pastor eingesetzt. Er selbst widme sich seitdem mehr und mehr biblischen Studien.

Bertram hatte sehr schnell gemerkt, dass sich der alte Pastor in seiner jetzigen Lage nicht sehr wohl fühlte, obwohl er dieses mit keinem Wort erwähnt hatte. Der Graf kannte ihn schon viele Jahre. Dorothea und er waren von ihm getraut worden und auch seine Kinder hatte

Pastor Mollzahn getauft. „Mein lieber Pastor Mollzahn, wenn ich Euch heute geradezu überfallartig besuche, dann hat das einen triftigen Grund“, leitete Bertram sein Anliegen vorsichtig ein, nachdem der Pastor mit seinen Ausführungen geendet hatte. „Ich brauche Eure Hilfe.“

„Soweit es in meiner Macht steht, verehrter Herr Graf.“

„In Ascheberg habe ich nach meiner Rückkehr einen neuen Stallburschen angetroffen. Eher nichts Ungewöhnliches, nur der Junge ist schwarz. Er ist ein Mohr.“

„Fürwahr ein wenig ungewöhnlich“, warf Pastor Mollzahn ein.

„Meine Schwägerin und ihre Mutter hielten es anscheinend für unverzichtbar, sich mit einem solchen exotischen Element schmücken zu müssen.“

Pastor Mollzahn hob aufgrund dieser spöttischen Bemerkung des Grafen die linke Augenbraue. „Wie ich aus Euren Worten entnehme, missfällt Euch diese Tat Eurer Schwägerin.“

„Ihr kennt mich lange genug, Pastor Mollzahn, und wisst, dass meine christliche Einstellung angesichts solcher unbedachten Verhaltensweisen geradezu rebelliert. Dieser Mohr, er wird übrigens Namo gerufen, scheint zudem noch ein ganz besonderer Junge zu sein. Er kann lesen und schreiben und spricht nach eigenen Worten sogar drei fremde Sprachen. Nach Graf Leopolds Einschätzung ist der Mohr ein überaus intelligenter und wissbegieriger Junge.“

„Äußerst interessant, verehrter Herr Graf, aber wie kann ich Euch helfen?“

„Ich möchte, dass der Mohr eine umfassende Erziehung und Ausbildung erhält und dass er christlich erzogen und getauft wird. Könntet Ihr Euch vorstellen, den Jungen unter Eure Fittiche zu nehmen und ihn zu einem guten Christenmenschen zu formen?"

Pastor Mollzahn blickte den Grafen ernst und schweigend an. „Es gibt für einen Diener Gottes kaum eine größere Aufgabe, als seine Schäfchen dem Herren nahe zu bringen. Ob ich allerdings aufgrund meines Alters dieser Prüfung gewachsen bin, weiß ich nicht", antwortete der Pastor nach einer ganzen Weile.

„Da habe ich nun wahrhaftig keine Zweifel, mein lieber Pastor. Vielleicht kann ich Euch auf ganz irdische Weise diese Aufgabe noch ein wenig schmackhafter machen. Ich würde mich freuen, wenn Ihr für die Zeit der Ausbildung Gast auf Ascheberg sein würdet. Außerdem hättet Ihr die einmalige Gelegenheit, Euch Abend für Abend bei einem Glas Wein mit Eurem alten Freund und Kontrahenten Graf Brockdorff geistig zu duellieren."

„Welch ein verlockendes Angebot, verehrter Herr Graf, Ihr seid ein grausamer Verführer. Aber erlaubt mir, dass ich mir ein paar Tage Bedenkzeit ausbitte."

Bertram verließ sichtlich zufrieden das alte Fachwerkhaus in der Klostergasse.

Das Wirtshaus „Drei Kronen" war wirklich etwas Besonderes. Über der dekorativen Einganstür hing an schweren Kettengliedern ein blaugrünes Wappenschild, auf dem drei goldene dreizackige Kronen leuchteten. Bertram war, nachdem er den Pastor verlassen hatte, vorbei an der Kirche, der Friedhofsmauer und dem immer noch lebhaften Treiben des Marktes in die Lange Straße eingebogen, die von hier aus in gerader Linie auf das Wentorfer Tor zuführte und eigentlich gar nicht so lang war, wie ihr Name besagte. Links und rechts wurde die Straße von den Giebeln mehrstöckiger

Fachwerkhäuser eingerahmt. Im Vergleich zu der eher ärmlich wirkenden Klostergasse war in der Hauptstraße der kleinen Residenzstadt an manchen Häusern ein gewisser Wohlstand zu erkennen. Kaufleute, aber auch Handwerker hatten nicht versäumt, ihre beruflichen und wirtschaftlichen Erfolge auch nach außen in Form von aufwendig konstruierten Fassaden und Giebeln zu demonstrieren. Bertram liebte diesen Anblick, und wie bereits bei seinem Blick vom Koppelsberg aus hatte er auch hier den Eindruck, als würde das Schloss wie eine Glucke beschützend über ihre Küken wachen.

Graf Bertram betrat das Wirtshaus „Drei Kronen". Bereits im Entree zeigte sich das Haus auf ganz besondere Weise. Jeder Gast wurde von einem Portier in schwarzem Gewand mit weißen Manschetten empfangen und nach seinen Wünschen befragt.

„Sei gegrüßt, Giovanni", trat Graf Bertram dem Portier entgegen. Kaum jemand wusste, dass Giovanni eigentlich Hartmut Pott hieß, doch da er mit seiner olivbraunen Haut, seinen schwarzen Haaren und dunklen Augen wie ein Mann vom Mittelmeer aussah, nannte ihn jeder seit Jahren Giovanni.

„Gott zum Gruße, Herr Graf, ich vermute, Ihr seid mit Graf von Schwetzingen verabredet. Er erwartet Euch bereits im Blauen Salon. Ich werde Euch zu ihm geleiten." Giovanni glitt mit federnden Schritten auf die angrenzende Tür zu und betrat einen stilvoll eingerichteten Salon mit feinen Holztischen, gepolsterten Stühlen und gestickten Wandbehängen.

Bertram nickte den wenigen Gästen zu und folgte Giovanni durch eine weitere Tür in den Blauen Salon, einen ebenfalls gemütlichen, aber deutlich kleineren Raum, in dem sich Graf Volkmar angeregt mit der

Hausherrin unterhielt.

„Oh, Graf Bertram, auch Euch ein herzliches Willkommen“, begrüßte ihn die Witwe Sander und nickte ihm freundlich zu.

Die Wirtin der „Drei Kronen“ war eine imposante Erscheinung. Ihre schlanke Statur, die betont damenhafte und elegante Kleidung und ihr schmales Gesicht ließen, flüchtig betrachtet, auf eine kühle Strenge schließen. Nach dem frühen Tod ihres Mannes war es ihr gelungen, entgegen heftiger Widerstände des Stadtrates und anderer wichtiger Honoratioren des Ortes, das Wirtshaus „Drei Kronen“ unter alleiniger Regie weiterzuführen. Sehr bald hatten auch die Kritiker erkannt, dass hier ein Gasthaus mit Niveau entstanden war, in das selbst Leute von hohem gesellschaftlichem Stand und feine Damen einkehren konnten. Nur wer die Witwe Sander schon ein wenig länger kannte, wie auch Bertram und Volkmar, wusste, dass sich hinter ihrer aufrechten Haltung und korrekten Fassade ein hilfsbereiter und liebenswürdiger Mensch verbarg.

„Verehrte Madame Sander, wenn ich Euch erblicke und mir Eures einladenden Hauses bewusst werde, weiß ich nicht, wieso Graf Volkmar und ich so schrecklich lange fortbleiben konnten.“ Bertram deutete einen galanten Handkuss an.

„Irgendwie habe ich das Gefühl, dass Eure liebenswürdigen Worte einen gewissen Ernst vermissen lassen“, tadelte die hofierte Witwe Bertram amüsiert.

„Dieses Privileg gewähren wir nur Menschen, denen wir voller Ergebenheit zugetan sind“, bekräftigte Graf Volkmar mit einer Verbeugung die Worte seines Freundes.

„Wieso kann ich in Eurer beider Gesang nur keinen

Unterschied erkennen?“, lachte die Witwe, wandte sich um und fragte Bertram im Herausgehen: „Für Euch, Graf Bertram, auch ein Würzbier?“

Die beiden Freunde machten es sich an einem Ecktisch im Blauen Salon bequem, nachdem Bertram der Wirtin zugenickt hatte.

„Du machst einen so rundherum zufriedenen Eindruck, mein lieber Bertram. Eine Stimmung, die ich an dir seit unserer Rückkehr noch nicht gesehen habe.“

„Nun, es gibt Dinge im Leben, die können stimmungserhellend sein“, spannte Bertram seinen Freund auf die Folter.

„Und dazu muss man nur zum Schloss reiten und dem Herzog seine Aufwartung machen?“

„Das könnte ohne Frage eine Möglichkeit sein. Ob du allerdings diese Gnade des Hofes je erfahren wirst, wage ich doch sehr zu bezweifeln.“

„Nun erzähl schon, du Sadist, du hast mich und meine Neugier lange genug gequält.“

Bertram lachte und begann von dem Gespräch mit dem Herzog zu berichten. Ausführlich schilderte er die Pläne des Fürsten über den Bau der neuen Stadt vor dem Wentorfer Tor und natürlich auch über den lukrativen Gebietsaustausch einschließlich der finanziellen Beigabe. „Wie du den Herzog kennst, hatte der Hofmarschall auch schon die Verträge fertig. Alles bereits unterschrieben und unter Dach und Fach.“

Irritiert stellte Bertram fest, dass Volkmar bei aller Aufmerksamkeit doch die Stirn runzelte. „Du guckst so skeptisch, Volkmar. Hast du irgendeinen Haken bei dieser ganzen Transaktion entdeckt?“

„Nein, nein, ich finde die Maßnahme des Herzogs ehrenwert und sie hilft dir und Ascheberg letztlich auch.

Hattest du den Eindruck, dass der Herzog sein Vorhaben bereits an die große Glocke gehängt hat?“

„Ich glaube eher nicht, denn über meinen Kopf hinweg hätte er den Bau der neuen Stadt sicherlich nicht begonnen. Rein rechtlich wäre es ja dann noch mein Gelände gewesen. Auch wenn der Herzog meiner Zustimmung sicher war, in diesen Angelegenheiten ist er bisher immer sehr korrekt und penibel gewesen. Warum aber fragst du?“

„Irgendetwas stimmt hier nicht. Kurz bevor du gekommen bist, erzählte mir Madame Sander, dass sie in der letzten Woche ein Gast angesprochen hätte, ob sie an einem Grundstück vor dem Wentorfer Tor interessiert wäre, das sie zu besonders günstigen Konditionen erwerben könnte.“

„Das ist fürwahr äußerst verwunderlich.“

„Sie erzählte auch noch, dass er sogar einen Plan bei sich hatte, auf dem die einzelnen Grundstücke und Straßen bereits verzeichnet waren.“

„Eigenartig, ich bin fest davon überzeugt, dass der Herzog mir davon berichtet hätte, wenn er entsprechende Aufträge bereits erteilt hätte. Weder er noch Kuningham haben irgendetwas in dieser Richtung verlauten lassen.“

„Vielleicht solltest du Madame Sander auch einmal persönlich hören“, schlug Volkmar vor und zog an einer bestickten Kordel, die von der Decke hing, um nach einer Bedienung zu läuten.

Kurze Zeit später erschien die Witwe Sander, die von einem ihrer Schankmädchen benachrichtigt worden war.

„Madame Sander, seid doch so freundlich und berichtet dem Grafen Bertram von diesem kuriosen Angebot, das Ihr in der vergangenen Woche erhalten habt“, forderte Volkmar die Wirtin auf, nachdem diese sich zu den Grafen gesetzt hatte.

„Nun, dieser Gast, ein anscheinend gut situierter Herr, es könnte ein Advokat gewesen sein, bat mich nach seinem Mittagessen an seinen Tisch und offerierte mir die Möglichkeit eines äußerst günstigen Grundstückerwerbs vor den Toren der Stadt."

„Konnte er die Lage des Grundstücks genauer beschreiben?", unterbrach Bertram die Wirtin.

„Oh ja, durchaus. Er hatte sogar ein Papier dabei, auf dem Straßen und abgegrenzte Grundstücke eingezeichnet und nummeriert waren", beschrieb die Wirtin das Dokument.

„Hat dieser Mann Euch ein solches Papier ausgehändigt?"

„Nein, das hat er nicht. Er war eher darauf bedacht, diese Zeichnung nicht aus den Händen zu geben und bemühte sich auch sehr darum, dass nicht andere das Papier sehen konnten, als er mit mir sprach", berichtete die Witwe bereitwillig. „Auch meinen Einwand, dass ich als Frau gar nicht berechtigt sei, ein Grundstück zu erwerben, tat er mit dem Hinweis ab, dass so etwas unter Advokaten problemlos geregelt werden könnte."

„Äußerst sonderbar", stellte Bertram fest.

„Das Sonderbare hat noch kein Ende", fuhr Madame Sander fort und holte dabei aus ihren Kleidern ein gefaltetes Papier hervor, glättete es und legte es vor den Grafen auf den Tisch.

Es war genau jene Skizze, von der die Witwe Sander soeben berichtet hatte. Die Ausläufer der Stadt gen Westen mit dem Wentorfer Tor und ein Teil des Schlosses waren ebenso zu erkennen wie auch Straßen und Parzellen auf dem Areal, das noch vor wenigen Stunden Graf Bertram gehört hatte und das nun wieder Eigentum des Herzogs war.

Die beiden Grafen blickten zunächst auf das Papier und sahen dann Madame Sander mit fragenden Augen an. „Wie kommt Ihr an das Papier?“, wollten beide zur gleichen Zeit wissen.

„Das ist fürwahr kurios. Ich habe mich mit Giovanni über diesen seltsamen Gast und sein gleichermaßen seltsames Ansinnen ausgesprochen. Doch auch mein langjähriger Gehilfe und Vertrauter kannte weder den Gast noch konnte er sich einen Reim auf sein Angebot machen. Einen Tag später bereits übergab Giovanni mir dieses Papier, das haargenau der Skizze gleicht, die der Fremde bei sich hatte.“

„Und woher hatte Giovanni das Papier?“

„Aus der Druckerei Schmidt. Ich hatte Giovanni hingeschickt, um die neuen Speisekarten abzuholen. Während er dort wartete, hob er drei Blätter auf, die anscheinend versehentlich unter einen Tisch geweht waren. Als er erkannte, dass auf den Blättern gerade jene Skizze gezeichnet war, die ich ihm einen Tag zuvor beschrieben hatte, konnte er nicht umhin, sich ein Exemplar unbemerkt einzustecken. Dieses liegt hier vor Euch, meine Herren“, beendete Madame Sander ihren Bericht.

Graf Bertram und Graf Volkmar waren sehr bald nach dieser kuriosen Geschichte aufgebrochen. Bertram hatte es nicht für nötig erachtet, die Witwe Sander über die Pläne des Herzogs und den bereits vollzogenen Gebietsaustausch zu unterrichten. Zu undurchsichtig schien die Lage zu sein. Er hätte Volkmar noch gern von seinem Gespräch mit dem Pastor Mollzahn erzählt und seinen Rat über seine geplante Ausbildung des Mohren eingeholt. Aber das musste warten. Die Ungereimtheiten über den Bau der Neustadt beschäftigten beide viel zu sehr.

Kaum hatten sie den Anstieg zum Koppelsberg auf ihrem Ritt zurück nach Ascheberg erreicht, unterbrach Bertram das Schweigen. „Wenn ich eins und eins zusammenzähle, komme ich zu dem Ergebnis, dass hier außer uns und ein paar Höflingen noch jemand von den Plänen des Herzogs weiß und dieser schon jetzt seine Schäfchen ins Trockene bringen möchte."

„Grundsätzlich magst du ja recht haben, aber wie soll das funktionieren? Welcher normal denkende Mensch kauft ein Grundstück von einer Person, die nicht der Besitzer dieses Landes oder ein rechtmäßiger Makler des Eigentümers ist?", warf Graf Volkmar die nächste ungeklärte Frage auf.

„Absolut richtig. Die Grundstücke verkaufen kann nur der rechtmäßige Besitzer. Also bis heute Mittag ich selbst oder ab heute die herzogliche Schlossverwaltung."

Schweigend setzten die Grafen ihren Weg fort, jeder in seinen Gedanken versunken.

Bertram hatte urplötzlich ein ganz ungutes Gefühl. Sollte Eberhard bei seinen horrenden Spielschulden sogar versucht haben, Ländereien derer von Rantzau zu verkaufen? Ohne Bertrams Einwilligung und ohne im Besitz der nötigen Dokumente zu sein, wäre ein solcher Verkauf ohnehin nicht rechtsgültig. Doch gleichzeitig sprang ihm das Bild des durchwühlten Schreibtisches und der verstreut umherliegenden Dokumente am Tag seiner Rückkehr auf Ascheberg vor Augen.

„Könnte es auch jemand sein, der sich ganz sicher ist, dass ihm das Land in absehbarer Zeit gehören wird?", unterbrach Bertram die Stille.

„Und wer sollte das sein?"

„Ja, wenn ich das nur wüsste!"

Plötzlich zügelte Graf Volkmar sein Pferd. „Bertram,

schau mal, siehst du auch die große Staubwolke über Ascheberg?“

Bertram blickte in die Richtung, die ihm sein Freund mit ausgestrecktem Arm wies.

„Glaubst du auch, was ich glaube?“, lachte Volkmar fragend.

„Die sind doch eine Woche zu früh. Aber du hast recht, das muss Hildebrand mit den Pferden und dem Tross sein. Ich glaube, wir werden gebraucht.“

Das Bild, das sich Bertram und Volkmar bot, als sie den Schlosshof in Ascheberg erreicht hatten, glich einem ungeordneten Heerlager. Karren, Kutschen und Fuhrwerke standen kreuz und quer. Überall waren Menschen emsig damit beschäftigt, Körbe, Kästen, Truhen und Gerätschaften in die Küche, die Remise und die Scheunen zu schleppen. Pferde wurden ausgespannt und weggeführt. Die Gatter rund um den Marstall waren angefüllt mit Pferdeleibern. Verbunden war der ganze Trubel mit einem lauten Stimmengewirr und einer grauen Staubwolke.

Bertram und Volkmar betrachteten dieses geschäftige Durcheinander lächelnd.

„Wie es aussieht, scheinen alle gut zu Hause angekommen zu sein“, stellte Volkmar fröhlich fest und schlug dabei Bertram kameradschaftlich auf die Schulter.

„Es sieht so aus. Versuchen wir einmal, den Schweinehirten Hildebrand, der uns dieses Chaos eingebrockt hat, zu finden.“

Gemächlich bahnten sich die beiden Grafen einen Weg bis zum Marstall. Gerade als sie ihre Pferde an die Stallburschen übergeben hatten, klangen ihnen aufgeregte Stimmen ins Ohr.

„Aurich, treib deine Stallburschen an, dass die Pferde in

den Gattern bleiben. Du weißt, wenn nur eines ausbricht, suchen wir die nächsten fünf Tage nach den anderen und Graf Rantzau reißt dir den Kopf ab."

„Und den deinen, mein lieber Hildebrand, gleich mit", fiel Bertram lachend mit ein.

Graf Hildebrand fuhr herum.

Bevor er sie mit ausgebreiteten Armen erreicht hatte, konnte Bertram ihn gerade noch bremsen. „Bleib mir bloß vom Leib, du verdreckter Schweinehirt. Nicht nur, dass du mein ganzes Anwesen durcheinandergebracht hast, du siehst aus, als wärst du vom Kutschbock gefallen und stinkst dazu auch noch nach Pferdemist."

„Ich danke Euch für Euer herzliches Willkommen, verehrter Graf Bertram", antwortete Graf Hildebrand lachend und machte dabei eine tiefe Verbeugung, sodass kleine Wolken aus seiner total verstaubten Reitkleidung aufstiegen.

„Wir freuen uns, dass du wohlbehalten wieder da bist. Ist sonst alles gut gelaufen?"

„Es konnte nicht besser gehen. Wie du siehst, sind wir gut vorangekommen. Das lag hauptsächlich daran, dass die Flüsse wegen der sommerlichen Trockenheit kaum mehr Wasser führten und uns dadurch so mancher Umweg erspart blieb. Nach unserer letzten Zählung haben wir hundertzehn Pferde mitgebracht. Nur drei sind unterwegs verendet. Aber Einzelheiten vielleicht später, wenn mein Äußeres auch deinen Ansprüchen gerecht wird."

Bertram vereinbarte mit Hildebrand ein Treffen in der Bibliothek vor dem Abendessen, um zu erfahren, wie es ihm mit Tross und Pferden auf dem Weg von den Schlachtfeldern im südlichen Schweden ergangen war.

„Pass auf, du vertrottelter Schweinearsch, dass dir die

Munitionskisten nicht runterfallen. Willst du uns alle in die Luft jagen?“, hörten Bertram und Volkmar auf ihrem Weg zum Schloss eine laute unverkennbare Stimme. „So viel Dummheit auf dem Haufen reicht noch nicht einmal für eine halbe Portion Hafergrütze, ihr Blindgänger“, tönte die erboste Stimme weiter. Vor den beiden Grafen stand ein stabiler Leiterwagen, der mit schweren Kisten und Säcken beladen war, die ein paar Knechte mühevoll abluden, angetrieben von Martin Kapphengst. Bertrams Büchsenspanner, dieser vierschrötige Haudegen, diente dem Grafen bereits seit vielen Jahren. Seite an Seite hatte er bei allen Feldzügen mit ihm gekämpft und sich geradezu aufopferungsvoll um die Waffen des Grafen gekümmert. Gefahr kannte Martin Kapphengst nicht. Was nicht immer spurlos an dem untersetzten kräftigen Kerl vorbeigegangen war. Seine Haut war von ätzenden Pulverdämpfen geschwärzt, sodass er bei flüchtiger Betrachtung von Ferne wie ein Mohr aussah. Seinem linken Ohr war eine verirrte Schrapnellkugel zu nahe gekommen und auch ein feindlicher Säbelhieb hatte ihm ein Andenken in Form einer Narbe auf der rechten Wange hinterlassen. Der Büchsenspanner war ein Draufgänger, treu, zuverlässig und unüberhörbar wortgewaltig.

„Mensch, Kapphengst, du altes Schlachtross, uns haben deine lieblichen Töne wahrhaftig gefehlt“, begrüßte Graf Bertram seinen Büchsenspanner freundlich.

Dieser wirbelte herum, erblickte die beiden Grafen und zauberte dann ein breites Lächeln auf sein Gesicht.

„Die bekloppten Dorftrottel glauben, dass sie hier mit Kohlköpfen hantieren, da muss man ihnen einfach einmal kräftig in den Arsch treten, Herr Graf“, gab der Büchsenspanner eine geradezu entwaffnende Erklärung für seine verbalen Attacken ab.

„Kapphengst, es freut mich, dass du wieder da bist. Das bringt wenigstens ein bisschen Leben in das sonst viel zu verträumte Ascheberg." Bertram schüttelte amüsiert den Kopf und setzte mit Volkmar seinen Weg zum Schloss fort.

Kapitel 6

Graf Bertram und Graf Volkmar hatten es sich in den Fauteuils vor dem Kamin der Bibliothek gemütlich gemacht. Sie genossen die angenehme Trägheit nach dem Mittagessen. Trotzdem lag eine gewisse Spannung in der Luft, denn Volkmar hatte Bertram, nachdem sie den Marstall verlassen hatten, um ein Gespräch gebeten. Bertram wusste nicht, worum es ging, aber sein Freund wirkte sehr ernst.

„Nun, mein lieber Volkmar, welche dunklen Gedanken trüben deine Frohnatur?", forderte Bertram seinen Freund auf, über seine Sorgen zu sprechen.

„Oh, das tut mir leid, wenn du diesen Eindruck gewonnen haben solltest, dass es sich mit meinem Ansinnen um trübe Gedanken handeln könnte. Eher im Gegenteil."

„Dann spann mich nicht länger auf die Folter!"

„Ich möchte dir einen Vorschlag machen, der gut durchdacht werden muss, aber nach meiner Auffassung für dich, deine Familie und Ascheberg von Vorteil sein könnte."

„Jetzt machst du mich aber wirklich neugierig."

„Ich nehme an, du hast weiterhin vor, die Pferde, die Hildebrand mitgebracht hat, dem Herzog zu schenken."

„Wie du weißt, war das mein Plan, warum fragst du?"

„Ich habe mich bei unserem Besuch in Plön auch einmal

auf dem Schlosshof umgesehen. Im Marstall ist kaum mehr Platz für ein weiteres Pferd. Der Gestütmeister hat mir bestätigt, dass ihre Futtermittel langsam knapp werden, weil sie zurzeit zu viele Pferde haben. Nun zu meinem Vorschlag: Was hältst du davon, wenn du einen Teil der Pferde verkaufst und mit dem anderen Teil ein neues Gestüt aufbaust?"

Graf Bertram sah seinen Freund verwundert an. Mit allem hatte er gerechnet, aber nicht damit, dass es nun um Pferde ging. Auf einen Wink Dorotheas war Bertram eher auf einen Antrag Volkmars vorbereitet gewesen. Das strahlende Glück seiner Schwester Charlotte konnte selbst er nicht übersehen.

Bertram schüttelte kaum merklich den Kopf und konzentrierte sich wieder auf das, was Volkmar ihm gerade vorgeschlagen hatte.

„Ein interessanter Gedanke", antwortete er nach einer Weile, „doch ich glaube nicht, dass ich nach dem ganzen Chaos, das Eberhard mir hinterlassen hat, auch noch die Ruhe finde, mich mit einem Vorhaben dieser Größe zu beschäftigen. Außerdem weißt du, wie schwer es ist, einen geeigneten Gestütmeister zu finden. Den alten Pottlitz werden wir dafür wohl kaum begeistern können, nachdem ihn Eberhard vom Hof gejagt hat."

„Wenn du erlaubst, hätte ich auch dazu einen Vorschlag", warf Volkmar ein, und als Bertram auffordernd nickte, fuhr er fort.

„Es wäre für mich eine reizvolle Aufgabe, dein neues Gestüt zu konzipieren, aufzubauen und zu leiten."

Bertram sah seinen Freund überrascht an. Volkmar wollte sich auf seinem Gut um die Pferde kümmern? Zugegeben, sein Wissen und seine Erfahrung standen außer Frage. Er kannte kaum jemanden, der sich besser mit Pferden auskannte als Volkmar von Schwetzingen. Doch seine Offerte kam mehr als unverhofft. Bertram war überwältigt. „Ich danke dir von Herzen für dieses großzügige Angebot, mein lieber Volkmar. Wie ich dich kenne, hast du sicherlich auch schon konkrete Pläne im Kopf."

„Mein Vorschlag wäre, dass wir ganz neue Gebäude für das Gestüt bauen. Der alte Marstall war in der Vergangenheit schon zu klein und die Vermischung von Gutspferden und Gestützucht hat immer wieder zu Ärger und Problemen geführt. Deutlich abgesetzt vom Schloss und den Gutsgebäuden müsste ein eigener Gestütbereich entstehen. Auch das Zuchtprogramm sollten wir erneuern und überarbeiten. Neben den Militärpferden wächst die Nachfrage nach leichteren Kutsch- und Reitpferden."

Volkmars Begeisterung war offensichtlich. Bertram amüsierte das einerseits, aber gleichzeitig beeindruckte ihn, mit welcher Leidenschaft und Präzision sein Freund sich für die Sache einsetzte. Er registrierte jedoch auch, dass sich hier ein Mann Gedanken um das Wohl des Gutes machte, der nicht einmal zur Familie gehörte. Zugegeben, er war ein guter Freund, doch dieses Engagement hätte er sich eher von einem Familienmitglied gewünscht, wie beispielsweise von seinem Bruder. Doch dieser schien nur seine persönlichen Neigungen in den Vordergrund zu stellen, ungeachtet der Existenz des Besitztums und des Ansehens, das ihre Väter ihnen vermacht und übertragen hatten.

„Mein lieber Volkmar, ich bin mehr als angetan von deinen Plänen. Du weißt genau, dass der Pferdezucht von jeher meine größte Aufmerksamkeit galt und wie mich der Verkauf der Pferde tief getroffen hat. Aber kann es vielleicht auch sein, dass du dich auf diese Weise für die Familie unentbehrlich machen möchtest."

„Touché, mon ami! Es ist geradezu erschreckend, auf welche Weise ich ein offenes Buch für dich bin."

Volkmar strahlte sein Gegenüber entwaffnend an. „Obwohl dieses Thema dich anscheinend belustigt, möchte ich dir doch eine ernsthafte Antwort geben. Du weißt, wie sehr ich deiner Schwester Charlotte zugetan bin, und ich lüge sicherlich nicht, wenn ich behaupte, dass auch sie mich mag. Doch ich wollte meinen offiziellen Antrag an dich nicht in dem allgemeinen Trubel, der derzeit herrscht, untergehen lassen. Dazu ist dieser Schritt viel zu wichtig."

Bertram betrachtete seinen Freund eine ganze Weile schweigend. Charlotte konnte sich wirklich glücklich schätzen, einen aufrichtigen und großmütigen Menschen als Ehemann zu bekommen. „Mein lieber Volkmar, du weißt, wie wohlwollend Dorothea und ich einer solchen Verbindung gegenüberstehen. Ich werde gelassen auf deinen offiziellen Antrag warten. Deine Pläne für ein neues Gestüt würde ich gern schwarz auf weiß sehen. Skizziere sie doch einfach einmal auf dem Papier."

Bevor Bertram fortfahren konnte, öffnete sich nach einem kurzen Klopfen die Tür zur Bibliothek und Bertrams Kammerdiener Conrad trat ein. „Herr Graf, ich bitte die Störung zu entschuldigen, aber Graf Hildebrand von Plessen bittet um eine Audienz."

„Ach ja, ich hatte darum gebeten. Bitte ihn doch um ein paar Minuten Geduld und serviere ihm inzwischen einen großen Humpen Würzbier, das wird ihn über die Wartezeit trösten."

Nachdem Bertram seinen Kammerdiener entlassen hatte, wandte er sich wieder Volkmar zu. „Eine Sache, die mir nicht aus dem Kopf geht, möchte ich noch mit dir besprechen."

„Ich vermute, du meinst die dubiose Angelegenheit mit dem Grundstücksverkauf vor dem Wentorfer Tor?"

„Genau. Wer könnte hinter dieser ganzen Scharade stecken? Ich möchte einerseits nicht den Herzog fragen und beunruhigen, andererseits interessiert es mich schon brennend, wer hier auf nicht ganz redliche Weise Geschäfte machen will."

„Ich habe in den nächsten Tagen etwas in Plön zu erledigen. Bevor du neugierig fragst, ja, es ist der Besuch beim Goldschmied, aber bei der Gelegenheit werde ich mich einmal umhören. Ich bin sicher, dass es für diese Angelegenheit eine plausible Erklärung geben wird."

„Einverstanden, aber nun wollen wir den hoffentlich jetzt wohlriechenden Hildebrand nicht länger warten lassen."

Graf Eberhard von Rantzau brauchte Hilfe. Dringend. Auf irgendeine Weise schien die Welt über seinem Kopf zusammenzubrechen. Auch wenn es so aussah, dass ihn in der zurückliegenden Zeit das Glück im Spiel verlassen hatte, so hatte er bisher doch immer wieder Möglichkeiten gefunden, seine Spielschulden zu begleichen. Jetzt allerdings brauten sich bedrohliche, dunkle Wolken am Himmel zusammen. Bertrams Rückkehr war das eine Problem, das andere war Stellmachers ausgesprochene Forderung nach der Begleichung seiner Schulden.

Es gab nur eine Möglichkeit: die Besitzurkunde über das Land westlich des Wentorfschen Tores. Wo war sie? Ahlefeldt musste helfen. Graf Heinrich von Ahlefeldt, sein bester Freund, wusste immer eine Lösung. Als Sohn einer vermögenden Familie führte er ein aufwendiges Leben. Um den Besitz in Lehmkuhlen vor den Toren

Plöns musste er sich nicht kümmern, dort hatte sein Vater, Graf Benedictus von Ahlefeldt, die Zügel fest in der Hand. Dieser ließ aber seinen Sohn standesgemäß leben und kümmerte sich nicht um dessen ausschweifende Abenteuer. Eberhard bewunderte seinen Freund schon von Kindesbeinen an. Befehlsgewohnt ließ Heinrich alle nach seiner Pfeife tanzen. Kaum jemand wagte es, dem adligen Sohn zu widersprechen. Seine Arroganz und Rücksichtslosigkeit waren geradezu sprichwörtlich. Umso mehr erhoffte Eberhard von seinem Freund eine Lösung für sein Problem.

Zielstrebig lenkte er sein Pferd zu den Ställen der Schänke „Zum Weißen Hirschen", jener Gaststube im Schatten des Plöner Kirchturms, in der er sich regelmäßig mit Heinrich von Ahlefeldt und dem Stadtrat Stellmacher zum Spiel traf. Zu dieser Runde gesellten sich abwechselnd auch andere Spieler – meistens auf Einladung des überall bekannten Stadtrates. Eberhard hoffte, dass sich an diesem Abend die Gelegenheit bieten würde, seinen Freund Heinrich allein zu sprechen.

Diese bot sich schneller, als er vermutet hatte.

Gerade als er dem Knecht des „Weißen Hirschen" die Zügel seines Pferdes zugeworfen hatte und auf den Hintereingang der Gaststube zuschritt, hörte er aus einem angrenzenden Stall, der zur Lagerung von Weinfässern und Schweinehälften des Wirtshauses diente, ein allzu menschliches Stöhnen. Mit wenigen Schritten war er bei der halb geöffneten Tür und blickte neugierig hinein. Im Halbdunkel des Schuppens entdeckte er Trine, die dralle Tochter des Gastwirtes, die mit hochgeschobenen Röcken vorwärts gebeugt über einem Weinfass lag, während sie von seinem Freund Heinrich mit heruntergelassenen Hosen von hinten bedient wurde. Die beiden waren so sehr miteinander beschäftigt, dass sie im ersten Augenblick das Knarren der Stalltür überhört hatten. Erst als durch die geöffnete Tür das Licht in den Raum fiel, blickten sich beide überrascht um. Während Trines ohnehin schon stark geröteter Kopf noch roter wurde, ließ sich Graf Heinrich von Ahlefeldt nicht in seinem genüsslichen Tun stören.

„Wir sehen uns gleich, Eberhard. Trink schon mal ein Bier auf mein Wohl. Ich bin hier gleich fertig!" Die kurze Unterbrechung schien den Grafen kaum gestört zu haben, denn inzwischen widmete er sich wieder den Freuden seiner Lenden.

Eberhard hatte sich im Jagdzimmer des Wirtshauses niedergelassen, nachdem er beim Kröger Schwien einen Humpen Bier bestellte hatte. Heinrichs Eskapade mit Trine verwunderte ihn nicht, denn mit seinem Freund hatte er in der Vergangenheit ganz andere Abenteuer erlebt. Er hatte ihn auch schon in weitaus verfänglicheren Situationen angetroffen. Heinrich von Ahlefeldt war hinter jedem Rockzipfel her, ganz gleich ob Wirtstochter oder adlige Ehefrau. Einen gewissen Neid konnte Eberhard nicht unterdrücken, zumal sich seine persönlichen ehelichen Freuden stark in Grenzen hielten. Seine Frau Adele ähnelte immer mehr ihrer vertrockneten Mutter und versuchte, wenn es irgend ging, Eberhards Begehrlichkeiten zu entfliehen. Da wäre eine solche pralle Frohnatur wie die Wirtstochter Trine auch nach Eberhards Geschmack.

„Na, mein lieber Eberhard, wie ich sehe, vergnügst du dich auf deine Weise." Heinrich von Ahlefeldt platzte in Eberhards lüsterne Gedanken und ließ sich mit einem Humpen Bier ihm gegenüber auf einen Stuhl fallen. „Zum Wohl, mein Lieber! Ich trinke auf alles, was stramm und willig ist."

Er hob seinen Krug und nahm einen kräftigen Schluck. „Du bist heute früh unterwegs."

„Du auch, wie ich sehe, aber das passt ganz gut, ich muss unbedingt etwas mit dir besprechen, bevor Stellmacher und die anderen kommen."

„Wir haben alle Zeit der Welt, der hochgelobte Herr Stadtrat ist verhindert. Wichtige Termine halten ihn fern von unserem geliebten Spiel, also wo brennt es, mein Freund?"

„Stellmacher sitzt mir im Nacken wegen meiner Spielschulden."

„Das ist ja nun etwas ganz Neues, was du mir da erzählst."

„Mach du nur deine Witze, dir droht er ja nicht mit dem Schuldturm."

„Nun mal ganz langsam. Stellmacher ist zwar ein mächtiger Mann in Plön, doch bevor ein hergelaufener Kornhändler einen Grafen in den Schuldturm werfen kann, werden noch viele Möwen auf den Kirchturm scheißen. Allerdings solltest du ihn auch nicht unterschätzen, denn er versteht es auf ganz impertinente Art und Weise, das gute Ansehen einer Familie in kürzester Zeit in den Abtritt zu verfrachten."

„Genau das ist ja mein Problem. Wie du weißt, hat mein Bruder nach seiner Rückkehr wieder das Zepter auf Ascheberg übernommen. Ich wäre längst all meine Sorgen los, wenn ich nur diese Besitzurkunde über das Gelände vor dem Wentorfer Tor rechtzeitig gefunden hätte."

„Da hast du recht. Stellmacher würde dir auf einen Schlag alle Schulden erlassen und dir noch ein paar Taler obendrauf zahlen. Wo könnte die Urkunde denn sein?"

„Keine Ahnung, ich habe schon überall auf Ascheberg

gesucht. Heinrich, du musst mir unbedingt helfen. Du hast doch sonst immer so gute Ideen."

„Nun mal ganz ruhig, mein Lieber. Lass uns einmal ganz systematisch vorgehen. An welchen Orten auf Ascheberg könnte dein Bruder solche wichtigen Dokumente aufbewahren? Gibt es irgendwo einen Raum, der besonders verschließbar ist? Gibt es ein Gelass, zu dem nur dein Bruder einen Schlüssel oder Zugang hat? Welcher Person vertraut dein Bruder?"

„Es gibt keine geheimen Orte auf Ascheberg, von denen ich nicht wüsste. Die anderen Möglichkeiten habe ich schon alle abgesucht, allerdings erfolglos", antwortete Eberhard resigniert. „Und wenn ich über deine Frage nach den Vertrauenspersonen nachdenke, fällt mir nur Bertrams Frau Dorothea ein."

„Das kann ich mir nicht vorstellen. Einer Frau vertraut selbst dein Bruder keine wichtigen Dokumente an."

„Dann gibt es nur noch eine Person, die die Urkunde haben kann."

„Und die wäre?"

„Leopold, der alte Onkel von Dorothea. Graf Leopold von Brockdorff. Genau, der muss sie haben. Warum bin ich bloß nicht früher darauf gekommen. Doch was hätte es gebracht? Wenn er wirklich der Wächter der Dokumente ist und auch die Besitzurkunde hat, wie soll ich die bekommen? Er würde sie doch nicht herausgeben, wenn ich ihn fragen würde."

„Dann muss man eben ein bisschen nachhelfen." Heinrich von Ahlefeldt griff nach seinem Degen und knallte ihn auf den Tisch.

„Heinrich, deine Vorschläge in Ehren, aber ..."

„Es war ein Scherz, Eberhard, es war ein Scherz, aber wir sollten eine Möglichkeit suchen, trotzdem an das

Dokument zu gelangen. Da du dem alten Leopold mit einer solchen Forderung nicht gegenübertreten willst, müssen wir einen Boten schicken, der auf andere nachdrückliche Weise nach der Urkunde sucht."

„Und wer sollte das sein?"

„Nun, auf meiner Liste der Bewerber steht ganz oben ein Name, der auch dir einfallen sollte. Ein Mann, der mir zurzeit nur auf der Tasche liegt und sich bei mir durchfrisst, nachdem du ihn mir geschickt hast."

„Du denkst an Hartwig Leberich, den mein Bruder rausgeworfen hat?"

„Genau an den, und der sicherlich noch eine tiefe Liebe zu deinem Bruder und zu Ascheberg im Herzen trägt. Sag ihm, wo er suchen soll. Versichere ihm eine große Belohnung. Ob er sie je erhält, mag in den Sternen stehen. Falls er erwischt wird, weiß keiner, wer ihn geschickt hat, ganz gleich, was er erzählen mag."

„Du meinst, das könnte Erfolg haben?" Eberhard hatte noch Zweifel an diesem Vorhaben.

„Du hast keine andere Chance, Eberhard. Stellmacher wird dir die Daumenschrauben ansetzen, wenn er erkennt, dass du seine Forderungen nicht erfüllen kannst. Das tut bekanntlich weh, auch wenn man es selbst noch nie ertragen musste." Daraufhin sprang Heinrich von Ahlefeldt von seinem Stuhl auf. „So, mein Lieber, ich muss wieder. Mal sehen, ob nicht Trine schon auf einen innigen Abschiedskuss von mir wartet. Du schuldest mir das nächste Mal mindestens einen Krug Wein und ein halbes Wildschwein zum Abendessen."

Graf Ahlefeldt verabschiedete sich mit einem spöttischen Lächeln auf den Lippen und ließ seinen Freund in tiefen Gedanken versunken im Jagdzimmer des „Weißen Hirschen" zurück.

„Zunächst möchte ich feststellen, dass es eine alte Rantzau-Tradition ist, dass sich Familie und Gäste des Hauses am Abend zum gemeinsamen Essen zusammenfinden. Eine gute Gepflogenheit, die leider in den vergangenen Tagen nicht von allen geteilt wurde. Umso mehr freut es mich, dass es heute gelungen ist, andere vermeintliche Notwendigkeiten in den Hintergrund zu stellen“, begann Graf Bertram seine abendliche Begrüßung.

Auch wenn Dorothea diese Worte mit einem Stirnrunzeln begleitete, konnte sich Bertram diesen Seitenhieb auf seinen unkooperativen Bruder nicht verkneifen. Dessen ohnehin schon grimmiger Gesichtsausdruck schien sich jetzt nur noch mehr zu verdunkeln.

„Mit großer Freude darf ich aber heute unseren allzeit geschätzten Pastor Mollzahn an unserem Tisch begrüßen“, fuhr Bertram fort, während dieser sich ein wenig mühsam von seinem Stuhl erhob und sich leicht verbeugte. „Der Pastor wird für längere Zeit Gast des Hauses Rantzau auf Ascheberg sein. Doch dazu später mehr. Lasst uns zunächst speisen. Darf ich Euch, verehrter Herr Pastor, bitten, das Tischgebet zu sprechen?“

Nachdem die Suppe serviert war und auch während der anschließenden Speisen beschränkte sich die Unterhaltung vorrangig auf die neuesten Nachrichten vom fürstlichen Hof in Plön. Bertrams Schwester Charlotte hatte wieder einmal ihre Freundin Frederike von Arnheim, Hofdame der Herzogin, in Plön besucht und wusste daher auch über den aktuellen Hoftratsch zu berichten. Nicht selten zum allgemeinen Amüsement der Tischrunde, ausgenommen Eberhard und seine Familie. Weder seine Ehefrau Adele noch deren Mutter hielten es für angemessen, sich an diesem fröhlichen Gespräch zu beteiligen.

„Nun zum eigentlichen Anliegen an diesem Abend, meine Lieben", lenkte Bertram die Aufmerksamkeit auf sich, nachdem auch die Kinder die letzten Krümel ihres Desserts verzehrt hatten. „Wie ihr alle wisst, gibt es seit geraumer Zeit auf Ascheberg einen Mohren, der auf den Namen Namo hört und als Stallbursche und Lakai arbeitet. Ich mache keinen Hehl daraus, dass ich darüber nicht glücklich bin. Die Damen meines Herrn Bruder hielten es seinerzeit allerdings für unabdingbar, sich wie andere herrschaftliche Häuser mit einem Mohren zu schmücken."

„Wir haben es nicht nötig, uns von dir öffentlich beleidigen zu lassen." Eberhard sprang entrüstet auf.

„Ich würde dich bitten, Eberhard, eine gewisse Contenance zu wahren, denn für deine Empörung wird noch früh genug Zeit bleiben", würgte Bertram jede weitere Diskussion ab. „Es widerstrebt mir von ganzem Herzen, eine Person, ganz gleich welcher Hautfarbe, auf das Niveau eines dekorativen Möbelstücks zu reduzieren. Zudem habe ich selbst den Eindruck gewonnen, dass es sich bei diesem Mohren um einen ganz besonderen Jungen handelt. Nicht nur, dass er lesen, schreiben und rechnen kann, er beherrscht auch mehrere Sprachen. Kurzum, ich habe entschieden, den Mohren Namo zu einem Christenmenschen und zu meinem Feldtrompeter ausbilden zu lassen."

Zufrieden beendete Graf Bertram seine Ausführungen, gleichzeitig war er aber auch gespannt auf die Reaktion seiner Familie.

Die ließ nicht lange auf sich warten.

Aus den Augenwinkeln registrierte Bertram, dass

Dorothea ihm wohlwollend zunickte. Ihrer uneingeschränkten Unterstützung war er sich absolut sicher. Auch ihr alter Onkel Leopold sowie Volkmar teilten seine fortschrittlichen Gedanken, nicht aber Eberhard und seine Familie.

„Das ist doch wohl nicht dein Ernst, einen hergelaufenen Stallburschen in dieser unangemessenen Form zu fördern und für diese Kreatur noch Geld auszugeben“, empörte sich Eberhard mit sich überschlagender Stimme.

„Es ist geradezu peinlich, einfach nur peinlich. Wie stehen wir denn vor den anderen da!“, warf Eberhards Schwiegermutter pikiert ein.

„Nun, über das Ansehen des Hauses Rantzau müsst Ihr, Gräfin Isolde, Euch nun wahrhaftig keine Gedanken mehr machen, darum werde ich mich schon kümmern. Dass gerade du dir, mein lieber Eberhard, Gedanken über den finanziellen Aspekt der Ausbildung des Mohren machst, wundert mich schon ein wenig, denn während meiner Abwesenheit warst du doch in Geldangelegenheiten weitaus großzügiger.“

„Müssen wir uns von dir …?“

„Würdet Ihr so freundlich sein, uns zu erläutern, wie Ihr Euch die Ausbildung des Mohren vorstellt“, unterbrach Graf Leopold kurzerhand die weiteren Attacken Eberhards.

„Nun, zunächst möchte ich, dass wir bei dem Mohren ein christliches Fundament legen. Dazu werde ich den Jungen in die bewährten Hände von Pastor Mollzahn geben. Gleichzeitig wird er für eine bestimmte Zeit auch am Unterricht der Kinder teilnehmen, bis der Lehrer Fretwurst signalisiert, dass er ihm nichts mehr beibringen kann. Zusätzlich …“

„Ihr erwartet ernsthaft, dass wir unsere Kinder

zusammen mit diesem schwarzen Teufel unterrichten lassen?", unterbrach Adele den Grafen.

„Oh, wenn Ihr um das Seelenheil Eurer Kinder fürchtet, bleibt es Euch unbenommen, einen eigenen Lehrer zu engagieren. Allerdings müsst Ihr ihn dann auch bezahlen und beköstigen." Bertram ließ sich nicht aus der Ruhe bringen.

„Ich werde den Herzog in Plön um die Möglichkeit der Ausbildung des Jungen durch einen Hoftrompeter bitten. Eine meiner nächsten Anordnungen wird sein, dass der Mohr schon in den kommenden Tagen zu uns ins Schloss umziehen und hier wohnen wird. Er braucht neue Kleidung, aber das sind alles Einzelheiten, die Euch heute nicht beunruhigen müssen."

„Es ist ein Skandal ohnegleichen. Wir sollen mit einem schwarzen Lakaien unter einem Dach wohnen? Für mich einfach undenkbar!", echauffierte sich Gräfin Isolde erneut.

„Kein Problem, meine Liebe, Ihr könnt jederzeit mit dem Mohren tauschen und im Stall übernachten." Bertram verließ langsam die Geduld.

„Wir müssen uns diese andauernden Anschuldigungen und Beleidigungen nicht gefallen lassen." Eberhard sprang auf und warf dabei seinen Stuhl polternd um. Gleichzeitig erhoben sich auch Gräfin Isolde und Gräfin Adele, um ebenso entrüstet erhobenen Hauptes den Raum zu verlassen, nicht ohne vorher ihre Kinder von den Stühlen gezerrt zu haben, die die Auseinandersetzungen der Erwachsenen mit großen Augen verfolgt hatten.

Mit einem tiefen Seufzer ließ sich Graf Bertram in die Polster vor dem Kamin in der Bibliothek fallen. Die Männer der abendlichen Gesellschaft hatten sich zurückgezogen und Bertram war sichtlich froh, diesen unerträglichen Auseinandersetzungen mit seinem Bruder und dessen Familie entflohen zu sein. Auch wenn er bereits vorher gewusst hatte, dass das Thema um den Mohren nicht ganz ohne Konflikt zu regeln war, ärgerte er sich doch immer wieder über das Unvermögen seines Bruders Eberhard, anderen Geschöpfen gegenüber menschliche Gefühle zu zeigen. Die Einfältigkeit seiner Frau und die Hochnäsigkeit von Eberhards Schwiegermutter waren für Bertram, und nicht nur für ihn, ein ständiger Gräuel. Ihre Auftritte an diesem Abend belegten einmal mehr, wie fern sie seinen Idealen standen.

Bedächtig betrachtete er die kleine Runde, die sich nach dem Abendessen in der Bibliothek des Schlosses eingefunden hatte. Neben seinem Freund Volkmar und dem alten Grafen Leopold war auch Pastor Mollzahn gern Bertrams Einladung gefolgt, den Abend etwas stimmungsvoller ausklingen zu lassen. „Ich muss mich bei Euch für das Verhalten meiner Familie entschuldigen, verehrter Pastor, aber meine Pläne mit dem Mohren werden sicherlich auch noch andere Menschen echauffieren“, richtete Graf Bertram das Wort an den alten Pastor.

„Macht Euch meinetwegen keine großen Gedanken, Herr Graf. Wie Ihr Euch denken könnt, gibt es kaum eine menschliche Regung, die mir nicht geläufig ist.“

„Was schwebt Euch vor, wo der Junge wohnen soll?“ Graf Leopold blickte Bertram erwartungsvoll an.

„Wie ich bereits mit Pastor Mollzahn besprochen habe, wird er eine Kammer in der Nähe der Gemächer des Pastors beziehen. Dort werden wir auch ein Studierzimmer einrichten, in dem der Mohr unterrichtet werden kann.“

„Wer wird sich sonst um den Jungen kümmern?", hakte jetzt Graf Volkmar nach.

„Vorrangig wird sich der Pastor mit der Ausbildung des Mohren beschäftigen. Wie ich Euch, verehrter Onkel, kenne, werdet Ihr mit großer Freude den Pastor unterstützen und Euer Wissen nicht vor dem jungen Mohren verstecken."

„Dazu wird es unbedingt nötig sein, vorher mit dem Pastor ausführlich in Klausur zu gehen", bemerkte Graf Leopold schmunzelnd.

„Das kann dauern. Soll die Ausbildung des Mohren noch in diesem Jahrhundert beginnen?", warf Graf Volkmar lächelnd in die Runde.

„Euer konstruktiver Beitrag zu diesem Thema, Graf Volkmar, hält sich bisher doch stark in Grenzen, entspricht aber absolut Euren geistigen Möglichkeiten", konterte Graf Leopold mit blitzenden Augen, während Pastor Mollzahn irritiert von einem zum anderen blickte. War er doch ein solches Geplänkel nicht gewohnt.

„Ein rüpelhafter Landsknecht ergibt sich demütig der Weisheit des Alters", lenkte Volkmar mit einer leichten Verbeugung ein.

Graf Leopold erhob sein Weinglas und prostete Volkmar lachend zu. „Ich weiß, dass ich mich wiederhole, aber es hat mir tatsächlich während Eurer Abwesenheit in den letzten zwei Jahren etwas gefehlt, und wenn es auch nur Eure entwaffnende Dreistigkeit war, mein lieber Volkmar."

Bertram hatte das Wortspiel der beiden mit einem Lächeln verfolgt, kannte er doch die große Freude, die beide Grafen seit Jahren hatten, wenn sie sich verbal messen konnten. Ein Außenstehender wie der alte Pastor, der eher dem biblisch wohlgesetzten Wort nahe stand, konnte durch diese Art Wortwechsel nur erschreckt sein.

„Messt den beiden Haudegen im Geiste nicht allzu viel Bedeutung bei, mein lieber Pastor. Gewöhnt Euch nur schon an diese abendlichen Scharmützel am Kamin, sie kommen von Herzen und sind für alle Anwesenden stets erheiternd und nie ermüdend."

Graf Volkmar war an diesem sonnigen Morgen sehr früh von Ascheberg nach Plön aufgebrochen. Sein erstes Ziel war die Goldschmiede von Meister Gülzau am Ende der Langen Straße.

„Seid gegrüßt, Herr Graf." Der junge Goldschmied erhob sich von seinem Stuhl und kam auf Volkmar zu.

„Nun, Meister Gülzau, könnt Ihr meine Neugier befriedigen? Was haben Eure begnadeten Hände geschaffen?", begrüßte Volkmar den Goldschmied voller Ungeduld.

„Ihr seid zu gütig, Herr Graf, aber ich hoffe sehr, dass ich Euren Geschmack getroffen habe."

Der junge Goldschmied wandte sich um und holte aus einem Wandschrank ein Tablett, das in ein grünes Tuch eingeschlagen war. Behutsam legte er es auf einen kleinen dekorativen Tisch, der zur Präsentation edler Schmuckstücke diente. Geradezu provozierend langsam faltete er das Tuch auseinander. Der Goldschmied wusste, welche Überraschung er bei seinen Kunden erzielte, wenn diese ein Schmuckstück das erste Mal sahen.

Graf Volkmar betrachtete atemlos das einmalige Kunstwerk, das der Goldschmied ihm darbot. Vor ihm lag ein goldener Ring, dessen zweifacher Reif sich in geradezu spielerischer Leichtigkeit an einem funkelnden Rubin miteinander verband.

„Meister Gülzau, Ihr habt Euch einmal wieder übertroffen." Vorsichtig nahm Volkmar den Ring zwischen die Finger, nachdem er ihn eine ganze Weile andächtig bestaunt hatte. Er hatte den Eindruck, dass der rote Stein zu glühen begann, als er ihn in das hereinfallende Sonnenlicht hielt.

„Es freut mich, wenn der Ring Euren Wünschen entspricht."

„Ich bin ganz sicher, dass die Dame meines Herzens ebenso beeindruckt sein wird wie ich, Meister Gülzau. Wie schafft Ihr es bloß, einem solchen Kleinod so viel Überzeugung, so viel Leben einzuhauchen?" Graf Volkmar war immer noch fasziniert von diesem prachtvollen Schmuckstück.

„Es ist sicherlich nur solide Handwerkskunst, die auch mein Vater schon beherrschte. Er war ein strenger Lehrmeister für mich", versuchte der Goldschmied seine Kunstfertigkeit zu erklären.

„Es zeichnet Euch aus, verehrter Meister Gülzau, dass Ihr Euch trotz Eurer begnadeten Hände stets bescheiden zeigt."

Nachdem Volkmar den Goldschmied entlohnt und den Ring, wohl geschützt in einem kleinen grünen Samtbeutel, in seinem Wams verstaut hatte, lenkte er seine Schritte die Lange Straße entlang. Vor der Kirche und dem Friedhof bog er ab. Zu seiner Rechten lagen jetzt der Schlossberg und das Rathaus, aber auch diese ließ er unbeachtet, bis er vorbei am Waisenhaus die Klostergasse erreicht hatte. Nach wenigen Schritten betrat er ein eher unscheinbares Haus zur linken Hand. Bereits in der Diele roch es nach Leim und Papier.

Aufgeschreckt durch das laute Knarren der schweren Tür kam dem Grafen der Druckermeister Schmidt geschäftig entgegengeeilt. „Ich fühle mich geehrt, Herr Graf. Wie kann ich Euch zu Diensten sein?"

Der Drucker begrüßte Volkmar unterwürfig mit einem tiefen Diener. Tobias Schmidt war ein unruhiger Mann. Seine beruflichen Fähigkeiten konnte niemand bestreiten. Er galt als ein ehrenwerter Handwerksmeister. In leicht gebeugter Haltung beäugte er mit schiefem Kopf den unerwarteten Besucher, wobei er seine Finger ununterbrochen ineinander verschränkte. Wegen seines fast kahlen Kopfes, der spitzen Nase und der lauernden Knopfaugen erinnerte er Volkmar an eine Ratte.

„Guten Morgen, Meister Schmidt“, begrüßte der Graf den Drucker freundlich. „Es kann sein, dass ich in absehbarer Zeit Eure Kunst in Anspruch nehmen möchte.“

„Soweit es meine bescheidenen Künste erlauben, stets zu Diensten, Herr Graf, stets zu Diensten.“ Der Drucker hüpfte unruhig von einem Bein auf das andere.

„Ich benötige für ein größeres Fest auf Ascheberg sehr kunstvolle Einladungen und würde Euch bitten, mir in den nächsten Tagen ein paar Vorschläge zu unterbreiten.“

„Darf ich fragen, wie viele der Einladungen Herr Graf benötigen.“

„Ich denke, es werden wohl rund hundert sein.“

Das unruhige Flackern in den Augen von Meister Schmidt verstärkte sich merklich bei der Aussicht eines einträglichen Geschäftes. „Ich werde noch heute mit dem Entwurf eines solchen Papiers beginnen. Wären Euer Gnaden geneigt, mir zu verraten, für welches bedeutende Ereignis auf dem Schloss Ascheberg die Einladungen gedacht sind?“

Der Drucker konnte sich die Frage nicht verkneifen, denn neben seinem unattraktiven Aussehen war er auch noch abgrundtief neugierig und redselig.

„Nun, Meister Schmidt, es wird auf Ascheberg sehr bald eine Verlobung geben. Ich glaube, die Einzelheiten sollten wir später bei der Präsentation Eurer Vorschläge besprechen. Ich bin ein wenig in Eile." Dabei wandte sich Graf Volkmar um und ging auf die Eingangstür zu.

„Sehr wohl, Herr Graf, sehr wohl." Der Drucker folgte ihm dienernd.

Kurz bevor sie die Tür erreicht hatten, drehte sich Volkmar um und tat, als ob er etwas vergessen hätte. „Meister Schmidt, gerade fällt mir ein, dass Ihr mir möglicherweise aus einer Verlegenheit helfen könntet."

„Jederzeit, Herr Graf, jederzeit", beteuerte der Drucker eifrig.

„Mir ist kürzlich ein Grundstück vor dem Wentorfer Tor angeboten worden. Leider habe ich das Papier, auf dem die Lage eingezeichnet war, verlegt. Kann es sein, dass dieses Papier in Eurem Hause gedruckt wurde und Ihr noch über den einen oder anderen Fehldruck verfügt?"

„Oh, ich glaube schon, dass ich den Herrn Grafen aus dieser Not befreien kann. Wie Ihr schon vermutet habt, sind Fehldrucke das grauenhafte Los eines Druckers. Sie kosten Zeit, Papier und Geld."

Bevor Tobias Schmidt seine Leidensgeschichte weiterspinnen konnte, hatte Volkmar bereits einen Taler aus seinem Geldbeutel geholt und drückte diesen dem Drucker in die Hand, der daraufhin auf dem Absatz kehrt machte und in seine Werkstatt eilte. Keine Minute später erschien er wieder, mit dem gewünschten Blatt in der Hand wedelnd.

„Es ist mir eine große Freude, Euer Gnaden, Euch auch auf diese Weise zu Diensten sein zu können." Mit einem beflissenen Diener überreichte er das Papier.

„Noch eine Frage, Meister Schmidt, wer hat eigentlich diese Blätter bezahlt?", fragte Volkmar eher beiläufig, während er sich bereits zu Gehen umwandte.

„Das war der junge Schneiderhahn, Paul Schneiderhahn, der die Blätter bestellt und auch gleich bezahlt hat“, antwortete der Drucker jetzt ein wenig zögernd. Doch bevor er sich noch weitere Gedanken über die sonderbare Frage machen konnte, hatte sich Graf Volkmar bereits verabschiedet und das Haus verlassen.

Hatten Witwe Sander und ihr Hausdiener Giovanni doch recht gehabt? Dieses ominöse Papier mit den Grundstücken vor dem Wentorfer Tor war von Meister Schmidt gedruckt worden. Aber wer war Paul Schneiderhahn? Den Namen hatte Volkmar noch nie gehört. Gedankenversunken ging er zur Kirche zurück, bis er vor dem „Weißen Hirschen“ stehen blieb. Eher einer Intuition folgend betrat er die Schänke. Er war nicht oft Gast in diesem Wirtshaus. Das ganze Gegenteil von der vornehmen Atmosphäre bei der Witwe Sander. Doch er war im „Weißen Hirschen“ kein Unbekannter. Von Zeit zu Zeit genoss er sogar das laute Treiben, und das Neueste aus der Stadt erfuhr man nirgendwo so schnell und brühwarm wie hier.

Außer ein paar ständigen Saufbrüdern, die ungeachtet der frühen Stunden des Morgens bereits hinter ihren Krügen saßen, war der Schankraum noch überschaubar. Nur Trine, die dralle Tochter des Wirts, kam strahlend hinter dem Tresen hervor, als sie Volkmar erblickte.

„Guten Morgen, Trine, habe ich dir schon verraten, dass du immer schöner wirst“, begrüßte Graf Volkmar das junge Mädchen lachend.

„Herr Graf, Ihr übertreibt einmal wieder schamlos, aber ich freue mich trotzdem, Euch zu sehen“, antwortete Trine spitzbübisch.

„Hast du denn auch einen frische Krug Bier für eine staubige Kehle?“

„Herzlich gern, Herr Graf, kommt sofort." Die Wirtstochter eilte hinter den Tresen, um dem Grafen das erfrischende Nass einzuschenken, während Volkmar sich an einem Tisch in der äußersten Ecke niederließ.

„Euer Bier, Herr Graf, zum Wohl!" Trine stellte den Krug auf den Tisch.

„Trine, du musst mir helfen", bemerkte Volkmar mit gedämpfter Stimme, nachdem er einen tiefen Schluck genommen hatte. „Hast du einen Augenblick Zeit, dann setz dich doch bitte."

„Vater sieht es nicht so gern, wenn ich faul herumsitze, wie er immer sagt, aber solange er hinten mit den Bierfässern rumrollt, merkt er es ja nicht." Das junge Mädchen setzte sich auf einen Schemel Volkmar gegenüber. Trine mochte den Grafen Volkmar. Er war einer der wenigen Gäste im „Weißen Hirschen", der sie stets freundlich und respektvoll behandelte. Der zwar seine Scherze mit ihr trieb und sie neckte, der aber nie zugreiflich wurde oder sie gar beschimpfte. In Trines Augen war Graf Volkmar ein echter Graf, der zusätzlich auch noch gut aussah. Umso mehr gefiel es ihr, wenn sie dem hübschen Edelmann einen Gefallen tun konnte.

„Graf Eberhard und der Stadtrat Stellmacher treffen sich doch regelmäßig zum Spiel bei euch?", fragte Volkmar vorsichtig.

„Ja, das stimmt, aber nicht nur die beiden. Dabei sind auch immer der Graf Heinrich und andere aus der Stadt", erzählte Trine bereitwillig.

„Ich habe gehört, dass Graf Eberhard in der letzten Zeit nicht viel Glück gehabt haben soll."

„Das habt Ihr aber sehr vornehm ausgedrückt, Herr Graf." Trine fing an zu lachen, dass sich sogar einer der Saufkumpane verwundert umdrehte. „Ich kann mich nicht daran erinnern, dass er jemals gewonnen hat. Wie sollte er auch?"

„Was meinst du mit ‚Wie sollte er auch?'." Volkmar wurde hellhörig.

„Nun, der Stadtrat und der Graf Heinrich ziehen dem Grafen Eberhard doch regelmäßig die Hose aus. Oh, Entschuldigung, ich meine, sie sorgen dafür, dass der Graf Eberhard verliert." Trine hatte sich vorgebeugt, um mit leiserer Stimme sprechen zu können.

„Willst du damit sagen, sie betrügen?"

„Wie Ihr wisst, hört man in diesen Räumen sehr viel, und ich habe schon vor langer Zeit ein Gespräch zwischen dem Stadtrat und dem Grafen Heinrich zufällig mitgehört, wo sie darüber sprachen, dass sie abwechselnd den Grafen Eberhard schröpfen wollten, wie sie gesagt haben."

Volkmar schwieg eine ganze Weile und blickte dann das junge Mädchen freundlich an. „Trine, du bist ein Schatz. Aber zu keinem anderen ein Wort." Volkmar legte zur Bekräftigung seinen Zeigefinger auf die Lippen.

„Versprochen, Herr Graf", beteuerte Trine nicht ganz ohne Stolz ihren Schwur, indem sie sich selbst verschwörerisch den Finger auf die Lippen legte.

„Nun habe ich noch eine Frage. Weißt du, wer Paul Schneiderhahn ist?"

„Ja, Herr Graf, den kennt doch jeder. Das ist der blöde Paul, von der Witwe Schneiderhahn der Älteste. Der ist ein bisschen komisch im Kopf, aber ganz harmlos."

„Ich kenne noch nicht einmal die Witwe Schneiderhahn."

„Aber das macht doch nichts, Herr Graf, Ihr seid ja nicht so oft in der Stadt", meinte die Wirtstochter, den Grafen trösten zu müssen. „Die Witwe Schneiderhahn ist doch die Schwester vom Stadtrat Stellmacher und wohnt mit ihren fünf Kindern auf dem Strohberg."

Volkmar konnte seine Überraschung kaum verbergen. Damit hatte er nicht gerechnet. Sollte der Stadtrat Stellmacher hinter diesen Machenschaften stecken? Doch was hatte der mit den Grundstücken vor dem Wentorfer Tor zu tun?

Kapitel 7

Langsam ging Bertram an den Weiden hinter dem Marstall entlang und blickte mit großer Befriedigung auf das für ihn stets harmonisch wirkende Bild von grasenden Pferden. Volkmar hatte recht, es musste unbedingt etwas geschehen. Die Pferde hatten zu wenig Auslauf. Sie standen viel zu eng. Die Weiden waren für diese große Zahl an Tieren nicht vorgesehen. Zumal Eberhard nach dem Verkauf des Gestüts auch noch Wiesenfläche hatte umbrechen lassen, um dort Getreide anzubauen. Vermutlich, weil er sich davon einen weiteren Profit versprochen hatte.

Plötzlich wurde er durch lautes Geschrei in seinen Gedanken gestört. Bertram blickte auf und sah an einer kleinen Hütte, die als Unterstand bei schlechtem Wetter diente, mehrere Stallburschen, die offensichtlich miteinander stritten. Bei genauem Hinsehen entdeckte er auch Namo, den Mohren. Worum es ging, konnte Bertram nicht verstehen. Doch war klar zu erkennen, dass Namo einem kräftigen Burschen gegenüberstand, der eine aggressive Haltung eingenommen hatte. Der Mohr machte dagegen einen eher gelassenen, fast gelangweilten Eindruck.

Kaum hatte Bertram die Situation richtig gedeutet, stürzte der Stallbursche mit erhobenen Fäusten auf Namo los und versuchte diesen mit einem mächtigen Schwinger am Kopf zu treffen. Doch der Mohr trat vor dem heranstürmenden Kontrahenten lediglich einen kleinen Schritt zur Seite, sodass dieser, getrieben von der eigenen Wucht seines Schlages, an Namo vorbeiflog und krachend im Staub landete. Erst jetzt hatte Bertram entdeckt, dass Namo bei seinem Schritt zur Seite einen Fuß stehen gelassen hatte, über den der stürmische Angreifer gestolpert war. Verwundert sprang dieser wieder auf die Beine und ging erneut auf den Mohren los. Auch jetzt wich Namo elegant zur Seite aus und ließ den erbosten Stallburschen ins Leere laufen.

Als der merkte, dass er auf diese Weise nicht zu seinem erwünschten Erfolg kommen würde, näherte er sich langsam seinem vermeintlichen Feind, hob kurz vor ihm die Fäuste, um dann unvermutet mit seinem rechten Stiefel Namo in den Unterleib zu treten. Aber auch damit schien der Mohr gerechnet zu haben, denn bevor der Tritt ihn erreichen konnte, ergriff Namo den Fuß des Stallburschen und drehte ihn mit einer kurzen Bewegung, sodass sein Angreifer aufschrie, sich noch in der Luft um die eigene Achse drehte und polternd mit dem Gesicht im Staub landete. Begleitet wurde dieses Gerangel von lauten Anfeuerungsrufen der anderen Stallburschen.

Bertram hielt es jetzt für nötig einzuschreiten, um die Auseinandersetzung nicht eskalieren zu lassen. Mit zügigen Schritten näherte er sich den Stallburschen. Als diese ihn erkannten, wollten sie sich in alle Himmelsrichtungen aus dem Staub machen, doch ein kurzer Ruf des Grafen ließ sie erstarren.

„Es scheint so, dass es auf meinem Anwesen nicht genug Arbeit gibt, wenn schon die Stallburschen nichts Besseres zu tun haben, als am Tage ihre Kräfte zu messen." Graf Bertram blickte die Burschen einen nach dem anderen an, erhielt als Antwort aber nur niedergeschlagene Blicke.

„Wie heißt du?", richtete der Graf seine Frage an den

kräftigen Stallburschen, der Namo attackiert hatte.

„Ich heiße Jasper Eppelmann, Herr Graf", antwortete der Junge verlegen.

„Ihr alle werdet euch unverzüglich zu Stallmeister Aurich begeben und euch Arbeit zuweisen lassen. Und du, Jasper Eppelmann, wirst dem Stallmeister von mir bestellen, dass er für dich eine ganz besondere Aufgabe wählen soll. Habt ihr das verstanden?"

Sichtlich erleichtert stoben die Stallburschen davon.

Als Namo ihnen folgen wollte, hielt der Graf ihn zurück. „Worum ging es bei eurem Streit?"

„Genau genommen gab es keinen eigentlichen Grund, Herr Graf."

„Das musst du mir erklären."

„Solange ich denken kann, gab es immer jemanden, der mit mir raufen wollte. Es ist die Farbe. Nur weil ich anders aussehe, vermute ich."

Bertram musterte den schwarzen Jungen eine Weile schweigend, konnte dann aber angesichts der eher traurigen Vermutung, die der junge Mohr geäußert hatte, nicht umhin, doch zu schmunzeln. Namo blickte ihn mit seinen großen Augen derart frei und unbekümmert an, dass Bertram auf sehr eigentümliche Weise berührt war. „Verrätst du mir auch, wo du eine so elegante Art der Verteidigung erworben hast?"

„Ich habe schon als kleines Kind immer wieder Prügel von anderen Jungen bezogen, Herr Graf. Meistens waren es Ältere, gegen die ich mich nicht wehren konnte, die mich gehänselt und geschlagen haben. Dann kam mit einem der Schiffe von Kaufmann Hartemann ein gelber Junge, den sie auch immer geärgert haben."

„Du meinst einen Chinesen?"

„Ja, mag sein, Herr Graf. Auf jeden Fall war er sehr

schmächtig, doch alle, die versucht haben, ihn zu schlagen, haben ihn nie erwischt."

„Wie war das möglich?"

„Er war einfach zu schnell für sie. Dann hat er mir verraten, wie er das macht. Er sagte, man kann vorher sehen, was sie wollen. Man muss nur ihre Augen, ihren Körper, ihre Bewegungen genau beobachten, dann weiß man, wann sie angreifen und wie sie sich im nächsten Augenblick verhalten werden."

„Eine faszinierende Theorie", bemerkte Bertram sichtlich beeindruckt.

„Und eine weitere Weisheit wusste der gelbe Junge, er hieß übrigens Ping, zu berichten. Er sagte, man müsse immer den Schwung und die Kraft des Gegners ausnutzen."

„Und du hast es dann auch erlernt?", hakte Graf Bertram nach.

„Ja, Herr Graf, ich habe es ausprobiert und es klappte. Anfangs nicht immer, aber ich habe es gelernt. Ich kann die Menschen lesen und auch Tiere."

„Namo, du solltest mit solchen Äußerungen vorsichtig sein. Du weißt vielleicht, dass es Menschen gibt, die solche Dinge, die sie nicht erklären können, sehr schnell als Hexerei anklagen."

Namo nickt wissend.

„Aber was meinst du damit, du kannst auch Tiere lesen?"

„Das geht lediglich, wenn ich weiß, wie sich Tiere normalerweise verhalten. Ich kann das nur bei Pferden und Hunden. Wenn ich die Augen, die Ohren oder den ganzen Körper eines Pferdes genau beobachte, weiß ich sehr früh, wie es in bestimmten Situationen reagieren wird."

Bertram war beeindruckt. Das, was der Junge ihm erzählt hatte, klang logisch und seine Demonstration im ungleichen Kampf mit dem anderen Stallburschen war ein eindeutiger Beweis dafür gewesen.

„Es tut mir leid, dass ich störe, aber ich hätte eine nicht unbedeutende Nachricht." Unvermutet wurden die beiden in ihrem Gespräch unterbrochen, als Graf Volkmar zu ihnen trat.

„Einen Augenblick, Volkmar! Namo, ich möchte dich heute Nachmittag um drei Uhr im Schloss sehen. Richte dem Stallmeister aus, er soll dich begleiten." Bertram entließ den Mohren und wandte sich seinem Freund zu. „Was gibt es so Wichtiges, mein Lieber?"

„Ich komme gerade aus Plön und bin bei meinen Besuchen über Neuigkeiten gestolpert, die unsere irritierende Geschichte über den Bau der neuen Stadt in ganz anderem Licht erscheinen lassen."

„Du machst mich richtig neugierig."

„Wir können davon ausgehen, dass dein Bruder Eberhard nicht nur Pech im Spiel gehabt hat, sondern dass der hoch angesehene Stadtrat Stellmacher deinen Bruder systematisch betrogen hat", platzte Volkmar mit seiner ersten Überraschung heraus.

Bertram war wie vor den Kopf geschlagen. „Das glaube ich einfach nicht, bist du wirklich sicher?"

„Es kommt noch viel schlimmer. Der beste Freund deines Bruders, Heinrich von Ahlefeld, ist auch in diese Machenschaften verwickelt."

„Du meinst, Ahlefeldt kungelt mit Stellmacher zusammen?"

„Genau so ist es. Die beiden haben sich abgesprochen, deinem Bruder die Hose auszuziehen, wie sich Trine, meine glaubwürdige Informantin, ausdrückte."

„Trine hat dir das erzählt?", fragte Bertram ein wenig zweifelnd nach.

„Ja, sie hat die beiden schon vor längerer Zeit belauscht, als sie ihren Plan schmiedeten, und seitdem hat Eberhard auch ununterbrochen verloren. Es ging dabei stets um hohe Beträge."

„Stellmacher, dieser hinterlistige Dreckskerl." Bertram schüttelte den Kopf. Dass der Kornhändler ein windiger Kandidat war, das pfiffen die Spatzen schon von den Dächern, aber dass er sich derart halsabschneiderisch verhielt, konnte er kaum fassen.

„Mein lieber Bertram, das war noch nicht alles. Wenn ich eins und eins richtig zusammengezählt habe, dann weiß ich auch, wer hinter dem dubiosen Grundstücksverkauf steckt."

„Schlimmer kann es ja wohl kaum noch kommen." Bertram hob resignierend die Schultern.

„Rate mal, wer den Auftrag zum Druck der Pläne mit den Grundrissen erteilt hat?"

Bertram blickte Volkmar zunächst fragend an. Als dieser ihn aber mit erhobenen Augenbrauen und freundlichem Kopfnicken aufforderte, einen Namen zu nennen, der offensichtlich auf der Hand lag, verstand Bertram die Welt nicht mehr.

„Stellmacher? Du meinst, Stellmacher steckt auch hinter diesem Possenspiel?"

„Es spricht alles dafür. Vom Drucker Schmidt habe ich erfahren, dass ein Paul Schneiderhahn den Auftrag erteilt und die Blätter auch abgeholt und sogleich bezahlt hat. Und dieser Paul Schneiderhahn, den sie alle in Plön ‚den blöden Paul' nennen, weil er ein bisschen zurückgeblieben ist, ist kein anderer als der Neffe des ach so ehrbaren Herrn Stadtrat."

„Es ist wirklich nicht zu glauben. Aber wieso konnte er Makler einsetzen, die Grundstücke zu verkaufen, die ihm gar nicht gehören? Das ergibt doch keinen Sinn." Bertram suchte vergeblich einen logischen Zusammenhang.

„Bertram, verstehst du denn nicht? Stellmacher muss auf irgendeine Weise erfahren haben, was der Herzog vorhat. Damit war ihm der Wert des Geländes vor dem Wentorfer Tor bewusst. Da er aber auch wusste, wem das Areal gehört, hat er deinen Bruder planmäßig betrogen, um auf diese Weise an das Gelände zu gelangen."

„Aber ohne die Rechnung mit dem Wirt gemacht zu haben."

„Ja, deine unvermutete Rückkehr und letztlich die Entscheidung des Herzogs haben dem Herrn Stellmacher wohl einen kräftigen Strich durch die Rechnung gemacht", stellte Volkmar nicht ohne Schadenfreude fest.

„Glaubst du, dass Stellmacher bereits weiß, dass inzwischen wiederum der Herzog der Besitzer des Geländes ist?", fragte Bertram nach einiger Zeit des Überlegens.

„Das glaube ich nicht, aber er wird es sicherlich noch früh genug erfahren."

Wie ein Häuflein Unglück saßen sie auf ihren Stühlen. Es war unverkennbar, dass die beiden sich in ihrer Haut nicht wohlfühlten. Graf Bertram hatte die Köchin und seinen Kammerdiener in die Bibliothek des Schlosses bestellt. Während Conrad es gewohnt war, bei seinen Tätigkeiten für die gräfliche Familie in den Räumen des Schlosses ein- und auszugehen, verließ Martha in den seltensten Fällen ihre Küche im Untergeschoss des Hauses. In das Heiligtum, die Bibliothek, die gleichzeitig auch als Arbeitszimmer des Grafen diente, war Martha in den vielen Jahren ihrer Dienste bisher noch nicht vorgedrungen. Jetzt saß sie gemeinsam mit Conrad vor dem Schreibtisch des Grafen. Sie hatte ihr Sonntagskleid angezogen und rutschte unruhig auf dem Stuhl hin und her. Sie konnte sich überhaupt nicht vorstellen, was ihr Herr von ihr wollte. Irritiert war anscheinend nicht nur sie, denn als der Graf sie und den Kammerdiener aufgefordert hatte, auf den Stühlen Platz zu nehmen, verstanden sie die Welt nicht mehr. Auch Conrad hatte zunächst den Grafen und dann auch Martha verwundert angesehen. Beide waren schließlich aber doch, wenn auch zögernd, dieser für Bedienstete ungewöhnlichen Aufforderung gefolgt. Graf Bertram registrierte das Unbehagen seiner beiden Getreuen ein wenig amüsiert und versuchte sie mit einem Lächeln zu beruhigen.

„Ich habe euch heute hergebeten, weil ich etwas Wichtiges mit euch zu besprechen habe. Ihr seid beide schon so lange in meinen Diensten. Ich vertraue euch und bin fest davon überzeugt, dass ihr mir bei meinem Vorhaben eine wichtige Hilfe seid." Auch nach diesen Worten konnte er bei Martha und bei Conrad noch keine Anzeichen von Entspannung erkennen.

„Ihr kennt beide den Mohren Namo, der seit einiger Zeit als Stallbursche bei uns ist", fuhr Bertram fort, während Martha und Conrad zustimmend nickten. „Ich möchte, dass der Junge ab sofort im Schloss wohnt."

Bertrams Gegenüber blickten sich verwundert an, doch bevor sie etwas sagen konnten, erläuterte der Graf seine Pläne. „Der Mohr wird in einer Kammer neben Pastor Mollzahn wohnen, der ihn auch unterrichtet, ebenso wie Lehrer Fretwurst. Später erhält der Mohr eine Ausbildung als Feldtrompeter. Die Mahlzeiten nimmt er mit euch und den Bediensteten des Schlosses ein. Nun die Bitte an euch. Ich möchte, dass ihr den Jungen an die

Hand nehmt. Es wird für ihn ein ganz neues Leben sein. Er braucht Menschen in seiner Nähe, denen er vertrauen kann. Wenn ich den Jungen in deiner mütterlichen Hand, Martha, und deiner gerechten Fürsorge, Conrad, weiß, bin ich ganz sicher, dass aus dem Mohren ein guter Mensch wird." Bertram lehnte sich entspannt zurück und blickte die beiden erwartungsvoll an.

„Herr Graf, es ist uns eine große Ehre, wenn wir Euer Gnaden auf diese Weise dienen und helfen können. Gleichzeitig erlauben wir uns, Euch aufrichtig für das unterbreitete Vertrauen zu danken, das Euer Gnaden uns entgegenbringt. Wir werden den schwarzen Jungen mit all unserem Wissen begleiten für den neuen Weg, den Euer Gnaden für ihn vorgesehen hat", beteuerte Bertrams Kammerdiener Conrad in seiner verdrehten Wortwahl seine und Marthas gute Absichten. Wobei offensichtlich war, dass er auch ganz im Sinne der Köchin geantwortete hatte, denn sie nickte beifällig. Auch wenn Martha sonst nicht auf den Mund gefallen war, aber so schön, wie Conrad es formuliert hatte, konnte ihm eigentlich niemand widersprechen.

Bertram schmunzelte, hatte er doch auch keine andere Reaktion der beiden erwartet. „Ich weiß, dass der Junge bei euch in guten Händen ist. Informiert die anderen Bediensteten. Achtet darauf, dass keine Ressentiments hinsichtlich seiner Hautfarbe aufkommen. Wenn ihr mich jetzt verlasst, werden Aurich und der Mohr vermutlich schon vor der Tür stehen. Der Junge soll noch warten, ich will erst Aurich allein sprechen. Und noch eins, Conrad, wenn ich mit Namo gesprochen habe, bringe ihn gleich zum Schneider, damit dieser Maß nehmen kann für neue Kleider des Jungen. Anschließend sorge dafür, dass er die wichtigsten Räumlichkeiten des Schlosses kennenlernt, aber er ist ja nicht das erste Mal hier."

Bereits bei den ersten Sätzen waren Martha und Conrad aufgestanden, sichtlich erleichtert, dass dieser Besuch nun ein Ende hatte. Auch Bertram erhob sich und kam um den Schreibtisch herum. Als er Martha die Hand gab, schoss der pausbäckigen Köchin die Röte ins Gesicht und sie bedankte sich mit dem Versuch eines tiefen Knickses, der allerdings aufgrund ihrer Körperfülle etwas verunglückte. Nachdem der Graf auch Conrad die Hand gegeben hatte und dieser seine Verlegenheit ebenfalls kaum verstecken konnte, verließen die beiden geradezu fluchtartig die Bibliothek.

Bertram hatte kaum wieder Platz genommen, als Conrad den Stallmeister Aurich ankündigte, der dann auch kurz darauf schwungvoll eintrat und erst vor dem Schreibtisch stoppte. „Stallmeister Aurich zu Diensten, Herr Graf, Ihr wolltet mich sprechen."

„So ist es, setz dich, Aurich."

Ein Befehl, dem der Stallmeister sofort folgte.

Bertram hatte wohlwollend registriert, dass Aurich inzwischen wieder ordentlich rasiert und gekleidet war, so wie er seinen alten Stallmeister kannte, und nicht in dem verwahrlosten Zustand, wie er ihn am ersten Tag seiner Rückkehr angetroffen hatte.

„Es wird Veränderungen geben, mein lieber Aurich, und mir liegt daran, dass du es von mir persönlich erfährst", begann Graf Bertram. „Zunächst werde ich dich deines besten Stallburschen berauben. Namo wohnt ab heute im Schloss. Er bekommt eine Ausbildung und wird mein Feldtrompeter."

Bertram blickte verwundert auf seinen Stallmeister, da dieser auf seine Worte lächelnd reagierte und in keiner Weise überrascht schien, sondern sogar beifällig nickte.

„Hast du bereits mit Conrad darüber gesprochen oder kannst du hellsehen?"

„Nein, Herr Graf, beides nicht", antwortete Aurich schnell, „aber ich habe eine ähnliche Entwicklung vermutet."

„Und wieso?"

„Nun, Herr Graf, der Mohr ist kein dummer Stallbursche. Er kennt zwar was von Pferden, aber er weiß sonst viel zu viel ..."

„Ist das auch der Grund, weshalb du den Mohren dem Grafen Leopold als Begleitung bei seinen Ausritten mitgegeben hast?", unterbrach Bertram seinen Stallmeister.

„Ihr habt mich erwischt, Herr Graf." Aurich lächelte seinen Grafen entwaffnend an.

„Du bist und bleibst ein alter Fuchs, Aurich." Bertram musste lachen. „Aber ich habe noch etwas Neues für dich. Ich vermute, darüber wirst du dich auch freuen können. In nicht ferner Zukunft gibt es wieder Platz im Marstall. Ich werde ein neues Gestüt aufbauen, abgesetzt vom Schloss und Gutsbereich."

Aurich strahlte über das ganze Gesicht. „Das ist fürwahr eine gute Nachricht, Herr Graf. Wir wissen ja jetzt kaum noch, wie wir die Tiere unterbringen sollen."

„Ich weiß, Aurich, ich weiß. Erspar mir dein Wehklagen. Schau mit mir nach vorne. Wir werden noch diese Woche mit dem Bau von Zäunen bei den Auwiesen beginnen, sodass wir spätestens in der nächsten Woche die Gestütpferde von den Gutspferden trennen können. Dort werden auch die neuen Gebäude für das Gestüt entstehen. Jeder hat dann seinen eigenen Bereich. Graf Volkmar wird der neue Gestütsleiter sein."

„Das ist ja eine Kanone nach der anderen, die Ihr hier abballert, Herr Graf." Stallmeister Aurich konnte jetzt nicht mehr an sich halten. „Da hattet Ihr aber wirklich recht, als Ihr vorausgesagt habt, dass mich das erfreuen wird, Herr Graf."

„Schön, mein lieber Aurich, dass dir meine Pläne gefallen. Wir werden für den Neuanfang auch deine Hilfe benötigen. Alle Einzelheiten bespricht dann Graf Volkmar mit dir. Eine Sache noch: Haben sich die Stallburschen bei dir gemeldet?"

„Jawohl, Herr Graf, ich habe ihnen kräftig die Leviten gelesen und sie mit intensiver Sattelzeugpflege beschäftigt. Jasper Eppelmann wird sich in den nächsten Tagen ausschließlich mit dem Ausmisten des Marstalls und dem ordentlichen Aussehen des Misthaufens befassen", berichtete der Stallmeister mit breitem Grinsen.

„Gut, Aurich, so viel für heute. Du bist entlassen. Sag Conrad, er soll mir den Mohren schicken." Graf Bertram verabschiedete seinen Stallmeister, der sich zügig erhob und den Grafen sichtlich zufrieden verließ.

Namo trat unruhig von einem Bein auf das andere. Es war die Ungewissheit, die an ihm nagte. Der Graf hatte den Stallmeister und ihn in das Schloss bestellt, aber warum? Ohnehin war er verwundert darüber, dass Graf Bertram ihn nach der Rangelei mit dem anderen Stallburschen nicht bestraft hatte, sondern nur wissen wollte, wieso er sich auf diese leichte Weise den derben Attacken seines Gegners hatte erwehren können. Auch der Stallmeister hatte keine plausible Antwort auf seine Frage geben können, weshalb der Graf ihn sprechen wollte. Er hatte zwar etwas von Veränderung und neuer Zeit gemurmelt, aber nichts Konkretes gesagt. Jetzt wartete er schon eine geraume Zeit vor der Bibliothek. Auch das, was hier im Schloss geschehen war, wusste Namo nicht zu deuten.

Kaum im herrschaftlichen Haus angekommen, waren ihnen die Köchin Martha und der Kammerdiener des Grafen wie aufgescheuchte Hühner entgegengeeilt.

Conrad hatte dem Mohren nur ein „Wir sehen uns nachher noch!“ zugeworfen, bevor er mit dem Stallmeister Richtung Bibliothek enteilt war. Und Martha, fein in ihrem Sonntagskleid, hatte ihm lediglich liebevoll über das schwarze Kraushaar gestreichelt und ihn mit den Worten „Ich bin stolz auf dich und freu mich so!“ allein gelassen. Irgendwie hatte Namo das Gefühl, dass alle ein wenig verrückt geworden waren. Bereits der Graf hatte sich ihm gegenüber schon nicht so verhalten, wie er es von seinen anderen Herren gewohnt war, und jetzt fing auch noch das Dienstpersonal an zu spinnen.

Bevor Namo seinen verwirrten Gedanken weiter folgen konnte, öffnete sich die Tür zur Bibliothek und der Stallmeister stürmte ihm entgegen. „Ich hab es gewusst, Namo, ich hab es gewusst.“ Aurich packte den Mohren mit beiden Händen an den Schultern. „Du machst deinen Weg.“ Dabei schüttelte er den total irritierten Jungen in seiner Begeisterung kräftig durch, bis Conrad die beiden unterbrach.

„Aurich, lass den Burschen leben, der Herr Graf wünscht ihn jetzt zu sprechen.“

Der Stallmeister ließ von Namo ab, klopfte ihm aber noch zweimal aufmunternd auf den Rücken.

„Fühlst du dich wohl auf Ascheberg?“ Mit dieser Frage verstärkte Graf Bertram Namos Unbehagen einmal mehr, nachdem er sich weisungsgemäß auf den Stuhl vor dem Schreibtisch seines Herrn gesetzt hatte.

„Ja, Herr Graf“, antwortete Namo einsilbig. Was sollte er sagen? Was wollte der Graf hören?

Der Graf musterte den Mohren eindringlich, bevor er fortfuhr. „Namo, ich habe beschlossen, deinen Lebensweg in die Hand zu nehmen. Das heißt, von heute an wirst du kein Stallbursche mehr sein."

Namo traute seinen Ohren nicht und blickte den Grafen fragend an, ohne ein Wort zu sagen. In seinen jugendlich braunen Zügen war die Ungewissheit deutlich zu erkennen.

„Du musst keine Angst haben. Es wird ein Weg sein, der deine Fähigkeiten würdigt und der dir zu einer angemessenen Stellung verhelfen wird. Kurzum, ich möchte, dass du zunächst eine christliche und umfassende Bildung erhältst. Danach werde ich dich zu meinem Feldtrompeter ausbilden lassen."

Namo wusste nicht, was er sagen sollte. Mit einer solchen Entwicklung hatte er nicht gerechnet. Nach all den versteckten Hinweisen des Stallmeisters hatte er schon vermutet, dass der Graf eventuell neben der Arbeit im Marstall noch eine weitere Aufgabe für ihn haben könnte. Namo dachte dabei auch an den alten Grafen Leopold, der ihm anscheinend sehr zugetan war. Allein dass er ihm erlaubt hatte, das eine oder andere Buch aus der gräflichen Bibliothek zu lesen. Aber das, was Graf Bertram ihm eben gerade mitgeteilt hatte, konnte Namo kaum fassen. Mit großen Augen und offenem Mund blickte er den Grafen wortlos an.

„Ich weiß, Namo, das kommt ein wenig überraschend für dich", fuhr Bertram nach einer Weile fort. „Ich weiß auch, dass es kein leichter Weg sein wird. Nicht weil ich dir diese neuen Aufgaben nicht zutraue, im Gegenteil. Du hast in deinem jungen Dasein selbst oft genug erlebt, dass allein deine Hautfarbe für manche Menschen Grund genug ist, dir das Leben schwer zu machen. Ich werde dafür sorgen, dass du auch gegen solche Ignoranten gerüstet bist."

In Namos Kopf drehte sich alles. Er konnte keinen klaren Gedanken fassen. War es nur ein Traum? Langsam kam Namo wieder zu sich.

„Herr Graf, ich weiß nicht, was ich sagen soll", waren seine ersten Worte, nachdem er mehrmals vergeblich angesetzt hatte, auf die fordernden Blicke des Grafen zu antworten.

„Das kann ich gut verstehen, Namo. Solche Nachrichten erfährt ein schwarzer Stallbursche ja auch nicht jeden Tag." Bertram lächelte den Jungen aufmunternd an.

Umfangreich und detailliert begann der Herr von Ascheberg dann, dem Mohren seine Pläne zu erläutern. Er beschrieb ihm, wo er in Zukunft schlafen sollte und wer ihn unterrichten würde. Er wies ihn an, sich für die häuslichen Dinge vertrauensvoll an Martha und Conrad zu wenden. Gleichzeitig verzichtete er auch nicht auf den Hinweis, dass zu einem gottgefälligen Leben die Taufe gehörte. Sogar die Tätigkeit eines Feldtrompeters umriss der Graf ausführlich. Sichtlich beeindruckt war Namo von den Aufgaben, die man von einer solchen Person erwartete. Neben der Fertigkeit des Trompetens von Signalen bei Feldzügen und das Spielen zu festlichen Anlässen würden auch wichtige Kurierdienste und die Begleitung des Grafen zu seinen Pflichten gehören. Graf Bertram machte dem Jungen zudem klar, dass die Feldtrompeter den Rang eines Offiziers innehatten, mit dem so manche Privilegien verbunden waren. Ein Pferd und edle Kleider gehörten ebenso dazu wie auch das Recht, einen Degen zu tragen oder sogar ein eigenes Wappen zu führen.

Namo kam aus dem Staunen nicht mehr heraus. Auch wenn der Graf ihm noch zu erklären versuchte, dass alle Geschöpfe auf der Welt in dem göttlichen Gefüge ihren Platz hätten, diese Ordnung aber nicht von den Menschen mit Füßen getreten werden dürfe, sondern auf dem Fundament der Zehn Gebote christlich gelebt werden müsse, so konnte Namo kaum mehr zuhören. Zu viel war in den wenigen Minuten an diesem Nachmittag auf ihn eingestürmt. Fragen über Fragen türmten sich vor ihm auf. Namo war zwischen großer Freude und quälender Ungewissheit hin- und hergerissen.

„Nun, Namo, wie gefällt dir die Aussicht auf dein neues Leben?“, beendete Graf Bertram seine umfassenden Ausführungen.

„Ich werde versuchen, Herrn Graf nicht zu enttäuschen“, antwortete Namo angesichts dieser verwirrenden Neuigkeiten, die sein ganzes bisheriges Leben von heute auf morgen umkrempeln sollten.

„Davon bin ich fest überzeugt“, stellte Graf Bertram mit geradezu selbstverständlicher Sicherheit und gutmütigem Lächeln fest. „Du kannst jetzt gehen. Mache dich langsam mit deinem neuen Leben vertraut. Mein Kammerdiener Conrad zeigt dir, wie es weitergeht. Kopf hoch! Und vergiss nicht, du bist kein Stallbursche mehr.“

Namo verließ seinen Herrn mit einer Verbeugung und blieb zunächst vor der Tür der Bibliothek stehen. Seine Gedanken überschlugen sich. Was war hier geschehen? Eben hatte er sich noch mit den anderen Stallburschen geprügelt und jetzt sollte aus ihm ein Offizier werden? Langsam wuchs in ihm bei allem Zweifel das Gefühl eines gewissen Stolzes. Wie würde es sein, hoch zu Pferd mit einer Feder am Hut durch die herzogliche Stadt zu reiten? Was würden die Leute auf der Straße sagen?

„So weit sind wir noch nicht, mein lieber Namo, dass du dich auf allen Plätzen im Schloss niederlassen darfst, wie es dir gerade passt." Eine Stimme unterbrach Namos Gedanken.

Erschrocken fuhr er auf und sah den Kammerdiener des Grafen vor sich stehen. In all seiner Verwirrung hatte er gar nicht bemerkt, dass er sich nach dem Verlassen der Bibliothek einfach auf einen der Stühle des Vorraums gesetzt hatte. „Ich bitte um Verzeihung, Herr Conrad, aber ich habe …"

„Es ist schon gut, mein Junge", beruhigte der alte Kammerdiener den aufgeregten Stallburschen. „Wir werden alles ganz in Ruhe angehen. Zunächst bringe ich dich zum Schneider des Herrn Grafen, damit du ordentliche Kleider bekommst. Danach zeige ich dir, wo du in Zukunft schlafen wirst, und dann bringe ich dich zum Pastor Mollzahn, der sich um dich kümmern wird."

Namo nickte nur, war aber dem Kammerdiener dankbar, dass er ihn väterlich an die Hand nahm. Da er ohnehin nicht wusste, wo ihm der Kopf stand und wie nun alles weitergehen sollte, konnte er jede Hilfe gebrauchen. Hinzu kam, dass er Conrad ebenso wie Martha bereits kannte und sie mochte. Sie hatten ihn schon bei seinen ersten Auftritten als Lakai zu den Festen im Schloss mit guten Ratschlägen zur Seite gestanden. Mit einem tiefen Seufzer folgte er dem Kammerdiener.

Langsam stellte sich bei Bertram ein Gefühl der inneren Zufriedenheit ein. Schien es doch so, dass sich das Chaos, das er bei seiner Rückkehr auf Ascheberg vorgefunden hatte, allmählich in geordnete Bahnen lenken ließ. Das Gespräch mit dem Herzog mit diesem überraschenden Ergebnis und die Aussicht auf ein neues Gestüt dank Volkmars Engagement ließen den Grafen ein wenig optimistischer in die Zukunft blicken. Auch die ersten erfolgreichen Schritte auf dem Weg zur Ausbildung des jungen Mohren gaben Bertram ein gutes Gefühl.

Abrupt wurde der Graf aus seinen Gedanken gerissen. Sein Kammerdiener Conrad stand vor ihm. „Herr Graf, verzeiht die Störung, aber Herr Stadtrat Stellmacher wünscht Euer Gnaden zu sprechen."

Bertram traute seinen Ohren nicht. Er hatte weder das Vorfahren einer Kutsche vernommen noch das Klopfen und Eintreten des Kammerdieners gehört. Widerwillig schüttelte er den Kopf.

„Wer will mich sprechen?", fragte er ungläubig nach.

„Es ist der Herr Stadtrat Stellmacher aus Plön, Herr Graf", wiederholte Conrad und hob dabei die Schultern, um gleichermaßen seine Ratlosigkeit auszudrücken hinsichtlich dieses ungewöhnlichen Besuchs auf Ascheberg.

„Soll eintreten!", befahl der Graf immer noch kopfschüttelnd.

„Es tut mir außerordentlich leid, verehrter Herr Graf, dass ich Euch in Eurem gräflichen Refugium stören muss." Stadtrat Hinrich Stellmacher betrat die Bibliothek mit weit ausholenden Schritten und streckte dem Grafen seine Hand entgegen.

Bertram verbeugte sich leicht, ignorierte aber die Hand des Stadtrats. „Was ist so dringend, dass Ihr den weiten Weg nach Ascheberg auf Euch nehmt und Euer vertrautes Plön verlasst, Herr Stadtrat", begrüßte Bertram seinen ungebetenen Gast kühl.

„Nun, die Situation auf Ascheberg hat sich, wie Ihr ja sicherlich bemerkt habt, während Eurer Abwesenheit verändert, und daher bedarf es doch eines offenen Wortes, um einige Unklarheiten auszuräumen."

„Eure Sorge um das Anwesen derer von Rantzau

ist äußerst anerkennenswert, aber sprengt das nicht deutlich den Rahmen der Aufgaben eines Plöner Stadtrats?“ Bertram bedeutete dem Stadtrat mit einer Handbewegung, sich vor dem Kamin in einen der Sessel zu setzen.

„Ich will gleich zur Sache kommen“, begann Hinrich Stellmacher.

„Dafür wäre ich Euch dankbar, denn meine Zeit ist eng bemessen.“ Bertram machte kein Hehl daraus, dass ihm dieser Besuch missfiel.

„Euer Herr Bruder, Graf Eberhard, wird Euch sicherlich berichtet haben, dass er gewisse finanzielle Probleme hat. Um konkret zu werden, im Raum steht eine Forderung von fünftausend Talern, wie die Schuldscheine, die in meiner Obhut liegen, ausweisen.“

„Und warum kommt Ihr damit zu mir, wenn doch Euer Schuldner mein Bruder ist?“, fragte Bertram bewusst unbekümmert.

„Wie mir Euer Herr Bruder mehrfach glaubhaft beteuert hat, sieht er sich außerstande, die Schuld zu begleichen. Somit seid Ihr, verehrter Herr Graf, als Oberhaupt der Familie mein nächster Adressat, der für die Schulden geradestehen muss. Immerhin geht es ja auch um die Reputation Eures edlen Grafengeschlechts, oder?!“

Bertram holte tief Luft. Am liebsten hätte er diesen dreisten Kornhändler und Stadtrat mit der Reitpeitsche vom Schlosshof geprügelt. Doch er musste sich beherrschen. Hier galt es, ganz andere Mittel einzusetzen, um diesen Betrüger mundtot zu machen.

„Über die Reputation derer von Rantzau solltet Ihr Euch keine Gedanken machen, darum kümmere ich mich schon selbst. Vielmehr interessiert mich, auf welche

Weise diese hohe Schuld meines Bruders Euch gegenüber entstanden ist?“

„Wie Ihr vielleicht nicht wisst, verehrter Herr Graf, lieben Euer Herr Bruder wie auch ich das Spiel in geselliger Runde. Leider war dem Grafen Eberhard das Glück in der letzten Zeit nicht sehr hold, sodass sich jene erwähnte Summe angehäuft hat. Spielschulden sind Ehrenschulden, wie Ihr sicherlich wisst.“

Bertram überging die letzte bissige Bemerkung des Stadtrats. „Da Ihr ja anscheinend ausgiebig über unsere derzeitigen finanziellen Möglichkeiten informiert seid, wisst Ihr bestimmt auch, dass meine Barmittel begrenzt sind. Das heißt, auch ich kann die erwähnte Schuld zurzeit nicht begleichen.“

„Das ist zwar äußerst bedauerlich, verehrter Herr Graf, aber vielleicht kann ich Euch aus dieser Verlegenheit helfen. Ihr verfügt doch über das Gelände vor dem Wentorfer Tor. Ein wenig nutzbares Brachland, das Euren Ansprüchen kaum genügen dürfte. Da ich Eure Notlage nicht überstrapazieren möchte, wäre ich auch mit der Übertragung dieses Besitzes einverstanden, sodass Ihr auf ehrenwerte Art Eure Schuld getilgt hättet.“

Bertram konnte es kaum fassen, auf welche hinterlistige Weise dieser verlogene Stadtrat sich zu bereichern versuchte. Auch wenn Bertrams Geduld durch diese lästige Person mehr als strapaziert wurde, so hatte er sich bisher bewusst zurückgehalten. Was sich als äußerst klug erwies, war der Stadtrat doch jetzt ahnungslos in das offene Messer gelaufen.

Während Stadtrat Stellmacher ungeduldig auf Bertrams Antwort wartete, ließ dieser ihn zappeln. Nach einer ganzen Weile des Schweigens – Bertram tat so, als würde er sich den Vorschlag überlegen – blickte er dem Stadtrat unverblümt in die Augen. „Ihr seid zu mir gekommen, weil es nach Eurer Auffassung eines offenen Wortes bedurfte. Das, mein lieber Herr Stadtrat, sollt Ihr jetzt auch von mir hören."

Hinrich Stellmacher schaute den Grafen irritiert an, denn selbst ihm war der Unterschied in der Tonlage seines Gegenübers aufgefallen.

„Wenn wir uns schon über Reputation unterhalten, auf die Ihr ja bekanntermaßen gesteigerten Wert legt, darf ich Euch mitteilen, dass Eure hochgradig gefährdet ist."

Bevor der Stadtrat sich entrüsten konnte, fuhr Bertram fort: „Mir liegen eindeutige Beweise vor, dass Ihr meinen Bruder im Spiel um Eures eigenen Vorteils willen über längere Zeit betrogen habt."

„Das ist eine unglaubliche Unterstellung, die ich nicht auf mir sitzen lassen muss ..."

Bertram wischte den Einwand des Stadtrats mit einer barschen Handbewegung fort. „Helfershelfer Eurer verbrecherischen Machenschaften war Graf Heinrich von Ahlefeldt, auch das ist mir bekannt."

„Ihr erdreistet Euch, ehrenwerte Bürger zu beschimpfen, nur um Eure Schulden nicht bezahlen zu müssen. Das ist verwerflich und infam."

„Contenance, mein lieber Herr Stadtrat, Contenance. Ihr werdet auf der Heimfahrt nach Plön noch Zeit genug haben, Euch zu echauffieren."

„Mit diesem Winkelzug kommt Ihr nicht durch."

„Ihr habt mich anscheinend nicht verstanden, Stadtrat Stellmacher. Es geht hier nicht um geschäftliches Taktieren, wir sprechen von einer eindeutigen Straftat Eurerseits, die nach Gerechtigkeit und Bestrafung ruft."

„Wie wollt Ihr das vor einem Gericht beweisen? Das ist doch lächerlich."

„Ach, mein lieber Herr Stadtrat, was meint Ihr denn, wie es um Eure Reputation bestellt sein wird, wenn jeder Spatz in Plön vom Dache pfeift, dass ein Stadtrat Stellmacher des Betruges verdächtigt und angeklagt wird?"

Hinrich Stellmacher schnappte nach Luft wie ein Fisch auf dem Trockenen. Mit hochrotem Kopf versuchte er sich der Worte des Grafen zu erwehren.

Doch Bertram setzte nach. „Wo wir bereits bei dem Thema Betrug sind, wie erklärt Ihr den Verkauf von Grundstücken auf dem Areal vor dem Wentorfer Tor? Einem Gelände, das Euch gar nicht gehört."

„Was soll das denn jetzt. Niemand hat Grundstücke verkauft."

„Ich darf Euer Gedächtnis auffrischen. Ihr habt Pläne über die Grundstücke bei dem Drucker Schmidt in Auftrag gegeben und bezahlt. Ihr habt Makler angesetzt, diese Grundstücke zu verkaufen, in der vermeintlich sicheren Gewissheit, selbst bald Herr über dieses Gelände zu sein."

„Das sind doch alles Lügengeschichten, die niemals zu beweisen wären", warf der Stadtrat total verunsichert ein.

Woher wusste der Graf so viel? Hinrich Stellmacher sah langsam seine Felle fortschwimmen.

Doch der Graf schien noch nicht ganz am Ende seiner Tiraden zu sein. „Außerdem, wenn Ihr tatsächlich an dem Gelände vor dem Wentorfer Tor interessiert seid, dann müsst Ihr Euch an den Herzog wenden, denn er ist der Eigentümer dieses Areals, nicht ich. Kann es sein, dass Ihr als Stadtrat womöglich nicht auf dem Laufenden seid?"

Stadtrat Stellmacher bekam den Mund nicht mehr zu. „Ich stelle fest, dass hier gemeine Intrigen geschmiedet wurden. Ich bin als aufrechter Bürger der Stadt zu Euch gekommen und habe es nicht nötig, von einem Grafen Rantzau beleidigt zu werden."

Der Stadtrat erhob sich und wollte gehen, doch Graf Bertram hielt ihn auf. „Hier geht es nicht um Beleidigungen, sondern um Tatsachen, Stadtrat Stellmacher, denen Ihr klar ins Auge sehen solltet. Entweder Eure Schuldscheine liegen innerhalb von zehn Tagen auf meinem Schreibtisch oder Herzog und Bürgermeister erfahren von Euren Betrügereien. Ihr habt ganz allein Euer Schicksal in der Hand. Und jetzt ersuche ich Euch, Ascheberg so schnell als möglich zu verlassen."

Bertram war sehr dicht und bedrohlich an den konsternierten Stadtrat herangetreten, der erneut nach Luft schnappte.

„Auf die Schuldscheine könnt Ihr lange warten. Damit kommt Ihr nicht durch. Eine Impertinenz sondergleichen", empörte sich der Stadtrat und versuchte seine Entrüstung mit fuchtelnden Armen zu unterstreichen.

„Mit dieser Einstellung nähert Ihr Euch dem Halseisen und dem Kerker unaufhaltsam. Nun wünsche ich Euch eine geruhsame Heimfahrt."

Hinrich Stellmacher holte noch dreimal tief Luft, konnte dem zur Tür ausgestreckten Arm des Grafen jedoch nichts entgegenhalten und verließ mit hochrotem Kopf die Bibliothek.

Bertram ließ sich erschöpft in den Sessel fallen. Er hasste derartige Auseinandersetzungen und war immer noch fassungslos über diese aufdringliche Frechheit des Stadtrats. Nur gut, dass Volkmar nach seinem Besuch in Plön so viel Neues berichtet hatte, das er nun dieser niederträchtigen Person scheibchenweise um die Ohren hatte schlagen können. Allmählich entspannte sich Bertram wieder. Obwohl er wahrhaftig kein missgünstiger Mensch war, aber jetzt verspürte er ein wohliges Gefühl, je mehr er das Gespräch mit dem Stadtrat noch einmal an sich vorbeiziehen ließ und sich dessen deutliche Verwunderung vor Augen führte. Hatte er nicht vorausgesagt, dass der Stadtrat auf seiner Fahrt nach Plön genügend Zeit haben würde, sich zu entrüsten? Bertram musste lächeln.

Kapitel 8

Namo wusste immer noch nicht, ob er glücklich sein oder der Zeit als Stallbursche nachtrauern sollte. So viel Neues prasselte auf ihn ein. Als Conrad ihm seine Kammer gezeigt hatte, konnte er sich kaum vorstellen, dass dieser Raum nun für längere Zeit sein Schlafgemach sein sollte. Er hatte noch nie in seinem Leben in einem Bett geschlafen, hatte er doch bisher nur Stroh und eine raue Pferdedecke gekannt. In seiner Kammer befand sich zusätzlich noch eine Truhe, in die er seine Kleider legen sollte, wie Conrad ihn angewiesen hatte. Ein Tisch und ein Stuhl gehörten zum Inventar wie auch ein Wandregal für Bücher.

Der Besuch beim Schneider des Grafen war für Namo äußerst eigenartig verlaufen. Der kleine wendige Mann trug Augengläser auf der Nase, durch die seine Augen aussahen wie die einer Eule. Als sie die Schneiderei in den Kellerräumen des Schlosses betraten, saß der Schneider mit gekreuzten Beinen auf dem Tisch und nähte an einem grünen Tuch. „Na, Conrad, wen bringst du denn heute in mein Reich der bunten Tücher?“, begrüßte der Schneider die beiden und musterte Namo durch seine Augengläser von oben bis unten.

„Das ist Namo, der von heute an Gast des Grafen im Schloss sein wird und den du in anständige Kleider gewanden sollst.“

„Oh, ich kenne den Jungen. Habe ich dich nicht schon vor längerer Zeit in eines dieser bunten Lakaien-Kleider gesteckt, die du zu den Festen auf dem Schloss getragen hast?", erinnerte sich der Schneider, der inzwischen sehr behände von seinem Tisch gesprungen war. „Nun, diese Lumpen kannst du wahrhaftig nicht länger tragen."

Er zupfte dabei missbilligend an Namos wollenem Hemd herum. Dann griff er nach einem Stock, der auf dem Tisch lag, und wandte sich wieder dem Jungen zu. Namo schreckte zurück, bis er merkte, dass es sich lediglich um einen Maßstab handelte. Mit flinker Hand legte der Schneider die Elle an und notierte die Maße von Namos Größe, die Länge der Arme und Beine auf einem Papier, wobei er die Zahlen stets leise vor sich hinmurmelte. Anschließend verschwand er für kurze Zeit in einem Nebenraum und kam mit einem blauen Hemd, einer schwarzen Hose und einem Paar Schuhe mit kleinen silbernen Schnallen zurück.

„Diese Kleider kannst du erst einmal anziehen, bis ich die neuen fertig habe. Ich schlage aber vor, Conrad, dass du den Jungen zunächst zu Martha bringst, damit sie ihn in einen Waschtrog stecken kann, bevor er die neuen Kleider anzieht." Dabei drückte er dem Kammerdiener Hemd, Hose und Schuhe in die Hand und schwang sich wieder auf seinen Tisch.

Auch die Küche kannte Namo bereits von seinen Diensten als Lakai. Er liebte die verführerischen Gerüche und das emsige Geklapper in diesem Raum, wenn die Mädchen die Pfannen auf dem Herd bewegten, Teller wuschen oder in großen Töpfen rührten.

„Na, mein Junge, was sagst du zu den Plänen des Grafen?", begrüßte Martha die beiden strahlend in ihrem Reich.

„Ich weiß es nicht so genau. Es ist alles noch so neu."

„Nun lass den Jungen erst einmal zur Besinnung

kommen und kümmere dich ein wenig um sein Wohlbefinden. Hier sind neue Kleider. Vorher sollte er aber gründlich gewaschen werden, damit er nicht länger so penetrant nach Pferd riecht. – Wenn du vorzeigbar bist, bringe ich dich zum Pastor!“ Conrad übergab die Kleider an Martha und verabschiedet sich lächelnd.

Eigentlich wusste Namo gar nicht, warum er sich nun waschen sollte. Bisher hatte er stets selbst auf seine Sauberkeit geachtet und sich schon von den anderen Stallburschen unterschieden, die höchstens einmal mit den Pferden zusammen im See badeten. Und dass er nach Pferd roch, hatte Namo bisher noch nicht gemerkt.

Bevor er sich versah, nahm Martha ihn an die Hand, verließ mit ihm die Schlossküche und steuerte das Waschhaus an. Verwundert blickten die Wäscherinnen auf, als Martha mit dem Mohren im Schlepptau in der Tür erschien. „Ihr habt jetzt alle eine Viertelstunde Pause!“

Ohne genau zu wissen, weshalb die Köchin sie von ihrer Arbeit verscheuchte, verließen die vier Frauen eilig das Waschhaus. Martha schloss die Tür und ging von einem Waschzuber zum anderen. An dem letzten blieb sie stehen, hielt die Hand in das Wasser und nickte. „Zieh dich aus, Junge, und dann hinein in das warme Wasser!“

Namo traute seinen Ohren nicht. Wollte die Köchin wirklich, dass er sich vor ihr auszog? Doch bevor er protestieren konnte, hatte Martha ihm bereits sein Hemd über den Kopf gezogen und lächelte ihn an.

„Glaub mir, mein Junge, du bist nicht der erste Mann in meinem Leben, den ich ohne Kleider sehe.“

Eilig zog Namo auch seine Hose aus und sprang in den Waschzuber. Er holte tief Luft und ließ sich vollkommen in das warme Wasser sinken. Als er wieder auftauchte, sah er, dass Martha mit der Hand aus einem kleinen

Bottich eine grünliche Paste nahm, um sie ihm dann auf dem Kopf zu zerreiben. Die Paste begann zu schäumen. Namo merkte, dass sie einen süßlichen Duft entfaltete.

Anschließend drückte Martha ihm eine Bürste in die Hand, mit der er sich gründlich abschrubben musste. „Jetzt siehst du schon wie ein anständiger Mensch aus und riechst auch nicht mehr nach Pferd!" Martha lachte Namo an, nachdem sie ihn ordentlich abgetrocknet und er das blaue Hemd, die schwarze Hose und auch die neuen Schuhe mit den silbernen Schnallen angezogen hatte.

Auch Conrad schien von Namos neuer Erscheinung beeindruckt zu sein, als er den Mohren wieder in Empfang nahm, um ihn zum Pastor Mollzahn zu bringen. „Ich wusste doch, dass du aus dem Jungen einen kleinen Herrn zaubern würdest."

Namo blickte an sich herunter und befühlte den Stoff seiner neuen Hose. Ganz wohl war ihm nicht in seiner Haut. Sicherlich, er hatte auch bei seinen Auftritten als Lakai bereits feinere Stoffe getragen, aber das war nur für kurze Zeit gewesen. Jetzt schien es so, dass er sich wohl daran gewöhnen musste, wenn sich die Pläne des Grafen erfüllen sollten.

„Herr Pastor, erlaubt mir, Euch Euren neuen Zögling zu präsentieren." Conrad hatte die Räume von Pastor Mollzahn betreten. Jetzt stand Namo vor seinem neuen Lehrer, der gemütlich an einem runden Tisch saß, ihm gegenüber zu Namos Überraschung der alte Graf Leopold.

„Tritt näher, Namo, nimm dir bitte einen Stuhl und setz dich", forderte der Pastor den Mohren auf.

Namo fühlte sich immer noch in einer anderen Welt. Auch wenn er den größten Teil seines Lebens in gräflichen Diensten verbracht hatte, war er doch einen derart freundlichen Ton nicht gewohnt. In den Pferdeställen wehte immer ein rauer Wind. Die Stallburschen trieben stets derbe Späße miteinander. Auch die Weisungen der Herren oder des Stallmeisters klangen in den meisten Fällen fordernd, laut und bestimmt, auf jeden Fall nie freundlich oder bittend.

„Bevor wir über deine Zukunft plaudern wollen, möchte ich wissen, ob du etwas trinken möchtest", wandte der Pastor sich an Namo, nachdem dieser sich einen Stuhl herangezogen und sich gesetzt hatte.

Namo war erneut überrascht. Eine solche Frage hatte noch nie jemand an ihn gerichtet. Verlegen nickte er nur.

„Conrad, sei so gut und weise eines der Mädchen an, dem Jungen einen Becher Limonade zu bringen", bat der Pastor den Kammerdiener des Grafen, der bis dahin an der Tür gewartet hatte. „Mein lieber Namo, Graf Leopold und ich wissen genau, dass es für dich heute ein ganz ungewöhnlicher Tag ist, der dir wie ein Wunder vorkommen mag, aber dich vermutlich auch erschrecken lässt. Eines sollst du bei all deinen Nöten, die dich heute noch quälen, aber wissen. Wir beide werden immer für dich und deine Sorgen da sein."

„Nun macht dem armen Jungen nicht mehr Angst, als er schon hat, mein lieber Herr Pastor", unterbrach Graf Leopold den Geistlichen. „Bei aller Aufregung für dich an diesem Nachmittag wären wir doch schon ein bisschen neugierig zu erfahren, was du selbst von der Idee für dein neues Leben hältst."

Namo konnte nicht gleich antworten, da eine Zofe die verlangte Limonade brachte und vor ihm auf den Tisch stellte. Die beiden alten Herren blickten Namo erwartungsvoll an.

„Wenn ich ganz ehrlich bin, dann weiß ich gar nicht,

wie mir geschieht", bekannte Namo aufrichtig. „Es ist, als ob ich träumen würde. Alle sind so freundlich zu mir."

„Vielleicht sollten wir erst einmal ein paar Tage ins Land gehen lassen, damit Namo sich eingewöhnen kann", schlug der Pastor vor.

„Ein wahres Wort, mein lieber Pastor, deshalb lasst uns jetzt unser Glas auf das Wohl von Namo erheben, auf dass aus ihm ein guter Mensch werde", warf Graf Leopold ein und griff zu seinem Weinglas.

Auch der Pastor erhob sein Glas und fügte hinzu: „Mit Gottes Hilfe."

Namo ergriff ebenfalls seinen Becher mit Limonade und nahm vorsichtig einen Schluck. So etwas hatte er bisher noch nie getrunken. Süß und zugleich ein wenig bitter schmeckte die Limonade.

„Wie du sicherlich schon vom Grafen gehört hast, werde ich mich um deine christliche Erziehung kümmern. Das heißt, wir werden gemeinsam in der Bibel lesen. Ich werde dich anhand des Katechismus unterrichten und letztlich auf die Taufe vorbereiten", beschrieb der Pastor die Zeit, die nun vor Namo lag.

„Und damit du nicht nur heilige Sachen hören musst, sondern auch etwas Vernünftiges lernst, werden wir beide uns immer einmal wieder über die Gepflogenheiten in einem gräflichen Haushalt, über Pferde und Soldaten unterhalten", unterbrach Graf Leopold den Redefluss des Pastors, wobei er den Geistlichen verschmitzt anlächelte.

„An solche ketzerischen Äußerungen des Grafen Leopold musst du dich leider auch gewöhnen, mein Junge, er steht Glaubensfragen von jeher äußerst kritisch gegenüber." Pastor Mollzahn versuchte die zynische Bemerkung des alten Grafen zu erklären und zu entkräften.

Namo fühlte sich in der Nähe der beiden alten Herren recht wohl. Es lag vermutlich auch daran, dass sie ihm fast wie selbstverständlich das Gefühl vermittelten, nun dazuzugehören. Er war zwar der Schüler, der noch viel lernen musste, ganz langsam aber wuchs in Namo das Bewusstsein, dass er jetzt eine ganz andere, eine ganz neue Welt entdecken würde.

Namo hatte gar nicht gemerkt, wie schnell die Zeit im Gespräch mit Pastor Mollzahn und dem Grafen Leopold vergangen war. Sehr beharrlich wollten die beiden alten Herren wissen, wie sein bisheriges Leben verlaufen war. Namo hatte freundlich und ausführlich berichtet, bis Conrad sie unterbrach, um ihn zum Abendbrot abzuholen.

Namo betrat mit ihm das erste Mal den Raum neben der Küche, der als Speisesaal für die Bediensteten im Schloss diente. Ein großer derber Eichentisch stand in der Mitte, rundherum ungefähr zwanzig ebenso einfache Holzstühle, auf denen bereits die Zofen, die Diener, der Kutscher, der Schneider und die Küchenmägde saßen und sich angeregt unterhielten. Auch der Büchsenspanner des Grafen und Stallmeister Aurich gehörten zu dieser Runde. An der Stirnseite des Tisches saß Martha, die Köchin, und strahlte sie an.

„Ich möchte euch heute einen neuen Gast unseres Hauses vorstellen“, lenkte Conrad die Aufmerksamkeit auf sich. „Namo wird auf Weisung des Herrn Grafen ab sofort im Schloss wohnen, da er hier eine umfassende Ausbildung erfährt, um später als Feldtrompeter des Herrn Grafen zu dienen. Es ist der ausdrückliche Wunsch des Herrn Grafen, dass wir ihn alle bei diesem Vorhaben vorbehaltlos unterstützen. Willkommen im Schloss, Namo.“ Dabei reichte Conrad Namo seine Hand, schüttelte sie und führte ihn zu seinem Stuhl, während die Anwesenden ihn mit ihren Bechern klopfend begrüßten.

Conrad setzte sich auf die freie Stirnseite des Tisches, nachdem er Namo den Platz zu seiner Linken zugewiesen hatte.

Nach Conrads Worten „Ich wünsche einen guten Appetit!“ griffen alle eifrig zu. Erst jetzt stellte Namo fest, mit welchen Köstlichkeiten der Tisch gedeckt war. Während die Köchin aus einer großen Schüssel eine verführerisch duftende Suppe verteilte, entdeckte Namo auch gebratene Hähnchenschenkel und geräucherten Fisch. Kein Vergleich zu der eintönigen Grütze, die es jedes Mal im Pferdestall gegeben hatte, die nur zeitweise von salzigem Fisch abgelöst worden war. Als Namo sah, wie unbekümmert sich alle bedienten, und auch Martha ihm auffordernd zunickte, füllte er seinen Teller und biss hungrig in das Hähnchenfleisch.

„Sag einmal, Conrad, müssen wir uns denn daran gewöhnen, dass jetzt auch jeder schwarze dahergelaufene Pferdeknecht seine dreckigen Stiefel unter unseren Tisch stellen darf?“, unterbrach der Kutscher des Grafen, Claudius Brockmann, mit dröhnender Stimme die gesellige Essensrunde.

Es trat eine spannungsgeladene Stille ein.

Conrad blickte den Kutscher stirnrunzelnd an, doch bevor er antworten konnte, knallte Martin Kapphengst, der Büchsenspanner des Grafen, mit der Faust auf den Tisch.

„Brockmann, bist du so blöd oder kapierst du das nicht? Dir ist ja wohl die Höhenluft auf deinem Kutschbock zu Kopf gestiegen. Conrad hat doch wohl ganz klar angesagt, was der Graf wünscht. Und wenn du nicht sofort dein vorlautes Maul hältst, dann kriegst du noch heute

Abend von mir eins drauf. Hast du das verstanden, du Holzkopf?“

Niemand sagte ein Wort. Namo sah, dass die meisten dem Büchsenspanner kopfnickend zustimmten.

„Vielen Dank, mein lieber Kapphengst, du hast mir aus der Seele gesprochen, auch wenn ich mich doch in der Wortwahl ein wenig anders ausgedrückt hätte. Dir, Brockmann, möchte ich noch mit auf den Weg geben, einmal darüber nachzudenken, aus welchem Stall du gekommen bist. Und nun lasst uns weiteressen!“ Für Conrad war damit dieser kleine Zwischenfall erledigt.

Der Kutscher schaute mit verbissener Miene zum Büchsenspanner, der ihn immer noch wütend anfunkelte, wandte seinen Blick dann aber ab und stierte, unverständliche Worte murmelnd, auf seinen Teller.

Namo hatte den heftigen Wortwechsel erschrocken verfolgt, zumal er keinen Grund erkennen konnte, weshalb der Kutscher so abfällig von ihm gesprochen hatte. Sie waren sich zwar immer einmal wieder beim An- und Ausspannen der Pferde im Marstall begegnet, aber ein feindliches Verhalten ihm gegenüber hatte er bisher nicht bemerkt. Außerdem sah er, dass es in dieser Runde der Schlossbediensteten eine deutliche Rangordnung gab. Der Kammerdiener Conrad war unbenommen der Erste in dieser Gesellschaft. Das wurde nicht nur durch seine Sitzposition bestimmt, sondern es war auch daran zu sehen, dass sich alle nach seinen Weisungen richteten. Martha, die Köchin, stand ihm in keiner Weise nach, saß sie doch auf der anderen Stirnseite des Tisches. Er merkte sehr schnell, dass er noch viel lernen musste, um sich in dieser neuen Welt zurechtzufinden. Durch die aggressive Bemerkung des Kutschers erkannte er aber auch, dass er nicht nur Freunde haben würde.

Nachdem Conrad die Tafel aufgehoben hatte und die Küchenmädchen bereits die Teller und Schüsseln abtrugen, nahm der Kammerdiener Namo zur Seite. „Ich möchte nicht, dass du dir zu sehr Gedanken über die unbesonnene Bemerkung des Kutschers machst. Wir werden uns alle an diese neue Situation gewöhnen müssen. Findest du den Weg in deine Kammer allein?“ Conrad verabschiedete den Mohren und klopfte ihm dabei aufmunternd auf die Schulter.

Namo bedankte sich bei dem Kammerdiener und verabredete sich mit ihm zum Frühstück am nächsten Morgen. Eigentlich hatte er noch keine Lust, in seine neue Kammer zu gehen. Vorsichtig schlich er sich durch die Küche und verließ das Schloss durch den Hintereingang. Die Sonne war bereits untergegangen, aber in dem sommerlich abendlichen Zwielicht konnte man die Bäume und Gebäude noch erkennen, auch wenn sie schon tiefe Schatten warfen. Namo richtete seine Schritte zum Marstall, achtete aber peinlich darauf, mit seinen neuen Schuhen nicht in den Dreck zu treten.

„Na, mein Junge, war wohl ein bisschen viel heute, was?!“

Namo schreckte zusammen. Am Pferdegatter kurz vor dem Marstall stand eine Person, die ihn anscheinend schon eine ganze Weile beobachtet hatte. Im Halbdunkel erkannte er erst jetzt den Büchsenspanner des Grafen, als die Glut seiner Pfeife sein narbiges Gesicht erhellte.

„Mann, habt Ihr mich erschreckt, Meister Kapphengst.“

„Ach, das macht nichts. Das bringt das Blut in Wallung. Die besten Voraussetzungen für die Kampfkraft eines guten Soldaten. Aber im Ernst, mein Junge, hör einen guten Rat von einem alten Schlachtross. Lass dich nie von solchen Trotteln wie dem Kutscher provozieren. Versuche immer korrekt zu bleiben und nimm dir bloß kein Beispiel an mir." Danach hustete der Büchsenspanner kräftig und spuckte seinen Pfeifensaft in hohem Bogen aus, als wollte er seinen Rat noch damit unterstreichen.

„Ich danke Euch für den guten Rat, Meister Kapphengst, aber ich weiß auch, dass ich noch viel lernen muss", antwortet Namo in Richtung der glühenden Pfeife.

„Das musst du, mein Junge, das musst du. Aber ich weiß auch, dass du ein guter Feldtrompeter wirst. Glaub mir, ich hab in meinem Leben genug junge Männer gesehen, die Großes vorhatten und jämmerlich versagt haben, und eben solche, die ganze Kerle wurden. Du wirst ein Guter und deinen Mann stehen, das kannst du mir glauben." Der Büchsenspanner bekräftigte erneut seine Worte mit einem kräftigen Strahl Pfeifensaft.

„Ihr macht mir wirklich Mut, Meister Kapphengst", antwortete Namo mit einem Kloß im Hals.

Dieser vierschrötige Mann, den alle nur als ruppiges Raubein kannten, hatte es tatsächlich geschafft, mit einfachen Worten seine Unsicherheit und Verwirrung zu vertreiben. Mehr und mehr wuchs in ihm das Vertrauen, dass er den Weg, den der Graf für ihn ausgewählt hatte, erfolgreich gehen würde. Nicht zuletzt auch, weil er wusste, dass es Menschen wie den Kammerdiener Conrad, die Köchin Martha und auch den Büchsenspanner Kapphengst geben würde, die an ihn glaubten.

„Und noch eins will ich dir sagen, mein Junge", unterbrach der Büchsenspanner Namos Gedanken, „wenn dir irgendjemand ans Leder will, nur ein Wort zu Martin Kapphengst und derjenige wird sein blaues Wunder erleben. Jetzt sieh zu, dass du ins Bett kommst. Es wird garantiert eine harte Nacht im weichen Bett."

Lachend verabschiedete sich der Büchsenspanner von

Namo und verschwand in der Dunkelheit.

Eigentlich hatte Namo nach dem Abendessen noch einmal nach den Pferden sehen wollen, doch das Gespräch mit Martin Kapphengst hatte ihn zu sehr aufgewühlt, sodass er es vorzog, wieder zum Schloss zurückzukehren. In der Küche waren nur noch zwei Küchenmädchen damit beschäftigt, die letzten Töpfe und Pfannen wegzuräumen.

„Du solltest eine Kerze mitnehmen, wenn du deine Kammer nicht im Dunkeln suchen willst." Eines der Mädchen hielt den Jungen auf und zündete mit einem Span eine Kerze in einem kleinen Halter aus Zinn an.

Namo bedankte sich und macht sich auf den Weg zu seiner neuen Schlafstelle. Über Flure und Treppen des Schlosses, vorbei an im Kerzenlicht blinkenden Rüstungen und Ahnen, die ihn aus ihren Bilderrahmen verfolgten, erreichte Namo endlich seine Kammer.

Vorsichtig setzte er sich auf das Bett, das mit weißem Leinen bezogen war. Auf dem Kopfkissen entdeckte er ein Hemd, das er behutsam in die Hand nahm und verwundert betrachtete. Für ein normales Hemd war es viel zu lang. Bis ihm bewusst wurde, dass es sich um ein Nachthemd handelte. Er konnte sich erinnern, dass auch sein früherer Herr, der Kaufmann Martin Hartemann in Rostock, solche Hemden zur Nacht getragen hatte. Im Marstall hatte er immer in seinen Kleidern geschlafen, aber hier im Schloss konnte er sich wohl nicht einfach mit seinem neuen Hemd und der Hose ins Bett legen.

Langsam zog er sich aus und streifte das Nachthemd über. Du siehst aus wie ein Gespenst, dachte er, als er an sich heruntersah. Namo löschte die Kerze und schlüpfte unter die schwere Federdecke. Es sollte eine unruhige Nacht für den Mohren werden. In wilden Träumen verfolgten ihn peitscheschwingende Kutscher auf ihren Böcken, Trompeter auf ihren Pferden stimmten ein ohrenbetäubendes Getöse an, von einer Wolke zur anderen Wolke flog und fiel er in weiche Kissen.

Kammerdiener Conrad sollte Namo am nächsten Morgen fest schlummernd auf den Dielen neben seinem Bett vorfinden.

„Eberhard, wir müssen klare Verhältnisse schaffen."
Graf Bertram hatte seinen Bruder nach dem Mittagessen zu einer Unterredung in die Bibliothek gebeten. Mehr oder weniger willig war Eberhard dieser Aufforderung gefolgt und saß nun gemeinsam mit Bertram vor dem Kamin. „Ich weiß nicht, ob du es mitbekommen hast, dass der Stadtrat Stellmacher mich gestern aufgesucht hat?"

Bestürzt blickte Eberhard seinen Bruder an. „Stellmacher war hier? Hier in Ascheberg? Was wollte er denn?"

„Er hielt es für nötig, mich zum Begleichen deiner Schulden aufzufordern."

„Mit welcher Begründung? Das ist doch wohl immer noch meine Angelegenheit." Eberhard schien sichtlich erschüttert.

„Nun, er war der Meinung, dass du ihm mehrfach zu verstehen gegeben hast, dass du nicht in der Lage bist, deine Schulden selbst zu begleichen."

„Das stimmt doch gar nicht, er lügt ..."

„Wie dem auch sei, Eberhard, ich möchte diese Frage gar nicht vertiefen, sondern dich über eine ganz neue Entwicklung aufklären", unterbrach Graf Bertram seinen aufbrausenden Bruder. „Der überaus ehrenwerte Herr Stadtrat hat dich über längere Zeit betrogen."

„Was soll das heißen, er hat mich betrogen?"

„Konkret, er hat einen Plan geschmiedet, euer Kartenspiel so zu manipulieren, dass sich immer wieder erhebliche Spielschulden ansammeln konnten und du seine Schuldscheine unterschreiben musstest."

„Das ist doch dummes Zeug", entrüstet sich Eberhard. „Für wie blöd hältst du mich eigentlich? Das hätte ich doch sofort gemerkt. Außerdem, wer erzählt denn solchen Schwachsinn?"

„Volkmar hat sich in den vergangenen Tagen ein wenig in Plön umgehört und dabei sehr glaubwürdige Beweise und Zeugen gefunden", versuchte Bertram seinem Bruder behutsam die Neuigkeiten nahezubringen, doch er erreichte damit nur das Gegenteil.

„Ach, Volkmar, der liebe Volkmar schon wieder. Wenn mein Herr Bruder nicht mehr weiterweiß, dann muss der über jeden Zweifel erhabene Volkmar nur ein paar Lügengeschichten auftischen und du glaubst ihm auch noch."

„Eberhard, hör mir doch bitte erst einmal zu, bevor du dich weiter aufregst. Stellmachers Ziel war nicht, dich bloßzustellen. Du warst nur sein Opfer. Er wollte die Rantzaus schädigen, um günstig an unsere Ländereien vor dem Wentorfer Tor zu gelangen", beschrieb Bertram den hinterlistigen Plan des Stadtrats.

„Nun wird es ja immer abenteuerlicher. Verschwörung, Verrat, was hast du noch auf Lager, auch noch Mord und Totschlag? Bertram, du spinnst doch! Und dein über alles geliebter Busenfreund Volkmar gleich mit." Eberhard schüttelte ungläubig den Kopf und blickte Bertram hasserfüllt an.

„Ich kann deine Enttäuschung gut verstehen." Bertram bemühte sich immer noch, einen beruhigenden Ton anzuschlagen, obwohl er langsam merkte, dass ihm die

Ausfälle seines Bruders mehr und mehr widerstrebten.

„Du solltest zudem noch wissen, dass dein Freund Heinrich von Ahlefeldt mit Stellmacher in einem Boot sitzt und somit ebenfalls an dieser Intrige beteiligt war."

Graf Eberhard sprang auf. „Was bildest du dir ein, auch noch meinen besten Freund zu beleidigen. Das ist ja geradezu unglaublich, mit welchen Mitteln du versuchst, Zwietracht zu säen. Diese Männer haben mir zur Seite gestanden. Auf die konnte ich mich immer verlassen."

„Setz dich hin!", befahl Bertram gar nicht mehr verbindlich. Eberhard zuckte aufgrund des barschen Tons seines Bruders zusammen, blieb aber in gespannter Haltung am Kamin stehen.

„Ob du mir nun glauben willst oder nicht, ist mir inzwischen ganz gleich. Stellmacher war hier, um deine Schuld von fünftausend Talern einzufordern. Gnädig erklärte er sich auch bereit, als Ersatz mit dem Gelände vor dem Wentorfer Tor vorliebzunehmen. Wie sehr er sich dabei schon sicher war, dieses Areal sehr bald sein eigen zu nennen, magst du schon daran erkennen, dass er bereits Makler beauftragt hatte, einzelne Grundstücke anzubieten und zu verkaufen. Leider ist ihm dabei ein elementarer Fehler unterlaufen. Er hat nicht bedacht, dass wir gar nicht mehr die Eigentümer der Ländereien vor dem Wentorfer Tor sind."

Eberhard wurde schreckensbleich. Fassungslos starrte er seinen Bruder an. „Was hast du da eben gesagt? Das Gelände gehört uns nicht mehr? Wem gehört es dann?" Eberhard konnte seine Verwirrtheit kaum verbergen.

„Der Herzog hat große Pläne mit Plön und dazu benötigt er auch dieses begehrte Areal im Westen der Stadt", antwortete Bertram ausweichend, wollte er doch über die geplante Neustadt nicht allzu viel verraten.

„Das sind doch Hirngespinste und Machenschaften, die nur einem wirren Geist entspringen können. Dir glaub ich kein Wort mehr. Außerdem bin ich nicht länger bereit, mir diesen Blödsinn anzuhören." Eberhard drehte sich abrupt um, und bevor Bertram etwas entgegnen konnte, hatte er bereits die Bibliothek verlassen.

Das Gespräch war nicht so verlaufen, wie Bertram es sich vorgestellt hatte. Letztlich hatte er seinem Bruder auch von dem Ultimatum berichten wollen, das er dem Stadtrat hinsichtlich der Schuldscheine gestellt hatte. Im Stillen war Bertram davon ausgegangen, dass sich das Verhältnis zu seinem Bruder dadurch wieder ein wenig normalisieren könnte. Doch anscheinend fiel es ihm immer schwerer, den unbequemen Wahrheiten ins Auge zu sehen. Irritiert war Bertram auch von dem plötzlichen Aufbruch seines Bruders, doch offensichtlich konnte man Eberhard zurzeit nicht mehr mit normalen Maßstäben messen.

Eberhard lief mit langen Schritten über den Hofplatz und schrie bereits, lange bevor er den Marstall erreicht hatte, nach seinem Pferd. Barsch riss er dem Stallburschen die Zügel aus der Hand, schwang sich in den Sattel, trieb dem Pferd seine Sporen in die Flanken und preschte über die Brücke durch die Lindenallee davon. Er musste unbedingt Leberich erreichen, bevor es eine Katastrophe gab. Bereitwillig hatte er den Vorschlag seines Freundes Ahlefeldt befolgt, den jungen Förster anzustiften, beim alten Grafen Leopold auf dem Schloss in Ascheberg einzubrechen und nach der Besitzurkunde des Geländes vor dem Wentorfer Tor zu suchen, um so die Spielschuld beim Stadtrat Stellmacher zu begleichen. Was, wenn Leberich schon unterwegs war? Alles ergab keinen Sinn mehr, wenn inzwischen der Herzog der neue Besitzer war. Vermutlich lag die Urkunde auch gar nicht mehr auf Ascheberg. Und wenn das, was Bertram erzählt hatte, nur in Ansätzen stimmte, konnte man bei einem Einbruch auf Ascheberg sehr schnell den Bezug zu ihm herstellen. Jeder kannte sein Verhältnis zu Hartwig Leberich. Vielleicht erwischte er ihn noch bei den Ahlefeldts auf Lehmkuhlen.

Eberhard atmete erleichtert auf. Im Halbdunkel des Schankraums im „Weißen Hirschen" erblickte er den lange Gesuchten. Als er verschwitzt auf Lehmkuhlen angekommen war, hatte er von einem Stallburschen erfahren, dass Leberich vor rund zwei Stunden nach Plön geritten war. Eberhard hatte sich nicht lange aufgehalten und sein Pferd in Richtung Residenzstadt getrieben. Die Wachen am Stadttor hatten sich nur durch einen Sprung vor dem heranpreschenden Grafen retten können, da sie nicht Gefahr laufen wollten, unter die Hufe zu geraten. Zielgerichtet war Eberhard der Schänke im Schatten des Kirchturmes zugestrebt, wo er den jungen Förster als Erstes vermutet hatte.

Ihm fiel ein Stein vom Herzen, als er Leberich und drei weitere Saufkumpane entdeckte, die sich lautstark zuprosteten. Deutlich war zu erkennen, dass es nicht ihr erster Krug Bier an diesem Nachmittag war. Erleichtert atmete Eberhard tief durch. In diesem Zustand konnte Leberich seinen Einbruch auf Ascheberg noch nicht ausgeführt haben. Gott sei Dank, er kam noch rechtzeitig. Mit schnellen Schritten ging Eberhard auf den Tisch der fröhlichen Zecher zu. „Leberich, ich muss dich sprechen", fordert er den Förster auf, ihm zu folgen.

„Oh, mein Herr Graf lässt sich herab, mit uns gemeinen Untertanen zu sprechen." Der Angesprochene tat überrascht, konnte dabei seine Worte aber nur schwer artikulieren. Bei seinem vergeblichen Versuch, sich zu erheben, plumpste er wieder schwer auf die Holzbank, um anschließend den Grafen übertrieben entschuldigend anzusehen. „Herr Graf, ich würde Euch ja gern bis ans andere Ende der Welt folgen, aber momentan fehlt mir dafür die nötige Eleganz."

Begleitet wurden Leberichs provozierenden Worte von einem höhnischen Gelächter am Tisch.

„Spätestens in fünf Minuten bist du draußen. Ich warte im Hof auf dich!", befahl Graf Eberhard und verließ eilig den Schankraum.

Mit gesenktem Kopf stürmte er den langen Gang dem Hinterhof entgegen, vorbei am geöffneten Jagdzimmer. Eberhard stoppte, hatte er doch trotz seines Zorns soeben bekannte Stimmen vernommen. Neugierig blickt er in das Jagdzimmer und traf dort den Stadtrat Stellmacher und seinen Freund Graf Heinrich von Ahlefeld in einem heftigen Wortwechsel an. Sie waren so intensiv in ein Gespräch vertieft, dass sie Eberhards Anwesenheit zunächst nicht bemerkten.

„Sieh zu, dass du das geregelt kriegst. Jetzt kannst du endlich einmal beweisen, was das Wort eines Grafen wert ist", drohte der Stadtrat dem jungen Grafen.

„Ich habe mit der ganzen Sache nichts zu tun, mein lieber Stellmacher. Es sind deine Schuldscheine. Trotzdem darf ich dich an unsere Vereinbarung ..." Graf Heinrich verstummte unvermittelt, als er Eberhard in der Tür stehen sah. Stellmacher drehte den Kopf, und als er ebenfalls Eberhard erblickte, schreckte er zusammen, fing sich aber gleich wieder.

„Ah, der Herr Graf will seine Schulden begleichen", begrüßte Stadtrat Eberhard ihn in süffisantem Ton.

„Ich würde ganz gern mit Euch sprechen, um einige Missverständnisse auszuräumen."

„Aber ich nicht", brach es aus Stellmacher heraus. Gleichzeitig schoss er trotz seiner Fülle mit einer erstaunlichen Gewandtheit hoch, schritt auf Eberhard zu und blieb nur eine Armlänge vor ihm stehen. „Eure ganze verlogene Sippe kann mir gestohlen bleiben. Wenn die edlen Herren in Zukunft das Maul immer noch so weit aufreißen wollen, obwohl ihnen das Wasser bis zum Hals steht, dann müsst Ihr nicht mehr mit der Hilfe des ehrenwerten Stadtrats Stellmacher rechnen. Meine Geduld und meine Güte haben auch Grenzen. Und nun geht mir aus dem Weg, Ihr Nichtsnutz." Dabei stieß er den total überrumpelten Grafen Eberhard zur Seite und stürmte polternd aus dem Jagdzimmer.

„Was ist denn in den gefahren?", fragte Eberhard, nachdem er sich von dem theatralischen Auftritt des Stadtrats ein wenig erholt und sich an den Tisch seines Freundes Heinrich gesetzt hatte.

„Ach, nimm ihn einfach nicht so wichtig. Dem ist vermutlich im Rathaus wieder eine Laus über die Leber gelaufen und wir müssen seine schlechte Laune ausbaden." Graf Heinrich von Ahlefeldt zeigte offensichtliche Gelassenheit und unterstrich seine Haltung noch damit, dass er sich demonstrativ mit ausgestreckten Beinen auf seinen Stuhl lümmelte und Eberhard mit seinem Weinglas zuprostete.

Eberhard wollte sich nicht mit dieser einfachen Erklärung zufriedengeben. Die Wortfetzen, die er beim Betreten des Jagdzimmers aufgefangen hatte, schwirrten noch in seinem Kopf herum. Was hatten die beiden miteinander zu tun und von welcher Vereinbarung war dort die Rede gewesen?

„Was hattet ihr denn so Wichtiges zu besprechen?"

„Nichts von Bedeutung, mein Lieber, du weißt doch, bei Stellmacher geht es immer nur um Geld und Profit. Und wenn es nicht ganz so klappt, wie er es sich vorstellt, dann rastet er auch einmal aus, wie du ja eben selbst erlebt hast. Vergiss Stellmacher!"

Eberhard war mit der beschwichtigenden Antwort seines Freundes nicht zufrieden. Hatte er ihn wirklich gemeinsam mit Stellmacher beim Kartenspiel betrogen? Auf der anderen Seite wusste er nicht, ob er ihm von den Verdächtigungen seines Bruders erzählen sollte, ohne ihre Freundschaft zu gefährden. Auch die heftigen Ausfälle des Stadtrates, die wie eine generelle Abrechnung klangen, gaben dem Grafen Rätsel auf. Sollte Bertram doch recht gehabt haben mit seinen abwegig klingenden Behauptungen? Noch während er darüber nachgrübelte, wurden seine Gedanken von einem Poltern auf dem Flur gestört. Durch die geöffnete Jagdzimmertür sah er Leberich in Richtung Hinterhof torkeln. Eberhard sprang auf.

„Ich muss noch etwas mit Leberich klären", entschuldigte er sich bei Heinrich und folgte dem betrunkenen Förster auf dem Fuße.

Kapitel 9

Interessiert zeichnete Namo die feinen Linien der dargestellten Pferdekörper mit dem Finger nach. Verfolgte genau die ausgeprägten Muskelpartien der Tiere. Die Bände, die Graf Leopold ihm zur Verfügung gestellt hatte, faszinierten ihn immer wieder aufs Neue. Stundenlang konnte er sich die Beschreibungen der verschiedenen Rassen durchlesen und die typischen Merkmale der Pferde ansehen. Er wusste, dass Pastor Mollzahn es lieber sehen würde, wenn er sich ebenso ausgiebig mit dem Katechismus und der Bibel beschäftigte, aber auch das kam letztlich nicht zu kurz.

Fünf Wochen waren inzwischen vergangen, seitdem Namo vom Pferdestall in das Schloss gezogen war. Fünf aufregende Wochen voller Neuigkeiten, Erstaunen, Fröhlichkeit, aber auch immer wieder gespickt von hässlichen Auseinandersetzungen, Gemeinheiten und offenkundiger Feindseligkeit.

Graf Eberhard hatte ihm sogar unterstellt, Schmuck aus der Schatulle seiner Schwiegermutter, der Gräfin Isolde, gestohlen zu haben. Erst seit der Mohr im Schloss eingezogen war, hätte es die Diebstähle gegeben. Graf Bertram hatte diesen Verdacht kurzerhand als Unfug abgetan und der Familie seines Bruders sehr deutlich klargemacht, wie undenkbar es sei, dass eine fremde Person ungesehen in die Gemächer der Gräfin gelangen könnte.

Namo wusste sehr oft nicht, ob er sich nach der Zeit zurücksehnen sollte, als er noch das eher sorglose Leben als Stallbursche geführt hatte. Doch gleichzeitig erschien ihm diese Tätigkeit aus heutiger Sicht als eintönig und langweilig. Wobei ihm der nahe Umgang mit den Pferden fehlte. Geradezu sehnsüchtig verfolgte er den Aufbau des neuen Gestüts. Deshalb ließ er auch keine Gelegenheit aus, sich aus dem Studierzimmer im Schloss fortzustehlen und sich im Marstall oder auch in den Auwiesen, dort, wo die Häuser des neuen Gestüts gebaut wurden, umzusehen. Auch wenn sich die Stimmung unter den Stallburschen bei seinen Besuchen grundlegend geändert hatte. Neid und Missgunst schlugen ihm entgegen, als er in den ersten Tagen nach seinem Umzug ins Schloss wieder im Marstall auftauchte.

„Seht an, der schwarze Herr Graf gibt sich die Ehre." Oder „Möchten Euer Gnaden, dass ich Euch den Arsch abputze?" Mit Spott und Hohn wurde er begrüßt, doch Namo ließ sich nicht provozieren.

„Jeder von uns sollte seine Arbeit tun. Ihr macht eure und ich mache meine, dann gibt es auch keine Probleme", war die einfache Antwort des Mohren.

Bei diesen Worten trug Namo demonstrative Gelassenheit zur Schau, obwohl er sich in seiner Haut überhaupt nicht wohlfühlte. Es fiel ihm schwer, sich an diese neue Situation zu gewöhnen und die neidischen Blicke der Stallburschen zu ignorieren. Doch nicht nur der Büchsenspanner Kapphengst, sondern auch der Kammerdiener Conrad und selbst Stallmeister Aurich hatten ihm anschaulich, jeder auf seine Art, klargemacht, dass mit seiner neuen Position eine Verpflichtung verbunden war. Auch wenn er jetzt noch die Schulbank drücken musste, an dem Ziel, Feldtrompeter des Grafen zu werden, konnte keiner rütteln. Eine herausgehobene Stellung, die Respekt verlangte, die aber auch untadeliges Verhalten voraussetzte. Für Namo eine ganz neue

Erfahrung. Als Stallbursche und zudem noch als Mohr war er ein Nichts gewesen. Manche Herrschaften stellten sogar ihr Vieh über die Nützlichkeit eines schwarzen Stallburschen. Wobei Namo auf Ascheberg dieses Gefühl nie empfunden hatte. Bis auf Graf Eberhard, dessen Familie und der Kutscher Claudius Brockmann hatte ihm kaum jemand das Leben schwer gemacht.

Namo riss sich von der Betrachtung der geliebten Pferde los, schlug das Buch zu und stellte es behutsam in das Bücherregal. Dann ergriff er das Lehrbuch der deutschen Sprache, ein weiteres Buch über griechische Geschichte und verließ das Studierzimmer, das sich unmittelbar neben den Gemächern von Pastor Mollzahn und seiner Kammer befand. Doch um sich in die zweite Etage des Schlosses zu begeben, wo der Unterricht für die Kinder der Grafen stattfand, war es noch zu früh. Namo mochte diesen Teil seiner Ausbildung ohnehin nicht. Graf Bertram hatte angeordnet, dass er am Unterricht des Hauslehrers Leberecht Fretwurst teilnehmen sollte, doch die verknöcherte und fantasielose Weise, wie er mit ihm und den Kindern umging, gefiel Namo gar nicht.

Auch sein Verhältnis zu den Kindern hatte sich in den vergangenen fünf Wochen kaum verändert. Dies lag vorrangig an Karl, dem ältesten Sohn von Graf Eberhard und Gräfin Adele, der seine drei Brüder stets gegen Namo aufhetzte und letztlich auch mit seinen hässlichen Bemerkungen die drei Töchter von Graf Bertram und Gräfin Dorothea beeinflusste. Lediglich die dreizehnjährige Margarethe begegnete ihm freundlich und scheute bei der Lösung von Schulaufgaben auch nicht seine Nähe. Sie zeigte ihm gegenüber eine geradezu liebenswerte Neugier. Er hatte sogar manchmal das Gefühl, in ihr eine schwesterliche Freundin gefunden zu haben.

Namo entschloss sich, vor dem Unterricht noch einmal nach den Pferden zu schauen. Durch den Hintereingang der Küche verließ er das Schloss und steuerte direkt den Marstall an. An diesem sommerlichen Morgen war nicht viel los rund um den Pferdestall. Die Tiere blieben während der warmen Jahreszeit meistens auch nachts auf den Weiden. Kurz bevor Namo den Marstall betreten wollte, hörte er ein heftiges Schnauben und Wiehern. Der unverkennbar tierische Ausdruck von Unwillen und Gereiztheit. Namo kannte diese Signale der Pferde nur zu gut. Eilig betrat er den Pferdestall und sah im Halbdunkel der Halle Rasmus in seinem Ständer aufgeregt hin- und hertänzeln. Der schwarze Hengst war als unberechenbar bekannt. Aus diesem Grund hatte man das Tier bewusst von den anderen Pferden getrennt. Graf Bertram hätte ihn schon längst verkauft, doch als Zuchthengst wollte der Graf ungern auf ihn verzichten.

Namo näherte sich dem aufgebrachten Pferd mit beruhigenden Worten. Mit Entsetzen sah er erst jetzt, dass Jasper Eppelmann im Stroh am Boden im unmittelbaren Bereich der trommelnden Hufe lag und sich nicht bewegte. Der Stallbursche blutete aus einer tiefen Wunde am Kopf. Namo sprach weiter in ruhigem Ton mit dem Tier und es schien sich auch langsam zu beruhigen. Mit behutsamen Bewegungen näherte er sich dem immer noch schnaubenden Pferd und es gelang ihm, den Hengst am Halfter zu ergreifen. Er führte ihn unter ständigem Zureden auf die gegenüberliegende Seite des Marstalls, wo er ihn mit einem Seil festband.

In der Aufregung hatte Namo zunächst nicht bemerkt, dass inzwischen Stallmeister Aurich und zwei Stallburschen den Marstall betreten hatten. Als der erfahrene Stallmeister sah, wie Namo auf das Tier einzuwirken versuchte, hatte er die Stallburschen zurückgehalten.

„Jasper ist verletzt!“, rief Namo dem Stallmeister zu und kehrte eilig zu dem Bewusstlosen zurück. „Er verliert viel Blut.“

Aurich warf nur einen kurzen Blick auf den Jungen. „Wir müssen ihn ins Schloss bringen!“, befahl er kurzerhand. „Holt eine Karre!“

Vorsichtig legten sie den verletzten Stallburschen auf eine einrädrige Karre, mit der im Stall sonst Stroh, Futter oder Mist gefahren wurde. Namo drückte sein Halstuch gegen die stark blutende Wunde, während Aurich die beiden Holme der Karre ergriff und mit seiner schweren Last so schnell er konnte dem Hintereingang des Schlosses zustrebte.

Martha, die gerade frisch angelieferte Enten und Gänse vor der Küchentür inspizierte, sah das eigenartige Gespann als Erste. „Was ist geschehen?“, rief sie den Heranstürmenden schon von Weitem zu.

„Jasper Eppelmann ist schwer verletzt.“

„Bringt ihn in die Küche“, wies Martha Namo und Aurich an. Die Köchin machte auf dem Absatz kehrt und eilte voraus. „Macht den Tisch frei. Ich brauche saubere Tücher und warmes Wasser, aber schnell“, befahl sie den Küchenmägden, die mit weit aufgerissenen Augen der seltsamen Fuhre entgegenblickten. Doch Marthas barsche Anweisung scheuchte sie auf.

Namo und der Stallmeister wuchteten den bewusstlosen Stallburschen von der Karre auf den eilig geräumten Küchentisch.

Von dem Jungen war nur ein schwaches Stöhnen zu hören.

Martha beugte sich über seinen Kopf und untersuchte die Wunde sorgfältig. Diese zog sich von der Stirn bis tief in den Ansatz seiner braunen Haare. „Ich brauche eine Schere“, befahl Martha als Nächstes.

Mit einiger Verwunderung beobachten Namo, Aurich und die Küchenmägde, wie Martha, ohne lange zu zögern, die Haare rund um die Wunde abschnitt. Erst jetzt war zu erkennen, welch klaffenden Riss der Hengst Jasper Eppelmann zugefügt hatte.

Die Köchin tauchte ein weißes Tuch in das bereitgestellte warme Wasser und reinigte die Wunde. „Nadel und Faden!“

Die Mägde glaubten ihren Ohren nicht zu trauen.

„Glotzt nicht so blöd! Gebt mir Nadel und Faden! Wenn ich gefüllte Gänse und Enten zunähen kann, dann wird es auch für einen Stallburschen reichen.“ Martha unterstrich ihre Worte, indem sie ihre rechte Hand fordernd ausstreckte.

„Ich hoffe, dass der Junge weiter ohne Besinnung bleibt, aber sicherheitshalber solltet ihr ihn festhalten“, wandte Martha sich an Namo und Aurich.

Routiniert nahm die Köchin Nadel und Faden zur Hand und setzte einen Stich neben den anderen, gleichwohl so, als ob sie in ihrem Leben noch nie etwas anderes getan hätte. Nach zwölf Stichen war die Wunde verschlossen. Jasper Eppelmann schien von der Operation kaum etwas zu merken, lediglich ein kurzes Grunzen kam aus seinem Mund. Die Herumstehenden verfolgten Marthas resoluten Einsatz mit staunenden Augen und offenen Mündern. Abschließend riss die Köchin ein weißes Tuch in Streifen und wickelte dieses um den Kopf des Stallburschen.

„Mehr können wir zurzeit nicht für ihn tun. Tragt ihn jetzt in die erste Kammer hinter der Küche. Wir werden auf ihn aufpassen. Minna, du schläfst heute bei Hertha in der Kammer. Alles Weitere werden wir später sehen“, gab die Köchin weitere Weisungen, die keinen Widerspruch duldeten.

„Was ist geschehen?“ In der Aufregung der vergangenen Minuten hatte keiner der Anwesenden bemerkt, dass Gräfin Dorothea die Küche betreten hatte.

Martha berichtete ihr in kurzen Zügen von dem Ereignis, während der Stallmeister und Namo den Verletzten in die Kammer der Küchenmagd trugen.

„Ihr habt alle sehr vernünftig und umsichtig gehandelt. Martha, du kümmerst dich weiter um den Jungen. Ich werde den Grafen davon unterrichten.“

Mit schnellen Schritten nahm Namo gleich zwei Stufen mit einem Mal, um den Schulraum im zweiten Stock zu erreichen. Er wusste, dass er viel zu spät war. Auch seine Bücher hatte er bei dem ganzen Trubel im Marstall vergessen. Vor der Tür atmete er tief durch, klopfte kurz an und betrat dann den Unterrichtsraum.

Schulmeister Fretwurst blickte ihn missbilligend an. Eine Störung seines Unterrichts, ganz gleich von wem, empfand er ohnehin stets als einen persönlichen Affront. Der Anblick, der sich ihm jetzt allerdings bot, war nun wirklich des Guten zu viel.

„Welche Ehre für uns, dass auch Herr Namo uns die Gnade seiner Anwesenheit gewährt“, begrüßte der Schulmeister seinen verspäteten Schüler mit zynischem Unterton, was ein hämisches Gelächter der Grafenkinder erzeugte.

Mit einer resoluten Handbewegung unterbrach er diese für ihn unangemessene Reaktion. „Gibt es aus deinem Mund irgendwann noch eine aufschlussreiche Erklärung für die Verspätung und dein derangiertes Äußeres?“

Erst jetzt merkte Namo, dass Hemd und Beinkleid voller Blutflecke waren. Auch einzelne Strohhalme hafteten noch an seiner Kleidung.

„Es gab einen Unfall im Marstall." Es widerstrebte ihm, diesem aufgeblasenen Schulmeister und den missgünstigen Grafenkindern mehr von den aufregenden Ereignissen der vergangenen Stunde zu erzählen.

„Und da warst du natürlich unentbehrlich", stellte Schulmeister Fretwurst herausfordernd fest.

„Einmal Stallbursche, immer Stallbursche!", kommentierte nun auch Karl, Graf Eberhards Ältester, hämisch lachend Namos Bemerkung.

„Setz dich!", befahl der Schulmeister nun dem Mohren und wandte sich den anderen Kindern zu.

Doch kaum hatte Namo auf dem Stuhl hinter seinem Tischchen Platz genommen, klopfte es erneut an der Tür und der Kammerdiener Conrad trat ein. Verärgert blickte Schulmeister Fretwurst wegen dieser erneuten Störung den Kammerdiener an.

„Ich bitte vielmals um Verzeihung, verehrter Herr Schulmeister, aber der Herr Graf verlangt nach Namo", erklärte Conrad übertrieben freundlich.

Namo wartete eine Genehmigung des Schulmeisters nicht ab. Er stand auf und folgte dem Kammerdiener bereitwillig, noch bevor Lehrer Fretwurst nur ein Wort sagen konnte.

„Ich habe gehört, es gab einen unliebsamen Vorfall im Marstall an diesem Morgen und du warst daran beteiligt?", begrüßte Graf Bertram Namo in ernstem Ton, kaum nachdem dieser die Bibliothek des Schlosses betreten hatte. Neben dem Grafen waren auch Gräfin Dorothea und Graf Volkmar anwesend.

„Ja, Herr Graf, ein Stallbursche wurde verletzt", antwortet Namo folgsam.

„Ich habe davon gehört, möchte aber jetzt aus deinem Munde die Einzelheiten erfahren", forderte Graf Bertram Namo auf, von den Ereignissen des Morgens zu berichten.

Ausführlich schilderte der Junge dem Grafen von dem erregten Hengst, dem verletzten Stallburschen und Marthas Hilfe.

„Dein Einsatz war überaus lobenswert, Namo. Hoffen wir, dass der Stallbursche durch Marthas löbliches Zutun wieder genesen wird. Eine Frage habe ich aber doch noch. Was hattest du an diesem Morgen im Marstall zu suchen?"

„Vielleicht ist Namos Sehnsucht nach den Pferden nach seiner Verbannung ins Schloss nur allzu menschlich", sprang Graf Volkmar ein und erlöste Namo von einer unbequemen Antwort.

„Höre ich da etwa einen tadelnden Unterton?", wandte Bertram sich jetzt fragend an seinen Freund.

„In keiner Weise, verehrter Freund, nur der Versuch einer plausiblen Erklärung", antwortete Graf Volkmar lächelnd.

„Hat Graf Volkmar recht?" Graf Bertram blickte Namo an und hob dabei seine Augenbrauen.

„Die Pferde fehlen mir schon, Herr Graf, aber ich möchte nicht undankbar erscheinen. Das Leben und Lernen im Schloss ist eine große Ehre für mich. Aber wenn meine Zeit es erlaubt, suche ich immer einmal wieder die Nähe der Pferde, und deshalb war ich auch heute Morgen ..."

„Du solltest Namo nicht länger quälen", unterbrach Gräfin Dorothea die Erklärungen des Mohren. „Er hat fürwahr heute sehr viel Mut bewiesen und einem

Menschen vermutlich das Leben gerettet."

„Wie du siehst, Namo, hast du in diesem Hause viele Freunde, deren Argumenten auch ich mich nicht verschließen kann. Solange deine Studien nicht darunter leiden, habe ich gegen deine zukünftigen Ausflüge zu den Pferden nichts einzuwenden. An konzentriertes Lernen ist heute sicherlich kaum mehr zu denken. Du wirst ganz bestimmt wissen, wie du den Tag auf sinnvolle Weise nutzen kannst."

Graf Bertram entließ den Mohren mit einem Lächeln. Namo entging dabei nicht, dass auch Gräfin Dorothea und Graf Volkmar ihm aufmunternd zunickten.

„Alles in Ordnung?"

Namo erschrak. Beinahe hätte er Conrad beim Verlassen der Bibliothek umgelaufen.

„Ja, ja", stotterte Namo verlegen und ertappt. „Ob wohl etwas dagegen spricht, wenn ich einmal nach Jasper sehen könnte?"

„Sicherlich nicht", amüsierte sich der Kammerdiener über den ein wenig verwirrt wirkenden Mohren. „Ich schlage vor, du wendest dich vertrauensvoll an Martha, wobei vorher eine gewisse Ordnung deiner Kleider angemessen wäre."

Namo blickte an sich herunter und bedankte sich für den Hinweis des Kammerdieners. Nachdem er seine verschmutzte Kleidung gewechselt und auch Pastor Mollzahn von den aufregenden Vorfällen des Morgens berichtet hatte, konnte ihn niemand mehr davon abhalten, nach dem verletzten Stallburschen zu sehen. Jasper Eppelmann hatte bisher bestimmt nicht zu seinen Freunden gehört, doch einen solchen Schaden wünschte er nicht einmal seinem ärgsten Feind. Außerdem interessierte es ihn, wie es zu dem Unfall hatte kommen können. Jasper war schließlich ein erfahrener Stallbursche und kannte sich mit Pferden aus.

„Wie geht es Jasper?“, fragte Namo die Köchin, die am Herd der Schlossküche stand und in einem Suppentopf rührte, aus dem ein verführerischer Duft aufstieg.

„Ach, da mach dir man keine Sorgen, mein Junge. Der ist ein robuster Bursche. Er hat auch schon einmal die Augen kurz aufgeschlagen und Minna wird ihm gleich eine kräftige Hühnersuppe bringen. Wir werden ihn schon wieder aufpäppeln.“

„Kann ich ihn besuchen?“

„Natürlich, wann immer du willst. Du weißt ja, wo du ihn findest.“

Jasper öffnete die Augen, als er die knarrende Kammertür hörte. Orientierungslos blickte er umher, bis er Namo entdeckt hatte und ihn verwundert ansah. „Wo bin ich hier? Was ist passiert?“

„Willkommen unter den Lebenden, Jasper. Dein Dickkopf war wohl doch nicht hart genug, um gefahrlos gegen einen Pferdehuf anzutreten.“ Namo fiel ein Stein vom Herzen, als er sah, dass der verletzte Stallbursche wieder bei Sinnen war.

Jasper fasste sich an den Kopf, verdrehte aber sogleich vor Schmerzen die Augen. „Mein Kopf dröhnt wie eine Wassermühle“, stöhnte er, „und wieso hab ich so eine komische Mütze auf?“

„Weißt du denn gar nicht mehr, was geschehen ist?“

„Nee, ich weiß nur noch, dass der Stallmeister gesagt hat, ich soll Rasmus auf den abgegrenzten Teil der Weide nach draußen bringen, und als ich ihm die Führleine anlegen wollte, war er ganz ruhig. Aber ab da weiß ich gar nichts mehr.“

Namo fiel auf, dass Jasper das Sprechen schwerfiel. „Rasmus muss dich getreten haben, denn als ich in den Marstall kam, war er fürchterlich aufgeregt und du lagst unter seinen Hufen im Stroh mit einem Loch im Kopf."

„Hast du mich gerettet?", fragte Jasper ganz erstaunt.

„Ja, ich hab erst Rasmus beruhigt und fortgeführt und dann haben wir dich zu Martha in die Küche gebracht."

„Was ist daran so lustig?", fragte Jasper überrascht, als er sah, dass sich Namo am Ende seiner Erzählung kaum das Lachen verkneifen konnte.

„Und dann hat dich Martha zugenäht wie eine ausgenommene Gans."

„Was hat Martha mit mir gemacht?" Jasper richtete sich empört auf, verzog stöhnend sein Gesicht und ließ sich sofort wieder auf sein Lager fallen.

„Du hast geblutet wie ein abgestochenes Schwein, und da hat sie dir die Haare abgeschnitten und die aufgeplatzte Haut auf deinem Kopf mit Nadel und Faden einfach wieder zugenäht."

Jasper blickte Namo ungläubig an. Zugenäht? Wie eine Gans? Als er seinen Kopf entrüstet schütteln wollte, hielt er sehr schnell inne. „Und wo bin ich jetzt hier?"

„Das ist die Kammer von Minna. Hier wirst du so lange bleiben, bis es dir wieder gut geht. Betreut durch die mütterliche Fürsorge von Martha und ihren Küchenmädchen."

„Das hört sich an wie ein Leben im Paradies." Jasper schloss erschöpft die Augen.

Auf leisen Sohlen verließ Namo kurze Zeit später den inzwischen wieder schlummernden Stallburschen.

Graf Bertram war sichtlich zufrieden, als er vom Rücken seines Pferdes einen Blick über die Auwiesen warf.

Volkmars Idee zum Bau eines neuen Gestüts hatte er anfangs ein wenig skeptisch gegenübergestanden, aber den Enthusiasmus seines Freundes und nicht zuletzt auch seine klaren Vorstellungen, wie dieses Gestüt aussehen sollte, hatten ihn letztlich überzeugen können. Die ersten Umrisse der Neubauten waren bereits zu erkennen. Auf einigen der neu umzäunten Koppeln sah er schon Pferde weiden. Fuhrwerke karrten Holz herbei. Erste Ständer für die Ställe und Häuser wurden gesetzt. Steinhauer bearbeiteten schwere Feldsteine, um sie später als Fundament für das Herrenhaus zu verwenden. Zumindest hatte er dieses Gebäude so genannt, als Volkmar ihm den Vorschlag machte, am Kopf des Hofplatzes auch ein repräsentatives Gebäude zu errichten, das einerseits als Wohnhaus des Gestütsleiters dienen, aber auch über Räumlichkeiten für Gäste verfügen sollte.

Bertram musste lächeln, als er seinen Freund mit aufgekrempelten Ärmeln inmitten der Arbeiter entdeckte. Mit einem Plan in der Hand wies er offensichtlich den Baumeister ein, wie er sich das Eingangstor zur Reithalle vorstellte. Ein wenig verwundert sah er, dass auch sein Büchsenspanner Kapphengst daneben stand und interessiert auf den Plan blickte.

„Mit großer Freude registriere ich, dass mit Schwung und Elan gearbeitet wird", stellte Graf Bertram schmunzelnd fest und schwang sich dabei von seinem Pferd.

„Dieses Lob hören wir gern, ist es doch zugleich auch Ansporn für uns aus berufenem Munde." Volkmar trat Bertram mit einer leichten Verbeugung entgegen.

Der Baumeister zog seinen Hut und der Büchsenspanner fegte mit schneller Hand sein Barett vom Kopf.

„Es fügt sich gut, dass wir dich sehen, dann können wir vielleicht gleich hier eine Kleinigkeit klären", fuhr

Graf Volkmar fort, nachdem er den Baumeister entlassen hatte und dieser sich wieder seinen Arbeitern zuwandte.

„Erwartest du jetzt von mir, dass ich dir deine eigenen Pläne erkläre?“

„Nein, ganz bestimmt nicht. Es geht um Kapphengst.“

Bertram sah Volkmar und dann seinen Büchsenspanner, der ein wenig abseits stehen geblieben war, erwartungsvoll an. „Was ist los, Kapphengst, hast du wieder jemanden in deiner zuvorkommenden Art auf die Füße getreten?“ Bertram winkte den Büchsenspanner heran.

„Nein, Herr Graf, diesmal nicht“, lachte er den Grafen an. „Wenn Ihr erlaubt, würde ich gern einen Wunsch äußern.“

„Jetzt wird es aber richtig spannend, Kapphengst. Wo drückt der Schuh?“

„Wenn Ihr erlaubt, Herr Graf, würde ich gern beim Aufbau des neuen Gestüts mithelfen“, formulierte der Büchsenspanner seinen Wunsch entgegen seiner Art äußerst vorsichtig.

Bertram blickte überrascht von einem zum anderen. Sein Büchsenspanner Kapphengst war ein absoluter Spezialist in seinem Metier. Es gab kaum eine Waffe, die er nicht kannte und beherrschte. Bertram hatte in seinen Feldzügen nie einen zuverlässigeren und kampferfahreneren Mann als ihn angetroffen. Waffen, Pulver und Munition waren seine Welt, und nichts anderes schien ihm von wesentlicher Bedeutung zu sein. Umso mehr war er verwundert, dass sein Büchsenspanner jetzt Interesse für den Aufbau des neuen Gestüts bekundete.

„Was ist los mit dir, Kapphengst, willst du dich auf deine alten Tage von deinen geliebten Waffen trennen?“, fragte Bertram daher schmunzelnd.

„Oh nein, Herr Graf, gewiss nicht. Eure Waffen werden

auch weiterhin stets einsatzbereit und gepflegt sein“, beteuerte Martin Kapphengst eilig.

„Ich könnte schon einen tatkräftigen Mann gebrauchen, der sich um die geordnete Anlieferung des Baumaterials kümmert. Die Fuhrwerke sind sich nicht selten gegenseitig im Weg. Der Baumeister hat sich gerade darüber beschwert, dass das Material immer wieder an den falschen Plätzen abgeladen wird“, sprang Graf Volkmar dem Büchsenspanner zur Seite.

„Ich möchte euren Tatendrang in keiner Weise behindern. Solange du deine eigentlichen Aufgaben nicht vernachlässigst, will ich deinem Wunsch entsprechen, Kapphengst. Da Fuhrleute und Handwerksburschen grundsätzlich auch keine zartbesaiteten Gesellen sind, werden sie sich sicherlich auch schnell an deinen forschen Ton gewöhnt haben.“

„Manche von ihnen brauchen auch von Zeit zu Zeit eine deutliche Ansprache. Ich danke Euch von Herzen, Herr Graf.“ Der Büchsenspanner strahlte den Grafen aus seinem vernarbten Gesicht an. Er verbeugte sich und eilte davon, nachdem Volkmar ihn angewiesen hatte, sich mit dem Baumeister in Verbindung zu setzen.

„Vielen Dank, Bertram, ich glaube, du tust nicht nur Kapphengst einen großen Gefallen, sondern bei den unterschiedlichen Arbeiten, die hier anfallen, ist eine tatkräftige ordnende Hand wirklich hilfreich und willkommen.“

„Bei dieser Gelegenheit möchte ich noch einmal mit dir über das Zuchtprogramm sprechen. Ich habe deine Unterlagen aufmerksam studiert. Danach bist du davon überzeugt, dass wir leichtere Pferde züchten sollten?“

„Bertram, es ist wichtig, dass wir mit der Zeit gehen. Unsere Holsteiner haben sich ohne Frage als hervorragende Kavalleriepferde bewährt. Aber du weißt selbst, dass im Feld immer derjenige erfolgreich war, der schnelle Entschlüsse fasste und ebenso schnelle Truppenbewegungen möglich machen konnte. Und eine Kavallerie kann nicht schneller sein, als ihre Pferde laufen können", erläuterte Graf Volkmar seine Idee der neuen Züchtung.

„Und diese schnelleren Pferde willst du durch Kreuzung der Holsteiner mit den dänischen Tieren erzielen?"

„Genau. Wie du weißt, haben wir von unserem letzten Feldzug ungefähr hundert Pferde mitgebracht. Darunter sind ein Großteil auch Frederiksborger. Also jene Tiere, die sich schon jetzt nicht nur in Dänemark großer Beliebtheit erfreuen. Sie erfüllen die besten Voraussetzungen als wendige Militärpferde und sind gleichzeitig auch als hervorragende Kutsch- und Reitpferde geeignet."

„Meinen Segen hast du, Volkmar. Es hat alles Hand und Fuß, was du konzipiert hast. Es ist schön, dich an meiner Seite zu haben." Bertram legte seinen Arm auf die Schulter des Freundes und blickte, zufrieden über das Treiben der Handwerker, auf den Auwiesen. Plötzlich stutzte er, als er eine Person erblickte, die gerade über ein Gatter geklettert war und sich den Pferden auf der Nordweide des neuen Gestüts näherte.

„Kann ich meinen Augen nicht mehr trauen oder ist das nicht Namo dort hinten bei den Pferden?", fragte Bertram verwundert und zeigte in die Richtung.

„Ja, das ist Namo. Warum wundert dich das?"

„Der Bengel sollte eigentlich im Schloss sein und lernen und sich nicht hier bei den Pferden herumtreiben."

„Du weißt doch, die Pferde fehlen ihm. Abgesehen davon kennt er sich mit den Tieren erstaunlich gut aus. Seine Fähigkeiten, Pferde und ihre besonderen

Eigenschaften zu erkennen, sind äußerst bemerkenswert."

Bertram erinnerte sich daran, dass Namo ihm erst kürzlich von seiner Begabung berichtet hatte, Reaktionen nicht nur bei Menschen, sondern auch bei Pferden vorauszusehen. Auch Stallmeister Aurich hatte ihm vergewissert, dass der Mohr eine ganz besondere Hand für Pferde hätte. Das mutige Eingreifen bei dem Unfall mit dem Stallburschen Jasper war einmal mehr ein Beweis dafür gewesen.

„Hast du etwa Zweifel an meinen Plänen für seine Ausbildung?", fragte Graf Bertram ein wenig irritiert.

„Nein, überhaupt nicht. Es ist der absolut richtige Weg für den jungen Mohren. Er lernt schnell, ist wissbegierig und verspricht ein zuverlässiger und erfolgreicher Feldtrompeter zu werden. Ich hätte nur einen kleinen freundschaftlichen Vorschlag." Volkmar blinzelte seinen Freund herausfordernd an.

„Und der wäre?"

„Zunächst lass dem Jungen seine kleinen Ausflüge zu den Pferden. Sein Lernen wird er darüber bestimmt nicht vergessen. Und wenn das Gestüt steht, schlage ich vor, dass er zu mir in das Herrenhaus zieht."

„Welchen Vorteil versprichst du dir davon?"

„Nun, einerseits könnten wir sein glückliches Händchen und sein Wissen um die Pferde auch für die Zucht nutzen. Andererseits bin ich mir sicher, dass es für sein persönliches Seelenheil weitaus förderlicher wäre. Kurzum, er fühlt sich im Schloss einfach fehl am Platz."

„Gut, mein Lieber, ich werde darüber nachdenken. Es ist ja noch eine Weile hin, bis alle Häuser des Gestüts stehen ..."

„Der scheint ja von allen Teufeln gejagt zu werden", unterbrach Volkmar seinen Freund und blickte erstaunt auf den Weg, der Richtung Plön führte und über den ein Reiter in rasendem Galopp heranpreschte, eine Staubwolke hinter sich her ziehend. Bei den Bauarbeitern, die gerade einen schweren Feldstein in die richtige Position für das Fundament des Herrenhauses ausrichteten, hielt der Reiter an und fragte etwas. Die Maurer zeigten zu den beiden Grafen und der Reiter setzte sich wieder in Bewegung. Bertram und Volkmar blickten ihm erwartungsvoll entgegen, als er kurz vor ihnen sein Pferd zügelte, gewandt vom Pferd sprang und sich verbeugte.

„Ich überbringe eine eilige Depesche für den Grafen Volkmar von Schwetzingen. Wem der Herren Grafen darf ich diese überreichen?“ Dabei blickte er die beiden Grafen abwechselnd fragend an.

„Ich bin Volkmar von Schwetzingen.“ Volkmar trat einen Schritt auf den Reiter zu. „Was gibt es denn so Eiliges, dass Ihr so viel Staub aufwirbeln müsst?“

„Eine eilige Depesche für Euch persönlich, Herr Graf. Der Inhalt ist mir nicht bekannt.“ Dabei öffnete der Reiter eine Ledertasche an seiner Seite, die an einem Lederriemen über der Schulter befestigt war, und entnahm ihr einen versiegelten Umschlag, der neben dem Namen des Adressaten auch einen roten Vermerk als Eildepesche enthielt.

Nachdem der Depeschenreiter den Umschlag übergeben und einen Obolus von Volkmar erhalten hatte, empfahl Graf Bertram ihm, bis zum Schloss vorzureiten und sich von der Köchin Martha eine Erfrischung geben zu lassen, was der staubige Reiter dankend annahm.

„Was kann denn bloß so eilig sein?“, sprach Volkmar eher zu sich selbst, während er das Siegel der Depesche erbrach, das Schreiben öffnete und zu lesen begann. Bertram merkte sofort, als sich die Augen seines

Freundes verdunkelten und von seinen Lippen nur noch ein schmaler Strich zu sehen war, dass hier nichts Gutes auf sie zukam.

„Eilige Nachrichten sind meistens keine guten Nachrichten." Volkmar reichte den Brief an Bertram weiter und forderte ihn auf, ihn selbst zu lesen.

Es war ein Schreiben von Volkmars älterem Bruder Hanno, der in kurzen Worten mitteilte, dass ihr Vater, Graf Berthold von Schwetzingen, erkrankt sei und voraussichtlich nicht mehr lange zu leben habe.

„Das tut mit aufrichtig leid." Bertram gab den Brief wieder zurück, nachdem er ihn gelesen hatte. „Du musst nach Schwetzingen."

„Und das gerade jetzt, wo es hier richtig losgehen soll."

„Das ist jetzt zweitrangig, auch dafür werden wir eine Lösung finden. Wichtig ist, dass du dich erst einmal um deine Familie kümmerst."

„Nein, Julia, das glaube ich nicht. Du bist unmöglich!", warf Gräfin Dorothea ihrer Schwester lachend vor.

„Aber was kann ich dafür, wenn es doch darin so geschrieben steht", verteidigte sich Gräfin Julia übertrieben entrüstet.

„Wie heißt das Buch und wo hast du es gefunden?", fragte Komtesse Charlotte nach. Die drei Frauen saßen im Wintergarten des Schlosses zusammen und amüsierten sich seit geraumer Zeit königlich über den nicht immer ganz salonfähigen Inhalt eines Buches, von dem Gräfin Julia berichtet hatte.

„Das Buch heißt ‚Decamerone' und wurde von einem Giovanni Boccacio geschrieben, und gefunden habe ich es in der Bibliothek."

„Hier in unserer Bibliothek?" Dorothea schüttelte ungläubig den Kopf.

„Ja, hier in diesem ehrenwerten Haus derer von Rantzau." Julia lachte ihre Schwester fröhlich an.

„Welch ein Skandal! Meine Damen, ich bin auf das Äußerste echauffiert!", imitierte Gräfin Charlotte affektiert eine indignierte Dame höheren Standes.

Alle drei Frauen brachen in unbekümmertes Lachen aus.

„Zur Ehrenrettung der Familie muss ich gestehen, dass das Buch nicht in der ersten Reihe stand. Ich war auf der Suche nach einem Werk über griechische Skulpturen und dabei ist es mir ganz unbeabsichtigt in die Hände gefallen", schilderte Julia ihre zufällige Entdeckung, immer wieder unterbrochen von belustigtem Kichern.

„Das entschuldigt natürlich alles ..."

Ein Klopfen an der Tür unterbrach die Worte Gräfin Dorotheas und gleich darauf trat Graf Volkmar ein.

„Es tut mir außerordentlich leid, meine Damen, dass ich Eure fröhliche Runde stören muss, aber wenn es nicht zu vermessen klingt, würde ich gern Komtesse Charlotte um ein kurzes Gespräch bitten."

„Tretet näher, Volkmar. Wie Ihr wisst, seid Ihr uns stets willkommen." Dorothea lud den Freund ihres Mannes lächelnd ein, bemerkte aber an seinem Gesichtsausdruck, dass er nicht zu Scherzen aufgelegt war. Auch Charlotte und Julia waren unverzüglich ihrer ausgelassenen Stimmung beraubt, als sie Volkmars traurige Augen sahen.

„Julia, ich denke, wir beide müssen uns ein wenig die Beine vertreten. Ein kleiner Spaziergang im Park wird uns guttun", forderte Dorothea ihre Schwester auf und nickte zugleich Charlotte wohlwollend zu.

Auch wenn es als eher unschicklich galt, eine unverheiratete Dame mit einem Herrn allein zu lassen, so wollten die beiden dem Glück des Paares nicht im Wege stehen. Außerdem schien Volkmar ernsthafte Gründe zu haben, ihre fröhliche Nachmittagsrunde auf diese Weise zu sprengen.

„Was ist geschehen?", fragte Charlotte besorgt, nachdem Dorothea und Julia den Wintergarten verlassen hatten.

Volkmar war zu Charlotte getreten und vor ihrem Stuhl auf die Knie gefallen. Er ergriff ihre Hände auf ihrem Schoß und blickte ihr tief in die Augen. „Weißt du, wie sehr ich dich liebe?"

„Um mich das zu fragen, bist du gekommen?" Charlotte lächelte Volkmar nachsichtig an.

„Nein, geliebte Charlotte, leider nicht nur deswegen. Ich habe soeben eine Depesche von meinem Bruder erhalten. Darin steht, dass unser Vater im Sterben liegt."

„Oh, nein, wie schrecklich!", entfuhr es Charlotte.

„Hanno schreibt, dass er erkrankt sei. Ich werde heute noch aufbrechen."

„Das verstehe ich nur zu gut, mein Lieber." Charlotte streichelte ihm zart über die Wange.

Volkmar hielt ihre Hand fest und küsste sie liebevoll. „Ich komme wieder, und damit du mich nicht vergisst, möchte ich dir etwas geben." Er griff in die Innentasche seiner Weste und holte den Ring hervor. Jenes bezaubernde Schmuckstück, das vor Tagen der Goldschmiedemeister Gülzau in Plön gefertigt hatte.

Charlotte betrachtete den funkelnden Rubin mit weit aufgerissenen Augen. Wortlos und ergriffen ließ sie es geschehen, als Volkmar ihre linke Hand nahm und ihr den Ring sanft auf den Finger schob. Die beiden Verliebten erhoben sich zur gleichen Zeit und lagen sich in den Armen. Innig küssten sie sich. Charlotte liefen Tränen über die Wangen.

„Ich komme ja wieder, meine Liebste, ich komme doch wieder“, beruhigte Volkmar die immer noch weinende Charlotte.

„Ich weiß, mein Lieber. Der Ring ist einfach wunderschön“, lächelte sie Volkmar durch ihren Tränenschleier an.

„Vergiss mich nicht!“, flüsterte Volkmar ihr ins Ohr und löste sich behutsam von ihr. Mit schnellen Schritten durchmaß er den Wintergarten, blickte an der Tür noch einmal kurz zurück und verließ dann den Raum.

Charlotte hatte sich wieder gesetzt und sah ihrem Geliebten sehnsüchtig hinterher. Selbst als sich die Tür längst geschlossen hatte. Das einfallende Sonnenlicht brach sich in dem roten Stein auf ihrer Hand und ließ den Rubin in feurigem Strahlen erglühen.

„Merkst du denn nicht, dass dein Pferd lahmt, du Ochse?“

Büchsenspanner Kapphengst pfiff den Kutscher an, der mühsam versuchte, mit seiner Fuhre Bauholz voranzukommen. „Komm runter vom Bock und kümmere dich um das Tier.“ Kapphengst ließ nicht locker, bis der Kutscher maulend abstieg und ein wenig ratlos sein Pferd betrachtete.

„Bist du dazu etwa auch zu blöd?“, setzte Kapphengst nach. „Das sieht doch jeder einigermaßen normale Mensch, dass der Gaul auf der linken Hinterhand lahmt, du Torfkopp.“

„Ich sehe mir das einmal an“, sprang Namo, der bei seinem täglichen Ausflug zu den Pferden gerade vorbeikam, hilfsbereit ein.

„Das ist eine gute Idee. Endlich mal einer, der weiß, was er tut zwischen all den Blödmännern hier“, polterte der Büchsenspanner weiter.

Namo ging auf das schwere Pferd zu und streichelte ihm mit beruhigenden Worten über die Nüstern. Auch während er sich dem linken Hinterbein näherte, tätschelte er unaufhaltsam die Flanke des Tieres.

„Das Eisen hat sich gelöst. Schirr ihn aus und bring ihn gleich zum Schmied“, wies Namo den Kutscher des Fuhrwerks an.

Dieser sah den Büchsenspanner verwundert an, als wollte er sagen: „Was ist das denn, ein Mohr gibt mir Befehle?“

„Hast du nicht gehört, was der junge Herr dir befohlen hat, du Rindvieh, beweg dich, aber schnell.“

„Mit ‚junger Herr‘ habt Ihr aber nun wirklich etwas übertrieben, Meister Kapphengst“, wandte sich Namo dem Büchsenspanner zu, nachdem der Kutscher das Fuhrwerk fortgeführt hatte.

„Meinst du wirklich?“, grinste Martin Kapphengst den Mohren listig an. „Es kann nicht schaden, dass die schlichten Gemüter zeitig lernen, wer hier etwas zu sagen hat.“

„Ihr meint, irgendwann werden andere Menschen tun müssen, was ich sage?“

„Natürlich, mein Junge. Schau dich doch an, schon jetzt trägst du bessere Kleidung als alle anderen. Du sprichst vornehmer als diese Bauerntölpel und als Feldtrompeter wirst du später die rechte Hand des Grafen sein, also eine Respektsperson. Gewöhn dich schon langsam daran. – Ah, da kommt ja mein ganz persönlicher Gehilfe.“ Der Büchsenspanner wechselte das Thema, als er sah, dass Jasper Eppelmann auf sie zugelaufen kam.

Namo musste innerlich lachen, wusste er doch, dass er dafür verantwortlich war, dass der ehemalige Stallbursche jetzt eine neue Aufgabe hatte. Jasper hatte sich durch Marthas fürsorgliche Pflege sehr schnell von seiner schmerzhaften Begegnung mit dem Hengst erholt. Als Namo ihm den Vorschlag gemacht hatte, nicht mehr als Stallbursche in den Marstall zurückzukehren, sondern beim Aufbau des neuen Gestüts mitzuhelfen, konnte er sich für diese Idee nicht erwärmen. Aber als dieser ihm vorschlug, zunächst der Gehilfe des Büchsenspanners und später vielleicht erster Pferdepfleger im neuen Gestüt werden zu können, hatte er zugesagt. Die beiden hatten sich inzwischen angefreundet. In Jasper schlummerte eine gewisse Bewunderung für den Mohren, obwohl er versuchte, diese ja nicht zu zeigen. Auch Namo hatte bei zahlreichen Gesprächen am Krankenlager erfahren, dass der robuste Raufbold Jasper über ein gutes Herz verfügte und der Ursprung seiner rauen Schale die ständigen Prügel seines saufenden Vaters waren.

„Ich komme gerade vom Reetbauer, Meister Kapphengst. Er hat zugesagt, die erste Fuhre für das Dach der Futterscheune morgen früh zu liefern“, berichtete Jasper noch ein wenig kurzatmig.

„Das hört sich gut an, Jasper, dann haben auch die Dachdecker keine großen Pausen mehr“, bemerkte der Büchsenspanner zufrieden.

„Aber haltet Euch fest, ich hab noch eine Nachricht, die wie eine Kanonenkugel einschlagen wird“, sprudelte es aus Jasper heraus. „Minna bekommt ein Kind.“

„Das kommt in den besten Familien vor und ist ja nun wahrhaftig keine Sensation, du Neunmalkluger. Außerdem war es ja irgendwann zu erwarten, dass dieses dralle Mädchen auch mal bestiegen wird. Weiß man auch, wer der glückliche Vater ist?“

„Das ist ja das knallende Pulverfass, Meister Kapphengst. Minna sagt, Graf Volkmar habe sie gegen ihren Willen besprungen.“

Der Büchsenspanner und Namo sahen Jasper mit offenen Mündern an, als hätte er gerade den Weltuntergang verkündet.

„Das glaubt sie doch wohl selbst nicht, die dusselige Kuh“, war die erste Reaktion von Meister Kapphengst.

„Niemals!“, war auch Namos lapidare Feststellung.

„Ihr könnt es mir glauben“, beteuerte Jasper, „ich komme gerade aus der Schlossküche. Minna saß heulend auf einem Hocker. Martha stand über ihr und beschimpfte sie und die anderen Mädchen liefen wie aufgescheuchte Hühner umher. Neueste Nachrichten brühwarm aus der Küche.“

„Nein, das glaube ich nur zur Hälfte. Dass Minna ein Kind kriegt, ja. Aber dass Graf Volkmar ihr Gewalt angetan haben soll, das ist genauso irrsinnig, als wenn eine Wildsau fliegen könnte.“ Martin Kapphengst wollte sich gar nicht wieder beruhigen.

„Unglücklich ist nur, dass Graf Volkmar zurzeit nicht hier ist und sich deshalb nicht verteidigen kann“, warf Namo nachdenklich ein.

„Ach was, jeder, der Graf Volkmar kennt – und ich kenne ihn nach vier gemeinsamen Feldzügen wahrhaftig gut –, weiß, dass er ein hervorragender Kämpfer ist, aber auch ein absoluter Edelmann. Und wer das Gegenteil behauptet, bekommt es mit mir zu tun.“

„Minna, hör endlich auf zu heulen!“, forderte Gräfin Dorothea die Küchenmagd auf. „Damit wird es auch nicht besser. Dass du als unverheiratete Frau ein Kind bekommst, ist für einen christlichen Haushalt äußerst betrüblich, aber nun einmal nicht mehr zu ändern. Die Aussage über den Vater des Kindes hingegen möchte ich persönlich aus deinem Munde hören."

Die Köchin Martha hatte Minna am Morgen unmittelbar nach dem Frühstück gefragt, ob sie ein Kind bekomme. Zu offensichtlich waren für die erfahrene Köchin die Zeichen. Minna konnte kaum mehr Speisen zubereiten, ohne sich nicht zwischendurch mehrfach auf dem Abtritt zu übergeben. Zunächst hatte sie trotzig reagiert, dann aber unter Tränen die ganze Geschichte erzählt. Martha hatte daraufhin Minnas Hand ergriffen und sie ohne Anmeldung zu den Gemächern der Gräfin gezerrt. Die beiden waren unverzüglich empfangen worden, nachdem die Kammerzofe Marie ihr die Situation geschildert hatte.

„Graf Volkmar ist der Vater", murmelte Minna und schnäuzte sich in ihre Küchenschürze.

Gräfin Dorothea schüttelte den Kopf. „Minna, das genügt mir nicht. Du hast behauptet, Graf Volkmar hätte dich gegen deinen Willen verführt. Ist das wahr?"

Minna murmelte nur ein kaum verständliches „Ja".

„Dann schildere mir einmal den genauen Vorgang. Wann und wie ist das geschehen?", forderte die Gräfin Minna nachdrücklich auf.

Diese blickte durch ihre tränenverhangenen Augen die Gräfin entsetzt an. „Er kam vergangenen Mai am Abend in die Küche und dann ist es geschehen", flüsterte Minna.

„Einfach so?"

„Ja, einfach so. Er war betrunken."

„Minna, du lügst doch!" Jetzt hielt es auch die Köchin Martha nicht mehr zurück.

„Doch, so war das", begehrte Minna trotzig auf und sie

begann erneut jämmerlich heulen.

„Wir kommen so nicht weiter. Martha, nimm sie unter deine Fittiche und sieh zu, dass sie nicht noch mehr Porzellan zerschlägt. Ihr könnt jetzt gehen."

„Es ist zum Haareraufen", dachte sich Gräfin Dorothea, als sie wieder allein war. Nun war Bertram gerade auf dem besten Weg, das Gut wieder auf Vordermann zu bringen und ein neues Gestüt aufzubauen, Volkmar und Charlotte versprachen ein Paar zu werden, und jetzt kam diese dahergelaufene Göre und erzählt einen solchen Unsinn. Warum nur? Ohne Frage war Volkmar ein Charmeur. Die Frauen mochten seine unbekümmerte und liebenswerte Art. Doch er zeigte allen weiblichen Wesen gegenüber, ganz gleich welchen Standes, stets einen gebührlichen Respekt. Und betrunken hatte sie ihn noch nie erlebt. Gräfin Dorothea klingelte nach ihrer Zofe.

„Marie, bitte doch Gräfin Charlotte und Gräfin Julia zu mir. Sag ihnen, es eilt", wies sie ihre Zofe an. Sie musste Charlotte und Julia unbedingt rechtzeitig von den Geschehnissen informieren, bevor sie es von anderer Seite erfahren würden.

„Was gibt es so Wichtiges, dass du uns durch das Schloss hetzt, liebe Schwägerin?", fragte Charlotte, als sie nach wenigen Minuten die Räume von Gräfin Dorothea betraten.

„Ich will nicht lange um den heißen Brei herumreden. Die Küchenmagd Minna bekommt ein Kind. Das ist an sich betrüblich, aber nun einmal nicht zu ändern. Überaus unerfreulich hingegen ist ihre Behauptung, dass Volkmar der Vater sei."

Charlotte und Julia blickten Dorothea mit großen Augen fassungslos an.

„Wie kommt sie zu einer derart dreisten Behauptung?"

Julia war die Erste, die sich wieder gefangen hatte.

„Ich weiß es nicht. Sie unterstellt sogar zusätzlich, dass Volkmar betrunken gewesen sein soll und sie gegen ihren Willen verführt habe."

Charlotte standen die Tränen in den Augen. Gedankenverloren drehte sie an dem Ring mit dem Rubin, sagte aber kein Wort.

„Ich wollte, dass ihr es wisst, bevor ihr es durch das Geschwätz des Gesindes erfahrt. Zumal Minnas Unterstellung und Volkmars Abreise unweigerlich in einen Zusammenhang gebracht werden. – Ich muss mit Bertram sprechen." Dorothea erhob sich und nahm ihre Schwägerin in den Arm. „Es wird alles gut, liebe Charlotte. Du musst dir keine Sorgen machen."

„Es ist, wie Ihr wisst, nicht meine Art, in großer Familienrunde die Probleme des Gesindes zu erörtern. Heute ist allerdings eine Situation eingetreten, die eine solche Maßnahme erforderlich macht", begann Graf Bertram seine Rede, die er nach dem gemeinsamen Abendessen hielt. Zuvor hatte er die Kindermädchen gebeten, die Kleinen ins Bett zu bringen und das Personal vorzeitig entlassen. Nachdem ihm Dorothea von den Vorgängen des Morgens berichtet hatte, hielt er es für unabdingbar, die Familie darüber zu informieren. Angesichts der Anschuldigungen gegenüber seinem Freund schien es Bertram nötig, entsprechende Verhaltensweisen anzuordnen.

„Gott hat es so gefügt, dass der Mensch sich paare, um sein Geschlecht zu wahren", setzte Bertram seine kleine Rede fort. Wobei er bemerkte, dass er durch seine Wortwahl bei einigen Verwunderung, wenn nicht sogar Befremden hervorrief. „Für ein christlich getrautes Paar ist das ein legitimer Vorgang. Doch nicht immer sind diese Voraussetzungen erfüllt. So auch nicht bei der Küchenmagd Minna, die, wie wir heute erfahren haben, ein Kind erwartet. Der Zorn meines Unmutes richtet sich jedoch nicht vorrangig gegen diesen Umstand, sondern gegen ihre Behauptung, dass Graf Volkmar der Vater des Kindes sei, das er betrunken und gegen ihren Willen gezeugt haben soll."

Ein Raunen ging durch die Familie, zumindest unter denen, die noch nicht davon gehört hatten.

„Das ist doch wohl ein Witz!" Der alte Graf Leopold schüttelte ungläubig den Kopf. „Jeder, der Graf Volkmar kennt, weiß, dass ein solches Verhalten in keiner Weise seinem Naturell entspricht. Deshalb darf ich Euch bitten, dem Tratsch unter dem Gesinde, den aufsteigenden Mutmaßungen und jedem Gerede mit Nachdruck entgegenzuwirken, bis Graf Volkmar nach seiner Rückkehr selbst dazu Stellung beziehen kann. Ich möchte nicht, dass der Ruf eines treuen Freundes der Familie beschädigt wird, nur weil eine Küchenmagd nicht weiß, was sie sagt."

„Erlaubt mir eine Frage, Herr Graf, wie kommt dieses unselige Mädchen denn nur auf eine solche Unterstellung?", wandte sich Pastor Mollzahn immer noch arg verwundert an Graf Bertram.

„Diese Frage ist berechtigt, verehrter Herr Pastor. Gräfin Dorothea hat gemeinsam mit der Köchin Martha die verstockte Magd sehr nachdrücklich befragt, aber leider ohne Erfolg."

„Wird dieses unglückselige Geschöpf denn auch weiterhin gemeinsam mit ehrbaren Christenmenschen unter diesem Dach weilen?" Gräfin Isoldes Gesicht drückte offensichtliches Befremden aus angesichts dieser für sie schändlichen Angelegenheit.

„Selbst wenn wir das Verhalten der Küchenmagd nicht akzeptieren, haben wir auch diesem Menschen gegenüber eine Christenpflicht zu erfüllen. Seid versichert, wir werden dafür eine angemessene Lösung finden“, antwortete Bertram nicht ohne Strenge.

„Es scheint, dass der Heiligenschein des ach so ehrbaren Grafen Volkmar ein wenig an Glanz verloren hat.“ Graf Eberhard konnte sich eine anzügliche Bemerkung nicht verkneifen, während er sich hämisch grinsend auf seinem Stuhl flegelte.

Dorothea warf ihrem Schwager zornige Blicke zu. Auch der alte Graf Leopold schüttelte verständnislos den Kopf.

Erneut liefen Charlotte die Tränen über die Wangen.

„Hinsichtlich der ungeklärten Situation erwarte ich gerade von der Familie eine gewisse Zurückhaltung. Bemerkungen dieser Art sind in keiner Weise nützlich. Sie schaden nur dem Ansehen des Hauses Rantzau, also mäßige dich in Zukunft, Eberhard.“ Bertram stand auf und ging auf seine Schwester Charlotte zu, um sie tröstend in den Arm zu nehmen.

Eberhard erhob sich abrupt und verließ vor Missachtung schniefend, gefolgt von seiner Familie, den Speisesaal. Wobei er einmal mehr seine Erziehung vergaß und weder seiner Schwiegermutter noch seiner Frau den Vortritt ließ.

Namo wusste nicht, was er tun sollte. Unruhig ging er im Studierzimmer auf und ab. Die von Lehrer Fretwurst aufgetragenen Arbeiten hatte er längst erledigt, auch wenn er gemerkt hatte, dass er nicht immer konzentriert bei der Sache war. Selbst das Studium seiner geliebten Pferdebücher konnte ihn nicht gefangen nehmen. Immer wieder musste er an Minna und an die Vorwürfe gegenüber Graf Volkmar denken. Besonders aber ein Ereignis aus der Vergangenheit, das er nur durch Zufall beobachtet hatte, rückte angesichts der heutigen Entdeckungen in ein ganz anderes Licht. Sollte er sprechen oder lieber schweigen? Würde man ihn als Verräter ansehen oder als Lauscher an der Wand bezeichnen? Dass Graf Volkmar Minna Gewalt angetan haben sollte, war für Namo undenkbar.

Er musste etwas tun. Eilig verließ er das Studierzimmer. In der Schlossküche traf er nur noch Martha an, die an dem großen Tisch vor dem dicken Küchenbuch saß und mit Tinte und Feder Eintragungen machte.

„Namo?" Sie blickte überrascht auf, als sie den Mohren eintreten sah. „Bist du nicht satt geworden beim Abendessen oder was treibt dich zu so später Stunde noch in die Küche?"

„Habt Ihr ein wenig Zeit für mich, Frau Martha. Ich muss mir etwas von der Seele reden, und ich glaube, Ihr seid die Richtige dafür."

„Nun machst du mich aber neugierig. Setz dich, mein Junge", forderte Martha Namo auf und schob ihm einen Hocker zu.

„Mich beunruhigt, was man dem Grafen Volkmar vorwirft", begann Namo vorsichtig.

„Da bist du nicht allein, wenn dich das tröstet."

„Versteht mich bitte recht, Frau Martha, ich möchte niemandem etwas Böses nachsagen, aber ich bin vor nicht allzu langer Zeit, ohne es zu wollen, Zeuge eines geheimen Treffens geworden, das aus heutiger Sicht nicht ganz unbedeutend sein könnte." Namo fühlte sich immer noch nicht ganz wohl in seiner Haut.

„Was für ein Treffen?"

„Ich war vor gut einer Woche am Abend wieder einmal im Pferdestall und da hörte ich plötzlich an der Ecke zur Futterscheune aufgeregte Stimmen. Es waren Graf Eberhard und Minna."

„Was sagst du da?" Die Köchin blickte Namo erstaunt an.

„Der Graf schien sehr aufgebracht zu sein. Er beschimpfte Minna und gab ihr sogar eine Maulschelle. Minna hat geheult, aber immer auch Widerworte geäußert."

„Das ist fürwahr äußerst ungewöhnlich."

„Nach einer Weile hat der Graf nicht mehr geschimpft, sondern nur noch sehr nachdrücklich auf Minna eingeredet. Die hat dann auch aufgehört zu weinen und ihm zustimmend zugenickt. Dann ist der Graf in der Dunkelheit verschwunden und wenig später Minna auch."

Martha schwieg und schüttelte immer wieder den Kopf. Schließlich blickte sie den Mohren eindringlich an. „Und was hast du dir jetzt für Gedanken gemacht?"

„Ich wage es ja gar nicht auszusprechen, Frau Martha, aber kann es nicht sein, dass eher Graf Eberhard etwas mit Minna gehabt hat und nicht Graf Volkmar?"

„Und du meinst, Graf Eberhard hat Minna gezwungen, allen zu erzählen, dass Graf Volkmar der Vater ihres Kindes ist?"

Namo blickte die Köchin mit seinen großen braunen Augen fragend an, als wollte er sagen: „Könnte es nicht so gewesen sein?"

„Je länger ich darüber nachdenke, umso einleuchtender wird die ganze Angelegenheit für mich. Es war richtig, Namo, dass du mir deine Beobachtungen mitgeteilt hast. Das Ganze bleibt zunächst unter uns. Ich werde die Sache in die Hand nehmen. Wollen wir doch einmal sehen, wie lange hier noch die Wahrheit verbogen werden kann. Du gehst jetzt ins Bett. Alles andere klären wir morgen. Gute Nacht, mein Junge." Die Köchin schlug das Küchenbuch zu und erhob sich mit Schwung.

Auch Namo wünschte eine Gute Nacht und begab sich immer noch zweifelnd in seine Kammer.

Mit einem lautstarken Poltern öffnete Martha die Tür zu Minnas Kammer. Die Küchenmagd saß im Nachthemd auf ihrem Bett und betrachtete gerade einen Gegenstand, den sie nun plötzlich erschrocken hinter ihrem Rücken versteckte. Mit weit aufgerissenen Augen starrte sie Martha ängstlich an.

„Ich werde dir jetzt einmal eine Geschichte erzählen, meine liebe Minna. Frauen, die die Unwahrheit sagen, kommen nicht in den Himmel. Sie werden Opfer der ewigen Verdammnis und kommen in das Fegefeuer. Frauen, die Schimpf und Schande auf ehrbare Leute lenken, werden als Hexen verbrannt und ungeborene Kinder solcher Frauen kommen als Teufel auf die Welt. Hast du das gewusst?"

Martha stand in ihrer ganzen Größe und Breite über der auf dem Bett kauernden Küchenmagd, ihre Arme in die Hüften gestemmt.

Minna starrte Martha schreckensbleich an und begann zu weinen.

„Du kannst diesem Fluch entfliehen, indem du jetzt die Wahrheit sagst", setzte Martha nach. „Hat Graf Eberhard dir Gewalt angetan?"

Minna schaute die Köchin verschreckt und verwundert an, dann schien sie sich der drohenden Gefahren, die Martha ihr gerade so deutlich vor Augen geführt hatte, bewusst zu werden. Wie oft hatte der Pastor am Sonntag in der Kirche schon bei weitaus geringeren Sünden mit dem schrecklichen Fegefeuer gedroht. Außerdem konnte Minna sich sehr gut vorstellen, welche Qualen damit verbunden sein mussten, wo sie sich doch nicht nur einmal am Herdfeuer verbrannt hatte.

Die Küchenmagd nickte.

„Du wolltest mir etwas sagen, Minna?"

„Es war Graf Eberhard", stieß sie leise zwischen zwei Schluchzern hervor.

„Hat er dich auch gezwungen zu behaupten, dass Graf Volkmar der Vater sei?"

Minna nickte erneut. „Aber er will sich trotzdem um das Kind kümmern, hat er gesagt", stammelte Minna mit weinerlicher Stimme.

„Und das hast du ihm geglaubt, du dummes Huhn?" Eine derart einfältige Dummheit machte Martha wütend.

„Ja, das hab ich", kam Minnas trotzige Antwort, und dabei präsentierte sie Martha demonstrativ eine Brosche, die sie bisher hinter ihrem Rücken versteckt hatte.

Bevor Minna reagieren konnte, hatte Martha ihr das Schmuckstück aus der Hand genommen und betrachtete es genauer. Die wertvolle Brosche bestand aus einem filigranen Goldgeflecht, das mit dunkelroten Granatsteinen verziert war. Martha ahnte sofort, dass dieses Stück nur aus einem der gräflichen Schmuckkästen stammen konnte. Hatte nicht Graf Eberhard erst kürzlich Namo beschuldigt, Schmuck gestohlen zu haben?

Martha sah das Häuflein Unglück auf ihrem Bett inzwischen mitleidig an. Konnte man einem so einfältigen Mädchen überhaupt einen Vorwurf machen, wenn es zwischen die Mühlenräder gräflicher Intrigen geraten war?

Martha fasste einen Entschluss. „Minna, du bleibst

die nächsten Tage in deiner Kammer. Wir sagen, du bist krank. Die Mädchen sorgen dafür, dass du regelmäßig zu essen bekommst. Alles andere regele ich. Hast du mich verstanden?"

Minna nickte wortlos und die Köchin hatte den Eindruck, dass das Küchenmädchen sogar ein wenig erleichtert wirkte, als sie ihre Kammer verließ.

„Es scheint Martha langsam ein wenig zur Gewohnheit zu werden, uns zu ungünstigen Zeiten zu stören."

Bertram lächelte. Er saß an diesem Morgen zusammen mit Dorothea bei einer Tasse Schokolade in ihrem Salon und genoss mit ihr die morgendliche Ruhe nach einer gemeinsamen liebevollen Nacht. Lediglich ihre Kammerdiener und Zofen hatten Zutritt zu diesen Räumen, wenn sich Graf und Gräfin noch nicht in herrschaftlicher Kleidung befanden.

„Nun, es scheint tatsächlich sehr wichtig zu sein, wenn sie es für nötig erachtet, grundsätzliche Regeln zu vergessen. Ich hoffe doch wohl, dass es nicht nur die wöchentliche Speisefolge sein wird, die sie mit mir besprechen will." Dorothea lachte ihren Gatten an.

„Dann hol unsere ungeduldige Köchin einmal herein", wandte sich Dorothea an ihre Zofe Marie, die den Wunsch der Köchin vorgetragen hatte und jetzt auf die Weisung der Gräfin wartete.

„Nun, Martha, wo brennt es denn heute, dass du schon in den frühen Morgenstunden dein Refugium verlässt und unsere Nähe suchst?", begrüßte Graf Bertram die erstaunte Köchin, da diese den Grafen nicht in diesen Räumen erwartet hatte.

„Verzeiht, Herr Graf, Frau Gräfin, ich hielt die Neuigkeit, die sich über Nacht ergeben hat, für so bedeutend, dass

Ihr sie gleich erfahren solltet“, begann Martha mit ihrem Bericht. Im Detail schilderte sie dann, was sie von Namo und Minna am Abend zuvor erfahren hatte. Graf und Gräfin hörten ihr mit erschütterten Mienen zu, unterbrachen sie aber kein einziges Mal. Mit den letzten Worten holte Martha das Schmuckstück aus ihrer Schürzentasche und überreichte es Gräfin Dorothea. Die betrachtete es nur kurz und entließ Martha, nicht ohne ihr für ihre Worte gedankt zu haben.

Erst als Martha gegangen war, entlud sich Bertrams aufgestaute Wut. „Auf welche Gemeinheit und Hinterlist meines Bruders müssen wir uns noch einstellen? Es ist unerträglich, mit einem solchen Schurken unter einem Dach zu wohnen. Nicht nur, dass er selbst die Karre in den Dreck fährt, dann beschuldigt er noch andere für diese Missetat. Jetzt ist Schluss, ich werfe ihn und seine ganze Brut hinaus.“

Bertram sprang auf und ging im Salon unruhig auf und ab. Zu oft hatte Eberhard ihn in den vergangenen Monaten enttäuscht. Dass er jetzt ein Küchenmädchen gegen ihren Willen geschwängert und sie zudem zu Anschuldigungen gegen seinen Freund gedrängt hatte, war für Bertrams christliches Empfinden unerträglich. Selbst wenn bisher die Familienbande einen hohen Stellenwert eingenommen hatten, dieses Verhalten konnte und wollte er nicht länger dulden.

Graf Bertram saß grübelnd an seinem Schreibtisch. Nur mit einfühlsamen Worten hatte Dorothea seine Wut mildern können. Letztlich waren es auch ihre praktischen Vorschläge gewesen, die ihn von seinem Zorn auf Eberhard abgelenkt hatten. Noch heute wollte sie mit Charlotte nach Wittmoldt fahren, um mit ihrer Tante zu sprechen, ob die Küchenmagd Minna bei ihr unterkommen könnte.

Bertram hätte seinen Bruder und dessen Familie am liebsten sofort von Ascheberg verjagt, aber Dorothea hatte auch hier sein Gemüt beruhigen können, indem sie ihm vorschlug, einen soliden Plan zu entwickeln. Das Ansehen der Familie durfte nicht noch mehr geschädigt werden. Bei allem Ärger musste man schon von Glück sprechen, dass Namo das Gespräch der beiden mitbekommen und so zur Aufklärung beigetragen hatte. Letztlich wäre es erst Volkmar nach seiner Rückkehr gewesen, der Klarheit in dieses Possenspiel gebracht hätte. Aber darüber wären wohl noch Monate vergangen.

Bertram klingelte. „Conrad, sorge dafür, dass Namo zu mir kommt“, wies er seinen Kammerdiener an.

Wenig später stand der Mohr vor ihm.

„Namo, ich habe gehört, dass du entscheidend zur Aufklärung dieser unliebsamen Angelegenheit beigetragen hast, und möchte dir dafür danken. Du hast uns damit einen wertvollen Dienst erwiesen, auch wenn ich der familiären Entwicklung eher betrübt entgegensehe, aber das berührt dich persönlich nicht.“

Namo nickte nur betreten.

„Und wie geht es mit dem Lernen voran?“, wechselte Graf Bertram das Thema.

„Sehr gut, Herr Graf“, antwortete Namo einsilbig.

„Und was machen die Pferde?“

Namo drehte verlegen seine Kappe. „Es tut mir leid, Herr Graf, wenn ich ...“

„Du musst dich für dein Interesse an dem neuen Gestüt nicht entschuldigen, Namo“, unterbrach der Graf den Mohren. „Mir sind deine Fähigkeiten im Umgang mit den Pferden wohl bekannt. Wenn von deinen Lehrern auch in Zukunft keine Klagen kommen, Graf Volkmar wieder zurück und das Herrenhaus des Gestüts fertig ist, kannst du zusammen mit Graf Volkmar dort einziehen."

Namo blickte den Grafen mit strahlenden Augen an.

„Doch bevor du jetzt vor mir Freudentänze aufführst, unterrichte den Kutscher, dass er in einer halben Stunde vor dem Schloss steht, um Gräfin Dorothea und Gräfin Charlotte nach Wittmoldt zu fahren." Graf Bertram entließ Namo lächelnd. Wenigstens ein Lichtblick für ihn an diesem sonst verdorbenen Tag.

Namo verließ frohen Mutes das Schloss. Es war also nicht falsch, dass er sich Martha anvertraut hatte. Selbst der Graf schien mit ihm zufrieden zu sein. Und wenn es mit dem neuen Gestüt weiter gut voranging, würde es nicht mehr lange dauern und er könnte in das neue Herrenhaus einziehen und nahe bei den Pferden sein. Mit großen Schritten lief er auf den Marstall zu, um den Auftrag des Grafen weiterzugeben. In seinem Überschwang übersah er den Kutscher Claudius Brockmann kurz vor dem Eingang zum Pferdestall und lief ihn fast um.

„Pass gefälligst auf, du schwarze Ratte, wo du hintrittst. Sonst bekommst du es mit mir zu tun", blaffte dieser Namo an und hob dabei bedrohlich seine Hand.

„Der Graf befiehlt Euch mit der Kutsche in einer halben Stunde zum Schlossportal", sprudelte es aus Namo heraus, nachdem er sich von dem kurzen Schreck des Zusammenpralls erholt hatte.

„Was bildest du dir eigentlich ein, du verdreckte Teufelsfratze? Glaubst du im Ernst, ich nehme Befehle von dir entgegen?" Wutentbrannt ging der Kutscher auf den Mohren los und versuchte ihn mit einem Fausthieb niederzustrecken.

Doch Namo wich seinem Schlag aus, sodass der Kutscher strauchelte und auf die Knie fiel. Bevor dieser sich wieder erheben konnte, wurde er von zwei kräftigen Armen ergriffen, hochgehoben und durch die Luft geschleudert. Mit einem lauten Platschen landete er mit dem Gesicht zuerst auf dem Misthaufen.

Der Büchsenspanner Kapphengst hatte aus der Ferne schon die Attacken des Kutschers beobachtet, wohl wissend, dass dieser nicht von Namo ablassen würde. Als er jetzt sah, dass der Kutscher den Mohren sogar schlagen wollte, hielt es ihn nicht mehr zurück. Für seine kräftige Statur war es ein Leichtes, den eher schmächtigen Kutscher ein paar Meter durch die Luft zu schleudern.

„Wenn du noch einmal den Jungen angreifst, Brockmann, dann fliegst du das nächste Mal durch die geschlossene Stalltür. Hast du das verstanden, du stinkende Missgeburt?", drohte Martin Kapphengst dem Kutscher unzweideutig.

„Das wirst du bereuen, Kapphengst, das wirst du bereuen", stieß der Kutscher wütend hervor, während er mühsam versuchte, aus dem Misthaufen herauszuwaten.

„Da hab ich aber jetzt ganz große Angst." Martin Kapphengst wandte sich von dem fluchenden Kutscher ab und Namo zu. „Was hat denn unseren wohlriechenden Schweinehirten so erregt, dass er dir an die Wäsche wollte?"

„Ich habe nur eine Weisung des Grafen überbracht. Die Gräfin will mit Gräfin Charlotte nach Wittmoldt und dazu soll die Kutsche in einer knappen halben Stunde vor dem Portal stehen."

Der Büchsenspanner begann daraufhin hämisch zu lachen. „Das finde ich ja geradezu königlich. Na, Brockmann, du wohlriechende Rose, das wird die

Gräfin aber ganz besonders erfreuen, wenn du wie ein stinkender Iltis auf dem Bock sitzt und auch noch so aussiehst."

Martin Kapphengst legte Namo seinen Arm um die Schulter und ging mit ihm immer noch lachend in den Marstall, wohl wissend, dass der Kutscher es in der kurzen Zeit niemals schaffen würde, sich zu reinigen und die Pferde anzuspannen.

„Ich glaube, wir müssen etwas regulierend eingreifen, damit wir uns nicht den Zorn des Grafen zuziehen. Hol dir einen Stallburschen und spann die Pferde an. Ich werde inzwischen Aurich davon überzeugen, dass er heute den Kutscher machen muss." Fröhlich pfeifend ging er weiter in den Marstall hinein, um nach dem Stallmeister zu suchen.

„Was gibt es so Wichtiges, dass du uns mitten am Tag unbedingt sprechen musst?", meckerte Graf Eberhard seinen Bruder an, kaum dass er die Schlossbibliothek mit Gräfin Adele und Gräfin Isolde betreten hatte.

Dorothea, die bereits am großen Tisch saß, war es nicht gelungen, Bertram von seinem Vorhaben abzubringen. Ihr wäre es lieber gewesen, wenn Bertram diese unschöne Angelegenheit mit seinem Bruder unter vier Augen besprochen hätte. Doch das hatte er abgelehnt mit der Begründung, dass Eberhard seiner Familie dann doch nicht die Wahrheit erzählen würde.

„Setzt euch bitte." Graf Bertram ging nicht auf die giftige Frage seines Bruders ein. „Der Grund, weshalb ich euch bestellt habe, ist mehr als betrüblich. Ich darf vorab anmerken, dass wir betroffen sind und es als beschämend empfinden, solche Schritte zum Schutz unserer Familie unternehmen zu müssen."

„Nun werde nicht theatralischer als nötig", brauste Graf Eberhard ungeduldig auf.

„Eberhard, ich möchte dich bitten, jetzt genau zuzuhören. Uns liegen eindeutige Beweise vor, dass du das Küchenmädchen vergewaltigt hast ..."

Eberhard sprang auf. „Das ist ja wohl eine ganz hinterhältige List! Nur um deinen Freund Volkmar reinzuwaschen, verbreitest du jetzt Lügen ..."

„Setz dich! Ich werde mich nicht wiederholen", fuhr Bertram seinen Bruder mit erhobener Stimme an. „Minna bekommt ein Kind von dir und du hast sie genötigt, Graf Volkmar zu belasten."

„Einen solchen Schwachsinn muss ich mir nicht anhören."

„Eberhard, benimm dich!" Gräfin Adele legte ihre Hand zwingend auf den Arm ihres Mannes und zog ihn wieder auf seinen Sitz. „Es war eingangs von eindeutigen Beweisen die Rede."

„Zunächst hat die Küchenmagd Minna erklärt, dass nicht Graf Volkmar, sondern Eberhard ihr etwas angetan hat", ging Bertram auf die Frage seiner Schwägerin ein.

„Welch ein Beweis, dass ich nicht lache." Eberhard konnte sich nicht zurückhalten, schwieg aber, als Adele ihm mit einer herrischen Handbewegung das Wort abschnitt.

„Des Weiteren gibt es Zeugen, die Eberhard und Minna gesehen haben. Und wenn das noch nicht reicht, möchte ich von dir, Eberhard, wissen, auf welche Weise Minna in den Besitz dieser Brosche kommen konnte?" Graf Bertram legte die Brosche auf den Tisch, die Martha der Küchenmagd abgenommen hatte.

„Das ist meine Brosche, die ich neben anderem Schmuck seit geraumer Zeit vermisse", stellte Adele verwundert fest.

„Na, dann haben wir ja die Diebin, die deinen Schmuck gestohlen hat. Aber was hat das mit mir zu tun?“, fragte Eberhard dreist in die Runde.

Eberhards Schwiegermutter hatte das gesamte Gespräch unkommentiert verfolgt. Mehr und mehr zog sich über ihren ohnehin stets griesgrämigen Gesichtsausdruck eine unübersehbare Blässe.

„Deine Vorwürfe sind ebenso unhaltbar wie seinerzeit gegenüber dem Mohren. Auf welche Weise soll eine Küchenmagd unbemerkt in die Nähe der Schmuckschatullen unserer Damen kommen. Viel glaubwürdiger ist die Tatsache, dass du den Schmuck entwendet hast, um das schlechte Gewissen der Küchenmagd zu beruhigen.“ Graf Bertram ließ keine Zweideutigkeiten aufkommen.

„Das sind ungeheuerliche Anschuldigungen, die ich mir nicht gefallen lassen muss“, brauste Eberhard erneut auf. „Einer hergelaufenen Magd glaubt man mehr als einem herrschaftlichen Edelmann.“

„Mach dich nicht lächerlich!“, fuhr Adele ihrem Mann über den Mund.

„Ich werde dich weder anklagen noch vor ein Gericht zerren, um den Namen der Familie Rantzau nicht noch mehr zu beschmutzen. Dafür hast du selbst schon genügend gesorgt“, fuhr Bertram fort.

„Welch überaus barmherzige Gnade, ach du großherziger Bruder.“ Eberhard lachte seinem Bruder frech ins Gesicht.

„Dafür wirst du, Graf Eberhard von Rantzau, mit deiner Familie bis spätestens zum Ende kommender Woche das Schloss Ascheberg verlassen.“

Graf Eberhard, Gräfin Adele und Gräfin Isolde sahen

Bertram mit offenen Mündern entsetzt an.

„Das könnt Ihr nicht machen!“ Gräfin Isolde war die Erste, die sich anscheinend wieder gefangen hatte.

„Doch, das kann ich. Es ist Eure einzige Möglichkeit, ohne weitere Beschädigung des Ansehens der Familie aus der Sache herauszukommen. Ich werde Euch nicht auf die Straße setzen. Eberhard, du wirst unser Gut Lammershagen übernehmen und es verantwortlich führen.“ Bertram ließ keinen Zweifel an seiner Entscheidung.

„Lammershagen, diese kleine Schmierenscholle in der Einöde am Selenter See. Was soll ich da denn? Ich lasse mich nicht aus meinem Elternhaus vertreiben. Ich gehe zum Herzog“, begehrte Eberhard auf.

Adele fing an zu weinen.

„Das ist deine Entscheidung. In meinem Schreibtisch liegt ein versiegeltes Dokument. Solltest du meinem Entschluss zuwiderhandeln, geht dieses Dokument, in dem all deine Verfehlungen aufgelistet sind, in das Plöner Schloss. Was dann allerdings mit dir und deiner Familie geschieht, vermag ich nicht vorauszusagen.“ Bertram zeigte durch seine Haltung an, dass es nichts mehr zu sagen gab.

Gräfin Isolde stand auf, hakte ihre weinende Tochter unter und sie verließen kommentarlos die Bibliothek.

„Damit kommst du nicht durch. Damit kommst du nicht durch.“ Eberhard stolperte den Gräfinnen wütend schimpfend hinterher.

Kapitel 10

Namo wusste gar nicht, wohin er zuerst blicken sollte. Alles war neu und aufregend zugleich. Gemeinsam mit Graf Bertram ritt er auf das Stadttor zu. Das mächtige Schloss auf dem Berg, das er zum ersten Mal sah, schien die kleinen Häuser darunter fast zu erdrücken. Ein atemberaubender Anblick. Die beiden Wachen am Stadttor ließen den Grafen und ihn mit einer respektvollen Verbeugung passieren. Ihr Ritt nach Plön galt eigentlich nicht der Stadt, sondern der Herzog hatte nach Graf Bertram verlangt. Der Grund dafür war jedoch Namo selbst. Der Graf hatte in einer Depesche Herzog Hans Adolf darum gebeten, ihm die Erlaubnis zu erteilen, Namo zu seinem Feldtrompeter ausbilden zu dürfen. Gleichzeitig hatte er darum gebeten, diese Ausbildung durch einen Hoftrompeter des Herzogs zu ermöglichen. Nun waren sie auf dem Weg in das Schloss, um die Entscheidung des Herzogs zu erfahren.

Mit Verwunderung stellte Namo fest, welche Aufmerksamkeit sie unter den Leuten erzielten, als sie jetzt in gemäßigtem Schritt durch die Straße ritten. Zugegeben, der Graf war eine stattliche Erscheinung auf Aaron, seinem braunen Wallach. Sein rotes Wams leuchtete in der Sonne, sein schulterlanges Haar war von einem gleichfarbigen Filzhut mit seitlich hochgeschlagener Krempe bedeckt und einer silbernen Straußenfeder verziert – die Farben derer von Rantzau. Auch Namo hatte sein bestes Gewand angezogen. Er trug ein grünes Wams aus feiner Wolle mit weißem Kragen, dazu hellbraune Stulpenstiefel. Ein dunkelrotes Barett zierte sein kurzes schwarzes Kraushaar.

Schon bald bemerkte Namo, dass die Menschen auf der Straße nicht vorrangig den Grafen anstarrten, sondern mit verwunderten Augen ihn ansahen. Langsam dämmerte es Namo. Sie hatten noch nie einen Mohren gesehen geschweige denn einen, der mit einem Grafen hoch zu Ross durch die Straßen der Stadt ritt. Einige von ihnen verbeugten sich sogar und zogen den Hut, als sie die beiden Reiter sahen.

Als sie das Ende der Straße erreichten, bog Graf Bertram nach rechts ab. Namo sah vor sich eine Kirche, die von einer Friedhofsmauer umgeben war. Kurz darauf blieb der Graf stehen und winkte Namo heran, der bisher im gebührenden Abstand von einer Pferdelänge hinter ihm geritten war.

„Nun, Namo, was ist dir aufgefallen, als wir eben durch die Lange Straße geritten sind?"

„Die Menschen waren verwundert und guckten erstaunt", antwortete Namo nach einer Weile.

„Genau, sie haben in ihrem Leben sehr wohl schon den einen oder anderen Grafen gesehen, aber noch keinen Mohren. Du musst dich daran gewöhnen, denn später wirst du für mich öfter in Plön zu tun haben und allein in die Stadt reiten müssen", erläuterte der Graf Namo, weshalb er den Umweg durch die Stadt bei ihrem Ritt zum Schloss gewählt hatte.

„Dort oben wollen wir hin." Graf Bertram zeigte jetzt auf das Schloss, das vom Marktplatz aus vorbei am Rathaus über den steilen Schlossberg zu erreichen war, und gab seinem Pferd die Sporen. Auch die Schlosswache ließ die beiden herrschaftlichen Reiter ohne Weiteres passieren. Vor dem Hauptportal des Schlosses angekommen, konnte Namo seine Augen gar nicht von dem beeindruckenden Blick über den See abwenden.

„Der Herzog wartet auf uns“, bedrängte der Graf den staunenden Mohren.

„Seid willkommen, Rantzau. Ich freue mich immer, Euch frohen Mutes und zu frischen Taten aufgelegt zu sehen“, begrüßte der Hofmarschall, Graf Benedict von Kuningham, seine Besucher.

„Es ist mir eine Ehre, lieber Kuningham, wenn ich Euren tristen Alltag durch meine Anwesenheit erfreuen kann.“ Graf Bertram lachte den Hofmarschall des Herzogs an. Beide verband ein überaus verständnisvolles Verhältnis, das nicht zuletzt daher rührte, dass jeder den anderen in seinem Wirken respektierte.

„Das ist also Euer Zögling, der die hohe Kunst des Trompetens erlernen soll?“, wandte sich Graf Kuningham dem Mohren zu.

„Ja, das ist Namo, den ich mit Eurer Hilfe zu meinem Feldtrompeter ausbilden möchte“, beantwortete Graf Bertram die Frage, während sich Namo vor dem Hofmarschall verbeugte.

„Schön, dann wollen wir seine Durchlaucht auch nicht länger warten lassen.“ Damit bat der Hofmarschall darum, ihm zu den Gemächern des Herzogs zu folgen.

„Rantzau, Ihr versteht es immer wieder, mich aufs Neue zu überraschen“, begrüßte Herzog Hans Adolf Graf Bertram freundlich.

„Ich wäre untröstlich, Durchlaucht, wenn ich dadurch Euer Wohlbefinden trüben würde“, antworte Graf Bertram lächelnd.

„Im Gegenteil, mein Lieber, im Gegenteil. Warum sollte ich nicht einem treuen Vasallen wie Euch auch hier und da einen Dienst erweisen. Dann wollen wir einmal sehen, welch wackeres Kerlchen Ihr dort mitgebracht habt.“

Der Herzog musterte jetzt Namo von oben bis unten. „Du möchtest also Feldtrompeter des Grafen werden?“

„Es wäre für mich eine große Ehre, auf diese Weise Euch und meinem Herrn dienen zu dürfen, Durchlaucht“, antwortete Namo mit einer leichten Verbeugung, blickte dabei aber dem Herzog frei in die Augen. Eine Geste, die ungewöhnlich war, da die meisten Menschen in der Nähe des Herzogs die Augen vor ihrem Fürsten devot senkten.

Herzog Hans Adolf notierte dies mit einem leichten Schmunzeln. „Bist du dir der bedeutenden Aufgaben und der hervorragenden Position eines gräflichen Feldtrompeters bewusst?“

„Ich wurde darin unterwiesen, Durchlaucht.“

„Nun, es wird nicht die letzte Unterweisung sein. Rantzau, ich werde Eurem Glück nicht im Wege stehen und den von Euch formulierten Wunsch erfüllen. Der Junge soll seine Ausbildung erhalten. Kein Geringerer als mein Erster Hoftrompeter, Friedrich Alexander, wird sein Lehrer sein.“ Der Herzog ergriff eine Klingel und läutete.

„Ist der Hoftrompeter schon anwesend?“, fragte Herzog Hans Adolf seinen Hofmarschall, als dieser kurze Zeit später eintrat.

„Er wartet bereits, Durchlaucht.“

„Dann schickt ihn herein!“

Hofmarschall Kuningham drehte sich um und winkte den wartenden Hoftrompeter heran.

„Kommt herein, Alexander, ich möchte Euch Graf Rantzau und Euren neuen Schüler vorstellen“, empfing der Herzog seinen Ersten Hoftrompeter. Vor ihnen stand ein schlanker Mann mittleren Alters mit kräftiger Statur, der in keiner Weise wie ein verträumter Musiker aussah. Er verbeugte sich höflich.

„Dank der gütigen Hilfe seiner Durchlaucht darf ich Euch Namo in Eure bewährten Hände geben, Meister Alexander, in der Hoffnung, dass Ihr einen vortrefflichen Feldtrompeter aus ihm macht“, stellte Graf Bertram den Mohren vor.

„Soweit es in meiner Macht steht, werde ich Euch nicht enttäuschen, Herr Graf“, war die verbindliche Antwort des Ersten Hoftrompeters des Herzogs.

„Wie ich meinen Hofmarschall kenne, hat er alles andere bereits in meinem Sinne geregelt.“ Mit diesen Worten entließ der Herzog Graf Bertram, den Hoftrompeter und Namo.

Graf Kuningham erwartete sie bereits und geleitete sie in sein Audienzzimmer. Vor seinem reich verzierten Schreibtisch standen drei Stühle, auf denen sie Platz nahmen.

„Wir haben uns erlaubt, ein Dokument vorzubereiten, das die Ausbildung zum herrschaftlichen Feldtrompeter regelt. Dieses hohe Amt ist mit Privilegien verbunden, das fest umrissene Pflichten für Lehrer und Schüler verlangt. Ich werde jetzt das Dokument verlesen. Danach zeugt Euer Signum von der bindenden Verpflichtung der gehörten Gebote.“ Graf Kuningham unterbrach seine kleine Ansprache mit erhobenen Augenbrauen und begann dann das Dokument vorzulesen.

Namo war verwundert darüber, dass für seine Ausbildung zum Feldtrompeter ein derart aufwendiges Verfahren nötig sein musste. Doch dann erinnerte er sich daran, was Graf Bertram und auch der Büchsenspanner Kapphengst ihm erst kürzlich erklärt hatten, welche Pflichten auf ihn zukämen und welches Ansehen ein Feldtrompeter genoss.

Die mahnende Stimme des Hofmarschalls riss Namo

aus seinen Gedanken. „In seiner Lehrzeit hat der ehrliebende Scholar seinem Lehrherren gebührend Gehorsam zu leisten, gottesfürchtig, fromm, verschwiegen und getreu zu dienen. Zudem hat er alle Leichtfertigkeiten und Bosheiten, insbesondere Fluchen, Spielen, Saufen und Huren im Ernst zu vermeiden."

Gleichfalls wies der Hofmarschall darauf hin, dass der Lehrherr große Sorgfalt auf die Ausbildung und Erziehung des Scholaren zu verwenden und ihn in die Trompetenkunst mit allem Fleiß zu instruieren habe. Als dann noch Worte wie „Triolenzunge", „Stoßarten", „Pralltriller" und „Feldstückblasen" durch den Raum flogen, die nur einige der Fertigkeiten waren, die Namo erlernen sollte, konnte er kaum mehr folgen. Namo schwirrte der Kopf. Nachdem Graf Bertram und Hoftrompeter Alexander das in geschwungenen Buchstaben geschriebene Dokument, welches bereits mit dem Siegel und der Unterschrift des Herzogs versehen war, unterzeichnet hatten, setzte auch Namo seinen Namen darunter.

Mit den guten Wünschen des Hofmarschalls verließen sie die Hofkanzlei des Schlosses und auf Einladung des Hoftrompeters folgten sie ihm in den Westflügel. Nach einigen für Namo verwirrenden Gängen und Treppen betraten sie einen Raum, in dem drei Jungen auf dem Boden herumrutschten und Notenblätter einsammelten, während ein älterer Mann händeringend über ihnen stand.

„Nun, Meister Valentin, hat es wieder fliegende Noten gegeben?", kommentierte der Hoftrompeter das Durcheinander lachend. „Dieses ist unser Musiksaal", wandte sich Friedrich Alexander dem Grafen zu, „in dem Meister Valentin und ich versuchen, den jungen Trompetern die richtigen Töne beizubringen, wenn sich nicht gerade die Noten wieder selbstständig gemacht haben."

Inzwischen hatten die drei Schüler die Notenblätter wieder eingesammelt und an den alten Lehrer übergeben.

„Ich möchte Euch nicht lange stören, Meister Valentin. Graf Rantzau und unser neuer Schüler Namo möchten nur eine kurze Kostprobe angehender Hoftrompeter hören." Namo sah, dass die drei Jungen, die ungefähr in seinem Alter waren, sich wieder hingesetzt hatten und jeder eine silberglänzende Trompete in der Hand hielt. Mit offenen Mündern starrten sie den Mohren an.

Der Erste Hoftrompeter Alexander zeigte auf einen der Jungen. „Albrecht, bitte ein Boute Selle!"

Der Junge erhob sich, stemmte seine linke Hand in die Hüfte und setzte seine Trompete an den Mund. Eine schmetternde Fanfare erklang durch den Saal, dass Namo sich beinahe die Ohren zugehalten hätte.

„Das war ein Sattelsignal, das auch du, Namo, sehr bald beherrschen musst", erläuterte der Hoftrompeter die Fanfare.

„Heinrich, von dir bitte Retraite", wies der Hoftrompeter den zweiten Jungen an. Wieder erschallte ein lautes, durchdringendes Signal, das aber ein wenig melodiöser klang als das vorherige.

„Das war das Signal zum Rückzug, aber es erklingt nicht nur im Feld, sondern es ist auch das Gebot zur Nachtruhe", war die nächste Erklärung des Hoftrompeters. Anschließend ging er zu einer Truhe, die neben der Eingangstür stand, und entnahm ihr einen Gegenstand, der in ein dunkelrotes Samttuch gewickelt war.

„Namo, ich übergebe dir jetzt deine erste Trompete. Behüte sie, pflege sie und behandle sie wie ein Juwel. Sie wird von Tag zu Tag wertvoller für dich werden, je mehr Töne du ihr entlocken kannst." Der Hoftrompeter schlug das Samttuch zurück und überreichte Namo das glänzende Musikinstrument.

Vorsichtig, fast andächtig ergriff er die Trompete und fühlte das kalte Metall in seinen Händen.

„Auch wenn du darauf noch nicht spielen kannst, nimm sie mit nach Hause und hüte sie wie deinen Augapfel."

Namo saß in seiner Kammer, vor sich auf dem Tisch seine Trompete. Graf Bertram hatte sie, gut beschützt in dem roten Samttuch, in seine Satteltasche gesteckt, bevor sie das Schloss in Plön verlassen hatten, und sie so wohlbehalten nach Ascheberg gebracht.

Werde auch ich, wie die anderen Jungen, so gut auf der Trompete spielen können? Namos Gedanken waren von Zweifeln geprägt. Mehrfach hatte der Erste Hoftrompeter des Herzogs betont, dass ein unerlässliches Üben unverzichtbar sei, wenn man ein hervorragender Feldtrompeter werden wollte. Zudem beschränkte sich die Ausbildung nicht nur auf die gängigen Feldsignale, sondern ein Feldtrompeter musste auch ein umfassender Musiker sein, der jedes Musikstück exzellent spielen konnte. Vier Mal in der Woche sollte Namo nach Plön reiten, um am Unterricht teilzunehmen. Graf Bertram hatte für den Mohren dieses Privileg durchgesetzt, denn eigentlich mussten die Musikschüler während ihrer Lehre im Schloss wohnen.

Namo nahm die Trompete behutsam in die Hände. Dann stellte er sich hin, wie er es bei den Jungen im Musiksaal gesehen hatte, setzte das Mundstück an seine Lippen, holte tief Luft und blies kräftig in die Trompete. Erschrocken blickte er das Musikinstrument an, denn der Ton, den er dem Instrument entlockt hatte, klang wahrhaftig nicht wie eine schmetternde Fanfare, sondern hatte eine bestechende Ähnlichkeit mit dem Furz eines Wallachs.

Teil II

Kapitel 11

Schonen, im Spätsommer 1676

„Steh auf, Christian, der Graf will dich sprechen."

Schlaftrunken erhob sich Christian von seinem Feldbett, warf sich sein Wams über und stieg in die Stiefel. Eilig hängte er sich seine Trompete um und ergriff sein Barett. „Wisst Ihr, was der Graf von mir will?"

„Keine Ahnung, aber beeil dich. Es scheint wichtig zu sein", drängte ihn der Büchsenspanner Kapphengst, der ihn vorher unsanft aus seinen Träumen gerüttelt hatte.

Vor seinem Zelt stellte Christian fest, dass es noch stockfinstere Nacht war. Lediglich einzelne Fackeln brannten vor den Quartieren der Offiziere. Missmutig stapfte er dem Büchsenspanner durch den morastigen Boden bis vor das Zelt des Grafen Bertram von Rantzau hinterher. Nacheinander traten sie ein.

„Setzt euch!", wies der Graf die beiden Ankömmlinge an, bevor sie sich offiziell zur Stelle melden konnten.

Martin Kapphengst und Christian nahmen zwei einfache Hocker und rückten sie in die Nähe des Tisches, an dem Graf Bertram und Graf Hildebrand von Plessen bereits saßen. Das Zelt des Grafen war um ein Vielfaches größer als jene Behausung, in der Christian und der Büchsenspanner während des Feldzuges unterkamen.

„Christian, ich höre von Kapphengst, dass ihr gestern im Dorfkrug das Gespräch einer Gruppe von Männern belauschen konntet. Du verstehst und sprichst das

Dänische am besten von uns. Was hatten die vor?", wollte Graf Bertram wissen.

„Ich vermute, Herr Graf, dass es sich um Snaphanar handelte. Auf jeden Fall machten sie einen äußerst fröhlichen Eindruck, als ob sie gerade einen großen Erfolg erzielt hätten", schilderte Christian seine Beobachtungen.

„Du meinst die Freischärler, die den Schweden das Leben so schwer machen?"

„Genau die, Herr Graf. Mir ist grundsätzlich schon aufgefallen, ganz gleich, wo wir in Schonen gegen die Schweden kämpften, dass die Bewohner uns willkommen geheißen haben und begeistert waren, wenn wir die Schweden vertreiben konnten."

„Nun, die Schonen haben schon immer die Schweden als Besatzungstruppen empfunden. Aber was war nun mit den Freischärlern?"

„Ganz genau konnte ich das nicht herausfinden, Herr Graf, sie waren sehr betrunken und voller Hoffnung, dass es ihnen jetzt gelingen würde, dem schwedischen König das Genick zu brechen, wie sie sich ausdrückten."

„Meinst du, dass du noch mehr aus ihnen herausbekommen könntest?"

„Ich denke schon, Herr Graf. Wie bereits gesagt, sie sind uns wohlgesonnen. Wenn wir gemeinsam mit ihnen zechen, wird sich der eine oder andere bestimmt irgendwann einmal verplappern."

„Gut, du gehst heute Abend wieder in den Dorfkrug. Kapphengst wird dich begleiten. Graf Hildebrand wird dafür sorgen, dass sich vier weitere kräftige Burschen außerhalb des Dorfkruges unauffällig bereithalten, falls es Schwierigkeiten geben sollte." Damit entließ Graf Bertram seinen Büchsenspanner und seinen Mohren.

„Ich mach noch mal eine Runde."

Martin Kapphengst trennte sich vor dem Zelt des Grafen von Christian. Dieser musste lächeln, wusste er doch, dass der Büchsenspanner immer wieder einmal während seiner Runde gern bei den Marketenderinnen verweilte.

Müde streckte sich Christian auf seinem Feldbett aus und legte die Arme hinter den Kopf. Sechs Monate waren nun schon vergangen, als seine Herren im Frühjahr dem Ruf des dänischen Königs Christian V. gefolgt waren, um mit ihm in Schonen gegen die Schweden zu kämpfen. Herzog Hans Adolf war sogar zum Oberfeldmarschall der dänischen Truppen ernannt worden und Graf Bertram stand als Obrist zu Ross ohnehin in dänischen Diensten. Da Christian zu dieser Zeit kurz vor dem Ende seiner Feldtrompeterausbildung gestanden hatte, hielt der Herzog es für richtig, neben seinem Ersten Hoftrompeter, Friedrich Alexander, Christians Lehrer, auch gleich den Mohren mit ins Feld ziehen zu lassen.

Christian gähnte. Auch an seinen neuen Namen hatte sich der Mohr inzwischen gewöhnt. Christian Gottlieb sollte er heißen, hatten Graf Bertram und Pastor Mollzahn ihm einen Tag vor seiner Taufe in Kiel eröffnet. „Es ist ein überaus christlicher und gottesfürchtiger Name", hatten beide betont. Christian dachte immer noch ein wenig zwiespältig an dieses aufwendige Fest, das zu seinen Ehren gegeben worden war. Graf Bertram und Gräfin Dorothea hatten eine eindrucksvolle Zahl an Gästen zu seiner Taufe geladen. Nach der feierlichen Zeremonie durch den Hauptpastor Jessen in der St. Nikolaikirche in Kiel waren die edlen Gäste im „Ascheberger Haus" des Grafen in der Holstenstraße nur wenige Schritte von Kirche und Marktplatz entfernt empfangen und vorzüglich beköstigt worden.

Christian gähnte erneut und schloss die Augen. Ein paar Stunden konnte er vermutlich noch schlafen, bis es im Feldlager unruhig werden würde. Laute Signale und Befehle, die Geschäftigkeit der Pferdeknechte und fluchende Soldaten gehörten zu der allmorgendlichen Musik eines erwachenden Heerlagers.

Christian war das Leben in der Truppe inzwischen vertraut. Als Feldtrompeter des Grafen gehörte er der Kavallerie an und besaß sein eigenes Pferd. Auch wenn der Titel erst nach der Teilnahme an einem Feldzug verliehen wurde, setzte der Obrist den Mohren bereits als seinen Feldtrompeter ein. Im Sommer war der dänische König Christian V. mit einer Armee von vierzehntausend Mann ohne großen Widerstand bei Helsingborg in Schonen einmarschiert. Unter ihnen Herzog Hans Adolf mit seinem Regiment, zu dem auch die Reiterei von Graf Bertram gehörte.

Bei der Erstürmung von Landskrona und Kristianstad waren Christian die ersten Kanonenkugeln um den Kopf geflogen. Seite an Seite hatte er mit Graf Bertram und dessen Büchsenspanner Kapphengst gekämpft. Er hatte zur Attacke und zum Rückzug geblasen, Signale zum Satteln und zum Sammeln gegeben und nach Weisung des Grafen mit den Fanfaren die Angriffsbewegungen der Kavallerie gelenkt. Bis zur Einnahme von Kristianstad Mitte August schien dem dänischen König das Glück hold gewesen zu sein. Doch dann war General Duncan bei Halmstad von den Schweden vernichtend geschlagen worden, sodass Christian V. seine Zelte vor Kristianstad abbrach, um im Eilmarsch die Westküste zu erreichen.

Seit nunmehr drei Wochen belagerten sie Halmstad und warteten darauf, dass sich die Schweden ergeben würden. Die dänischen Soldaten hatten einen engen Ring rund um die Stadt gelegt, sodass nicht einmal eine Maus diese unbemerkt verlassen konnte. Ungewiss war, wie lange die Schweden die Belagerung ohne Nachschub an Munition und Verpflegung noch durchhalten würden.

Herzog Hans Adolf hatte seinen Befehlsstand und seine Zelte in Fyllinge errichtet, in jenem Ort, in dem General Duncan so niederschmetternd geschlagen worden war und den die Schweden bei ihrem Rückzug nach Halmstad wieder aufgegeben hatten. Hier warteten nun auch Graf Bertram und Christian auf die weiteren Befehle.

„Wie kann ein Mann allein nur so schwarz sein wie du?", grölte der rote Peer, wie sie ihn wegen seiner feuerroten Haare nannten, über den Tisch und zeigte mit seinem schmutzigen Finger auf Christian.

„Wenn du dich die nächsten drei Monate nicht mehr wäschst, dann siehst du auch bald so aus wie ich." Christian grinste den roten Peer an und streckte ihm seinen Bierkrug entgegen. Ein schallendes Gelächter war die Reaktion auf die Antwort des Mohren.

„Wirt, bring eine neue Runde, damit der Teufel mit dem Lästermaul wenigstens von innen seine schwarze Seele säubern kann", brüllte der rote Peer über die Schulter und hielt sich immer noch lachend den Bauch.

Zwölf wild verwegene Mannen saßen in „Hallands Kro", dem Dorfkrug von Fyllinge, auf Bänken an dem derben Eichentisch und ließen die Bierkrüge kreisen. Zwischen ihnen Christian Gottlieb und Martin Kapphengst. Der Büchsenspanner hatte gleich nach ihrer Ankunft am späten Abend eine Runde für die schon angeheiterten Zecher bestellt, was mit lautstarkem Beifall aufgenommen worden war. Es waren raue Gesellen, die auch an diesem

Abend zu vorgerückter Stunde mit ihren Heldentaten prahlten. Für Christian gab es keinen Zweifel mehr, dass es sich um Snaphanar handelte, jene Freischärler, die seit geraumer Zeit mit gezielten Angriffen den Schweden das Leben zur Hölle machten.

„Karl, geh nach Haus, der Krieg ist aus! Welch ein Schreck, das Geld ist weg!", stimmte der rote Peer ein Lied an, das Christian bereits am Vorabend gehört hatte und in das auch die anderen Kumpane begeistert mit einstimmten.

Der Büchsenspanner sah Christian fragend an, doch dieser konnte auch nur kaum merklich mit den Schultern zucken.

„Alle soll'n es wissen, ich muss jetzt pissen!", grölte der rote Peer in derselben Melodie des vorherigen Liedes, erhob sich schwankend und wollte die Hintertür des Schankraumes ansteuern. Verwundert dreht er sich um, als er hinter sich eine laute Stimme vernahm, die ebenfalls sang.

„Ein schöner Brauch, denn ich muss auch!" Ebenfalls schwankend stolperte ihm Christian entgegen. Krachend klopfte der rote Peer dem Mohren auf die Schulter und gemeinsam torkelten sie ins Freie.

„Sag mal, Peer, wieso ist eigentlich der Krieg für die Schweden aus?", fragte Christian ganz beiläufig, während sie beide nebeneinander standen und sich erleichterten.

„Weil wir dem blöden König das Geld geklaut haben. Über zweihundert Wagen nur mit Geld beladen. Kannst du dir das vorstellen, du schwarze Rübe?", wieherte der rote Peer verächtlich.

„Donnerwetter, das ist 'ne Leistung."

„Genau so ist das. Deswegen müssen wir jetzt auch wieder rein, um unseren Sieg zu begießen." Dabei schubste der rote Peer den Mohren vor sich her.

„Loshult, Loshult ist da, wo der Elch brüllt!“, klang es den beiden dröhnend entgegen, als sie sich wieder am Tisch niederließen.

Christian nutzte die aufgekratzte Stimmung, um dem Büchsenspanner unauffällig ein Zeichen zu geben, dass es an der Zeit sei, aufzubrechen.

Verstehend schloss Kapphengst kurz die Augen. Verwundert starrte er Christian an, als der sich anschließend schwerfällig aufrichtete, seinen Krug erhob und zu einem Trinkspruch ansetzte. „Ich trinke auf ...“

Wie vom Blitz getroffen fiel der Mohr plötzlich rückwärts über die Sitzbank und blieb bewegungslos auf dem Rücken liegen.

Kapphengst sprang auf, während sich die anderen auf die Schenkel schlugen und lachend grölten. „Skal, Skal, Skal! Der Mohr ist voll!“

Mit Schwung zog der Büchsenspanner Christian hoch, warf ihn sich über die Schulter und steuerte schwankend und von grölenden Kommentaren begleitet die Tür an. Draußen angekommen, ließ Martin Kapphengst den Mohren von der Schulter rutschen und ihn grob auf den Boden fallen.

„Ein bisschen mehr Zartgefühl hätte ich von Euch schon erwartet, Meister Kapphengst“, beschwerte sich Christian, als er aufstand und sich den Staub aus den Kleidern schlug.

„So tief bist du bereits gesunken, dass ich dich schon besoffen aus der Schänke heraustragen muss“, lachte der Büchsenspanner Christian an. „Lass uns lieber verschwinden, bevor die Saufbolde noch Lunte riechen.“

Beide schwangen sich schnell auf ihre Pferde und ritten zurück ins Heerlager.

Christian hatte nicht vermutet, dass die Erkenntnisse, die sie während des Saufgelages im Dorfkrug erworben hatten, so wichtig waren. Er wusste wohl, dass Graf Bertram sehr gewissenhaft war und sein Urteil stets auf der Grundlage möglichst vieler Informationen fällte, aber dass die Saufgelage der Snaphanar selbst für Herzog Hans Adolf von Bedeutung waren, überraschte Christian doch.

„Graf Bertram hat mir berichtet, dass Ihr im Dorfkrug von Fyllinge einige Erkenntnisse gewonnen habt, die für unsere Kriegsführung nicht ganz unbedeutend sein können", richtete der Oberfeldmarschall des dänischen Königs sein Wort an den Mohren.

„Es scheint, dass die Snaphanar dem schwedischen König einen erheblichen Schaden zugefügt haben, Durchlaucht", begann Christian seinen Rapport.

Gemeinsam mit Graf Bertram war der Mohr an diesem Morgen in das Hauptquartier des Herzogs geritten, da dieser die neuesten Nachrichten aus unmittelbarer Quelle erfahren wollte.

„Danach haben sie kürzlich bei Loshult die Kriegskasse des schwedischen Königs Karl XI. an sich gebracht. Sie sprachen von mehr als zweihundert Wagen, die mit Münzen beladen waren", fuhr Christian mit seinem Bericht fort.

„Das ist höchst interessant, denn das deckt sich mit den Schilderungen meiner Kundschafter, die ich gerade heute Morgen erhalten habe. Auch sie berichten davon, dass die Kriegskasse Karls XI. im Wert von fünfzigtausend Talern in die Hände der Feinde gefallen sein soll. Das heißt, der schwedische König kann seine Leute nicht mehr bezahlen. Die Folgen kennen wir: Meuterei, Fahnenflucht, mangelnde Disziplin. Für uns nur von Vorteil", dachte Herzog Hans Adolf laut.

„Mit Verlaub, Durchlaucht, ähnlich sehen die Snaphanar das anscheinend auch, denn sie haben keinen Hehl daraus gemacht, dass sie diese Schwäche des schwedischen Königs nutzen wollen, um ihn aus dem Land zu treiben. Zumal sie jetzt genügend Geld haben, um sich weiter aufzurüsten", ergänzte Graf Bertram Christians Beobachtungen.

„Gut, wir müssen die Gunst der Stunde nutzen." Der Herzog richtete seine Worte an die sechs Offiziere seines Generalstabes, die bisher schweigend die Berichte von Graf Bertram und Christian verfolgt hatten. „Sendet einen Kurier, der eine Audienz beim König erbittet. Wir werden uns jetzt zusammensetzen und einen Schlachtplan entwerfen, den wir dem König noch heute unterbreiten werden. Es wäre doch gelacht, wenn wir die Schweden nicht in kürzester Zeit in die Ostsee treiben könnten." Der Oberfeldmarschall gab seine Befehle. Graf Bertram und Christian waren entlassen.

„Das hört sich ja alles ganz passabel an, mein lieber Oberfeldmarschall, was Ihr da vorschlagt, aber haben wir nicht gerade eine bedeutende Schlacht verloren, von der sich unsere Männer erst einmal erholen müssen?" König Christian V. meldete ernste Zweifel an den Angriffsplänen seines Oberfeldmarschalls an. Herzog Hans Adolf hatte dem König, seinen Beratern und Höflingen die detaillierten Pläne vorgetragen und die Schwächen des Feindes herausgestellt.

„Die Niederlage von General Duncan war lediglich eine Schlacht mit einem ungünstigen Ausgang, Majestät, aber der Krieg ist deshalb noch nicht verloren. Sollte es uns gelingen, Halmstad zu erobern, wäre das ein bedeutendes Zeichen, das die Moral der schwedischen Truppe erheblich schwächen würde. Fehlender Sold aufgrund der geraubten Kriegskasse täte ein Übriges", versuchte Herzog Hans Adolf den König zu überzeugen.

„Ihr bringt den König in eine unmögliche Situation, bedrängt ihn geradezu. Lassen wir doch die kriegerischen Auseinandersetzungen eine Weile ruhen", warf unerwartet Graf von Schackenborg seine Bedenken ein.

Herzog Hans Adolf hatte den Höflingen des Königs schon immer sehr skeptisch gegenübergestanden. Aufgrund seines jungen Alters und seiner Unerfahrenheit hatte sich der dänische König mit einer Vielzahl von Beratern umgeben, die nicht immer einen sinnvollen Beitrag lieferten. Wie jetzt auch dieser des Grafen von Schackenborg. Dem Oberfeldmarschall gingen diese Einflüsterungen der Höflinge auch aus dem Grunde gegen den Strich, da sie fern aller Kompetenz waren. Ihr Verständnis für strategische Zusammenhänge konnte man mit Fug und Recht als unzureichend bezeichnen. Erfahrungen auf den Schlachtfeldern hatten sie kaum errungen, was sie nicht davon abhielt, zu allen Themen weise Ratschläge zu erteilen. Herzog Hans Adolf konnte nur mit Mühe seinen Zorn zügeln.

„Wir befinden uns hier nicht auf einem Jagdausflug, verehrter Graf Schackenborg, sondern mitten im Krieg. Und hier gilt es strategische Vor- und Nachteile abzuwägen, losgelöst von persönlichen Befindlichkeiten." Der Oberfeldmarschall konnte sich diesen Seitenhieb nicht verkneifen.

„Ich halte eine derzeitige Stürmung von Halmstad für verfrüht." Der König zögerte noch immer. „Wir sollten uns weiter auf eine beharrliche Belagerung konzentrieren. Vielleicht wäre ja auch die Entsendung eines Parlamentärs von Nutzen, der die Schweden zur

Kapitulation auffordert."

Herzog Hans Adolf merkte, dass er mit seinen Plänen zurzeit nicht erfolgreich sein würde. Der eher halbherzige Vorschlag des Königs dagegen böte zumindest die Chance, Bewegung in die starre Konstellation zu bringen.

„Einen Versuch wäre es ohne Frage wert, Majestät", lenkte der Oberfeldmarschall, wenn auch widerwillig, ein.

„Gut, gut. Wir werden eine Depesche aufsetzen, in der wir die Schweden auffordern, sich zu ergeben, wenn sie nicht dem Tode durch Kanonenkugeln oder durch Verhungern begegnen wollen." Der König begeisterte sich an seinem eigenen Vorschlag.

„Verzeiht, Majestät, haltet Ihr es für angemessen, Euch mit einem königlichen Parlamentär auf die Ebene eines Grafen Dahlberg zu begeben." Jetzt hielt Graf Haderslev, ein weiterer Höfling des Königs, es für nötig, auf standesgemäße Etikette hinzuweisen.

Herzog Hans Adolf schüttelte nur den Kopf. Deutlich war seine Gemütsverfassung an den zusammengepressten Lippen zu erkennen.

„Ihr habt recht, mein lieber und treuer Haderslev, vielleicht sollten wir die Schweden nicht auf diese übertriebene Weise hofieren." Der König war mit einem Mal nicht mehr so sehr von seiner Idee begeistert.

„Ein Parlamentär Eures Oberfeldmarschalls, Majestät, würde Euer Ansehen und Eure Ehre nicht kompromittieren", warf Herzog Hans Adolf fast resignierend ein, um zumindest die Hoffnung auf eine kleine positive Entscheidung des Königs zu wahren.

„Vorzüglich, verehrter Oberfeldmarschall, Ihr entsendet einen Parlamentär und wir harren gespannt der Dinge, die dort geschehen." Der König schien schlagartig von allen Sorgen enthoben zu sein und entließ daraufhin gnädig seinen Oberfeldmarschall.

Christian verspürte eine innere Unruhe. Sein Pferd tänzelte. Konnte der Vierbeiner eventuell sogar seine Nervosität erahnen? Nicht nur einmal waren ihm bei den Reiterattacken in den vergangenen Wochen Kugeln um die Ohren geflogen, selbst manchen Säbelhieben hatte er nur im letzten Augenblick ausweichen können, wenn er im Kampfesgetümmel an der Seite seines Grafen geritten war, stets einsatzbereit für das nächste Kampfsignal auf seiner Trompete. Doch das hatte ihn kaum beunruhigt. Jetzt aber stand eine ganz neue Aufgabe vor ihm. Angesichts des bevorstehenden Ritts ins Niemandsland hatten ihn nagende Ungewissheit und eine besondere Machtlosigkeit befallen.

Graf Bertram hatte ihn davon informiert, dass Herzog Hans Adolf seinen Ersten Hoftrompeter Alexander als Parlamentär mit einer Depesche des Königs zu den Schweden nach Halmstad entsenden wollte und er, Christian, ihn begleiten sollte. Beide saßen sie nun nebeneinander auf ihren Pferden hinter den Kanonen, die den engsten Belagerungsring um Halmstad bildeten, und warteten auf das entscheidende Signal. Christian führte in seiner linken Hand eine Lanze, die an seinem Steigbügel befestigt war. An ihr flatterten die Standarte des dänischen Oberfeldmarschalls und die weiße Parlamentärsflagge. Der Hoftrompeter des Herzogs hatte Christian beruhigt, indem er ihm von seinen drei letzten ähnlichen Aufträgen erzählte. Gleichzeitig hatte er ihm versichert, dass jeder Soldat die Abgesandten unter der weißen Flagge respektieren würde.

Ein plötzlicher Donner, dem zwei weitere Kanonenschüsse folgten, riss Christian aus seinen Gedanken.

„Marsch!", befahl Graf Bertram den beiden, nachdem sich der Pulverdampf verflogen hatte. Mit den drei Kanonenschüssen wollte man die Schweden auf die beiden Parlamentärs aufmerksam machen, damit diese nicht versehentlich als gegnerische Reiter beschossen würden.

In gemächlichem Schritt trieben sie die Pferde über die freie Fläche zwischen der Belagerungslinie und der Stadtmauer von Halmstad. Das hügelige Gelände war nur hier und da mit einigen Krüppelkiefern bewachsen und bot kaum Deckung.

„Wenn wir in der Stadt angekommen sind, werde ich die Rede führen. Halte du die Augen auf und versuche dir so viel wie möglich von den Befestigungsanlagen einzuprägen", flüsterte Meister Alexander dem Mohren zu.

Christian nickte kaum merklich.

„Und noch eins, lass dich nie provozieren. Gelassenheit ist das oberste Gebot", gab ihm der Hoftrompeter einen weiteren Rat aus dem Schatz seiner Erfahrungen.

Langsam näherten sie sich der Stadt. Die Hälfte der Strecke hatten sie bereits ohne Störung überwunden. Erst jetzt waren Einzelheiten der Stadtmauer zu erkennen. Neben den Zinnen über dem Stadttor, auf das sie zuritten, entdeckte Christian jetzt Menschen, die sie offensichtlich beobachteten. Aus den Schießscharten waren Musketen auf sie gerichtet.

„Was wollt Ihr?", erklang es von der Stadtmauer, als sie auf Rufweite herangeritten waren.

„Wir überbringen eine Depesche von seiner Majestät, dem dänischen König Christian V., an seine hochgeborene Gnaden, General von Dahlberg", entgegnete der Hoftrompeter des Herzogs lautstark.

Nach kurzer Zeit war zu sehen, dass sich das Stadttor öffnete und drei Reiter auf die Abgesandten warteten. An ihrer Kleidung war zu erkennen, dass es sich um Edelleute handeln musste.

„Folgt uns!“, war der kurze Befehl des Ältesten der Offiziere.

Als sie das Stadttor durchritten hatten, beobachtete Christian, dass auf der breiten Straße, die sich dem Tor gen Westen anschloss, eine fürchterliche Unordnung herrschte. Wagen und Pferde standen durcheinander. Mehr oder weniger verschmutztes Stroh bedeckte den Boden. Es roch nach Unrat. Zwischen all dem lagerten Soldaten, die offensichtlich betrunken waren und von denen sich manche mit leichten Mädchen vergnügten.

Mühsam richtete sich einer der Soldaten auf, als er die Reiter näher kommen sah. Seine Uniformjacke war geöffnet und von Speiseresten bekleckert.

„Seht, da kommt der schwarze Teufel und will uns alle verschlingen!“, lallte er brüllend und taumelte auf sie zu.

Einer der schwedischen Offiziere zog seinen Degen und schlug dem Soldaten die flache Klinge auf den Rücken. „Geh aus dem Weg, du Saufbold!“

Mit einem durchdringenden Heulen stürzte der Getroffene zu Boden.

Meister Alexander verzog keine Miene, und auch Christian blickte stur geradeaus, als ob er den Vorfall nicht wahrgenommen hätte.

Vor einem Haus mit einer aufwendig verzierten Fassade blieben die Reiter stehen und saßen ab. Wieder bedeuteten sie den beiden Abgesandten, ihnen zu folgen. Über eine große Freitreppe betraten sie das Haus und stiegen in die erste Etage empor. In einem Vorraum, der mit wertvollen Möbeln ausgestattet war, wies der ältere Offizier sie an zu warten, während er selbst hinter einer Doppeltür verschwand. Für die kurze Zeit, in der die Tür geöffnet war, hörte man ein ausgelassenes Stimmengewirr.

„General Dahlberg hat sich bereit erklärt, die Abgesandten des dänischen Königs zu sehen“, verkündete der ältere Offizier nach seiner Rückkehr, ohne eine menschliche Regung zu zeigen. Dann kehrte er um und ließ durch eine lässige Handbewegung die beiden Parlamentäre wissen, dass sie ihm folgen sollten.

In dem festsaalähnlichen Raum saßen ungefähr zwanzig Offiziere um einen Esstisch herum, auf dem noch Reste eines opulenten Mahls zu erkennen waren. Die Schweden hatten augenscheinlich ausgiebig gespeist und getrunken. Sie unterhielten sich angeregt und nahmen die Neuankömmlinge kaum wahr.

Am Kopfende hing ein Edelmann mit stattlicher Perücke in äußerst legerer Haltung in seinem Stuhl, indem er sein rechtes Bein über eine Armlehne gelegt hatte. „Messieurs, Attention! Der dänische König verlangt unsere Aufmerksamkeit“, befahl der General, um den es sich ohne Zweifel handeln musste.

Das Stimmengewirr verstummte.

Die beiden Parlamentäre verbeugten sich vor dem schwedischen General von Dahlberg.

„Wie es aussieht, ist dem dänischen König jede Heimtücke recht, um uns zu besiegen. Jetzt schickt er uns schon die schwarze Pest ins Haus.“

General Dahlberg warf einen abschätzigen Blick auf den Mohren und stimmte ein brüllendes Gelächter an, dem die anderen Offiziere bereitwillig folgten.

Jetzt wusste Christian, was Meister Alexander meinte, als er ihn gewarnt hatte, sich nicht provozieren zu lassen.

Christian verzog keine Miene.

„Euer Gnaden, ich habe eine Depesche des dänischen Königs für Euch." Der Hoftrompeter des Herzogs hielt das versiegelte Dokument in der Hand.

Der ältere Offizier, der sie begleitet hatte, nahm es und überreichte es dem General, der das Siegel erbrach und zu lesen begann, ohne seine bequeme Lage auf dem Stuhl zu verändern.

Die Offiziere der Tischrunde verfolgten gespannt das Mienenspiel ihres Befehlshabers.

Plötzlich prustete er los. „Hört euch das an. Ihr werdet es kaum für möglich halten, aber der dänische König ist der Meinung, wir sollten kapitulieren." Dabei lachte General Dahlberg unaufhaltsam.

Auch seine Gefolgsleute stimmten geflissentlich mit ein.

„Er macht sich sogar Sorgen um unser Wohl und er ist der Meinung, wir würden bei weiterer Belagerung sehr bald verhungern."

Wieder erklang ein hämisches Gelächter.

„Wenn wir nicht kapitulieren, droht er sogar mit seinen Kanonenkugeln."

Erneut dröhnte schadenfrohes Lachen durch den Raum.

„Teilt Eurem fürsorglichen König mit, dass wir uns ehrerbietig für seine Sorge um unser Wohl bedanken." Der General richtete jetzt seine zynischen Worte an den Hoftrompeter des Herzogs. „Von unserer drohenden Not des Verhungerns könnt Ihr Euch selbst einen Eindruck verschaffen, wenn Ihr einen Blick auf den Tisch werft, und auf die angedrohten Kanonenkugeln werden wir eine angemessen Antwort finden, da könnt Ihr ganz sicher sein."

Noch einmal begleitete ein gehässiges Gelächter die Worte des Generals.

„Auf eine schriftliche Antwort sollte Euer König nicht warten, denn wie Ihr seht, bin ich mit wichtigeren Angelegenheiten beschäftigt." Er zeigte mit einer wegwerfenden Handbewegung, dass die Parlamentäre ihn nicht weiter stören sollten.

Meister Alexander und Christian verbeugten sich und verließen den General und seine laut lamentierenden Gefolgsmänner. Die drei Offiziere, die sie auch empfangen hatten, begleiteten die beiden zum Stadttor. Auf dem Weg dorthin wurden ihnen immer wieder Unflätigkeiten zugerufen, die sie aber stoisch ignorierten. Auch als sie das Tor längst passiert hatten, klangen ihnen noch eine ganze Weile üble Beschimpfungen von den Soldaten auf den Stadtmauern hinterher.

„Ich glaube kaum, dass der Herzog und der König davon angetan sein werden, wenn sie die Nachricht des Generals hören", waren Christians erste Worte, als sie den engeren Bereich der Stadtmauern verlassen hatten.

„Da gebe ich dir recht, Christian, aber das muss nicht unsere Sorge sein. Wir sind nur die Boten. Übrigens, du hast dich wirklich wacker geschlagen inmitten dieses ungehobelten Volkes."

„Nun, allzu viel habe ich ja nicht ..."

Ein peitschender Knall unterbrach Christians Worte. Der Oberkörper des Hoftrompeters wurde nach vorne geworfen, bis er seitlich vom Pferd kippte. Christian ließ sich blitzartig vom Pferd gleiten, als ihm weitere Kugeln um den Kopf pfiffen. Auf allen Vieren robbte er zu seinem Lehrmeister, der mit dem Gesicht auf dem staubigen Boden lag und sich nicht bewegte. Auf seiner rechten Schulter entdeckte Christian einen Blutfleck, der sich langsam vergrößerte. Behutsam drehte er den Hoftrompeter auf den Rücken. Seine Augen waren geschlossen. War er noch am Leben? Der Mohr legte sein Ohr auf die Brust des Verletzten. Deutlich konnte er den Herzschlag hören. Er lebte.

Vorsichtig hob Christian seinen Kopf. Eine kleine Senke und ein paar niedrige Kiefern waren die einzige Deckung, die sich ihnen bot. Die beiden kampferprobten Kavalleriepferde waren nur wenige Meter weitergelaufen und hatten sich von den Schüssen nicht vertreiben lassen. Ein kurzer Pfiff ließ sie die Ohren spitzen und langsam trotteten sie wieder auf die beiden Trompeter zu.

Christian wusste nicht, wie gefährlich es wäre, wenn er sich aufrichten würde. Kurzerhand kniete er sich hin und legte sich den Hoftrompeter über die Schulter. Im Schutz der Pferdeleiber strebte er einem kleinen Wäldchen zu seiner Rechten zu, das ihnen genügend Deckung geben würde. Schweißgebadet erreichte er das Dickicht und mit letzter Kraft wuchtete er den leblosen Hoftrompeter bäuchlings auf sein Pferd. Friedrich Alexander beantwortete diese raue Behandlung mit einem Stöhnen. Mit einem Zügelriemen band er die Füße und Hände des Bewusstlosen unter dem Bauch des Pferdes zusammen, damit er nicht herunterfallen konnte. Anschließend kroch er auf allen Vieren zu der Stelle zurück, wo der Hoftrompeter vom Pferd gestürzt war, denn hier lag noch die Standarte, die bei seinem hastigen Sprung vom Pferd achtlos in den Staub gefallen war. In das Wäldchen zurückgekehrt, befestigte er die Lanze mit den Flaggen an dem Sattel seines Pferdes und führte die Tiere weiter in den Wald hinein. Erst als er ganz sicher war, dass man sie nicht mehr sehen konnte, saß Christian auf und ritt in einem großen Bogen auf die dänische Belagerungslinie zu. Er ging davon aus, dass die Dänen den Überfall auf sie nicht beobachtet hatten, denn sonst hätte es sicherlich eine Antwort aus Musketen und Kanonen gegeben, um ihnen Feuerschutz zu geben.

Da er sich nicht traute, die Lanze mit der Standarte des dänischen Oberfeldmarschalls und der Parlamentärsflagge aufrecht zu präsentieren, war er auch für die eigenen Truppen nicht sofort als Freund zu erkennen. Vorsichtig näherte er sich mit seiner immer einmal wieder stöhnenden Fracht der Belagerungslinie. Erst als er aus dem Schatten des Wäldchens herausritt, riss er die Standarte hoch, um so auf sich aufmerksam zu machen.

Kaum hatte er die eigenen Linien erreicht, trat ihm ein Offizier der Kanoniere entgegen. „Was ist geschehen?"

„Wir sind beschossen worden. Ich muss eilig zum Feldscher. Der Hoftrompeter des Herzogs ist verletzt", berichtete Christian kurz.

„Sein Quartier ist nicht weit von hier. Korporal, zeigt dem Mohren den Weg", befahl er einem seiner Soldaten, der sofort loslief und Christian mit einem Handzeichen aufforderte, ihm zu folgen.

Vorbei an Körben mit Kanonenkugeln und geflochtenen Sperranlagen folgten sie den Radspuren eines ausgefahrenen Feldweges, an dessen Ende bereits die ersten Zelte des Heerlagers zu erkennen waren.

Zu Beginn einer kleinen Eichenallee blieb der Korporal stehen und zeigte auf ein paar flache Gebäude eines Bauernhofes. „Dort in der ersten Scheune links findet Ihr den Regimentsfeldscher."

Dass er hier am richtigen Ort war, erkannte Christian sofort, als er sich dem angesprochenen Gebäude näherte.

Soldaten mit blutigen Verbänden lagen oder saßen vor der Scheune und blickten ihm neugierig entgegen. Ein Soldat mit einer blutverschmierten Schürze, der offensichtlich ein Helfer des Feldschers war, rief etwas in die Scheune hinein, das Christian nicht verstehen konnte. Doch noch bevor er das Scheunentor erreichte, trat ein Mann heraus, der allein durch sein sicheres Auftreten den Eindruck von Kompetenz und Autorität vermittelte.

„Bringt den Mann hinein und legt ihn auf den Tisch", befahl er, nachdem er sich den Hoftrompeter nur kurz angesehen hatte. Dann wandte er sich dem Mohren zu. „Ist diese Schweinerei während Eurer Mission geschehen?"

„Ja, Herr, wir waren bereits auf dem Rückmarsch. Ich vermute, dass betrunkene schwedische Soldaten auf uns geschossen haben."

„Ich werde mich jetzt erst einmal um den Mann kümmern."

„Er ist der Erste Hoftrompeter des Herzogs Hans Adolf und heißt Friedrich Alexander. Und ich bin Christian Gottlieb, der Feldtrompeter des Grafen Bertram von Rantzau", stellte Christian sich auch selbst gleich vor.

„Das ist mir wohl bekannt. Ich nehme an, dass Herzog und Graf bereits sehnsüchtig auf Euren Rapport warten. Ich werde den Herzog selbst über den Zustand seines Trompeters informieren." Damit drehte er sich um und verschwand in der Scheune.

„Haben sie Euch wirklich beschossen, diese Saukerle?", fragte einer der verwundeten Soldaten, der auf eine Krücke gestützt neben dem Scheunentor stand, während sich Christian wieder auf sein Pferd schwang.

„Ja, es sieht so aus. Aber sagt mir, wer war der Mann, mit dem ich eben gesprochen habe?"

„Das war der Regimentsfeldscher Peter Gansberg. Ein guter Mann. Der wird bestimmt auch Euren Kameraden wieder zusammenflicken."

Christian ritt durch die Allee, das Pferd des Hoftrompeters führte er am Zügel hinter sich her, als er in Richtung des Heerlagers eine Staubwolke erblickte. Fünf Reiter kamen im scharfen Galopp auf ihn zu. Noch bevor er wieder den Feldweg erreicht hatte, waren sie heran.

Graf Bertram zügelte seinen braunen Wallach barsch. „Christian, was ist geschehen?", waren seine ersten Worte, aus denen Sorge und Zorn mitklangen.

„Der Hoftrompeter des Herzogs ist angeschossen worden."

„Von den Schweden?"

„Ich glaube schon, Herr Graf. Wir waren bereits auf dem Rückmarsch und Meister Alexander ist in den Rücken getroffen worden. Wir hatten den Eindruck, dass die schwedischen Soldaten alle nicht mehr nüchtern waren."

„Wo ist der Hoftrompeter jetzt?"

„Der Regimentsfeldscher Gansberg kümmert sich um ihn, Herr Graf."

„Gut, wir wollen keine Zeit verlieren. Lasst uns auf direktem Wege zum Herzog reiten. Dort kannst du dann ausführlich berichten." Der Graf wendete sein Pferd auf der Hinterhand und gab ihm die Sporen.

„Ein solches Verhalten ist nicht akzeptabel und widerspricht jeder soldatischen Ehre", wütete Herzog Hans Adolf, als Christian im Beisein weiterer Offiziere dem Oberfeldmarschall berichtet hatte. Die Beschreibung des verwahrlosten Zustands der schwedischen Soldaten hatte zu einer gewissen Verwunderung unter den Anwesenden geführt. Mit Entsetzen und Empörung kommentierten sie das respektlose und rüpelhafte Benehmen des Grafen von Dahlberg. Die Verwundung des Hoftrompeters führte allgemein nur zu unverständigem Kopfschütteln.

„Ich bin fest entschlossen, dem König unsere Angriffspläne erneut zu unterbreiten. Die mangelnde Moral der Truppe in Halmstad einerseits und der schmerzliche Verlust der Kriegskasse des schwedischen Königs andererseits sind Vorteile, die wir unbedingt nutzen müssen. Außerdem können wir die schwedischen versprengten Truppen ohne Mühe umfassen, wenn General Gyldenlöwe mit seiner dänisch-norwegischen Armee von Göteborg aus Richtung Süden vorstößt und sich mit uns vereinigt. Der König muss die Gunst der Stunde erkennen, will er Schonen ein für alle Mal von der schwedischen Fremdherrschaft befreien."

Herzog Hans Adolf war eisern entschlossen, seinen Auftrag als Oberfeldmarschall des dänischen Königs zu erfüllen.

Kapitel 12

Plön, im Herbst 1676

Kraftvoll stiegen die vier Pferde ins Geschirr. Die steile Auffahrt verlangte alles von ihnen, um die Kutsche mit ihren Herrschaften zum Schlosshof zu ziehen. Graf Bertram und Gräfin Dorothea waren einmal mehr dem Ruf des Herzogs nach Plön gefolgt. Christian, der gemeinsam mit dem Büchsenspanner des Grafen hinter der Kutsche auf seinem Pferd den Schlossberg erklomm, kannte diesen Weg zur Genüge, war er doch während seiner Ausbildung zum Feldtrompeter häufig genug den Weg zum Plöner Schloss geritten. Doch heute war ein besonderer Tag. Herzog Hans Adolf hatte zur feierlichen Proklamation des neuen Feldtrompeters geladen.

Christian konnte sich noch sehr gut an den Tag erinnern, als er das erste Mal mit Graf Bertram vor die Augen des Herzogs getreten war und hier seine erste Trompete empfangen hatte. Auch heute schritten sie über die breiten Treppen in die zweite Etage des Schlosses, lenkten dann aber ihre Schritte nicht in die Audienzräume des Herzogs, sondern gelangten in einen Salon, der dem Tanzsaal, dem repräsentativen Zentrum des Schlosses, vorgelagert war.

Christian war verwundert, wie viele Personen in festlicher Robe an diesem Morgen bereits auf den Beinen waren. Bei seinen Aufenthalten im Schloss während seiner Lehrstunden hatte er immer wieder Gelegenheit gehabt, einen Blick auf das höfische Leben zu werfen. Ihm war dabei stets der Vergleich zu einem Ameisennest eingefallen. Dienstboten, Gesinde und Lakaien schufen ein ständiges geschäftiges Treiben, um die Wünsche des Herzogs und der Herzogin zu erfüllen. Gleichzeitig verlangte auch eine stattliche Zahl an Höflingen und Hofdamen nach Aufmerksamkeit und Fürsorge.

„Graf Bertram von Rantzau und seine Gemahlin Gräfin Dorothea nebst dem Trompeter Christian Gottlieb!"

Christian wurde in seinen Gedanken von der lauten Ankündigung des Zeremonienmeisters gestört, als sie den Tanzsaal des Schlosses betraten. Er schritt in gebührendem Abstand hinter dem Grafenpaar her, das freundlich nach rechts und links grüßte. Einige der anwesenden Herrschaften kannte Christian, sei es, dass er sie bei den Besuchen in Ascheberg gesehen oder auch gemeinsam mit ihnen gegen die Schweden gekämpft hatte. Wie beispielsweise Graf Hildebrand von Plessen, der zu ihnen trat und Graf und Gräfin freundlich begrüßte.

Anschließend wandte er sich dem Mohren zu. „Nun, Christian, ein großer Tag für Euch. Ihr wirkt ein wenig beunruhigt."

„Fürwahr, Herr Graf, ein bisschen zu viel der Ehre, wenn ich sehe, welche erlauchten Häupter heute anwesend sind."

„Ehre, wem Ehre gebührt, mein lieber Christian", erwiderte Graf Plessen lachend.

Mit großer Freude sah Christian, dass auch sein Lehrmeister anwesend war. Hinter einer kleinen Balustrade hatten sich bereits die Hofmusikanten aufgestellt, unter ihnen auch der Erste Hoftrompeter Friedrich Alexander. Er trug zwar immer noch seinen rechten Arm in einer Schlinge, strahlte aber seinen Lebensretter freudig an, als er ihn erblickte. Aus den Augenwinkeln konnte Christian außerdem beobachten, dass so mancher der herrschaftlichen Häupter ihn mit unverhohlener Neugier musterte. Man kann sogar ihre Gedanken lesen, kam es ihm in den Sinn. Was macht ein Mohr hier? Welch ein Skandal, ein Mohr in meiner Nähe! Grafen sprechen mit Mohren, wie empörend!

Christian musste lächeln, als plötzlich hinter ihm eine dröhnende Stimme ertönte.

„Ah, mein alter Kampfgefährte Rantzau kommt auch einmal wieder aus seiner Ascheberger Höhle." Zu ihnen war Graf Detlev von Brockdorff getreten, der Herr über das Gut Wittmoldt. Ein kräftiger aufrechter Mann mit dröhnendem Bass.

„Auch ich freue mich, Euch wiederzusehen, verehrter Brockdorff." Graf Bertram schmunzelte über den polternden alten Grafen.

„Meine geliebte Nichte, er scheint dich gut zu behandeln, du wirst von Tag zu Tag schöner." Graf Brockdorff wandte sich Dorothea zu und küsste ihr dezent die Hand. „Aber lassen wir einmal die übertriebenen Höflichkeiten. Im Vertrauen, Rantzau, ist der Herzog ernstlich verschnupft oder hat er nur aus einer Laune heraus dem königlichen Lümmel aus Dänemark den Fehdehandschuh an den Kopf geknallt?" Graf Brockdorff führte Bertram ein wenig zur Seite und senkte seine Stimme.

„Um mit Euren Worten zu sprechen, Brockdorff, der Herzog hatte einfach die Schnauze voll. Jeder gepuderte Höfling des Königs fühlte sich berufen, die Entscheidungen des Herzogs in Frage zu stellen. Wollen wir doch nicht vergessen, der Herzog war der Oberfeldmarschall der dänischen Truppen. Hinzu kam, dass der junge König Christian V. sich aufgrund seiner zahlreichen allwissenden Berater nicht entschließen konnte, den militärischen Plänen des Herzogs zu folgen. Nun frage ich Euch, Brockdorff, was würdet Ihr tun, wenn die Zahl der Schmeißfliegen um Euch herum zu groß wird?" Graf Bertram blickte den alten Grafen herausfordernd an.

„Ihr habt recht. Da man sie nicht alle erschlagen kann, entflieht man ihrer Penetranz."

„Und genau so ist es geschehen. Herzog Hans Adolf hat seine Bestallung als Oberfeldmarschall niedergelegt und sein Kommando zurückgegeben, nachdem der König sich geweigert hatte, seinen Angriffsplänen gegen die Schweden zu folgen."

„Mit geradezu verheerenden Folgen", merkte Graf Brockdorff kopfschüttelnd an.

„Ihr habt auch bereits von der Katastrophe von Lund gehört?"

„Ein absolutes Desaster. Wie konnte es nur dazu kommen?"

„Es war nichts anderes als eine logische Folge. Die Pläne des Herzogs sahen vor, die Schwäche der Schweden und ihre zahlenmäßige Unterlegenheit zu nutzen und sie unverzüglich von mehreren Seiten anzugreifen. Der König zog es jedoch vor, sich zurückzuziehen und sich mit seinen Kräften ins Winterlager zu begeben. Das brachte dem schwedischen König genügend Zeit, seine Truppen zu sammeln und zu verstärken. Bei Lund haben sie dann die vollkommen überraschten Dänen in Grund und Boden gerammt."

„Es muss ein fürchterliches Gemetzel gewesen sein", warf Graf Brockdorff immer noch kopfschüttelnd ein.

„Seine fürstliche Durchlaucht Herzog Hans Adolf zu Schleswig-Holstein und Ihre Durchlaucht Herzogin Dorothea Sophie!", ertönte die durchdringende Stimme des

Zeremonienmeisters und unterbrach die Unterhaltung der beiden Grafen. Absolute Stille kehrte im Saal des Schlosses ein.

Herzog und Herzogin schritten gemächlich auf die beiden einzigen Sessel zu, die auf einem kleinen Podest an der Stirnseite des Tanzsaales standen, und nahmen die Huldigungen durch Hofknicks und Verbeugung ihrer edlen Gäste wohlwollend lächelnd entgegen. Als sie sich gesetzt hatten, bedeutete der Herzog seinem Hofmarschall mit einem kaum merklichen Handzeichen, dass sie nun für den weiteren Ablauf der geplanten feierlichen Zeremonie bereit wären.

Graf von Kuningham trat an die Seite des Podestes, in der Hand ein gesiegeltes Dokument. Gleichzeitig war auch der Erste Hoftrompeter zum Hofmarschall getreten.

„Seine fürstliche Durchlaucht Herzog Hans Adolf gibt sich die Gnade, die Kunst des Trompeters Christian Gottlieb zu prüfen. Tretet vor!“, verkündete der Hofmarschall lautstark.

Christian, der bisher weiter in der Nähe von Graf Bertram gestanden hatte, ging die wenigen Schritte vor und verbeugte sich vor dem Herzog und der Herzogin, die ihm beide milde zulächelten. Er wusste, dass diese Art von Prüfung ein außerordentliches Privileg war, denn in den seltensten Fällen waren bei der Freisprechung der Hof- und Feldtrompeter Herzog und Herzogin anwesend. Auch dass der Fürst seine Hofgesellschaft zu diesem Anlass befohlen hatte, war eher ungewöhnlich.

„Meister Alexander, prüft den Scholaren!“, wies der Hofmarschall den Ersten Hoftrompeter an.

„Wir möchten zunächst à Cheval hören“, forderte der Lehrmeister seinen Schüler auf.

Christian nahm seine Trompete, die er stets mit einer

geflochtenen Kordel auf dem Rücken trug, stellte sich in Positur und schmetterte den Befehl zum Aufsitzen fehlerlos in den Saal. Erschrocken hielten sich einige der Höflinge und Hofdamen die Ohren zu.

Der Herzog schien sich köstlich zu amüsieren.

„Jetzt bitte Sonata!“, war die nächste Aufforderung des Ersten Hoftrompeters an Christian. Dabei blickte er zugleich auf die Hofmusikanten, die während dieses Musikstücks mit einstimmen mussten, da es grundsätzlich mehrstimmig gespielt wurde. Nach dem ersten schmetternden Feldsignal für die Kavallerie klangen jetzt eher melodiöse Töne durch die Schlossräume, die offensichtlich auch die zarten Seiten der Anwesenden ansprachen. Christian erfüllte auch diese Aufgabe mit Inbrunst und einer innigen Leidenschaft, die selbst bei einigen Damen bescheidene Anerkennung hervorrief.

„Lasst uns diese Prüfung mit à l'Etendard beschließen“, hörten die Anwesenden verwundert aus dem Munde des Herzogs, der sich anscheinend immer noch köstlich vergnügte. Christian meinte sogar ein verschmitztes Augenzwinkern entdeckt zu haben.

Erneut nahm er seine Position ein und blies laut und kräftig das Signal für die Reiter, sich bei der Regimentsfahne zu sammeln.

Danach entrollte der Hofmarschall das gesiegelte Dokument, das er bereits die ganze Zeit bei sich getragen hatte.

„Seine fürstliche Durchlaucht Herzog Hans Adolf, Erbe zu Norwegen, Herzog zu Schleswig-Holstein, Stormarn und der Dithmarschen, Graf zu Oldenburg und Delmenhorst tun kund, dass der Trompeter Christian Gottlieb von nun an zum Feldtrompeter seiner Gnaden des Grafen Bertram von Rantzau zu Ascheberg erhoben wird. Jeder, wessen Standes und Würden er auch sei, habe die löbliche und ritterliche Kunst des Trompetens achtsam zu würdigen und ihn als freien Trompeter zu Wasser und zu Land ungehindert passieren zu lassen und ihm alle Gnade und Beförderung zu erweisen."

„Meister Alexander, waltet Eures Amtes", wies danach der Hofmarschall den Ersten Hoftrompeter an. Dieser trat vor Christian, entnahm ihm die Trompete und reichte sie an einen Musiker weiter. Dann lächelte er den Mohren an. „Mit diesem Backenstreich im Namen Gottes seid Ihr losgesagt und freigesprochen!"

Im nächsten Augenblick spürte Christian einen kräftigen Schlag auf seiner rechten Wange, die ihm sein Lehrmeister mit seiner unverletzten linken Hand verpasste. Ein schallendes Gelächter war die Folge, denn kaum einer der Anwesenden hatte damit gerechnet und kannte diesen traditionellen Freisprechungsritus.

Auch der Herzog und die Herzogin hatten diese Zeremonie belustigt beobachtet. Stille trat wieder ein, als sich Herzog Hans Adolf erhob. Neben den Hofmarschall waren zwei Lakaien getreten, die auf einem roten Samtkissen mit goldenen Borten einen Degen und eine Trompete trugen.

„Monsieur Christian Gottlieb, ich setze Euch in die Profession des Feldtrompeters ein. Durch diesen Degen und die Trompete werdet Ihr nunmehr als wehrhaft erkannt", verkündete der Herzog in ernsten Worten. Dann überreichte er Christian den schmuckvollen Degen.

Graf Kuningham stülpte ihm ein mit goldenen Tressen eingefasstes Bandelier über die Schulter, an dem der Degen an seiner linken Seite befestigt wurde. Anschließend erhielt Christian eine silberne Trompete aus der Hand des Herzogs, die mit einer aufwendigen

Gravur verziert war. Voller Dankbarkeit verbeugte sich Christian vor dem Fürsten.

„Unsere Anerkennung gilt Monsieur Christian Gottlieb, der in heroischer Weise unter feindlichem Beschuss unserem Ersten Hoftrompeter das Leben gerettet hat. Und dieser bedankte sich dafür soeben mit einem Backenstreich. Möge es Euch eine Lehre sein. Die Welt ist nicht immer gerecht“, beschloss der Herzog das offizielle Zeremoniell mit launischen Worten, was zu anerkennendem Gelächter unter der Hofgesellschaft führte. Auf ein Zeichen des Hofmarschalls begannen die Musikanten zu spielen.

Christian nahm die herzlichen Glückwünsche von Graf Bertram und Gräfin Dorothea entgegen, als er wieder zu ihnen getreten war. Auch Graf Plessen gehörte zu den Gratulanten. Selbst der alte Graf Brockdorff, Gräfin Dorotheas Onkel und Herr auf Wittmoldt, ließ es sich nicht nehmen, ihm kräftig auf die Schulter zu klopfen.

„Lob und Anerkennung, mein Lieber. Der Herzog mag Euch. Ihr müsst ihn beeindruckt haben.“

Christian registrierte, dass auch andere der Hofgesellschaft ihm anerkennend zunickten, doch war er sich nicht ganz sicher, ob diese Gunst von Herzen kam oder nur, weil man der Achtung durch den Herzog nicht zuwiderhandeln wollte.

„Ich freue mich, Euch so frohen Mutes zu sehen.“

Christian blickte den Mann, der ihn unverhofft von der Seite angesprochen hatte, zunächst verwundert an. Irgendwie kam er ihm bekannt vor. Er hatte ihn schon einmal gesehen, aber wo?

„Erlaubt mir, dass ich mich vorstelle“, wandte er sich Graf Bertram und Gräfin Dorothea zu. „Mein Name ist Peter Gansberg, ich bin der Militärwundarzt und

Regimentsfeldscher des Herzogs."

Christian hatte den Feldscher aus dem Grunde nicht gleich erkannt, da ihre erste und einzige Begegnung nur sehr kurz gewesen war. Außerdem trug er jetzt wie alle im Raum höfische Kleidung und keine blutverschmierte Schürze.

„Ihr seid nicht ganz unbeteiligt daran gewesen, dass der löbliche Einsatz meines Feldtrompeters zu einem guten Ende geführt hat, denke ich, Monsieur Gansberg." Graf Bertram begrüßte den Regimentsfeldscher freundlich.

„Jeder tut das, was in seiner Macht steht", antwortete Peter Gansberg bescheiden.

„Ich war mehr als erleichtert, als ich hörte, dass der Hoftrompeter des Herzogs am Leben bleiben würde. Wird er seinen rechten Arm auch wieder bewegen können?", wollte Christian wissen.

„Ja, ja, keine Angst. In wenigen Wochen kann er wieder mit der Rechten die Trompete halten und wird blasen wie der Teufel", beschwichtigte der Regimentsfeldscher die Umstehenden lachend.

In diesem Augenblick verstummte die Musik, das dreimalige Klopfen des Zeremonienmeisters verlangte nach Aufmerksamkeit.

Herzog und Herzogin verließen den Tanzsaal des Schlosses.

Monsieur Christian. Welch ein Klang. Christian konnte es noch gar nicht glauben. Monsieur Christian. Daran musste er sich wirklich erst gewöhnen. Tief in Gedanken ritt er auf dem Weg nach Ascheberg hinter der Kutsche seines Grafen her.

„Nun, Monsieur Christian, wie fühlt Ihr Euch", unterbrach der Büchsenspanner des Grafen, der neben ihm ritt, seine Gedanken. Gerade so, als hätte er sie lesen können.

„Meister Kapphengst, ich wäre Euch sehr verbunden, wenn Ihr mich weiter nur bei meinem Namen nennen würdet.“ Ihm war die neue Anrede durch den weitaus älteren Kameraden sichtlich peinlich.

„Oh, mein lieber Monsieur, das ehrt Euch über Gebühr, aber daraus wird nichts. Jeder von uns hat seine Stellung zu erfüllen, und dazu gehören auch solche äußeren Zeichen wie Degen und Titel. Wobei es mir aufgrund meines Temperaments durchaus passieren kann, Euch in einem unkontrollierten Moment kräftig auf die Schulter zu klopfen.“

Einen solchen Augenblick hatte Christian gerade erst erlebt, als er mit Graf und Gräfin den Vorplatz des Schlosses betreten hatte, um sich wieder auf den Rückweg nach Ascheberg zu machen. Freudestrahlend war der Büchsenspanner auf Christian zugestürmt, hatte ihn umarmt und ihm dabei unaufhaltsam auf den Rücken geklopft. Erst das Räuspern des Grafen hatte ihn von seiner übersprudelnden Begeisterung abbringen können, wobei er dann mit einer etwas unbeholfenen Entschuldigung die Situation zu retten versuchte. Der Kutscher des Herzogs hingegen, der Christian seit seinem Einzug in das Ascheberger Schloss unverhohlene Feindschaft entgegenbrachte und der auch vom Büchsenspanner schon derb in seine Schranken verwiesen worden war, hatte auch jetzt keine Miene verzogen.

Christian musste schmunzeln, als er sich daran erinnerte, wie der Büchsenspanner den aggressiven Kutscher seinerzeit kurzerhand auf den Misthaufen befördert hatte. „Es ist gut, Freunde zu haben.“

„Nun wollen wir man nicht sentimental werden.

Spart Eure Liebenswürdigkeit für die Weiblichkeit auf", grummelte der Büchsenspanner, dem jede Art verbaler Freundlichkeit unbehaglich war, es sei denn, sie war mit derben Taten verbunden.

Sie waren fast angekommen. Langsam bog die Kutsche des Grafen in die Lindenallee ein, die zum Ascheberger Schloss führte. Überrascht stellte Christian fest, dass sie nicht den direkten Weg zum Schloss nahmen, sondern der Kutscher nach wenigen Metern die Pferde nach links zum neuen Gestüt lenkte. Es war ein Anblick, den Christian immer wieder genoss. Zu beiden Seiten standen die mit Reet gedeckten Gebäude wie Reithalle, Marstall, Remise und Futterscheunen, die den freien Platz in der Mitte einrahmten. Am Ende dieser Reihe leuchtete das Herrenhaus in weißer Pracht mit seinem roten Schindeldach und einer offenen Veranda.

Christian glaubte seinen Augen nicht zu trauen. Auf dem Platz vor dem Herrenhaus waren Tische und Bänke aufgestellt. Überall standen Menschen, die jetzt der Kutsche und ihren Reitern erwartungsvoll entgegenblickten. Auf der Veranda erwartete sie die gräfliche Familie. Graf Volkmar und Gräfin Charlotte, Gräfin Julia und der alte Graf Leopold, der auf einem Stuhl saß. Auch die drei Mädchen von Graf Bertram und Gräfin Dorothea waren da. Als sie näher kamen, brandete eine fröhliche Begeisterung auf. Es wurde geklatscht und Bravo gerufen.

Jetzt entdeckte Christian auch die anderen Bediensteten des Schlosses und des Gutes. Aurich, der Stallmeister, sein Freund Jasper, der erste Pferdepfleger des Gestüts, Martha, die Köchin, Conrad, der Kammerdiener des Grafen, Marie, die Zofe der Gräfin, die Küchenmädchen, die Vorreiter, die Stallburschen, sie alle waren da und hatten ihre festlichsten Kleider angelegt.

Die Kutsche hielt vor dem Herrenhaus, Graf Bertram und Gräfin Dorothea entstiegen ihr und begaben sich auf die Veranda des Herrenhauses. Mit einem Handzeichen wies der Graf Christian an, ihm zu folgen. Lächelnd wandte er sich den immer noch jubelnden Menschen zu, wartete, bis sie langsam verstummten, um seinen Worten lauschen zu können.

„Seine fürstliche Durchlaucht Herzog Hans Adolf hat Monsieur Christian Gottlieb zum Feldtrompeter bestallt und ihn mit der Verleihung von Degen und Trompete als wehrhaft erklärt." Weiter kam Graf Bertram nicht, als wieder ein ohrenbetäubender Jubel entbrannte. Lachend erhob der Graf die Hände.

Christian war sichtlich gerührt. Er wusste gar nicht, wie ihm geschah. Bereits die Zeremonie beim Herzog hatte ihn tief bewegt. Von dieser spontanen Freude, dieser Begeisterung war er schier überwältigt. Nur zu oft hatte er in der Vergangenheit schmerzlich erfahren müssen, wie wenig manche Menschen von einem Mohren hielten. Erst hier auf Ascheberg waren ihm überwiegend Freundlichkeit, Aufmerksamkeit und sogar Freundschaft begegnet. Die Stellung als Feldtrompeter des Grafen erbrachte ihm zugleich Respekt und Ansehen. Mit feuchten Augen blickte er seinen Herrn dankbar an.

Graf Bertram trat jetzt einen Schritt zur Seite, sodass ein kleines Podest zum Vorschein kam, über das ein gelbes Tuch gehängt war. Daneben stand würdevoll und mit ernster Miene der Büchsenspanner Martin Kapphengst. Auf ein kurzes Nicken des Grafen zog der Büchsenspanner das Tuch fort und ein prachtvoller Wappenschild kam zum Vorschein. Auf leuchtend blauem Grund funkelten drei goldene Sterne. Ein Helm darüber wurde von einer geballten Faust geziert, die eine goldene Trompete hielt.

Nur mühsam konnte der Graf die Begeisterung unter seinem Gesinde zügeln.

„In seiner Stellung als gräflicher Feldtrompeter gewähre ich Monsieur Christian Gottlieb das Führen eines eigenen Wappens und Siegels." Der Graf setzte seine kleine Ansprache fort und wieder wehten Beifall und Hochrufe über das Gestüt.

Graf Bertram trat auf Christian zu, ergriff mit beiden Händen seine Rechte, hielt sie und blickte dem Mohren voller Güte in die Augen. Danach gratulierten ihm auch die anderen Mitglieder der gräflichen Familie. Als Margarethe, die älteste Tochter des Grafen, ihm zart ihre Hand reichte, merkte Christian, dass sie ihm dabei einen kleinen Gegenstand zusteckte, den er unbemerkt in seinem Wams verschwinden ließ.

„Monsieur Christian, es scheint, ein paar Worte Eurerseits sind angebracht", forderte der Graf den Mohren auf.

Christian blickte in die Runde und atmete tief durch. „Verehrter Herr Graf, sehr verehrte Frau Gräfin, ich bin überwältigt und danke Euch voller Demut für die Gnade und die Ehre, Euch dienen zu dürfen. Ich bin mir der hohen Auszeichnung bewusst, die Ihr mir durch diese Ausbildung ermöglicht habt, und werde alles tun, was in meiner Macht steht, um Euch nicht zu enttäuschen. Euch allen danke ich für Euren herzlichen Empfang und für die Heimat, die Ihr mir gegeben habt."

Dann verbeugte sich Christian vor dem Grafen und seiner Frau und anschließend noch einmal vor den Bediensteten des Schlosses und des Gutes.

Graf Bertram erhob wieder die Arme, um sein Volk zu beruhigen. „Es ist für uns alle ein freudiger Tag. Deshalb lasst ihn uns auch ebenso freudig begehen. Feiert, singt und tanzt!“, forderte er lachend und kopfschüttelnd die bunte Schar seines Gefolges auf.

Nach diesen Worten zog sich die gräfliche Familie zurück und begab sich in ihre Kutschen, die sie in das nahe gelegene Schloss fuhren.

Christian konnte sich der Glückwünsche und der freundlichen Worte gar nicht erwehren, als er durch die Reihen des Gesindes schritt. Sie hatten sich inzwischen auf den Bänken niedergelassen und stürzten sich voll Heißhunger auf die leckeren Speisen, die sie sonst selten auf ihren Tellern sahen. Nicht ohne immer wieder zwischendurch ihre Bierkrüge zu heben und Christian hochleben zu lassen.

„Setzt Euch zu uns, Monsieur Christian. Esst und trinkt etwas, bevor die Banausen Euch alles weggefressen haben“, lud Martin Kapphengst Christian ein, als er bei seiner Runde an den Tisch kam, an dem auch der Büchsenspanner und der Stallmeister es sich schmecken ließen.

„Vielen Dank, Meister Kapphengst“, bedankte sich Christian, während er Platz nahm. „Wenn ich ganz ehrlich bin, verspüre ich jetzt auch einen Bärenhunger.“

„Verehrter Monsieur Christian, darf ich der Erste sein, der Euch einschenkt“, hörte er plötzlich eine Stimme hinter seinem Rücken. Als Christian sich umdrehte, lachte sein Freund Jasper ihn mit einer großen Kanne Bier in der Hand strahlend an.

„Jasper, du verrückter Bock, nun werde bloß nicht vornehm auf deine alten Tage.“ Christian hielt ihm seinen Bierkrug bereitwillig hin. „Schenk ein und setz dich zu uns!“

„Nun, Monsieur Christian, was sagt Ihr zu Eurem neuen Wappen?“, fragte Stallmeister Aurich schmatzend zwischen zwei Hähnchenschenkeln.

„Es ist wunderschön“, antwortete er geistesabwesend und blickte zur Veranda, wo es schien, als ob die drei goldenen Sterne und die Trompete in der Faust im Sonnenlicht funkeln würden.

„Wisst ihr, wer es entworfen hat? – Wer hat es gefertigt?“, fragte Christian in die Runde.

„Ich denke, der Graf selbst, aber wir wissen es nicht genau“, vermutete Martin Kapphengst. „Ich hab vom Grafen nur eine Zeichnung erhalten mit dem Auftrag, es vom Schmied fertigen zu lassen. Das Farbige hat dann mein Flintenbursche Max gemacht, der ein ganz geschicktes Händchen für solche Sachen hat.“

„Ihr kennt den Max bestimmt auch, das ist der, der mittwochs beide Sonntage auf einmal sehen kann“, warf ein Wagenknecht ein, der neben dem Büchsenspanner saß und mit seiner Bemerkung ein wieherndes Gelächter verursachte.

„Pass du nur auf, dass du deinen Kopf immer zwischen den Ohren behältst“, war die schnelle Reaktion von Martin Kapphengst, der ihm gleichzeitig einen Schlag mit der flachen Hand auf den Hinterkopf versetzte, was zusätzlich zur Erheiterung der anderen beitrug. Christian erinnerte sich an den Jungen in der Mannschaft des Büchsenspanners. Ein aufgewecktes Kerlchen, das jedoch fürchterlich schielte.

Es wurde spät an diesem Abend in Ascheberg. Die Menschen des Gutes nutzten die seltene Gelegenheit, ihrem wenig abwechslungsreichen Alltag für ein paar Stunden zu entfliehen. Es wurde getanzt, gesungen und getrunken, ganz so, wie es der Graf angeordnet hatte.

Als Christian kurz vor Mitternacht seine Gemächer im Gestütherrenhaus betrat und sich auf einen Stuhl fallen ließ, schwirrte es in seinem Kopf wie in einem Bienenstock.

„Monsieur Christian Gottlieb“, murmelte er vor sich hin und schmunzelte innerlich. Berechtigt, einen Degen zu tragen und ein Wappen zu führen. Gräfin Dorothea hatte ihn zudem angewiesen, am nächsten Morgen sofort zum Schneider ins Schloss zu gehen, um sein Barett mit einer Feder versehen zu lassen. Ein Privileg, das sonst nur dem Adel zustand. Auch neue Kleider wären nötig, so die Gräfin, da die zu tragenden Farben durch das Wappen vorgegeben wären.

Christian reckte sich und knöpfte sein Wams auf. Dabei fiel ihm ein kleines Stück Papier aus der Tasche. Jener Gegenstand, den Komtesse Margarethe ihm heimlich in die Hand gedrückt hatte. Vorsichtig entfaltete er den Zettel. Erstaunt blickte er die zierliche Zeichnung an, die, mit feinen Federstrichen aufgetragen, genau das Abbild seines neuen Wappens war. Nicht größer als ein Taler. Darunter stand in zierlicher Handschrift „trois étoiles“ – drei Sterne – und die zwei verschlungenen Buchstaben „M“ und „R“.

Ein eigenartiges Gefühl durchlief Christian. Zu Margarethe hatte sich während ihrer gemeinsamen Schulzeit ein ganz besonderes Verhältnis entwickelt. Sie hatte sich ihm gegenüber stets sehr einfühlsam und rücksichtsvoll verhalten. Als er die drei Sterne auf dem Wappen betrachtete, erinnerte er sich an jenen Abend, als sie gemeinsam mit Lehrer Fretwurst und den anderen Kindern den Sternenhimmel beobachtet hatten. Nach Anweisung hatten sie bestimmte Sternenzeichen suchen müssen, bis Margarethe ganz leise zu Christian sagte: „Nur drei Sterne sind wichtig im Leben. Mut, Liebe und Wahrhaftigkeit.“

Christian war anfangs über die ernsten Worte des jungen Mädchens verwundert gewesen, hatte ihr dann aber nach einer Weile zugestimmt. Als sie sich später nach der abendlichen Unterrichtsstunde trennten, hatte Margarethe ihm zugeflüstert: „Nicht vergessen, drei Sterne!"

Und Christian hatte geantwortet: „Ich werde es nicht vergessen, drei Sterne."

Jetzt hatten ihn die drei Sterne nach langer Zeit wieder eingeholt. Auf seinem neuen Wappen. Er vermutete, dass die junge Komtesse, nachdem der Graf entschlossen war, seinem Feldtrompeter ein Wappen und Siegel zu verleihen, ihrem Vater selbst diesen Entwurf vorgeschlagen und gezeichnet hatte. Drei Sterne. Mut, Liebe und Wahrhaftigkeit. Christian konnte nur mit Mühe seine Tränen zurückhalten.

„Es ist schon eine Wohltat, wenn man seine müden Glieder bei einem guten Tropfen wohlig ausstrecken kann", stellte Martin Kapphengst zufrieden fest und ließ sich in einen hölzernen Armstuhl fallen.

„Könnte es eventuell sein, dass Ihr langsam alt und gebrechlich werdet", provozierte Christian den Büchsenspanner des Grafen, während er sich ebenfalls an dem Tisch im Ratskeller in Kiel niederließ.

„Nie im Leben. Es ist doch immer wieder erstaunlich, auf welche Weise ihr Feldtrompeter falsche Töne blasen könnt. Blast lieber einmal in die andere Richtung, dass wir endlich etwas zu trinken bekommen", flachste der Büchsenspanner Christian an.

Gemeinsam mit Graf Bertram waren sie am Mittag in Ascheberg aufgebrochen. Der Graf hatte in den folgenden Tagen mehrere Geschäfte in Kiel zu erledigen, bei denen er von Zeit zu Zeit Christians Hilfe benötigte. Doch auf dem Weg nach Kiel hatte Graf Bertram noch eine traurige Pflicht zu erfüllen gehabt. Wenige Wochen zuvor war Graf Eberhard von Rantzau gestorben. Auch auf Gut Lammershagen, auf das Graf Bertram seinen Bruder und seine Familie nach seinen Eskapaden auf Ascheberg verbannt hatte, war Eberhard durch Spiel und Betrügereien sehr bald in undurchsichtige Kreise geraten und hatte erneut erhebliche Schulden gemacht. Nach einem Ehrenhandel mit einem seiner Schuldner war er kurze Zeit später seinen schweren Verletzungen erlegen. Jetzt galt es für Graf Bertram die Verwaltung des Gutes in Lammershagen und die Versorgung der verbliebenen Familienmitglieder zu regeln.

Nach ihrer Ankunft im Ascheberger Haus in Kiel in der Holstenstraße, dem Stadthaus des Grafen, hatte Graf Bertram an diesem Abend auf weitere Dienste von Christian und Martin Kapphengst verzichtet. Woraufhin sich die beiden, wie der Büchsenspanner vorgeschlagen hatte, entschlossen hatten, im Ratskeller erst einmal ihre staubigen Kehlen zu ölen.

„Auf Euer herzliches Wohl, Ihr Herren!“ Das junge Schankmädchen stellte zwei große Krüge mit Bier auf den derben Holztisch und lächelte dabei Christian und den Büchsenspanner freundlich an. Wobei sie den gut gekleideten Mohren mit einer gewissen Bewunderung betrachtete.

„Habt Dank, habt Dank! Bei solchem Liebreiz wird es uns doppelt schmecken.“ Martin Kapphengst hob seinen Krug und nahm einen kräftigen Schluck.

„Ihr könnt ja richtig charmant sein, Meister Kapphengst“, prostete Christian dem Büchsenspanner schmunzelnd zu.

„Ich bin grundsätzlich ein überaus zuvorkommender

und höflicher Mensch, verehrter Monsieur Christian. Wenn ich aber die meiste Zeit nur mit Schweinehirten und ungehobelten Mohren zu tun habe, dann kann ich mich auch einmal vergessen", behauptete Martin Kapphengst voller Überzeugung und nahm wiederum einen kräftigen Schluck.

Christian prustete los und hätte sich beinahe verschluckt. „Dafür seid Ihr fürwahr bekannt. Eine sensible Seele, wortkarg und immer zurückhaltend."

„Provoziert mich nicht, Monsieur Christian. Denkt daran, dass schon so mancher in vergleichbarer Situation, ehe er sich versah, schwungvoll auf dem Misthaufen gelandet ist." Martin Kapphengst verzog sein vernarbtes Gesicht zu einem Grinsen.

Beide erhoben erneut ihre Krüge und stießen an.

„Kapphengst, du verfluchter Hurensohn, bist du es wirklich?"

Christian und der Büchsenspanner stellten ihre Krüge ab und blickten den Störenfried, der an ihren Tisch getreten war, irritiert an.

„Ach, du dickes Kanonenrohr!", war die erste Reaktion von Martin Kapphengst, bis er schwungvoll aufsprang und die beiden Männer sich in die Arme fielen.

„Mann, wie lange ist das her? Kohlmorgen, du alter Saufbold! Setz dich zu uns. Das muss begossen werden." Martin Kapphengst lud den Fremden ein, sich zu setzen. Christian hatte ihn aufmerksam beobachtet. Es war ein mittelgroßer, kräftiger Mann mit einem ebenmäßigen Gesicht, der in einfaches, aber edles Tuch gekleidet war.

„Darf ich Euch meinen alten Kampfgefährten Rufus Kohlmorgen vorstellen?", wandte sich Martin Kapphengst Christian zu, der dem Neuen freundlich zunickte.

„Das ist Monsieur Christian Gottlieb, Feldtrompeter des

Grafen Bertram von Rantzau", stellte der Büchsenspanner auch Christian vor.

„Bist du immer noch in den Diensten des Grafen Rantzau?"

„Selbstverständlich. Wir beide haben für unseren Grafen schon so manches Schwein gemeinsam geritten." Martin Kapphengst blinzelte Christian verschwörerisch zu.

„Präziser kann man es kaum ausdrücken", kommentierte Christian diese Formulierung lächelnd.

„Ihr müsst wissen, Monsieur Christian, Rufus und ich, wir beide haben unsere Waffenkunst im Brandenburgischen erlernt und uns später bei mehreren Feldzügen wiedergetroffen", erklärte Martin Kapphengst jetzt ihre Bekanntschaft, nachdem sie eine weitere Runde Bier bestellt hatten. „Und wer ist jetzt dein Dienstherr?"

„Ich bin immer noch Büchsenspanner bei Graf Ronald von Meschenheim."

„Der alte Graf Ronni, ich glaub es nicht. Und was treibt dich nach Kiel?"

„Mein Graf ist zurzeit nicht guter Laune. Er braucht Pferde und bekommt keine", berichtete Rufus Kohlmorgen bereitwillig.

Sein Graf hatte den Auftrag, für ein Dragonerregiment Kavalleriepferde zu beschaffen, da im Brandenburgischen ein weiterer Krieg gegen die Schweden unmittelbar bevorstand, wie der Büchsenspanner unter dem Mantel der Verschwiegenheit zu berichten wusste. Doch die einschlägigen Pferdehändler und Gestütmeister konnten keine größere Zahl an geeigneten Pferden liefern, sodass es nötig war, sich im Holsteinischen nach den Rössern umzusehen.

Christian hatte dem Mann aufmerksam zugehört und die Ohren gespitzt, als es um die Pferde ging.

„Und was will dein Graf jetzt in Kiel?", wollte Martin Kapphengst wissen.

„Soviel ich weiß, hat er auf ein Schiff gewartet, das angeblich Pferde an Bord haben sollte, aber das ist bis heute nicht in Kiel angekommen. Auf jeden Fall hab ich den Eindruck, dass er mit seinem Latein ziemlich am Ende ist und hier vielleicht noch auf ein Wunder hofft." Rufus Kohlmorgen zuckte resignierend mit den Schultern.

„Wie lange wird Euer Graf noch in Kiel weilen?", hakte Christian nach.

„Nach Brandenburg wollten wir am Ende nächster Woche zurückkehren, aber warum fragt Ihr?"

„Ich hätte eventuell eine Idee, die das Problem Eures Grafen lösen könnte", formulierte Christian vorsichtig. „Seht Ihr eine Möglichkeit, dass der Graf mich morgen im Laufe des Vormittags empfangen könnte?"

Martin Kapphengst und Rufus Kohlmorgen schauten Christian mit großen Augen an, als hätte ein Bettler um eine Audienz beim König gebeten.

„Ihr wollt mit dem Grafen sprechen?", fragte Rufus Kohlmorgen immer noch erstaunt.

„Ja, warum nicht. Ich spreche doch auch mit meinem Grafen, und wenn es sein muss, auch mit dem Herzog. Außerdem möchte ich bezogen auf seine unglückliche Lage, die Ihr beschrieben habt, nur einen Vorschlag machen."

„Kohlmorgen, mach dir nicht in die Hose. Wenn Monsieur Christian deinen Grafen sprechen möchte, dann hat das Hand und Fuß. Glaub es mir." Martin Kapphengst klopfte seinem alten Kameraden aufmunternd auf die Schulter. „Und damit der Plan unseres

Feldtrompeters richtig flutscht, darfst du auch noch eine Runde Bier bestellen."

Die drei saßen an diesem Abend im Ratskeller in Kiel noch eine ganze Weile beim Bier zusammen und kramten eifrig in der großen Truhe der alten Zeiten und der Erinnerungen.

„Mein Büchsenspanner berichtete mir auf eine etwas prosaische Weise, dass auch schwarze Boten das Licht bringen könnten. Ich hoffe nur, dass diese Worte nicht nur die Auswüchse eines feucht-fröhlichen Abends im Ratskeller waren", begrüßte Graf Ronald von Meschenheim am nächsten Morgen mit unversteckter Skepsis und Neugier seinen Gast.

„Ich bitte Euch aufrichtig um Verzeihung, Herr Graf, wenn ich Euch mit meinem Ansinnen echauffiert haben sollte", entschuldigte sich Christian.

„Ungewöhnlich wohl auf unterschiedliche Weise, doch die Beharrlichkeit von Kohlmorgen hat mich andererseits auch neugierig gemacht."

Der Graf musterte Christian eindringlich. Vor ihm stand ein aufrechter Mohr in blauem Gewand, das mit goldenen Tressen verziert war. Von seinem gleichfarbigen Barett hing eine weiße Feder herab. Er trug zudem hellbraune Stulpenstiefel und Handschuhe, einen verzierten Degen und eine silberne Trompete auf dem Rücken. Der Graf hatte auch vorher schon bei Einladungen in andere herrschaftliche Häuser den einen oder anderen Mohren gesehen, aber noch nie einen so stattlichen jungen Mann, der anscheinend über eine gute Erziehung und ein gesundes Selbstvertrauen verfügte.

Graf Meschenheim bat Christian auf die sonnige Veranda, die zu dem repräsentativen Gasthaus gehörte, in dem der Graf während seines Aufenthalts in Kiel wohnte. „Nun denn, Monsieur Gottlieb, wo drückt Euch der Schuh?"

„Ohne Euch zu nahe treten zu wollen, Herr Graf, nach den Worten Eures Büchsenspanners zu urteilen, scheint eher Euer Schuh ein wenig zu drücken", antwortete Christian mit einem entwaffnenden Lächeln.

Graf Meschenheim holte tief Luft. So hatte sich noch nie ein Mensch niederer Herkunft erdreistet, mit ihm zu sprechen. Doch gleichzeitig konnte er dem Mohren nicht böse sein, wenn er in dieses schwarze, aber aufrichtig wirkende Gesicht sah.

„Kohlmorgen ist ein altes Waschweib", knurrte der Graf vor sich hin, um seine anfängliche Entrüstung zu kaschieren, „aber es ist richtig, die Suche nach geeigneten Pferden bereitet mir mehr und mehr Kopfzerbrechen."

„Ich würde Euch gern helfen, Herr Graf, kann Euch aber noch keine verbindlichen Zusagen machen. Es besteht die Möglichkeit, dass Ihr kurzfristig ungefähr dreißig erstklassige Kavalleriepferde aus der Zucht meines Grafen erhalten könntet."

„Dreißig Pferde?" Graf Meschenheim zögerte und blickte Christian zweifelnd an. „Wieso unterbreitet Ihr mir dieses Angebot und nicht Graf Rantzau selbst?"

„Graf Rantzau hat die Leitung des Gestüts in die Hände seines Freundes und Schwagers, Graf Volkmar von Schwetzingen, gelegt. Mit ihm müsste ich diese Angelegenheit abstimmen. Wenn es Euch genehm ist, werde ich Euch noch in der kommenden Woche eine Depesche senden. Sollte auch Graf Volkmar meiner Idee zustimmen, wovon ich fest überzeugt bin, dann liegt es in Eurem Ermessen, wann Ihr nach Ascheberg kommt, um die Pferde zu besichtigen und den Handel perfekt zu machen", erläuterte Christian dem Grafen seine Vorstellungen.

„Was gibt Euch die Sicherheit, dass auch Graf Volkmar Freude an Eurer verwegenen Idee haben könnte?", hakte der Graf immer noch ein wenig skeptisch nach.

„Graf Volkmar hat eine nahezu begnadete Hand, mit Pferden umzugehen. Ich selbst durfte während meiner Ausbildung zum Feldtrompeter in Ascheberg auch meiner Leidenschaft zu Pferden nachkommen und Graf Volkmar beim Aufbau des neuen Gestüts assistieren. Ohne anmaßend sein zu wollen, Herr Graf, aber ich glaube zu wissen, wie Graf Volkmar denkt und entscheiden wird."

„Nun gut. Ihr habt mich überzeugt. Ich mache kein Hehl daraus, dass sich die Sorgenfalten auf meiner Stirn ein wenig glätten würden, wenn der Handel zustande käme. Ich erwarte Eure Depesche."

Graf Bertram vermittelte Christian bei ihrem gemeinsamen Besuch in Kiel auf anschauliche Weise einen Eindruck von Handel und Geschäftsgebaren. Christian musste den Grafen zu verschieden Anlässen begleiten und traf dabei mit Kaufleuten, Schiffsmaklern, Händlern und Stadträten zusammen, mit denen der Graf zeitweise Geschäfte betrieb oder mit denen er gemeinsame Interessen verfolgte. In erster Linie lag es dem Grafen daran, dass seine Partner und Geschäftsleute auch Christian als seinen Vertrauten kennenlernen sollten, da er beabsichtigte, ihm in Zukunft so manche Botengänge und Erledigungen zu übertragen. Auch wenn einige der ehrbaren Herren bei den ersten Begegnungen eher reserviert reagierten, als sie sich einem Mohren gegenübersahen, änderte sich ihre Haltung Christian gegenüber doch sehr schnell, wenn sie feststellten, dass sie es mit einem äußerst gebildeten und selbstsicheren Mann zu tun hatten.

Nach abwechslungsreichen Tagen in Kiel freute sich Christian auf die Rückkehr nach Ascheberg. Nicht zuletzt war er auch gespannt darauf, wie Graf Volkmar auf seinen Vorschlag für den Verkauf der Pferde reagieren würde.

„Nun, Christian, habt Ihr die Frauenherzen in Kiel höher schlagen lassen?“, begrüßte Graf Volkmar den Feldtrompeter, als dieser das Gestütskontor im Herrenhaus betrat.

„Ich glaube, Ihr verkennt die Wirkung eines Mohren auf das weibliche Geschlecht“, antwortete Christian verlegen.

„Glaubt einem erfahrenen Edelmann, mein lieber Christian, die Weiblichkeit konnte sich einer stattlichen Erscheinung mit guten Manieren noch nie erwehren.“

Christian hatte zu Graf Volkmar ein sehr vertrauensvolles Verhältnis. Er mochte diesen freundlichen und aufgeschlossenen Menschen, der sein Wissen und Können über Pferde stets mit ihm geteilt hatte. Christian erinnerte sich an jene Tage, als man Graf Volkmar die unliebsame Untat mit der Küchenmagd Minna unterstellt hatte und Graf Eberhard und seine Familie daraufhin Ascheberg verlassen mussten. Graf Volkmar hatte von der Aufregung erst nach seiner Rückkehr aus Schwetzingen erfahren. Inzwischen waren er und Charlotte längst verheiratet und stolze Eltern einer kleinen Tochter, die sie Magdalene Dorothea getauft hatten. Graf Volkmar wohnte jetzt mit seiner kleinen Familie wieder im Schloss. Das Herrenhaus des Gestüts nutzte er nur als Kontor und für den Empfang von Käufern und Gästen.

„Erlaubt Ihr mir, Herr Graf, dass ich Euch mit einem geschäftlichen Anliegen bemühe?“, begann Christian vorsichtig.

„Geschäftliches aus Eurem Mund, da bin ich gespannt.“

„Wenn ich mich recht erinnere, habt Ihr Euch noch vor wenigen Tagen darüber beklagt, dass unser Bestand an Pferden inzwischen zu groß ist." Christian versuchte sein Ansinnen möglichst diplomatisch vorzutragen.

„Das stimmt und daran hat sich bis heute nichts geändert."

„Ebenfalls meine ich mich zu erinnern, dass Ihr es als beschwerlich und aufwendig empfunden habt, die Pferde einzeln zu verkaufen."

„Auch das ist richtig, aber worauf wollt Ihr hinaus?"

„Wäre es hilfreich, Herr Graf, wenn ich Euch dreißig Pferde abkaufen würde?" Christian blickte sein Gegenüber erwartungsvoll an.

Graf Volkmar fing an zu lachen. „Christian, Ihr seid wirklich immer wieder für eine Überraschung gut. Was wollt Ihr mit dreißig Pferden?"

„Graf Meschenheim aus Brandenburg sucht händeringend Kavalleriepferde. Bisher ohne Erfolg. Ich traf ihn in Kiel und offerierte ihm die Chance auf dreißig Pferde, Eure Zustimmung vorausgesetzt", berichtete Christian aufrichtig von seinem geplanten Pferdehandel.

„Christian, Ihr seid fürwahr einmalig." Graf Volkmar amüsierte sich königlich.

„Ich habe mir gedacht, damit tue ich Euch einen Gefallen und dem Grafen Meschenheim ebenfalls."

„Und ganz nebenbei bliebe der eine oder andere Taler auch an Euch hängen?"

„Diesen Umstand würde ich billigend in Kauf nehmen." Christian lächelte den Grafen entwaffnend an.

„Ich glaube, Ihr seid auf dem besten Weg, ein gerissener Kaufmann zu werden. Und wie viel wollt Ihr mir für ein Kavalleriepferd zahlen?"

„Unter den gegebenen Umständen halte ich einen

Preis von zwanzig Talern für angemessen."

„Christian, Christian, ich glaube, ich habe es mit einem Gauner zu tun. Ich bekomme ja schon für ein einfaches Dienstpferd eines Militärwundarztes fünfundzwanzig Taler."

„Aber ich schaffe Euch Platz für weitere dreißig Zuchtpferde, Herr Graf. Außerdem sind doch die Pferde, die ich übernehmen werde, für die Zucht nicht weiter vorgesehen."

„Ich muss zugeben, Euren Argumenten kann ich nichts entgegenhalten. Christian, ich möchte dem ersten Geschäft Eures Lebens nicht im Wege stehen. Ihr bekommt die dreißig Pferde für fünfundzwanzig Taler das Stück. Wir wissen beide, dass Kavalleriepferde dieser Güte gut und gern das Doppelte erzielen können." Graf Volkmar erhob sich von seinem Schreibtischstuhl und reichte Christian die Hand.

Dieser lächelte den Grafen an und schlug ein.

„Eine Bedingung habe ich noch. Ihr belästigt mich weder mit der Auswahl der Tiere noch mit den Verkaufsverhandlungen. Das ist ganz allein Eure Angelegenheit. Ich möchte von Euch lediglich in zwei Wochen siebenhundertfünfzig Taler auf diesem Tisch sehen."

Noch am selben Tag schickte Christian eine Depesche an Graf Meschenheim nach Kiel. Drei Tage später erschien der Graf persönlich in Begleitung seines Büchsenspanners Kohlmorgen und sechs Pferdeknechten in Ascheberg. Graf Volkmar empfing ihn offiziell im Herrenhaus, betonte aber dann nachdrücklich, dass die weiteren Verhandlungen Monsieur Gottlieb führen würde. Ein Höflichkeitsbesuch bei Graf Bertram erübrigte sich, da der zurzeit nicht auf Ascheberg weilte.

Christian führte Graf Meschenheim in einen Bereich des Gestüts, wo die dreißig ausgewählten Pferde grasten.

Dieser betrachtete und untersuchte die Tiere eingehend, bis er sich an Christian wandte. „Ich möchte ein Pferd reiten."

„Selbstverständlich, Herr Graf", entgegnete Christian bereitwillig, denn auch damit hatte er gerechnet.

„Bevorzugt Ihr ein besonderes Tier, Herr Graf?"

„Gebt mir den Braunen mit der weißen Blesse."

Christian musste nicht viel tun. Sein Freund Jasper stand schon mit Sattel und Zaumzeug bereit. Ein Stallbursche fing in Windeseile das Tier ein und sattelte es. Graf Meschenheim saß auf und gab dem Pferd sofort die Sporen. Kraftvoll sprang der Braune nach vorne und galoppierte geradezu spielerisch über die Weide. Der Graf zügelte das Pferd aus vollem Lauf, drehte es noch in der Vorwärtsbewegung auf der Hinterhand und galoppierte sofort wieder an. Dann ritt er in dieser Gangart längere Zeit kreuz und quer über die eingezäunte Weide, bis er abrupt vor Christian stoppte. Der Graf saß ab, tätschelte das Pferd und ließ es nicht aus den Augen. Doch weder ein atemloses Schnaufen noch ein nervöses Muskelzucken waren trotz dieser Anstrengung zu entdecken. Ein peitschender Schuss ließ den Grafen zusammenzucken.

„Wollt Ihr mich zu Tode erschrecken?", fuhr er wütend herum, als er sah, dass Jasper eine rauchende Pistole in der Hand hielt.

„Ihr wollt Kavalleriepferde kaufen, Herr Graf, und diese kleine Demonstration sollte Euch lediglich zeigen, dass Ihr solche vor Euch habt, die sich durch Gefechtslärm nicht aus der Ruhe bringen lassen."

„Wir kommen nicht umhin, über den Preis zu reden",

stellte Graf Meschenheim sachlich fest, nachdem er gesehen hatte, dass der Braune nicht auf den Schuss reagiert hatte und auch die anderen Pferde in Ruhe weitergrasten. Eine Äußerung über den vorzüglichen Zustand der Pferde verkniff sich der Graf bewusst, wollte er sich doch nicht in eine schlechtere Verhandlungsposition begeben. Doch Christian ließ sich nicht täuschen. Einerseits wusste er, dass der Graf die Pferde dringend benötigte, andererseits konnte jeder Kenner mühelos feststellen, dass es sich hier um wendige und kraftvolle Kavalleriepferde bester Qualität handelte.

„Nennt mir eine Zahl und ich werde sehen, ob ich damit leben kann“, antwortet Christian entgegenkommend.

„Ich biete Euch dreißig Taler und keinen Kreuzer mehr“, knurrte Graf Meschenheim.

„Ich möchte für ein Pferd fünfzig Taler und keinen Kreuzer weniger haben“, lächelte Christian den Grafen freimütig an.

„Ihr seid ein Halsabschneider und nutzt meine missliche Lage gnadenlos aus“, brauste der Graf mit hochrotem Kopf auf.

„Ich bitte um Verzeihung, Herr Graf, wenn ich diesen Eindruck erweckt haben sollte. Das war nicht meine Absicht. Aber wir beide wissen doch genügend über Pferde. Wollte ich Euch übervorteilen, dann hätte ich ohne Weiteres siebzig Taler verlangt. Da ich aber möchte, dass Ihr gegebenenfalls auch in Zukunft hochklassige Pferde in Ascheberg kauft und anderenorts nur positiv über deren Qualität sprecht, liegt mein Angebot bewusst im Euch bekannten Rahmen.“ Christian hielt es für nötig, dem Grafen klarzumachen, dass er hier keinem ungebildeten Anfänger gegenüberstand.

Die beiden einigten sich nach dem üblichen Hin und

Her beim Pferdehandel auf vierzig Taler und besiegelten das Geschäft mit einem Handschlag und einem kräftigen Schluck Branntwein, den Jasper schon bereitgehalten hatte.

Noch am selben Tag verließ Graf Meschenheim mit seinem Büchsenspanner Ascheberg, nicht ohne seine Pferdeknechte angewiesen zu haben, ihm am nächsten Tag mit den Pferden ins Brandenburgische zu folgen.

Christian saß in seinem kleinen Salon im Herrenhaus des Gestüts, den er auch als Schreibzimmer bei seinen Aufgaben für den Grafen nutzte. Auf dem Tisch lag ein Schuldschein in Höhe von tausendzweihundert Talern, ausgestellt und gesiegelt von Graf Ronald von Meschenheim. Siebenhundertfünfzig Taler davon musste er Graf Volkmar in den nächsten Tagen zahlen, vierhundertfünfzig Taler waren sein.

Christian nahm gleich zwei Stufen auf einmal, als er an diesem Morgen das Schloss in Ascheberg betrat. Graf Bertram hatte ihn zu sich bestellt, da er ihn nach Plön begleiten sollte. Als er das schwere Portal öffnete und flotten Schrittes der Bibliothek des Schlosses zustrebte, hielt er plötzlich inne, als er Komtesse Margarethe auf der Galerie erblickte. Beide schauten sich ein wenig überrascht an. Christian sprang kurz entschlossen die Stufen der Freitreppe empor und ergriff Margarethes Hände.

„Margarethe, ich hatte noch keine Gelegenheit, Euch von ganzem Herzen für die drei Sterne zu danken." Er lächelte die Komtesse liebevoll an. Margarethe schlug die Augen nieder und errötete zart, als sei sie bei etwas Unerlaubten ertappt worden.

„Es freut mich, dass das Wappen Euch gefallen hat", antwortete sie bescheiden.

„Eines versichere ich Euch, liebe Margarethe, die drei Sterne werden nicht nur auf meinem Wappen leuchten, ich werde sie auch immer in meinem Herzen tragen." Dabei drückte er Margarethes Hände, als wollte er seine Worte noch damit bekräftigen.

Margarethe blickte den Mohren mit ihren sinnlichen blauen Augen ein wenig wehmütig an. „Verliert sie nie aus den Augen!" Dann drehte sie sich abrupt um und lief die Galerie entlang, ohne sich noch einmal umzusehen.

„Der Herzog wird mich voraussichtlich nicht vor drei Uhr wieder entlassen, nehme ich an. Ihr solltet in dieser Zeit den Sattler und den Gerber aufsuchen und ihnen die Aufträge für das neue Zaumzeug und die Sättel erteilen, wie wir gestern mit Graf Volkmar besprochen haben", ordnete Graf Bertram an, als er mit seinem Feldtrompeter nach Plön ritt und das Schloss bereits in Sicht kam.

„Sehr wohl, Herr Graf. Ich werde zuerst den Sattlermeister aufsuchen und mit ihm noch einmal die genaue Menge der Tierhäute abstimmen, bevor ich zur Gerberei gehe."

„Das ist eine gute Idee, Christian. Wir treffen uns dann gegen vier Uhr bei der Witwe Sander."

Kurz vor den Plöner Stadtmauern trennten sich der Graf und sein Feldtrompeter. Während Graf Bertram seinen braunen Wallach Aaron durch das westliche Wachtor zum Schloss hinauflenkte, ritt Christian durch das Wentorfer Tor in die Stadt. Da er seine Geschäfte zu Fuß erledigen wollte, stellte er sein Pferd in den Stallungen hinter dem Gasthaus „Drei Kronen" bei der Witwe Sander ab.

„Ihr seid früh, Rantzau, das fügt sich gut. So haben wir noch ein wenig Zeit, bis seine Durchlaucht nach Euch verlangt“, begrüßte der Hofmarschall des Herzogs Graf Bertram mit ein paar Sorgenfalten auf der Stirn.

„Kann es sein, dass ich über Eurem Haupt ein paar dunkle Wolken entdecke, mein lieber Kuningham?“, fragte Graf Bertram besorgt.

„Es gibt einfach Dinge, die nicht immer ganz einfach zu erklären sind. Da können vier Augen und zwei Geister manches Mal besser urteilen als ein vereinsamter Einzelkämpfer hinter dicken Schlossmauern“, sprach der Hofmarschall weiter in Rätseln.

„Aber um mein Mitleid bittet Ihr gerade nicht, oder?“ Graf Bertram konnte sich seinen spöttischen Ton nicht verkneifen.

„Setzen wir uns zunächst und dann will ich Euch auch nicht länger im Ungewissen lassen.“ Graf Kuningham lud Bertram ein, an einem Tischchen in seinem Empfangszimmer mit Blick auf den Plöner See Platz zu nehmen.

„Seine Durchlaucht wird Euch sobald mit Hieronymus Schlapritz bekannt machen. Diese Person ist gebürtig aus St. Gallen in der Schweiz, aber derzeit in Hamburg als renommierter Wundarzt ansässig. Mir persönlich und auch meinem Weibe hat er durch eigens zubereitete Salben und Essenzen so manche Unpässlichkeit genommen. Selbst die herzogliche Familie erfreut sich inzwischen dieser heilsamen Genüsse.“

Graf Bertram hatte dem Hofmarschall aufmerksam gelauscht, konnte aber immer noch nicht recht erkennen, welche Unzulänglichkeiten damit verbunden sein könnten und wieso es gerade ihn berühren sollte.

„Ihr fragt Euch nun sicherlich, was daran bedrückend

sein kann“, fuhr der Hofmarschall beinahe Gedanken lesend fort. „Seine Durchlaucht hat sich entschlossen, diesen Herrn Schlapritz mit dem Bau der neuen Stadt vor dem Wentorfer Tor zu beauftragen.“

„Besitzt der Herr Schlapritz darin denn auch eine Fähigkeit?“, fragte Graf Bertram etwas verwundert nach.

„Exakt diese Frage stelle ich mir auch und meine Antworten darauf beunruhigen mich“, verriet Graf Kuningham jetzt seine Sorgen.

„Ihr sprecht von Antworten. Gibt es die denn bereits?“

„Ihr könnt Euch sicherlich vorstellen, dass ich Auskünfte über den hochgelobten Wundarzt eingeholt habe, die unter anderem Grund meiner Besorgnis sind. Man spricht von einem vielseitig beschäftigten Mann, der sogar eine Hütte zum Sieden von Salpeter betrieben haben soll, das man bekanntermaßen für die Herstellung von Schießpulver benötigt. Aus seinem Heimatort wurde er von dem Rat der Stadt auf Lebenszeit verbannt. Man spricht von beträchtlichen Unterschlagungen. Vielleicht versteht Ihr jetzt meine Sorge.“ Damit hatte der Hofmarschall all sein Wissen über den Schweizer Wundarzt offengelegt.

„Und nun befürchtet Ihr, dass seine Durchlaucht einem Scharlatan aufsitzen könnte?“

„Das ist zwar etwas direkt formuliert, wie es so Eure Art ist, mein lieber Rantzau, aber es trifft den Kern“, antwortete der Hofmarschall lächelnd. „Mein Wunsch an Euch wäre, dass Ihr den Herrn Schlapritz bei Eurem Gespräch unter Berücksichtigung dieser Konditionen einmal etwas genauer unter die Lupe nehmt. Vielleicht ist meine Sorge ja unbegründet. Jetzt scheint es aber an der Zeit zu sein, seine Durchlaucht nicht länger warten zu lassen.“

„Rantzau, es ist mir eine Freude, Euch den Wundarzt Hieronymus Schlapritz zu avisieren, den ich gewonnen habe, um mein Steckenpferd, den Bau der neuen Stadt, in die Tat umzusetzen.“ Herzog Hans Adolf begrüßte Graf Bertram überschwänglich.

Neben ihm stand ein kräftiger Mann mit einem stattlichen Bauch, der ganz in Schwarz gekleidet war und eine bräunlich schimmernde schulterlange Perücke trug. „Es ist mir eine Ehre, Herr Graf, Eure Bekanntschaft zu machen.“ Er verbeugte sich leicht vor Graf Bertram, der aus seinen Worten einen fremdländischen Singsang heraushören konnte. Der Herzog hatte ihn in seinem Kabinett empfangen, in dem das Stadtbild Plöns en miniature aufgebaut war.

„Ihr erlebt mich in euphorischer Laune, mein lieber Rantzau, denn Schlapritz hat bereits sehr konkrete Vorstellungen, wie das Werk anzugehen ist. Seid so gut und erläutert uns erneut Euer Vorhaben“, forderte der Herzog Hieronymus Schlapritz auf.

„Zunächst habe ich mich erdreistet, seiner Durchlaucht vorzuschlagen, der neuen Stadt einen adäquaten Namen zu verleihen“, begann der Wundarzt mit seinen Ausführungen.

„Schlapritz meint, Johannisstadt wäre angemessen.“ Der Herzog blickte Graf Bertram fragend an.

„Vortrefflich, Durchlaucht. Ein weiser Vorschlag“, beteuerte Bertram und war selbst von dieser Idee angetan.

„Mein Plan sieht vor“, fuhr Schlapritz fort, „eine Straße in gerader Linie auf das Schloss zu führen und diese mit passablen Häusern zu bebauen. In zweiter Reihe auf kleineren Grundstücken würden dann beidseitig einfachere Häuser entstehen.“

Dabei war der Stadtplaner an das Model herangetreten und zeigte schwungvoll, verbunden mit engagierter Begeisterung, mittels eines Stocks auf den vorgesehenen Verlauf der Straßen.

„In direkter Position vor dem Wentorfer Tor sollte ein Gotteshaus und nicht weit davon auch eine Apotheke für die neue Johannisstadt errichtet werden", ergänzte er seine Ausführungen.

„Nun, Rantzau, was sagt Ihr zu seinen Plänen", wandte sich der Herzog erwartungsvoll an Bertram.

„Es ist fürwahr bemerkenswert und erfreulich, dass Eure Träume, Durchlaucht, jetzt wahr werden können und durch Monsieur Schlapritzens Tatkraft die neue Johannisstadt Gestalt annimmt und ein prägnantes Gesicht bekommt."

Auch wenn Graf Bertram Hieronymus Schlapritz erst wenige Minuten kannte, war er doch von dem Elan und den klaren Vorstellungen des Schweizers beeindruckt. Der Mann wirkte überzeugend und schien glaubhaft zu sein.

„Ihr wisst, mein lieber Rantzau, dass ich auf Euren Rat stets großen Wert gelegt habe. Umso mehr freut es mich, dass Ihr meine Einschätzung teilt. Nun, ein solches Vorhaben kostet Geld, viel Geld, wie Euch bekannt sein dürfte. Doch Schlapritz hat mir ein paar neuartige Vorschläge unterbreitet, auf welche Weise er Grundstücke und Häuser in der neuen Stadt möglichen Interessenten offerieren könnte. Am besten, Ihr erläutert es dem Grafen selbst", forderte der Herzog Hieronymus Schlapritz auf.

„Ich werde mich selbstredend auch um die friedliche Besiedlung der Menschen in der Johannisstadt bemühen. Meine Verbindungen nach Hamburg und in die Schweiz eröffnen mir einige Möglichkeiten. Förderlich wäre in diesem Zusammenhang ein herzogliches Privileg, welches seine Durchlaucht den verschiedenen Berufen garantieren könnte. Dieses erhöht den Reiz einer Ansiedlung und den Wunsch, ein Haus mit eigenen Mitteln zu erwerben", beschrieb der Schweizer seine Pläne, auf welche Weise er die ohnehin stark strapazierte herzogliche Kasse schonen wollte.

Graf Bertram gewann immer mehr den Eindruck, dass Hieronymus Schlapritz nicht nur durch sein Engagement als herzoglicher Wundarzt das Vertrauen des Herzogs gewonnen hatte, sondern dass auch seine Pläne zur Errichtung der Neustadt Hand und Fuß hatten. Außerdem empfand der Graf den Hinweis des Herzogs als vorteilhaft, das erforderliche Bauholz für die neue Stadt vorrangig aus den Wäldern derer von Rantzau zu beziehen. So wie es aussah, konnte er die Bedenken des Hofmarschalls ruhigen Gewissens zerstreuen.

Christian amüsierte sich immer wieder, wenn er durch die Straßen von Plön ging oder ritt und die Reaktionen der Menschen beobachtete. Er hatte sich längst daran gewöhnt, dass die Älteren die Köpfe zusammensteckten und tuschelten und dass manche jungen Mädchen entgegen der Schicklichkeit nicht selten ein wenig zu lange hinter ihm herschauten und kicherten. Christian war sich seiner Erscheinung durchaus bewusst. Seine edle Kleidung, sein würdevoller Gang, seine stolze Haltung blieben nicht ohne Wirkung. Doch der eigentliche Grund, weshalb die meisten Menschen, die er traf, aufmerksam auf ihn reagierten, war nur eines allein, er war ein Mohr.

In der Stadt summte und brummte es an diesem Morgen. Es war Markttag. Doch Christian lenkte seine

Schritte die Lange Straße entlang und ließ auch die Kirche rechter Hand liegen. Sein Ziel war die Sattlerei in der Breiten Straße. Er betrat das Haus durch eine kleine Tür in einem großen Eingangstor und gelangte in einen halbdunklen Raum, in dem nur Licht durch ein geöffnetes Tor fiel, das auf den Hof führte. Anscheinend aufmerksam geworden durch das Klappern der Eingangstür kam aus einem Nebenraum ein kleines Mädchen auf Christian zu, erstarrte, als es ihn sah, kehrte um und lief laut schreiend davon.

Christian war es zwar gewohnt, dass manche beim ersten Treffen mit einem Mohren erstaunt und verwirrt dreinblickten, aber eine solche Reaktion hatte er noch nie erlebt. Kurze Zeit später erschien ein Mann mittleren Alters, der sich die Hände in seiner Schürze abwischte und sich als Sattlermeister Mahlberg vorstellte.

Als Christian sich auch vorstellen wollte, unterbrach der Sattlermeister ihn. „Oh, Monsieur Gottlieb, Ihr seid uns wohlbekannt."

„Tatsächlich? Aber wir hatten doch bisher nicht die Ehre", fragte Christian den Sattlermeister irritiert.

„Gewiss, Monsieur Gottlieb, gewiss, aber seid versichert, es gibt wohl kaum einen Bürger in Plön, der Euch nicht kennt und nicht weiß, dass Ihr der Feldtrompeter seiner Gnaden des Grafen Rantzau aus Ascheberg seid", beteuerte Sattlermeister Mahlberg beflissen.

„Nun, in Eurem Haus scheint aber ein schreckhaftes Wesen zu leben, das ich ..."

Christian wurde unterbrochen, als er sah, dass eine matronenhafte Frau den Raum betrat, hinter deren Röcken sich ängstlich ein kleines Mädchen versteckte. „Verzeiht, Monsieur, meine Tochter kam soeben schreiend in die Küche gestürzt und behauptete, den

Leibhaftigen gesehen zu haben“, entschuldigte sich die Frau unbeholfen. Offensichtlich war sie das Eheweib des Sattlermeisters.

Christian musste unwillkürlich schmunzeln. „Es tut mir sehr leid, wenn ich Euch mit meinem Erscheinen in Aufregung versetzt habe, aber ich bin nur ein Mensch wie jeder andere auch.“ Er ging einen Schritt auf die Frau zu und kniete sich nieder.

Das Mädchen schaute immer noch verschüchtert hinter den Röcken seiner Mutter hervor, die sie jetzt nach vorne zu schieben versuchte.

„Du weißt doch sicherlich, dass es braune und weiße Pferde gibt?“, fragte Christian.

Das Mädchen nickte zaghaft, ohne etwas zu sagen.

„Genauso wie Gott Pferde unterschiedlicher Farbe geschaffen hat, so leben auch weiße und braune Menschen auf der Erde.“ Christian versuchte, dem verschreckten Kind ein wenig die Angst zu nehmen.

Nach wie vor sprachlos und mit geweiteten Augen beobachtete das Mädchen den Mohren, als er sich wieder erhob und sich ihrem Vater zuwandte. „Ich habe eine Arbeit für Euch, Meister Mahlberg, die ich gern mit Euch besprechen möchte.“

„Selbstverständlich, Monsieur Gottlieb, bitte folgt mir doch in meine Werkstatt.“

Dem Sattlermeister war der Vorfall mit seiner Tochter offensichtlich peinlich. Mit hastigen Handbewegungen versuchte er, Weib und Kind zu signalisieren, dass sie sich aus dem Staub machen sollten.

Christian legte eine Liste auf die Werkbank, als sie die Sattlerwerkstatt auf dem Hinterhof betreten hatten, und erklärte dem Sattlermeister die einzelnen Positionen zu der Bestellung von Zaumzeug und Sätteln.

„Nach unserer Berechnung sollten für die Arbeit sechs Rinderhäute genügen. Es wäre mir aber sehr recht, Meister Mahlberg, wenn Ihr selbst noch einmal Euren Bedarf an Leder überschlagen könntet, da ich gerade auf dem Weg zum Gerber bin", bat Christian den Sattlermeister um seine kompetente Meinung.

„Sehr wohl, Monsieur Gottlieb, es dauert nicht lang. Ein paar Minuten nur."

Anschließend kramte er unter einem Stapel von Papieren und Lederstreifen ein Tintenfass und eine Feder hervor und begann auf einem zerknitterten Bogen Zahlen untereinander zu kritzeln, wobei er ständig halblaut vor sich hin murmelte. Nach kurzer Zeit richtete er sich auf, warf noch einmal einen Blick auf seine Notizen und nickte dann mehrmals mit dem Kopf, als wollte er selbst seine Berechnungen bestätigen.

„Sechs Häute werden reichen, Monsieur Gottlieb, dabei ist auch schon eine kleine Reserve berücksichtigt", räumte der Sattlermeister ein.

„Ich werde jetzt zum Gerber gehen und das Rindsleder in Auftrag geben. Um alles Weitere kümmert Ihr Euch dann bitte persönlich."

Christian verabschiedete sich von dem Sattlermeister, der von diesem umfangreichen Auftrag aus herrschaftlichem Haus sichtlich beeindruckt war.

Auf seinem weiteren Weg durch die Stadt erreichte Christian sehr bald die Brücke über die Schwentine, jenen Fluss, der den Großen Plöner See mit dem Drecksee verband. Von diesem Übergang aus waren zu seiner Rechten die Gebäude der Kornmühle zu sehen. Vor sich erblickte er das Lübsche Tor, das die Stadt gen Osten begrenzte. Kurz hinter der Schwentine bog der

Feldtrompeter nach links ab und folgte dem Lauf des Flusses, bis er die Häuser des Gerberhofes erreicht hatte. Er rümpfte die Nase, als er den Hof der Gerberei betrat. Fauliger Gestank schlug ihm entgegen. Aus großen hölzernen Bottichen stiegen übel riechende Dämpfe auf.

Zwei Gesellen reinigten mit scharfen Messern Kuhhäute, an denen deutlich noch Fleisch- und Fettreste zu erkennen waren. Als einer der Männer den vornehmen Herrn entdeckte, pfiff er nach kurzem Erstaunen auf zwei Fingern und widmete sich dann wieder seiner Arbeit.

Wenig später erschien aus dem Dunkel eines Schuppens ein Mann, auf dessen kugelrundem Körper halslos ein ebenso runder Glatzkopf thronte. Über seinen feisten Leib war ein Lederschurz gebunden, der von zwei dicken nackten Armen eingerahmt wurde.

„Womit kann ich Euer Gnaden dienen?“, begrüßte er den Mohren unterwürfig.

Christian beeilte sich, dem Gerbermeister seine Wünsche vorzutragen, verwies ihn für mögliche weitere Fragen an den Sattlermeister und verabschiedete sich eilig. Selbst als er längst den Gerberhof verlassen hatte und sich auf seinem Rückweg dem Marktplatz näherte, glaubte er, immer noch diesen bestialischen Gestank der Gerberei in der Nase zu spüren. Ganz langsam vertrieben die Gerüche der Marktstände Christians Unwohlsein. Obst, Gemüse und Kräuter und das bunte, lebhafte Treiben vor dem Rathaus ließen ihn schnell das unbehagliche Erlebnis vergessen. Genussvoll steckte er seine Nase in einen kleinen Minzestrauß und sog den frischen Duft ein, als ihm freundlich auf die Schulter geklopfte wurde.

„Man erkennt den Freund der schönen Düfte sofort“, hörte er eine Stimme hinter sich und erblickte voller

Freude den Ersten Hoftrompeter des Herzogs, Friedrich Alexander, dem er im Schonenfeldzug das Leben gerettet hatte.

„Meister Alexander, welch eine Freude, Euch zu sehen. Ich benötigte unbedingt einen belebenden Duft nach meinem Besuch in der Gerberei." Christian lachte seinen ehemaligen Lehrer an.

„Das kann ich gut verstehen. Wenn es irgend geht, sollte man um jene anrüchige Lokalität möglichst einen großen Bogen machen. Kann es sein, dass ich Euren Grafen eben von Ferne auf dem Schloss gesehen habe?", erkundigte sich der Hoftrompeter.

„Ja, das kann gut sein. Der Herzog hat ihn befohlen und er wird meinen Grafen vermutlich eine ganze Weile beanspruchen."

„Das heißt also, dass Ihr jetzt über ein wenig Zeit verfügt, bis Graf Bertram wieder nach Euch verlangt?"

„Grundsätzlich schon. Warum fragt Ihr?"

„Ich würde Euch ganz gern einladen. Es wäre mir eine große Freude, wenn Ihr mein Gast in meinem bescheidenen Heim sein könntet. Es ist nicht weit von hier, nur zweimal um die Ecke." Friedrich Alexander begeisterte sich an seiner eigenen Idee, sodass Christian die Einladung unmöglich ablehnen konnte.

„Das ist mein Eheweib Agnes und das sind meine drei Jungen." Voller Stolz präsentierte der Hoftrompeter Christian seine kleine Familie, als sie das Haus in der Klostergasse betreten hatten.

Agnes Alexander war eine sehr jugendlich wirkende unbekümmerte Frau, die sehr viel lachte und einen ansteckenden Lebensmut versprühte. Die drei Kinder schienen ihre Frohnatur geerbt zu haben. Doch als Christian die große Küche betrat, unterbrachen sie ihr ausgelassenes

Spiel und sahen den Mohren staunend an.

„Das ist Monsieur Christian Gottlieb, der Feldtrompeter des Grafen von Rantzau und der freundliche Mann, der mir das Leben gerettet hat“, verkündete Friedrich Alexander lautstark.

„Ihr seid mir in unserem Haus stets ein willkommener Gast, verehrter Monsieur Christian.“ Agnes Alexander strahlte Christian an und verbeugte sich respektvoll vor ihm. Auch die Kinder, von denen keines älter als sechs Jahre war, stellten sich brav auf und folgten dem Beispiel ihrer Mutter.

Christian musste unwillkürlich lächeln. „Ihr beschämt mich, liebe Frau Agnes, aber ich danke Euch von ganzem Herzen für das freundliche Willkommen in Eurem Haus.“

Während die Frau des Hoftrompeters sich anschließend in der Küche eifrig der Zubereitung der Mittagskost widmete, bat der Hoftrompeter Christian auf eine lichtdurchflutete Veranda, von der aus sie einen freien Blick auf den Großen Plöner See hatten. Bei einem Gläschen Würzwein tauschten sie angeregt ihre Erfahrungen und Erlebnisse der vergangenen Wochen aus. Es herrschte ein Einklang zwischen den beiden, den Christian als überaus wohltuend empfand und der sich später auch darin äußern sollte, dass Friedrich Alexander vorschlug, doch in Zukunft auf die formellen Anreden zu verzichten. Nach einem ausgiebigen und schmackhaften Mittagsmahl in einer fröhlichen und ausgelassenen Runde verabschiedete sich Christian dankbar von seinem neuen Freund und dessen Familie.

„Monsieur Christian, seid willkommen im Haus der „Drei Kronen“, begrüßte die Witwe Sander den Feldtrompeter freundlich, als er das Gasthaus in der Langen Straße betrat. „Kann ich davon ausgehen, dass auch der Herr Graf nicht weit sein wird?"

„Ihr könnt, verehrte Madame Sander, Ihr könnt, nur wann er Euer gastliches Haus betreten wird, steht in den Sternen, denn dieses allein entscheidet seine Durchlaucht", entgegnete Christian charmant und mit einer dezenten Verbeugung.

„Ich nehme an, ein edler Tropfen könnte Euch die Zeit ein wenig kürzer erscheinen lassen." Die Witwe blickte den Mohren fragend an.

„Ihr kennt meine Leidenschaften nur zu gut. Habt Ihr noch von diesem köstlichen französischen Weißwein, den Ihr mir letztens kredenzt habt?"

„Für Euch doch immer. Nehmt derweil am Tisch in der Nische Platz. Euer Wein kommt sofort."

Christian setzte sich in einen bequemen Sessel an einen Tisch, der in einer gemütlich eingerichteten Fensternische stand, als er aus den hinteren Räumen der Gaststube ein paar Stimmen hörte. Kurze Zeit später kamen vier Herren auf ihn zu, die offensichtlich das Haus nach einem gemeinschaftlichen Treffen verlassen wollten. Ihrer vornehmen Kleidung nach zu urteilen, mussten es nicht unvermögende Kaufleute sein.

„Sieh an, der schwarze Lakai meines ach so geschätzten Grafen Rantzau schleicht sich in höhere Kreise."

Christian traute seinen Ohren nicht, als einer von ihnen vor ihm stehen blieb und ihn provozierend ansah.

Stellmacher, es war der Kornhändler und Stadtrat Hinrich Stellmacher, den Christian sofort erkannte. Er hatte bisher noch nie persönlich mit ihm zu tun gehabt. Doch vor längerer Zeit war auch ihm zu Ohren gekommen, dass Graf Bertram auf den windigen Stadtrat nicht gut zu sprechen war. Irgendwie musste das mit dem Ereignis zusammenhängen, das letztlich zu dem unverhofften Auszug von Graf Eberhard und seiner Familie geführt hatte.

„Auch ich wünsche Euch einen schönen Tag, Stadtrat Stellmacher", antwortete Christian bewusst höflich, indem er sich langsam aus seinem Sessel erhob und dem Stadtrat einen Schritt entgegentrat.

Die drei anderen Herren blieben ebenfalls stehen und beobachten die beiden neugierig.

„Ich gehe einmal davon aus, dass Ihr Euch verirrt habt, denn ein solches Haus bewirtet keine Domestiken ..."

Noch bevor Christian antworten konnte, trat die Witwe Sander näher, neben sich eines ihrer jungen Serviermädchen, das eine Karaffe Wein und ein Glas auf einem Tablett vor sich her trug. Die Witwe nahm dem Mädchen das Tablett aus der Hand, stellte es mit einer eleganten Bewegung auf den Tisch und blickte Christian an. „Euer Wein, Monsieur Christian. Zum Wohl." Dabei ignorierte sie die Anwesenheit von Stadtrat Stellmacher und der anderen drei Herren vollkommen.

Christian nickte ihr dankbar zu.

„Witwe Sander, Ihr solltet Euch Eure Gäste in Zukunft näher ansehen, wenn Ihr nicht das Renommee des Hauses beschädigen wollt", wandte sich der brüskierte Stadtrat jetzt der Wirtin zu.

„Über die Gäste, die mir willkommen sind, bestimme ich immer noch ganz allein, Herr Stadtrat, und ich nehme an, dass Ihr jetzt gehen wollt." Die Witwe Sander ließ sich nicht aus der Ruhe bringen.

„Da wird wohl das letzte Wort noch nicht gesprochen sein. Vergesst nicht, dass der Rat der Stadt über die Genehmigung von Ausschank und Betrieb von Gasthäusern zu befinden hat. Ein Wort von mir und es gibt Euer Etablissement nicht mehr", polterte der Stadtrat Stellmacher mit hochrotem Kopf los.

Den anderen drei Herren schien die Auseinandersetzung denkbar unangenehm zu sein, doch verfolgten sie fasziniert den Wortwechsel.

„Die meisten Bürgermeister und Räte der Stadt Plön haben sich in der Vergangenheit stets durch Würde und Anstand ausgezeichnet. Ihr, Stadtrat Stellmacher, wollt doch vermutlich nicht der Erste sein, der seine Achtbarkeit dadurch verliert, dass er einer ehrbaren Witwe droht." Christian ging auf den erregten Stadtrat zu.

„Du glaubst wohl, du schwarze Mohrenbrut, nur weil dein Herr von Adel ist, kannst du dich hier wichtigtun", schrie Hinrich Stellmacher den Mohren in ohnmächtiger Wut an.

„Nein, das glaubt er nicht, denn wenn Ihr Monsieur Christian Gottlieb noch weiter in dieser unflätigen Art beleidigt, wird er Euch ganz eigenständig links und rechts etwas an das vorlaute Maul schlagen. Und jetzt, Stellmacher, verschwindet hier, so schnell Ihr könnt, sonst besteht die Gefahr, dass ich Euch auf dieselbe Weise Beine machen werde."

Keiner der Anwesenden hatte in der Aufregung bemerkt, dass Graf Bertram in der Zwischenzeit das Gasthaus betreten und den letzten Teil des Streits mit angehört hatte. Die drei Herren in der Begleitung des Stadtrats drängelten sich zügig aus der Tür, als wollten sie mit der Angelegenheit nichts zu tun haben.

Empört drehte sich Stadtrat Stellmacher auf dem Absatz herum und holte mehrmals tief Luft. Doch bevor er etwas erwidern konnte, ergriff Graf Bertram seinen Arm und schob ihn zur Tür, die Giovanni bereits freundlich lächelnd geöffnet hielt. Von Ferne war danach nur noch sein „Das werdet Ihr bereuen! Das werdet Ihr bereuen!“ zu hören.

„Es tut mir aufrichtig leid, verehrte Madame Sander, dass wir Euch so viele Unannehmlichkeiten bereitet haben. Sollte Stellmacher seine Drohungen wahrmachen, lasst es uns bitte wissen. Wir werden ihn schon in seine Schranken weisen“, entschuldigte sich Graf Bertram bei der Witwe, nachdem er sich mit Christian in die Nische gesetzt und ebenfalls um einen Wein gebeten hatte.

Kapitel 13

Plön, im Winter 1683

Es war kalt in diesen Wintertagen im Januar. Eisiger Frost hatte die Seen zufrieren lassen. In wärmende Umhänge gehüllt ritt Graf Bertram von Rantzau mit seinem Feldtrompeter und seinem Büchsenspanner der Residenzstadt Plön entgegen. Sie waren auf dem Weg nach Wittmoldt, einer Einladung des Grafen Detlev von Brockdorff folgend, der die winterliche Trübsal durch eine Jagdgesellschaft beleben wollte. Um die Ortschaften Tramm und Wittmoldt zu erreichen, führte am Ende der langsam wachsenden Neustadt eine Fähre über den Kleinen Plöner See, die jedoch an diesen strengen Wintertagen nicht mehr nötig war, da die Eisfläche ein Überqueren selbst mit Pferd und Wagen ermöglichte. Ein Weg, den auch Graf Bertram an diesem Tag vorgesehen hatte.

Als sich die drei Reiter der Fährstelle näherten, trafen sie eine aufgebrachte Menschenmenge an und wurden von dieser sofort bestürmt.

„Die Jungen ertrinken!"

„Das Eis ist gebrochen!"

„Schuld ist der Müller!"

„Wir brauchen Hilfe!"

Das waren nur einige Worte, die ihnen kreischend entgegengeschrien wurden. Als sie näher kamen, erblickten sie die Katastrophe. Die Eisfläche war gebrochen und in dem offenen Wasser kämpften zwei Menschen verzweifelt um ihr Leben. Erst jetzt bemerkte Graf Bertram, dass es hauptsächlich Frauen waren, die ihn bedrängten und laut jammerten. Die Männer waren zurück in die Stadt gelaufen, um Leitern und Seile zur Rettung der beiden Jungen zu holen. Der Ursprung des ganzen Dilemmas lag in der Unachtsamkeit des Müllers. Durch sein unbedachtes Öffnen der Wehre des Stadtgrabens hatte der Wasserstrom das Eis brechen lassen.

Christian war mit seinem Pferd bis an den Uferrand geritten und erkannte sofort, dass die Kräfte der in dem eiskalten Wasser kämpfenden Jungen mehr und mehr nachließen. Er schwang sich vom Pferd, warf seinen Umhang und den Degen ab und lief auf die Eisfläche, die ihn in der Ufernähe noch trug. An der Einbruchstelle angekommen, stürzte er sich ins Wasser. Während einer der Jungen sich verzweifelt an den Eisschollen festzuhalten versuchte, war der zweite bereits kraftlos untergegangen.

Christian tauchte, konnte in dem trüben Wasser aber nichts erkennen, bis er mit den Händen etwas Flauschiges fühlte, zugriff und den bewusstlosen Jungen an den Haaren an die Oberfläche zerrte. Mit kräftigen Schwimmzügen brachte er ihn an den Rand des festen Eises, wo sich inzwischen auch die Männer aus der Stadt mit den Leitern und Seilen eingefunden hatten. Behutsam zogen sie den Ohnmächtigen aus dem Wasser. Christian schwamm zurück und rettete auch den zweiten Jungen. Als auch er selbst mit Hilfe der Männer klitschnass wieder auf dem festen Eis stand, sah er, wie eine Kutsche in rasender Fahrt auf die Fährstelle zukam, forsch gebremst wurde und ein älterer Mann noch während der Fahrt heraussprang.

„Einer ist der Sohn vom Bürgermeister“, hörte man die Leute sagen.

Graf Bertram und sein Büchsenspanner kamen auf Christian zugeeilt. Martin Kapphengst hängte dem zitternden Mohren seinen Umhang um und gab ihm seinen Degen zurück.

„Ich bin stolz auf Euch, Christian.“ Graf Bertram blickte seinem Feldtrompeter anerkennend in die Augen, während Martin Kapphengst ihm ununterbrochen auf die Schulter klopfte.

„Erlaubt mir, Euch aufrichtig zu danken.“ Bürgermeister Hans Radeleff trat auf sie zu und schüttelte Christian die Hand. „Aber wir müssen jetzt die Jungen und auch Euch so schnell als möglich ins Warme bringen, wenn Ihr Euch nicht den Tod holen wollt.“ Dabei führte er Christian zu seiner Kutsche, in die man die beiden Jungen bereits gebracht und in warme Decken gehüllt hatte.

„Herr Graf, ich werde Euch wie vorgesehen begleiten“, protestierte Christian gegen die Absicht des Bürgermeisters.

„Das wirst du nicht. Du folgst der Einladung des Bürgermeisters Radeleff und kehrst danach wieder nach Ascheberg zurück. Kapphengst und ich finden auch ohne dich den Weg nach Wittmoldt“, befahl Graf Bertram.

Christian fügte sich widerstrebend und folgte dem Bürgermeister. Noch bevor sie die Kutsche erreicht hatten, wurden einige Stimmen laut.

„Bravo!“

„Bravo!“

„Es lebe der Mohr!“

„Ein Hoch dem Lebensretter!“

All dies klang an Christians Ohr, bis die Tür der Kutsche geschlossen wurde. In halsbrecherischer Fahrt lenkte der Kutscher die Pferde dem Wentorfer Tor zu, passierte das Stadttor mit kaum verminderter Geschwindigkeit. Die Leute in der Langen Straße sprangen erschrocken zur Seite, bis die Kutsche gegenüber der Kirche vor dem Haus des Bürgermeisters zum Halten kam.

„Schickt nach dem Arzt!"

„Fasst mit an!"

„Bereitet heißes Wasser!"

„Holt trockene Kleidung!"

Der Bürgermeister scheuchte seine Bediensteten auf, kaum dass er sein Haus betreten hatte. Seinen Sohn Behrend, der immer noch bewusstlos war, trug man ins Schlafgemach und legte ihn dort ins Bett.

„Meine Tochter Gertrud wird sich um Euch kümmern", hatte der Bürgermeister Christian noch zugerufen, bevor er mit sorgenvoller Miene seinem ebenso bekümmerten Eheweib hinterhereilte. Karl, den Freund des Bürgermeistersohns, hatte bereits die Köchin unter ihre Fittiche genommen.

„Wollt Ihr mir bitte folgen", hörte Christian plötzlich eine zarte Stimme hinter sich.

Er drehte sich um und vor ihm stand ein junges Mädchen, das ihn mit seinen blauen Augen verschämt ansah. Unter ihrer weißen Haube hatte sich eine blonde Strähne ein wenig selbstständig gemacht. Christian wusste nicht, was er sagen sollte. Er blickte das feine ebenmäßige Gesicht des Mädchens an, das eine unerklärliche Sinnlichkeit ausstrahlte.

„Ihr müsst eilig aus den nassen Kleidern heraus", drängte das Mädchen Christian, der immer noch wie angewurzelt und wortlos vor ihr stand. Dann drehte sie sich um und führte ihn in eine Kammer, nicht weit von der Küche entfernt.

„Ihr bekommt sofort trockene Kleider, aber zunächst solltet Ihr Euch der nassen schnell entledigen." Das Mädchen schloss die Tür.

Christian schaute sich um. Es war eine einfache Kammer mit Bett, Tisch, Stuhl und einer Truhe. Vermutlich bewohnte eine der Töchter des Bürgermeisters oder eine Magd diesen Raum, denn ein kleiner getrockneter Blumenstrauß, der am Fensterkreuz hing, war ein sicheres Indiz dafür, dass hier kein männliches Wesen wohnte.

Christian warf den Umhang ab und begann sich auszuziehen. Er erschauderte, als er sich von den nassen Sachen trennte.

Gerade als er seine Hose herunterlassen wollte, klopfte es, und bevor er noch antworten und sich wieder bedecken konnte, trat ein älterer Mann mit sauberen Kleidern auf dem Arm ein. „Ich bin Arthur, der Hausknecht, und werde Euch jetzt wieder zum Leben erwecken." Er legte die Kleider auf das Bett und zog aus seinem Hosenbund eine Bürste hervor, die so ähnlich aussah wie ein Pferdestriegel.

Christian blickte ihn fragend an.

„Wenn Ihr so freundlich sein würdet, Euch gänzlich zu entkleiden, dann werde ich Euch abbürsten."

„Bin ich denn ein Pferd?", fragte der Mohr den alten Mann amüsiert.

„Nein, gewiss nicht, Monsieur, aber die Jungfer Gertrud hat mir aufgetragen, Eure kalten Glieder zu erwärmen und dazu ist die Bürste ein geeignetes Mittel." Arthur lächelte Christian an, wobei ein paar braune Stummelzähne zum Vorschein kamen.

Nachdem sich Christian immer noch ein wenig zweifelnd ganz entkleidet hatte, begann der Hausknecht,

Christians Rücken mit der harten Bürste zu bearbeiten.

Sehr bald merkte er, wie sein Blut zu zirkulieren begann und seine Glieder sich langsam wieder erwärmten. „Es tut wirklich gut", stellte Christian wohlig fest, nachdem der Hausknecht sich auch Armen, Beinen, Brust und Bauch sorgfältig gewidmet hatte.

„Und die Farbe ist auch noch dran", plapperte Arthur fröhlich vor sich hin.

Christian musste lachen.

„Oh, verzeiht, Monsieur, das ist mir so herausgerutscht." Dabei verneigte er sich mehrfach entschuldigend.

„Es ist alles in Ordnung, Arthur, Ihr habt ja nicht unrecht, und warm ist mir jetzt auch wieder", beruhigte Christian den alten Mann schmunzelnd.

„Wenn Ihr so freundlich sein würdet, Euch anzukleiden, dann werde ich Euch anschließend in die gute Stube geleiten, wie Jungfer Gertrud mir aufgetragen hat."

Während Christian die fremden Sachen anzog, die ein wenig ungewohnt für ihn waren und auch nicht ganz passten, sammelte der Hausknecht die nassen Kleider ein.

Als Christian in die gute Stube trat, wie der Hausknecht das komfortabel eingerichtete Wohngemach des Bürgermeisters bezeichnet hatte, traf er dort das junge Mädchen wieder, das offensichtlich die Tochter Gertrud des Bürgermeisters war.

„Fühlt Ihr Euch jetzt ein wenig wohler?" Sie lächelte ihn freundlich an und lud ihn ein, sich auf einen Sessel in der Nähe des knisternden Kamins zu setzen.

„Euer Hausknecht Arthur hat mich ganz nach Euren Weisungen mit seiner Bürste wieder zum Leben erweckt", lächelte Christian zurück und stellte erstaunt fest, dass die Tochter des Bürgermeisters leicht errötete.

Wiederum war er verzaubert von dieser liebreizenden Ausstrahlung Gertruds. Die ungewohnten Gefühle, die ihr Anblick bei ihm hervorrief, konnte er sich nicht erklären.

„Ah, Monsieur Gottlieb, wie ich sehe, kehrt die Wärme langsam wieder in Eure Glieder." Bürgermeister Radeleff betrat schwungvoll das Zimmer. „Sorge doch bitte dafür, mein Kind, dass Monsieur Gottlieb alsbald einen heißen Würzwein bekommt, damit er sich auch von innen wieder aufheizen kann."

Gertrud verließ daraufhin knicksend den Raum.

„Ich weiß gar nicht, wie ich Euch danken soll, verehrter Monsieur Gottlieb, dass Ihr meinem Sohn Behrend das Leben gerettet habt. Übrigens, er ist bereits wieder aus seiner Ohnmacht erwacht und scheint nach Auskunft des Arztes keinen weiteren Schaden genommen zu haben", berichtete der Bürgermeister sichtlich erleichtert. „Auch Karl, der Freund meines Sohnes, ist inzwischen wohlbehalten in den Schoß seiner Familie zurückgekehrt."

„Es freut mich sehr, dass sich doch noch alles zum Guten gefügt hat." Christian hatte den Satz gerade beendet, als die Tür wieder geöffnet wurde und die Frau des Bürgermeisters, immer noch aufgeregt, eintrat.

„Monsieur Gottlieb, wir stehen tief in Eurer Schuld. Unsere Familie wird diese mutige Tat nie vergessen."

Sie ergriff Christians Hände, der sich erhoben hatte, und drückte sie voll Inbrunst. In ihrem Schatten waren die Tochter Gertrud und ein Dienstmädchen mit dampfenden Bechern auf einem Tablett gefolgt. Nachdem alle vor dem Kamin Platz genommen hatten und der Würzwein serviert war, beteuerten der Bürgermeister und seine Frau während des Gesprächs Christian immer wieder ihre Dankbarkeit. Gertrud hörte schweigend zu und hielt ihre Augen auf ihre im Schoß gefalteten Hände gesenkt. Doch Christian blieb es nicht verborgen, dass sie zeitweise ihren Kopf hob, um ihn für einen kurzen Augenblick möglichst unauffällig anzusehen. Wieder durchströmte ihn ein wohliges Gefühl.

„Es wäre uns eine große Ehre, Monsieur Gottlieb, wenn Ihr zum Abendmahl unser Gast sein und wenn Ihr bei der Kälte den weiten Weg nach Ascheberg scheut, auch die Nacht unter unserem Dach verbringen würdet“, lud der Bürgermeister den Mohren zum Bleiben ein.

Christian fühlte sich nicht wohl bei diesem Gedanken. Außerdem verspürte er bei seinen Gastgebern eine gewisse Unruhe und Ungeduld, die vermutlich auf die Aufregungen der letzten Stunden zurückzuführen waren.

„Ich danke Euch recht herzlich für Eure Großzügigkeit, aber wenn Ihr erlaubt, möchte ich doch gern nach Ascheberg zurückkehren.“ Christian versuchte der ausgesprochenen Einladung möglichst taktvoll zu entgehen. Erstaunlicherweise erklärte auch der Bürgermeister sich mit seinem Wunsch sogleich einverstanden, als ob man ihm eine Last genommen hätte.

Christian verabschiedete sich sehr bald bei dem Bürgermeisterpaar, das sich unverzüglich danach wieder besorgt zu seinem verunglückten Sohn begab.

„Eure Kleider werden morgen wieder trocken und gerichtet sein“, verabschiedete sich auch Gertrud von Christian.

„Ich werde in den nächsten Tagen vorbeischauen, wenn Ihr erlaubt, um sie zu holen.“ Er lächelte das junge Mädchen an. Allein bei dem Gedanken an das baldige Wiedersehen verspürte er schon jetzt eine seltsame Freude.

Am späten Nachmittag erreichte Christian das Herrenhaus des Gestüts in Ascheberg. Es war immer noch bitterkalt, doch der gefrorene und schneebedeckte Boden erlaubte auch einen scharfen Ritt, sodass er die Kälte nicht so sehr gespürt hatte.

Als er das Herrenhaus betrat, hörte er die Stimme von Graf Volkmar aus dem Kontor. „Christian, was ist passiert? Ich sah Euch eben durchs Fenster. Solltet Ihr mit Graf Bertram nicht in Wittmoldt sein?"

Der Feldtrompeter betrat das Arbeitszimmer des Gestütverwalters, in dem der Kamin eine wohlige Wärme ausstrahlte. Er nahm seinen schweren Umhang ab.

„Ihr seht ein wenig eigentümlich aus. Seid Ihr unter die Räuber geraten?" Der Graf musterte Christian amüsiert.

Erst jetzt erinnerte sich Christian daran, dass er die Kleider aus dem Haus des Bürgermeisters trug. Er sah an sich herunter und musste angesichts der zu kurzen Hosen, der angestoßenen Stiefel und des derb gewebten Stoffes unwillkürlich schmunzeln.

„Es waren keine Räuber, Herr Graf, ich habe nur ein unfreiwilliges Tauchbad genommen." Christian erzählte dem Grafen ausführlich von der Rettung der eingebrochenen Jungen aus dem eisigen Wasser und der anschließenden Fürsorge durch die Familie des Bürgermeisters. Sowie auch der Weisung Graf Bertrams, nach Ascheberg zurückzukehren.

Graf Volkmar war beeindruckt und sparte nicht mit Lob und Anerkennung für den mutigen Einsatz. In seiner Stimme klang zugleich eine gewisse Erleichterung mit, dass sich doch offensichtlich alles zum Guten gewendet hatte.

„Ich nehme an, dass Ihr jetzt eher das Bedürfnis habt, Eure müden Glieder auszuruhen, mein lieber Christian.

Aber bevor Ihr Euch zurückzieht, noch eine kleine Bemerkung in ganz anderer Sache. Ich habe heute eine Depesche von Graf Meschenheim erhalten."

Christian merkte auf. „Stimmt etwas nicht mit den Pferden?", fragte er irritiert.

„Nein, nein! Im Gegenteil, es ist alles in Ordnung", lachte Graf Volkmar, „Graf Meschenheim fragt an, ob er noch weitere zwanzig Pferde gleicher Qualität zu denselben Konditionen erwerben kann."

Christians Augen leuchteten sichtlich zufrieden. „Und was sagt Ihr, Herr Graf. Kann er?"

„Oh, das kann ich so ohne Weiteres nicht sagen, denn das Geschäft hat ein gewisser Monsieur Christian Gottlieb eingefädelt, und ob der einem weiteren Handel zustimmen wird, ist mir nicht bekannt."

„Wie ich vernommen habe, war doch die Grundlage dieses Handels aber eine Übereinkunft mit einem bekannten Grafen und diesem ominösen Monsieur. Sollte diese sich in gleicher Form wiederholen lassen, dann könnte ich mir vorstellen, dass auch dieser gewisse Gottlieb diesem neuen Geschäft nicht abgeneigt gegenübersteht." Christian grinste den Grafen schelmisch an.

„Ich weiß einfach nicht, wer Euch diese ausgeprägten Frechheiten beigebracht hat." Graf Volkmar erfreute sich königlich an ihrem Wortgeplänkel.

„Oh, ich habe nur von den Herren Grafen auf diesem Gut gelernt, verehrter Herr Graf", antwortete Christian gleichermaßen amüsiert.

„Wenn das so ist, dann bleibt mir nichts anderes übrig, als dem Wunsch des Grafen Meschenheim zu folgen. Kurzum, ich bekomme von Euch in den nächsten zwei Wochen fünfhundert Taler. Um alles andere möchte ich mich nicht kümmern müssen." Der Graf stand hinter seinem Schreibtisch auf und bekräftigte den Handel mit einem Händedruck.

Erst jetzt, nachdem sich Christian in sein Schlafgemach begeben hatte, überfiel ihn die Müdigkeit. Er entledigte sich der eigenartigen Kleider und legte sich ins Bett. Doch die Bilder des Tages ließen ihn nicht zur Ruhe kommen. Sehr deutlich erinnerte er sich an das kalte Wasser, an die ängstlichen Stimmen der Jungen, an die Hochrufe der Leute nach der Rettung, an die Bürste des Hausknechtes Arthur auf seiner Haut und die dankbaren Worte des Bürgermeisterpaares. Doch zwischen all diesen Bildern erschien immer wieder das liebliche Gesicht von Gertrud. Ohne Mühe konnte er sich an winzige Details ihrer ebenmäßigen Züge erinnern. Die leuchtend blauen Augen, ihr sinnlicher Mund, ihre scheuen Blicke, ihre grazilen Bewegungen. Alles war unvergessen und überaus deutlich. Bei diesen Erinnerungen verspürte Christian ein so wohltuendes Glücksgefühl, eine Seligkeit und ein Verlangen, das er bisher in seinem Leben noch nie erlebt hatte. Fühlte sich so die Liebe an?

Erstaunt betrachtete Christian den Briefumschlag, den er eines Morgens auf seinem Schreibtisch fand. Auf feinem Papier war in verschnörkelter Schrift sein Name geschrieben. Neugierig öffnete er das Kuvert und entnahm ihm einen gefalteten Bogen. Verwundert las Christian die Zeilen. Zu einem festlichen Abendessen in das Schloss Ascheberg luden Graf Bertram von Rantzau und Gräfin Dorothea den Feldtrompeter, Monsieur Christian Gottlieb, ein. Der Anlass zu diesem Fest war die Verlobung von Komtesse Margarethe von Rantzau mit Graf Christian von Rantzau.

Christian ließ den Brief sinken und setzte sich auf

den Schreibtischstuhl. Wieso hatte er davon vorher nie erfahren? Sonst verbreitete sich doch jede Neuigkeit auf dem Schloss und dem Gut in Windeseile. Lag es vielleicht daran, dass er in den vergangenen Tagen öfter nicht in Ascheberg geweilt hatte, weil er in Plön beschäftigt gewesen war? Auch die Speisen hatte er sich in der letzten Zeit hauptsächlich im Herrenhaus servieren lassen und war kaum ins Schloss gegangen, wo er normalerweise gemeinsam mit den Bediensteten seine Mahlzeiten einnahm. Margarethe wollte Graf Christian von Rantzau heiraten. Der Feldtrompeter wusste, dass er der Herr von Rastorf war, hatte er doch bereits mehrmals mit Graf Bertram zusammen das herrschaftliche Gut unweit von Preetz besucht. Graf Christian war ein entfernter Cousin zu Graf Bertram, der an Lebensjahren deutlich älter als Margarethe war.

Ob Margarethe mit ihm glücklich werden würde? Über diese Frage hinaus irritierte Christian die an ihn gerichtete Einladung grundsätzlich. Auch wenn er auf Ascheberg stets das Gefühl gehabt hatte, beinahe ein Familienmitglied zu sein, so waren doch die gesellschaftlichen Grenzen bisher strikt eingehalten worden. Eine Einladung zu einem festlichen Abendessen für einen Bediensteten – und mehr war er auch als Feldtrompeter nicht – schien ihm mehr als ungewöhnlich.

Christian konnte nicht wissen, dass Margarethe selbst ihre Mutter und ihren Vater eindringlich darum gebeten hatte, auch ihn einzuladen. Beide hatten zunächst abweisend auf diese unübliche Bitte reagiert, aber Margarethes Beharrlichkeit einerseits und auch Christians heroische Tat vor wenigen Wochen bei der Rettung der Jungen aus dem Eis andererseits waren letztlich ausschlaggebend für die Zustimmung ihrer Eltern gewesen.

Das Ascheberger Schloss erstrahlte an diesem Abend in einem besonderen Glanz. Das Portal war durch unzählige Fackeln beleuchtet, die zugleich durch ihr Flackern auf der glitzernden Schneefläche ganz eigenartige Reflexe erzeugten. Margarethe hätte ihre Verlobung viel lieber im Sommer auf den Wiesen und im Park des Schlosses gefeiert, aber ihr Bräutigam hatte auf einen früheren Termin gedrängt. So hatte sich Graf Bertram einverstanden erklärt und seiner Tochter ein weiteres Fest im Sommer versprochen.

An diesem Abend waren daher auch nur dreißig Gäste geladen, die sich jetzt langsam im Salon vor dem Speisesaal versammelten, sich begrüßten und sich in Gespräche vertieften. Christian stand neben dem alten Grafen Leopold, der in seinem Rollstuhl die eintreffenden Gäste aufmerksam beobachtete und sie jeweils leise mit einem kurzen Kommentar bedachte, was ihm sichtlich diebische Freude bereitete.

Pastor Mollzahn, sein ständiger Begleiter, war auch nach Ende der Ausbildung und Christians Taufe in Ascheberg geblieben. Seine schon alte Haushälterin in Plön, die Jungfer Hildegard, war inzwischen verstorben. So hatte Graf Bertram den Wunsch des Grafen Leopold erfüllt, den Pastor auf Lebenszeit im Schloss wohnen zu lassen. Zumal die beiden alten Herren sich ungeachtet unterschiedlicher Lebensansichten bestens verstanden und trotz ihres Alters ein erfreulich belebendes Element der gräflichen Familie darstellten. Auch an diesem Abend ergänzte er die kritischen Bemerkungen des alten Grafen über die Gäste mit tadelnden Worten, was Graf Leopold jedoch eher ansporte. Christian amüsierte sich köstlich über die beiden alten Herren.

„Ah, mein Cousin Detlev, der alte Bollerkopf, mit seiner

vertrockneten Bohnenstange gibt sich auch die Ehre", lästerte Graf Leopold, als Graf Detlev von Brockdorff, der Herr von Wittmoldt, den Salon mit seiner Ehefrau, einer herben, schlanken Erscheinung, betrat.

„Graf Leopold, Ihr könnt doch über Eure Blutsverwandten nicht ein solches Urteil fällen", entrüstete sich Pastor Mollzahn zum wiederholten Mal.

„Wartet nur ab, mein lieber Pastor, wenn er näher kommt, dann werdet Ihr feststellen, dass mein Urteil messerschärfer nicht hätte sein können." Graf Leopold schmunzelte vor sich hin.

Christian verfolgte aufmerksam, wie Graf Detlev die bereits anwesenden Gäste mit dröhnender Stimme begrüßte. So hatte er ihn auch auf dem Schloss in Plön kennengelernt.

„Leopold, du zerzaustes Rebhuhn, tragen dich deine klapperigen Beine nicht mehr oder warum erhebst du dich nicht, wenn dein Lieblingscousin dich begrüßen will", schmetterte Graf Detlev seinem Cousin entgegen, als er Graf Leopold im Rollstuhl entdeckte.

„Ich wollte dir nur einmal im Leben die Chance bieten, höher zu stehen als ich, was dir bisher ja noch nie gelungen ist", konterte Graf Leopold mit merklichem Vergnügen.

„So kenne ich dich, mein lieber Leopold, so kenne ich dich." Graf Detlev lachte dröhnend und wandte sich dann Christian zu. „Euch, Monsieur Christian, möchte ich ganz persönlich die Hand schütteln, nachdem ich von Eurer rühmlichen Tat gehört habe. Äußerst löblich, mein Lieber, äußerst löblich."

Danach drehte Graf Detlev sich um und ging auf die Eltern des Bräutigams zu, um sie ebenfalls lautstark zu begrüßen, während seine Frau hinter ihm her schreitend die einzelnen Gäste lediglich mit zarten wortlosen Verbeugungen bedachte.

„Nun, Herr Pastor, quod erat demonstrandum! Habe ich Euch zu viel versprochen?“ Graf Leopold blinzelte Pastor Mollzahn spitzbübisch an.

Der schüttelte aber nur den Kopf.

Inzwischen hatten sich auch Graf Volkmar, Gräfin Charlotte und Gräfin Julia zu den beiden alten Herren und dem Feldtrompeter gesellt. Christian wusste, dass die Schwester von Dorothea und beste Freundin von Charlotte an diesem Abend seine Tischdame sein würde.

Die rege Unterhaltung im Raum verstummte in dem Augenblick, als Graf Bertram mit Gräfin Dorothea und Graf Christian mit Komtesse Margarethe den Salon betraten. Auch sie begrüßten die Gäste nacheinander.

„Darf ich Euch Monsieur Christian Gottlieb vorstellen?“, wandte sich Margarethe jetzt dem Feldtrompeter ihres Vaters zu, nachdem sie und ihr Bräutigam alle anderen der kleinen Gruppe begrüßt hatten.

„Ach ja, ich meine von Euch schon gehört zu haben“, war die einzige Reaktion des Grafen Christian. Aus seiner Haltung war zweifelsfrei abzulesen, dass er nicht beabsichtigte, sich weiter mit niederen Chargen zu beschäftigen.

Margarethe blickte Christian verzeihend an, folgte dann aber sogleich ihrem Bräutigam, der sich kurzerhand umgedreht hatte.

„Er gehört nicht zu den Galantesten derer von Rantzau, und Ihr könnt nichts dafür, dass er auch Christian heißt“, kommentierte Graf Leopold das unfreundliche Verhalten von Margarethes Verlobten und nickte Christian aufmunternd zu.

„Ich freue mich, dass Ihr der Einladung zu unserem kleinen Fest trotz der eisigen Witterung folgen konntet", begann Graf Bertram seine Tischrede, nachdem alle Gäste an der großen Tafel des Speisesaals Platz genommen hatten. „Wenn zwei Menschen zueinanderfinden und beabsichtigen, den Lebensweg gemeinsam zu gehen, dann kommt dieser Entscheidung gerade in einer Zeit, die von Streit und Krieg geprägt ist, eine ganz besondere Bedeutung zu. Da es meiner geliebten Dorothea und mir von Gott nicht beschieden war, einen Sohn und somit einen direkten Erben in die Welt zu setzen, sondern unser Haus mit drei reizenden Mädchen verziert wurde, kommt der Auswahl des Ehemannes meiner ältesten Tochter eine ganz entscheidende Rolle zu. Denn er wird nach meinem Ableben der Herr über Ascheberg werden. Umso mehr freue ich mich, dass die Wahl auf meinen Cousin Graf Christian von Rantzau gefallen ist und damit Ascheberg in ferner Zukunft quasi in der Familie bleibt. Die Verlobung von Margarethe und Christian hat uns heute zusammengeführt, wobei ich dem Paar versprochen habe, aus diesem Anlasse ein weiteres Fest bei angenehmeren Temperaturen im Sommer zu ermöglichen. Bei dieser Gelegenheit, möchte ich ein ganz anderes bedeutungsvolles Ereignis nicht unerwähnt lassen. Mein Feldtrompeter, Monsieur Christian Gottlieb, hat vor wenigen Tagen in beispielhafter und ritterlicher Weise zwei jungen Menschen das Leben gerettet. Diese Tat war nicht nur Ausdruck seines wahren christlichen und aufrechten Charakters, sondern hat zugleich Ruhm und Ehre auf das Haus Rantzau scheinen lassen. Ich darf Euch bitten, mit mir das Glas zu erheben und auf das Wohl von Margarethe und Christian anzustoßen."

Das Gesicht des Grafen Rantzau verdunkelte sich merklich, als der Name des Feldtrompeters fiel. Außerdem hatte er im Augenwinkel feststellen können, dass seine Verlobte mit dem Mohren bei den lobenden Worten über die couragierte Rettung freundliche Blicke getauscht hatte.

Christian blieb die missbilligende Haltung des Grafen Rantzau nicht verborgen, zumal er davon ausging, dass die abschließende Formulierung von Graf Bertram aufgrund ihrer Namensgleichheit für alle Anwesenden für Irritationen geeignet war.

Christian fühlte sich in seiner Haut denkbar unwohl. Auch wenn nach dem Toast des Grafen der eine oder andere aus der Tischrunde ihm wohlwollend zugenickt hatte, war es doch augenscheinlich, dass ein Teil der herrschaftlichen Gäste seine Anwesenheit als unangemessen empfand. Gräfin Julia, seine Tischnachbarin, die diese Stimmungen sehr wohl beobachtet hatte, widmete Christian während des Essens ihre ganze Aufmerksamkeit. Auch Graf Leopold konnte sich ein Schmunzeln nicht verkneifen und prostete dem Mohren demonstrativ über den Tisch hinweg zu. Mit großer Unruhe sehnte Christian das Ende dieses Abends herbei. Als Graf Bertram nach dem Dessert endlich die Tafel aufhob und die Herren in die Bibliothek bat, war er fest entschlossen, diesem Teil des Abends fernzubleiben.

Der Zufall wollte es, dass Margarethe und ihr Bräutigam und auch Christian zusammen mit Gräfin Julia den Speisesaal zur selben Zeit verließen.

„Les trois étoiles pour vous, ma chère Komtesse", flüsterte Christian Margarethe zu, als sie dicht beieinander durch die Tür schritten.

„Merci, mon ami!" Margarethe konnte nur schnell antworten, da ihrem Bräutigam dieser kleine Wortwechseln nicht verborgen geblieben war.

Nachdem sich die Damen und Herren der Gesellschaft getrennt hatten und jetzt durch das Vestibül der Bibliothek und dem Damensalon zustrebten, versuchte Christian Graf Leopold zu erreichen, um sich bei ihm zu verabschieden, da Graf Bertram ausgiebig mit seinen Gastgeberpflichten beschäftigt war.

Doch bevor er zu ihm durchdringen konnte, stellte sich ihm Graf Christian in den Weg. „Ihr werdet mir hier und jetzt umgehend berichten, was Ihr eben mit meiner Verlobten Vertrauliches zu besprechen hattet", forderte er Christian auf, wobei ein drohender Unterton in seiner Stimme unüberhörbar war.

„Verzeiht, Herr Graf, solltet Ihr in meinem Verhalten in irgendeiner Weise etwas Ungebührliches empfunden haben, dann darf ich mich in aller Form bei Euch entschuldigen. Alles andere solltet Ihr doch eher mit Eurer Verlobten besprechen."

Graf Rantzau blickte den Mohren entsetzt an, war er doch auf eine solche maßregelnde und anmaßende Antwort nicht vorbereitet gewesen. Bevor er jedoch antworten konnte, drehte sich Christian um und eilte Graf Leopold hinterher, der gemeinsam mit Pastor Mollzahn der Bibliothek zustrebte.

„Es scheint, dass Ihr mit Margarethes Bräutigam nicht unbedingt einen neuen Freund gewonnen habt", bemerkte Graf Leopold nicht ganz ohne Sorgenfalten auf der Stirn, als er sah, wie dieser sich wutentbrannt umdrehte und davoneilte.

„Ein Grund mehr für mich, verehrter Herr Graf, mich für den weiteren Abend zu entschuldigen. Wenn Ihr erlaubt, würde ich mich jetzt gern zurückziehen. Ich wäre Euch verbunden, wenn Ihr Graf Bertram und Gräfin Dorothea meinen aufrichtigen Dank aussprechen könntet." Christian versuchte dieser unbehaglichen Atmosphäre möglichst elegant zu entfliehen.

Graf Leopold schaute den Mohren eine Weile schweigend an. „Ich bin in meinem Leben stets beeindruckt gewesen von Männern, die erhobenen Hauptes das Schlachtfeld verließen, ganz gleich, wie es ihnen dort ergangen war. Ihr, mein lieber Christian, habt mich auch an diesem Abend nicht enttäuscht." Dann ergriff der alte Graf Christians Hand, drückte sie fest und schloss für kurze Zeit die Augen.

„Pastor, wir müssen uns beeilen, sonst trinkt uns die ganze Bande die edlen Tropfen weg." Graf Leopold drehte sich zu Pastor Mollzahn um und ließ sich von ihm in seinem Rollstuhl zur Bibliothek schieben.

Auch an diesem Sonntag war die Kirche in Plön bis auf den letzten Platz gefüllt. Der Adel saß auf dem für ihn vorgesehenen Familiengestühl wie auch der Bürgermeister und der Rat der Stadt auf den eigens für sie bestimmten Patronatsstühlen. Christian hatte sich in eine der engen Kirchenbänke gedrängt und folgte der Predigt des Pastors Johannes Clausen aufmerksam. Der aufrechte und asketisch wirkende Gottesmann war bekannt dafür, geistliche und weltliche Dinge stets beim Namen zu nennen. Er sparte einerseits nie mit Lob, wenn er es für angemessen hielt, konnte aber ebenso direkt und vernichtend urteilen, wenn sich eines seiner Schäfchen nicht richtig verhalten hatte. An diesem Sonntag hörte die Gemeinde das Gleichnis des barmherzigen Samariters aus dem Lukasevangelium.

„Reichtum und Macht, Ruhm und Geld sind die Ziele,

nach denen wir täglich gierig streben, doch welch gar armselig Güter sind sie im Vergleich zu jenem kostbaren Schatz allen Lebens, der Nächstenliebe. Doch auch wahre Nächstenliebe muss gelebt werden. Nicht der Kreuzer für den Bettler, nicht die herablassende und gnädige Duldung des Andersdenkenden sind Zeichen praktizierter Nächstenliebe. Erst wer ungeachtet seines eigenen Lebens das Leben seines Nächsten höher stellt, wer sich vorbehaltlos in eisige Fluten stürzt und schon aufgegebene Seelen sicher an das rettende Ufer trägt und wer dabei nichts anderes empfindet, als nur seine christliche Pflicht erfüllt zu haben, der hat wahre Nächstenliebe gezeigt. Dem ist Gottes Segen auf Erden gewiss. Wir alle, die wir hier versammelt sind, danken Christian Gottlieb, dem Feldtrompeter des Grafen Bertram von Rantzau, dass er durch seine beispielhafte Tatkraft das junge Leben zweier Knaben unserer Stadt bewahrt hat und loben den Herren und die schützende Hand Gottes bis in alle Ewigkeit. Amen!"

Christian wäre am liebsten im Erdboden versunken, als er merkte, welche Richtung die Predigt des Pastors nahm. Als sein Name genannt wurde, fühlte er förmlich, wie die Blicke der Menschen um ihn herum ihn geradezu durchbohrten. Bei aller Unbehaglichkeit registrierte er jedoch, dass in den Augen der meisten von ihnen vorbehaltloses Wohlwollen und lobende Anerkennung abzulesen war. Lediglich als er zu den Honoratioren der Stadt aufsah, erkannte er, dass der Stadtrat Stellmacher, der ohnehin die ganze Zeit missmutig und desinteressiert in seinem Stuhl hing, ihn bei den abschließenden Worten des Pastors hasserfüllt anstarrte. Christian hielt seinem Blick nicht ganz ohne versteckte Freude bewusst einen kurzen Augenblick stand.

„Sehr verehrter Monsieur Christian, erlaubt mir bitte, Euch heute zum Mittagsmahl in mein Haus einzuladen." Nach dem Gottesdienst kam Bürgermeister Radeleff vor der Kirche auf Christian zugestürmt.

„Es ist mir eine große Ehre, Herr Bürgermeister, Euer Gast zu sein, aber verzeiht, wenn ich zunächst meinen Herrn um Erlaubnis ersuche." Die Möglichkeit, wieder in der Nähe von Gertrud zu sein, ließ in ihm bereits bei dem Gedanken daran eine Unruhe aufkommen, doch ohne das Einverständnis des Grafen konnte er diese verlockende Einladung nicht annehmen.

„Ich war so frei, Euch dieser Sorgen bereits zu entheben. Graf Bertram hat äußerst bereitwillig meinem Ansinnen zugestimmt", berichtete der Bürgermeister nicht ganz ohne Stolz.

„Dann bleibt mir nichts anderes übrig, als Euch von Herzen zu danken, verehrter Herr Bürgermeister."

„Und damit Ihr Euch auf dem Weg zu meinem Haus nicht verlauft, darf ich Euch bitten, mich sogleich zu begleiten." Dabei lachte der Bürgermeister mehrfach kurz und trocken über seinen eigenen Witz, da sein stattliches Haus bekanntermaßen nur wenige Schritte entfernt gegenüber der Kirche stand. Er führte Christian direkt in das behagliche Wohnzimmer, in dem auch heute wieder der knisternde Kamin für eine wohlige Wärme sorgte. Nach und nach trafen die anderen Familienmitglieder und Gäste des Bürgermeisters ein. Die Frau des Bürgermeisters begrüßte Christian herzlich, auch zwei jüngere Töchter machten artig ihren Knicks vor ihm. Nur von Gertrud war noch nichts zu sehen. Selbst ihr Sohn Behrend, der zwar noch immer ein wenig blass aussah, war längst wieder auf den Beinen und bedankte sich überschwänglich bei Christian.

Ein wenig später lernte Christian auch die älteste Tochter des Hauses, Dietlinde, und ihren Ehemann kennen. Sie war mit Joachim Mack, einem bekannten Wundarzt aus Plön, verheiratet. Dieser musterte den Mohren mit einer offensichtlichen Skepsis, als er ihm gegenübertrat. Doch Christian ließ sich davon nicht irritieren, zumal er in diesem Augenblick abgelenkt war, da soeben Gertrud gemeinsam mit Pastor Clausen und dessen Ehefrau das Zimmer betreten hatte. Christian hörte die Worte des Pastors kaum, konnte er doch den Augenblick gar nicht erwarten, endlich Gertrud in die Augen sehen zu können. Als es so weit war, glaubte er in ihren strahlenden blauen Augen sogar ein freudiges Leuchten erkannt zu haben, als sie ihm verschämt die zarte Hand reichte. Christian konnte seinen Blick kaum von ihr wenden.

„Darf ich Euch meinen Bruder Klaus und sein Eheweib vorstellen", hörte Christian die Stimme des Bürgermeisters von Ferne.

Er musste sich förmlich zusammenreißen, um wieder auf den Boden der Tatsachen zurückzukehren. Höflich begrüßte er auch diese Mitglieder der Radeleffschen Familie. Inzwischen hatten zwei Dienstmädchen feine Gläser mit Likör gereicht und Bürgermeister Radeleff begrüßte noch einmal seine Gäste. Er hob sein Glas mit lobenden Worten auf die Predigt des Pastors, bis er wenig später zu Tisch bat und sie sich alle in das angrenzende Speisezimmer begaben.

Mit unbändiger Freude registrierte Christian, dass Gertrud zu seiner Rechten platziert wurde und seine Tischdame war. Auch hier hatte er wieder den Eindruck, dass die Tochter des Bürgermeisters diesem Umstand nicht abgeneigt war. Genau erklären konnte er es sich nicht, warum er das glaubte. Letztlich war ihm das auch ganz gleich, denn ihre Blicke und die kleinen Gesten waren für ihn untrügliche Zeichen, dass auch sie seine Nähe genoss. Selbst als er während des Essens bei dem Griff nach seinem Weinglas versehentlich ihren Arm berührte, fiel ihm auf, dass sie überhaupt nicht verschreckt darauf reagierte, sondern ihn lediglich verständnisvoll anlächelte.

„Auf welche Weise verkraftet man so viel Lob, besonders wenn es noch von der Kanzel auf einen herabgeschüttet wird“, hörte Christian plötzlich die schnarrende Stimme des Wundarztes Mack, die sich unmittelbar an ihn gerichtet hatte.

Christian schwieg eine Weile, blickte dann sehr beherrscht in die Runde und stellte fest, dass der Bürgermeister und der Pastor diese Bemerkung mit skeptischen Mienen verfolgten. „Ich danke Euch, Herr Wundarzt, für die medizinische Fürsorge, die Ihr mir gewährt, denn als solche deute ich sie. Falls ich allerdings irgendwann einmal unter der christlichen Anteilnahme meiner Mitmenschen unerträglich leiden sollte, werde ich Euch gern konsultieren“, antwortete Christian betont höflich.

Dem Wundarzt Mack entgleisten alle Gesichtszüge, doch bevor er sich von dieser impertinenten Belehrung, wie er es empfand, erholen und darauf antworten konnte, kam ihm der Pastor zuvor.

„Nun, ich mag die Irritation des Herrn Medicus schon verstehen. Das Lob für einen anderen ist immer auch eine Ohrfeige für sich selbst. Wenn man dieses dann auch noch von der Kanzel und vor vielen anderen Menschen erfahren muss, schmerzt es umso mehr.“

Auch jetzt hatte der grollende Wundarzt keine

Möglichkeit, seinen Zorn zu artikulieren, da unvermittelt nach den Worten des Pastors sein Schwiegervater das Glas erhob und die Tischrunde aufforderte, auf die Gesundheit und das Wohl aller in diesem Hause Weilenden zu trinken.

Christian gelang es, sich sehr bald von der Gesellschaft im Haus des Bürgermeisters zu verabschieden. Doch bevor er gehen konnte, wies Gertrud ihn darauf hin, dass sie ihm noch seine Kleider aushändigen müsste, die nunmehr getrocknet und gerichtet bereitliegen würden. Bereitwillig folgte er dem Mädchen den Flur entlang bis in jene Kammer, in der er sich seinerzeit umgezogen hatte. Dort lagen seine Kleider ordentlich zu einem Paket zusammengelegt auf dem Tisch. Als Gertrud sie nahm und ihm reichte, hielt Christian ihre Hände fest und blickte ihr tief in die Augen.

„Ich gehe ungern von Euch, liebe Gertrud, aber mein Herz würde hüpfen vor Freude, wenn es wüsste, dass ich Euch irgendwann einmal wiedersehen könnte?“, flüsterte er zaghaft, als fürchtete er die Antwort.

Gertrud schlug die Augen nieder. „Ich würde mich auch freuen, aber wann das sein wird ...“

Das Knarren der Dielen unterbrach die beiden und ließ sie erschrocken auseinanderfahren. In der Tür stand der Hausknecht Arthur und grinste über das ganze Gesicht.

„Verzeiht, Monsieur Christian, Euer Pferd steht jetzt gesattelt vor dem Haus. Ich habe mir erlaubt, es zwischenzeitlich von dem Kirchenportal in unseren Stall zu führen und habe es auch versorgt. Wenn Ihr erlaubt, nehme ich Euch Eure Kleider ab.“

Bevor Christian reagieren konnte, ergriff er das Paket und verließ die Kammer immer noch grinsend. Auch

Christian und Gertrud begaben sich jetzt eilig auf den Flur und zur Haustür, um nicht Gefahr zu laufen, auch noch von Familienmitgliedern oder gar Gästen zusammen gesehen zu werden.

Christian warf sich seinen schweren Umhang über und blickte Gertrud ein letztes Mal an, als er das Haus verließ.

„Wir sehen uns wieder", hörte er sie leise sagen, bevor sie die schwere Tür schloss, um nicht die eisige Winterluft in das Haus zu lassen.

Der Hausknecht Arthur hatte inzwischen das Paket hinter dem Sattel festgezurrt und hielt dem Feldtrompeter die Zügel entgegen.

„Habt Dank, Arthur, für Eure Mühe." Christian drückte ihm eine Münze in die Hand.

Der Hausknecht entblößte breit und dankbar lächelnd seine braunen Stummelzähne. Christian schwang sich in den Sattel, doch bevor er anreiten konnte, griff Arthur unvermutet ins Halfter. „Verzeiht, Monsieur Christian, ich hätte es beinahe vergessen zu erwähnen. Der Herr Bürgermeister und seine Gemahlin werden ab Mittwoch nächster Woche drei Tage in Lübeck weilen." Anschließend ließ er das Pferd los und gab ihm einen kräftigen Schlag auf das Hinterteil.

Als Christian sich nach wenigen Schritten noch einmal umsah, war vom Hausknecht nichts mehr zu sehen.

Fröhlich lachend betraten Gräfin Charlotte und Gräfin Julia das Kontor im Herrenhaus des Gestüts in Ascheberg.

Graf Volkmar, der an seinem Schreibtisch saß, blickte verwundert auf. „Das ist ja eine angenehme Überraschung an diesem Morgen", begrüßte er seine Frau und deren Freundin herzlich.

Er sprang auf und eilte den beiden entgegen. Liebevoll

umarmte er Charlotte und küsste sie. „Womit hab ich denn diese Auszeichnung verdient, dass ihr mich mit eurem Besuch beehrt?“ Volkmar lachte die beiden Damen an und bat sie, es sich vor dem wärmenden Kamin bequem zu machen.

„Wie ich sehe, konntet ihr auch heute nicht auf euren Ausritt verzichten“, spöttelte er, da er sah, dass die beiden Gräfinnen noch ihre Reitkleidung trugen.

„So ist es, mein lieber Gebieter, und wir haben eindeutige Zeichen des kommenden Frühlings entdeckt.“ Charlotte blinzelte dabei Julia schelmisch zu, die daraufhin belustigt zu kichern begann.

„Ihr seid ja anscheinend bester Stimmung. Vermutlich werde ich auch gleich den Grund dafür erfahren“, warf Volkmar schmunzelnd ein.

„Also, zunächst einmal haben wir bei unserem Ritt festgestellt, dass auf dem See das Eis aufbricht und auch die Schneeglöckchen schon allerorts blühen. Du musst zugeben, dass das doch sehr nach Frühling riecht“, berichtet Charlotte, merklich bemüht, ernst zu bleiben.

„Absolut, ich bin beeindruckt von eurer untrüglichen Beobachtungsgabe.“

„Volkmar, wir haben den Eindruck, du nimmst uns nicht ernst.“

„Aber liebe Julia, eher würde ich im Boden versinken, als eure Glaubwürdigkeit in Frage zu stellen“, entrüstete sich Volkmar künstlich.

„Jetzt müssen wir aber einmal an deine männlichen Scharfsinn appellieren“, fuhr Charlotte fort.

Volkmar blickte sie erwartungsvoll an.

„Ist dir in den vergangenen Tagen an unserem lieben Christian etwas Ungewöhnliches aufgefallen?“ Gespannt sahen die beiden Frauen den Grafen an.

Volkmar war ein wenig überrascht über die offensichtliche Wendung des Gesprächs und zuckte nur mit den Schultern.

„Wir wollen dich nicht länger quälen, mein Lieber“, erzählte Charlotte begeistert weiter. „Als wir soeben unsere Pferde wieder in den Stall brachten, trafen wir rein zufällig auf Christian. Er war offensichtlich erfreut, uns zu sehen. Er verhielt sich wie immer äußerst charmant und hilfsbereit. Bei unserem kleinen Gespräch fragte ich ihn auch nach dem Essen beim Bürgermeister, und dann schwärmte er von diesem Aufenthalt in solchen berauschenden Tönen, als wäre er beim König selbst eingeladen gewesen.“

„Es kann doch durchaus ein wohltuendes Erlebnis für ihn gewesen sein“, warf Volkmar ein.

„Da magst du wohl recht haben, aber den wahren Grund dafür errätst du kaum.“

„Aber ihr habt es herausgefunden?“

„Genau.“ Die beiden Gräfinnen nickten übereinstimmendend. „Denn als uns Christian weiter berichtete, dass Gertrud, eine Tochter des Bürgermeisters, seine Tischdame gewesen sei, hättest du ihm bloß einmal in die Augen blicken müssen, dann wärst auch du ganz sicher gewesen, dass der Frühling nicht weit ist.“

Volkmar fing schallend an zu lachen.

Auch die beiden Frauen stimmten fröhlich mit ein.

„Ihr beide seid unmöglich“, brachte Volkmar nach einer ganzen Weile prustend hervor.

„Unser lieber Christian ist verliebt“, stellte Charlotte nun eindeutig fest.

„Gar kein Zweifel“, pflichtete auch Julia ihr bei.

„Weibliche Intuition nennt man wohl so etwas.“

„In keinem Fall, mein Geliebter, das sind eindeutige

Merkmale und praktische Lebenserfahrung. Und nun zu unserer ersten Frage. Ist dir in der letzten Zeit nicht auch Ungewöhnliches an Christian aufgefallen?“, hakte Charlotte noch einmal nach.

Volkmar schüttelte den Kopf, doch dann zögerte er. „Wenn ich so darüber nachdenke, kamen mir schon zwei Dinge sonderbar vor. Ihr wisst ja auch, dass Christian in allen Angelegenheiten immer äußerst korrekt und pünktlich ist. Vorgestern musste ich ihn allerdings an das Geld für den Pferdeverkauf erinnern, und auch eine eher unbedeutende Nachricht von Bertram hatte er vergessen, mir zu übermitteln.“

„Wenn das nicht eindeutige Beweise sind. Nur wer verliebt ist, schwebt auf Wolken und vergisst die Banalitäten auf Erden“, bemerkte Julia voller Überzeugung.

In diesem Augenblick klopfte es an der Tür. Volkmar rief: „Herein!“

Alle drei konnten kaum das Lachen unterdrücken, als sie den Mohren eintreten sahen.

„Verzeiht, wenn ich störe, soll ich später noch einmal hereinschauen?“ Christian wollte sich bereits wieder zurückziehen.

„Nein, nein, Christian, tretet näher und missversteht bitte unsere Ausgelassenheit bei Eurem Eintreten nicht. Euch müssen in den vergangenen Minuten die Ohren geklungen haben, denn die beiden Damen beschäftigt zurzeit eine quälende Frage, die nur Ihr beantworten könnt.“

Graf Volkmar war aufgestanden und hatte Christian gebeten, ebenfalls vor dem Kamin Platz zu nehmen. Ihm entging dabei nicht, dass Charlotte und Julia ihm bitterböse Blicke zuwarfen. Sichtlich zufrieden setzte sich auch Volkmar wieder und forderte die beiden Damen mit stummer Miene auf, als wollte er sagen: „Jetzt habt ihr die Gelegenheit, aus berufenem Munde die Wahrheit zu erfahren."

Charlotte und Julia blickten sich immer noch verlegen an.

„Mein lieber Christian, wir möchten Euch wahrhaftig nicht zu nahe treten und Ihr sitzt hier auch nicht vor einem Tribunal, aber Eure offensichtliche Fröhlichkeit und ein gewisses Glitzern in Euren Augen haben Gräfin Julia und mich zu der Frage geführt, ob es sein könnte, dass Ihr verliebt seid." Charlotte versuchte, ihn mit wohlgesetzten Worten möglichst wenig in Verlegenheit zu bringen.

Christian sah die beiden Gräfinnen und dann auch Graf Volkmar mit seinen großen braunen Augen an. Dann senkte er seinen Blick und schaute nur auf seine Hände. Langsam spielte ein Schmunzeln um seine Lippen.

„Merkt man das so deutlich?", fragte er nach einer Weile mit einem verschämten Lächeln und blickte alle drei nacheinander an.

Die beiden Gräfinnen strahlten und auch Volkmar konnte nicht verbergen, dass er sich für Christian freute. „Nein, Christian, es steht Euch nicht auf der Stirn geschrieben, aber Wesen auf Gottes Erdboden, die für solche wichtigen Dinge des Lebens über hochsensible Fühler verfügen, wie unsere beiden Damen hier, erkennen diese Signale noch auf unvorstellbaren Distanzen", neckte Volkmar die beiden Gräfinnen. „Aber wollt Ihr uns verraten, wer die Glückliche ist, die Euer Herz so erwärmt?"

Christian fühlte sich immer noch nicht ganz wohl in seiner Haut, aber andererseits verspürte er auch den verborgenen Wunsch, seine Gefühle anderen mitzuteilen. Graf Volkmar wie auch die beiden Gräfinnen waren Personen seines Vertrauens.

„Es ist Gertrud, die Tochter des Bürgermeisters Radeleff“, verriet Christian mit belegter Stimme. „Ich habe sie kennengelernt, als ich nach der Rettung des Sohnes das erste Mal im Haus des Bürgermeisters in Plön war.“

„Wir freuen uns wirklich für Euch. Und seid gewiss, wahrer Liebe muss man sich nicht schämen.“ Charlotte versuchte dem Mohren ein wenig die Hemmungen zu nehmen.

„Weiß denn auch Gertrud von ihrem Glück?“, fragte Volkmar nach.

„Ich glaube schon. Zumindest hat sie mir gegenüber bekundet, dass sie sich auch freuen würde, wenn wir uns sehr bald wiedersehen könnten“, berichtete Christian nicht unaufgeregt.

„Ich möchte Euer Glück wahrhaftig nicht trüben, mein lieber Christian, aber Ihr wisst aus eigener Erfahrung nur zu gut, dass es immer wieder Menschen gibt, die Euch lediglich aufgrund Eurer Hautfarbe reserviert gegenübertreten. Es ist nur ein guter Rat: Seid gewappnet und seid stark“, warnte der Graf in freundschaftlichem Ton den Mohren behutsam vor möglichen Schwierigkeiten.

„Ich bin mir dessen bewusst, Herr Graf, aber trotzdem meinen herzlichen Dank für Euren gut gemeinten Rat.“ Christian freute sich über die liebevolle Besorgnis der gräflichen Familie. Gräfin Charlotte und Gräfin Julia versuchten ihm anschließend sehr wortreich ihre Erfahrung im Liebeswerben zu verdeutlichen. So erfuhr er, welche Blumen Frauen besonders gern hatten und welche Schmuckstücke als angemessen galten, bis Graf Volkmar das Gespräch drastisch unterbrach und seine

Frau und ihre Freundin kurzerhand mit dem Hinweis hinauswarf, dass der Raum, in dem sie sich aufhielten, schließlich sein Dienstzimmer sei.

„Seid willkommen, Christian", empfing Agnes Alexander den Feldtrompeter herzlich.

Etwas verwundert blickte Christian die junge Frau an, die gemeinsam mit der Gattin des Hoftrompeters die Eingangstür geöffnet hatte. Sie war ganz in Schwarz gekleidet, wirkte aber selbst in dieser Trauerkleidung sehr attraktiv.

„Das ist übrigens Barbara Hildebrand, meine Nachbarin, und das ist Christian Gottlieb, ein ganz besonderer Freund, denn er hat meinem lieben Friedrich das Leben gerettet", stellte Agnes Alexander die beiden vor.

Die Nachbarin lächelte Christian an und reichte ihm die Hand. „Betrübt es Euch sehr, wenn auch ich schon von Euren glorreichen Taten gehört habe?", fragte sie Christian mit einem koketten Augenaufschlag.

„Es gibt Dinge im Leben, Madame, die eilen einem voraus, ohne dass man sie zügeln kann."

„Jetzt muss ich aber gehen, bevor Tantchen ungnädig wird." Die Nachbarin verabschiedete sich daraufhin eilig.

„Sie ist erst vor ein paar Monaten Witwe geworden und lebt jetzt nebenan bei ihrer Tante. Ein liebenswertes Geschöpf", erklärte Agnes Alexander, nachdem sie die Tür geschlossen hatte.

„Den Eindruck hatte ich auch", konnte Christian nur bestätigen.

„Übrigens, Ihr werdet schon sehnsüchtig erwartet, denn ein weiterer Freund unseres Hauses möchte Euch unbedingt begrüßen", verriet Agnes Alexander geheimnisvoll schmunzelnd. „Ihr kennt ja den Weg zur Veranda."

„Christian, mein Freund! Schön, dass du da bist." Friedrich Alexander sprang auf und umarmte ihn, als er die Veranda betrat. „Diesen Herren muss ich dir ja wohl nicht vorstellen." Der Hoftrompeter trat zur Seite und wies auf seinen weiteren Gast, der sich ebenfalls erhoben hatte.

„Ich freue mich ganz besonders, dass wir uns wiedersehen, Monsieur Christian." Dabei schüttelte er dem Mohren kräftig die Hand.

„Die Freude ist ganz auf meiner Seite, verehrter Monsieur Gansberg", erwiderte Christian aufrichtig erfreut, den Regimentsfeldscher des Herzogs hier anzutreffen. „Ich hoffe doch, dass keiner der Familie Eure professionelle Hilfe benötigt."

„Nein, nein, keine Angst, bis auf die Bonbons, die die Kinder stets sehnsüchtig erwarten, wenn ich komme, sind hier alle gut versorgt", beruhigte der Wundarzt Christian, während die Männer sich wieder setzten.

„Ich habe vernommen, dass Ihr es mit dem Lebenretten einfach nicht lassen könnt. Eine überaus bemerkenswerte Leistung. Gratulation, mein Lieber." Peter Gansberg brachte zusätzlich seine Anerkennung beifällig nickend zum Ausdruck.

„Ich bin mir noch nicht ganz sicher, welche Variante mir mehr gefällt, ob schwirrende Kugeln oder eiskaltes Wasser?"

„Lasst uns auf alle geretteten Geister und den edlen Retter das Glas erheben", schlug der Hoftrompeter vor, nachdem er auch Christian ein Glas Wein eingeschenkt hatte.

„Wir haben gerade eine Angelegenheit erörtert, die eventuell auch dich betreffen könnte, Christian", fuhr Friedrich Alexander fort. „Der Herzog entsendet mich in der kommenden Woche nach Glückstadt, um Handelsgeschäfte zu erkunden. Er möchte gern aus berufener Quelle erfahren, welche zuverlässigen Kaufleute mit dem Fürstentum in Verbindung treten wollen und welche Waren sie zu welchen Konditionen liefern könnten. Der Bau der Neustadt eröffnet auch ihnen ganz neue Möglichkeiten."

„Und wie kann ich dabei behilflich sein?"

„Der Herzog hat kurz darüber nachgedacht, ob nicht auch die Grafen der umliegenden Güter an solchen Handelsgeschäften interessiert sein könnten, immerhin lässt sich für zehn Fuder Pfeffer ein anderer Preis aushandeln als für fünf", beschrieb der Hoftrompeter die Pläne des Fürsten.

„Aber ich weiß immer noch nicht, wie ich helfen kann?", fragte Christian ungeduldig.

„Was wäre, wenn du mich begleiten und die Möglichkeiten für die Gutsherren erkunden würdest. Wie immer sich diese später auch entscheiden mögen", schlug der Hoftrompeter vor und blickte Christian herausfordernd an.

„Das hört sich gar nicht so schlecht an, aber spielen der Herzog und mein Graf auch mit?"

„Ich glaube schon", warf jetzt der Regimentsfeldscher ein. „Der Herzog ist grundsätzlich plausiblen Vorschlägen gegenüber offen. Friedrich müsste nur den Hofmarschall für diese Idee begeistern und der würde dann auch Euren Grafen im Namen des Herzogs instruieren."

„Warum nicht Glückstadt, ich bin dort noch nie gewesen." Christian begeisterte sich langsam für diese Möglichkeit, den lebendigen Handelsplatz an der Elbe erleben zu können.

„Ihr werdet sicherlich einige Tage dort verweilen

müssen, deshalb erwarte ich von Euch, dass Ihr mich und meine Familie auf meinem Gut in Uetersen besucht. Das ist kein Wunsch, meine Herren, das ist eine befehlsmäßige Einladung." Peter Gansberg lachte die beiden Trompeter an.

„Jawohl, Euer Gnaden, wir werden diesem Befehl nicht zuwiderhandeln." Der Hoftrompeter erhob sein Glas und Christian nahm ebenfalls amüsiert eine aufrechte Haltung ein.

„Ich störe Eure fröhliche Runde ja nur ungern, aber ich würde Euch jetzt gern zu Tisch bitten", unterbrach Agnes Alexander die drei Männer mit strahlendem Lächeln.

Erst am Nachmittag verließ Christian frohen Mutes das Haus des Hoftrompeters und seiner Familie in der Klostergasse. Die fröhliche Stimmung in diesem Haus schien sich auf jeden Gast zu übertragen.

Kaum hatte Christian die Klostergasse verlassen, fiel sein Blick auf das Haus des Bürgermeisters und er erinnerte sich an die Bemerkung des Hausknechtes Arthur. Sollte er es tatsächlich wagen, Gertrud in der Abwesenheit des Bürgermeisters und seiner Frau zu besuchen? Was würden die Leute sagen? In einer solchen kleinen Stadt hatten selbst die Wände Augen und Ohren. Andererseits war er nach der Rettung des Bürgermeistersohnes Behrend stets ein gern gesehener Gast bei der Familie Radeleff. Christian lenkte sein Pferd zu den Stallungen des Gasthauses „Zum Weißen Hirschen". Auch wenn er selbst nur selten in diese rustikale Schänke einkehrte, so konnte er doch gefahrlos sein Pferd hier unterstellen, ohne dass jemand Notiz davon nehmen würde.

Durch eine schmale Gasse gelangte er zu Fuß wieder an das Ende der Langen Straße, bog rechts ab und ging zielstrebig auf das Haus des Bürgermeisters gegenüber der Kirche zu. Nur kurz betätigte er den schweren Türklopfer und trat dann ohne zu warten und ohne weitere Aufforderung ein. Christians Augen mussten sich erst an das Dämmerlicht im Flur gewöhnen. Im Haus herrschte absolute Stille. Nach einer Weile hörte er ein gemächliches Schlurfen. Während sie sich die Hände in ihrer Schürze abtrocknete, kam Bertha, die Köchin, behäbig auf Christian zu. Sie erinnerte ihn an Martha, die Köchin im Ascheberger Schloss. Auch sie war nicht mehr ganz jung und verfügte über eine ausladende Breite. Aus ihrem runden, meist glänzenden Gesicht mit zwei roten Wangen blinzelten ihn zwei kleine wieselflinke Augen an.

„Monsieur Christian, welche Überraschung!", begrüßte Bertha den unverhofften Gast. „Der Bürgermeister und seine Gemahlin sind leider nicht zugegen."

„Wie bedauerlich. Hab ich denn das Glück, Jungfer Gertrud kurz zu sprechen?" Christian versuchte, so gut wie möglich sein Wissen um die Abwesenheit des Bürgermeisters zu verstecken.

„Ich werde sie fragen." Dabei lächelte die Köchin Christian verschwörerisch an.

„Wenn es Euch recht ist, warte ich in der Küche", entgegnete der Feldtrompeter eilig und schritt den Flur entlang, während sich Bertha ein wenig schwerfällig die Treppe in die erste Etage hinaufquälte.

Christian hatte sich kaum auf die Küchenbank vor dem wärmenden Herdfeuer gesetzt, als Gertrud durch die Tür geschwebt kam. Sie musste förmlich geflogen sein, denn gemessenen Schrittes hätte sie die Küche aus den oberen Stockwerken in dieser kurzen Zeit niemals erreichen können. Gertrud blieb erst kurz vor ihm stehen. Christian, der bei ihrem Eintreten sofort aufgesprungen war, hatte den Eindruck, dass sie sich nur schwer zurückhalten konnte, ihm nicht um den Hals zu fallen. Zögernd ergriff er ihre Hände und blickte ihr tief in die Augen.

„Ich konnte einfach nicht an Eurem Haus vorbeireiten. Es war, als ob eine verlockende Stimme ununterbrochen meinen Namen gerufen hätte." Christian neigte leicht seinen Kopf zur Seite und lächelte Gertrud schelmisch an.

„Ihr glaubt gar nicht, wie sehr ich mich darüber freue, dass Ihr diese Stimme erhört habt." Gertrud strahlte ihn aus ihren blauen Augen an.

„Ich habe das Gefühl, ich muss jetzt erst einmal nach dem Mädchen in der Waschküche sehen." Bertha kam in die Küche geschlurft und verließ sie schmunzelnd wieder über die Hoftür. Auf dem Hofplatz sah das verliebte Paar, dass der Hausknecht Arthur mit einem Arm voll Holz gerade auf die Küchentür zusteuerte, aber von Bertha kurzerhand gebremst wurde, woraufhin er mit einem wissenden Grinsen wieder umkehrte.

„Gertrud, ich möchte nicht, dass Ihr wegen meiner Aufdringlichkeit in Schwierigkeiten geratet." Beide setzten sich nebeneinander auf die Küchenbank vor dem Herd.

„Macht Euch deswegen keine Sorgen, Bertha und Arthur sind treue Seelen, die würden uns nie verraten. Sie kennen mich schon von klein auf und erfreuen sich an meinem Glück." Dabei hatte Gertrud beruhigend ihre Hand auf Christians Arm gelegt.

„Empfindet Ihr meine Nähe denn als Euer Glück?" Christian schaute Gertrud fragend an.

„Ach, Christian, das wisst Ihr nicht? Welche Frage überhaupt." Gertrud schüttelte gespielt vorwurfsvoll ihren Kopf.

„Doch, geliebte Gertrud, ich fühle es. Ich merke es, da kaum eine Stunde am Tag vergeht, in der ich nicht an Euch denke. In meinem Kopf ist kaum noch Platz für die Dinge des Alltags. Mein Herz hüpft ununterbrochen ..."

„Hört auf, Christian, hört auf! Ihr macht mich ganz verlegen." Gertrud lachte den Mohren an und errötete zart. „Auch ich hab Euch vom ersten Tag an in mein Herz geschlossen und kann Euch gar nicht beschreiben, wie glücklich ich mich seitdem fühle."

Christians braune Augen ruhten auf Gertruds feinem Gesicht. Vorsichtig hob er seine Hand und strich ihr zart über die Wange. Dann ergriff er ihre Hand, die immer noch auf seinem Arm lag, hob sie an seinen Mund und küsste sie sanft. Gertruds Augen glänzten, eine Träne rann über ihre Wange und sie senkte ihren Kopf.

„Nicht weinen, liebe Gertrud, bitte nicht weinen", flüsterte Christian, legte seine Hand behutsam unter ihr Kinn, hob ihren Kopf und küsste ihre Träne fort. Gertrud umschlang Christian mit beiden Armen und hielt ihn fest, als wollte sie ihn nie wieder fortlassen.

Auch Christian umarmte sie jetzt, ihren Kopf an seiner Schulter. „Soll ich die Welt für uns anhalten?", fragte er nach einer Weile leise.

Gertrud löste sich von ihm und blickte ihn an. „Ja bitte, lieber Christian, nur für die Zeit unseres Lebens", lächelte Gertrud ihren Liebsten sehnsuchtsvoll an. „Aber wir müssen vorsichtig sein, es gibt so viele schlechte Menschen auf der Welt." Dann küsste sie Christian flüchtig auf die Wange und rückte von ihm ab.

Er sah durch das Fenster, dass Bertha und Arthur wieder auf das Haus zugesteuert kamen. Als sie nach zögerlichem Klopfen die Küche betraten, saß das Paar in züchtigem Abstand auf der Küchenbank und erhob sich.

„Seid gegrüßt, Monsieur Christian." Der Hausknecht Arthur lachte den Mohren mit seinen braunen Stummelzähnen an und stapelte dann das Holz neben dem Küchenfeuer auf.

„Es wird Zeit, dass ich das Abendbrot richte", entschuldigte sich die Köchin dafür, dass sie nun wieder in ihr eigenes Reich eindrang.

„Ist schon gut, Bertha. Monsieur Christian wollte ohnehin gerade gehen." Gertrud reichte Christian die Hand, der sich ritterlich vor ihr verbeugte.

„Wenn Ihr nichts dagegen habt, Jungfer Gertrud, zeige ich Monsieur Christian noch den Hof des Hauses." Arthur blickte Gertrud auf eine besonders unschuldige Weise an, dass sie unvermittelt lachen musste.

„Das ist wirklich eine gute Idee, Arthur. Ich bin mir sicher, dass Monsieur Christian unser Hof gefallen wird." Gertrud begleitete die beiden Männer bis zur Küchentür und winkte Christian hinterher, als dieser sich noch einmal umdrehte.

Christian wusste nicht, warum er sich unbedingt noch den Hof des Bürgermeisterhauses ansehen sollte. Arthur ging voraus, vorbei an Ställen für Pferde und Hühner und einem Gemüsebeet, bis er unmittelbar hinter dem Waschhaus und einer hohen, jetzt blattlosen Hecke einbog und nach einem kurzen Gang vor einer verschlossenen mannshohen Pforte stehen blieb.

„Dieses Tor führt auf die Twiete und ist stets von außen verschlossen", erklärte er Christian, der langsam ahnte, weshalb der Hausknecht ihm den Weg über den Hof zeigen wollte.

„Die Tür ist nur mit einem Schlüssel zu öffnen", erklärte Arthur bedeutungsvoll, „es sei denn, man weiß noch einen kleinen anderen Kniff."

Er öffnete die Tür, blickte sich kurz in der Twiete um, trat mit Christian zusammen heraus und warf die Pforte wieder zu. Dann nahm er aus seiner Hosentasche einen Nagel, der etwas länger als ein Hufnagel war, schob ihn auf der Höhe des Türschlosses in eine kleine Mauernische und verkantete ihn ein wenig. Christian hörte ein knackendes Geräusch und die Tür sprang wieder auf.

„Ich hoffe, Monsieur Christian, unser Hof hat Euch gefallen." Damit verschwand der Hausknecht wieder hinter der Tür, nicht ohne Christian zum Abschied freundlich anzulächeln.

Kapitel 14

Christian hatte bereits durch seine mehrfachen Besuche in Kiel das rege Treiben einer pulsierenden Hafenstadt kennengelernt. Doch Glückstadt, das der dänische König Christian IV. bereits 1617 als Konkurrenzhafen zu Hamburg an der Unterelbe hatte erbauen lassen, zeigte sich den beiden Trompetern in einer ganz anderen lebhaften und farbenprächtigen Vielfalt. Das lag nicht zuletzt daran, dass im Glückstädter Hafen Schiffe anlegten, deren Besatzungen bunt gekleidet waren und die Waren aus exotischen Ländern brachten.

Der Erste Hoftrompeter des Herzogs Hans Adolf und der Feldtrompeter des Grafen Bertram von Rantzau hatten bei ihrer Ankunft in Glückstadt zunächst in der königlich-dänischen Regierungskanzlei vorgesprochen und ihre Mission erklärt. Kanzleirat Abeltoft war angetan von dem Handelsinteresse des Herzogs und empfahl ihnen, zunächst mit dem Obmann der Kaufmannschaft Verbindung aufzunehmen, aber auch die Dänemarkisch-Afrikanisch-Guinesische Kompanie nicht außer Acht zu lassen.

Nachdem Christian und sein Freund Friedrich ihr Quartier „Zum Alten Heinrich" am Markt bezogen und einen Termin für den nächsten Tag mit der Kaufmannschaft vereinbart hatten, schlenderten sie durch die Straßen und Gassen Glückstadts. Sie waren beeindruckt von den stolzen Palais, deren Besitzer bewusst ihren Reichtum nach außen kehrten, und dem eigenartigen Turm der

Kirche. Während sie ihre Schritte zum Hafen lenkten, hielt Christian plötzlich inne.

„Was ist?", fragte der Hoftrompeter verwundert.

„Siehst du den Jungen dort?" Christian zeigte auf einen Halbwüchsigen, der auf dem Marktplatz staunend vor einer prächtigen Kutsche stand und mit einem Finger in der Nase bohrte. Friedrich musterte den Knaben. Ihm fiel sein einfältiger Ausdruck in den Augen auf, der ihm verriet, dass es ein Schwachsinniger war.

„Ja, ich sehe ihn. Er scheint ein wenig wirr im Kopf zu sein. Kennst du ihn?"

„Ja, das ist der blöde Paul aus Plön. Der Neffe vom Stadtrat Stellmacher." Christian war sich ganz sicher, da er den Jungen bei seinen Besuchen in der Residenzstadt schon mehrfach auf der Straße getroffen hatte und er allgemein als Stadttölpel bekannt war.

„Wie kommt der denn hierher?", fragte Friedrich ungläubig.

„Wir fragen ihn einfach. Ich vermute, dass sein Onkel nicht sehr weit sein dürfte." Christian ging auf den Jungen zu. „Guten Tag, Paul, geht es dir gut?"

„Jaaa, mir geht es gut."

Die beiden Trompeter konnten den Jungen schwer verstehen. Paul war nicht in der Lage, seine Worte deutlich zu artikulieren.

„Ist dein Onkel auch hier?"

„Jaaa, der ist am Hafen, wo die schwarzen Menschen verkauft werden."

Christian glaubte sich verhört zu haben. Doch als er noch einmal nachfragte, bekam er dieselbe Antwort. Fassungslos blickte er seinen Freund an. „Hast du das gehört?"

„Wenn ich ihn richtig verstanden habe, wollte er uns

wohl sagen, dass am Hafen Mohren verkauft werden. Ein Sklavenmarkt vielleicht."

„Es ist kaum zu glauben! Und Stellmacher mittendrin. Das würde allerdings genau zu diesem windigen Hund passen. Komm, Friedrich, das gucken wir uns an."

Beide steuerten eilig auf die Kaimauern zu.

Der Glückstädter Hafen war ein einziges Mastengewirr. Schiff an Schiff lag nebeneinander. Überall wurden Säcke und Kisten von Männern mit gebeugten Rücken ent- oder verladen. Von einem Sklavenmarkt war jedoch weit und breit nichts zu sehen. Erst als Christian einen der Hafenmeister fragte, der auf einer Tafel mit einem Federkiel jedes Stück, das entladen wurde, genau notierte, wies dieser wortlos auf einen Schuppen am Ende der Pier und spuckte dabei verächtlich aus.

Die beiden Trompeter näherten sich dem Gebäude bewusst unauffällig. Als sie näher kamen, hörten sie aus dem Schuppen Stimmen. Die beiden Tore waren weit geöffnet. Christian gab Friedrich ein Zeichen, dass es besser sei, von hinten an das Haus zu treten. Durch Unrat, alte Netze und vorbei an rostenden Ankern näherten sie sich der Rückwand des Schuppens. Christian ging auf ein halb heruntergefallenes Brett zu und warf einen Blick durch das Loch in der Holzwand. Was er dann im Halbdunkel des Inneren sah, ließ seinen Atem stocken. Rund zwanzig Mohren, Kinder, Frauen und Männer, spärlich bekleidet, standen in der großen, sonst leeren Halle. Sie waren ihm schräg zugewandt, sodass er ihre ängstlichen, weit aufgerissenen Augen sehen konnte, die in dem Dämmerlicht einen schauerlichen Kontrast zu ihrer dunklen Haut bildeten.

Vor ihnen standen sechs reiche Herren, was allein schon die mit Pelz und Brokat besetzten Gewänder verrieten. Unter ihnen auch der Kornhändler und Stadtrat Hinrich Stellmacher aus Plön. Mit Abscheu beobachtet Christian, wie fünf von ihnen begannen, durch die Reihen der Mohren zu stolzieren, mit ihren Spazierstöcken hier und da Kleidungstücke anhoben und sich abfällige Bemerkungen über die vermeintliche Qualität der Schwarzen zuwarfen. Vermutlich, um dem im Hintergrund wartenden Sklavenhändler den Preis für seine Ware zu drücken. Christian wandte sich mit Grausen ab und erlaubte Friedrich einen Blick in den Schuppen.„Es ist einfach widerlich."

Der Hoftrompeter kehrte sich nach kurzer Zeit zu Christian um. „Ich kann mir gut vorstellen, wie du dich jetzt fühlst. Komm, lass uns von hier fortgehen, bevor wir noch etwas Unüberlegtes tun."

Friedrich ergriff Christians Arm und führte ihn durch den Unrat von dem Ort des Grauens fort. Eilig zerrte er seinen Freund durch die Gassen zurück zum Markt. Christian schien völlig abwesend zu sein, doch Friedrich wusste, dass es in ihm schwelte und brodelte und die Gefahr bestand, dass der unterdrückte Zorn des Mohren sehr schnell zu einem Ausbruch kommen konnte, der für beide zu unabsehbaren Folgen führen würde. Kurz bevor sie wieder den Markt erreicht hatten, ließ sich Christian widerstandslos in ein kleines Gasthaus führen, wo sie an einem groben Holztisch Platz nahmen. Friedrich bestellte beim Wirt zwei Krüge Bier. Der Schankraum war an diesem frühen Nachmittag kaum besetzt.

„Nimm erst einmal einen kräftigen Schluck. Vielleicht spült er ja ein kleines Stückchen deines Zorns hinunter", forderte Friedrich seinen vor sich hin brütenden Freund auf.

Christian trank wortlos und blickte Friedrich anschließend eindringlich an. „Kannst du das verstehen, Friedrich? Sie behandeln die Menschen wie Vieh und schlechter, bloß weil sie eine braune Hautfarbe haben. Mit welchem Recht, frag ich dich?“ Christian umschloss mit zitternden Händen den Bierkrug, als wollte er ihn zerdrücken.

„Auch mir wird ganz übel, wenn ich nur an diese eitlen Hohlköpfe denke. Nur können wir nichts gegen sie ausrichten, Christian. Es gibt kein Gesetz, das den Sklavenhandel verbietet. Wenn du in deiner Wut mit dem Degen zwischen sie fährst, würden sie dich in Ketten legen und hätten auch noch das Recht auf ihrer Seite.“

„Stellmacher, dieser Halsabschneider, verschachert die Mohren an die Fürstenhöfe und verdient sich dumm und dämlich daran. Vermutlich meint er noch, eine gute Tat vollbracht zu haben. Es ist diese Ohnmacht, die mich vor Wut platzen lässt. Und morgen sitzt der scheinheilige Bock als ehrenwerter Christenmensch wieder in der Kirche.“ Christian ließ seinem Zorn freien Lauf.

„Es ist alles richtig, was du sagst“, pflichtet Friedrich dem Mohren bei. „Die einzige Chance, die wir gegen ihn haben, ist aber gerade dieses Wissen. Sollte Stellmacher zu Hause nur einen moralisch bedeutsamen Fehler begehen und die Plöner erfahren von seinem Sklavenhandel und dieser Heuchelei, dann nimmt keiner mehr nur einen Kreuzer von ihm. Bevor er sich versieht, ist er sein hoch löbliches Amt als Stadtrat los. Wir müssen nur ein wenig Geduld haben, Christian. Dieser Lumpenkerl, da bin ich ganz sicher, stolpert eines Tages über seine eigenen Füße.“

„Dein Wort in Gottes Ohr!“ Mehr und mehr wurde auch Christians klar, dass er gegen die verächtlichen Machenschaften Stellmachers zurzeit nichts ausrichten konnte.

Noch am Abend, als sich Christian im Gasthaus „Zum Alten Heinrich“ zur Ruhe begeben hatte, quälten ihn seine Gedanken. Hatte er mit seiner Mutter genauso ängstlich vor den Weißen gestanden, als sie mit einem Schiff in diesem fremden Land angekommen waren? Er konnte und wollte sich nicht daran erinnern. Welch eine Qual musste es für seine Mutter gewesen sein. Diese Ungewissheit, diese ständige Furcht, diese unendliche Demütigung. Erst als Christian sich vor Augen führte, wie glücklich er es getroffen hatte, beruhigte er sich ein wenig. Wie dicht lagen Zufall und Schicksal beieinander. Nur der Umstand, dass Graf Bertram von ganzem Herzen ein aufrechter Christ war, hatte dazu geführt, ihn, obwohl er ein Mohr war, wie jeden anderen Menschen zu sehen und ihn bewusst mit Privilegien auszustatten, dass er in der selbstherrlichen Welt der Weißen bestehen konnte. Unruhige Träume begleiteten Christian in dieser Nacht.

Am nächsten Morgen hatten Christian und Friedrich dem Obmann der Kaufleute in Glückstadt ihr Ansinnen vorgetragen und ihre Listen der gewünschten Waren übergeben. Dieser konnte ihnen versprechen, dass er innerhalb von drei Tagen jene Kaufleute konsultieren wollte, die die gewünschten Güter zu redlichen Preisen liefern würden. Auch eine Auflistung der werten Namen dieser Kaufleute sollte dann fertig sein.

Da es ein sonniger Tag und noch früh am Morgen war, entschlossen sich die beiden Trompeter, schon heute der Einladung des Regimentsfeldschers nachzukommen und ihn auf seinem Gut in Uetersen zu besuchen. Zumal es nur vier dänische Meilen waren, wie der Wirt ihres Gasthauses zu berichten wusste, ähnlich weit wie zwischen Plön und Kiel. Sie ließen ihre Pferde satteln und machten sich auf den Weg. Der Regimentsfeldscher hatte ihnen die Route gut beschrieben. Als sie bereits die ersten Häuser von Uetersen erblickten, kamen sie an eine Kreuzung, die unverwechselbar war. Eine vereinzelte mächtige Eiche, in die der Blitz eingeschlagen war und der sie um die Hälfte ihrer Krone beraubt hatte, kennzeichnete das Wegekreuz.

Sie bogen links ab und folgten wenig später einer breiten Kastanienallee, an deren Ende sich das Ensemble einer edlen Gutsanlage präsentierte. Nicht nur das einladende Herrenhaus, sondern auch die Scheunen und Pferdeställe waren mit tönernen Pfannen gedeckt. Keine stinkenden Misthaufen oder aufgetürmten Strohballen verunzierten dieses harmonische Bild. Vor dem Marstall striegelten Pferdeknechte drei Rösser und blickten neugierig auf, als sie die beiden Reiter kommen sahen. Eilig kamen zwei von ihnen herbeigelaufen und ergriffen die Halfter der Pferde.

„Ist der Regimentsfeldscher zugegen?", fragte Friedrich die Stallburschen, während sie abstiegen.

„Ja, Herr, ich habe ihn gerade ins Haus gehen sehen", erklärte der vermutlich Älteste der drei Jungen beflissen. „Wenn Ihr wünscht, führe ich Euch zu ihm."

„Nein, lass nur. Wir sind seine Gäste. Wenn ihr euch um unsere Pferde kümmern würdet, wäre uns schon geholfen", entgegnete Friedrich, anschließend wandten sie sich dem Herrenhaus zu. Noch bevor sie die Treppe zum Portal erreicht hatten, öffnete sich die Tür und Peter Gansberg trat heraus.

„Ich hab Euch bereits kommen sehen. Das ist ja eine Freude", empfing er sie überschwänglich und eilte die Stufen mit ausgebreiteten Armen herunter.

„Herzlich willkommen, liebe Freunde." Der Regimentsfeldscher umarmte einen nach dem anderen. „Kommt herein, das muss begossen werden."

Er führte die beiden Trompeter ins Haus, in dem sie zunächst in ein helles Vestibül traten, das sein Licht durch eine imposante gläserne Kuppel erhielt. Christian blickte fasziniert nach oben und war gefangen von dem Spiel der Sonnenstrahlen, die sich auf den Wänden brachen.

„In diesem Haus gibt es nur helle Räume", erläuterte Peter Gansberg schmunzelnd, als er die Blicke des Mohren verfolgte, „vermutlich, weil hier so viele schwarze Seelen wohnen."

Lachend bat er die beiden in sein Wohngemach, einen ebenso lichtdurchfluteten Raum, von dem man durch bis zum Boden reichende Fenster auf eine weitläufige Parklandschaft mit alten Bäumen blicken konnte.

Während es sich die drei in ausladenden Armsesseln gemütlich machten, trat ein älterer Diener ein und blickte seinen Herrn fragend an.

„Melchior, ich glaube, unsere Reiter möchten zunächst ihre staubigen Kehlen ölen. Bring uns bitte drei Krüge frisches Bier. Und dann richte doch auch meinem lieben Weibe aus, dass wir uns freuen würden, sie in unserer Mitte begrüßen zu dürfen", wies der Regimentsfeldscher seinen Diener an, der daraufhin unverzüglich davoneilte, um kurze Zeit später mit drei Krügen auf einem Tablett zurückzukehren.

„Die gnädige Frau ist informiert, Monsieur", flüsterte er seinem Herrn zu und zog sich danach sofort wieder zurück.

„Nochmals herzlich willkommen. Lasst uns anstoßen auf ein fröhliches Wiedersehen und auf gute Freundschaft."

Kaum hatten sie ihren ersten Schluck genommen, öffnete sich erneut die Tür.

„Ah, meine liebe Elisa. Darf ich dir meine guten Freunde vorstellen."

Christian fiel fast der Bierkrug aus der Hand. Auch Friedrich blickte die Dame an, die soeben eingetreten war, als hätte er noch nie eine Frau gesehen. Vor ihnen stand mit einem strahlenden Lächeln die Ehefrau des befreundeten Wundarztes, Elisa Gansberg, eine Mohrin. Fröhlich trat sie auf die Männer zu und begrüßte sie warmherzig.

„Verzeiht meinem lieben Ehemann sein kleines Spiel." Elisa Gansberg erfreute sich immer noch über die verwunderten Mienen ihrer Gäste, nachdem sich alle vier gesetzt hatten. „Er kann es einfach nicht lassen, sich an den überraschten Gesichtern der Menschen zu weiden, wenn sie mich das erste Mal sehen."

„Verzeiht, Madame Gansberg, wenn wir uns ungebührlich verhalten haben sollten. Insofern geben wir Euch recht, ein zarter Hinweis Eures Gatten vorab hätte uns diese Peinlichkeit erspart."

Friedrich Alexander blinzelte den Freund gespielt vorwurfsvoll an.

„Und wo wäre dann meine Belustigung geblieben? Als Ehemann steht mir das verbriefte Recht zu, auf mein geliebtes Eheweib stolz zu sein und sie dieser Welt nach meinem Belieben zu präsentieren. Nicht jede Frau hat das Glück, bei ihrem Erscheinen nur annähernd vergleichbare Reaktionen hervorzurufen." Dabei ergriff Peter Gansberg die Hand seiner Frau und küsste sie charmant. Sie lächelte ihn liebevoll an.

„Über die unterschiedlichen Verhaltensweisen unserer Mitmenschen beim Anblick eines schwarzen Menschen müssen wir uns in dieser Runde wohl kaum unterhalten", warf Elisa Gansberg ein und blickte dabei Christian wissend an.

„Gewiss, Madame Gansberg, ein wahres Wort. Jeder von uns hat in seinem Leben sicherlich die Sonnen- und Schattenseiten eines Mohren in dieser Welt kennengelernt“, stimmte Christian der Ehefrau des Regimentsfeldschers zu, „aber ich glaube, ohne anmaßend sein zu wollen, wir beide gehören noch zu den Glücklichen unter ihnen.“

„Verzeiht unserem Freund Christian seine melancholischen Ansichten, aber wir hatten gestern in Glückstadt eine eher unerfreuliche Begegnung“, bemerkte der Hoftrompeter stirnrunzelnd.

Anschließend erzählten sie beide von ihrem bedrückenden Erlebnis am Kaischuppen, den verängstigten Mohren und den Sklavenhändlern. Peter und Elisa Gansberg hörten schweigend zu.

„Wir werden die Menschen nicht ändern können. Ihre Vorbehalte, ihre Ängste vor dem Fremden, ihre Abneigung dem Ungewohnten gegenüber. Doch Elisa und ich haben uns zur Gewohnheit gemacht, uns nicht zu verstecken. Auch wenn sich die Einladungen zu offiziellen Anlässen in Grenzen halten, so merken wir doch, dass die Begegnungen bei solchen Festen auch Türen öffnen“, erklärte Peter Gansberg ihre gemeinsame Einstellung.

„Ich denke, es ist an der Zeit, dass Ihr jetzt die ganze Familie kennenlernt“, unterbrach Elisa Gansberg die ein wenig gedrückte Stimmung und griff nach einer Klingel.

Als Melchior, der Diener, kurz darauf erschien, wies sie ihn an, das Kindermädchen zu benachrichtigen.

Wenig später klopfte es erneut an der Tür und ein junges Mädchen trat ein. In ihrer Armbeuge hielt es ein großes weißes Kissen, auf dem nur der kleine Kopf eines schlafenden Säuglings zu sehen war. Neben ihr hatte ein kleiner etwa dreijähriger Junge den Raum betreten, der die Erwachsenen mit neugierigen Augen musterte. Die beiden Kinder waren schokoladenbraun.

„Da sind ja meine kleinen Lieblinge“, begrüßte Elisa Gansberg ihre beiden Kinder fröhlich lachend, woraufhin der Kleine freudig auf seine Mutter zulief und in ihre Arme fiel.

„Das ist Johann. Sag unseren Freunden brav Guten Tag“, forderte Elisa Gansberg ihren Sohn auf, der daraufhin folgsam erst Christian und dann Friedrich mit einer Verbeugung die Hand reichte.

„Mein großer Junge.“ Der Regimentsfeldscher nahm anschließend seinen Stammhalter in die Arme. „Bist du denn heute auch schon geritten?“

„Ja, Papa, aber auch nur wieder auf dem Schaukelpferd. Wann darf ich denn auf Luna reiten?“, beschwerte sich der Kleine bei seinem Vater.

„Hatten wir nicht eine Abmachung?“, wollte Peter Gansberg von seinem Sohn wissen.

„Ja, du hast gesagt, wenn ich Geburtstag habe. Wann ist das?“

Peter Gansberg und Elisa lachten herzlich.

„Das fragt er uns mehrmals am Tag. In einundzwanzig Tagen hast du Geburtstag. Ein bisschen musst du wohl noch warten.“ Den Kleinen schien das aber schon nicht mehr zu beunruhigen, denn inzwischen hatte er die Knie seines Vaters erklommen und sie zu seinem Reitpferd erkoren.

„Dieses nun, meine Herren, ist Anna, die Jüngste in unserer Familie. Sie hat das Licht der Welt vor einem halben Jahr erblickt und beschränkt ihr Dasein auf das Essen und Schlafen, wie ihr sehen könnt“, stellte Elisa ihre Tochter vor, die sie jetzt selbst auf ihrem weißen

Kissen im Arm hielt.

„Die Glückliche“, bemerkte Christian schmunzelnd.

Es wurde ein lustiger und gemütlicher Abend auf dem ritterlichen Gut des Regimentsfeldschers in Uetersen. Schon während des köstlichen Abendmahls erfuhren die beiden Trompeter von ihren Gastgebern, auf welche Weise sie sich kennengelernt hatten. Elisa war bei einer gräflichen Familie nicht weit von Kopenhagen mit deren zwei Töchtern aufgewachsen und erzogen worden. Auch sie hatte nie erfahren, wer ihre Eltern waren und auf welche Weise sie ins Land gekommen war. Da der Graf als einer der bedeutenden Berater des dänischen Königs Christian V. galt, schien es nur natürlich, dass auch die Töchter bei Hofe verkehrten, einschließlich Elisa, die man stets wie eine eigene Tochter behandelt hatte.

Da sie mehrere Sprachen beherrschte, musikalisch und belesen war, avancierte sie sehr bald zur Hofdame der dänischen Königin Charlotte Amalie. Der Regimentsfeldscher, der auch damals als solcher in dänischen Diensten stand, lernte seine spätere Gemahlin bei einem der Hofbälle auf Schloss Frederiksborg, nicht weit von Kopenhagen entfernt, kennen. Die dänische Königin ließ Elisa nur ungern gehen, doch dem werbenden Regimentsfeldscher und dem Glück ihrer vertrauten Hofdame wollte auch sie nicht im Wege stehen.

Christian begab sich an diesem Abend auf dem Gut von Peter Gansberg und seiner Mohrin sichtlich zufrieden zur Ruhe. Für wenige Stunden waren die unschönen Erlebnisse mit den Sklaven am Vortag vergessen. Das friedliche Glück der beiden Gastgeber hatte ihn innerlich sehr berührt. Ihr liebevolles Verständnis füreinander und ihre reizenden Kinder vermittelten ihm ein Gefühl von Hoffnung und Zuversicht.

Würden Gertrud und er auf einem gemeinsamen Lebensweg mit ebenso viel Glück gesegnet sein?

Nach einem ausgiebigen Frühstück und einer Besichtigung der Gutsanlage hatten sich Christian und Friedrich dankbar von Peter Gansberg und Elisa verabschiedet, nicht ohne sich das Versprechen zu geben, sich so schnell als möglich wiederzusehen. Eilig ritten die beiden Trompeter wieder nach Glückstadt zurück, da für den Nachmittag noch eine Verabredung mit einem Vertreter der Dänemarkisch-Afrikanisch-Guinesischen Kompanie vorgesehen war. Rechtzeitig trafen sie vor dem respektablen Gebäude in der Nähe des Glückstädter Hafens ein.

Der Obmann der Kaufmannschaft hatte ihnen ein Gespräch mit einem bedeutenden Kaufhändler der Kompanie – sein Name war Josua Henriques – empfohlen, der selbst über ein Schiff mit dem Namen „Vier Winde“ verfügte.

Ein uniformierter Dienstbote führte sie im Haus der Kompanie über eine breite Freitreppe in einen großen Raum, der rundherum mit geschnitztem Holz getäfelt war. Am Ende dieses wenig einladenden Saals stand ein Schreibtisch, an dem ein kleiner Mann mit spitzem Gesicht und einer etwas schief sitzenden Perücke thronte, der die beiden abschätzend musterte.

Der Hoftrompeter stellte sich und Christian vor. „Monsieur Henriques erwartet uns.“

„Das glaube ich eher nicht“, war die quäkende Antwort des Männleins hinter dem Schreibtisch.

Christian und Friedrich sahen sich verwundert an.

„Mir sind zwei herrschaftliche Repräsentanten eines Herzogs avisiert worden, aber keine Erscheinungen niederer Herkunft", war aus dem knarzenden Mund zu hören.

Friedrich Alexander ging einen Schritt auf den Schreibtisch zu und kam dabei dem aufgeblasenen Sekretär bedrohlich nahe. „Wenn Ihr nicht in Sekunden Eurer Aufgabe nachkommt und uns bei Monsieur Henriques anmeldet, werdet Ihr das morgige Tageslicht nur noch durch Gitterstäbe eines Kerkers erkennen können."

Der Angesprochene wich zurück, sprang auf und stürzte zur Tür.

Christian hatte seinen Freund bisher nur als friedliebenden und gelassenen Mann kennengelernt, dass er auch über diese Seiten verfügte, überraschte ihn und ließ ihn anerkennend schmunzeln.

Nur kurze Zeit später erschien der Sekretär wieder, und bevor er etwas sagen konnte, schob Friedrich ihn zur Seite und betrat den angrenzenden Raum. Christian folgte ihm und sah sich staunend um. An sämtlichen Wänden hingen langschäftige Speere, fellbezogene Schilde und Masken, die den Besucher aus leeren Augenhöhlen anstarrten. Mittendrin saß ein Mann mit kugelrundem Kopf und glänzender Glatze, der versuchte, seine Fettleibigkeit mit einem weiten Kaftan aus bunter Seide zu kaschieren.

„Ihr seid also die Boten des Herzogs Hans Adolf, dessen Begehrlichkeiten und Sehnsüchte ich erfüllen soll", begrüßte der Kaufmann die beiden Trompeter mit herablassendem Lächeln.

„Ich glaube, Ihr irrt, Monsieur Henriques. Seine fürstliche Durchlaucht, Herzog Hans Adolf, gewährt Euch die Gnade und offeriert Euch die Möglichkeit, Eure Waren auch in seinem Fürstentum anzubieten, sollte er davon überzeugt sein, es mit einem aufrichtigen und vertrauenswürdigen Kaufmann zu tun zu haben", antwortete der Hoftrompeter im Brustton der Überzeugung.

Der Kaufmann blickte ihn irritiert an. Anscheinend war er solche Töne nicht gewohnt. „Nun, dann werde ich Euch einmal darüber aufklären, mit welchem Potenzial Euer so hochgelobter Herzog rechnen kann", fuhr der Kaufmann Henriques vollmundig fort, nachdem er sich von seiner kurzen Verwirrung erholt hatte. „Mein eigenes Schiff ‚Vier Winde' wird morgen, wie jedes Jahr, an die afrikanische Küste segeln, um dort Messer, Korallen und Glasperlen gegen Gold und Kreaturen wie Euren schwarzen Begleiter, also Mohren, einzutauschen."

Friedrich blickte Christian an, doch der schüttelte nur leicht mit dem Kopf und signalisierte ihm mit den Augen, dass keine Gefahr bestand, dass er dem Widerling an die Kehle gehen würde.

„Diese ungläubigen und bösartigen Barbaren taugen kaum als Arbeitskraft", fuhr der Kaufmann unbeirrt fort, „aber als Sklaven lassen sie sich in der dänischen Kolonie St. Thomas in Westindien und auch hier ganz gut verkaufen. Von dort kehrt mein Schiff dann mit Tabak und anderen Köstlichkeiten nach Glückstadt zurück. Wenn Euer Herzog also gern einen neuen Mohren oder gar eine Mohrin zu seinem persönlichen Vergnügen braucht, dann ist Josua Henriques uneingeschränkt Euer Mann." Anschließend breitete er selbstgefällig seine Arme aus und lachte über das ganze Gesicht, dass seine feisten Wangen nur so waberten.

Christian war aufgefallen, dass der Kaufmann die ganze Zeit nur Friedrich angesehen hatte und ihn überhaupt nicht zur Kenntnis nahm. Ebenfalls bemerkte er, dass sein Freund bei den infamen Äußerungen über die

Mohren absolut regungslos und ruhig blieb.

„Wir bedanken uns aufrichtig für Eure aufschlussreichen Erläuterungen, Monsieur Henriques", entgegnete Friedrich übertrieben höflich. „Wir sind überaus beeindruckt von Eurer kaufmännischen und weltoffenen Kompetenz, insbesondere im profunden Wissen um die Fähigkeiten der Mohren. Mein Begleiter, wie Ihr ihn nennt, ist kein anderer als der Feldtrompeter des Grafen Bertram von Rantzau. Er hat bereits mehrfach unter Einsatz seines Lebens Menschenleben gerettet. Wie Ihr sicherlich unschwer erkennen könnt, entspricht er damit absolut Eurem Verständnis für die Mohren."

Der Kaufmann, der sich bei den ersten Worten des Hoftrompeters augenfällig geschmeichelt gefühlt hatte, spürte erst jetzt, dass sich das Gespräch langsam in eine andere Richtung entwickelte.

Friedrich fuhr unbeeindruckt fort. „Deshalb werden wir seiner fürstlichen Durchlaucht, dem Herzog, ausführlich darüber berichten, welche niederträchtige Kreatur sich hinter dem Kaufmann Henriques verbirgt. Wir gehen davon aus, dass auch das dänische Königshaus äußerst interessiert an Euren räuberischen Machenschaften sein wird, die Ihr in seinem Namen vollbringt." Josua Henriques Kopf schwoll rot an, doch bevor er nur ein Wort herausbekam, trat Christian auf ihn zu, sodass er angstvoll zurückschreckte.

„Kaufmann Henriques, ich verfluche und verdamme Euch, dass Ihr ewig im Fegefeuer schmoren möget und niemals vor Gottes Angesicht treten werdet." Christian zeigte mit seinem Finger und ausgestrecktem Arm auf die Stirn des Kaufmanns und funkelte ihn mit weit aufgerissenen Augen an.

Josua Henriques wich in fassungsloser Panik zurück,

als sei er dem Teufel leibhaftig begegnet. Schützend warf er seine Hände hoch und stöhnte voller Qual auf.

Die beiden Trompeter wandten sich um und verließen eiligen Schrittes diesen ungastlichen Ort.

Ein dumpfes Poltern und ein schmerzvolles Aufheulen erklangen, als Friedrich die Tür in das Vorzimmer aufstieß. Der Sekretär hatte vermutlich an der Tür gelauscht und war von dem plötzlichen Aufbruch der Boten des Herzogs überrascht worden, sodass ihn die schwungvoll geöffnete Tür am Kopf getroffen und ihm die Perücke vom Kopf gefegt hatte. Christian und Friedrich kümmerten sich nicht um den gestürzten und jammernden Sekretär.

Christian und Friedrich hatten an diesem Abend noch sehr lange in ihrer Herberge beim Wein zusammengesessen und die Ereignisse der vergangenen Tage besprochen. Am nächsten Morgen waren sie früh aufgestanden, um den Obmann der Kaufmannschaft aufzusuchen. Ausführlich hatte er ihnen die Bereitschaft der Kaufleute zum Handel mit dem Herzog und den Grafen erklärt und ihnen zwei Dokumente mit allen Anschriften und Informationen überreicht. Er verabschiedete sich danach allerdings eilig, da es in der Stadt an diesem Morgen eine seltsame Unruhe gegeben hätte, der er nun unbedingt nachgehen müsste.

Die beiden Trompeter machten danach noch ihre Aufwartung beim königlich-dänischen Kanzleirat Abeltoft und gingen dann zu ihrer Herberge zurück.

Der Herbergsvater, ein sonst eher stiller Mann, begrüßte sie äußerst erregt. „Haben Euer Gnaden schon von diesen wundersamen Erscheinungen gehört?"

Christian und Friedrich blickten sich verwundert an und schüttelten die Köpfe.

„Stellt Euch vor, auf dem Markt erzählen sich die Leute, dass dem Kaufmann Henriques der Teufel leibhaftig erschienen ist. Er soll einen Fluch auf ihn geschleudert und ihn der ewigen Verdammnis im Fegefeuer befohlen haben“, berichtete der Wirt mit zitternder Stimme. „Und das ist noch nicht alles. Auf seinem Schiff, der ‚Vier Winde‘, liegt ebenfalls ein Fluch. Das ganze Schiff ist voller Blut. Die Seeleute wollen nicht mehr anheuern. Sie sagen, das Herz des Schiffes habe geblutet.“

„Entsetzlich, geradezu entsetzlich, was Ihr da berichtet, guter Mann.“ Friedrich klopfte dem Wirt beruhigend auf die Schulter. „Es wird daher wohl das Beste sein, wenn wir uns schleunigst auf den Weg machen.“

Christian fiel auf, dass sein Freund bei diesen Worten ein Schmunzeln kaum unterdrücken konnte.

„Du bist so still. Kann es sein, mein lieber Friedrich, dass du mehr weißt als ich?“ Christian blickte Friedrich fragend an, als sie auf ihrem Weg nach Hause Glückstadt schon eine Weile hinter sich gelassen hatten.

„Ich habe darüber nachgedacht, was uns der Wirt eben erzählt hat“, antwortet Friedrich hintergründig lächelnd.

„Kommen dir diese Ereignisse nach unserer unschönen Begegnung mit Henriques nicht auch ein wenig sonderbar vor?“

„Nun, Christian, wie du weißt, werden wir solche Kreaturen wie Stellmacher und Henriques nicht ändern können. Es wird sie immer geben. Allerdings soll es schon einmal vorgekommen sein, dass ein einsamer Streiter nachts von Kaschemme zu Kaschemme gewandert ist, dem einen oder anderen Trunkenbold einen Taler gespendet und ihn aufgefordert hat, die Bürger der Stadt nicht im Ungewissen zu lassen und sie darüber zu informieren, dass einem gewissen Kaufmann der Teufel begegnet und sein Schiff mit einem Fluch belegt sei. Auch soll dieser einsame Streiter ein paar Metzgergesellen mit seinen Talern dazu ermuntert haben, einige Eimer Ochsenblut über ein bestimmtes Schiff im Hafen zu schütten." Friedrich beendete seine Märchenstunde mit einem übertrieben unschuldigen Gesichtsausdruck.

Christian hatte den Erzählungen anfangs verwundert gelauscht, bis er die raffinierte List seines Freundes erkannte. „Das warst du?", prustete er los, während Friedrich ihm ausgelassen auf die Schulter klopfte und aus vollem Halse mit einstimmte.

Kapitel 15

Plön, im Sommer 1683

Christian hatte in den vergangenen Monaten immer wieder die Gelegenheit erhalten, Graf Bertram zu seinen Geschäften nach Kiel zu begleiten. Da der Graf auch über ein Stadthaus in Lübeck verfügte, lernte der Feldtrompeter die alte Hansestadt mit den sieben Kirchtürmen kennen. Sein Gespür für einen erfolgreichen Handel ließ ihn bei diesen Reisen nicht im Stich. Nachdem er sich bereits beim Verkauf von Pferden ein finanzielles Polster zugelegt hatte und gleichermaßen der Getreidehandel weiteren Zugewinn versprach, kam er auch dem Ansinnen der Kieler Stadträte nach und lieh ihnen sehr bald vierhundert Taler zu einem einträglichen Zins. Selbst ihren Wunsch nach weiteren hundert Talern wenig später konnte er aus seinem Bestand erfüllen. Neben seiner Entlohnung, die er als Feldtrompeter des Grafen erhielt, waren es gerade seine Handelsgeschäfte, die Christian nach und nach zu einem reichen Mann machten.

In dieser Zeit verging keine Woche, in der er nicht seine geliebte Gertrud sah. Die Familie Radeleff war ihm nach wie vor sehr wohlgesonnen und der Bürgermeister lud ihn regelmäßig sonntags nach dem Gottesdienst zum Mittagessen ein. Auch darüber hinaus war er im Haus gegenüber der Kirche in Plön stets ein gern gesehener Gast.

Doch als Christian an diesem Morgen im Juni das Haus des Bürgermeisters betrat, wusste er, dass es ein ganz besonderer Tag sein würde, denn die Plöner Bürger feierten ihr Vogelschießfest. Die Schützengilde hatte gerade in diesem Jahr die Vorbereitungen mit großem Eifer betrieben, denn den Älterleuten der Gilde war offiziell vom Hofmarschall mitgeteilt worden, dass der Herzog persönlich am Vogelschießen teilnehmen werde. Die Bürger empfanden dieses als große Ehre, zumal der Herzog schon mehrfach sein Wohlwollen den Gildebrüdern gegenüber demonstriert hatte. So hatte er bereits eine Fahne mit seinem Wappen und auch eine vergoldete Silberkanne als Königspreis gestiftet.

Bürgermeister Radeleff hatte Christian gebeten, ihn und seine Familie zum Festplatz im Gehege Langenbusch vor den Toren der Stadt zu begleiten. Eine Einladung, der Christian nicht widersprechen konnte, schuf sie doch einmal mehr die Gelegenheit, ohne Versteckspiel Gertrud nahe zu sein.

Mit bunten Fahnen, Girlanden und mehreren Festzelten war die weitläufige Lichtung im Langenbusch aufwendig dekoriert. Nachdem der Festumzug mit den Gildebrüdern, dem Bürgermeister und den Stadträten unter klingendem Spiel auf dem Festplatz eingetroffen war, dauerte es nicht lange, bis die im Sonnenlicht erstrahlende goldene Kutsche des Herzogs vorfuhr. Das Volk begrüßte den Fürsten mit ohrenbetäubendem Beifall und Hochrufen, sodass Herzog Hans Adolf lächelnd seinen breitkrempigen Hut mit der Straußenfeder abnahm und fröhlich schwenkte, bis er in Begleitung des Bürgermeisters in dem am prächtigsten hergerichteten Festzelt verschwand, um sich zunächst einmal zu stärken.

Christian stellte mit Freude fest, dass auch eine große

Zahl der Mitglieder des Hofes an diesem Vogelschießen teilnahm. Der Erste Hoftrompeter Friedrich Alexander gehörte ebenso dazu wie der Regimentsfeldscher und Wundarzt Peter Gansberg.

„Wollt Ihr etwa auch dem armen Vogel ans Gefieder, Monsieur Gansberg, oder müsst Ihr Schützen verarzten, die sich in den Fuß geschossen haben?“ Die beiden Trompeter näherten sich dem Wundarzt von hinten, nachdem sie sich beide herzlich begrüßt hatten.

„So respektlos können sich nur blasende Musiker einem Studiosus gegenüber verhalten“, lachte der Regimentsfeldscher seine beiden Freunde an und umarmte sie nacheinander.

„Ich glaube, das Schießen überlassen wir lieber den Experten, ich habe mich wenigstens nicht in die Schießliste eingetragen“, bekannte der Wundarzt freimütig.

„Keine schlechte Entscheidung, denn bei den alten Arkebusen, mit denen geschossen wird, hat der arme Vogel da oben echte Überlebenschancen“, pflichtete Christian dem Wundarzt bei.

Inzwischen waren die Musketen geladen worden und die ersten Schützen hatten bereits versucht, den hölzernen Vogel hoch oben auf der Stange, der eine Krone sowie Zepter und Apfel in den Klauen trug, zu treffen. Das laute Knallen der Musketen wurde jeweils von einem freudigen Jubel der Umstehenden begleitet. Entgegen Christians Prognose knallten im Laufe der Zeit immer wieder die schweren Bleikugeln in das Holz des Vogels, sodass er zur Mittagszeit schon merklich gerupft aussah. Unbändiger Jubel brach aus, als es dem Herzog gelang, dem Vogel die Krone vom Kopf zu schießen. Bei seinem Gang durch die Menge vom Schießstand zurück zu seinem Festzelt in Begleitung von Bürgermeister,

Stadträten und Hofstaat fiel sein Blick unvermutet auf Christian, auf den er zur Verwunderung aller zielgerichtet zusteuerte.

„Ah, Gottlieb, wir freuen uns, Euch zu sehen“, begrüßte der Herzog den Mohren wohlgelaunt.

Christian verbeugte sich.

„Wie wir von unserem Ersten Hoftrompeter gehört haben, scheint Eure Expedition nach Glückstadt erfolgreich gewesen zu sein. Unsere Hofräte bewerteten die Dokumente der Kaufmannschaft als akzeptabel und nützlich für uns“, erklärte der Herzog sichtlich zufrieden.

„Es war mir eine Ehre, Durchlaucht, Euch auf diese Weise dienen zu können.“

„Wie wir zudem gehört haben, seid Ihr auch in Uetersen gewesen“, stellte der Herzog schmunzelnd fest.

„Das ist richtig, Durchlaucht, Euer Regimentsfeldscher und Wundarzt war so großzügig, uns auf sein Gut einzuladen.“

„Nun, mein lieber Gottlieb, hat es nicht dort gerade für Euch ein eigentümliches Ereignis gegeben?“ Der Herzog fragte offensichtlich nicht ganz ohne Hintergedanken, was seinem amüsierten Gesichtsausdruck zu entnehmen war.

„Fürwahr, Durchlaucht, Euer Hoftrompeter und ich waren angesichts der Gemahlin des Regimentsfeldschers mehr als überrascht“, bestätigte Christian die erste Begegnung mit der Mohrin mit einem Lächeln.

„Gansberg ist nicht nur ein hervorragender Wundarzt, er verfügt auch über eine ganz reizende kleine Familie“, bemerkte der Herzog anerkennend. „Nun, ich hoffe doch, dass Ihr Eurem Herzog nicht die Ehre streitig macht und heute noch den Vogel treffen werdet.“

„Ich werde mich zurückhalten, Durchlaucht“, erwiderte Christian, verbunden mit einer kleinen Verneigung.

„Für heute eine lobenswerte Tugend, auch wenn ich an anderen Tagen an Euch genau das Gegenteil schätzen gelernt habe.“ Damit wandte sich Herzog Hans Adolf ab und strebte mit seinem Gefolge dem Festzelt zu.

Christian hatte während des Gesprächs mit dem Herzog sehr wohl aus den Augenwinkeln registriert, dass die Umstehenden ihn mit einer gewissen Bewunderung anstarrten. Für sie war es kaum fassbar, dass dem Mohren die Ehre eines längeren Gesprächs mit dem Herzog zuteilwurde. Gleichzeitig erkannte er aber auch, dass aus einigen Gesichtern der blanke Neid sprang. Ganz besonders trat dabei der Stadtrat Stellmacher hervor, dessen verkniffene Miene seinen kaum unterdrückten Zorn widerspiegelte.

Es sollte nicht lange dauern, bis auf dem Festplatz ein ohrenbetäubender Jubel ausbrach, als der Ältermann der Schützengilde Herzog Hans Adolf als diesjährigen Schützenkönig ausrief. Dieser ließ sich auch nicht lumpen und stiftete der Gilde spontan hundert Taler, ein Fass Wein und ein silbernes Leutnantsschild. Es wurde ein langer und fröhlicher Abend, gekrönt durch den abschließenden Königsball.

Christian hatte nach der Krönung des Schützenkönigs den Festplatz verlassen, wusste er doch, dass auch Gertrud und ihre Geschwister nicht an dem Ball teilnehmen und in das Stadthaus zurückkehren würden. Unglücklicherweise hatte er während des Festes kaum Gelegenheit gefunden, mit seiner Liebsten zu sprechen, war sie doch meistens von anderen Festteilnehmern umgeben gewesen. Als die Dämmerung hereinbrach, näherte sich Christian über die Twiete dem Hintereingang des Radeleffschen Hauses, öffnete die Pforte mit einem langen Nagel und begab sich leise auf den Hinterhof. An einem Mauervorsprung hing eine kleine Öllampe, die nur wenig Licht spendete. Christian hielt mehrfach kurz seine Hand davor und wartete. Es dauerte nicht lange, bis sich behutsam die Küchentür öffnete und Gertrud ihm entgegeneilte. Hastig zog sie ihn hinter die Hecke, sodass sie vom Haus aus nicht mehr zu sehen waren. Sie fielen sich in die Arme und küssten sich leidenschaftlich.

„Endlich, geliebte Gertrud. Ich konnte es gar nicht erwarten, dich in meine Arme zu nehmen“, gestand Christian, nachdem sie sich auf eine kleine Bank hinter der Hecke gesetzt hatten.

„Mir ging es ebenso, lieber Christian. Den ganzen Tag hab ich dich gesehen, doch keine Sekunde konnte ich dir nahe sein.“

Wieder küssten sich beide innig.

„Die Welt ist grausam“, neckte Christian seine Geliebte, „doch wir könnten es ändern.“

„Wie meinst du das? Was möchtest du ändern?“, fragte Gertrud verwundert und blickte Christian erstaunt an.

Der Mohr rutsche von der Bank und kniete vor Gertrud. „Ich möchte dich heiraten, liebste Gertrud. Willst du meine Frau werden?“

Gertrud erschrak. Darauf war sie nicht vorbereitet gewesen. Mit ihren blauen Augen sah sie Christian verblüfft an. Dieser senkte nur seinen Kopf und legte ihn auf ihren Schoss. Behutsam streichelte sie sein schwarzes krauses Haar, als wollte sie ein trauriges Kind trösten.

„Möchtest du es denn nicht auch?“, hörte sie ihn flüstern.

„Doch, mein geliebter Christian, es gibt nichts auf der Welt, was ich mir mehr wünsche, aber ich habe große

Angst, dass nicht alle Menschen unser Glück teilen wollen."

Christian hob den Kopf und blickte auf. „Was interessieren uns die Menschen, wenn wir uns lieben?"

„Ach, Christian, wir leben doch nicht auf einer Insel. Die Menschen sind verbohrt, neidisch, missgünstig und hinterhältig. Das hast du am eigenen Leibe doch oft genug erlebt. Mein Vater mag ein herzensguter Mensch und dir auf ewig dankbar sein, aber einen Mohren in der Familie wird er wohl kaum dulden." Gertrud versuchte Christian von seinen rosa Wolken wieder auf die Erde zu holen.

„Ich habe immer dieses Bild der kleinen Familie des Regimentsfeldschers vor Augen, die ich erlebt habe, als ich in Uetersen war. Ein weißer Mann und eine Mohrin voller Verständnis und Harmonie und zwei süße Kinder. Warum sollte uns nicht das gleiche Glück widerfahren? Dafür würde ich alles geben. Dafür würde ich kämpfen, wenn du es auch von ganzem Herzen willst." Christian erhob sich, ergriff Gertruds Hände und setzte sich wieder neben sie.

„Es hört sich an wie ein Märchen und es ist ein schönes Gefühl, davon zu träumen."

„Glaub mir, Gertrud, es muss kein Traum bleiben. Was würdest du sagen, wenn ich mit deinem Vater sprechen würde?" Christian sah seine geliebte Gertrud erwartungsvoll an.

„Ich weiß nicht, ob das gut ist. Ich habe fürchterliche Angst." Das Zittern in ihrer Stimme war für Christian kaum zu überhören.

„Du musst keine Angst haben, liebe Gertrud, ich werde mit ihm von Mann zu Mann sprechen. Er hat sich doch bisher auch stets als verständnisvoller Vater gezeigt."

Christian war fest von seinem Plan überzeugt.

„Es wäre zu schön …“

Ein Poltern im Hof ließ die beiden Liebenden aufschrecken. Vermutlich hatte nur eine Katze einen Topf umgestoßen. Eilig verabschiedete sich Gertrud von Christian, nachdem sie sich noch einmal innig umarmt und geküsst hatten.

Sollte er sich Graf Volkmar anvertrauen? Wäre ein Gespräch mit dem Regimentsfeldscher hilfreich? Konnte sein Freund, der Hoftrompeter, ihm noch einen Rat geben? Es gab keinen Zweifel, Christian war wild entschlossen, den Bürgermeister um die Hand seiner Tochter zu bitten. Gertrud musste seine Frau werden. Doch hatte er auch alles bedacht? Hans Radeleff war ihm auf ewig dankbar, weil er seinen Sohn Behrend gerettet hatte. Doch würde das reichen, ihn auch als Schwiegersohn zu akzeptieren? Er musste zumindest einen günstigen Zeitpunkt für seinen Antrag beim Bürgermeister wählen. Der frühe Nachmittag schien ihm geeignet. Ein gutes Mittagsmahl und ein anschließendes Nickerchen führten in der Regel zu einem ausgleichenden Wohlbefinden im Verhältnis zum geschäftigen Vormittag.

Christian hatte sein schönstes Gewand angelegt und klopfte am Montagnachmittag entschlossen an die Tür des Bürgermeisterhauses, die sehr bald von einem Dienstmädchen geöffnet wurde.

„Ich möchte den Bürgermeister in einer offiziellen Angelegenheit sprechen“, brachte Christian förmlich vor, was das Dienstmädchen etwas irritierte, da sie den Mohren als ständigen Gast des Hauses seit Längerem kannte.

„Ich werde den Herrn Bürgermeister informieren,

Monsieur Christian, er ist in seiner Amtsstube."

Christian wusste, dass der Bürgermeister neben seinen Amtsräumen im Rathaus auch in seinem eigenen Haus über eine Schreibstube verfügte.

„Monsieur Christian, welche angenehme Überraschung", begrüßte Hans Radeleff den Feldtrompeter, erhob sich hinter seinem Schreibtisch und schüttelte ihm die Hand. „Was führt Euch zu mir, wo wir uns doch erst gestern zum sonntäglichen Mahl gesehen haben." Der Bürgermeister bot Christian einen Stuhl an und setzte sich wieder.

„Verehrter Herr Bürgermeister, ich komme heute mit einem persönlichen Antrag zu Euch. Ich möchte Euch in aller Form und Höflichkeit um die Hand Eurer Tochter Gertrud bitten." Christian blickte sein Gegenüber mit erhobenem Haupt fest in die Augen.

Hans Radeleff starrte den Mohren mit weit geöffneten Augen und offenem Mund an, als hätte er soeben von seinem Todesurteil erfahren. Nach einer ganzen Weile schüttelte er kurz seinen Kopf, als wolle er sich wieder in die Realität zurückholen. „Was habt Ihr da eben gesagt? Ihr wollt meine Tochter heiraten?", entrüstete sich der Bürgermeister mit erhobener Stimme. „Seid Ihr denn von allen guten Geistern verlassen?"

Erschrocken fuhr Christian zusammen. Mit allem hatte er gerechnet, aber auf eine derart schroffe Abfuhr war er nicht eingestellt.

„Ihr habt wohl vergessen, aus welchem Hause meine Tochter stammt. Ich bin der Bürgermeister dieser Stadt und einer seiner reichsten Bürger. Jetzt kommt Ihr, dem ich vertraut habe, schwingt Euch auf ein hohes Ross und maßt Euch an, meine Tochter zu begehren." Der Bürgermeister redete sich in Rage. Mit hochrotem Kopf und fuchtelnden Armen unterstrich er seine Worte.

„Gertrud und ich lieben uns", hielt Christian entgegen, doch angesichts dieser Kanonade des entrüsteten Bürgermeisters verpuffte sein kläglicher Einwand.

„Ich soll meine Tochter einem Leibeigenen, einem Habenichts, einem Mohren undefinierbarer Herkunft an den Hals werfen? Was würde denn meine Familie von mir denken? Ich könnte keinen Tag mehr aus dem Haus gehen, ohne zum Gespött der Leute zu werden. Nie im Leben! Und nun verlasst schleunigst mein Haus, damit ich mich nicht noch mehr ärgern muss!"

Bürgermeister Radeleff erhob sich schwerfällig von seinem Schreibtischstuhl, als würde er die Last der ganzen Welt tragen.

Christian wusste, dass jedes weitere Wort zu viel wäre, stand auf und ging zur Tür. Dort drehte er sich noch einmal um und sah den erregten Bürgermeister eindringlich an. „Ihr tretet das Glück Eurer Tochter mit Füßen!"

Bevor Hans Radeleff sich erneut in Beschimpfungen ergehen konnte, hatte Christian die Amtsstube und das Haus längst verlassen.

Christian wusste an diesem Tag nicht, wie er von Plön nach Ascheberg zurückgekommen war. Tief in Gedanken versunken hatte er sein Pferd aus dem Wentorfer Tor gelenkt, die Menschen um ihn herum waren für ihn nicht vorhanden. Wie freudig erregt war er noch am Morgen aufgestanden. Voller Hoffnung auf ein gemeinsames Leben mit Gertrud, der Person, der seit Monaten seine ganze Aufmerksamkeit galt, die er heiß und innig liebte und die seine Liebe ebenso aufrichtig erwiderte. Jetzt lag ein Scherbenhaufen vor ihm. Wenige Minuten hatten gereicht, um ihm all seine Illusionen zu nehmen. Auch wenn die Attacken des Vaters nichts an seinen Gefühlen für Gertrud ändern konnten, doch die heftige Reaktion des Bürgermeisters auf seinen Antrag hatte ihn vollkommen überrascht und aus der Bahn geworfen.

Hatte er sich selbst überschätzt? Waren die Anerkennung durch den Grafen und seine Familie, seine empfundene Wertschätzung durch den Herzog und die Dankbarkeit des Bürgermeisters nur Hirngespinste? Behandelten sie ihn alle nur so freundlich, weil es sich gesellschaftlich so gehörte? Doch wenn sie das Gefühl hatten, dass man ihnen zu nahe trat, dann war er nichts anderes als nur ein Habenichts und Mohr? Der Mensch zählte von einer Sekunde auf die andere nicht mehr, nur noch seine Hautfarbe war von Bedeutung? Christians Stolz und seine Selbstsicherheit hatten einen merklichen Kratzer erlitten.

Ohne Reaktion ließ er sich auf dem Gestüthof in Ascheberg von einem Stalljungen sein Pferd aus der Hand nehmen und schritt auf das Herrenhaus zu.

„Oh, Christian, das ist gut, dass ich Euch treffe. Wenn Ihr ein paar Minuten habt, dann würde ich gern mein neues Zuchtprogramm mit Euch erörtern." Graf Volkmar, der gerade das Haus verlassen wollte, trat auf ihn zu.

Kommentarlos folgte Christian ihm in das Kontor.

Nachdem sich beide gesetzt hatten, holte Graf Volkmar eine ledergebundene Mappe aus dem Schreibtisch hervor. „Wir Ihr ja wisst, ist unsere Kreuzung der Holsteiner und Frederiksborger äußerst erfolgreich, aber ich habe mir überlegt, ob wir nicht einen Teil der Zucht auf noch leichtere Pferde lenken sollten."

Erwartungsvoll blickte Graf Volkmar Christian an, stutzte dann aber, als er den unbeteiligten Gesichtsausdruck des Mohren sah. Bisher war es stets so gewesen, dass sie sich beide zu jeder Gelegenheit begeistert über Pferde unterhalten konnten und sich in ihrem Wissen um die Tiere hervorragend ergänzten. Heute wirkte Christian desinteressiert, geradezu abwesend.

„Ihr habt sicherlich eine plausible Begründung für diese neue Idee“, begegnete Christian dem Vorschlag des Grafen nüchtern.

„Kann es sein, dass ich Euch gerade zu einem ungünstigen Zeitpunkt mit meinen Plänen überfallen habe?“, ging Graf Volkmar auf Christians offensichtliche Verstimmung ein.

Der Mohr blickte den Grafen eine Weile aus traurigen Augen an. „Graf Volkmar, Ihr habt mein Leben, so lange ich auf Ascheberg weile, stets wohlgesonnen und äußerst hilfsbereit begleitet. Ohne anmaßend sein zu wollen, ich betrachte Euch bis heute als meinen Freund. Bitte seid ganz ehrlich zu mir: Seht Ihr in mir einen Menschen, der versucht, Euch aufrichtig und offen entgegenzutreten oder empfindet Ihr nur Mitleid mit einem Mohren?“ Christian sah den Grafen voller Zweifel und Besorgnis an.

„Mein Gott, Christian, was ist denn bloß geschehen, dass Ihr von solchen wirren Vorstellungen geplagt seid?“ Graf Volkmar wusste gar nicht recht, was er seinem sichtlich erschütterten Gegenüber antworten sollte.

„Ihr wisst doch von meiner großen Liebe.“ Christian hielt es jetzt nicht länger aus. Bewegt erzählte er dem Grafen von der bitteren Niederlage und der kränkenden Demütigung, die er nach seinem Hochzeitsantrag im Hause des Bürgermeisters erfahren hatte. Graf Volkmar hörte sich die Geschichte mit ernstem Gesichtsausdruck an. Ohne Christian zu unterbrechen, registrierte er die Leidenschaft und die tiefen Gefühlsregungen, mit denen der Mohr das Erlebte wiedergab.

„Lieber Christian, ich bin weit davon entfernt, Euch in dieser misslichen Situation weise Ratschläge zu erteilen. Ich verstehe Eure Kränkung, aber das, was der Bürgermeister Euch vorgeworfen hat, ist derart infam und niederträchtig. Verwerflich allerdings ist auch, dass er in letzter Konsequenz mit seinen Unwahrheiten auch das Haus Rantzau in Misskredit bringt. Ich bin fest davon überzeugt, dass Graf Bertram wie ich empfinden wird. Deshalb schlage ich vor, wir begeben uns gleich zu ihm und Ihr könnt dem Grafen die Geschichte unmittelbar vortragen", schlug Graf Volkmar vor. „Die Zuchtangelegenheiten können wir auch zu einem späteren Zeitpunkt besprechen."

Graf Volkmar erhob sich und verschloss die Ledermappe wieder in seinem Schreibtisch.

Bürgermeister Hans Radeleff wusste nicht, woran er war. Bisher hatten ihn weder seine Amtstätigkeit, die er als erster Bürger der Residenzstadt zu erledigen hatte, noch seine Geschäfte als wohlhabender Bäckermeister und Brauereibesitzer aus dem Gleichgewicht bringen können. Auch die unliebsame Begegnung mit dem Mohren und dessen hochmütigen Antrag hatte er nach kurzer Zeit längst vergessen. Selbst die gefühlsgeladene Auseinandersetzung mit seiner Tochter Gertrud, die letztlich nur in einem Weibergeheule geendet hatte, berührte ihn wenig.

Heute allerdings lag ein Dokument vom Hofmarschall des Herzogs vor ihm, das ihn sehr bestimmt und nachdrücklich auf das Schloss beorderte. Bisher kein ungewöhnlicher Vorgang, wenn es sich um städtische Angelegenheiten handelte. Gemeinsam mit den Stadträten war er dann diesen Terminen nachgegangen.

Diese Depesche mit Siegel des Herzogs war allerdings an ihn persönlich gerichtet, was ihn unterschwellig beunruhigte, da er dafür partout keine Erklärung finden konnte.

Langsamen Schrittes und schwerfällig erklomm der Bürgermeister den Schlossberg. Von der Schlosswache wurde er, nachdem er das Dokument des Hofmarschalls vorgezeigt hatte, bis zum Portal auf dem oberen Schlosshof geführt. Hier nahm ihn ein Hofpage in Empfang, geleitete ihn bis in das Vorzimmer des Hofmarschalls und bat ihn zu warten. Nach wie vor fühlte sich Hans Radeleff nicht wohl in seiner Haut. Dieses Gefühl verstärkte sich umso mehr, als er merkte, dass in der folgenden Zeit Kammer- und Hofräte die Räume des Hofmarschalls betraten und wieder verließen, ohne dass jemand ernsthaft Notiz von ihm nahm. Mehr als eine Stunde musste er warten, bis er hereingebeten wurde.

„Bürgermeister Radeleff, bitte nehmt Platz“, begrüßte Hofmarschall Kuningham Hans Radeleff förmlich, ohne sich von seinem Stuhl hinter seinem Schreibtisch zu erheben oder gar eine Erklärung für die Verspätung abzugeben.

„Wenn Ihr erlaubt, möchte ich gleich zur Sache kommen“, begann der Hofmarschall, nachdem sich der Bürgermeister auf den einzigen Stuhl vor dem Schreibtisch gesetzt hatte. „Seine fürstliche Durchlaucht Herzog Hans Adolf und Herzogin Dorothea Sophie sind über Gebühr beunruhigt über die elementare Einstellung des Bürgermeisters der Stadt gegenüber treuen und aufrechten Untertanen des Fürstentums.“

Bürgermeister Radeleff erschrak. Bisher war er davon ausgegangen, das Wohlwollen des Fürstenpaares zu genießen. Er war sich keiner Schuld bewusst, dieses in irgendeiner Weise gestört zu haben.

„Euer Gnaden, ich wäre untröstlich darüber, einen Grund für einen Missklang geboten zu haben“, versuchte Hans Radeleff sich vorab unterwürfig zu entschuldigen.

„Ich wäre Euch dankbar, wenn Ihr mich nicht unterbrechen würdet“, wies der Hofmarschall den Bürgermeister zurecht. „Seiner Durchlaucht liegt ein Skriptum vor, in dem der Herr zu Ascheberg, Graf Bertram von Rantzau, nachdrücklich bedeutet, dass er seinen Feldtrompeter Christian Gottlieb entgegen der verleumderischen Unterstellung des Bürgermeisters von Plön, Hans Radeleff, nie als Leibeigener, sondern wie seinen eigenen Sohn gehalten habe. Zudem beteuert der Graf, dass der Angesprochene ein ehrlicher und freier Mann sei, der über die Wahl seines Dienstherren und seiner künftigen Frau nach eigenem Belieben bestimmen darf. Zumal der Feldtrompeter durch die bevorzugten Zuwendungen des Grafen sowie durch seine eigenen Verdienste über nicht unerhebliche Mittel verfüge, die zur Führung einer Familie und eines ehrbaren Haushaltes mehr als genug seien. Seine fürstliche Durchlaucht, der Herzog, erwartet von Euch, Bürgermeister Radeleff, nachdrücklich, in Zukunft von solchen Verbalinjurien und Beschädigungen des Ansehens ehrbarer Bürger abzusehen.“

Der Bürgermeister wusste nicht, wie ihm geschah. Nie im Traum hätte er daran gedacht, dass dieser hochmütige Heiratsantrag des Mohren und seine Ablehnung solche Ausmaße annehmen und selbst seine Reputation in Gefahr bringen könnten. „Euer Gnaden, ich bin zutiefst betrübt und wäre Euch zu Dank verpflichtet, wenn Ihr seine Durchlaucht darüber informieren könntet, dass es sich hier um ein bedauerliches Missverständnis handeln muss.“ Der Bürgermeister glaubte, auf diese Weise den Schaden begrenzen zu können.

„Bürgermeister Radeleff, uns sind die Umstände Eurer verbalen Entgleisungen sehr wohl bekannt. Ich selbst hege darüber hinaus sogar den Verdacht, dass Ihr vorrangig um Euer persönliches Ansehen besorgt seid, das ein Mohr in Eurer Familie schädigen könnte. Wie verträgt sich das mit Eurem christlichen Glauben?“ Der Hofmarschall machte unmissverständlich auch seine eigene Auffassung und Abneigung deutlich.

„Die Geschicke meiner Familie obliegen mir als Oberhaupt ...“

„Seine Durchlaucht erwartet von Euch, dieses Dokument zu unterzeichnen, das belegt, dass Ihr über die erörterten Umstände instruiert worden seid“, unterbrach der Hofmarschall den Versuch der Rechtfertigung des Bürgermeisters und schob ihm ein Schreiben zur Unterzeichnung zu.

Hans Radeleff ergriff wutentbrannt die Feder und unterschrieb das Dokument, ohne es zu lesen. Hofmarschall Kuningham schüttelte die silberne Streusandbüchse über die Unterschrift, blies den Sand fort und legte das Papier in eine Mappe zurück. Danach klingelte er und widmete sich den weiteren Unterlagen auf seinem Schreibtisch.

„Bürgermeister Radeleff möchte gehen“, war seine knappe Anweisung an den Hofpagen, der unmittelbar nach dem Klingelzeichen eingetreten war.

Der Bürgermeister kochte. Eine solche Demütigung hatte er während seiner gesamten Amtszeit noch nicht erlebt. Wegen eines hergelaufenen Mohren musste er sich vorführen lassen wie ein Verbrecher. Sollte der Herzog ruhig missgestimmt sein. Der würde sich auch wieder beruhigen. Und diesen hochnäsigen Hofmarschall hatte er eigentlich noch nie gemocht. Aber eines wusste Hans Radeleff ganz sicher. Der Feldtrompeter, diese hinterhältige schwarze Teufelsfratze, würde nie sein Schwiegersohn werden. Nur über seine Leiche. Voller Entrüstung und Groll stapfte er den Schlossberg hinunter.

Kapitel 16

„Hast du schon gehört, Christian, was sich hier alle auf Ascheberg hinter vorgehaltener Hand erzählen?“ Jasper überfiel seinen Freund, als dieser am Morgen von einem Ritt für Graf Bertram aus Nehmten wiederkam und sein Pferd in den Marstall des Gestüts führte.

„Was regt dich denn am frühen Morgen schon so auf?“ Christian lachte Jasper an, nachdem er sein Pferd einem Stallburschen übergeben hatte.

„Lass uns ein paar Schritte gehen, denn unser Pferdestall hat Ohren“, bat Jasper, der inzwischen zu einem nicht unbedeutenden Mann im Gestüt geworden war. Graf Volkmar konnte sich uneingeschränkt auf diesen einst so ungestümen Stallburschen verlassen und hatte ihn vor einem Jahr zum stellvertretenden Stallmeister ernannt.

„Nun schieß schon los, du aufgeregter Hahn“, bedrängte Christian seinen Freund ungeduldig.

„Es heißt, dass Graf Volkmar Ascheberg verlassen wird“, platzte Jasper mit der neuen Nachricht heraus.

„Wer erzählt denn so einen Blödsinn?“

„Irgendjemand im Schloss muss etwas gehört haben. Auf jeden Fall sind Martha und die Mädchen in der Küche auch schon ganz aufgeregt“, berichtete Jasper.

„Ist Graf Volkmar im Herrenhaus?“

„Nein, ich habe ihn heute überhaupt noch nicht gesehen. Wolltest du ihn etwa fragen?“ Jasper glaubte nicht, dass Christian kurzerhand zum Grafen laufen wollte, um die Gerüchte aufzuklären.

„Ich muss ohnehin zu Graf Bertram ins Schloss. Vielleicht erfahre ich dort ja mehr. Du hörst es als Erstes von mir, Jasper." Damit drehte sich Christian um und machte sich auf den Weg zum Schloss.

Es hatte in den letzten Tagen eine Betriebsamkeit über dem Gestüt und dem Schloss gelegen, die auch Christian kaum Mußestunden gestattete. Eigentlich empfand er das als angenehme Ablenkung von seinem stimmungsmäßigen Tief. Die harsche Absage des Bürgermeisters nagte immer noch stark an seinem Selbstvertrauen. Auch die fast aussichtslose Situation, seiner geliebten Gertrud einmal wieder näher zu kommen, brachte ihn zur Verzweiflung. Bis auf ein paar sehnsüchtige Blicke während der Gottesdienste am Sonntag hatte es keine Gelegenheit gegeben, ihr seine Liebe zu zeigen. Um das Haus des Bürgermeisters machte er nach der Abfuhr einen großen Bogen. Lediglich einmal hatte der Hausdiener Arthur ihm nach dem Gottesdienst aufgelauert und ihm ein mit einem „G" verziertes Taschentuch von Gertrud zugesteckt. Drei Tage später traf er Arthur erneut auf dem Marktplatz und konnte ihm heimlich einen kleinen Brief für Gertrud geben. Ob sie diesen je erhalten hatte oder ob sie rund um die Uhr von ihrer Familie überwacht wurde, wusste Christian nicht.

„Conrad, wisst Ihr, ob ich den Grafen sprechen kann?" Christian hielt den Kammerdiener des Grafen an, als er das Schloss betreten hatte.

„Da bin ich mir nicht ganz sicher, Monsieur Christian. Es scheint schwerwiegende Probleme zu geben", antwortete Conrad mit betrübtem Gesichtsausdruck und Sorgenfalten auf der Stirn.

„Wisst Ihr Genaueres?", hakte Christian nach.

„Gerüchte, Monsieur Christian, alles nur Gerüchte." Conrad zuckte mit den Schultern. „Aber ich werde den Grafen fragen, ob er Euch sehen möchte."

Der Kammerdiener kehrte um, klopfte an der Bibliothekstür und verschwand. Kurz darauf kehrte er zurück und bedeutete Christian, dass er eintreten möge.

„Das trifft sich gut, dass du schon zurück bist", begrüßte Graf Bertram seinen Feldtrompeter. „Wir haben eine gänzlich neue Lage und müssen uns über das Gestüt grundsätzliche Gedanken machen."

Christian blickte irritiert in die kleine Runde, die bereits am frühen Morgen mit ernsten Mienen um den Tisch versammelt saß. Neben Graf Bertram waren auch Graf Volkmar und Graf Leopold anwesend. Das erstaunte Christian umso mehr, da er wusste, dass der alte Graf aufgrund seiner Gebrechlichkeit nur noch ganz selten seine Gemächer verließ. Nachdem Pastor Mollzahn, sein treuer Freund und Begleiter der letzten Jahre, vor ein paar Monaten gestorben war, schien auch ihn langsam alle Kraft zu verlassen. Nur sein Geist war wach und rege und sein Urteil nach wie vor messerscharf.

Weitaus mehr noch wunderte sich Christian über die Anwesenheit von Graf Christian von Rantzau, dem Schwiegersohn von Graf Bertram. Margarethe und er hatten vor einem halben Jahr geheiratet. Die jungvermählte Gräfin lebte seit dieser Zeit auf dem Gut Rastorf ihres Mannes. Christian registrierte den befremdlichen Gesichtsausdruck von Margarethes Ehemann sofort, kaum nachdem er sich nach Weisung von Graf Bertram mit an den Tisch gesetzt hatte.

„Es sind zwei betrübliche Nachrichten, die uns heute bewegen und uns auch zu neuen Entschlüssen zwingen", fuhr Graf Bertram fort, „Graf Volkmar hat gestern Abend eine erschreckende Depesche erhalten, in der er vom Tod seines älteren Bruders, Graf Hanno von Schwetzingen, erfahren hat."

Christian blickte Graf Volkmar mitfühlend an und nickte ihm fast unauffällig zu. Dieser erwiderte diese anteilnehmende Geste mit einem leichten Kopfnicken.

„Die Folge ist, dass Graf Volkmar in Kürze als nunmehr Oberhaupt des Hauses Schwetzingen Ascheberg verlassen wird und wir gezwungen sind, die Führung des Gestüts in neue Hände zu geben. Wir alle wissen, dass gute Gestütmeister nicht auf den Bäumen wachsen. Unser Anspruch ist hoch. Deshalb wird es eine Weile dauern, bis wir einen geeigneten Nachfolger für Graf Volkmar gefunden haben", beschrieb Graf Bertram die prekäre Lage.

„Wie schon erwähnt, ich könnte meinen stellvertretenden Stallmeister aus Rastorf dafür abgeben. Ein zuverlässiger Mann", warf Graf Christian ein, wobei der Eindruck entstand, dass er dem von Graf Bertram geschilderten Problem keine allzu große Bedeutung zumaß.

„Es geht hier nicht darum, eine Schachfigur durch eine andere zu ersetzen, Christian. Das Gestüt Ascheberg hat einen guten Ruf zu verlieren. Es zeichnet sich, wie du sicherlich auch weißt, durch hochklassige Pferde aus, die an verschiedenen Fürstenhöfen ebenso begehrt sind wie in der Kavallerie zahlreicher Regimenter. Um ein solches Niveau zu halten, bedarf es einer Kontinuität in der kompetenten Führung des Gestüts wie auch in der Zucht und Ausbildung der Tiere", wies Graf Bertram seinen Schwiegersohn zurecht.

Zornig kniff dieser seine Augen zusammen. Doch er schwieg.

„Würdet Ihr die Gedanken eines alten Mannes bei

Euren Überlegungen mit einbeziehen“, meldete sich Graf Leopold nach einer Weile zu Wort.

„Ihr wisst, verehrter Onkel, dass wir auf Euer Urteil stets großen Wert gelegt haben und lauschen Euren Ideen gespannt.“ Graf Bertram nickte dem alten Grafen zu.

„Der Tod Eures Bruders betrübt mich sehr, lieber Graf Volkmar, aber noch mehr bedaure ich Euren notwendigen Abschied von Ascheberg. Auf unsere abendlichen Wortgeplänkel am Kamin habe ich mich immer schon tagsüber gefreut. Ihr werdet mir fehlen.“ Graf Leopold blickte Volkmar resignierend an.

„Doch nun zur Sache. Nach meiner Beobachtung hat Graf Volkmar es verstanden, die nötigen Aufgaben im Gestüt verantwortungsvoll zu verteilen. Ob Stallmeister oder Bereiter, ob Vorreiter oder Pferdeknechte, sie alle wissen genau, was sie zu tun haben. Sie bedürfen lediglich einer führenden Hand, die sie einerseits über die konzeptionellen Wege der Zucht informiert und andererseits den organisatorischen Ablauf von An- und Verkauf regelt. Nach meiner Auffassung gibt es nur einen, der Graf Volkmar für eine gewisse Zeit vertreten kann, da er gleichermaßen über fundamentale Kenntnisse der Pferdezucht und über kaufmännische Fähigkeiten verfügt.“

Graf Leopold beendete seinen Vorschlag, ohne einen Namen zu nennen. Während die Anwesenden ihn noch erwartungsvoll anblickten, wandte der alte Graf sich langsam Christian zu, was auch den anderen nicht verborgen blieb.

„Ihr meint, dass Christian Gottlieb, mein Feldtrompeter, diese Aufgabe übernehmen sollte?“ Graf Bertram schien überrascht und blickte fragend in die Runde.

„Undenkbar, absolut undenkbar!", fuhr Graf Bertrams Schwiegersohn auf. „Es ist doch wohl kaum zumutbar, einen Menschen mit fraglicher Herkunft mit dieser offensichtlich verantwortungsvollen Aufgabe zu betrauen."

„Da Ihr ja so genau wisst, woher Ihr stammt, solltet Ihr sehr schnell von Eurem hohen Ross herunterkommen. Hier geht es nicht um Stammbaum und Hautfarbe, sondern ausschließlich um Kompetenz, die ich Euch aufgrund Eurer Bemerkung gänzlich absprechen muss", fuhr Graf Leopold Bertrams Schwiegersohn in ungewohnt heftigem Ton an, der keinen Widerspruch zuließ.

„Auch ich möchte dich nachdrücklich um Mäßigung bitten", pflichtete der Herr von Ascheberg dem alten Grafen bei. Dabei war ihm anzumerken, dass er die missbilligenden Äußerungen über den Mohren als persönlichen Affront empfand.

„Ich finde die Idee von Graf Leopold sehr einleuchtend", meldete sich jetzt auch Graf Volkmar zu Wort. „Christian Gottlieb ist mit dem Gestüt und seinen Aufgaben so eng vertraut wie kein anderer. Es gab kaum einen Tag, wo wir nicht zusammengesessen und uns über die Pferde unterhalten haben. Ein zweiter Vorteil, der nicht ganz unbedeutend bei einem Führungswechsel sein dürfte, ist, die Leute kennen Monsieur Christian und schätzen ihn und sein Wissen."

„Eure Vorschläge, verehrter Onkel, waren nicht selten ungewöhnlich, wie auch dieser heute. Aber sie haben mir meine Entscheidungen in der Vergangenheit stets leicht gemacht", wandte sich Graf Bertram jetzt an den alten Grafen Leopold.

„Ihr seid zu bescheiden, mein lieber Bertram, auch wenn ich eingestehen muss, dass Euer Kompliment der Seele eines alten Mannes guttut", wehrte Graf Leopold sich mit abweisenden Gesten. „Aber vielleicht sollten wir auch einmal unseren Christian selbst dazu hören, wenn er von heute auf morgen der Herrscher über hundertachtzig Pferde werden soll?“

„Eine gute Idee. Nun, Christian, was sagst du dazu?“, forderte Graf Bertram seinen Feldtrompeter auf.

„Eine verantwortungsvolle Aufgabe, Herr Graf. Ich danke für das Vertrauen. Einen Grafen Volkmar werde ich nie ersetzen können. Aber ich glaube schon, dass ich für eine Weile das Gestüt in seinem Sinne weiterführen könnte, im Dienste meines Grafen zum Wohle Aschebergs und zum Wohle derer von Rantzau.“

Christian konnte sich nicht verkneifen, auch Graf Bertrams Schwiegersohn selbstbewusst anzusehen. Im Grunde war er sich gar nicht so sicher, ob er dieser Aufgabe gewachsen war, aber diese Blöße wollte er dem arroganten Schnösel gegenüber definitiv nicht eingestehen.

„Entscheidung?“ Graf Leopold blickte Graf Bertram fragend an.

„Entscheidung, verehrter Onkel! Monsieur Christian Gottlieb übernimmt die Leitung des Gestüts von Graf Volkmar von Schwetzingen, bis ein neuer Gestütmeister für Ascheberg gefunden ist“, beschloss Graf Bertram und lächelte dem alten Grafen Leopold wohlwollend zu. Wusste er doch genau, dass dieser nur aus dem einen Grund auf eine schnelle Entscheidung gedrängt hatte, nämlich um dem aufsässigen Grafen Christian den Wind aus den Segeln zu nehmen.

„Es ist einfach nicht zu glauben. Da klettert man Tag für Tag den Schlossberg hoch und tut brav seinen Dienst beim Herzog, und dann kommt mein Freund Christian zu

Besuch und erzählt einfach mal so nebenbei, dass er nicht nur Feldtrompeter beim Grafen Rantzau ist, sondern auch inzwischen Gestütsleiter. Irgendetwas mache ich wohl falsch", beschwerte sich der Hoftrompeter Friedrich Alexander mit bemitleidenswerter Stimme und hob verzweifelt sein Glas.

„Ich werde dich heute noch bedauern, mein Lieber", tröstete Agnes, die Frau des Hoftrompeters, ihren Mann in gespielter Sorge.

„Wenn es dir hilft, lieber Friedrich, bedauern wir dich alle zusammen." Barbara und Christian lachten herzlich und hoben zusammen mit ihren Gastgebern die Gläser.

„Jetzt geht es mir schon deutlich besser", betonte Friedrich versöhnt, nachdem sie alle einen kräftigen Schluck genommen hatten.

Es war eine fröhliche Runde im Haus des Hoftrompeters in der Klostergasse in Plön. Friedrich und Agnes Alexander hatten Christian zum Abendessen eingeladen. Dieser hatte mit großer Freude registriert, dass auch die junge Witwe Barbara Hildebrand aus der Nachbarschaft anwesend war. Gemeinsam hatten sie gegessen, es gab köstlichen Wildschweinbraten mit Rosinen und Maronen und dazu einen lieblich mundenden Rotwein, der nicht unerheblich zur fröhlichen Stimmung beitrug.

Es war spät an diesem geselligen Abend, als sich die Gäste verabschiedeten. Christian bot sich an, Barbara nach Hause zu begleiten, obwohl sie gleich nebenan wohnte. Doch sie hatte diese ritterliche Geste gern angenommen. Als sie auf die Klostergasse traten, hielt Barbara inne und schlug vor, noch ein paar Schritte zu gehen. Durch die schmale Twiete schlenderten sie zum See hinunter und den Uferpfad entlang. Es war eine sternenklare Nacht, der Mond beschien ihren Weg. Als sie nach einer Weile an eine kleine Landzunge kamen, setzten sie sich auf eine Bank unter einer ausladenden Trauerweide.

„Traurige Menschen unter einem traurigen Baum“, bemerkte Barbara, nachdem sie eine Zeit lang geschwiegen hatten.

„Nach dem schmerzlichen Verlust Eures Ehemanns ist das nur verständlich“, ging Christian mitfühlend auf Barbaras Worte ein. „Habt Ihr ihn geliebt?“

„Ja, ich glaube schon. Er war zwar wesentlich älter als ich, doch er war ein herzensguter Mensch“, erinnerte sich Barbara und hob mit einem kleinen Seufzer ihre Schultern. „Ihr wirkt aber auch ein wenig betrübt und nachdenklich.“

„Das ist Euch aufgefallen? Nun, auf ganz unterschiedliche Weise scheint die verschmähte Liebe uns zu zwei Leidenden im Geiste zu machen. Eure Liebe hat der Tod zerstört, meine Liebe verhindert ein hartherziger Vater“, bekannte Christian freimütig.

„Umso mehr sollten wir die fröhlichen und besinnlichen Stunden wie an diesem Abend genießen.“ Barbara streichelte Christian sanft über die Wange, erhob sich danach aber sofort und ging den Uferweg zurück. Vor dem Haus ihrer Tante in der Klostergasse bedankte sie sich bei ihrem Begleiter für den bezaubernden Abend und verabschiedete sich mit einem flüchtigen Kuss auf die Wange.

Voller Aufregung und Hektik begann der nächste Tag auf Ascheberg. Inzwischen wusste auch der kleinste Stalljunge, dass Graf Volkmar in Kürze mit Gräfin Charlotte und den Kindern nach Schwetzingen aufbrechen würde. Auch Christians neue Aufgabe als kommissarischer Gestütsleiter war längst bekannt, bevor Graf Bertram dieses offiziell verkünden konnte. Graf Volkmar und Christian hatten den ganzen Tag damit verbracht, organisatorische Dinge zu besprechen, den Stallmeister zu instruieren, Pferde zu inspizieren und das Gestüt auf die Zeit nach Graf Volkmar vorzubereiten. Christian registrierte dabei auch, dass seine Freunde, der stellvertretende Stallmeister Jasper und der Büchsenspanner Kapphengst, jeder auf seine Art stolz auf ihn waren.

„Es gibt fürwahr keinen anderen als dich, Christian, der das Gestüt so genau kennt. Unsere Unterstützung ist dir ganz sicher“, beteuerte Jasper mit todernster Miene.

„Ach, du dickes Kanonenrohr, es wird sicherlich nicht mehr lange dauern, bis Ihr unseren Graf Bertram ablösen werdet, mein lieber Monsieur Christian.“ Auch Kapphengst war höchst erfreut über Christians neue Aufgabe.

Christian dachte an diesem Abend darüber nach, auf welch rasante Weise sich sein Leben in den vergangenen Tagen verändert hatte. Die innige Liebe zu Gertrud, die immer noch währte, der jedoch der Bürgermeister mit seinem gnadenlosen Urteil kaum eine Chance bot. Die bevorstehende Abreise von Graf Volkmar und die zumindest zeitweise Übernahme seines Amtes auf Ascheberg mit all der damit verbundenen Verantwortung. Und nicht zuletzt auch die Begegnung mit Barbara am Abend zuvor, die Christian einfach nicht aus dem Kopf gehen wollte. Ein wohliges Gefühl erfüllte ihn, als er sich das Bild am See wieder vor Augen rief, an den Gleichklang ihrer Sinne und das liebevolle Verständnis füreinander.

Kurz entschlossen eilte Christian in den Stall und ließ sein Pferd satteln. Es war noch früh am Abend.

Als er die schmale Twiete von der Klostergasse aus herunter zum See ging und am Uferweg auf die Bank unter der Trauerweide zusteuerte, dämmerte es bereits. Dunkle drohende Wolken ließen kaum einen Vergleich zur Idylle des Vorabends zu. Christian setzte sich trotzdem auf die Bank und beobachtet eine Weile gedankenverloren das bewegte Wasser des Sees, dem der Wind im wilden Wechselspiel immer wieder eine andere Färbung verlieh. Plötzlich bemerkte er aus den Augenwinkeln eine Bewegung auf dem Uferweg. Eine Person schälte sich langsam aus der Dämmerung hervor. Es war Barbara.

Christian sprang auf und eilte ihr entgegen. „Woher wusstet Ihr, dass ich hier bin?“, fragte er überrascht, nachdem sie sich beide auf die Bank gesetzt hatten.

„Ich habe Euch heruntergehen sehen, als ich aus dem Fenster schaute“, lachte Barbara ihn an.

„Oh, wie banal, und ich träumte schon von einem übersinnlichen Phänomen, das betrübte Herzen zusammenführen kann“, bemerkte Christian zerknirscht, ohne seine Freude über ihr Erscheinen zu verbergen.

„Vielleicht gibt es ja doch einen kleinen Funken Eures Phänomens, das mich gerade zum rechten Moment aufblicken ließ, um Euch zu sehen“, entgegnete Barbara ihm mit einem verschmitzten Augenzwinkern.

„Das beruhigt mein träumerisches Herz ungemein“, äußerte sich Christian übertrieben erleichtert und ergriff dabei Barbaras Hände, die ihn nur belustigt anlächelte. „Ich muss Euch ein Geständnis machen. Der gestrige Abend ist mir nicht aus dem Kopf gegangen. Die fröhliche Gesellschaft im Haus unserer Freunde, aber besonders die wenigen Augenblicke mit Euch hier am See haben in mir ein Gefühl entfacht, das mich einfach gezwungen hat, wieder hierher zu kommen.“

„Es freut mich, lieber Christian, dass Ihr so ehrlich zu mir seid. Hätte ich nicht Ähnliches empfunden wie Ihr, wäre ich Euch heute Abend nicht gefolgt. So hat die Trauerweide …“

Barbara konnte ihren Satz nicht beenden. Eine heftige Bö rauschte durch den Wipfel über ihnen und brachte prasselnde Regentropfen mit sich. Barbara und Christian sprangen auf und liefen den Uferweg entlang, um so schnell wie möglich das schützende Haus in der Klostergasse zu erreichen. Doch trotz aller Eile waren sie bereits nass bis auf die Haut, als sie die Tür verschlossen und das Unwetter hinter sich ließen.

„Wartet, ich werde erst einmal einen Leuchter holen“, stieß Barbara hervor, nachdem sie wieder ein wenig zu Atem gekommen war.

„Ist Eure Tante nicht im Haus?“, wollte Christian wissen, als er sah, dass kein Licht brannte.

„Nein, die ist bei meinem Bruder in Hamburg. Er hat eine große Familie, die jederzeit gern Hilfe in Anspruch nimmt“, erklärte Barbara, während sie Christian bat, nachdem sie die Kerzen des Leuchters angezündet hatte, ihr zu folgen. Über eine kleine Stiege erreichten sie einen Küchenraum, in dem der Herd wohlige Wärme verströmte. Der angrenzende Raum, den sie betraten, wurde offensichtlich als Wohnzimmer genutzt. Hier sorgte ein Kaminfeuer, das jetzt nur noch vor sich hin glomm, für Behaglichkeit.

„Ihr solltet schnell Eure nassen Kleider ausziehen. Ich werde sehen, dass ich etwas Passendes für Euch finde.“ Barbara verließ den Raum, nachdem sie vorher noch zwei weitere Kerzen entzündet hatte.

Christian zog Jacke und Hemd, die vor Nässe troffen, aus und hängte sie nahe dem Kamin über einen Stuhl.

Als er sich auch seiner Wildlederstiefel entledigt hatte, legte er ein paar Holzscheite in den Kamin, die sofort aufflammten und angenehme Wärme und Licht spendeten.

„Hier ist es fürwahr weitaus gemütlicher als draußen."

Christian hatte nicht bemerkt, dass Barbara wieder zurückgekommen war. Sie trug jetzt ihre schwarzen Haare offen, sodass sie ihre Schultern wie ein Umhang umhüllten. Auch sie hatte ihre nasses Gewand gewechselt und durch ein einfaches weißes wollenes Kleid ersetzt, das nur wenig von ihrem wohlgeformten Körper versteckte. Sie stellte den Leuchter ab und legte ein paar Kleidungsstücke für Christian auf den Tisch. Dann trat sie näher, hob ihren Kopf und blickte Christian in die Augen.

„Es ist schön, einen kräftigen Mann in der Nähe zu haben", flüsterte sie und zeichnete dabei die Konturen seiner Muskeln mit ihrem Zeigefinger auf seiner Brust nach.

Christian betrachtete für kurze Zeit ihre vollen Lippen, die weiße makellose Haut, ihren schlanken Hals und ihren vollen Busen, der sich unter dem weißen Stoff hob und senkte. Dann nahm er sie in seine Arme und küsste sie innig. Gemeinsam sanken sie vor dem Kamin zu Boden. Eng umschlungen ließen sie sich von ihrer Leidenschaft treiben.

Vergessen waren Regen und Sturm. Vergessen waren Tod und Enttäuschung. Nur der Augenblick zählte.

„Kann es sein, dass wir irgendetwas verpasst haben, Monsieur Christian?", fragte Martin Kapphengst den Feldtrompeter mit herausfordernder Miene.

„Ich wüsste nicht was. Wie kommt Ihr darauf, Meister Kapphengst, wo Euch doch sonst kaum etwas von

Bedeutung entgeht?"

Gemeinsam saßen sie an diesem Abend, wie schon viele Abende zuvor, im kleinen Salon, wie sie den gemütlich eingerichteten Raum im Herrenhaus des Gestüts nannten. Auch Christians Freund Jasper und Stallmeister Aurich trafen sich regelmäßig zu diesen fröhlichen Begegnungen bei kräftigem Würzbier.

„Ich glaube, ich weiß, was Meister Kapphengst meint. Er, als einfühlsamer Mensch bekannt, beobachtet und bewertet deine Stimmungslage, die vermutlich auch dein Liebesleben widerspiegelt", versuchte Jasper die Frage des Büchsenspanners zu erklären.

„Kapphengst und einfühlsam. Ich lach mich tot", prustete Stallmeister Aurich los.

„Pass bloß auf, dass ich dir nicht eine zwischen deine buckeligen Schultern dresche, Aurich, du alter Klepper", polterte Martin Kapphengst los, wie jeder von ihnen nicht anders erwartet hatte.

„Ihr bewertet mein Liebesleben? Das ist ja wirklich eine begnadete Expertenrunde."

„Warte ab, wenn wir dir einmal die letzten Wochen vor Augen führen", begann Jasper eifrig.

„Da bin ich aber gespannt."

„Anfangs sahen wir einen Feldtrompeter, der täglich strahlte wie seine Trompete im Sonnenlicht. Der Grund dafür?" Erwartungsvoll sah Jasper die anderen an.

„Gertrud, die holde Maid aus dem Haus des Bürgermeisters", warf Kapphengst wissend ein.

Allgemeines Gelächter.

Christian schüttelte belustigt den Kopf.

„Plötzlich Trübsal aller Orten. Christians Ohren hingen bis auf den Boden. Der Grund dafür?" Wieder blickte Jasper auffordernd in die Runde.

„Die Ohrfeige vom Bürgermeister. Keine Hochzeit mit Gertrud“, wusste auch dieses Mal der Büchsenspanner zu berichten.

Erneutes Gelächter.

„Und nun das große Fragezeichen. Seit einiger Zeit blitzen und funkeln die Augen unseres Freundes wieder. Die viele Arbeit des Gestütsleiters meistert er auf einer Schulter und jeden Abend verschwindet er auf geheimen Wegen, um erst am Morgen wiederzukommen. Darf ich an die Frage von Meister Kapphengst anknüpfen, mein lieber Christian. Gibt es etwas, was wir wissen sollten, damit wir unsere Studien ergänzen können?“ Jasper sah seinen Freund provozierend unschuldig an.

Der Büchsenspanner brummte zustimmend.

Stallmeister Aurich konnte sich nicht halten vor Lachen. „Ich mach mir gleich in die Hose“, stieß er unentwegt kichernd hervor.

„Das ist bei deinem Alter auch nichts Ungewöhnliches“, dröhnte Kapphengst los und schlug sich dabei hämisch vergnügt auf die Schenkel.

„Ihr seid wirklich wahre Freunde. Kaum zu glauben, wie ihr um mein Wohl und mein Liebesglück besorgt seid. Oder könnte es eventuell nur penetrante Neugier sein, die ihr dahinter versteckt, ihr alten Waschweiber?“

„Niemals!“, entrüsteten sich die drei wie aus einem Munde.

Fröhlich wurden nicht zum letzten Mal an diesem Abend die Krüge gehoben.

Ganz unrecht hatten seine Freunde nicht. Christian dachte darüber nach, als er sich mit einem vom Bier leicht umnebelten Kopf ins Bett gelegt hatte. Seit nunmehr drei Monaten besuchte er regelmäßig Barbara in der Klostergasse. Es war eine ganz andere Liebe, die er zu ihr empfand im Vergleich zu Gertrud. Die Tochter des Bürgermeisters hatte er nie anders gesehen als ein reines, unschuldiges Mädchen. Barbara dagegen war ebenfalls einfühlsam, aber durch ihre Weiblichkeit auf eine andere Weise begehrenswert. Christian war den fraulichen Formen gegenüber nie unempfänglich gewesen. Selbst die Waschmädchen, deren Kleider im Dampf an ihren Körpern klebten und dadurch ihre Figuren hervorhoben, hatten von eh und je stets sein Auge erfreut. Morgen wieder würde er Barbara besuchen. Mit diesem erwartungsvollen Gedanken schlief Christian ein.

„Ich verstehe nicht, was ihr mir sagen wollt." Christian wurde langsam ungeduldig.

Agnes und Friedrich Alexander erwarteten ihren Freund bereits zum Abendessen. Doch bevor es dazu kam, hatten die beiden ihn auf die Veranda gebeten und ihm eröffnet, dass Barbara gestern Plön mit unbekanntem Ziel verlassen hatte. Natürlich war dem Hoftrompeter und seiner Frau Christians Liebschaft mit der schönen Nachbarin nicht verborgen geblieben. Nach der Ernüchterung durch die Absage des Bürgermeisters und der schwindenden Möglichkeit, Gertrud heiraten zu können, freuten sie sich sogar für ihn. Doch heute standen sie gleichermaßen hilflos vor ihm, als sie ihrem Freund die betrübliche Nachricht von der Abreise Barbaras überbringen mussten.

„Es kann doch nicht sein, dass sie ohne ein weiteres Wort aus meinem Leben verschwindet." Christian schüttelte ungläubig den Kopf.

„Wir haben diese Information gestern auch nur von ihrer Tante erhalten, die uns trotz mehrfachen Nachfragens nicht sagen konnte oder nicht sagen wollte, warum Barbara Plön so Hals über Kopf verlassen hat." Agnes sah Christian mitleidig an.

„Es gibt auch keinen Brief, keine Nachricht?" Christian wusste nicht mehr, was er denken sollte. „Ich muss die Tante selbst sprechen."

„Das wird nicht möglich sein, denn auch sie ist für unbekannte Zeit verreist", erklärte der Hoftrompeter resigniert.

„Ich versteh das alles nicht. Ich verstehe es nicht." Christian zweifelte an sich selbst.

Der Mohr und Feldtrompeter Christian Gottlieb sollte in seinem Leben nie erfahren, dass er sechs Monate später Vater einer „unechten" Tochter wurde, die ihre Mutter auf den Namen Margaretha Magdalena taufen ließ.

In den folgenden Tagen konnte sich Christian kaum auf seine Arbeit konzentrieren. Er erledigte die Notwendigkeiten auf dem Gestüt in Ascheberg und die Aufträge des Grafen wie im Trance. Seine Gedanken schwirrten nur um Barbara und ihren unerklärlichen Aufbruch. Die fehlenden Antworten auf seine Fragen, die absolute Ungewissheit und die Ohnmacht, nichts tun zu können, brachten ihn fast um den Verstand. Es verging kein Tag, an dem er nicht versuchte, Neues zu erfahren. Wenn er in Plön war, ritt er regelmäßig in die Klostergasse, fragte bei der Familie des Hoftrompeters nach oder klopfte an die Tür des Hauses, in dem Barbara einst gewohnt hatte. Vergeblich!

Selbst seine Freunde, die noch vor wenigen Tagen über seine Befindlichkeiten und sein Liebesleben gescherzt hatten, hielten sich mehr und mehr zurück, da sie Christians Seelenschmerz nicht einordnen konnten.

Christian saß im Dienstzimmer des Herrenhauses und brütete über Listen und Abrechnungen, als er ein Poltern auf dem Flur hörte. Unmittelbar darauf klopfte es kräftig an der Tür und der Büchsenspanner Kapphengst kam unaufgefordert hereingestürzt.

Christian blickte ihn verwundert an. „Was ist passiert, Meister Kapphengst, dass Ihr mich schon zur Mittagszeit überfallt?"

„Ich hab eine Nachricht für Euch, Monsieur Christian, die einerseits bedauerlich ist, aber andererseits Euer betrübtes Gemüt ein wenig aufhellen könnte", begann Martin Kapphengst entgegen seiner sonst direkten Art fast diplomatisch.

„Nun macht es nicht so spannend." Christian forderte ihn ungeduldig auf, endlich auf den Punkt zu kommen.

„Ich war soeben in Plön. Dort pfeifen es alle Spatzen von den Dächern, dass der Bürgermeister Radeleff in der Nacht gestorben sein soll. – Was sagt Ihr nun?", brachte der Büchsenspanner nicht ohne Stolz auf seine brandneue Nachricht hervor.

„Was sagt Ihr da?" Christian erhob sich hinter dem Schreibtisch und blickte seinen Freund Kapphengst ungläubig an.

„Es scheint auch kein Altweibergewäsch zu sein. Ich hab nämlich noch ein paar Leute gefragt. Unter anderem auch den Wirt vom ‚Weißen Hirschen', den dicken Kröger Schwien, und der weiß immer alles, was in Plön so geschieht. Der hat es bestätigt, der Bürgermeister ist tot."

Christian blickte Martin Kapphengst schweigend an, bis er bedächtig seinen Kopf schüttelte. „Ihr meint ernsthaft, diese traurige Nachricht könnte meine Stimmung aufhellen?", fragte er mit einem vorwurfsvollen Unterton.

„Nun, immerhin war es der Vater, der Euch den Weg

zu Gertruds Herzen versperrt hat. Vielleicht ist der Mutter und frischen Witwe das Glück ihrer Kinder um einiges wichtiger als dem alten Sturkopf", schilderte der Büchsenspanner seine eigenen und für ihn persönlich ganz logischen Überlegungen.

„So spricht man nicht über einen Toten", wies Christian sein Gegenüber zurecht.

„Tut mir leid. An den Gedanken muss ich mich auch erst gewöhnen, dass er nicht mehr unter uns ist. Gestern hat er ja noch gelebt", versuchte der Büchsenspanner sich zu entschuldigen.

„Auf jeden Fall habt vielen Dank, dass Ihr mich gleich informiert habt, Meister Kapphengst." Christian verabschiedete den Büchsenspanner und begleitete ihn bis zur Tür. Danach setzte er sich wieder hinter den Schreibtisch.

Seine Gedanken schlugen Purzelbäume. Welch eine verrückte Welt. Gestern noch war ein geliebtes Wesen für ihn unerreichbar gewesen. Ein anderer Mensch, dem seine Zuneigung galt, verschwand ohne ersichtlichen Grund unauffindbar und der plötzliche Tod eines anderen schürte neue Hoffnung auf ein bisschen Glück. Vielleicht hatte Kapphengst ja doch recht in seiner direkten Art.

Gut eine Woche ließ Christian ins Land ziehen und wartete ab, bis der Bürgermeister begraben war. Dann ritt er zur Abendstunde nach Plön und begab sich zum Hintereingang des Radeleffschen Grundstücks. Mit einem Nagel öffnete er die Pforte und deponierte auf der Bank hinter der Hecke einen Brief an Gertrud in der Hoffnung, dass einer der Bediensteten ihn finden und seiner Liebsten überbringen würde. Darin schrieb er ihr, dass er am folgenden Abend erneut erscheinen und auf der Bank auf sie warten würde. Ungesehen konnte er den Hof wieder verlassen.

Inzwischen hatte Christian erfahren, dass der Bürgermeister an besagtem Morgen tot in seinem Bett aufgefunden worden war. Seiner Witwe Elisabeth und seinen fünf Kindern hinterließ er ein stattliches Erbe, zu dem neben einem bedeutenden Barvermögen auch das aufwendige Wohnhaus am Markt, eine Bäckerei, eine Mälzerei und eine Brauerei gehörten. Noch kurz vor seinem Tod hatte der Bürgermeister der Kirche einen großen Kronleuchter geschenkt und auch das Armenhaus mit einer stattlichen Geldsumme unterstützt.

Am nächsten Abend machte sich Christian wieder auf den Weg nach Plön. Ein wenig unbehaglich fühlte er sich schon, denn er konnte nicht sicher sein, ob sein Brief bei Gertrud angekommen war. Nachdem er wie stets sein Pferd in den Stallungen des „Weißen Hirschen" abgestellt hatte, begab er sich in der Dunkelheit wieder in die Twiete und öffnete geräuschlos die Pforte. Im Hof des Hauses war niemand zu sehen und zu hören. Obwohl Christian auffiel, dass im Gegensatz zum Vortag eine kleine Laterne an einem Mauervorsprung brannte. Sollte er es wagen, das vereinbarte Zeichen aus früheren Tagen zu geben, indem er das Licht der Laterne mehrmals kurzzeitig mit der Hand verdunkelte? Warum nicht? Was konnte ihm schon passieren. Doch bevor er seine Hand heben wollte, hörte er eine Tür knarren. Eilig zog er sich hinter die Hecke zurück und hielt den Atem an. Leichte Schritte und das Rascheln von Kleidung kamen näher. Dann stand sie vor ihm. Gertrud.

Beide fielen sich in die Arme und hielten sich fest umschlungen. Keiner sagte ein Wort. Nach einer ganzen Weile lösten sie sich voneinander, blickten sich tief in die Augen und küssten sich berauscht.

„Wie oft habe ich davon geträumt", seufzte Gertrud, nachdem sie sich, an beiden Händen haltend, auf die Bank gesetzt hatten.

„Ich kann noch gar nicht glauben, dich wieder in den Armen zu halten", brachte Christian mit einem Kloß in der Stimme hervor.

Wieder küssten sie sich.

„Meinen Brief hast du bekommen?"

„Ja, Arthur hatte ihn gefunden und mir gleich gebracht. Ich konnte heute den ganzen Tag nicht eine Sekunde stillsitzen, bis es endlich Abend war", bekannte Gertrud immer noch ganz aufgeregt.

„Das mit deinem Vater tut mir leid." Christian fiel ein, dass der Tod des Bürgermeisters erst wenige Tage her war.

„Ja, es war ein großer Schock für uns alle, aber meine Mutter war schon immer eine starke Frau, und ich glaube, sie wird ganz gut damit fertigwerden."

„Die Laterne. Ich wollte gerade das Zeichen geben ..."

„Ja, ich habe sie erst heute Abend gesehen. Die muss Arthur aufgehängt haben", unterbrach Gertrud ihren Geliebten lachend. „Ich bin herausgekommen, weil ich glaubte, die Pforte gehört zu haben."

„Dabei war ich mir sicher, ganz leise gewesen zu sein."

„Wachsame Katzen haben feine Ohren", flüsterte Gertrud geheimnisvoll.

„Dann verrate mir, meine geliebte Katze, können wir uns in Zukunft wieder öfter sehen?" Christian brannte die Frage auf den Nägeln.

„Ja, Liebster, aber wir müssen vorsichtig sein. Ich glaube nicht, dass meine Mutter so kurz nach dem Tod meines Vaters unserer Verbindung gegenüber wohlgesonnen sein wird. Wir müssen uns Zeit lassen, auch wenn es uns beiden schwerfällt", versuchte Gertrud Christian zu ermutigen. Sie verabredeten, dass sie sich regelmäßig, ähnlich wie an diesem Abend, treffen würden, und hofften, dass die Zeit alle Wunden heilen und für sie eine Zukunft bereithalten würde.

Es war ein herrlicher Spätsommertag, als Christian im Auftrag seines Herrn wieder einmal nach Plön unterwegs war. Andächtig bestaunte der Mohr das Wachsen der neuen Stadt vor dem Wentorfer Tor. Das Fachwerk der neuen Kirche und auch der Turm waren bereits gerichtet. Ebenfalls die Mauern des Neustädter Armenhauses, das unmittelbar davor entstand. Auch die ersten Häuser an der Straße, die gerade auf das Schloss zulief, waren schon zu erkennen.

Als Christian sein Pferd in den Stallungen der Witwe Sander untergestellt hatte, ging er die Lange Straße entlang, um über den Marktplatz zum Rathaus zu gelangen, wo er einige Dokumente für Graf Bertram beim Rat der Stadt abholen sollte. Als er am Haus der Familie Radeleff vorbeikam, traf er zu seiner Freude Gertrud an, die gemeinsam mit zwei Dienstmägden die Blumenkästen auf der Straßenseite ordnete. Sie begrüßten sich freundlich, aber sittsam, denn es war Markttag und viele Leute waren auf dem Kirchplatz und in den Straßen unterwegs.

„Geht es Euch gut, Jungfer Gertrud?", fragte Christian höflich.

„Herzlichen Dank für die Nachfrage, Monsieur Christian, ja, es geht mir gut", antwortet Gertrud gefällig, während die Mädchen im Hintergrund kicherten.

Plötzlich erschrak Gertrud, lief puterrot an und verschwand eilig in der Tür. Christian drehte sich verwundert um und sah die Witwe Radeleff, die in Begleitung des Hausdieners Arthur vom Marktplatz zurückkehrte, auf sich zukommen. Christian grüßte freundlich, bekam aber als Antwort nur einen vernichtenden Blick.

Kaum hatte Elisabeth Radeleff das Haus betreten, rief sie Gertrud zu sich. „Kannst du mir einmal die Situation von eben erklären, meine liebe Tochter“, stellte sie Gertrud zur Rede.

„Ich habe mich mit Monsieur Christian nur unterhalten“, versuchte Gertrud eine Erklärung abzugeben, obwohl sie dabei nicht sehr glaubwürdig klang.

„Das habe ich gesehen. Und was hast du mir außerdem noch zu sagen?“, fragte die Witwe beharrlich.

Gertrud fing an zu weinen. Schluchzend gestand sie ihrer Mutter, dass sie Christian immer noch liebte.

Verwundert und geradezu erschrocken blickte Elisabeth Radeleff ihr Kind an. Hatte ihr verstorbener Gatte nicht eindeutig klargestellt, dass er einen Mohren in der Familie nicht dulden würde? Was sollten die Leute denken?

„Kind, du kannst und darfst diesen Menschen nicht lieben.“ Die Witwe schien fest entschlossen zu sein, nachdem sie sich von dem ersten Schreck erholt hatte.

Gertrud schluchzte jämmerlich.

Tröstend nahm die Mutter ihre Tochter in den Arm. „Versteh mich doch bitte. Unsere Familie hat einen Namen zu verlieren. Wir haben Ansehen in der Stadt. Was stellt er schon dar, dieser Mohr? Alle werden mit den Fingern auf uns zeigen.“

Elisabeth Radeleff konnte ihre Tochter nicht beruhigen. Unaufhaltsam flossen die Tränen. „Kind, es tut mir weh, dich so aufgelöst zu sehen, aber du musst jetzt stark sein und dir diesen Menschen aus dem Kopf schlagen. In ein paar Tagen wirst du es auch einsehen.“

Gertrud löste sich abrupt aus der Umarmung ihrer Mutter und lief weinend aus dem Zimmer.

Es schien, dass in den folgenden Tagen ein wenig Ruhe in das Radeleffsche Haus in Plön eingekehrt wäre, doch der Schein trog. Irgendwann erkannte auch die Witwe, dass Gertrud nur mit hängendem Kopf und vom heimlichen Weinen geröteten Augen herumlief. All ihre Fröhlichkeit hatte sie verlassen. Sie aß kaum etwas und war für keinen Menschen aus dem Haus ansprechbar.

Elisabeth Radeleff sah sich gezwungen zu handeln, um dieser unliebsamen Sache ein Ende zu bereiten. So konnte es nicht weitergehen. Sie musste den Mohren zur Rede stellen.

Christian war sichtlich erstaunt, als am Sonntag nach dem Gottesdienst der Hausknecht Arthur der Familie Radeleff zu ihm trat und ihn bat, einer Einladung der Witwe des Bürgermeisters zu folgen.

Elisabeth Radeleff saß im Wohnzimmer des Hauses in einem Sessel mit hoher Rückenlehne und begrüßte den Mohren mit unbewegter Miene, bot ihm aber doch einen Platz an. „Monsieur Gottlieb, ich habe Euch hergebeten, weil ich Euch eindringlich auffordern möchte, die Avancen meiner Tochter Gertrud gegenüber unverzüglich zu unterlassen. Mein verstorbener Mann hat Euch seinerzeit sehr deutlich zu verstehen gegeben, dass er eine solche Verbindung für unmöglich hält. Diese Haltung der Familie hat sich auch nach seinem Tod nicht verändert. Kurzum, kommt meiner Tochter nie wieder nahe.“

Die Witwe unterstrich ihre letzten Worte nachdrücklich, indem sie mit ihrem rechten Zeigefinger energisch auf den Tisch klopfte.

„Es tut mir aufrichtig leid, verehrte Madame Radeleff,

wenn ich Euch auf diese Weise Sorgen bereite. Doch dieses ändert nichts an meiner Liebe zu Eurer Tochter Gertrud, die diese, wie ich sicher weiß, auch aufrichtig erwidert", beteuerte Christian der Witwe gegenüber selbstbewusst, ohne sich von ihrer Forderung beeinflussen zu lassen.

Elisabeth Radeleff merkte sehr schnell, dass sie ihr Gegenüber mit weiteren Drohungen nicht beeindrucken würde.

„Lieber Monsieur Gottlieb", versuchte sie jetzt in bittenden Tönen seine Meinung zu ändern, „versteht doch bitte, dass Ihr der Gertrud nur falsche Hoffnungen macht, die nie erfüllt werden können. Wie soll denn eine Zukunft mit einem Leibeigenen aussehen, der nichts besitzt und nie etwas erwerben kann?"

„Verehrte Madame Radeleff, es scheint dringend nötig zu sein, Euch über meine wahre Situation aufzuklären", erwiderte Christian, der seinen Zorn unterdrücken musste.

Anscheinend hatte der Bürgermeister seine Vorurteile und Unwahrheiten über ihn in seiner Familie intensiv gepflegt und die herzogliche Belehrung durch den Hofmarschall, von der Christian inzwischen auch wusste, gänzlich ignoriert.

„Vor Euch steht ein freier Mann, der von dem Grafen Bertram von Rantzau wie ein eigener Sohn aufgezogen wurde, der über keinen unerheblichen Besitz verfügt und der sehr wohl eine Familie ernähren und einen stattlichen Haushalt führen kann. Die Bürger der Stadt interessieren mich nicht. Glaubt mir, ich weiß mich zu wehren und werde jeden in seine Schranken verweisen, der sich erdreistet, die Ehre meiner Familie anzugreifen."

Bevor Elisabeth Radeleff antworten konnte, öffnete

sich die Tür und Gertrud fiel ihrer Mutter weinend in die Arme. „Bitte, Mutter, weist meinen geliebten Christian nicht ab. Er ist mein Glück, mein ganzes Leben“, gestand sie ihr unter Tränen.

Elisabeth Radeleff wollte den Schmerz ihrer Tochter nicht länger ertragen. Hin- und hergerissen von der Sorge um die Familie und der Inbrunst der Liebe ihrer Tochter zu diesem allem Anschein nach aufrechten Mohren willigte sie letztlich ein. „Ich will Eurem Glück nicht länger im Wege stehen. Möge Gott Euren gemeinsamen Weg segnen.“ Die Witwe blickte das Paar mit immer noch sorgenvollen Augen an.

Gertrud küsste ihre Mutter voller Dankbarkeit und auch über Christians Gesicht ging ein freudiges Strahlen.

„Ich werde mich bemühen, auch die Zustimmung der Verwandtschaft zu Eurer Ehe einzuholen. Bis dahin, Monsieur Gottlieb, darf ich Euch bitten, dem Hause fernzubleiben, um ein unnötiges Gerede der Leute zu vermeiden“, bat die besorgte Witwe Radeleff Gertrud und Christian noch um etwas Geduld.

Doch dieser Wunsch sollte sich sehr schnell als unnütz erweisen. Eine Dienstmagd der Radeleffs hatte es sich nicht verkneifen können, das Gespräch im Wohnzimmer des Hauses zu belauschen. Als sie hörte, dass die Witwe des Bürgermeisters Gertrud und dem Mohren ihren Segen gab, hatte sie nichts Eiligeres zu tun, als auf die Straße zu laufen und ihre Neuigkeit unter die Bürger Plöns zu streuen. Kurze Zeit später wusste bereits die halbe Stadt von der kleinen Sensation.

Klaus Radeleff, der Bruder des kürzlich verstorbenen Bürgermeisters, war ein angesehner Bürger der Stadt. Er führte ebenfalls eine große Bäckerei und zählte selbst zum Kirchenvorstand. An diesem Nachmittag des 12. September 1684 sollte die Ruhe des Feiertages auf ganz entscheidende Weise gestört werden. Als er vor sein Haus trat, um den üblichen sonntäglichen Spaziergang zu unternehmen, wurde er von einer Nachbarin aufgehalten.

„Ich wollte doch nicht versäumen, verehrter Meister Radeleff, Euch als eine der Ersten zu gratulieren zu dem hohen Feste, das ja nun sehr bald in der Familie gefeiert werden wird“, bekundete die Nachbarin mit geheuchelter Stimme.

„Ich weiß überhaupt nicht, wovon Ihr sprecht“, erwiderte der Bäckermeister unwirsch und wollte bereits seinen Weg fortsetzen.

Doch die Nachbarin ließ nicht locker. „Nun, die ganze Stadt spricht bereits darüber, dass Eure Nichte Gertrud in Kürze den Mohren heiraten wird. Kann es etwa sein, das Ihr darüber noch keine Kenntnis habt?“ Sie lächelte Klaus Radeleff scheinheilig an.

Ohne ein Wort ließ er die penetrante Frau stehen und stürmte an ihr vorbei Richtung Markplatz. Was ging hier vor? Wieso wusste er nichts von dieser Intrige? Am Ende der Langen Straße stieß er unverhofft mit seinem angeheirateten Neffen Joachim Mack zusammen, der sich in höchster Erregung auf dem Weg zu seiner Schwiegermutter und seiner Schwägerin befand, da auch er gerade von den Gerüchten in der Stadt vernommen hatte.

Gertrud summte vor sich hin, während sie im Flur bei ihrer Hausarbeit die gebügelten Tischdecken in einer Truhe verstaute. Christian hatte erst vor Kurzem das Haus verlassen. Sollte auf sie trotz aller bisherigen Widrigkeiten nun doch eine gemeinsame Zukunft warten?

Krachend flog die Haustür auf. Gertrud erschrak bis aufs Mark, als Onkel und Schwager ohne Ankündigung in das Haus stürmten. Klaus Radeleff ergriff seine Nichte am Arm und zerrte sie, ohne ein Wort zu verlieren, in das Wohnzimmer und schloss die Tür.

„Bist du denn von allen guten Geistern verlassen, du dumme Gans?“, schrie Joachim Mack seine Schwägerin an und kam ihr bedrohlich nahe.

Gertrud wusste gar nicht, wie ihr geschah.

„Glaubst du ernsthaft, dass du in dieser Familie tun und lassen kannst, was du willst, du Mohrenteufel? Wenn ich diesen schwarzen Tunichtgut noch einmal in deiner Nähe sehe, breche ich dir eigenhändig deinen Hals.“ Dabei fuchtelte er mit hochrotem Kopf Gertrud mit der geballten Faust vor der Nase herum.

Das Mädchen starrte ihren Schwager fassungslos und mit weit aufgerissenen Augen an.

„Was geht hier vor?“, unterbrach Elisabeth Radeleff die Attacken ihres Schwiegersohnes, als sie, aufgeschreckt durch den Lärm, das Wohnzimmer betrat. Resolut drängte sie sich zwischen ihn und Gertrud, schob ihn mit beiden Händen auf Distanz und stellte sich schützend vor ihre Tochter.

„In diesem Weiberhaushalt werden jetzt andere Saiten aufgezogen“, begann nun auch Klaus Radeleff die beiden Frauen zu beschimpfen. „Wenn ihr glaubt, hinter unserem Rücken geheime Abmachungen mit diesem schwarzen Satan treffen zu können, dann werdet ihr unseren ganzen Zorn zu spüren bekommen. Ich bin das Oberhaupt der Familie. Ihr seid mir untertan“, schrie er erregt, hob dabei drohend seinen Spazierstock und ging wutentbrannt auf seine Schwägerin los.

Doch die schlug kurzerhand seinen Arm zur Seite,

sodass Klaus Radeleff ins Straucheln geriet und seine Perücke in hohem Bogen vom Kopf segelte.

„Wenn ihre beide nicht unverzüglich mein Haus verlasst, werde ich Hilfe holen und euch hinauswerfen lassen." Die Witwe wies den beiden Kontrahenten die Tür.

Während der Bruder des Bürgermeisters sich noch nach seiner Perücke bückte, griff Joachim Mack nach seinem Degen. Diese Schmach wollte er nicht auf sich sitzen lassen. Fieberhaft nestelte er an seiner Waffe, bekam sie jedoch nicht aus der Scheide gezogen. „Ich bringe euch um. Ich bringe euch alle um", jaulte er vor Verzweiflung auf.

Inzwischen war auch einigen Passanten vor dem Haus die lautstarke Auseinandersetzung im Haus des einstigen Bürgermeisters nicht verborgen geblieben. Neugierig drückten sie ihre Nasen an den Fensterscheiben platt, um zu erkunden, was es für einen Grund für die Aufregung gab.

Klaus Radeleff sah, nachdem er endlich seine Perücke wiedergefunden hatte, als Erster die sensationslüsternen Blicke durch das Fenster. Mühsam zerrte er den immer noch rasenden und zeternden Joachim Mack von den Frauen fort und verließ mit ihm fluchtartig das Haus.

Gertrud zitterte am ganzen Leib.

Ihre Mutter nahm sie schützend in die Arme. „Hab keine Angst, meine Kleine", beruhigte sie das junge Mädchen und streichelte ihr behutsam über den Kopf, „es wird schon alles gut werden."

Es verging kaum ein Tag, als zur Mittagszeit des folgenden Montags kräftig an der Tür des Radeleffschen Hauses geklopft wurde. Der Stadtschreiber Linning verkündete mit vor Wichtigkeit geschwellter Brust, dass die Witwe Elisabeth Radeleff noch am selben Nachmittag vor dem Rat der Stadt zu erscheinen habe. Gertruds Mutter beunruhigte diese Nachricht nicht. So ging sie zwei Stunden später die wenigen Schritte den Schlossberg zum Rathaus hinauf. Der Stadtschreiber führte sie unverzüglich in den kleinen Ratssaal, der für Besprechungen und Anhörungen genutzte wurde, und bat sie, einen Augenblick zu warten.

Nach wenigen Minuten erschien Bürgermeister Detlef Köper, der Nachfolger ihres verstorbenen Mannes. Ihm folgten die drei Stadträte Hinrich Stellmacher, Hans Hennigsen und Christoph Trost. Sie alle trugen ihre offizielle Amtstracht, mit Pelz besetzte Roben nebst Perücken, und nahmen nebeneinander hinter einem langen Tisch Platz, während die Witwe noch im Raum stand.

„Mann, Linning, nun holt doch der Witwe endlich einen Stuhl“, wies der Bürgermeister den Stadtschreiber ungeduldig an. Entschuldigend nickte er Elisabeth Radeleff zu, nachdem sie sich gesetzt hatte.

„Der Rat der Stadt sah sich gezwungen, verehrte Madame Radeleff, Euch in das Rathaus zu zitieren, nachdem ihm eine Klageschrift unterbreitet wurde, in der massive Vorwürfe gegen Euch erhoben werden“, begann der Bürgermeister weitschweifig. „Darin erheben der Bäckermeister Klaus Radeleff und der Wundarzt Joachim Mack Klage gegen die Witwe Elisabeth Radeleff, dass sie ihre Tochter Gertrud ohne Hinzuziehung der nächsten Blutsverwandten mit dem Mohren zu Ascheberg verlobt hat.“

„Und deshalb bemüht Ihr mich in das Rathaus?“, unterbrach Elisabeth Radeleff die Ausführungen des Bürgermeisters sichtlich verärgert.

Dieser blickte irritiert von seinen Schriftsätzen auf,

fuhr dann aber fort. „Zudem wurden die Kläger im Hause der Witwe Radeleff ehrrührig beschimpft, mehrfach geschlagen und von Mutter und Tochter zu Boden geworfen. Ihr habt jetzt Gelegenheit, Euch zu den Vorwürfen zu äußern. Der Stadtschreiber wird Eure Worte protokollieren“, beendete der Bürgermeister seine Ansprache und blickte Elisabeth auffordernd an.

„Es ist geradezu impertinent, auf welche Weise diese beiden Mannsleute Lügen über die eigene Familie verbreiten“, brauste die Witwe angesichts der verdrehten Darstellung der Sachlage des Vortages auf.

„Wollt Ihr etwa damit unterstellen, dass die beiden ehrbaren Bürger dem Rat der Stadt Unwahrheiten präsentiert haben?“, entrüstete sich Stadtrat Stellmacher in höhnischer Anspielung. Ihm war deutlich anzumerken, dass er die Verlobung Gertruds mit dem Mohren abgrundtief verurteilte.

„Die beiden Erwähnten sind am gestrigen Tage in mein Haus eingedrungen, haben mich und meine Tochter Gertrud auf das Übelste beleidigt und uns mit Stock und Degen tätlich angegriffen. Ich habe nur mein Kind ob der groben Attacken verteidigt“, versuchte Elisabeth Radeleff dem Rat den tatsächlichen Ablauf zu schildern. „Außerdem möchte ich Euch fragen, hoher Rat, auf welche Weise sich wohl eine großmütterliche Frau und ein achtzehnjähriges Kind gegen zwei bewaffnete kräftige Männer ernsthaft erheben und ihnen Schaden zufügen könnten?“

Die vier Stadtoberhäupter schienen stark verunsichert aufgrund dieser logischen Schlussfolgerung aus dem Munde einer Frau.

„Aber Ihr wollt doch wohl nicht leugnen, dass dem Bäckermeister Radeleff die Perücke vom Kopf geschlagen wurde“, hakte jetzt der Stadtrat Trost nach.

„Ihr könnt doch mich nicht dafür verantwortlich machen, wenn sich mein Herr Schwager wie ein Tölpel benimmt. Außerdem ist es nur einem glücklichen Zufall zu verdanken, dass sich zudem mein Herr Schwiegersohn nicht noch mit seinem eigenen Degen verletzt hat.“

„Kommen wir wieder zur Sache“, warf Bürgermeister Köper ein, „Ihr wollt doch aber nicht leugnen, verehrte Witwe Radeleff, dass Ihr einer Verlobung und damit einer Ehe zwischen Eurer Tochter Gertrud und dem Mohren zu Ascheberg zugestimmt habt.“

„Ich habe mit all meinen Möglichkeiten versucht, diese Verbindung zu verhindern, wohl wissend, welche Mühsal der Familie aufgeladen wird. Aber ich werde mich auch nicht gegen das Glück meines Kindes entscheiden.“

„Wir haben Eure Aussage protokolliert. Sie wird wie auch die Klageschrift für den weiteren Prozess bei der Stadt von Relevanz sein. Über die heimliche Verlobung hingegen werden wir die herzogliche Hofkanzlei benachrichtigen, weil dieser Verstoß vom hochfürstlichen Konsistorialgericht behandelt werden muss, da der Herzog erst im Jahre des Herren 1678 eine Verordnung wider die heimliche Verlobung erlassen hat“, teilte Bürgermeister Köper der Witwe den weiteren Verlauf mit und entließ sie danach, nicht frei von Sorgenfalten auf der Stirn.

Die heimliche Verlobung zwischen Gertrud Radeleff, der Tochter des einstigen Bürgermeisters, und dem schwarzen Feldtrompeter Christian Gottlieb aus Ascheberg hatte sich in Plön wie ein Lauffeuer verbreitet und war in den folgenden Wochen ein unerschöpfliches Gesprächsthema. In den Straßen, in den Schänken und auf dem Marktplatz standen und saßen die Menschen zusammen und ließen ihrer Fantasie freien Lauf. Mehr oder minder entrüstet fragte man sich, ob denn eine solche Ehe überhaupt gottgewollt sei, wie sich eine weiße ehrbare Frau mit einem schwarzen Mann fraglicher Herkunft nur fühlen mag, wie bloß die Kinder aussehen würden und ob man solche Personen grundsätzlich in seiner Nähe dulden könnte, ohne sein Gesicht zu verlieren?

Die Aufregung der Plöner Bürger blieb auch der Witwe Radeleff und Gertrud nicht verborgen. Bei ihren Besorgungen in der Stadt warf man ihnen verstohlene Blicke zu, tuschelte hinter ihren Rücken oder versuchte krampfhaft, jeden Kontakt zu vermeiden. Frühere Freunde mieden plötzlich das Radeleffsche Haus. Alte Bekannte verleugneten sich. Es waren nur wenige aufrechte Bürger, die schon jetzt gratulierten und den beiden Frauen Mut zusprachen.

Auch Christian bemerkte bei seinen Besuchen in Plön eine unterschwellige Feindseligkeit ihm gegenüber. Selbst wenn die Leute auf der Straße ihn in prächtigen Kleidern teils bewundernd, teils neidvoll nachgeblickt hatten, so erschien ihm ihre Haltung jetzt zeitweilig abweisend zu sein. Er hatte sich im Laufe der Jahre aufgrund so mancher schlechter Erfahrung ein dickes Fell zugelegt, ohne dabei seine Sensibilität für solche Zeichen zu verlieren. Bei ihren abendlichen diskreten Treffen auf dem Hof erzählten sich die beiden Verliebten von ihren Begegnungen und Begebenheiten am Tage. Auch wenn sie darüber nicht glücklich waren, so überdeckte doch ihre Liebe und die Aussicht auf eine gemeinsame Zukunft all ihre Bedenken.

Die Witwe Elisabeth hingegen sah die Entwicklung

und Stimmung in der Stadt weitaus nüchterner als das verliebte Paar. Besonders auch der erbitterte Widerstand der anderen Familienmitglieder gegen diese Ehe und die rechtlichen Klagen bereiteten ihr mehr und mehr Unbehagen, sodass sie sich kurzerhand entschlossen hatte, ihre mütterlichen Sorgen der Herzogin Dorothea Sophie persönlich vorzutragen und um ihren Schutz zu bitten. Auch bei Hofe war die Aufregung über die geheime Verlobung nicht übersehen worden, bot sie doch auch hier abwechslungsreichen Gesprächsstoff, zumal der Feldtrompeter Christian Gottlieb auf dem Schloss kein Unbekannter war und auch vom Herzogenpaar wohlgelitten wurde.

Was letztlich Folgen haben sollte.

„Verzeiht, verehrter Meister Radeleff, dass wir Euch nicht die Mühe ersparen konnten, Euch den beschwerlichen Weg herauf zu bemühen“, begrüßte der Hofmarschall des Herzogs den alten Bäckermeister auf dem Schloss, „doch es haben sich in den vergangenen Wochen Dinge ereignet, die einer eiligen Regelung bedürfen.“

Klaus Radeleff hatte zu seinem Erstaunen ein herzogliches Dekret erhalten, nach dem er für den heutigen Tag in die Hofkanzlei zitiert worden war. Auch jetzt, wo er mit unbehaglichem Gefühl im Bauch unmittelbar vor dem Hofmarschall stand, hatte er keine Vorstellung davon, was ihm widerfahren würde.

„Seine fürstliche Durchlaucht, der Herzog, und die Herzogin haben mit großer Aufmerksamkeit und ebenso großer Anteilnahme die Verlobungsabsicht Eurer Nichte Gertrud mit dem Feldtrompeter des Grafen Rantzau verfolgt und haben den nachdrücklichen Wunsch geäußert, diese Angelegenheit alsbald zu einem guten Ende zu bringen," beschrieb der Hofmarschall den Grund ihrer Zusammenkunft, was nicht unbedingt zur erholsamen Entspannung des alten Bäckermeisters führte.

„Ich verstehe Euch nicht, Euer Gnaden. Ich weiß nicht so recht, auf welche Weise ich die Wünsche seiner Durchlaucht erfüllen könnte", antwortete Klaus Radeleff unbehaglich und ratlos, indem er sich verlegen an seine Perücke fasste.

„Nun, Meister Radeleff, Ihr seid doch ein erfahrener und verständiger Mann, zugleich auch der Älteste der Familie. So wird es Euch doch auch möglich sein, alle Mitglieder der Familie von dem Wunsch seiner Durchlaucht zu überzeugen." Der Hofmarschall machte dem zaudernden Bäckermeister Mut.

„Eines weiß ich gewiss, der Wundarzt Joachim Mack, mein angeheirateter Neffe, wird unter keinen Umständen einer solchen Verlobung zustimmen", behauptete Klaus Radeleff im Brustton der Überzeugung.

„Verehrter Meister Radeleff, Eure Familie hat sich doch nicht zuletzt auch durch Euer Zutun und das Eures verstorbenen Bruders in Plön einen Namen gemacht. Ihr seid hoch angesehen und selbst seine Durchlaucht achtet Euch als ehrenwerte Bürger dieser Stadt. Ich kann mir nicht vorstellen, dass Ihr keinen Weg seht, diese vorbildliche Reputation zu bewahren oder gar zu mehren. Zumal ich Euch die volle Unterstützung des Hofes garantieren kann."

Der Hofmarschall versuchte Klaus Radeleff bei seiner Ehre zu packen und ihn mit wohlgesetzten Worten gütlich zu stimmen. Nach weiterem Zuspruch konnte der Bäckermeister sich den Argumenten des Grafen kaum mehr verschließen.

„Wenn ich es recht überdenke, kommt es auf die

Meinung meines Neffen letztlich nicht an. Immerhin bin ich das Familienoberhaupt", sprach Klaus Radeleff sich selbst nach einer Weile Mut zu. „Allerdings muss der Feldtrompeter der Familie gegenüber vorab gewisse Garantien erbringen."

„Das ist letztlich genau der Grund Eurer Anwesenheit, verehrter Meister Radeleff. Schildert mir Eure Forderungen und ich werde mich persönlich um deren Erfüllung kümmern", bat der Hofmarschall freundlich.

„Als Erstes verlangt die Familie einen unterschriebenen und untersiegelten Freilassungsbrief des Herrn Grafen von Rantzau, dessen Ehegattin und deren Erben", begann Klaus Radeleff mit seinen Forderungen.

Der Hofmarschall blickte den Bäckermeister daraufhin nur kurz an. Ein solches Dokument hatte er doch vor nicht allzu langer Zeit dem ehemaligen Bürgermeister Radeleff vorgelegt und unterschreiben lassen. Um des lieben Friedens willen unterbrach er den Bäckermeister nicht, sondern nickte ihm nur ermunternd zu.

„Der Feldtrompeter muss eine Aussteuer für die Braut erbringen in derselben Höhe des Nachlasses ihres Vaters, und dieses Kautionsinstrument muss bei der Stadt hinterlegt sein", stellte Klaus Radeleff weitere Forderungen als Voraussetzung für eine zukünftige Ehe zwischen Gertrud und dem Mohren.

Hofmarschall Kuningham versicherte Bäckermeister Radeleff erneut, dass er für die Erfüllung dieser Bedingungen einstehen und gemeinsam mit seiner Hilfe die Angelegenheit zur Zufriedenheit der durchlauchtigsten Herrschaften regeln werde. Danach entließ er den alten Bäckermeister mit Handschlag und freundlichen Worten.

Es war nicht mehr das Ascheberg von früher. Diese Gedanken kamen Christian mehr und mehr in den Sinn, als er über das Gestüt durch die Lindenallee auf das Schloss zuritt. Bei all seiner Freude über die letzten Wochen und die innige Liebe zu Gertrud verfolgte er die Veränderungen mit einer gewissen Wehmut. Das Gestüt hatte er inzwischen an den neuen Leiter, Baron Gerald von Witzleben, übergeben. Ein alter Kampfgefährte von Graf Bertram, dessen profundes Wissen um Pferde allgemein bekannt war und der ganz sicher das Gestüt im herkömmlichen Sinne weiterführen würde. Jasper hatte Christian respektlos zugeflüstert, dass der Baron ja aus dem Grunde schon viel über Pferde wissen müsste, weil er selbst so aussah. Ganz unrecht hatte sein Freund nicht, betrachtete man das längliche Gesicht des Barons und das pferdeähnliche Gebiss, wenn er lachte. Doch sonst schien es ein ganz umgänglicher Kerl zu sein.

Aber auch die vertrauten Menschen seiner Jugend fehlten Christian. Graf Volkmar und Gräfin Charlotte waren mit ihren Kindern längst in Schwetzingen. Wie sehr hatte er die Gespräche über die Pferde und die Zucht mit dem Grafen genossen. Sein fröhliches Wesen, das allen Dingen der Welt gegenüber aufgeschlossen war. Der zuhören konnte und immer einen guten Rat wusste. Auch seine Gemahlin Gräfin Charlotte mochte ihn sehr. Sie hatte stets ein freundliches Wort für ihn gehabt und ihn gern einmal geneckt.

Dass nicht nur er sie vermisste, hatte ihm Gräfin Julia erst kürzlich gebeichtet, Charlottes Anstandsdame und Freundin. Vor wenigen Tagen hatte sie ihn gebeten, sie bei einem ihrer Ausritte zu begleiten. „Ich habe eine Depesche aus Schwetzingen von Charlotte erhalten", hatte sie ihm erzählt. „Sie hat fürchterliches Heimweh.

Ihr fehlt Ascheberg sehr. In Schwetzingen ist ihr nichts vertraut. Sie schreibt, die Menschen sind ein wenig sonderbar und sie sprechen auch so eigenartig. Mir fehlt sie auch sehr." Mit einem Seufzer hatte Gräfin Julia ihm ihre Sorgen anvertraut.

Nach ihrer Hochzeit mit dem Grafen Christian von Rantzau war auch Margarethe, Graf Bertrams und Gräfin Dorotheas älteste Tochter, fortgezogen und lebte nun mit ihrem Gatten auf seinem Gut Rastorf. Auch Hedwig, die zweite Tochter des Grafen und der Gräfin, war kürzlich ausgezogen, nachdem sie den alten verwitweten Grafen Cai von Brockdorff auf dem Gut Bothkamp geheiratet hatte. Christian konnte sich nicht vorstellen, dass das eine gute Ehe werden würde.

Lediglich Jasper Eppelmann, der die beste Chance hatte, demnächst Stallmeister des Gestüts zu werden, der alte Stallmeister Aurich und der Büchsenspanner Martin Kapphengst gehörten nach wie vor zu seinen engsten Freunden auf Ascheberg.

Christian stieg vom Pferd und band es an einen Pfahl neben der Tür zur Schlossküche. „Martha, was ich Euch immer schon einmal sagen wollte. Vom ersten Tag an, an dem ich die Küche in Ascheberg betreten habe, bis hin zum heutigen Tag riecht es so verführerisch gut, dass einem das Wasser im Munde zusammenläuft." Christian lachte die stämmige Köchin an, als er die Küche des Schlosses betrat.

„Ihr habt in meinem Reich überhaupt nichts zu suchen, Monsieur Christian. Außerdem macht Ihr mir mit Eurer Anwesenheit alle meine Mädchen ganz verrückt."

Die Köchin schimpfte mit zwinkernden Augen, während sie sich gleichzeitig mit der Schürze den Schweiß von der Stirn wischte. Die drei Küchenmägde warfen Christian verschämte Blicke zu und widmeten sich kichernd ihren Arbeiten.

„Wenn das so ist, liebe Martha, muss ich mich wohl Eurer Gewalt beugen, zumal Ihr auch über ein Arsenal verfügt, das sehr schnell zu Hieb- und Stichwaffen werden kann“, zog Christian die Köchin weiter auf, als er sah, dass sie einen großen Löffel zum Umrühren der Suppe in die Hand nahm.

„Gut für Euch, Monsieur Christian, dass Ihr das erkannt habt.“ Martha hob den Löffel und blickte Christian mit fröhlichen Augen hinterher, als er demonstrativ mit schnellen Schritten die Küche durchmaß, um die oberen Räume des Schlosses zu erreichen.

„Es ist schön, einen strahlenden Bräutigam im Haus zu haben.“ Gräfin Dorothea lächelte Christian an, nachdem er vor dem Kamin in der Bibliothek Platz genommen hatte.

„Noch ist es nicht ganz so weit, Frau Gräfin. Nicht alle freuen sich auf unsere Verlobung“, antwortete Christian ein wenig betreten.

„Genau deshalb bist du hier, mein lieber Christian“, wandte sich jetzt der Graf an den Mohren.

„Uns ist natürlich auch zu Ohren gekommen, dass in der Familie deiner Braut nicht alle begeistert von der Heirat mit einem mittelosen Mohren sind, wie sie sich auszudrücken pflegten. Vor wenigen Tagen erhielt ich eine Depesche des Hofmarschalls Kuningham, in der er mir die Forderungen der Familie mitteilte. Ich habe inzwischen dem Herzog meine Vorstellungen unterbreitet. Nun zu der freudigen Nachricht. In jener Depesche, die hier auf meinen Knien liegt, ist unter anderem zu lesen, dem Eheverlöbnis der Tochter Gertrud des seligen Hans Radeleff mit dem Trompeter Christian Gottlieb von

Ascheberg hat Ihro Hochfürstliche Durchlaucht Ihren gnädigen Konsens gegeben“, berichtete Graf Bertram seinem Feldtrompeter, sichtlich erfreut über diese positive Entwicklung.

„Das ist fürwahr eine gute Nachricht, Herr Graf. Weiß auch Gertrud schon davon?“

„Sicherlich nicht, denn wir werden erst morgen nach Plön reiten und gemäß Weisung des Herzogs vor der Familie Radeleff, dem Bürgermeister und dem Rat der Stadt eine offizielle Erklärung abgeben“, vertröstete der Graf Christian auf den kommenden Tag.

„Wir wollen dich jetzt nicht mit Einzelheiten langweilen, lieber Christian“, ergänzte Gräfin Dorothea ihren Gatten lächelnd, „du sollst nur wissen, dir und deiner Braut wird es an nichts mangeln. Deine finanzielle Ausstattung wie auch deine zukünftigen Einkünfte werden dir und deiner Familie ein standesgemäßes Leben erlauben.“

„Eines noch, Christian, Ascheberg wird immer dein Zuhause sein. Und nun geh zu deinen Kumpanen und besauf dich.“ Der Graf erhob sich, schlug Christian freundschaftlich auf die Schulter und schob ihn lachend zur Tür hinaus.

Der 4. Oktober 1684 sollte zu einem denkwürdigen Datum werden, als sich in der Plöner Ratsstube ein ganz besonderer Personenkreis zusammenfand. Das Treffen galt nur dem einzigen Anlass, das Verlöbnis eines verliebten Paares einvernehmlich zu legalisieren. Aus diesem Grund hatten sich zur Mittagszeit Bürgermeister Köper, vier Stadträte, zwei bestellte Vormünder der noch nicht volljährigen Braut, die Mutter der Braut, das Oberhaupt der Familie Radeleff, der Schwiegersohn, die Braut und der Bräutigam sowie Graf Bertram von Rantzau und der

Hofrat Abendrot als Vertreter der Hofkanzlei im Rathaus eingefunden.

„Nach der uns vorliegenden fürstlichen Verordnung hat der Rat der Stadt Plön nunmehr Sorge dafür zu tragen, dass hinsichtlich des angestrebten Eheverlöbnisses der Gertrud Radeleff, Tochter des seligen Bürgermeisters Radeleff, mit dem Feldtrompeter Christian Gottlieb aus Ascheberg Einvernehmlichkeit zwischen den Parteien herzustellen ist", eröffnete Bürgermeister Köper wie üblich in weitschweifigen Formulierungen die ungewöhnliche Zusammenkunft. „Nach Auffassung des Herzogs hat Graf Bertram von Rantzau die gewünschten Auflagen der Familie Radeleff mehr als erfüllt und in einem der Stadt vorliegenden Dokument attestiert. Da Graf Rantzau heute persönlich zugegen ist, wofür ich im Namen der Stadt meinen Respekt aussprechen darf, möchte ich Euch bitten, uns die Positionen Eures Dokuments doch mündlich zu offerieren."

„Sehr gern, verehrter Herr Bürgermeister." Graf Bertram erhob sich und blickte die Familie Radeleff an. „Ich möchte zu Beginn erneut sehr nachdrücklich betonen, dass mein Feldtrompeter Christian Gottlieb ein freier Mann ist."

„Verzeiht, dass ich Euch unterbreche", warf für alle unvermutet Hofrat Abendrot ein. „Seine fürstliche Durchlaucht, der Herzog, und seine Gnaden, der Hofmarschall, sind über Gebühr verwundert darüber, dass die Familie Radeleff nach wie vor an der Unwahrheit der Leibeigenschaft des Feldtrompeters Christian Gottlieb festhält und sie verbreitet. Der verstorbene Bürgermeister Radeleff hat bereits vor geraumer Zeit per Signatur die Kenntnis eines Dokuments des Grafen Bertram bestätigt, in dem die generelle Freiheit des

Feldtrompeters bescheinigt wird."

Die Familienmitglieder sahen sich verlegen an. Offensichtlich war keinem von ihnen ein solches Dokument bekannt. Der ehemalige Bürgermeister hatte die Erklärung des Grafen wohlweislich verschwiegen. Passte sie doch partout nicht in seine ablehnende Haltung dem Mohren gegenüber.

„Ich danke Euch für diesen berechtigten Hinweis, Herr Hofrat." Graf Bertram verneigte sich leicht dem Hofbeamten gegenüber. „Mein Feldtrompeter erhält von mir als Aussteuer die Bornhöveder Mühle ..."

„Das ist rechtswidrig! Das ist unmöglich!", fuhr der Stadtrat Stellmacher derart empört von seinem Stuhl auf, dass ihm dabei sogar die Perücke verrutschte. Mit einer hastigen Handbewegung rückte er sie wieder gerade. „Der Besitz einer Mühle ist ein verbrieftes Recht für ehrbare und standesgemäße Bürger und kann nicht nach Belieben irgendwelchen niederen Subjekten oder Mohren vermacht werden."

Alle Anwesenden blickten den Stadtrat verwundert an. Einerseits konnte kaum jemand seine heftige Entrüstung verstehen, andererseits war aufgrund seiner Wortwahl ein deutliches Befremden auf den Gesichtern zu erkennen.

„Herr Stadtrat Stellmacher, ich habe das eigenartige Gefühl, dass Ihr anscheinend nicht in der Lage seid, den heutigen Grund unserer Anwesenheit im Rathaus zu erfassen." Graf Bertram ließ sich nicht aus der Ruhe bringen. „Es geht hier um das Glück zweier junger Menschen und nicht um die Wahrung Eurer kaufmännischen Interessen. Mir ist wohl bekannt, dass auch Ihr Euch mit allen Euch üblichen Mitteln um den Kauf der Bornhöveder Mühle bemüht habt."

„Mühlenbesitz ist nicht das Privileg des Adels ...“, schrie der Stadtrat mit hochrotem Kopf und fuchtelte wild mit der Faust.

„Stellmacher, reißt Euch zusammen“, fuhr jetzt auch der Bürgermeister dem Stadtrat in die Parade.

„Noch ein Wort zu Eurer verwirrten Einstellung Menschen anderer Hautfarbe gegenüber. Ich glaube nicht, dass Ihr Euch vor diesem Gremium über Eure Geschäftsgebaren in Glückstadt und mit welchen Waren Ihr dort Handel treibt, erklären möchtet. Oder sollte ich mich irren?“ Graf Bertram konnte sich angesichts der beleidigenden Worte über seinen Feldtrompeter diesen Seitenhieb mit der Anspielung auf den Sklavenhandel nicht verkneifen.

Stadtrat Stellmacher wechselte seine Gesichtsfarbe innerhalb von Sekunden. Leichenblass starrte er den Grafen an. Mühsam schnappte er mehrfach nach Luft und brachte kein Wort mehr heraus. Der Bürgermeister blickte ein wenig irritiert von einem zum anderen, da er sich auf die Bemerkung des Grafen keinen Reim machen konnte.

„Ich darf fortfahren.“ Graf Bertram hatte Mühe, sich ein Schmunzeln zu verkneifen, als er die heftige Reaktion des Stadtrats sah und dabei auch in die wissenden Augen seines Feldtrompeters blickte. „Sollte die künftige Frau meines Feldtrompeters oder auch seine Schwiegermutter anstatt der Mühle lieber Geld sehen wollen, dann stehen als Ersatz auch fünfhundert Taler zu Verfügung. Weitere vierhundertsechzig Taler sind bereits als Sicherheit in Form eines Schuldbriefes des Plöner Pferdehändlers Hermann Pfennighausen bei der Stadt hinterlegt.“

Bürgermeister Köper legte demonstrativ seine Hand auf eines der Schriftstücke vor sich, um die Worte des

Grafen zu bestätigen.

„Abschließend darf ich feststellen, dass mir mein Feldtrompeter Christian Gottlieb sehr ans Herz gewachsen ist. Für ihn, sein Eheweib, seine Kinder und alle seine Erben wird es verbrieft immer ein Wohnrecht in Form von Haus und Land auf Ascheberg geben." Graf Bertram setzte sich wieder und blickte die Familie Radeleff erwartungsvoll an.

„Bäckermeister Radeleff, möchtet Ihr als Familienoberhaut noch ein Wort an die Anwesenden richten?", wandte sich der Bürgermeister jetzt Klaus Radeleff zu.

„Wir haben die Ausführungen des Herrn Grafen von Rantzau vernommen und können diesen Bedingungen zustimmen." Der Bäckermeister äußerte sich zurückhaltend, letztlich auch, weil er sich sichtlich unbehaglich fühlte, vor einem so großen Publikum sprechen zu müssen.

„Sehr schön." Dem Bürgermeister war eine gewisse Erleichterung anzumerken. „Dann steht der Unterzeichnung der Vereinbarung ja nichts mehr im Wege ..."

„Ich werde dieser Posse niemals zustimmen." Der Wundarzt Joachim Mack sprang erregt auf. Er hatte schon die ganze Zeit den Wortwechsel mit versteinertem Gesicht verfolgt und seine Abneigung offen zur Schau gestellt. „Einen Mohren in der Familie dulde ich nicht. Wer weiß, ob dieser die vollmundigen Versprechungen, die hier gemacht wurden, nach der Heirat überhaupt einhalten wird. Außerdem muss ich als angesehener Wundarzt in Plön auch auf meine Reputation achten."

Graf Bertram schüttelte nur mit dem Kopf. Stadtrat Stellmacher, der sich gerade wieder ein wenig erholt hatte, schien der Einzige in der Runde zu sein, der den Ausfällen des Wundarztes etwas Gutes abgewinnen konnte, indem er beifällig nickte.

„Wir wollen doch nicht vergessen, dass wir über die Verordnung seiner fürstlichen Durchlaucht, des Herzogs, zu befinden haben und nicht über die Reputation der Familie Radeleff", wies Hofrat Abendrot den aufbegehrenden Wundarzt zurecht.

„Mein Schwiegersohn, Joachim Mack, wird nicht über das Glück meiner Tochter zu entscheiden haben und dem Wunsch von Herzog und Herzogin entgegentreten." Elisabeth Radeleff stand entschlossen auf und machte deutlich, wer das Sagen im Hause Radeleff hatte.

Als auch Klaus Radeleff, das Familienoberhaupt, ihr beipflichtete und die Vormünder der Braut sich mit den Regelungen einverstanden erklärten, stand dem einvernehmlichen Protokoll und den Unterschriften der Beteiligten nichts mehr im Wege.

Joachim Mack hatte bereits wutentbrannt das Rathaus verlassen, als Bürgermeister Köper zu Graf Bertram trat und ihn um ein kurzes Gespräch abseits der anderen Personen bat.

„Eine Frage noch, Herr Graf. Wie soll ich Eure Bemerkung hinsichtlich der Handelsgewohnheiten des Stadtrats Stellmacher in Glückstadt verstehen?"

„Oh, Herr Bürgermeister, da sprecht Ihr mit dem Falschen. Dazu solltet Ihr den Stadtrat Stellmacher selbst befragen. Ich bin kein Kaufmann, nur ein Gutsherr", antwortete Graf Bertram bewusst ausweichend, da er nicht vorhatte, dem Bürgermeister von Christians schrecklichen Erlebnissen in Glückstadt zu erzählen.

Christian und Gertrud hatten sich während des Treffens nur immer wieder sehnsuchtsvoll angesehen. Jetzt, nachdem alles geregelt war, konnten sie sich kaum mehr beherrschen. Am liebsten wären sie sich noch im Rathaus in die Arme gefallen, doch der strenge Blick von Gertruds Mutter verlangte den geforderten Anstand, dem sie sich letztlich in der freudigen Erwartung ergaben, dass sie sich spätestens am Abend auf der Bank im Hinterhof wiedersehen würden.

Die ausgelassenen Vorbereitungen auf die offizielle Verlobung, die nun auf den 23. Oktober 1684 festgesetzt war, erhielten wenige Tage nach der gütlichen Einigung einen merklichen Dämpfer. Wegen der Übertretung der fürstlichen Verlöbnisordnung hatte das herzogliche Konsistorium eine Bestrafung der Betroffenen verlangt. So wurde Elisabeth Radeleff mit einer Strafe von sechzig Talern belegt und ihre Tochter Gertrud musste als Strafe vierzig Taler innerhalb von vierzehn Tagen an die fürstliche Kanzlei zahlen. Der Prozess vor dem Plöner Stadtgericht hingegen ließ Mutter und Tochter wieder fröhlicher in die Zukunft blicken. Denn das Gericht hatte die Kläger abgewiesen, da sie die geschilderten Vorwürfe nicht beweisen konnten.

Die Kirche in Plön hätte am Verlobungstag noch dreimal so groß sein müssen, um alle Menschen, die dieses besondere Ereignis miterleben wollten, aufzunehmen. Die Bürger der Stadt Plön schienen an diesem Sonntag ein Fest zu feiern. Ganz im Sinne der herzoglichen Verlöbnisordnung hatten Christian und Gertrud vor Pastor Schumann und der gesamten Gemeinde ihre Verlobungsabsicht bekundet. Mit großem Jubel wurde das ungleiche Paar von den Menschen vor der Kirche begrüßt. Lediglich der Wundarzt Joachim Mack erhob drohend die Faust und schleuderte unflätige Flüche gegen die Verlobten. Doch seine Attacken gingen in der lautstarken Begeisterung der Bürger unter.

Gertrud hatte ihre frühere Fröhlichkeit wiedergefunden. Mit großem Fleiß arbeitete sie gemeinsam mit ihrer Mutter an der Aussteuer. Dabei fiel ihr kaum auf, dass einige ihrer Freundinnen sie nicht mehr besuchten. Manche von ihnen hatten noch nicht einmal zur Verlobung gratuliert. Doch das kümmerte Gertrud wenig. Sie strahlte geradezu ihrem Glück entgegen, zumal Christian, so oft er Zeit hatte, nach Plön kam. Als ihr Verlobter durfte er sie jetzt auch jederzeit besuchen und war, wie schon früher einmal, wieder ein gern gesehener Gast im Haus der Familie Radeleff.

Vor dem Wentorfer Tor zeigte sich die Betriebsamkeit der kleinen Residenzstadt auf ganz andere Weise. Pferdefuhrwerke, beladen mit Steinen und Balken, durchpflügten die staubigen Wege. Hölzerne Kräne schwenkten schwere Lasten in die Höhe. Zimmerleute sägten und schlugen Pflöcke ins Holz. Mauerleute setzten Steine aufeinander und verschlossen Wände zwischen Fachwerken mit Stroh und Lehm. Eine neue Stadt entstand, ganz nach dem Herzen und den ehrgeizigen Plänen des Herzogs. Inzwischen waren einzelne doppelgeschossige Häuser mit ihren markanten Giebeln entstanden. Auch in der Hinterreihe waren bereits die ersten eingeschossigen Gebäude errichtet. Das neue Armenhaus nahm langsam Form an und auch die mächtigen Mauern der Apotheke wuchsen nach und nach in die Höhe. Überragt wurden alle Häuser von der neuen Kirche, die nur wenige Schritte vom Wentorfer Tor entfernt auf einem Kirchhügel stand, gekrönt von einem kleinen Glockenturm.

„Monsieur Schlapritz, der Meister weiß nicht, wofür diese Fuhre Balken gedacht ist“, rief der Kutscher eines schwer beladenen Holzfuhrwerks dem Inspektor der Neustadt zu.

„Muss ich mich denn um alles allein kümmern? Fahrt das Holz bis an das Ende der Straße, ladet es dort ab und bestellt dem Trottelkopf von Baumeister, ich werde ihn in Kürze persönlich instruieren“, wies Hieronymus Schlapritz den Kutscher an.

Dann nahm er seinen breitrandigen Filzhut vom Kopf und wischte sich mit einem Tuch den Schweiß von der Stirn. Obwohl inzwischen herbstliche bis winterliche Temperaturen herrschten, ließen die ständige Hektik und die beschwerlichen Wege das Blut des beleibten Mannes aus der Schweiz immer wieder in Wallung geraten. Mit ausholenden Schritten folgte er dem Fuhrwerk, bis er auf den Baumeister Anselm Tinzmann traf, der sich gerade angeregt mit einem Zimmermann über das lotgerechte Errichten eines Tragbalkens stritt.

„Meister Tinzmann, hättet Ihr gegebenenfalls einmal die Höflichkeit, mir Euer Ohr zu leihen“, lenkte der Inspektor der Neustadt die Aufmerksamkeit des Baumeisters auf sich. „Wieso irrt der Kutscher mit dem Bauholz hier durch die Gegend?“

„Ganz einfach, Monsieur Schlapritz, wir brauchen für die Häuser kein Bauholz mehr“, war die unwirsche Antwort des Baumeisters.

„Mein lieber Meister Tinzmann, nun noch einmal ganz langsam für Euch und alle Zukunft. Dieses Holz ist für die neue Brücke gedacht.“ Hieronymus Schlapritz rückte seinem Baumeister bedenklich nahe.

„Von einer Brücke ist auf meinen Plänen nichts verzeichnet“, antwortete Anselm Tinzmann patzig, „und soviel ich weiß, hat der Herzog eine solche in seinen Plänen auch nicht vorgesehen.“

„Habe ich Euch nicht schon vor längerer Zeit versucht klarzumachen, dass nicht der Herzog die Neustadt baut, sondern ich? Und wenn ich von Euch verlange, die Eingangstür zum Pfarrhaus in der Form eines Pferdearsches zu gestalten, dann habt Ihr das in Gottes Namen zu vollziehen. Habt Ihr das verstanden?"

Hieronymus Schlapritz brach schon wieder der Schweiß aus. Es war nicht die erste Auseinandersetzung, die er mit dem Baumeister hatte. Die Zünfte und Handwerkskammern aus Plön hatten sich oft genug darüber beschwert, dass zu wenig Handwerker bei dem Bau der Neustadt eingesetzt wurden. Nicht zuletzt lag es auch daran, dass Hieronymus Schlapritz für den Bau der neuen Kirche seinen Landsmann Melchior Steheli, einen Zimmer- und Kunstmeister aus St. Gallen, engagiert hatte.

„Ihr könnt noch so viel anordnen, wie Ihr wollt, über den Bau einer Brücke werde ich zunächst bei der Hofkanzlei nachfragen lassen." Der Baumeister versuchte offensichtlich seine Muskeln spielen zu lassen.

„Gut, Meister Tinzmann, tut das. Doch eines garantiere ich Euch schon jetzt. Bei Eurem ersten Schritt auf den Schlossberg zu werde ich Euch und alle Handwerker Plöns entlassen und den Bürgermeister der Stadt und alle Zünfte derart informieren, dass Ihr öffentlich gegen die Pläne des Herzogs und den Bau der Neustadt rebelliert habt. Was glaubt Ihr wohl, wie schnell Ihr und so mancher Geselle in den feuchten Kerkerräumen des Schlosses verschwinden werdet?" Hieronymus Schlapritz lächelte den Baumeister voller Ironie an.

Dieser starrte ihn mit offenem Mund ungläubig an. „Das wagt Ihr nicht!", brachte er nur mühsam hervor.

„Wollt Ihr es darauf ankommen lassen?", fragte der

Inspektor der Neustadt immer noch süffisant lächelnd. Im selben Augenblick verdunkelte sich jedoch seine Miene.

„Genug jetzt mit Eurem Firlefanz, Meister Tinzmann. Seid Ihr gewillt, die Brücke nach meinen Plänen zu bauen oder soll ich dafür Arbeiter aus Hamburg anwerben? Bevor noch der würzige Duft Eures ersten Morgenfurzes verflogen ist, wären sie hier und hätten die Ärmel aufgekrempelt, und Ihr dürftet wiederum Eurer Zunft gegenüber Rede und Antwort stehen, warum nicht Plöner Zimmerleute diese ehrenvolle Aufgabe übernehmen durften." Hieronymus Schlapritz schob sein Kinn vor, stemmte beide Arme in die Seite und blickte den Baumeister mit zusammengezogenen Augenbrauen herausfordernd an.

„Ich kümmere mich darum", murmelte er widerstrebend, wandte sich ab und wies den Kutscher an, das Holz bis zum Ende der Straße zu fahren.

Hieronymus Schlapritz amüsierte sich königlich, was er nach außen jedoch nicht erkennen ließ. Es war nicht das erste Mal in seinem Leben, dass er mit solchen Kontrahenten zu tun hatte. Er wusste, wie sie tickten, und deshalb machte es ihm große Freude, sie auf seine Weise zu überzeugen. Das Instrumentarium, das er dabei einsetzte, war äußerst variantenreich. Je nach Notwendigkeit war er nachsichtig, bestimmt oder auch drohend. Bei dieser Art des Kräftemessens hatte ihm bisher noch niemand das Wasser reichen können.

Die Brücke über den Kleinen Plöner See war Hieronymus Schlapritz' Lieblingsidee. Bisher waren große Umwege nötig gewesen, um auf dem Weg nach Kiel das Wasser zu umgehen. Auch die Fähre nahe der Stelle, an der nun die Brücke errichtet werden sollte, galt als notwendiges Übel. Die Fährleute waren unzuverlässig. Immer wieder geschahen Unfälle und sogar ganze Fuhrwerke waren schon in den Fluten versunken. Der Inspektor der Neustadt hatte sich vorgenommen, den Herzog mit dieser neuen Brücke zu überraschen. Er wusste ganz sicher, dass ihm das gelingen würde. Und ein widerwilliger Baumeister wäre der Letzte, der ihn daran hindern konnte.

Mit einem gewissen Wohlgefallen ging Hieronymus Schlapritz die Straße zurück, die schnurgerade auf das alles überragende Schloss zulief. Er war zufrieden mit dem, was sich seinen Augen bot. Die neue Stadt wuchs und es würde nicht mehr lange dauern, bis die ersten Bewohner ihre Häuser beziehen konnten. Handwerkern, Kaufleuten und besonders aber in anderen Ländern religiös Verfolgten wollte der Herzog Freiheiten und Privilegien garantieren, um sie auf diese Weise in seine Residenzstadt zu locken. Der Inspektor der Neustadt hatte ein gutes Gefühl. Der Herzog konnte stolz auf ihn sein. Vertrauensvoll hatte er die Umsetzung seiner Idee in seine Hände gelegt und war nicht enttäuscht worden, wie der Fürst schon mehrfach bei seinen Inspektionen betont hatte.

„Monsieur Schlapritz, könnt Ihr mir einmal erklären, weshalb an meinem Haus die Arbeiten nicht vorangehen und keine Handwerker zu sehen sind."

Hieronymus Schlapritz wurde abrupt aus seinen Gedanken gerissen. Der Wundarzt Joachim Mack stand plötzlich vor ihm und wartete auf eine plausible Antwort. Er hatte ein stattliches Grundstück erworben und darauf ein ebenso eindrucksvolles Haus errichtet, das inzwischen bis zur Hälfte fertiggestellt war.

„Dafür gibt es eine ganz einfache Antwort, mein lieber

Herr Kollege. Die Sicherheit, die Ihr für Eure Schuld beim Kauf des Hauses angegeben habt, existiert nicht mehr. Und solange Ihr keine neue vorweisen könnt, wird auch nicht weitergebaut", erklärte Hieronymus Schlapritz dem Wundarzt die Lage, wobei er sich einen hämischen Unterton nicht verkneifen konnte.

Er mochte diesen aufschneiderischen Kerl einfach nicht, der von seinen ärztlichen Künsten selbst derart überzeugt war und missgünstig auf alle anderen Ärzte blickte, besonders, wenn sie wie er, Schlapritz, bei Hofe mit seinen Tinkturen und Salben hoch angesehen waren und sich der Gunst des Herzogs und seiner Hofgesellschaft erfreuen konnten. Außerdem war auch dem Inspektor der Neustadt nicht verborgen geblieben, mit welch unfeinen Mitteln Joachim Mack händeringend die Hochzeit seiner Schwägerin mit dem Mohren aus Ascheberg zu verhindern versuchte. Das hatte den zwielichtigen Wundarzt aber nicht davon abgehalten, sich des Pfennighausener Schuldscheins, den Graf Bertram von Rantzau als Brautschatz bei der Stadt hinterlegt hatte, als Sicherheit für den Hausbau zu bedienen.

„Was heißt das, die Sicherheit besteht nicht mehr?", fragte Joachim Mack irritiert.

„Wie es aussieht, hat Graf Rantzau den nämlichen Schuldschein zurückgezogen. Keine Sicherheit, kein Hausbau! So einfach ist das, mein lieber Mack." Hieronymus Schlapritz hob beide Arme und drehte die Handflächen nach außen, um zu zeigen, dass auch er daran nichts ändern könne.

„Ihr seid ein Halsabschneider, ein erbärmlicher Halsabschneider", entrüstete sich Joachim Mack und erhob drohend die Faust.

„Da verwechselt Ihr etwas, verehrter Herr Medicus,

das ist die Profession des Henkers. Meine ist es, Leben zu erhalten. Und bevor Ihr den Falschen attackiert, würde ich Euch vorschlagen, Ihr wendet Euch mit all Euren Vorwürfen an den Bürgermeister. Der wird Euch dann in seiner ausführlichen Art auf das Intimste informieren."

Daraufhin lüftete Hieronymus Schlapritz kurz seinen Hut und schritt direkt auf den Wundarzt zu. Da dieser nicht schnell genug auswich, konnte der beleibte Inspektor der Neustadt es nicht vermeiden, ihn an der Schulter anzurempeln, um dann unverdrossen seiner Wege zu gehen.

Polternd riss Joachim Mack die Tür zu den Kanzleiräumen im Rathaus auf und nahm eine bedrohliche Haltung vor dem vor Schreck erstarrten Stadtschreiber Linning ein.

„Ich muss sofort den Bürgermeister sprechen. Wo ist er?", brüllte er den Stadtschreiber an.

„In seiner Amtsstube, aber ..." Weiter kam Friedrich Linning nicht, denn schon schoss der Wundarzt an seinem Schreibtisch vorbei auf die Tür der Amtsstube des Bürgermeisters zu, riss sie ohne anzuklopfen auf und schrie: „Ich erwarte eine Erklärung von Euch. Auf der Stelle!"

Bürgermeister Köper schreckte auf, als er so unvermittelt und brutal im Studium seiner Schriftstücke gestört wurde.

„Ein etwas ungewöhnliches Ansinnen, verehrter Herr Wundarzt, weder in Form noch im Ansinnen akzeptabel", erwiderte der Bürgermeister indigniert, nachdem er sich von dem ersten Schreck erholt hatte.

„Soll ich einen Stadtbüttel alarmieren?", fragte der immer noch verwirrte Stadtschreiber von der Tür aus. Worauf ihn ein vernichtender Blick des Wundarztes traf.

„Nein, Linning, ich glaube nicht, dass das nötig ist. Der Herr Wundarzt wird sicherlich auch in respektablen Worten sein Begehr vortragen können." Mit einer beschwichtigenden Handbewegung gab der Bürgermeister dem Stadtschreiber ein Zeichen, dass er unbesorgt gehen könne.

„Stimmt es, dass dieser hinterhältige Graf aus Ascheberg sein Wort gebrochen hat?", bedrängte Joachim Mack den Bürgermeister, nachdem der Stadtschreiber die Tür geschlossen hatte.

„Eure Wortwahl lässt doch sehr zu wünschen übrig." Der Bürgermeister machte kein Hehl aus seiner Abneigung diesem ungebührlichen Auftritt gegenüber. „Aber wenn Ihr damit andeuten möchtet, dass Graf Rantzau den Schuldschein des Pferdehändlers Pfennighausen als Sicherheit widerrufen hat, so kann ich das nur bestätigen."

„Das ist Betrug, das muss vor Gericht. Damit kommt er nicht durch, dafür werde ich sorgen. Dieser Verbrecher!" Joachim Mack hob drohend die Faust und verlor vollends die Fassung.

Ein lautes Knallen ließ ihn in seiner unkontrollierten Wut aufschrecken. Der Bürgermeister hatte mit der flachen Hand auf seinen Schreibtisch geschlagen.

„Mäßigt Euch! Ihr seid ja von Sinnen. Ein derart echauffierendes Verhalten hätte ich von Euch nicht erwartet. Wir sind doch hier nicht im Tollhaus." Bürgermeister Köper war sonst ein besonnener Mann, doch diese Ausfälle, zumal in seiner Amtsstube, konnte er unter keinen Umständen dulden. „Zu Eurer Beruhigung, der Graf hat eine neue Obligation in Aussicht gestellt. Um einen geordneten und rechtmäßigen Ablauf wird sich wie bisher der Bürgermeister und Rat der Stadt kümmern, unbeeindruckt von unflätigen Attacken einzelner anmaßender Bürger. Und jetzt darf ich Euch eindringlich bitten, Herr Wundarzt, ohne die Hilfe eines Büttels meine Amtsstube zu verlassen."

Joachim Mack blickte den Bürgermeister erstarrt an. Wie ging man mit ihm als bedeutendem Bürger der Stadt um? Erst hatte der Inspektor der Neustadt ihn wie einen dummen Jungen abgefertigt und stehen lassen. Nun bevormundete und maßregelte auch der Bürgermeister ihn und warf ihn quasi hinaus.

„Ihr werdet noch von mir hören." Der Wundarzt drehte sich um und verließ wutschnaubend die Amtsstube des Bürgermeisters, nicht ohne die schwere Eichentür krachend ins Schloss fallen zu lassen.

Stadtrat Hinrich Stellmacher war bester Stimmung. Gemeinsam mit den Stadträten Christoph Trost und Carsten Hamann, dem Schuhmachermeister Karl Paustian und dem Schulmeister Daniel Granovius saß er im Gasthaus „Drei Kronen" der Witwe Sander und spendierte eine Runde nach der anderen. Ein eher ungewöhnlicher Umstand, denn der Stadtrat war grundsätzlich nicht dafür bekannt, überaus freigiebig zu sein. Man konnte ihn, ohne zu übertreiben, auch als geizig bezeichnen.

„Lasst uns anstoßen auf die glücklichen Stunden unseres Lebens." Hinrich Stellmacher verströmte mit glänzenden roten Wangen unbändige Lebenslust und hob sein Glas Wein zum wiederholten Mal.

„Erlaubt mir doch die Frage, verehrter Stadtrat Stellmacher, welcher Anlass Euch in diese euphorische Stimmung versetzt hat?" Schulmeister Granovius konnte sich angesichts der guten Laune des Stadtrates nicht länger zurückhalten.

„Nun, Ihr werdet es ja doch irgendwann erfahren, weshalb nicht von mir jetzt aus berufenem Munde.“ Hinrich Stellmacher strahlte in die Runde. „Vor Euch sitzt nicht nur der ehrenwerte Stadtrat und Kornhändler, sondern seit heute auch der ureigenste Mühlenbesitzer Hinrich Stellmacher.“ Er lehnte sich provokativ in seinem Stuhl zurück und legte seine Hände selbstgefällig über seinen dicken Bauch.

„Donnerwetter, Herr Stadtrat, das ist fürwahr eine kleine Sensation. Wie ist Euch denn das gelungen?“, fragte der Schuhmachermeister Paustian voller Bewunderung.

„Wenn ich mich recht entsinne, wart Ihr noch vor wenigen Wochen sehr erbost darüber, dass Graf Rantzau seinem Mohren die Bornhöveder Mühle vermacht hat.“ Stadtrat Trost konnte sich noch sehr gut an die Aufregung im Rathaus erinnern.

„Ach, das ist doch alles Schnee von gestern, mein lieber Trost. Dieser arrogante Mohr und seine zukünftige Schwiegermutter werden sich ohnehin noch die Haare raufen, wenn sie von meinem erfolgreichen Kauf erfahren“, tönte der Stadtrat voller Häme.

„Warum sollte Euer Kauf sie denn irritieren?“, fragte Christoph Trost verwundert nach. Auch die anderen konnten mit dieser Bemerkung nicht recht etwas anfangen.

„Ganz einfach, weil ich ihnen das Filetstück vor der Nase weggeschnappt habe. Wie mir meine Informanten einstimmig berichtet haben, waren die beiden ebenfalls an der Mühle interessiert, nur wollten sie ihr gemeinsames Vorhaben nicht vor der Hochzeit abschließen. Pech für sie, Glück für Stellmacher!“

Der Stadtrat brach voller Schadenfreude in schallendes Gelächter aus und schlug sich vergnügt auf die Schenkel.

„Ihr habt uns noch gar nicht verraten, um welche Mühle es sich handelt, die Ihr erworben habt", hakte jetzt der Schulmeister Granovius neugierig nach.

„Es ist die Mühle in Timmdorf. Allein die Bewohner aus siebzehn Dorfschaften sind durch den Mühlenzwang verpflichtet, ihr Korn in meiner Mühle mahlen zu lassen. Selbst Dörfer aus dem benachbarten Bistum Lübeck gehören dazu. Und wenn sich das Mühlenrad dreht, rollen die Taler Tag für Tag, während Stellmacher es sich mit seinen Freunden gut gehen lässt."

Der aufgeräumte Stadtrat erhob erneut sein Glas. „Wirtin, ist Euch der Wein ausgegangen?", rief er über die Schulter unwirsch in den Raum hinein, als er sah, dass die Karaffe vor sich leer war. Es dauerte keine Minute, bis ein Dienstmädchen mit zwei neuen Weinkaraffen erschien und sie mit einem freundlichen Nicken auf dem Tisch abstellte.

„Willst du dich nicht zu uns setzen und unsere Runde mit deinem Liebreiz erfreuen?", forderte Stadtrat Stellmacher das junge Mädchen anzüglich auf und versuchte dabei, ihr ans Gesäß zu fassen. Doch die sah die Gefahr kommen und entwand sich seiner Reichweite mit einem geschickten Hüftschwung.

„Das ist äußerst liebenswürdig von Euch, Stadtrat Stellmacher, aber ein einfaches Dienstmädchen wie ich würde eine solche Runde erfahrener Männer doch nur langweilen." Mit schnellen tänzelnden Schritten verließ sie den Raum.

„Wir wüssten da schon einen Weg, auf welche Weise du uns nicht langweilen würdest", prustete Hinrich Stellmacher in die Runde und war sich des lüsternen Zuspruchs seiner trinkfreudigen Freunde ganz sicher.

Das Dienstmädchen begegnete auf dem Weg in die

Küche des Gasthauses der Witwe Sander, die sie ein wenig besorgt anblickte, als sie sah, dass das Mädchen die Augen abfällig verdrehte.

„Benötigst du meine Hilfe, Gesa?“, fragte sie mit ein paar Sorgenfalten auf der Stirn.

„Nein, Madame Sander, wahrhaftig nicht. Diese Art Mannsleute sind alle gleich. Tönende Hohlköpfe“, stellte das Mädchen nicht ohne Bitterkeit fest.

„Eine weise Erkenntnis für ein junges Mädchen wie dich, mein Kind. Ich hoffe nur, dass du in deinem Leben auch noch andere Erfahrungen machen wirst. Aber nun ab in die Küche, der Braten für die Herrschaften im Blauen Salon muss aufgetragen werden.“

Witwe Sander entließ ihr Dienstmädchen Gesa mit einem milden Lächeln, zumal ihre Aufmerksamkeit durch einen neuen Gast beansprucht wurde. „Seid willkommen, verehrter Monsieur Schlapritz. Ihr seid stets ein gern gesehener Gast in meinem Hause“, begrüßte sie den Inspektor der Neustadt, der gerade das Gasthaus betreten hatte.

„Das ist ein Willkommen ganz nach meinem Herzen, liebe Madame Sander. Würden doch alle Bürger der Stadt so reizend reagieren, wenn sie mich sehen, dann wäre die Welt schon ein wenig freundlicher“, antwortete Hieronymus Schlapritz mit einem schelmischen Blinzeln in den Augen.

„Höre ich etwa Trübsal aus Eurem Munde, die nach tröstenden Worten ruft? Ein ganz ungewöhnlicher Klang.“ Die Witwe konnte sich diese kleine spöttische Bemerkung nicht verkneifen.

Es war offensichtlich, dass diese beiden Menschen sich mochten. Jeder auf seine Weise vermittelte die Aura eines gewissen Respekts vor dem anderen, was aber trotzdem eine einvernehmliche Vertrautheit schuf. Gleichfalls erfreuten sich beide an liebevollen neckenden Wortspielen.

„In Eurer Nähe, liebe Madame Sander, haben Sorgen doch kein Zuhause. Wie könnte ich ..."

Hieronymus Schlapritz wurde durch eine lautstarke Lachsalve aus dem Nebenzimmer unterbrochen. „Wer erfreut sich denn dort überschäumender Geselligkeit?", fragte er irritiert.

„Es ist der Stadtrat Stellmacher, der einige Herren zur Feier eines geschäftlichen Erfolges eingeladen hat."

An den Worten der Witwe war deutlich zu erkennen, dass ihr diese Art von Festen nicht unbedingt genehm waren. Ohnehin wusste ganz Plön, dass der Stadtrat nicht zu ihren Freunden gehörte. Das war auch bereits bis an die Ohren des Inspektors der Neustadt gedrungen.

„Ein konkreter Anlass?" Hieronymus Schlapritz wollte jetzt mehr wissen.

„Wie ich gehört habe, rühmt sich der Stadtrat, jetzt ein Mühlenbesitzer zu sein. Er will die Timmdorfer Mühle gekauft haben. Die nach seinen Worten sehr einträglich sein soll", verriet Witwe Sander, was sie kurz vorher gehört hatte.

„Die Mühle in Timmdorf, so, so. Kurios!" Der Inspektor schüttelte nachdenklich den Kopf.

„Wie der Stadtrat verkündet hat, soll wohl die Nachfrage sehr groß gewesen sein, da sich auch die Witwe Radeleff und ihr zukünftiger Schwiegersohn, Monsieur Christian, um die Mühle bemüht haben sollen", berichtete die Hausherrin weiter.

„Was? Das sind ja ganz neue Töne." Ungläubig blickte Hieronymus Schlapritz die Witwe an.

„Habt Ihr Zweifel?"

„An dem, was der stolze Herr Stadtrat so lautstark heraustrompetet und zu wissen glaubt, kaum. Wenn ich allerdings meinen Wissensstand zu dem Ergebnis des Herrn Stellmacher hinzuzähle, dann sind eins und eins ganz sicherlich nicht zwei. Aber warum zerbrechen wir uns das Hirn eines allwissenden Kaufmanns, meine liebe Madame Sander? Viel wichtiger wäre mir Eure Antwort auf meine Frage, ob Ihr denn meinen Gaumen wieder mit einem Eurer einmalig wohlschmeckenden Entenbraten erfreuen könntet", kam Hieronymus Schlapritz auf den wahren Grund seiner Einkehr.

„Aber selbstverständlich, verehrter Monsieur Schlapritz, es käme ja einer Todsünde gleich, Euch mit knurrendem Magen wieder gehen zu lassen."

Witwe Sander bat ihren hungrigen Gast, ihr in einen der hinteren und ruhigeren Räume ihres Hauses zu folgen.

Kapitel 17

Plön, im Frühjahr 1685

„Du kannst dir gar nicht vorstellen, wie aufgeregt ich bin“, gestand Gertrud Christian und konnte dabei kaum ein Zittern in ihrer Stimme unterdrücken.

„Gibt es dafür denn einen ernsthaften Grund?“, zog Christian sie auf und nahm sie sogleich in den Arm, um ihren Protest zu unterdrücken.

Das junge Paar saß allein im Wohnzimmer des Radeleffschen Hauses in Plön, was grundsätzlich der Schicklichkeit für unverheiratete Menschen widersprach, aber so kurz vor der Vermählung sah man auch hier über die Konventionen großzügig hinweg. Außerdem war für alle Familienmitglieder noch viel zu tun, obwohl die Hochzeit selbst am übernächsten Tag nicht in Plön, sondern in Kiel stattfinden sollte. Graf Bertram hatte diesen Vorschlag gemacht, da er jede Unberechenbarkeit ausschließen wollte. Denn in der Stadt war immer noch keine Ruhe angesichts der bevorstehenden Hochzeit eingekehrt.

Der Wundarzt Joachim Mack versuchte nach wie vor mit allen Mitteln, die Vermählung zu verhindern. Ganz besonders aufgebracht war er zusätzlich darüber, dass Dietlinde, sein Eheweib, ihrer jüngeren Schwester Gertrud als Trauzeugin zur Seite stehen sollte. Der entzürnte Ehemann hatte ihr bereits mit Trennung von Tisch und Bett gedroht, doch Dietlinde ließ sich von ihrem

Vorhaben auch dadurch nicht abbringen. Außerdem sollte es zusätzlich unter den Stadträten zu Uneinigkeiten hinsichtlich der hinterlegten Sicherheiten für die Braut gekommen sein.

„Wir wünschen uns von ganzem Herzen, dass es eine ungestörte und fröhliche Hochzeit wird“, hatte Gräfin Dorothea ihr innigstes Bestreben formuliert. Ein Wunsch, der auch ganz im Sinne des Grafen war, sodass sie beschlossen hatten, die Hochzeit in Kiel auszurichten. Nach der eigentlichen Zeremonie in der dortigen St. Nikolaikirche sollte im Ascheberger Haus des Grafen ein großes Fest stattfinden, zu dem Gäste aus Ascheberg, Plön und auch aus Kiel eingeladen waren.

„Glaubst du, dass es richtig ist, dass wir unsere Hochzeit nicht in Plön feiern?“, wollte Gertrud von Christian wissen, nachdem sie sich von ihm nach einem innigen Kuss gelöst hatte.

„Meine liebste Gertrud, du weißt doch, welche Unruhe es in den vergangenen Wochen gegeben hat und wie missgünstig einige bisher so nette Nachbarn auf einmal waren, als sie von unserer Hochzeit gehört haben. Ganz zu schweigen von den Attacken deines wild gewordenen Schwagers Mack. Ich verspreche dir, es wird ein schönes Fest, und alle, die dir lieb sind, werden dabei sein.“ Christian versuchte seine zweifelnde Braut zu beruhigen.

Gertrud seufzte noch immer besorgt.

„Ich werde dich morgen in der neuen Kutsche des Grafen ganz persönlich abholen und nach Kiel begleiten“, versprach Christian und streichelte Gertrud zärtlich über die Wange.

Erneut küsste sie ihn dankbar. Es gab so viel Ungewissheiten, die nun vor ihr lagen, die sie mehr und mehr beunruhigten. Es war nicht nur die Hochzeit, sondern auch der Wechsel in eine ganz andere Welt. Bisher war sie behütet in ihrem Elternhaus aufgewachsen. Sie kannte nichts anderes als das wohlgeordnete Leben in einem Haus einer angesehenen Familie. Umgeben von Menschen in der beschaulichen Residenzstadt, die ihr stets freundlich begegnet waren. Erst nach ihrer Verlobung mit Christian hatte sie festgestellt, dass diese heile Welt ein paar Risse bekam. Außerdem war Gertrud nicht ganz sicher, ob sie ihrer neuen Aufgabe gewachsen sein würde. Wie ein großes Haus mit Personal funktionierte, wusste sie sehr wohl. Durch ihre resolute Mutter hatte sie ein anschauliches Beispiel erhalten. Doch nach der Hochzeit sollte sie mit Christian auf einen Hof nach Ascheberg ziehen und dort den Haushalt führen. Eine Aufgabe, die ihr noch nie gestellt worden war und von der sie auch nicht im Geringsten wusste, wie sie zu bewältigen wäre. Christian hatte ihr zwar mehrfach erklärt, dass es für die verschiedenen Arbeiten auf dem Hof genügend Personal geben würde, aber trotzdem konnte sie sich ein Leben auf dem Lande nur sehr schwer vorstellen.

Ein Rumoren vor der Tür ließ das vertraute Paar auseinanderrücken.

Nach einem kurzen Klopfen trat Dietlinde, Gertruds ältere Schwester, lächelnd ein. „Ich muss euer trautes Glück jetzt stören, um Euch, Christian, jetzt aus dem Haus zu werfen. Ein Befehl von Mama mit der Begründung, dass ihr euch ja noch das ganze Leben sehen werdet." Dietlinde lachte die beiden an.

„Welch eine charmante Aufforderung. Ich bin mir gar nicht mehr so sicher, ob ich bei meiner zukünftigen Schwiegermutter die richtige Wahl getroffen habe." Christian tat gespielt bekümmert.

„Was bist du doch für ein grober Mensch", fuhr Gertrud

auf und trommelte ihm mit ihren kleinen Fäusten auf der Brust herum.

„Ich kapituliere! Ich kapituliere!“, rief Christian aus und hob freiwillig die Hände.

„Wie ich sehe, verhaltet ihr euch schon wie ein altes Ehepaar. Die besten Voraussetzungen für eine gute Ehe“, kommentierte Dietlinde das neckische Spiel der beiden schmunzelnd, als sie das Wohnzimmer wieder verließ.

Es war ein freundlicher Frühlingstag im März 1685, als eine schwarze Kutsche, reich verziert mit goldenen Beschlägen, gezogen von vier weißen Rössern, durch das Wentorfer Tor in Plön rollte. Auf dem Kutschbock saß ein junger Mann in rot- und silberfarbener Livree, ähnlich den Farben, die auch das Wappen auf den Türen der Kutsche zeigte und das zweifelsfrei dem Grafen Bertram von Rantzau zuzuordnen war. Diesem herrschaftlichen Gespann folgten zwei Reiter. Einer von ihnen wirkte gedrungen und kräftig, sein Gesicht war von Narben zerfurcht, doch auch er trug ein edles Gewand, verziert mit poliertem Lederbesatz. Der zweite Reiter hingegen überragte seinen Begleiter um Haupteslänge und war ganz in Blau mit goldenen Applikationen gekleidet. Auf dem Kopf trug er einen breitkrempigen Hut mit einer weißen Straußenfeder und auf dem Rücken eine im Sonnenlicht funkelnde silberne Trompete. Seine Pferdedecke zierte ein blaues Wappen mit drei goldenen Sternen, über denen eine Faust eine Trompete umklammerte.

Es gab an diesem Morgen niemanden, der nicht schon vor dem Stadttor voller Bewunderung die Kutsche und die Reiter verfolgte. Auch in der Langen Straße blieben die Menschen stehen und bestaunten andachtsvoll dieses einmalige Schauspiel. Beifall erklang hier und dort, gepaart mit vereinzelten Hochrufen. Fenster und Türen wurden schnell geöffnet, um das herausragende Spektakel, die Fahrt der Bürgermeistertochter mit dem Mohren zu ihrer Hochzeit, nicht zu versäumen. Einige folgten der Kutsche und den Reitern sogar, wollte man doch auch die Braut vor dem Radeleffschen Haus so nah wie möglich bewundern können.

Christian verbeugte sich dankend und hob seine Hand grüßend an den Hut, während Martin Kapphengst, sein Begleiter, mit unbewegter Miene geradeaus blickte, wohl wissend, dass es heute der Tag des Feldtrompeters war. Jasper Eppelmann, der Stallmeister des Gestüts auf Ascheberg und neben dem Büchsenspanner des Grafen der beste Freund Christians, hatte es sich nicht nehmen lassen, selbst die Kutsche für das Brautpaar zu lenken.

Gemächlich schwenkte die Kutsche auf den Kirchplatz ein und hielt vor dem Haus des ehemaligen Bürgermeisters. Auch hier hatte sich in freudiger Erwartung des ganz ungewöhnlichen Hochzeitspaares schon eine Menschenmenge versammelt. Christian saß ab und begab sich in das Haus, während Jasper und der Büchsenspanner sich um die Pferde kümmerten.

„Sie ist gleich so weit", empfing Dietlinde den Bräutigam. Auch sie würde, wie die anderen Familienmitglieder, kurze Zeit später nach Kiel aufbrechen.

„Ich heirate einen Engel", entfuhr es Christian voll Inbrunst, als er Gertrud die Treppe herunterkommen sah. Sie trug eine weiße, mit Spitze und Goldfäden verzierte Haube, die nur mühsam ihre helle Lockenpracht bedecken konnte. Ein hellgrüner, in Brokat eingefasster Reiseumhang, der bis zum Boden reichte, versteckte ihre übrige Kleidung. Gertrud strahlte ihren Bräutigam aus leuchtend blauen Augen an, in die sich Christian von

Anfang an verliebt hatte.

„Ich muss neidlos feststellen, ihr seid ein hübsches Paar", bemerkte Elisabeth Radeleff lächelnd, als sie die beiden vor sich sah, die sich liebevoll an den Händen hielten.

„Die Kutsche steht bereit", begrüßte Christian auch seine zukünftige Schwiegermutter mit einem dankenden Lächeln.

Anschließend führte er seine Braut aus der Tür. Ein begeisterter Jubel brach los, als die wartende Menschenmenge das Brautpaar erblickte, sodass beide zunächst überrascht innehielten, bevor sie auf die Kutsche zuschritten. Jasper hatte die Tür bereits geöffnet und die kleine Treppe herausgeklappt. Mit seinem Dreispitz in der Hand stand er bereit, um seinen Gästen beim Einsteigen behilflich zu sein. Freundlich nickte Gertrud ihm zu und ließ ihrer Mutter den Vortritt, bis auch sie die Kutsche bestieg. Noch bevor Jasper die Tür schließen konnte, ging ein Raunen durch die umstehenden Menschen, als sich zwei Stadtdiener grob durch ihre Reihen drängelten und auf die Kutsche zueilten.

„Gertrud Radeleff, auf Befehl des Rates der Stadt Plön werdet Ihr mit sofortiger Wirkung mit Arrest belegt und habt uns unverzüglich auf das Rathaus zu folgen", verkündete einer der Stadtdiener lautstark.

Christian wollte nicht glauben, was er dort hörte. Jasper Eppelmann und Martin Kapphengst blickten den Mohren fragend an.

„Was soll der Unsinn?" Christian trat vor und drängte den Stadtdiener von der Kutsche fort.

„Wir werden den Befehl des Stadtrates auch mit Gewalt vollziehen", erregte sich der Stadtdiener mit schriller Stimme, während er gleichzeitig versuchte, nach Gertrud in der Kutsche zu greifen. Die beiden Frauen blickten ihn angstvoll an und fingen an zu weinen. Voller Zorn packte Christian den Stadtdiener kurzerhand am Kragen, zerrte ihn zur Seite und schleuderte ihn gegen seinen Kollegen, sodass beide ins Straucheln gerieten.

Jasper hatte indessen den beiden aufgelösten Frauen wieder aus der Kutsche geholfen und sie eiligst ins Haus geleitet. Ein aufgebrachtes Murren ging durch die Menschenmenge. Die beiden eingeschüchterten Stadtdiener wussten nicht mehr, was sie tun sollten, da Christian immer noch drohend vor ihnen stand und inzwischen auch Martin Kapphengst zu ihm getreten war.

„Lauft hoch zum Herzog und bittet um Hilfe“, wies Christian den Büchsenspanner an, während er die beiden Stadtdiener nicht aus den Augen ließ.

Martin Kapphengst machte auf dem Absatz kehrt, schwang sich auf sein Pferd und preschte, ohne sich um die aufgescheuchten Menschen zu kümmern, den Schlossberg hoch.

„Ihr behindert eine amtliche Handlung. Das wird für Euch ein ernsthaftes Nachspiel haben.“

Christian drehte sich um und sah den Wundarzt Mack auf sich zukommen. „Steckt Ihr etwa hinter dieser ganzen Posse?“

„Die Sicherheit des Brautschatzes, die bei der Stadt hinterlegt sein muss, ist nicht gegeben. Deshalb darf die Braut die Stadt nicht verlassen“, erklärte Joachim Mack selbstgefällig und blickte Beifall heischend um sich, erntete aber nur Kopfschütteln und abfällige Bemerkungen.

„Ihr wendet Euch gegen Eure eigene Familie, und das alles nur aus Habsucht und Geldgier. Ihr solltet Euch schämen“, schleuderte Christian ihm entgegen.

„Wenn so ein hergelaufener Mohrenteufel seiner Braut nichts bieten kann, werde ich die Ehre der Familie zu verteidigen wissen."

Bei diesen Worten zog der Wundarzt seinen Degen, schwenkte ihn über dem Kopf und ging auf Christian los. Doch der ließ sich nicht einschüchtern. Zur Verwunderung seines Angreifers machte er ebenfalls einen Schritt nach vorne, beugte sich kurz zur Seite und schlug ihm laut klatschend mit der flachen Hand ins Gesicht. Der Wundarzt kam ins Straucheln, doch bevor er stürzte, entriss ihm Christian den Degen, zerbrach ihn über dem Knie und schleuderte ihm die beiden Teile vor die Füße. Die Leute begleiteten dieses Spektakel mit johlenden Kommentaren und hätten am liebsten noch mehr davon gesehen.

Jasper trat jetzt, nachdem er die beiden Frauen in Sicherheit gebracht hatte, neben seinen wütenden Freund und legte ihm beruhigend die Hand auf den Arm.

„Ihr werdet noch heute im Kerker schmoren, dafür werde ich sorgen", brüllte der Wundarzt und stieß die Leute von sich, die ihm beim Aufstehen behilflich sein wollten.

„Komm, Christian, es hat keinen Sinn. Wir wollen nicht noch die Meute gegen uns aufbringen." Jasper zog den Mohren hinter die Kutsche.

Noch bevor Christian etwas erwidern konnte, sah er über den Köpfen der Menschen, wie Martin Kapphengst den Schlossberg wieder heruntergeritten kam. In seiner Begleitung kein Geringer als der Hofmarschall des Herzogs, Graf Benedict von Kuningham, persönlich.

„Auf Befehl seiner fürstlichen Durchlaucht, Herzog Hans Adolf, ist der Braut unverzüglich die Gelegenheit zu gewähren, ungehindert die Stadt zu verlassen und zu ihrer Hochzeit nach Kiel zu reisen", verkündete der Hofmarschall noch vom Rücken seines Pferdes aus lautstark, sodass auch die letzten Reihen es hören mussten. Erst dann stieg er ab, ging auf Christian zu und erkundigte sich nach seinem Befinden.

„Es ist eine einzige Farce, Herr Graf. Ganz Plön scheint ein Tollhaus zu sein."

„Diese Hochzeit ist nicht rechtens", hörten sie hinter sich plötzlich eine aufgebrachte Stimme und wussten, dass Joachim Mack keine Ruhe geben würde.

„Wenn Ihr erlaubt, Herr Graf, darf ich Euch in das Haus meiner Braut und meiner zukünftigen Schwiegermutter bitten, damit wir nicht länger den Angriffen des Pöbels ausgesetzt sind."

Der Hofmarschall nickte zustimmend und übergab sein Pferd an Jasper.

„Wir sind Euch zu großem Dank verpflichtet, Herr Graf." Elisabeth Radeleff konnte immer noch nicht ihre Tränen unterdrücken, als der Hofmarschall mit Christian das Haus betreten und sich die Tür hinter ihnen geschlossen hatte.

„Beruhigt Euch, Witwe Radeleff, es wird alles seinen gerechten Gang gehen. Morgen werden die beiden ein glückliches Paar und die ganze Aufregung vergessen sein", tröstete der Hofmarschall die Witwe.

Plötzlich wurde kräftig an die Tür geklopft und kurz darauf trat Bürgermeister Köper ein. Sein Gesicht drückte äußersten Kummer aus.

„Herr Graf, verehrte Madame Radeleff", begrüßte er die beiden mit einer tiefen Verbeugung, während er den anderen Personen im Raum kaum Beachtung schenkte.

„Ich glaube, mein lieber Bürgermeister, Ihr seid uns eine Erklärung schuldig." Hofmarschall Kuningham ging gar nicht erst auf die Begrüßung ein.

„Es ist ein Missverständnis, ein unglückliches Missverständnis", versuchte der Bürgermeister den Vorfall, den die beiden Stadtdiener verursacht hatten, herunterzuspielen.

„Dass eine Braut an dem Tag vor ihrer Hochzeit auf Weisung der Stadt verhaftet werden soll, nennt Ihr ein Missverständnis? Wisst Ihr eigentlich, was Ihr damit angerichtet habt?" Christian konnte sich angesichts der kläglichen Ausrede des Bürgermeisters nicht zurückhalten.

Der Hofmarschall hob beschwichtigend die Hand. „Das müsst Ihr uns erklären, Bürgermeister Köper."

„Nun, dem Rat der Stadt wurde eine Nachricht zugespielt, dass der Brautschatz heute unrechtmäßig außer Landes gebracht werden soll", begann der Bürgermeister mit seiner Erklärung, wobei er sich sichtlich unbehaglich fühlte und ständig seine Hände aneinanderrieb. Als niemand etwas sagte und lediglich der Hofmarschall ihn mit vorgeschobenem Kinn auffordernd anblickte, fuhr er fort: „Als Folge dessen ordnete der verantwortliche Stadtrat den Arrest des Brautschatzes an, wobei natürlich nicht die Braut persönlich gemeint war. Ein unverzeihlicher Irrtum, wie schon gesagt. Was kann man von solchen Kretins wie den Stadtdienern schon anderes erwarten?"

„Kann es eventuell sein, dass mein Herr Schwiegersohn, der Wundarzt Mack, einem Eurer Stadträte diese Nachricht eingeflüstert hat? Und kann es weiter sein, dass kein Geringerer als der Stadtrat Stellmacher die Stadtdiener auf meine Familie gehetzt hat?" Jetzt ging Elisabeth Radeleff auf den Bürgermeister zu.

Dieser wich erschrocken einen Schritt zurück. „Das bedarf noch einer eingehenden Untersuchung, verehrte

Madame Radeleff, um die ich mich ganz persönlich kümmern werde", versprach der Bürgermeister eilig und versuchte mit ernsthafter und gewichtiger Miene seine Worte zu unterstreichen.

„Ich bin mir ganz sicher, dass auch seine fürstliche Durchlaucht eine plausible Antwort auf diese unangemessene Weisung der Stadt erwartet. Doch jetzt wollen wir das Brautpaar und die Familie nicht länger aufhalten", schaltete sich Graf Kuningham ein.

Christian trat zu Gertrud, die sich inzwischen in den Armen ihrer älteren Schwester Dietlinde wieder ein wenig beruhigt hatte. „Keine Angst, meine liebe Gertrud, wir gehen jetzt unseren gemeinsamen Weg und keiner wird uns mehr daran hindern", flüsterte er ihr leise zu.

Als das Brautpaar nun das zweite Mal durch die Tür heraustrat, brach erneut ein ohrenbetäubender Jubel aus. Neugierig hatten die Leute gewartet und das bisher Erlebte aufgeregt besprochen. Der aufgebrachte Wundarzt Mack hatte sich nach seinem Auftritt und dem anschließenden Wutausbruch einige Beschimpfungen durch die Umstehenden gefallen lassen müssen, bis er sich unbemerkt davonstehlen konnte.

Nachdem Gertrud und ihre Mutter die Kutsche bestiegen hatten und auch Christian und der Büchsenspanner aufgesessen waren, setzte sich das Gespann mit den vier weißen Rössern langsam in Bewegung. Bereitwillig öffneten die Menschen eine Gasse, als die Kutsche unter Beifall und Hochrufen durch die Lange Straße dem Stadttor entgegenrollte.

Die St. Nikolaikirche in Kiel war bis auf den letzten Platz besetzt. Das war eigentlich nichts Ungewöhnliches, denn die wortreichen Predigten von Pastor Jessen lockten auch zu den normalen Gottesdiensten am Sonntag zahlreiche Gläubige in das Gotteshaus. Heute allerdings präsentierte sich die Kirche in einem ganz anderen Licht. Festliche Kleider in Samt und Seide füllten die Kirchenbänke. Auch auf dem Marktplatz hatte sich bereits eine unüberschaubare Menschenmenge versammelt. Man reckte die Hälse, setzte Kinder auf die Schultern und kletterte auf Bäume, um ja nichts zu versäumen, denn heute sollte ein ganz ungewöhnliches Hochzeitspaar getraut werden.

Graf Bertram und Gräfin Dorothea hatten Verwandte, Freunde, Geschäftspartner und Kiels Stadträte zur Hochzeit des Feldtrompeters Christian Gottlieb geladen. Personen, mit denen die gräfliche Familie auch sonst während der Winterzeit, wenn sich der Landadel vorrangig in seinen Stadthäusern aufhielt, intensiven gesellschaftlichen Umgang pflegte. Nicht wenigen von ihnen war auch Christian persönlich bekannt, da er in der Vergangenheit Graf Bertram sehr oft zu unterschiedlichsten Anlässen begleitet oder gar in seinem Auftrag geschäftliche Angelegenheiten geregelt hatte.

Dass ein Mohr eine weiße Bürgermeistertochter heiraten würde, hatte sich nicht nur durch die Einladungen des Grafen sehr schnell in Kiel herumgesprochen, denn die Aufträge zur Vorbereitung der Hochzeitsfeier im Ascheberger Haus hatten das dortige Personal außerdem in helle Aufregung versetzt und aufgescheucht. So blieb es nicht aus, dass auch Diener und Mägde bei ihren Besorgungen auf dem Markt ausgiebig über die kleine Sensation sprachen, die ihr tägliches Einerlei für kurze Zeit verändern würde.

Schon die Anreise der Hochzeitsgäste war für die Menschen auf dem Kieler Marktplatz ein staunenswertes Ereignis. Prächtige Kutschen mit stolzen Rössern fuhren vor dem Kirchenportal vor. Ihnen entstiegen prunkvoll gekleidete Herrschaften, die daraufhin würdevoll in die Kirche schritten. Manche von ihnen hatten es sich auch nicht nehmen lassen, an diesem sonnigen Tag von dem nahe gelegenen Ascheberger Haus in der Holstenstraße die wenigen Schritte zur Kirche zu Fuß zu gehen. Wie auch Christian in Begleitung seines Trauzeugen, seinem vertrauten Freund, dem Hoftrompeter Friedrich Alexander. Ein Raunen ging durch die Menschenmenge, als die Zuschauer den Mohren in seinem tiefblauen, knielangen Überrock erblickten. Das Sonnenlicht ließ die goldenen Borten funkeln und sein spitzenbesetztes weißes Hemd unterstrich die dunkle Farbe seiner Haut.

Christians Erscheinen in der Kirche blieb auch dort nicht ohne Reaktion. Das leise Summen der gewisperten Unterhaltung der Gäste verstummte, als er mit dem Hoftrompeter gemessenen Schrittes den Weg bis zum Altar ging. Noch bevor sie diesen erreicht hatten, kündigten die mächtig dröhnenden Kirchenglocken die Ankunft der Braut an. Christian kam es wie eine Ewigkeit vor, bis aus der sonnendurchfluteten Öffnung des Kirchentores langsam zwei Personen auf sie zuschritten. Klaus Radeleff als Oberhaupt der Familie führte seine Nichte zum Traualtar. Christian sah nur sie, wie sie ihm engelsgleich entgegenschwebte. Sie trug ein prachtvolles pfirsichfarbenes Seidenkleid, das hinten zu einer kleinen Schleppe zusammengerafft war. Ihre blonden Locken wurden von einer zierlichen Spitzenhaube gekrönt. Er konnte es kaum fassen, dass dieses zarte Wesen mit den strahlenden blauen Augen in wenigen Minuten seine Frau werden sollte.

Mit dröhnender Stimme begrüßte Pastor Jessen die Hochzeitsgesellschaft und rief jedem noch einmal ins

Gedächtnis, weshalb sie an diesem Tage zusammengekommen waren. Für manchen entstand der Eindruck, dass der Gottesmann die Anwesenheit dieser erlauchten Gemeinde als besondere Aufforderung empfand, denn während der Hochzeitszeremonie beschrieb er das hohe Gut der Ehe ausführlich mit wortgewaltigen und mahnenden Phrasen.

„Weil der Ehestand eine Ordnung Gottes ist, nach welcher Gott der Herr will, dass das menschliche Geschlecht auf eine geziemende Weise fortgepflanzt werde, wollen wir am heutigen Tage diesem christlichen und ehrbaren Paare unseren göttlichen Trost und Segen mit auf den gemeinsamen Weg geben. Amen!", beendete er seine Predigt und blickte anschließend Gertrud und Christian geradezu mildtätig an. Sein gütiger Gesichtsausdruck stand im krassen Gegensatz zu den donnernden Appellen, die er gerade in das weite Kirchenrund geschmettert hatte.

„Gebt Euch jetzt ein Zeichen der ewigen Verbundenheit, das mit Gottes Segen bis an das Ende Eures seligen Erdendaseins halten möge", forderte Pastor Jessen das Brautpaar auf, nachdem sie sich beide feierlich das Jawort gegeben hatten.

Auf einem kleinen weißen Samtkissen reichte der Hoftrompeter Friedrich Alexander Christian jetzt einen goldenen Ring, den der Bräutigam nahm und Gertrud behutsam auf ihren Finger streifte. Es schien, als ob der Saphir, der von funkelnden Brillanten eingefasst war, das leuchtende Blau in Gertruds Augen widerspiegeln würde. Der Goldschmiedemeister Gülzau aus Plön hatte wieder ein Meisterwerk geschaffen, das jeden Betrachter zu einem atemlosen Bewunderer werden ließ. Auch Gertrud konnte sich kaum von dem Anblick des prachtvollen Ringes lösen. Dann nahm sie Christians Hand, führte sie leicht an ihre Lippen und blickte ihm dankbar und liebevoll in die Augen. Pastor Jessen ließ ein kurzes Knurren hören, denn diese unerwartete Geste gehörte nicht zu seiner Vorstellung einer geordneten kirchlichen Hochzeit.

In Kiel brach ein fröhlicher Jubel unter den Zuschauern auf dem Marktplatz aus, als das Brautpaar im Kirchenportal erschien. Christian und Gertrud betrachteten staunend die ausgelassene Menschenschar vor sich, die sie hochleben ließ und begeistert Mützen und Hüte schwenkte. Plötzlich wurde der Jubel von einem harmonischen Gleichklang übertönt. Kaum bemerkt von dem Hochzeitspaar waren fünf Trompeter und drei Pauker vorgetreten und hießen sie mit einer schmetternden Fanfare willkommen. Christian erkannte an den Farben ihrer Kleidung, dass es sich um Hoftrompeter und -pauker des Herzogs handelte.

„Wir wollten es uns nicht nehmen lassen, das junge Glück mit wohlklingenden Tönen zu begrüßen, und nun solltet Ihr dem klingenden Spiel folgen“, forderte der Hoftrompeter das Paar auf.

Christian und Gertrud sahen, dass sich nach kurzer Zeit die Musiker formierten und in gemächlichen Schritten über den Marktplatz Richtung Holstenstraße marschierten, ohne ihr Musizieren zu unterbrechen. Langsam setzte sich auch der Hochzeitszug in Bewegung. Allen voran das strahlende Brautpaar, dahinter die Hochzeitsgäste in ihren festlichen Kleidern, begleitet von dem ununterbrochenen Beifall der Menschen und lachenden Kindern, die den Bläsern und Paukern aufgeregt vorausliefen.

Erst als sie in der großen Diele des Ascheberger Hauses

angekommen waren, atmete Gertrud kräftig durch. Auch Christian fühlte sich tief bewegt von der unbekümmerten Freude, die die Kieler ihnen entgegengebracht hatten. Als Erste schloss Elisabeth Radeleff ihre Tochter in die Arme und gratulierte den beiden mit feuchten Augen. Jetzt, nachdem die Hochzeitsgäste nach und nach das Haus betraten, nahmen die Glückwünsche kein Ende. Sie waren alle da, die Gertrud und Christian nahe standen. Neben der Familie Radeleff natürlich der Hausherr, Graf Bertram, zudem Gräfin Dorothea sowie ihre Schwester, Gräfin Julia. Lediglich der alte Graf Leopold fehlte, da er kurz nach Christians und Gertruds Verlobung verstorben war.

Martin Kapphengst und Jasper Eppelmann hatten sie nicht nur gestern wohlbehalten nach Kiel begleitet, als Christians Freunde gehörten sie auch heute zu den Gästen, die mit ihnen gemeinsam feiern würden. Voller Freude nahmen sie die Glückwünsche von Friedrich und Agnes Alexander entgegen. Gertrud hatte die Ehefrau von Christians Freund schon während ihrer Verlobungszeit häufiger auf dem Markt in Plön getroffen, ihr unbekümmertes Wesen sofort lieben gelernt und sie bereits mehrfach in ihrem Haus in der Klostergasse besucht.

Das Erscheinen eines Paares rief unter den Anwesenden ganz besonderes Interesse und Aufmerksamkeit hervor. Schon in der Kirche hatte sich so mancher Gast über das Schickliche hinaus den Hals verdreht, um dieses auffallende Paar eingehend zu betrachten. Unter all den festlichen Roben stach das Kleid allein durch die Haltung und das Aussehen ihrer Trägerin hervor. Für einen kurzen Augenblick schien das heitere Stimmengewirr der Gästeschar zu verstummen, als der Regimentsfeldscher mit seiner Ehefrau Elisa vor das Brautpaar trat. Ihr fein geschnittenes Kleid in rosa Tönen stellte einen atemberaubenden Kontrast zu ihrer braunen Haut dar, gepaart mit einer aufrechten Haltung und höfischer Eleganz, die bei den meisten Betrachtern erstaunte Bewunderung hervorrief. Wusste doch kaum einer von ihnen, dass sich Elisa als königliche Hofdame in Kopenhagen schon auf ganz anderem Parkett bewegt hatte.

„Es tut mir leid, mein lieber Christian, wenn ich deine Einmaligkeit an diesem Tag durch meine Anwesenheit ein wenig relativiere, aber vielleicht gelingt es mir ja, die Aufmerksamkeit der Neugierigen ein wenig von dir abzulenken“, flüsterte Elisa Christian augenzwinkernd zu, während sie ihm freundschaftlich die Wange küsste.

Plötzlich begann Christians Herz schneller zu schlagen. Vor ihnen stand ein Gast, mit dem er nicht gerechnet hatte.

„Ich freue mich, dass die drei Sterne über Euch so unübersehbar leuchten“, gratulierte Gräfin Margarethe, die älteste Tochter von Graf Bertram und Gräfin Dorothea, dem Brautpaar herzlich.

Auch Gertrud wusste diese Bemerkung zu deuten, denn Christian hatte ihr schon vor längerer Zeit von der Entstehung seines Wappens erzählt.

„Euer Erscheinen, liebe Margarethe, beschert unserem Fest einen ganz besonderen Glanz. Wie ich sehe, seid Ihr ohne Euren Gatten angereist?“ Christian suchte vergeblich nach dem Ehemann der jungen Gräfin.

„Er weilt zurzeit aus geschäftlichen Gründen nicht im Lande. Außerdem war mir ein Besuch im Haus meiner Eltern am heutigen Tage doch sehr wichtig.“ Sie lächelte Christian an, wohl wissend, dass ihr Ehemann das grundsätzliche Wohlwollen der Familie Rantzau dem Mohren gegenüber nicht teilte.

Nach Ende der Gratulationen öffneten die Diener zwei große Türen, die in einen Raum mit einer festlich geschmückten Tafel führten, in deren Mitte das Brautpaar Platz nahm.

Als alle Gäste am Tisch saßen, erhob sich der Hausherr von seinem Stuhl an der Stirnseite. „Der Tag, der uns alle heute hier verbindet, ist die Hochzeit meines Feldtrompeters und Vertrauten Christian Gottlieb mit seiner geliebten Gertrud aus dem Hause des Bürgermeisters Radeleff zu Plön", begann Graf Bertram seine festliche Ansprache.

„Ich habe nie einen Hehl daraus gemacht, dass mir das Wohl dieses jungen Mannes aus fernen Landen bis heute sehr am Herzen gelegen hat. Meine Kinder wissen, dass ich sie damit nicht zurücksetze, wenn ich sage, dass ich für Christian wie für einen eigenen Sohn empfinde. Umso mehr freue ich mich darüber, dass er mich auf all den Wegen, die wir bisher gemeinsam gegangen sind, nie enttäuscht hat. Wir wollen heute dieses hohe christliche Fest der Vermählung begehen, fröhlich und stimmungsvoll feiern als anerkennende Referenz gegenüber einem glücklichen Paar. Erhebt mit mir die Gläser und trinkt auf das Wohl von Christian und Gertrud. Möge ihnen ein langes gemeinsames Leben und ein reichlicher Kindersegen beschieden sein."

Nachdem alle auf das Wohl des Brautpaares angestoßen hatten, vermischten sich mehr und mehr die Düfte der Köstlichkeiten, die im Festsaal des Ascheberger Hauses in Kiel serviert wurden. Nach würziger Aalsuppe, feiner Fasanenpastete mit Trüffeln und geräuchertem Hecht trugen die Diener in Branntwein gedämpftes Rindfleisch, zartes Rebhuhn und Kapaun vom Spieß auf. Obst, Konfekt und kandierte Früchte schlossen das festliche Hochzeitsmahl ab. Während sich die offiziellen Hochzeitsgäste angeregt unterhielten, der Musik der Hoftrompeter lauschten und nach dem Brautpaar die ersten Tanzschritte wagten, ließen es sich auch die Bediensteten gut schmecken. Ein Wunsch, den Christian an den Grafen gerichtet und den dieser geradezu als selbstverständlich erfüllt hatte. Während sich die Hochzeitsgesellschaft in fröhlicher Ausgelassenheit erging, zogen sich Christian und Gertrud sehr bald in die oberen Räume zurück. Für sie war ein Traum wahr geworden, und wie Gräfin Margarethe aufmerksam bemerkt hatte, strahlten die drei Sterne von Mut, Liebe und Wahrhaftigkeit über ihnen.

Kapitel 18

Ascheberg, im Herbst 1685

Gedankenverloren stand Gertrud in ihrem Wohnzimmer und blickte aus dem Fenster über die Wiesen und Felder. Seit einem halben Jahr wohnte sie jetzt mit Christian auf dem Hof nicht weit vom Ascheberger Schloss entfernt. Es war eine kleine Welt für sich. Ganz anders, als sie es aus ihrem Elternhaus in Plön kannte. Christian hatte ihr wirklich ein behagliches Heim eingerichtet. Das großzügige Wohnhaus bot viel Platz. Da waren die hellen Räume im Erdgeschoss, ein Wohnzimmer und zwei kleine Salons mit ihren großen Fenstern. Einen davon nutzte sie selbst für ihre Näh- und Stickarbeiten und als Empfangssalon für ihre Gäste, der andere diente Christian als Arbeitszimmer. Dort traf er sich von Zeit zu Zeit auch zur Männerrunde mit seinen Freunden. Hinzu kamen ein Speisezimmer, die angrenzende Küche und die Speisekammer. In der oberen Etage, die man über eine geschwungene Treppe vom Entree aus erreichen konnte, lagen allein vier Schlafräume, sodass auch für Gäste genügend Raum vorhanden war.

Christian hatte das Haus schon vor ihrem Einzug mit dem Notwendigsten einrichten lassen. So glänzte die Küche bereits mit Pfannen, Töpfen, Krügen und modernen Feuerhaken, die er in Lübeck gekauft hatte. Selbst fein gewebtes Leinentuch hatte er von einem fahrenden Händler in Plön erworben. Auch Tische,

Stühle und Truhen standen bereits in den Räumen. Die Einrichtung überließ er jedoch Gertrud, die die Zimmer mit großem Eifer nach ihrem persönlichen Geschmack gestaltet hatte. Zum Hof gehörten neben dem Wohnhaus noch weitere Gebäude. Zwei große Scheunen grenzten den Hofplatz ein. In der einen wurden Getreide, Stroh und Futter gelagert. Sie verfügte auch über eine Tenne und einen Anbau für Fuhrwerke und Geräte und in diesem Haus wohnten auch die Bediensteten des Hofes. In der anderen waren Pferde und Kühe untergebracht. Hinter der Scheune befanden sich der Hühnerstall, der Schweinepferch und der Misthaufen.

Wie schnell waren nur die letzten Wochen vergangen. Gertrud seufzte. Ihre anfängliche Angst vor dem Neuen und Ungewohnten war schnell verflogen, so sehr war sie mit der Einrichtung des neuen Hauses beschäftigt gewesen. Nachdem ihr nach und nach bewusst geworden war, dass sich um die alltäglichen Arbeiten auf dem Hof ein Verwalter und weitere gute Geister kümmerten, fühlte sie sich schon sichtlich wohler.

Anton Karlstadt zählte zu den etwas wortkargen und knurrigen Männern, die Zeit ihres Lebens auf dem Lande gelebt hatten und für die es offensichtlich keine Probleme gab, die nicht gelöst werden konnten. Ob ein Kalb bei der Geburt quer lag, ein Pferd lahmte oder der Pflug gebrochen war, der alte Verwalter wusste immer, was zu tun war. Seine Frau Henriette hingegen war nicht auf den Mund gefallen. Sie versuchte Gertrud bereits in den ersten Tagen wortreich klarzumachen, dass sie als Wirtschafterin alles, was mit dem Haushalt zusammenhing, uneingeschränkt richten würde. Anfangs war Gertrud auch für die tatkräftige Hilfe dankbar, doch dann blieb es nicht aus, dass sie peu à peu ganz andere Vorstellungen davon hatte, welche Speisen gekocht wurden, wann die Waschtage waren und wie häufig die Mädchen die Schlafräume reinigen sollten. Gertrud versuchte mit ihrer behutsamen Art der bestimmenden älteren Hausdame ihre Wünsche mitzuteilen, doch die schien sie schlichtweg zu ignorieren. Das sollte sich jedoch sehr schnell nach einem Besuch bei Gräfin Dorothea ändern.

Graf Bertrams Ehefrau hatte die jungvermählte Frau des Feldtrompeters zu einem gemütlichen Nachmittag ins Schloss geladen. Im Wintergarten saßen Gräfin Dorothea, ihre Schwester, Gräfin Julia, und Gertrud bei Schokolade und Gebäck gemütlich zusammen. Die drei Frauen kannten sich bereits von der Hochzeit und auch jetzt hatte sich sofort eine vertraute Atmosphäre entwickelt.

„Nun erzählt uns doch bitte einmal, wie Ihr Euch auf Eurem Hof eingelebt habt“, bat Gräfin Julia nach einer Weile allgemeiner Konversation. „Aber alles ganz genau. Wir sind nämlich maßlos neugierig.“

„Das Leben auf dem Land ist schon eine Umstellung für mich gewesen, wo ich doch bisher nur in der Stadt gelebt habe. Es gibt ja genügend hilfreiche Hände, die mir den Start erleichtert haben.“

„Wie beispielsweise auch Eure emsige Hauswirtschafterin Henriette Karlstadt“, warf Gräfin Dorothea fast beiläufig ein.

„Ja, selbstverständlich auch sie.“

Für die beiden Gräfinnen war das kurze Zögern bei Gertruds Antwort nicht zu überhören.

„Kann es vielleicht sein, dass Euch ihre übertriebene Fürsorge doch ein wenig erdrückt?“, hakte Gräfin Dorothea nach.

Gertrud blickte die beiden Frauen nacheinander irritiert an. Woher konnten sie von den Unstimmigkeiten mit ihrer Hauswirtschafterin wissen?

„Ich will Euch nichts vormachen, aber sie scheint meine Anregungen kaum wahrzunehmen“, bekannte Gertrud schüchtern ihre Schwierigkeiten mit Henriette Karlstadt.

„Liebe Gertrud, wir wollen Euch nicht in Verlegenheit bringen. Wir beide kennen Henriette seit vielen Jahren. Sie ist immer schon sehr vorlaut gewesen. Sie bildet sich ein, einer jungen Frau wie Euch überlegen zu sein. Sie macht ihre Arbeit ohne Frage sehr gut, aber man muss sie in ihre Schranken weisen.“ Gräfin Dorothea schilderte sehr anschaulich und treffsicher den Charakter der Hauswirtschafterin.

„Dazu sind jedoch Eure bisher angewandten Mittel nicht geeignet, wie Ihr ja auch selbst schon bemerkt haben solltet“, pflichtete jetzt auch Gräfin Julia ihrer Schwester bei.

Gertrud hörte aufmerksam zu.

„Meine Schwester will sagen, dass Ihr vermutlich viel zu sanftmütig mit ihr umgegangen seid. Henriette versteht nur eines, und das ist ein klarer und bestimmter Befehlston. Gebt ihr unmissverständliche klare Aufträge, duldet keinen Widerspruch und verlangt nach getaner Arbeit einen Bericht von ihr.“

Bei ihrem letzten Satz hatte Gräfin Dorothea selbst ihre Stimme erhoben und die Worte militärisch kurz hervorgestoßen.

Die drei Frauen fingen an zu lachen.

„Ich weiß nicht, ob ich das kann“, zweifelte Gertrud, nachdem sich alle drei wieder beruhigt hatten.

„Es geht dabei nicht um Lautstärke, liebe Gertrud, es

geht um Nachdruck und Bestimmtheit. Unterschwellig muss Henriette merken, dass sie, wenn sie Eure Aufträge nicht ordnungsgemäß ausführt, die längste Zeit in Eurem Haus beschäftigt war. Notfalls muss man ihr auch das einmal deutlich sagen“, schlug Gräfin Julia vor.

„Ich habe, als ich Graf Bertram geheiratet hatte und hier nach Ascheberg gezogen war, heimlich in der Kammer vor dem Spiegel geübt“, verriet Gräfin Dorothea ihr Geheimnis.

Die Frauen konnten sich erneut das Lachen nicht verkneifen.

Gertrud hatte noch sehr lange über das Gespräch mit den beiden Gräfinnen nachgedacht und auch mit Christian darüber gesprochen. Seine Hilfe, die er ihr anbot, wollte sie jedoch nicht annehmen. Schon zwei Tage später sollte sich für sie die erste Gelegenheit bieten, eine grundsätzliche Wende herbeizuführen. Sie bat Henriette nach dem Mittag zu sich.

„Henriette, wir erwarten am kommenden Sonnabend Gäste. In der Försterei liegt für uns ein Wildschweinschinken bereit. Sorgt dafür, dass er noch heute abgeholt und in Buttermilch eingelegt wird ...“

„In der Vergangenheit ...“

Henriette versuchte ihre Herrin zu unterbrechen, doch diese fuhr, ohne darauf zu reagieren, fort: „Wenn das erledigt ist, sagt Ihr mir Bescheid und wir besprechen dann die Speisefolge für den Tag im Einzelnen“, wies Gertrud die Hauswirtschafterin an.

„Ich wollte nur darauf hinweisen, dass ...“ Henriette bemühte sich erneut, ihre Auffassung zu diesem Thema kundzutun.

„Das war zunächst alles, Henriette.“ Gertrud gab ihr

deutlich zu verstehen, dass das Gespräch beendet war.

Mit offenem Mund und erstauntem Blick verließ Henriette das Speisezimmer.

Gertrud holte tief Luft, als sie wieder allein war und fühlte, dass sie am ganzen Körper zitterte. Wenig später stellte sich ein zufriedenes Gefühl ein. Sie war sich ganz sicher, dank der Ratschläge der beiden Gräfinnen würde Henriette ihr in der Zukunft kaum mehr das Zepter aus der Hand nehmen können. Was sich auch sehr schnell bestätigte. Anfängliche Versuche der Hauswirtschafterin, ihren eigenen Kopf durchzusetzen, endeten meist kläglich, da Gertrud ihr niemals die Gelegenheit dazu bot und ihr bereits bei den ersten Ansätzen von Widerworten zu verstehen gab, wer in diesem Haus das letzte Wort hatte.

Christian kümmerte sich äußerst aufmerksam und liebevoll um seine junge Frau. Auch wenn er für den Grafen viele Aufträge zu erfüllen hatte und daher so manchen Tag nicht zu Hause war, genossen sie jede Stunde ihrer Zweisamkeit. Eine große Freude hatte Christian ihr bereitet, als er sie eines Tages nach dem Frühstück mit einem Geschenk überraschte.

„Meine liebe Gertrud, du musst mir jetzt absolut blind folgen.“ Er stand vom Frühstückstisch auf und trat hinter sie.

„Tue ich das nicht schon, solange ich dich kenne?“ Sie drehte sich auf ihrem Stuhl zu ihm um und lächelte ihn fragend an.

„So ganz schlecht ist es dir aber doch dabei bisher nicht ergangen, deshalb kommt heute eine ganz neue Variante des Vertrauens hinzu.“ Christian nahm seine Serviette und band sie Gertrud vor die Augen.

„Christian, du machst mir Angst.“

„Kein Grund, meine Liebe, ich führe dich jetzt zu deinem Glück." Als Gertrud aufgestanden war, trat Christian vor sie und nahm ihre beiden Hände. „Jetzt musst du mir nur bedingungslos folgen", lachte er und führte sie behutsam aus dem Speisezimmer heraus über das Entree bis vor das Haus. Dort blieb er stehen und trat wieder hinter sie.

„Jetzt wirst du erlöst. Ich schenke dir die Freiheit", flüsterte er ihr ins Ohr und band die Serviette von ihren Augen.

Gertrud musste zunächst blinzeln, dann aber stieß sie einen entzückten Jubelschrei aus. „Für mich?", fragte sie überrascht, drehte sich zu Christian um und fiel ihm um den Hals.

Vor ihnen stand eine vierrädrige offene Kutsche, gezogen von einem schwarzen Wallach, den Anton Karlstadt, der Verwalter, am Halfter hielt, dem kurzzeitig ein Lächeln über das Gesicht flog, was sonst eher selten vorkam. Gertrud war auch nicht entgangen, dass die Seite der lindgrünen Karosse Christians Wappen zierte.

„‚Freiheit' heißt der Wallach, der dich an jeden Ort bringt, den du wünschst, vorausgesetzt, du kommst immer wieder zu mir zurück."

Gertrud küsste Christian voller Dankbarkeit. Dabei störte es sie nicht, dass der Verwalter in der Nähe stand.

„Wollen wir einen kleinen Ausflug machen?"

„Jetzt, so wie ich gekleidet bin?"

„Freiheit ist das ganz egal." Christian half Gertrud in die Kutsche, setzte sich neben sie, ergriff die Zügel und ließ den Wallach antraben. Durch die Feldmark flogen sie an Kornfeldern und Wiesen vorbei. Gertrud hielt sich zunächst krampfhaft fest, doch sehr schnell gewöhnte sie sich an den wiegenden Rhythmus der Kutsche, hakte sich bei Christian unter und genoss das einmalige Gefühl, mit ihrem Liebsten frei durch die Natur zu fliegen.

Eine Pflicht hatte Christian ihr allerdings auferlegt. Da sie bisher noch nie ein Pferd geführt und geritten hatte, durfte sie zunächst nur mit einem Kutscher fahren. Christian hatte für sie auch bereits den richtigen Begleiter ausgewählt. Er hieß Diethelm Hollerbusch, aber alle nannten ihn nur „Holli". Ein fröhlicher vierzehnjähriger Stallbursche mit blondem Struwwelkopf, der offensichtlich stolz auf diese neue Aufgabe war.

Mit einer gewissen Aufregung sah Gertrud ihrem ersten Ausflug nach Plön entgegen. Allein das war für sie schon ein Grund zur Freude, dass sie jetzt jederzeit die Möglichkeit hatte, mit der Kutsche ihre Familie und ihre Freunde in der Residenzstadt zu besuchen.

Holli war an diesem sonnigen Herbstmorgen gleich nach dem Frühstück vorgefahren und wartete geduldig auf seine Herrin. Als sie aus dem Haus trat, half er ihr galant in den Wagen und verstaute danach den kleinen Tritt, den Gertrud zum Besteigen des Wagens benutzte, unter dem Sitz. Zunächst fuhren sie den Feldweg, vorbei an der Glashütte, zum See hinunter, bis Holli die Kutsche gen Osten Richtung Plön lenkte. Gertrud hatte den Eindruck, dass selbst Freiheit diesen Ausflug genoss. Der Stallbursche ließ den Wallach frei traben, sodass sie auch die Steigung vom Koppelsberg ohne Anstrengung nahmen.

Die Wache des Wentorfer Tores in Plön zögerte nur kurz, als sich die bisher unbekannte Kutsche näherte. Doch als sie das blaue Wappenschild mit den drei goldenen Sternen und die Faust mit der Trompete entdeckten, die sie zuvor schon oft genug auf Christians

Satteldecke gesehen hatten, konnte Gertrud ohne Aufenthalt passieren. Im Schritt rollten sie gemächlich durch die Lange Straße. Kurz bevor Holli rechts zum Kirchplatz abbiegen konnte, rief Gertrud plötzlich: „Holli, halt an! Dort ist meine Freundin Agnes." Im selben Augenblick hatte auch die Frau des Hoftrompeters ihre Freundin entdeckt und eilte mit großen Schritten auf die Kutsche zu. Inzwischen war Holli abgesprungen und half Gertrud über den kleinen Tritt aus dem Wagen. Beide Frauen fielen sich um den Hals und begrüßten sich ausgelassen, sodass einige Passanten, die auf dem Weg zum Markt waren, pikiert die Nase rümpften.

„Holli, fahr den Wagen zu dem großen Haus mit den roten Backsteinen. Dort wird dir unser Hausknecht Arthur sagen, wo du die Kutsche abstellen kannst. Dann gehst du in die Küche zu Bertha und lässt dir etwas zu essen geben. Falls jemand von meiner Familie nach mir fragt, sage ihnen, ich komme spätestens zum Mittagessen", wies Gertrud den Stallburschen an, der mit einem verschmitzten Grinsen und einer Verbeugung zeigte, dass er alles verstanden hatte.

„Was machst du in Plön? Und was hast du für eine prächtige Kutsche? Mit einem Kutscher sogar." Agnes wusste gar nicht, was sie zuerst fragen sollte. „Du musst mir alles erzählen. Hast du ein bisschen Zeit?" Sie nahm ihren Korb, den sie bei der stürmischen Begrüßung abgestellt hatte, wieder auf und hakte sich bei Gertrud unter.

„Ich wollte dich besuchen und mich mit dir so richtig ausquatschen, wenn du es einrichten kannst?"

„Das ist alles kein Problem. Wir müssen nur schnell ein paar Einkäufe auf dem Markt machen. Dann schicke ich meine Jungs zu meiner Mutter und anschließend können wir so lange tratschen, bis wir fusselige Münder haben."

Gertrud ließ sich von der unbekümmerten Fröhlichkeit ihrer Freundin anstecken und schlenderte mit ihr ungezwungen auf den Marktplatz zu. Vor einem Gewürzstand blieb Agnes stehen und prüfte kritisch die Minze, indem sie die Blätter zwischen ihren Fingern rieb und daran roch.

„Riecht frisch und gut, oder?“ Dabei hielt sie Gertrud ein Blatt unter die Nase, die zustimmend nickte.

„Was will die Mohrenteufelin denn hier?“, hörten die beiden Frauen plötzlich abfällige Töne hinter sich.

Beide drehten sich um und standen drei älteren Frauen gegenüber, die sie abschätzend musterten. Nach ihrer Kleidung zu urteilen waren es offensichtlich Frauen von Kaufleuten oder Handwerksmeistern.

Gertrud erschrak fürchterlich, als sie zusätzlich zu diesen verletzenden Worten auch noch in die hassverzerrten Gesichter der drei Frauen blickte. Ängstlich klammerte sie sich an Agnes’ Arm.

„Möge der Satan Euch unter die Röcke fahren, ihr aufgeblasenen Vogelscheuchen“, fauchte Agnes die drei Frauen an, drehte sich um und rempelte dabei mit ihrem Korb eine der aufgebrachten Grazien an, dass diese mit einem schrillen Schrei ins Straucheln geriet. Ohne sich darum zu kümmern, zog Agnes Gertrud hinter sich her und eilte der Klostergasse entgegen. Fort von den Marktständen und den missgünstigen Weibern.

„Jungs, ihr esst heute bei Großmutter. Packt eure Sachen zusammen und raus hier!“, befahl Agnes ihren Söhnen, nachdem sie ihr Haus in der Klostergasse betreten hatten. Von den Kindern kamen keine Fragen. Sie wussten, wenn ihre sonst stets fröhliche Mutter ernste Anweisungen gab, hatte sie ihre Gründe dafür.

„Gertrud, setz dich. Ich hole uns erst einmal etwas

zu trinken.“ Agnes drückte ihre immer noch zitternde Freundin auf einen Küchenstuhl. Dann stellte sie eine Flasche mit trübem Inhalt und zwei Gläser auf den Tisch und goss sie halb voll.

„Runter damit!“, befahl Agnes und drückte Gertrud ein Glas in die Hand. Beide Frauen tranken einen kräftigen Schluck.

Gertrud schnappte nach Luft und ihr schossen die Tränen in die Augen. „Was ist das denn?“, fragte sie atemlos.

„Das ist gebrannte Birne, meine Liebe. Spezialrezept der Familie. Persönlich hergestellt von meinem Vater. Ist natürlich nicht legal. Hat aber, wie du selbst gemerkt hast, eine kolossale Wirkung oder hast du in den letzten Minuten noch an die blöden Hühner auf dem Markt gedacht?“

„Wie können die nur so hinterhältig sein? Was stört sie an mir? Nur weil ich einen Menschen liebe und geheiratet habe, der nicht so aussieht wie sie, bin ich doch kein schlechterer Mensch geworden.“ Gertrud schien immer noch erregt und verzweifelt.

„Ich kann ja verstehen, liebste Freundin, dass du verletzt bist, aber du weißt doch ganz genau, wie die Menschen sind. Alles, was sie nicht kennen, beunruhigt sie. Alles Neue wird erst einmal abgelehnt. In ihrer Dummheit und Angst fangen sie an zu beißen wie ein wild gewordener Eber“, beschwichtigte Agnes ihre Freundin. „Möchtest du noch einen Schluck von diesem Wunderwasser?“

„Nein, um Gottes willen, nein. Ich fühle mich schon jetzt, als würde ich auf einer Wolke schweben“, bekannte Gertrud mit geröteten Wangen.

„Wie ich versprochen habe, eine garantiert wirkungsvolle Medizin. Aber nun musst du mir erzählen, wie es dir in den letzten Wochen auf Ascheberg ergangen ist?"

Angeregt durch den ungewohnten Alkohol begann Gertrud umfangreich vom Alltag auf dem Hof zu berichten. Agnes und ihr Ehemann hatten ihre Freunde bereits einmal mit der ganzen Familie besucht. Zur großen Freude der Kinder, die von den Tieren des Hofes kaum mehr fortzubringen waren. Besonders auch, weil sie unter Aufsicht eines Stallburschen auf einem Pony reiten durften. Bei diesem Besuch hatten Agnes und Friedrich bei einer Kutschfahrt einen ganz persönlichen Eindruck von Ascheberg, dem Schloss, dem Gestüt, den Wäldern und der neuen Heimat des jungen Paares bekommen. Jener Welt, von der Christian ihnen schon so viel erzählt hatte.

Nachdem Gertrud nicht ganz ohne Stolz berichtet hatte, dass die forsche Henriette inzwischen ganz zahm geworden war, zögerte sie ein wenig und blickte ihre Freundin unsicher an.

„Gibt es etwas, was ich sonst noch wissen müsste?", wollte Agnes wissen.

„Ich bin mir nicht sicher, aber ich glaube, ich bekomme ein Kind", flüsterte Gertrud und schlug verschämt die Augen nieder.

„Das verrätst du mir erst jetzt?" Agnes sprang auf und umarmte Gertrud überschwänglich. „Aber was heißt, du weißt es nicht genau? Wie lange hast du deine unpässlichen Tage schon nicht mehr gehabt?"

Gertrud schoss die Röte in die Wangen angesichts dieser unbekümmerten Worte ihrer Freundin über eine Sache, die als anstößig galt und selbst unter Frauen peinlichst verschwiegen wurde.

„Ich glaube, das war, als wir auf dem Hof das Sommerfest gefeiert haben“, versuchte Gertrud sich zu erinnern.

„Gertrud, das ist zwölf Wochen her! Und dann hast du immer noch Zweifel? Ich freue mich so für euch. Weiß Christian es schon?“

„Nein, da ich mir nicht ganz sicher war, habe ich es ihm noch nicht erzählt.“

„Das musst du aber als Allererstes tun, wenn du wieder zu Hause bist.“

„Ja, ich weiß. Was meinst du, wie wird das Kind wohl aussehen?“, fragte Gertrud mit einer besorgten Miene.

„Ich nehme an, braun-weiß gestreift, vielleicht auch weiß-braun gesprenkelt.“ Agnes fing herzlich an zu lachen, als sie Gertruds verwunderten Augen sah. „Gertrud, mach dir doch darüber keine Sorgen. Freue dich auf das Kind. Außerdem hast du doch auch schon die beiden Kleinen von Elisa und Peter Gansberg gesehen. Zwei goldige schokoladenbraune Geschöpfe. Und genau so wird auch dein Kind aussehen.“

Nach weiteren Überlegungen, ob es denn ein Mädchen oder ein Junge werden würde, welche Kleidchen man wohl schon nähen sollte und wer in Ascheberg bei der Geburt helfen könnte, begleitete Agnes ihre Freundin zu ihrem Elternhaus und verabschiedete sich. Dort wurde sie von ihrer Mutter, ihrem Bruder Behrend und ihren beiden jüngeren Schwestern herzlich empfangen. Zusammen verbrachten sie einen fröhlichen Nachmittag, bis Gertrud wieder, begleitet von vielen guten Wünschen, ihre Kutsche bestieg und nach Ascheberg zurückkehrte.

Ascheberg, im Frühjahr 1686

Ein strenger Winter lag hinter ihnen und die ersten wärmenden Sonnenstrahlen des Frühlings in diesem Jahr wurden von allen sehnsüchtig willkommen geheißen. Auch das sonst lebhafte Treiben auf dem Hof in Ascheberg war wie die vergangenen frostigen Wochen fast eingefroren. Nur die notwendigsten Arbeiten wie das Füttern der Tiere oder das Reparieren der Fuhrwerke wurden verrichtet. Jeder, der es einrichten konnte, zog die Nähe des wärmenden Herdfeuers oder Kamins vor. Auch Gertrud war ganz froh, dass sie zu dieser Zeit ihr behagliches Haus nicht verlassen musste. Mit ihrem runden Bauch fühlte sie sich immer unbeweglicher, aber auch sie sah dem Frühling hoffnungsvoll entgegen.

Ihre anfängliche Sorge, wer ihr, weit abseits von der Stadt, bei der Geburt ihres Kindes hilfreich zur Seite stehen würde, war sehr bald verflogen. Es gab kaum jemanden in Ascheberg, der nicht Lobgesänge auf die heilenden Hände von Martha, der Köchin im Schloss, anstimmte. Die jungen Erdenbürger dieser Gegend waren alle durch ihre kundige Hilfe auf die Welt gekommen. Gänzlich überzeugt von Marthas Fähigkeiten hatte sie der Bericht von Jaspers unliebsamer Begegnung mit dem wilden Hengst. Gemeinsam hatten Christian und sein Freund ihr anschaulich und bis ins Detail beschrieben, wie die Köchin Jaspers klaffende Kopfwunde kurzerhand wie eine ausgestopfte Gans zugenäht hatte.

Gertrud musste schmunzeln, als sie daran dachte. Ohnehin wärmte die Begeisterung und Freude, die Christian hinsichtlich des zu erwartenden Kindes zeigte, ihr Herz. Seine übertriebene Fürsorge amüsierte sie, zumal sie von anderen Müttern erfahren hatte, dass dieses ein übliches Verhalten werdender Väter sein konnte. Auch Gertrud genoss an diesem Tag die ersten Sonnenstrahlen des Frühlings. Lange sollte es jetzt nicht mehr dauern, bis ihr Kind auf die Welt kommen würde.

„Die Tenne ist ausgeräumt, Tische und Bänke sind eingerichtet, das Bier läuft und die ersten Gäste sind auch schon da, Monsieur Gottlieb", meldete Anton Karlstadt seinem Herrn.

„Sehr gut, Karlstadt. Ihr führt die männlichen Gäste gleich in die Tenne, während Euer Weib Henriette die Frauen in Empfang nimmt und in das Esszimmer geleitet. Ich komme auch gleich in die Tenne", wies Christian seinen Verwalter an. Vorher wollte er jedoch noch einmal nach Gertrud und seinem Kind sehen. Gestern hatte sie ihm einen kräftigen Sohn geboren, der schon jetzt sein ganzer Stolz war. Für einen Augenblick, als er wieder zurück ins Haus ging, konnte er sich eines gewissen sentimentalen Gefühls nicht erwehren.

Bertram, wir werden den Jungen Bertram nennen, kam es ihm in den Sinn. Was hatte er dem Grafen nicht alles zu verdanken? Seit dem Tag, als er nach Ascheberg gekommen war, lag sein Leben in der Hand des Grafen Bertram von Rantzau und Gräfin Dorothea. Sie hatten ihn aufgenommen wie einen verlorenen Sohn, ihn ausgebildet, taufen lassen, vor allen Angriffen von außen geschützt und ihm und seiner kleinen Familie ein Zuhause geboten. Ja, der Junge sollte Bertram heißen. Eilig nahm er die Stufen in das Obergeschoss des Hauses. Behutsam öffnete er die Tür des Schlafraumes.

Die junge Amme, die am Fenster saß, blickte von ihren Näharbeiten auf. „Sie schlafen", flüsterte sie.

Christian trat an das Bett heran und schaute auf dieses

einmalige Bild einer schlummernden Mutter mit ihrem Kind im Arm. Fast andächtig betrachtete er die beiden eine Weile, bis er der Amme freundlich zunickte und das Zimmer wieder leise verließ.

Kaum war er auf dem Weg zur Tenne vor das Wohnhaus getreten, rollte eine Kutsche auf den Hof, die voller Schwung vor ihm bremste.

„Welch eine Ehre, verehrte Schwiegermutter", begrüßte Christian Elisabeth Radeleff und half ihr aus dem Wagen.

„Christian, befreit mich von diesem wahnsinnigen Kutscher", rief sie erleichtert aus, als sie wieder festen Boden unter den Füßen hatte.

Behrend, den Christian einst aus den eisigen Fluten gerettet hatte, hielt noch immer die Zügel in den Händen. „Ich glaube, Mutter war die Fahrt ein bisschen rasant, aber ich wollte sie doch so schnell wie möglich zu ihrem jüngsten Enkel bringen." Er lachte beide schelmisch an.

„Ich freue mich schon so, meine Tochter und meinen Enkel zu sehen. Geht es beiden gut?", fragte Elisabeth Radeleff ein wenig besorgt.

„Ja, liebe Schwiegermutter, sie schlafen gerade, aber es geht ihnen wirklich bestens. Ihr könnt Euch sicherlich in wenigen Minuten selbst davon überzeugen. Henriette wird Euch zu ihnen bringen."

Christian ergriff die Hand seiner Schwiegermutter und führte sie ins Haus, wo sie die Hauswirtschafterin bereits erwartete. Er entschuldigte sich mit dem Hinweis, dass er sich nun um die Männer, die zum üblichen Kindsbier gekommen waren, kümmern müsse.

Als Behrend ihm auf dem Hof entgegenkam, nachdem er Pferd und Kutsche einem Stallburschen übergeben hatte, legte Christian seinen Arm um die Schulter des

Jungen. „Jetzt lass uns erst einmal auf das Wohl deines neuen Neffen trinken, mein lieber Behrend“, lud er seinen jungen Schwager ein, „denn immerhin bist du ja auch Onkel geworden.“

Ein ohrenbetäubendes Jubelgeschrei brauste ihnen entgegen, als sie die Tenne betraten. Christian hatte verkünden lassen, dass alle Bediensteten von Hof und Gut zum Kindsbier herzlich willkommen waren. So war die Tenne bereits gut gefüllt. Neben Pferdeknechten, Landarbeitern und Vorreitern des Gestüts konnte er auch Förster Moldenhaupt und Wadenmeister Fuhrmann begrüßen. Zwischen ihnen saß sein alter Stallmeister Aurich und strahlte Christian aus seinen wässerigen Augen fröhlich an.

Sehr schnell hatten auch Christian und Behrend einen Krug Bier in der Hand, während die anderen begannen, den stolzen Vater mit lautem Gesang hochleben zu lassen.

„Ich danke euch allen für die herzlichen Glückwünsche zu der Geburt meines Sohnes.“ Christian konnte sich nach einer Weile nur mit Mühe Gehör verschaffen. „Ich kann euch versichern, Mutter und Kind geht es prächtig. Ein Grund mehr, die Krüge zu schwingen. Und wie ihr seht und riechen könnt, wird auch der Ochse auf dem Spieß sehr bald eure Gaumen erfreuen.“

Was von der ausgelassenen Runde wiederum mit einem lautstarken Jubel bedacht wurde. Kaum war dieser verklungen, hielt eine Kutsche vor dem offenen Tor der Tenne.

„Gibt es hier irgendwo einen jungen Vater?“ Jasper sprang vom Kutschbock. Christian trat seinem Freund entgegen und umarmte ihn.

„Etwas verwundert bin ich schon, dass mir ein

gestandener Stallmeister nicht hoch zu Ross seine Aufwartung macht, sondern mit einer Kutsche vorfährt", neckte Christian Jasper, da vom Stallburschen bis zum Stallmeister die feste Überzeugung bestand, dass nur Herrschaften und Frauen in einer Kutsche fuhren, ein richtiger Mann aber reiten müsse.

„Das hat heute seinen ganz besonderen Grund, verehrter Christian." Daraufhin drehte er sich um und ging wieder auf die Kutsche zu. Als er zurückkehrte, hielt er eine aufwendig geschnitzte und verzierte Wiege in seinen Armen.

„Macht mal Platz!", rief er aus und stellte die schwere Wiege mit Schwung auf den Tisch, nachdem die Burschen sehr schnell ihre Bierkrüge an sich genommen und in Sicherheit gebracht hatten.

„Kapphengst und ich waren der Auffassung, dass dein Sohn es einmal besser haben soll als du und nicht auf einem Strohsack schlafen muss. Und da diese glücklichen Wesen nichts anderes zu tun haben, als zu trinken und zu schlafen, soll diese Wiege für die ersten Monate seines Lebens der richtige Platz sein."

Jasper beendete seine kleine Ansprache und verneigte sich lachend vor der Runde für den großen Beifall, der daraufhin folgte.

Christian reichte seinem Freund einen Krug Bier, stieß mit ihm an und bedankte sich aufrichtig für dieses Geschenk. Dabei war ihm nicht entgangen, dass das helle Buchenholz der Wiege auch von seinem Wappen geziert wurde.

„Holli, bring die Wiege ins Haus zu Henriette und kümmere dich um Pferd und Kutsche des Stallmeisters", wies Christian seinen Stallburschen an, ein wenig besorgt um die Sicherheit des wertvollen Geschenks.

„Wieso ist Kapphengst nicht mitgekommen?", fragte Christian seinen Freund, nachdem sie sich zu den anderen gesetzt hatten.

„Der wird bald auftauchen. Der Graf wollte, dass er ihn begleitet."

„Der Graf kommt auch hierher?"

„Natürlich. Der wird sich doch nicht das Kindsbier bei seinem Feldtrompeter entgehen lassen."

Inzwischen waren die ausgelassenen Gäste auch über den Ochsen am Spieß hergefallen. Mit großem Appetit verspeisten sie die mächtigen Happen, die der Schmied des Hofes mit einem ebenso mächtigen Messer dem Ochsen nach und nach aus den Rippen schnitt. Dabei vergaßen sie nie, die Speise auch mit genügend Bier hinunterzuspülen und zwischendurch immer wieder Christian hochleben zulassen. Langsam wurde es eng in der Tenne, denn die Zahl der Gratulanten wuchs unaufhörlich. Durch das ständige Kommen und Gehen und das fröhlich lärmende Stimmengewirr war niemandem aufgefallen, dass plötzlich der Büchsenspanner des Grafen, Martin Kapphengst, am Tennentor erschien und Christian mit ernster Miene zuwinkte.

Christian erhob sich und ging auf ihn zu. Doch der wandte sich sofort ab und deutete dem Mohren an, ihm hinter die Scheune zu folgen.

„Es tut mir leid, Monsieur Christian, wenn ich Euer freudiges Fest auf diese betrübliche Weise stören muss", begann Martin Kapphengst mit belegter Stimme.

Christian hatte den Büchsenspanner bisher noch nie so erlebt. Er kannte ihn nur als ruppiges Raubein, das im tiefsten Innern ein treuer und gutmütiger Mensch war. Jetzt aber sprang die schiere Verzweiflung aus seinem Gesicht.

„Was ist geschehen, Meister Kapphengst, das Euch so beunruhigt?“

„Ich habe die traurige Pflicht, Euch mitzuteilen, dass Graf Bertram von Rantzau tot ist!“

Kapitel 19

Christian war in Gedanken versunken, als er im Schatten der dunklen Bäume des Schlossparks der Residenzstadt entgegenritt. Fünf Monate waren inzwischen vergangen, seit Graf Bertram so unerwartet gestorben war. Wie ihm Martin Kapphengst, der ihn auch heute schweigend begleitete, damals berichtet hatte, war der Graf gemeinsam mit ihm auf dem Weg zum Kindsbier gewesen, als er auf halber Strecke zu Christians Hof plötzlich vom Pferd gefallen und auf der Stelle tot gewesen war. Ein Wundarzt, der ihn später untersucht hatte, konnte nur vermuten, dass ihn wohl der Schlag getroffen hatte.

Der Tod des beliebten Grafen veränderte das Leben auf Ascheberg schon in wenigen Monaten. Kaum war der Graf beigesetzt, machte Graf Christian von Rantzau, Gräfin Margarethes Ehemann und Gräfin Dorotheas Schwiegersohn, allen spürbar und empfindlich klar, wer jetzt Herr auf Ascheberg war. Auch Christian, der noch nie ein gutes Verhältnis zu dem jungen Grafen gehabt hatte, merkte sehr schnell, dass seine Anwesenheit auf Ascheberg nicht erwünscht war und nur aufgrund der verbrieften Wohnrechte unantastbar blieb. Doch nicht nur er spürte diese über allem schwebende Unzufriedenheit. Erst vor wenigen Tagen hatten seine Freunde Jasper und Martin Kapphengst ihm beim abendlichen Bier auf seinem Hof ihr Leid geklagt.

„Hast du schon gehört, dass ich vom neuen Grafen befördert worden bin?“, hatte Jasper ihn in sarkastischem Ton gefragt.

„Was heißt das genau?", wollte Christian von ihm wissen.

„Das heißt, dass ich jetzt Stellvertreter des Zweiten Stallmeisters bin."

„Was? Das kann er doch nicht machen. Mit welcher Begründung denn?", knurrte Christian unwillig.

„Die Zeiten irgendwelcher Gefühlsduseleien des verstorbenen Grafen seien jetzt vorbei. Ein ehemaliger Stallbursche als Stallmeister wäre geradezu lächerlich. Und dann hat er kurzerhand zwei Leute aus Rastorf zu Stallmeistern ernannt und nach Ascheberg beordert. Einen für das Gestüt und den alten Aurich hat er auch rausgeworfen", berichtete Jasper, wobei sich Traurigkeit und Zorn in seiner Stimme abwechselten.

„Mich hat er auch schon angeschnauzt, als ich ihm unglücklicherweise über den Weg lief", ergänzte Martin Kapphengst die schlechten Nachrichten. „Er hat mich gefragt, was ich auf Ascheberg noch zu suchen hätte, denn ich wäre der Letzte, dem er seine Waffen anvertrauen würde."

„Wie ich Euch kenne, habt Ihr das doch nicht ohne Kommentar über Euch ergehen lassen, Meister Kapphengst." Christian wusste genau, dass der Büchsenspanner einerseits nicht auf den Mund gefallen war und andererseits recht großen Wert auf seine beruflichen Fähigkeiten legte.

„Ich habe ihm in freundlichem Ton gesagt, dass es für mich eine große Ehre gewesen ist, dem Grafen Bertram von Rantzau die vielen Jahre gedient zu haben. Meine uneingeschränkte Treue und Kampfbereitschaft an seiner Seite hat der Graf stets zu schätzen gewusst. Diese Weisheit entspringt nur dem Geist eines wahren

Edelmannes. Und dann habe ich mich einfach umgedreht und bin fortgegangen."

„Und das hat er sich gefallen lassen?", fragte Jasper ungläubig.

„Nein, er hat noch etwas von Verantwortung und Subordination hinter mir hergebrüllt. Und danach bin ich ihm aus dem Weg gegangen. Zweimal hat er mich schon zu sich ins Schloss beordert, aber ich bin einfach nicht hingegangen. Was will er denn machen? Mich in Ketten legen? Wer auf Ascheberg würde Hand an mich legen?"

„Aber auf Dauer kann das nicht so weitergehen. Das wird für Euch gefährlich werden. Das wisst Ihr selbst."

„Macht Euch keine Sorgen, Monsieur Christian. Ich habe vor, Ascheberg sehr bald zu verlassen. Mein alter Kampfgefährte Rufus Kohlmorgen, den Ihr auch kennt, hat mir in einer Depesche mitgeteilt, dass sein Herr, Graf von Meschenheim, einen waffenkundigen Lehrer für seinen Sohn sucht. Ich habe Rufus geschrieben, dass ich mich gern dieser Aufgabe stellen würde. Sobald Graf Meschenheim zugestimmt hat, breche ich meine Zelte hier ab und entschwinde ins Brandenburgische."

In gemächlichem Schritt näherten sich die beiden Reiter dem westlichen Stadttor in Plön. Der Grund ihres heutigen Besuches war eine Weisung der Hofkanzlei, dass der Feldtrompeter Christian Gottlieb beim Hofmarschall vorstellig werden sollte – zur Regelung dokumentarischer Angelegenheiten, wie er sich ausgedrückt hatte. Christian trennte sich von dem Büchsenspanner, bevor er zum Schloss hinaufritt, mit der Bitte, ihn später im Gasthaus „Drei Kronen" bei der Witwe Sander zu treffen.

„Willkommen, Monsieur Gottlieb. Habt doch bitte noch ein wenig Geduld. Der Herr Hofmarschall ist gerade mit offensichtlich Wichtigem beschäftigt, das es zu regeln gilt, sich aber meiner Kenntnis entzieht“, begrüßte ihn der Hofrat Abendrot in der Hofkanzlei des Schlosses mit umfangreichen Erklärungen.

„Wann gibt es schon auf dem Schloss nicht Wichtiges zu regeln, verehrter Herr Hofrat?“, amüsierte sich Christian über die eifrige Beflissenheit des Hofrats.

„Wie wahr, Monsieur Gottlieb, wie wahr.“

In diesem Augenblick öffnete sich die Tür zum Amtszimmer des Hofmarschalls und der Oberstallmeister trat mit grimmiger Miene heraus und rauschte, ohne Christian und den Hofrat eines Blickes zu würdigen, an ihnen vorbei.

„Kommt herein, Monsieur Christian!“, rief der Hofmarschall durch die geöffnete Tür, als er den Feldtrompeter dort warten sah. „Es ist zum Verrücktwerden, um welche Kleinigkeiten man sich auch noch kümmern muss, bloß weil andere keine Courage haben.“ Graf Kuningham ließ seinem Zorn freien Lauf. Ein ungewohntes Bild, da der Hofmarschall des Herzogs eher als ein sehr besonnener und vornehmer Edelmann bekannt war.

„Es tut mir leid, Herr Graf, wenn ich ungelegen komme.“ Christian trat bereits den Rückzug an.

„Nein, nein, Monsieur Christian, verzeiht meine Entgleisung, aber nun soll ich mir auch noch Gedanken darüber machen, wo der Oberstallmeister seine Vorreiter und Stallmeister herbekommt. Als ob er dazu nicht selbst in der Lage wäre.“

Christian wurde hellhörig. Hatte er das richtig mitbekommen? Konnte es sein, dass bei Hofe Stallmeister fehlten? Christian dachte sofort an seinen unglücklichen Freund Jasper.

„Verzeiht, Herr Graf, wenn ich mich in diese Angelegenheit einmische. Ich weiß, es steht mir nicht zu, höfische Belange zu erfragen, aber verstehe ich Euch recht, dass der Oberstallmeister geeignetes Personal für seinen Bereich sucht?“ Christian formulierte seine Frage bewusst vorsichtig.

Hofmarschall von Kuningham schaute den Mohren verwundert an. „Ja, schon, aber was berührt Euch das?“

„Ich weiß nicht recht, wie ich es Euch sagen soll, Herr Graf, aber seit dem Tod von Graf Bertram gehen die Uhren auf Ascheberg anders, denn ...“

„Das, mein Lieber, ist auch uns auf dem Schlossberg längst zu Ohren gekommen“, unterbrach der Hofmarschall Christian, „aber dazu später mehr. Fahrt fort!“

„Um genau zu sein, Herr Graf, der Stallmeister des Gestüts, Jasper Eppelmann, ein junger und sehr kompetenter Mann, von dem Graf Bertram und auch Graf Volkmar sehr viel hielten, ist von dem neuen Herrn degradiert worden ...“

„Ich kann mir schon denken, worauf Ihr hinauswollt“, unterbrach der Hofmarschall Christian erneut. „Wir machen jetzt Nägel mit Köpfen. Schickt den Stallmeister zum Schloss und auch den einen oder anderen Vorreiter, der sich auf Ascheberg nicht mehr wohlfühlt. Der Oberstallmeister wird sie einer eingehenden Prüfung unterziehen. Wenn sie geeignet sind, dann werden sie in Kürze zum Hofstaat gehören. Den Oberstallmeister werde ich instruieren, und Euch bin ich dankbar, dass Ihr mich einer Sorge entledigt habt.“

Christian hatte den Eindruck, dass der Hofmarschall tatsächlich froh war, sich nicht mehr um die Not des Oberstallmeisters kümmern zu müssen.

„Doch nun zu dem eigentlichen Grund, weshalb ich

Euch herbeordert habe. Zunächst eine Frage: Ist Euch zu irgendeiner Zeit das Testament des Grafen von Rantzau eröffnet worden? Oder auch nur Teile davon?" Der Hofmarschall blickte Christian fragend an.

„Nein, Herr Graf, zu keiner Zeit."

„Habe ich es mir doch gedacht. Graf Bertram von Rantzau hat nämlich in seinem letzten Willen seine fürstliche Durchlaucht untertänigst ersucht, Euch, Christian Gottlieb, seines Zeichens Feldtrompeter des Grafen Rantzau, nach seinem Tode in seine Dienste zu nehmen."

Christian schaute den Hofmarschall mit großen Augen an. Sollten seine Sorgen und Ängste der letzten Wochen und Monate über seine ungewisse Zukunft in so kurzer Zeit verflogen sein? Sollte die großherzige Fürsorge seines einstigen Herrn noch über dessen Tod hinaus über ihm schweben?

„Ihr seht ein wenig konsterniert aus, Monsieur Christian?" Der Hofmarschall zeigte sich angesichts Christians verwundertem Gesichtsausdruck geringfügig überrascht. „Nun, um es kurz zu machen. Graf Bertram lebte von jeher in der wohltätigen Gunst seiner fürstlichen Durchlaucht. Darum war es dem Herzog auch ein persönliche Anliegen, dem letzten Willen des Grafen Rantzau zu entsprechen. Da seine fürstliche Durchlaucht zurzeit in dringenden Regierungsgeschäften außer Landes weilt, übernehme ich heute die Aufgabe, Euch als Hoftrompeter seiner fürstlichen Durchlaucht, Herzog Hans Adolf von Schleswig-Holstein-Sonderburg-Plön zu bestallen. Den feierlichen Treueeid werdet Ihr seiner fürstlichen Durchlaucht zu einem späteren Zeitpunkt schwören, wenn der Herzog wieder im Lande ist. Ebenso wie er Euch auch dann über Eure zukünftigen Aufgaben instruieren wird."

Damit überreichte der Hofmarschall Christian ein herzogliches Dokument, auf dem mit Unterschrift und Siegel seine Berufung zum Hoftrompeter beurkundet wurde.

„Es ist mir eine große Ehre, Herr Graf, in die Dienste seiner fürstlichen Durchlaucht treten zu dürfen. Erlaubt mir, auch Euch gegenüber meine aufrichtige Treue zu bekunden." Christian verbeugte sich vor dem Hofmarschall.

„Ein Wort noch in vertraulicher Sache, bevor Ihr geht." Graf Kuningham trat etwas näher. „Graf Christian von Rantzau, der neue Herr auf Ascheberg, steht Euch nicht wohlwollend gegenüber. Schon vor einiger Zeit hat er in einer Depesche seine fürstliche Durchlaucht ersucht, Euch von dem gräflichen Anwesen zu suspendieren. Nun wisst Ihr selbst, dass Graf Bertram Euch und Euren Nachkommen ein lebenslanges Recht auf Grund und Boden verbrieft hat. Mit entsprechendem Hinweis auf dieses Dokument hat seine fürstliche Durchlaucht das Ersuchen selbstverständlich abgewiesen. Ich gehe aber trotzdem davon aus, dass der neue Herr auf Ascheberg keine Gelegenheit auslassen wird, Euch das Leben schwer zu machen. Seid auf der Hut, Monsieur Christian", beendete der Hofmarschall seinen väterlichen Rat.

„Was ist los, Monsieur Christian? Ihr strotzt ja geradezu vor innerer Zufriedenheit", begrüßte Martin Kapphengst Christian im Gasthaus „Drei Kronen".

„Meister Kapphengst, Ihr kennt mich zu gut. Es gibt Dinge im Leben, die können einem fast das Genick brechen, aber es gibt auch Dinge, die gleichen einem Wunder."

„Da Ihr den Kopf noch auf Euren Schultern tragt,

nehme ich an, Ihr sprecht von einem Wunder." Martin Kapphengst beugte sich erwartungsfroh vor.

„Eigentlich sind es sogar zwei."

„Mein Gott, Herr Feldtrompeter, nun blast es endlich heraus", forderte der Büchsenspanner Christian ungeduldig auf.

„Wenn alles gut geht, kann sich unser Freund Jasper sehr bald herzoglicher Stallmeister nennen", verkündete Christian nicht ohne Stolz.

„Das glaube ich einfach nicht. Wie habt Ihr denn das hingezaubert?"

Dann erzählte Christian dem Büchsenspanner von dem Gespräch mit dem Hofmarschall und den Sorgen des Oberstallmeisters. Martin Kapphengst war beeindruckt. Beide malten sich schon in großer Freude aus, auf welche Weise sie es ihrem Freund Jasper beibringen wollten.

„Und was ist nun das zweite Wunder?", wollte Martin Kapphengst nach einer Weile wissen.

„Auch auf die Gefahr hin, dass Ihr vor lauter Ehrfurcht in Ohnmacht fallen werdet, vor Euch sitzt der frisch bestallte Hoftrompeter Christian Gottlieb."

„Ach, du dickes Kanonenrohr. Kneift mich mal, ich glaube, ich träume", fuhr es aus Martin Kapphengst heraus. „Mein Freund, der Mohr, ist ein Hoftrompeter." Der Büchsenspanner sprang von seinem Stuhl auf, lief um den Tisch herum, zog Christian hoch und umarmte ihn überschwänglich. Dabei klopfte er ihm unaufhaltsam mit seinen Pranken auf die Schultern.

„Was habt Ihr denn Meister Kapphengst zu trinken gegeben?" Die Witwe Sander war in den Raum getreten, aufmerksam geworden durch den Freudenschrei des Büchsenspanners.

Martin Kapphengst drehte sich zu ihr herum. „Ihr

glaubt es nicht, Madame Sander, Ihr glaubt es nicht. Ich frage Euch: Wer steht hier vor Euch?“ Dabei trat er an die Seite der Witwe und zeigte auf Christian, der beide amüsiert anlächelte.

„Nun, bisher lag ich nicht daneben, wenn ich Monsieur Christian Gottlieb als Feldtrompeter des Grafen Rantzau und Ehemann von Gertrud Radeleff und als Vater seines kleinen Bertram bezeichnete.“ Auch die Witwe Sander erfreute sich an dem Spiel des Büchsenspanners.

„Alles richtig, beste Madame Sander, alles richtig. Aber seit heute, haltet Euch fest, steht der Hoftrompeter Christian Gottlieb vor Euch.“

„Ist das wirklich wahr oder hat Euer Freund zu viel getrunken?“ Auch die Wirtin der „Drei Kronen“ war sichtlich beeindruckt von dem, was Martin Kapphengst soeben verraten hatte.

„Auch wenn mein Freund momentan den Eindruck erwecken mag, dass er in einem Weinfass gebadet hat, um ehrlich zu sein, ich kann ihm nicht widersprechen“, bestätigte Christian die neue Nachricht bescheiden.

„Welch eine Überraschung, Monsieur Christian. Ich beglückwünsche Euch von ganzem Herzen. Das ist fürwahr ein ganz besonderer Grund, darauf anzustoßen.“ Witwe Sander rief nach einem ihrer Dienstmädchen und befahl ihm, eine Karaffe des edlen Bordeaux zu bringen.

„Kann es sein, dass mir eine wichtige Nachricht entgangen ist, verehrte Madame Sander, wo ich Euch hier in festlicher Stimmung antreffe?“ Der Inspektor der Neustadt und Wundarzt Hieronymus Schlapritz hatte unbemerkt das Gasthaus betreten, als er die kleine fröhliche Runde bei einem guten Glas Wein antraf.

„Ihr enttäuscht mich über Gebühr, mein lieber Monsieur Schlapritz, da es scheint, dass Ihr offensichtlich nicht allwissend seid. Wie könnte Euch sonst die hohe Ehre, die unserem verehrten Monsieur Christian widerfahren ist, entgangen sein", neckte die Witwe ihren gern gesehenen Gast.

„Liebe Madame Sander, wenn ich Bedeutendes vergesse und mein Geist sich umnebelt, dann liegt das ausschließlich an Eurer betörenden Nähe." Hieronymus Schlapritz ergriff die Hand der Witwe und küsste sie galant, während sich Christian und Martin Kapphengst über das scherzende Gesäusel der beiden köstlich amüsierten.

„Ihr seid ein unverbesserlicher Charmeur, Monsieur Schlapritz, aber im Ernst. Gratuliert unserem Monsieur Christian, denn er darf sich seit heute mit Recht herzoglicher Hoftrompeter nennen."

„Das ist fürwahr eine vortreffliche Neuigkeit. Ich wünsche Euch alles Glück dieser Welt, mein geschätzter Monsieur Christian." Er trat auf den neuen Hoftrompeter zu und schüttelte ihm kräftig die Hand.

„Ich gehe davon aus, dass auch Ihr einem lieblichen Tropfen nicht abgeneigt seid." Christian lud den Inspektor ein, sich zu ihnen zu setzen.

„Wie mir zu Ohren gekommen ist, sollen sich die Verhältnisse auf Ascheberg nach dem bedauerlichen Ableben des Grafen Bertram nicht verbessert haben", wandte sich Hieronymus Schlapritz an Christian, nachdem sie zunächst auf sein Wohl angestoßen hatten.

Martin Kapphengst wollte sich erheben, um bei diesem heiklen Gespräch nicht zu stören, doch Christian legte seine Hand auf seinen Arm. „Bleibt hier, Meister Kapphengst, wir besprechen keine Geheimnisse, Ihr wisst genauso gut wie ich, dass auf Ascheberg seit einiger Zeit kein guter Wind weht."

„Es ist richtig, Monsieur Schlapritz, dass der neue Herr auf Ascheberg in keiner Weise in die Fußstapfen seines Vorgängers treten kann und will. Ich mache auch keinen Hehl daraus, dass ich die Veränderungen, die er bereits vollzogen hat, nicht gutheiße. Es ist besonders auch die Art, wie er mit den Menschen umgeht, die ich nicht akzeptabel finde. Meister Kapphengst kann auch ein Lied davon singen." Christian konnte seinen Unmut nicht mehr zurückhalten.

Hieronymus Schlapritz schüttelte missbilligend den Kopf. „Und wie wird Eure Zukunft aussehen?", fragte er nach einer Weile und blickte Christian dabei an.

„Eine gute Frage, Monsieur Schlapritz. Wie ich den Hofmarschall verstanden habe, hat der Herzog für mich anscheinend besondere Aufgaben vorgesehen. Ich sehe mich zumindest noch nicht in der Position, dass ich zu festlichen Anlässen zum Tanze aufspielen werde."

„Ich möchte Euch jetzt etwas anvertrauen, das Eure Ungewissheit vielleicht ein wenig lindern kann. Der Herzog und ich haben noch vor seiner Abreise über den Grafen Christian von Rantzau und sein unangemessenes Verhalten auf Ascheberg gesprochen. Unabhängig von dem Euch überschriebenen Recht auf Grund und Boden vermutete seine Durchlaucht, dass Ihr Euch grundsätzliche Unflätigkeiten des neuen Herrn auf Ascheberg auf lange Sicht nicht gefallen lassen würdet."

„Womit seine Durchlaucht ohne Frage im Recht sein könnte", bemerkte Christian grimmig.

„Aus diesem Grund möchte ich Euch heute schon eine Offerte machen, die es gegebenenfalls zu überdenken gilt. Herzog Hans Adolf stellt Euch und Eurer Familie jederzeit ein repräsentatives Haus in der Neustadt zur Verfügung."

Christian und auch Martin Kapphengst sahen den Inspektor verblüfft an.

„Das meint Ihr wirklich im Ernst?“

„Nun, Ihr kennt mich ja auch schon eine Weile und wisst, dass ich mit solchen Angeboten keinen Unfug treibe. Ich selbst sorge dafür, dass das angesprochene Haus, wann immer Ihr es wünscht, bezogen werden kann“, bestätigte der Inspektor der Neustadt nachdrücklich.

„Ich bin nicht ganz sicher, ob ich dem neuen Herrn von Ascheberg das mir von Graf Bertram so großzügig vermachte Wohnrecht für meine Familie so ohne Weiteres in den Rachen werfen möchte“, dachte Christian über seine jetzige Situation laut nach.

„Darüber solltet Ihr Euch keine Gedanken machen, Monsieur Christian. Das ist eine juristische Angelegenheit, die ich zusammen mit der Hofkanzlei gern für Euch regeln würde. Das Wohnrecht einerseits und auch Eure Bereitschaft, darauf zu verzichten andererseits, müssen natürlich in angemessener Höhe entlohnt werden.“

Offensichtlich hatte Hieronymus Schlapritz auch in diesen Angelegenheiten Erfahrung. Christian dachte während seines Ritts nach Ascheberg noch lange über die überraschenden Neuigkeiten des Tages nach.

„Es tut mir leid, Monsieur Christian, dass ich Euch erneut mit Problemen belästigen muss.“

Christians Verwalter stand im Arbeitszimmer vor seinem Schreibtisch, seine Kappe verlegen in den Händen drehend. Es war nicht das erste Mal, dass Anton Karlstadt mit ernsthaften Sorgen zu ihm gekommen war, weil Graf Christian von Rantzau übliche Absprachen nicht eingehalten oder neue Anordnungen getroffen hatte, die auch den Mohrenhof einschneidend betrafen.

„Was gibt es nun schon wieder?“, fragte Christian seinen Verwalter ungeduldig.

„Förster Moldenhaupt hat die Weisung vom Grafen erhalten, uns nur noch die Hälfte des Brennholzes für den Winter schlagen zu lassen“, berichtete der Verwalter zerknirscht.

„Es ist unglaublich.“ Christian schüttelte verstimmt den Kopf. „Ich werde mich darum kümmern.“

„Es ist noch etwas, Monsieur Christian.“

„Und das wäre?“

„Der Graf hat den direkten Zuweg zum Teichholz sperren lassen, sodass wir mit unseren Fuhrwerken die Felder nur noch über einen großen Umweg erreichen können, der uns gerade jetzt während der Ernte viel Zeit kostet.“

Christian musste sich etwas einfallen lassen. Es war offensichtlich, dass Graf Christian von Rantzau ihm das Leben schwer machen wollte, wie bereits der Herzog und auch der Hofmarschall vermutet hatten. Er hatte Gertrud nach seiner Rückkehr aus Plön sehr ausführlich von den aufregenden Neuigkeiten berichtet. Doch ihre Freude über Christians neues Amt als Hoftrompeter war angesichts der Ungewissheit ihrer Zukunft schnell getrübt. Einem Umzug nach Plön stand Gertrud skeptisch gegenüber, da die Erinnerungen an die Streitigkeiten und Feindseligkeiten vor der Hochzeit noch zu frisch waren.

Nachdem er seinen Verwalter entlassen hatte, entschied Christian, am nächsten Tag mit dem Grafen ein ernstes Gespräch zu führen. Doch bevor er sich wieder seinen Papieren widmen konnte, unterbrach ihn ein lautes Gepolter auf dem Flur. Kurz darauf klopfte es und Jasper stürzte ins Zimmer. Christian blickte seinen Freund verwundert an.

Mit hochrotem Kopf und völlig außer Atem bremste Jasper seinen Schwung gerade noch rechtzeitig vor dem Schreibtisch ab. Nachdem er ein paar Mal tief Luft geholt und Christian ihn währenddessen nur amüsiert angesehen hatte, verkündet er laut: „Ich melde dem hochverehrten Hoftrompeter Monsieur Christian, dass vor ihm der Zweite Stallmeister seiner Durchlaucht des Herzogs Hans Adolf steht."

Jasper strahlte über das ganze Gesicht und hüpfte dabei von einem Bein auf das andere.

Christian sprang auf, trat vor seinen Schreibtisch und umarmte seinen Freund. „Du hast es geschafft, du verrückter Hahn! Du glaubst gar nicht, wie ich mich darüber freue", beglückwünschte er Jasper überschwänglich. „Du musst mir alles haarklein erzählen."

Dann berichtete Jasper immer noch ganz aufgeregt, dass er und zwei Vorreiter am Morgen zum Oberstallmeister des Herzogs nach Plön zur Prüfung beordert worden waren. Als der Graf davon erfuhr, hatte er einen Wutausbruch bekommen, konnte sich der herzoglichen Weisung aber nicht entziehen. Die Prüfung selbst war nicht ganz einfach gewesen. Der Oberstallmeister schien nach Jaspers Einschätzung ein Pedant zu sein, doch offensichtlich war er von dem Wissen und Können des jungen Stallmeisters derart beeindruckt, dass er ihn angewiesen hatte, schon in zwei Wochen seinen Dienst in Plön anzutreten, zusammen mit den beiden Vorreitern, die auch ihre Sache sehr gut gemacht hatten.

Gertrud tat es in der Seele weh, wenn sie die Gräfin so in ihrer Trauer versunken vor sich sitzen sah. Seit Graf Bertram verstorben war, schien jede Kraft aus der sonst sehr interessierten und lebensfrohen Gräfin erloschen zu sein. Trost konnte sie auch nicht bei ihrer Schwester Julia suchen, denn sie hatte kurz vor dem Tod des Grafen Ascheberg verlassen, um der dänischen Königin als Hofdame zu dienen. Lediglich, wenn Gertrud Gräfin Dorothea mit dem kleinen Bertram auf dem Arm besuchte, flackerte ein Leuchten in ihren Augen auf und für kurze Zeit konnte sie ihrer Betrübtheit entfliehen. Ein Grund mehr für die Ehefrau des Mohren, die mutlose Gräfin öfter zu besuchen, wie auch an diesem Nachmittag.

„Ach Gertrud, Ascheberg ist nicht mehr das, was es früher einmal war", klagte die Gräfin der jungen Frau ihr Leid. „Der Garten, der Wald, das Schloss und selbst die Menschen, die mir seit Jahren vertraut sind, wirken auf mich nur noch grau und trostlos."

„Ich bin ganz sicher, Frau Gräfin, dass eines Tages auch für Euch wieder ein kleiner Sonnenstrahl scheinen wird", versuchte Gertrud die trauernde Witwe ein wenig aufzumuntern.

„Ich bin ungerecht Euch gegenüber. Ihr glaubt gar nicht, welche Freude Ihr mir jedes Mal bereitet, wenn Ihr mich mit dem kleinen Bertram besucht." Dorothea blickte lächelnd auf das Kind, das vor ihnen auf dem Bauch auf einer Decke lag, mit Armen und Beinen strampelte und seine ganze Aufmerksamkeit auf ein buntes Tuch gerichtet hatte. „Ich weiß nicht, ob Ascheberg noch mein Zuhause ist. Alle meine Lieben sind von mir gegangen, und wer weiß ..."

In diesem Augenblick wurde die Tür zum Wintergarten des Schlosses ungestüm aufgerissen und Graf Christian von Rantzau trat ein. Voller Abneigung blickte er die beiden Frauen und das Kind an.

„Verehrte Schwiegermutter, ich darf Euch bitten, in Zukunft bei der Wahl Eurer Gäste größere Sorgfalt walten zu lassen“, schleuderte er der Gräfin Dorothea entgegen und wandte sich dann an Gertrud: „Das bedeutet für Euch, Gertrud Gottlieb, dass ich Euch hier im Schloss nicht mehr sehen will.“

Gertrud stand eilig auf und nahm ihr Kind beschützend auf den Arm, zumal der Kleine zu weinen begann.

„Seid Ihr denn von allen guten Geistern verlassen, Christian Rantzau?“ Die Gräfin erhob sich, nachdem sie sich von dem ersten Schrecken erholt hatte. „Unabhängig von Euren flegelhaften Manieren bestimme immer noch ich, wen ich in meinem Hause willkommen heiße. Wenn Ihr damit nicht leben könnt, habe ich keine Probleme damit, wenn Ihr Euch unverzüglich wieder nach Rastorf zurückzieht. Und jetzt lasst uns gefälligst allein!“

„Ich bin jetzt der Herr auf Ascheberg, vergesst das nicht!“, brauste der junge Graf angesichts der Zurechtweisung durch seine Schwiegermutter auf.

„Das kann sich sehr schnell ändern, wenn Ihr Euch weiter so verhaltet. Ein Wort von mir an den Herzog würde genügen.“ Gleichzeitig zeigte die Gräfin zur Tür, um ihm zweifelsfrei zu bedeuten, dass er zu gehen hatte. Kraftlos ließ sich Dorothea wieder in ihren Sessel fallen, nachdem ihr Schwiegersohn wutentbrannt die Tür hinter sich zugeknallt hatte.

Gertrud schaukelte den kleinen, immer noch weinenden Bertram sanft in ihren Armen.

„Entschuldigt bitte diesen unerträglichen Zwischenfall, meine liebe Gertrud. Seit dem Tod von Graf Bertram vergeht kein Tag, an dem nicht irgendetwas Vergleichbares geschieht. In den ersten Tagen konnte meine Tochter Margarethe mir ja noch in meinem Kummer zur Seite stehen, doch dann hat mein Schwiegersohn sie wieder nach Rastorf zurückgeschickt.“

„Es tut mir sehr leid, Frau Gräfin, dass Ihr selbst in Eurer Familie so wenig Trost findet." Gertrud wusste nicht, auf welche Weise sie die unglückliche Frau noch trösten sollte.

„Euer Mitgefühl ehrt Euch, aber ich werde wohl unter den gegebenen Umständen Ascheberg sehr bald verlassen."

„Darf ich fragen, wo Ihr dann in Zukunft leben wollt?" Gertrud konnte ihre Neugier nicht zurückhalten.

„Ich würde mich in der Nähe meiner Töchter sehr wohlfühlen, doch die Nähe meiner Schwiegersöhne bevorzuge ich nicht, wie Ihr ja soeben selbst miterlebt habt. Erst kürzlich habe ich eine Nachricht von Gräfin Charlotte und Graf Volkmar aus Schwetzingen erhalten, die Ihr leider nie persönlich kennengelernt habt."

„Das bedauere ich ungemein, denn Christian hat mir sehr ausführlich von den beiden erzählt. Es müssen äußerst liebenswerte Menschen sein."

„Das sind sie fürwahr. Monsieur Christian hatte ein sehr vertrauensvolles Verhältnis zu dem Freund meines Gatten. Um es kurz zu machen, Charlotte hat mich eingeladen, bei ihnen in Schwetzingen zu leben. Es ist zwar ein langer Weg dorthin, doch ich könnte mir vorstellen, dass es auch Graf Bertram gefallen hätte, wenn ich meinen Lebensabend glücklich bei seiner Schwester und seinem besten Freund verbringen würde."

Bei den letzten Worten blickte die Gräfin verträumt aus dem Fenster.

Gertrud hatte den Eindruck, dass ein zufriedenes Lächeln ihren Mund umspielte, als würde sie sich ihr Dasein im Kreise liebender Menschen bereits vor Augen führen.

Verwundert blickte Christian Gertrud an, als sie am Abend in sein Arbeitszimmer getreten war.

„Komm mit, mein Lieber, wir haben etwas zu besprechen." Dann waren sie Hand in Hand in das Wohnzimmer gegangen. Im Kamin brannte ein Feuer und auf dem Tisch standen zwei Gläser, in denen roter Wein funkelte.

Christian blickte Gertrud teils fragend, teils belustigt an. „Gibt es etwas zu feiern? Habe ich etwa deinen Geburtstag vergessen?"

„Nein, nichts von alledem. Ich möchte heute mit dir eine Entscheidung treffen, die unser Leben verändern wird. Wenn du diesen Schritt mit mir wagst, dann möchte ich, dass wir ihn frohen Mutes und glücklich gehen und nicht im Zorn." Gertrud blickte Christian mit ihren leuchtend blauen Augen entschlossen an. Im Licht des Kaminfeuers schienen sie ganz besonders zu funkeln.

„Habe ich dir eigentlich schon einmal gesagt, dass ich dich von ganzem Herzen liebe?"

„Nein, das hast du noch nie, aber lenke jetzt nicht ab." Gertrud küsste Christian kurz und sah ihn dann wieder ernst an.

„Also gut, was gibt es noch Wichtigeres als die Liebe?"

„Wir sollten ernsthaft überlegen, ob wir nicht doch das Angebot des Herzogs annehmen und in das Haus nach Plön ziehen."

„Gibt es einen Grund dafür, dass du deine bisherigen Bedenken jetzt zerstreut hast?"

Gertrud erzählte dann ausführlich, was am Nachmittag im Schloss geschehen war.

Christian runzelte bedenklich die Stirn. Die Absicht der Gräfin hingegen, nach Schwetzingen zu gehen, hielt auch er für eine sehr vernünftige Lösung. Gleichzeitig berichtete er Gertrud von den ständigen Schwierigkeiten, die sie auf dem Hof wegen der Willkür des jungen Grafen hatten. Mit großer Freude vernahm Gertrud die Nachricht, dass auch Jasper in die Dienste des Herzogs treten würde. Am Ende des Abends waren sich beide einig: Hier auf Ascheberg gab es für sie keine Zukunft mehr.

„Ich verlange eine sofortige Audienz beim Herzog!"

Der Hauptmann der Schlosswache konnte die erregte Person kaum zurückhalten, die an diesem Morgen mit hochrotem Kopf an den Gitterstäben des Tores rüttelte.

„Wer seid Ihr und welches Anliegen habt Ihr?" Der Hauptmann ließ sich nicht aus der Ruhe bringen.

„Ich bin der Stadtrat Hinrich Stellmacher und habe ein uneingeschränktes Recht, jederzeit den Herzog zu sprechen. Mein Anliegen werde ich Euch gerade auf die Nase binden, und nun lasst mich endlich passieren." Dabei drängte er sich mit der ganzen Masse seines beleibten Körpers an dem Hauptmann vorbei und stapfte wutschnaubend auf das Portal des Schlosses zu.

Die Torwache machte keine Anstalten, den wütenden Stadtrat daran zu hindern, wusste sie doch, dass es spätestens bei der Schlosswache am Hauptportal für den unangemeldeten Besucher kein Weiterkommen geben würde.

Als Stadtrat Stellmacher sich schwer atmend über den Schlosshof dem Haupteingang näherte, kreuzten zwei Soldaten des Herzogs ihre Lanzen und versperrten ihm den Zugang.

„Aus dem Weg! Ich muss den Herzog sprechen", schrie er die beiden Wachsoldaten an, doch die wichen keinen Schritt zur Seite.

Inzwischen waren auch die Höflinge und Hofdamen, die auf den Schlossterrassen lustwandelten, auf den lärmenden Störenfried aufmerksam geworden.

Ein junger Edelmann näherte sich nach einer Weile dem Stadtrat, nachdem dieser die Wachen ununterbrochen beschimpft hatte. „Darf ich mich vorstellen, mein Name ist Graf Marinus von Hohenheim, ein Neffe seiner fürstlichen Durchlaucht. Erlaubt mir, Euch nach Eurem Namen zu fragen." Der junge Graf deutete eine leichte Verbeugung an.

„Mein Name ist Stadtrat Hinrich Stellmacher und ich muss den Herzog unbedingt sprechen. Sorgt dafür, dass diese Kretins mich durchlassen", polterte der Stadtrat unaufhaltsam weiter.

„Das, Herr Stadtrat, wird nicht möglich sein, da sich seine fürstliche Durchlaucht gegenwärtig nicht im Schloss befindet."

Noch bevor Hinrich Stellmacher sich weiter aufregen konnte, wurde das Gespräch durch das laute Rumpeln der eisenbeschlagenen Räder einer Kutsche unterbrochen, die sich über das Steinpflaster des Schlosshofes dem Portal näherte. Ihr entstieg Hieronymus Schlapritz, der verwundert die versammelte Hofgesellschaft anschaute.

Inzwischen waren einige der Höflinge und Hofdamen näher getreten, um bei dieser willkommenen Abwechslung des höfischen Alltags möglichst wenig zu versäumen.

„Meine Damen, edle Herren, ich danke Euch aufrichtig für diesen überaus würdigen Empfang, muss aber konstatieren, dass ich ihn bezogen auf meine Person für geringfügig übertrieben halte." Hieronymus Schlapritz lüftete seinen breitkrempigen Hut und verbeugte sich übertrieben.

Ein erheitertes Lachen ging durch die Reihen der Umstehenden.

„Schlapritz, Ihr seid einfach umwerfend, aber Ihr kommt nicht ungelegen. Es scheint, dass sich der Stadtrat Stellmacher in einer peinlichen Lage befindet, die nur durch fürstliche Diplomatie gelöst werden kann“, begrüßte Graf von Hohenheim den Inspektor der Neustadt lachend.

„Oh, Herr Stadtrat Stellmacher, Euch bemerke ich erst jetzt bei all dieser Aufregung durch das erlauchte Empfangskomitee.“ Hieronymus Schlapritz wandte sich dem Stadtrat zu und vermittelte den Eindruck, als ob er ihn vorher gar nicht bemerkt hätte.

„Was bewegt Euch derart, dass Ihr Euch der Mühe des Aufstiegs zum Schloss unterzieht?“, fragte der Inspektor mit auffällig besorgtem Gesichtsausdruck, hatte er doch längst die wahre Situation erfasst.

Die spöttischen Blicke der Höflinge und der süffisante Unterton des jungen Grafen ließen keinen Zweifel darüber zu, dass sie sich köstlich über den aufgeregten und schwitzenden Stadtrat amüsierten. Nur Hinrich Stellmacher selbst merkte in seiner Entrüstung nicht, dass er zur allgemeinen Erheiterung beitrug.

„Ich erwarte, umgehend zum Herzog vorgelassen zu werden“, ereiferte sich der Stadtrat erneut.

„Wie ich Euch bereits mitgeteilt habe, ist seine Durchlaucht nicht zugegen, aber wie ich Monsieur Schlapritz kenne, wird er Euch gern sein Ohr für all Eure Sorgen leihen.“ Der Neffe des Herzogs drehte sich um, schlug Hieronymus Schlapritz aufmunternd auf die Schulter und mischte sich wieder unter die Hofgesellschaft, die ihn laut scherzend empfing.

„Eine überaus weise Entscheidung, Herr Graf“, rief der Inspektor dem Grafen hinterher, wobei er, ohne dass der Stadtrat es sehen konnte, übertrieben die Augen verdrehte, was wiederum zur Erheiterung der Höflinge und Hofdamen beitrug.

„Wenn der Herzog nicht zugegen ist, erwarte ich, zum Hofmarschall vorgelassen zu werden“, ließ Stadtrat Stellmacher nicht locker.

„Auch der befindet sich zurzeit nicht im Schloss, verehrter Herr Stadtrat. Um aber nicht noch mehr Aufsehen zu erregen, solltet Ihr mir in mein Amtszimmer folgen. Dann werde ich Euch gern anhören. Vielleicht, kann ich ja zumindest einen Teil Eurer Sorgen lindern.“

Hieronymus Schlapritz nickte den beiden Schlosswachen zu, die unverzüglich ihre gekreuzten Lanzen senkrecht stellten und den Zugang zum Schlossportal freigaben.

Der Inspektor lenkte seine Schritte in die erste Etage des Westflügels, in dem sich auch die Gemächer für hohe Gäste des Herzogs befanden. Hier betrat er ein Vorzimmer, in dem ein Sekretär an einem Stehpult stand und schrieb.

„Malwitz, sorgt dafür, dass wir nicht gestört werden“, wies Hieronymus Schlapritz seinen Sekretär an, während er durch das Zimmer schritt und den angrenzenden Raum betrat.

Der Stadtrat traute seinen Augen kaum, als er die prachtvolle Ausstattung des Amtszimmers sah. Hellblaue Seidentapeten mit silbernen Ranken bedeckten die Wände. Ausgeprägte Ornamente aus Stuck verzierten die Decke. Edles Mobiliar, gekrönt von einem aufwendig geschnitzten Schreibtisch, verwandelte den Raum in ein feudales Audienzzimmer.

Hieronymus Schlapritz wies gnädig auf den Stuhl, der vor dem Schreibtisch stand, nachdem er sich in einen Sessel hinter das prunkvolle Möbel gesetzt hatte.

„So, Herr Stadtrat, dann berichtet doch einmal, wo Euch der Schuh drückt", forderte Hieronymus Schlapritz sein Gegenüber auf.

Hinrich Stellmacher wischte sich mit einem Tuch den Schweiß von der Stirn. Nur mit Mühe konnte er seinen Zorn unterdrücken. Allmählich wurde ihm bewusst, dass ihn offensichtlich weder die Hofgesellschaft noch der Inspektor ernst genommen hatten. Zusätzlich ärgerte er sich über die Gunst, die dieser selbstgefälligen Person vor ihm seitens des Herzogs entgegengebracht wurde, von dem Prunk in seinem Arbeitszimmer ganz zu schweigen.

„Wie Euch vielleicht bekannt ist, bin ich der Besitzer der Mühle in Timmdorf. Seit vergangener Woche steht die Mühle still, da keiner von den siebzehn zwangsverpflichteten Dörfern mehr zum Mahlen kommt, wie mir der Müller berichtet hat. Der Grund dafür sei eine Weisung des Herzogs. Er gefährdet meine Existenz durch diese unrechtmäßige Anordnung ..."

„Langsam, Herr Stadtrat, ganz langsam", unterbrach Hieronymus Schlapritz den Stadtrat, der sich unverzüglich wieder in Rage geredet hatte. „Klären wir doch zunächst einmal die wahren Verhältnisse. Ihr habt die Mühle also gekauft. Von wem, wenn ich fragen darf?"

„Ganz ordnungsgemäß von dem Kloster Ahrensbök als vorheriger Besitzer. Den Kaufvertrag habe ich bei mir." Damit öffnete der Stadtrat eine lederne Mappe, die er die ganze Zeit unter dem Arm bei sich getragen hatte. Er entnahm ihr ein gesiegeltes Dokument, das er über den Schreibtisch reichte.

„Wie es aussieht, ist gegen diesen Kontrakt nichts einzuwenden. Ihr seid der rechtmäßige Besitzer der Timmdorfer Mühle, nur sagt dieses Dokument nichts über die Gebiete und Dörfer aus, die an diese Mühle gebunden sind", stellte Hieronymus Schlapritz fest, nachdem er den Vertrag eingehend studiert hatte.

„Das ist doch Haarspalterei, was Ihr da betreibt. Eine Mühle ohne Zwangsverpflichtung ist doch nichts wert. Die hätte ich nie gekauft. Außerdem waren doch noch ganz andere ernsthafte Interessenten hinter diesem Objekt her. Auch die Witwe Radeleff und ihr schwarzer Schwiegersohn wollten sich die Mühle unter den Nagel reißen, bloß ich bin ihnen zuvorgekommen."

„Dazu vielleicht später mehr, zunächst ein Wort zur Vorgeschichte und zur rechtlichen Situation. Die Lage der Mühle in Timmdorf war schon dem Vater unserer fürstlichen Durchlaucht, dem Herzog Joachim Ernst, stets ein Dorn im Auge, da sie auf der Grenze zum Bistum Lübeck liegt und Dörfer aus beiden Herzogtümern zum Mühlenzwang verpflichtet hatte. Herzog Hans Adolf hat jetzt mit dem Fürstbischof August Friedrich in Eutin einen Vertrag geschlossen, dass die Dörfer nur noch in dem Herzogtum mahlen dürfen, zu dem sie auch gehören. Um konkret zu werden: Die Dörfer unseres Herzogtums mahlen in Zukunft in Plön und die des Bistums Lübeck mahlen in Zukunft in Eutin. Damit erübrigt sich die Notwendigkeit einer Mühle in Timmdorf."

„Das ist hinterhältiger Raub. Das muss ich mir nicht gefallen lassen. Das wird rechtliche Konsequenzen haben. Auch ein Herzog kann nicht tun und lassen, was er will ..."

„Schluss jetzt! Mäßigt Euch gefälligst!", fuhr der Inspektor ungehalten dazwischen. „Vergesst nicht, unter welchem Dach Ihr gerade sitzt. Weitere Beleidigungen seiner fürstlichen Durchlaucht dulde ich nicht länger. Es sei denn, ihr bevorzugt einen Aufenthalt im Schlosskerker."

„Wie sprecht Ihr eigentlich mit mir? Ich bin ein

ehrbarer Vertreter dieser Stadt und erwarte gebührenden Respekt", protestierte der Stadtrat gegen die schroffe Zurechtweisung.

„Den gestehe ich Euch gern zu, solange Ihr Euch auch so ehrbar verhaltet, wie es das hohe Amt eines Repräsentanten der Stadt verlangt", bemerkte Hieronymus Schlapritz, von dem erneuten Aufbrausen des Stadtrates unberührt. „Bevor Ihr geht, noch eine Korrektur: Die Witwe Radeleff und der Hoftrompeter Monsieur Gottlieb haben nie im Traum daran gedacht, die Timmdorfer Mühle zu kaufen. Da seid Ihr wohl falsch informiert gewesen. Wohl aber haben die beiden kürzlich die Stadtmühle von Plön vom Herzog erworben. So viel dazu, damit Ihr auch umfassend zu diesem Thema unterrichtet seid."

Stadtrat Stellmacher holte mehrfach tief Luft. Das Unfassbare wollte nicht bis zu seinem Gehirn vordringen. In seiner Aufregung hatte er nicht mitbekommen, dass der Inspektor zwischenzeitlich eine Glocke betätigt hatte und sein Sekretär eingetreten war.

„Der Herr Stadtrat möchte gehen, Malwitz. Sorgt bitte dafür, dass er bis zur Torwache begleitet wird." Hieronymus Schlapritz erhob sich und reichte dem Stadtrat die Verkaufsurkunde. „Vergesst nicht Euer wichtiges Dokument."

Hinrich Stellmacher riss ihm das Schreiben aus der Hand. „Das werdet Ihr noch bereuen. Das lass ich nicht auf mir sitzen. Auch hier im Schloss gelten Recht und Gesetz ..."

Hieronymus Schlapritz hörte noch durch die geschlossene Tür die lärmenden Ausfälle des zürnenden Stadtrates und konnte sich ein hämisches Schmunzeln nicht verkneifen.

Nachdem Hinrich Stellmacher unter den belustigten Augen der Hofgesellschaft auf der Schlossterrasse von zwei Soldaten bis zur Torwache begleitet worden war, begab er sich in sein Amtszimmer im Rathaus, setzte sich hinter seinen Schreibtisch und stütze den Kopf in die Hände. Was ging hier vor? Es schien, als ob sich die ganze Welt gegen ihn verschworen hatte. Noch vor zwei Wochen hatte er freudiger Erwartung in die Zukunft geblickt. Das Geld aus der Mühle hatte unaufhaltsam gesprudelt. Zudem wartete er auf die Rückzahlung eines Kredites mit hohen Zinsen durch die Stadt Lübeck. Doch mit der verheerenden Nachricht aus dem Lübecker Rathaus hatte alles begonnen. Der Bürgermeister der Hansestadt hatte ihm kurzerhand mitgeteilt, dass die Stadt nicht in der Lage sei, ihre Schuld von zweitausendfünfhundert Talern zurückzuzahlen. Jetzt stellte sich auch noch heraus, dass der Kauf der Timmdorfer Mühle in einem Fiasko enden würde.

Er schüttelte den Kopf. Wer hatte ihm eigentlich diesen Floh ins Ohr gesetzt, dass auch die Witwe Radeleff und der Mohr die Mühle in Timmdorf hatten kaufen wollen? Er konnte sich nicht mehr erinnern. Und jetzt besaßen sie die Plöner Stadtmühle. Wieso hatte er nichts davon gewusst, dass die Mühle überhaupt zum Verkauf stand? Das ging doch alles nicht mit rechten Dingen zu. Er musste unbedingt etwas dagegen unternehmen. Als Stadtrat hatte er sicher einige Möglichkeiten.

Entschlossen richtete er sich auf. Dabei fiel sein Blick auf ein Dokument, das vor ihm auf dem Schreibtisch lag. Er hatte es bei seinen Grübeleien vorher gar nicht bemerkt. Irritiert stellte er fest, dass es ein Schreiben der Stadt Plön mit Wappen und Siegel und persönlich an ihn gerichtet war. Er erbrach das Siegel und las die wenigen

Zeilen. Kopfschüttelnd legte er das Papier wieder hin. Der Bürgermeister und der Rat der Stadt luden ihn für den nächsten Tag zu einer amtlichen Anhörung vor und ordneten an, dass er am Morgen um zehn Uhr im Amtszimmer des Bürgermeisters zu erscheinen habe. Eine eher ungewöhnliche Einladung zu einer Sitzung im Rathaus, selbst für eine außerordentliche Tagung der Honoratioren der Stadt. Doch bei diesem peinlich korrekten Bürgermeister konnte man nie wissen, was der mit seinem übertriebenen Ordnungssinn noch wieder ausbrüten würde. Hinrich Stellmacher entschloss sich, den Ärger des Tages im „Weißen Hirschen" hinunterzuspülen.

Am nächsten Morgen erschien der Stadtrat Hinrich Stellmacher pünktlich um zehn Uhr im Rathaus. Er klagte zwar noch über einen brummenden Schädel, da sich der Aufenthalt im „Weißen Hirschen" am Vorabend ein wenig in die Länge gezogen hatte, aber trotzdem betrat er frohen Mutes das Vorzimmer des Bürgermeisters. Konsterniert stelle er fest, dass der Stadtschreiber Linning sich ihm in den Weg stellte, als er zügig auf die Amtstube des Bürgermeisters zueilen wollte.

„Was soll der Blödsinn, Linning?"

„Verzeiht, Herr Stadtrat, aber wartet bitte hier. Ich werde Euch melden", bedeutete der Stadtschreiber ihm mit wichtigem Gehabe.

Noch bevor sich Hinrich Stellmacher weiter entrüsten konnte, war Friedrich Linning hinter der Tür zum Bürgermeister verschwunden, um wenig später wieder zurückzukehren.

„Der Herr Bürgermeister lässt bitten." Er hielt die Tür weit geöffnet und verbeugte sich übertrieben.

„Was sind das denn für neue Moden, mein lieber Bürgermeister …“ Hinrich Stellmacher erstarrte.

Bürgermeister Köper saß in voller Amtstracht hinter seinem Schreibtisch. Links und rechts von ihm hatten die vier Stadträte Platz genommen. Alle blickten ihn aus ernsten Gesichtern an. Im Raum war keine weitere Sitzgelegenheit zu entdecken.

„Stadtrat Hinrich Stellmacher, das Gremium der Stadt ist heute zusammengetreten, da es zu prüfen gilt, ob notwendige Maßnahmen zu treffen sind, um das Ansehen der Stadt und seiner Bürger zu schützen und zu wahren“, begann der Bürgermeister mit wichtiger Stimme, wobei er sofort die Hand hob, um einen Einwand Hinrich Stellmachers zu unterbinden. „Dem Bürgermeister und dem Rat der Stadt liegen folgende Anschuldigungen vor, die einer eingehenden Klärung bedürfen. Danach soll ad eins der Stadtrat Hinrich Stellmacher in betrügerischer Absicht den Grafen Eberhard von Rantzau im Spiel betrogen haben, um sich unrechtmäßigerweise Besitzungen derer von Rantzau anzueignen. Ad zwei: Der Stadtrat Hinrich Stellmacher soll unter Zeugen die Witwe Sander, Wirtin des Gasthauses „Drei Kronen“, unter Androhung des Schankentzuges genötigt haben, in Zukunft Gäste nach seinem Gutdünken auszuwählen. Und ad drei: Der Stadtrat Hinrich Stellmacher soll in Glückstadt intensiv den Sklavenhandel betrieben haben, dessen Legitimität nicht in Frage gestellt werden kann, wohl aber einer christlich moralischen Wertung unterliegt. Ihr, Hinrich Stellmacher, habt nun eine Woche Zeit, zu diesen Anschuldigungen schriftlich Stellung zu nehmen.“

„Das ist doch eine große Schweinerei. Wer verbreitet denn solche Lügen? Und Ihr, Bürgermeister, lasst Euch von solchen Verleumdern auch noch vor ihren Karren spannen. Denen sollte man die Zunge rausreißen ..."

„Schweigt, Hinrich Stellmacher. Wir sind nicht zusammengetreten, um Eure Beschimpfungen zu hören. Vom Amt des Stadtrates seid Ihr suspendiert. Ihr könnt jetzt gehen", wies der Bürgermeister den renitenten Stadtrat zurecht.

Angesicht der zwei Büttel, die inzwischen in das Amtszimmer des Bürgermeisters getreten waren, und der verschlossenen Mienen seiner Amtsbrüder schwieg Hinrich Stellmacher und verließ das Rathaus.

Es herrschte eine ausgelassene Stimmung im Haus in der Neustadt vor den Toren Plöns. Fröhliches Kinderlachen erfüllte die Räume. Man trank auf das Wohl des Hausherrn und ließ die Gläser klingen. Christian Gottlieb, der Hof- und Feldtrompeter, feierte seinen dreißigsten Geburtstag. Genau genommen wusste Christian nicht, wann er geboren war, somit konnte niemand sein genaues Alter bestimmen. Doch Graf Bertram hatte festgelegt, dass der Tag der Taufe des Mohren auch sein Geburtstag sein sollte, und sein Lebensalter damals auf sechzehn Jahre geschätzt.

Christian maß diesem Festtag keine allzu große Bedeutung bei, doch Gertrud hatte darauf bestanden, den Geburtstag in ihrem neuen Haus angemessen zu feiern. So hatte sie auch alle, die ihnen lieb und gewogen waren, eingeladen, und sie waren von fern und nah gekommen. Gertruds Familie mit Mutter, Onkel und Tante und ihre Geschwister, ausgenommen der aufsässige Schwager Joachim Mack, gehörten ebenso zu der Schar der Gratulanten wie auch ihre besten Freunde, der Erste Hoftrompeter Friedrich Alexander mit seiner Frau Agnes und ihren drei Jungen. Selbst der Regimentsfeldscher Peter Gansberg und seine Frau Elisa mit den Kindern hatten den weiten Weg von Uetersen nicht gescheut, um ihrem Freund Christian persönlich ihre Glückwünsche zu überbringen. Nachbarn, Bekannte, Musiker, Schlossbeamte und natürlich auch Christians Freund Jasper Eppelmann, der Zweite Stallmeister des Herzogs, sie alle waren zu diesem Ehrentag erschienen.

Frühmorgens, als noch alles ganz ruhig im Haus war, lag Christian wach in seinem Bett, neben sich die friedlich schlummernde Gertrud. Ascheberg, wie weit lag das alles schon zurück. Obwohl sie erst ein knappes Jahr in ihrem Haus in der Plöner Neustadt wohnten, kamen ihm die Jahre in Ascheberg wie aus einer anderen Zeit vor.

Wo waren sie geblieben, die Menschen, die sein Leben bestimmt, die ihm ihre Hand gereicht und die seinen Weg begleitet hatten? Graf Bertram und der alte Graf Leopold waren gestorben. Auch sein verständnisvoller Lehrer in allen religiösen Fragen, Pastor Mollzahn, hatte längst das Zeitliche gesegnet. Graf Volkmar und Gräfin Charlotte, zu denen er stets ein sehr vertrautes Verhältnis gehabt hatte, lebten schon seit Jahren weit entfernt in Schwetzingen. Auch Margarete, die sanftmütige Tochter seiner einstigen Herrschaft, mit der ihn ein nie ausgesprochener Gleichklang von Empfindungen verband, war eingesperrt in dem goldenen Käfig ihres tyrannischen Ehemanns. Aurich, der alte Stallmeister, Martha, die mütterliche Köchin, Conrad, der Leibdiener des Grafen, was mochte aus ihnen geworden sein? Lediglich Martin Kapphengst, sein rustikaler Freund und ehemalige Büchsenspanner des Grafen Bertram, hatte sich frohen Mutes auf dem Weg zu neuen Aufgaben im Brandenburgischen bei ihm verabschiedet. Gräfin Dorothea war dem Ruf von Graf

Volkmar nach Schwetzingen gefolgt und ihre Schwester, Gräfin Julia, diente als Hofdame der dänischen Königin in Kopenhagen.

Christian dachte wehmütig an die Jahre in Ascheberg zurück. Bei allen Schwierigkeiten, Streitereien und Anfeindungen, die diese Zeit begleitet hatte, hatte es immer Personen gegeben, die ihn mochten, die ihn respektierten, die ihn so nahmen, wie er war, ein Mensch wie sie selbst, nur mit einer anderen Hautfarbe. Fast vergessen hatte er auch die Auseinandersetzungen mit Graf Christian von Rantzau, dem neuen Herrn von Ascheberg. Ihr Entschluss, den Mohrenhof zu verlassen, hatten er und Gertrud zu keiner Zeit bedauert. Zumal auch Hieronymus Schlapritz sein Versprechen eingehalten und für den Verzicht auf das Wohnrecht eine angemessene Abfindung ausgehandelt hatte.

Gertrud genoss das neue Heim und die Nähe zu ihren Verwandten und Freunden. Ein zusätzlicher Lichtblick und Grund zur Freude hatte sich zudem mit der Geburt ihres zweiten Kindes sehr bald eingestellt. Der Junge war auf den Namen Hans Adolf getauft worden, da kein Geringerer als der Herzog persönlich die Patenschaft für das Kind übernommen hatte. Bedrückend hingegen empfand Gertrud die immer wieder auftauchende Missgunst und Feindschaft, die ihr bei den Besorgungen in der Stadt und auf dem Markt entgegenschlugen. Alte Bekannte wandten sich ab, wenn sie ihnen begegnete, und hinter ihrem Rücken wurde getuschelt. Auch wenn sich Gertrud im Laufe der Jahre von einem schüchternen Mädchen zu einer selbstbewussten jungen Frau entwickelt hatte, berührten sie diese Nadelstiche doch mehr, als ihr lieb war. Letztlich auch in der mütterlichen Sorge um ihre Kinder, die solche Anfeindungen in der

Zukunft allein schon wegen ihrer schokoladenfarbenen Haut provozieren würden. So war es kaum vermeidbar, dass dieses Thema auch an einem Feiertag wie dem Geburtstag von Christian im Kreise der Frauen nicht unausgesprochen blieb.

„Stellt euch vor, Gertrud wird von manchen Frauenzimmern in Plön Mohrin genannt. Natürlich nur, wenn sie nicht in der Nähe ist." Agnes Alexanders sonst stets heiteres Gesicht verzog sich zu einer missbilligenden Grimasse.

„Ich glaube, ich könnte inzwischen ein ganzes Buch füllen mit den Namen, die man mir oder meinem Gatten im Laufe der Jahre schon angedichtet hat", berichtete Elisa Gansberg von ihren Erfahrungen.

„Einen gewissen Respekt sollte man schon von gebildeten Menschen erwarten können, aber letztlich entblößen solche Kreaturen durch ihr Verhalten nur ihr wahres Gesicht." Auch Gertruds Mutter machte keinen Hehl aus ihrer Abneigung solchen Kreaturen gegenüber.

Die Damen hatten sich zu einem kleinen Kreis bei Schokolade und Gebäck zurückgezogen, um sich den „wahren Problemen der Menschheit zu widmen", wie Agnes Alexander den Männern gegenüber lächelnd bekundet hatte.

„Monsieur Schlapritz, welche Freude, Euch zu sehen. Herzlichen Dank, dass Ihr die Zeit gefunden habt, trotz Eures gefüllten Terminplans meinem Gatten zu gratulieren", begrüßte Gertrud den Inspektor der Neustadt, der sich zu den Damen gesellt und die letzen Worte der Witwe Radeleff gehört hatte.

„Meine Damen, welch trübe Gedanken an einem solch erfreulichen Tag." Hieronymus Schlapritz hob mahnend den Zeigefinger.

„Grundsätzlich habt Ihr ja recht, Monsieur Schlapritz, es ist nur so bedauerlich, dass diese Ignoranten einem von Zeit zu Zeit die Suppe versalzen können", erwiderte Gertrud freundlich.

„Ich möchte nicht philosophisch werden, meine Damen, aber die Dummheit der Menschen scheint grenzenlos zu sein, und treffen wir auf ein Geschöpf, das von Gott nur mit beschränktem Geist versehen wurde, dann sollten wir großzügig Nachsicht üben, denn eines ist gewiss: Vom Ochsen können wir nie mehr als Rindfleisch verlangen", gab Hieronymus Schlapritz einen seiner weisen Ratschläge von sich, nicht ohne sich selbst darüber köstlich zu amüsieren, zumal auch die Damen ein erfrischendes Lachen anstimmten.

„Verratet uns doch einmal Euer Geheimnis, Monsieur Schlapritz, wie es Euch gelingt, stets so fröhlich zu sein. Niemals, wenn ich Euch begegnet bin, habe ich an Euch etwas Missmutiges entdecken können. Gibt es dafür eine Medizin?", fragte Elisabeth Radeleff neugierig, wobei die anderen Damen sie verwundert ansahen. Konnte es sein, dass die Witwe mit dem Inspektor der Neustadt kokettierte?

„Verehrte Madame Radeleff, es liegt vermutlich an meiner angeborenen Beißhemmung dem schöneren Geschlecht gegenüber oder auch nur an der mir angeborenen Schweizer Frohnatur. Eine Medizin dafür gibt es kaum. Einen sturen Esel kann man selbst mit der süßesten Möhre nicht überlisten." Hieronymus Schlapritz lächelte die Damen entwaffnend an. Man konnte ihm einfach nicht böse sein.

„Wenn es so ist, dann muss Agnes auch aus der Schweiz stammen", bemerkte Gertrud angesichts ihrer immer fröhlichen Freundin. Was von allen mit einem lustigen

Gelächter bestätigt wurde.

„Monsieur Schlapritz, ich glaube, ich muss Euch unverzüglich von den Damen losreißen. Ihr bringt ja die zarten Geschöpfe ganz aus dem Häuschen." Christian war zu der gut gelaunten Runde getreten.

„Oh, verehrter Monsieur Christian, da verkennt Ihr die Lage absolut, das schaffen die Damen auch ohne mich." Was wiederum zu einem herzlichen Lachen aller führte. „Aber wenn mich die Damen trotzdem ein Weilchen entschuldigen könnten, würde ich ganz gern ein Wort mit Euch wechseln."

Der Inspektor verbeugte sich schmunzelnd und folgte Christian in den angrenzenden Raum, wo sie auf die Freunde des Mohren trafen. Nachdem Hieronymus Schlapritz beteuert hatte, dass es ihm sogar sehr recht wäre, wenn der Regimentsfeldscher Peter Gansberg und der Erste Feldtrompeter Friedrich Alexander auch hören würden, was er zu sagen hatte, setzten sich die vier um einen Tisch.

„Monsieur Christian, ich möchte Euch schon seit Tagen ein Angebot unterbreiten, fand aber dafür noch nicht den richtigen Zeitpunkt. Der erscheint mir heute optimal. Auch auf die Gefahr hin, dass Ihr mich für verrückt erklärt, frage ich Euch jetzt. Was haltet Ihr davon, in Eimsbüttel vor den Toren Hamburgs einen Gutshof zu erwerben?" Hieronymus Schlapritz setzte sich bequem zurück und blickte Christian erwartungsvoll an.

„Wo Ihr es selbst schon erwähnt habt, das klingt mehr als verrückt! Aber Ihr werdet sicherlich dafür einen Grund haben." Christian konnte nicht erkennen, welches Ziel Hieronymus Schlapritz verfolgte. Auch seine beiden Freunde warteten wissbegierig darauf, was der Inspektor noch zu berichten hatte.

„Ich werde natürlich meine grundsätzlichen Überlegungen dazu nicht zurückhalten. Zunächst wissen wir alle, dass Euch Eure Dienste im Auftrage des Herzogs immer wieder nach Glückstadt führten und für längere Zeit von zu Hause fernhielten."

Christian nickte zustimmend.

„Die Pläne seiner fürstlichen Durchlaucht sehen für die Zukunft eine Intensivierung seiner diplomatischen und ökonomischen Interessen mit Hamburg vor. Einen in beiden Belangen gewandten Abgesandten vor den Toren Hamburgs zu wissen, wäre aus diesem Grund für den Herzog von großer Bedeutung."

„Ich bin nicht ganz sicher, verehrter Monsieur Schlapritz, ob ich das Vertrauen des Herzogs und Eure damit verbundene Offerte als Geburtstagsgeschenk empfinden soll, wo der Umzug von Ascheberg in dieses Haus noch nicht allzu lange her ist."

„Sicherlich ist das ein Argument, das ich durchaus akzeptiere. Erlaubt aber noch zwei Hinweise. Wie wir alle wissen, gibt es in Plön Eurer Familie gegenüber von einigen Unbelehrbaren immer noch deutliche Vorbehalte. Ich habe eben nur durch reinen Zufall einen Teil des besorgten Gespräches der Damen zu diesem Thema mitgehört."

Christian runzelte die Stirn.

„Ein weiteres Plus ist der Gutshof selbst. Kein Vergleich zu Eurem ehemaligen Hof auf Ascheberg. Es handelt sich um eine herrschaftliche Anlage, ähnlich des Anwesens von Monsieur Gansberg in Uetersen, das Ihr ja auch aus eigener Anschauung kennt."

„Ich muss Monsieur Schlapritz zustimmen. Der Eimsbütteler Gutshof ist auch mir bekannt. Die Häuser, die Ländereien und das ganze Umfeld sind überaus ansprechend“, bestätigte der Regimentsfeldscher Peter Gansberg die Ausführungen des Inspektors.

„Abschließend noch ein nicht unbedeutender Aspekt. Der bisherige Besitzer ist hoch verschuldet. Er hatte bei der Bewirtschaftung keine glückliche Hand, wobei der Gutshof trotzdem in einem hervorragenden Zustand ist. Die Höhe des Verkaufspreises bewegt sich daher in äußerst günstigen Gefilden, da er dringend Geld benötigt, um seine Gläubiger ruhigzustellen“, legte Hieronymus Schlapritz sein letztes Argument auf den Tisch.

„Fürwahr ein verlockendes Angebot, mein lieber Monsieur Schlapritz. Aber Ihr habt sicherlich Verständnis dafür, dass ich solche gravierenden Entscheidungen erst intensiv durchdenken muss und mit Gertrud und meinen Freunden besprechen möchte.“

„Selbstverständlich, Monsieur Christian, lasst Euch Zeit. Beratet Euch und gebt mir Nachricht, wann und wie Ihr Euch entschieden habt, wann immer Ihr wollt.“

Der Inspektor der Neustadt erhob sich. „Ich muss mich jetzt allerdings verabschieden. Der Dienst ruft. Herzlichen Dank für Eure Gastfreundschaft.“

Damit wandte sich Hieronymus Schlapritz ab und ging auf den Ausgang zu. An der Tür drehte er sich jedoch noch einmal um. „Dabei fällt mir ein: Obwohl es vielleicht für heute etwas pietätlos klingen mag, aber der Stadtrat Stellmacher ist von uns gegangen. Er hat es vorgezogen, sich unter dem Dach seiner Kornkammer aufzuhängen. Ich vermute, dass sich die Trauer um ihn in Plön in Grenzen halten wird. Ich wünsche Euch weiter einen fröhlichen und festlichen Tag.“

Kapitel 20

Christian war immer wieder aufs Neue beeindruckt von der emsigen Geschäftigkeit und dem lebendigen Treiben, das ihm entgegenschlug, wenn er in Hamburg eintraf. Es waren zwei Welten – die kleine verträumte Residenzstadt Plön mit ihrer Beschaulichkeit und den biederen Geschöpfen und hier eine Handelsmetropole mit Schiffen und Menschen aus fernen Ländern. Der Kontrast konnte größer nicht sein. Bereits auf dem Weg von seinem neuen Zuhause, dem Gutshof in Eimsbüttel, traf er auf Handwerker und Kaufleute, die ihrer Tätigkeit schon vor den Stadttoren der Hansestadt nachgingen. Hamburg schien förmlich aus seinen Nähten zu platzen. Seilmacher, Trankocher und Schiffsbauer waren vor die Wallanlagen gezogen und hatten sich in einstöckigen Häusern vor der Stadtbefestigung niedergelassen.

Als Christian heute über den hohen Berg auf das Altonaer Tor, dem westlichen Stadttor Hamburgs, zuritt, vernahm er schon von Ferne einen ungewöhnlichen Lärm. Christian traute seinen Augen nicht. Eingehüllt in eine riesige Staubwolke krachten die Häuser vor den Wallanlagen nacheinander zusammen. Soldaten mit langen Stangen brachen einzelne Bretter aus den Wänden, legten Seile um die Balken und ließen die Gebäude von Pferden einreißen. Laute Schreie und Kommandos begleiteten diese gespenstische Szene, für die Christian keine Erklärung fand. Unweit des martialischen Geschehens entdeckte er weitere Soldaten, die mit Lanzen mühsam eine aufgebrachte Menschenmenge in Schach hielten. Einzelne von ihnen hielten Säcke und Truhen in den Händen. Vermutlich ihr einziges Hab und Gut, das sie noch rechtzeitig aus ihren Häusern gerettet hatten.

„Was geht hier eigentlich vor?“, fragte Christian einen älteren Mann, der sich abseits auf einen Stein gesetzt hatte und mit leeren Augen vor sich hin starrte.

„Sie machen unsere Häuser flach!“, war die schlichte Antwort, aus der Resignation und Verzweiflung sprach.

„Und warum?“

„Wir sind ihnen im Weg. Sie brauchen freies Schussfeld, haben sie gesagt“, brummte der Alte verdrossen.

Christian schüttelte ungläubig den Kopf. Vorsichtig lenkte er sein Pferd durch die Menschen, bis ihm, nicht weit vom Stadttor entfernt, ein Hauptmann der Bürgerwehr über den Weg lief. „Hauptmann, wer ist verantwortlich für diese ungeheure Attacke gegen wehrlose Menschen?“, sprach Christian den Offizier in barschem Ton an.

Der Hauptmann wirbelte erregt herum, bereit, diesen anmaßenden Störenfried in seine Grenzen zu weisen, hielt dann aber inne, als er den edel gekleideten Herrn hoch zu Ross erblickte. Die Feder am Hut, der Degen an seiner Seite und das Wappen auf der Satteldecke waren für den Hauptmann eindeutige Zeichen dafür, dass er es hier ungeachtet der Hautfarbe mit einem höhergestellten Herrn zu tun hatte.

„Der Senat der Stadt Hamburg hat angeordnet, die Bürgerwehr in einen uneingeschränkten Verteidigungszustand zu versetzen. Dazu gehört auch ein freies Schussfeld für die Kanonen auf den Wällen und in den Bastionen.“ Der Hauptmann drehte sich um und rief seinen Soldaten kurze Befehle zu.

Zügig passierte Christian das Altonaer Tor und ritt durch die gepflasterten Straßen seinem Ziel, dem Rathaus, entgegen.

„Ich freue mich ganz besonders, Euch wiederzusehen", begrüßte der Hamburger Bürgermeister Joachim Lemmermann seinen Gast freundlich.

Christian kannte den obersten Repräsentanten der Hansestadt bereits, da ohne die Zustimmung der Stadt Hamburg der Kauf seines Gutshofes im Klosterdorf Eimsbüttel nicht möglich gewesen wäre, da der Rat der Stadt von jeher die Schutzherrschaft über das Kloster übernommen hatte.

„Ich darf mich bedanken, Herr Bürgermeister, dass Ihr Eure kostbare Zeit für mein Anliegen verwendet", begegnete Christian der einladenden Begrüßung.

„Wie meine Kanzlei mir vorgetragen hat, beabsichtigt Euer Herzog Hans Adolf eine Neuerung einzuführen, die auch für Hamburg nicht unbedeutend sein könnte?"

„Ganz recht. Seine fürstliche Durchlaucht, Herzog Hans Adolf, pflegt, wie Ihr wisst, seit geraumer Zeit Verbindungen in Eure Stadt, die er nach dem Frieden zwischen Hamburg und dem dänischen Königshaus intensivieren möchte. Erlaubt mir bei dieser Gelegenheit, Euch meine persönliche Anerkennung auszusprechen für Eure vortreffliche diplomatische Leistung." Sein Kompliment an den Bürgermeister bezog sich darauf, dass dieser 1686 nach heftigen Kämpfen und längerer erfolgloser Belagerung der Stadt Hamburg durch den dänischen König Christian V. eine vorteilhafte Vereinbarung getroffen hatte.

„Ihr seid zu gütig, Monsieur Gottlieb, aber was konkret schwebt dem Herzog vor?"

„Die Idee seiner Durchlaucht ist ein regelmäßiger und organisierter Brief-, Stückgut- und Personenverkehr zwischen der Hansestadt und dem Herzogtum. Konkret, Herr Bürgermeister, würde das bedeuten: In Hamburg und auch in Plön wird eine Gesellschaft geschaffen, die für all diese Transporte verantwortlich ist. Dazu stehen dann Kutschen, Pferde und Reiter zur Verfügung, die diese Fahrten unternehmen. Aufgrund der großen Distanz sind unterwegs Anlaufstellen einzurichten, an denen sich Reisende stärken und wo Pferde gewechselt werden können."

„Ein interessanter Gedanke, ein äußerst interessanter Gedanke", stellte der Hamburger Bürgermeister nach einer Weile fest und rieb sich dabei das Kinn. „Wenn ich Euch recht verstanden habe, würde das bedeuten, dass der Warenaustausch zügiger vonstattengehen und durch die Erhöhung der Frequenz auch das Volumen des Umsatzes steigen würde. Langfristig gesehen hätten sich die anfänglichen Investitionen dann sehr schnell amortisiert."

Christian schien es, dass der Bürgermeister bereits detaillierte Summen im Kopf hatte, als er ihn jetzt gedankenversunken vor sich hin murmeln hörte. Anscheinend konnte der Bürgermeister sein Elternhaus nicht verleugnen, da sein Vater viele Jahre der Vorsitzende der Kaufmannschaft in der Hansestadt gewesen war.

„Ich merke, verehrter Herr Bürgermeister, dass die Idee des Herzogs bei Euch auf fruchtbarem Boden gelandet ist", unterbrach Christian den Bürgermeister schmunzelnd bei seinen Gedankenspielen.

„Oh, verzeiht, Monsieur Gottlieb, es ist wohl das Erbgut meines Vaters, das bei mir immer das Kaufmännische durchbrechen lässt. Aber Ihr habt recht, ich betrachte diesen Gedanken als äußerst hilfreich für beide Parteien. Ihr wisst, dass es nötig ist, zunächst den Senat der Stadt davon zu überzeugen, aber so viel kann ich Euch für den Herzog schon mit auf den Weg geben, es hat in Hamburg noch nie einen Kaufmann gegeben, der ein gutes Geschäft ausgeschlagen hätte."

Damit wollte Bürgermeister Lemmermann seinen Gast mit den besten Grüßen an den Herzog und dem Versprechen einer baldigen Depesche in dieser Angelegenheit verabschieden, doch Christian zögerte zunächst einen Augenblick und schaute dann den Bürgermeister nachdenklich an. „Eine Frage liegt mir noch auf der Seele, verehrter Herr Bürgermeister."

Der Bürgermeister hob irritiert seine Augenbrauen.

„Wie erklären sich meine Beobachtungen vor dem Altonaer Tor, wo man heute Morgen die Häuser vor dem Wall offensichtlich gegen den Willen ihrer Bewohner systematisch zerstört hat?"

„Oh, ich wusste gar nicht, dass man diese Maßnahme schon heute vollziehen wollte. Ursprünglich hatte der Senat dafür einen Tag am Ende des Monats angesetzt, um den Besitzern der Häuser genügend Zeit auf der Suche nach einem neuen Quartier zu ermöglichen", antwortet der Bürgermeister überrascht und sichtlich besorgt.

„Der Hauptmann, den ich befragte, sprach von der dringenden Notwendigkeit eines freien Schussfeldes für die Kanonen. Droht denn der Stadt Hamburg tatsächlich Gefahr von außen, die eine solche Aktion rechtfertigt?"

„Nein, nein, der Frieden mit Dänemark steht auf festen Füßen. Aber Ihr wisst ja selbst als Soldat, dass es immer wieder Menschen gibt, die gern mit dem Säbel rasseln. So auch in unserem Senat. Der gut gemeinte Rat des einen zur grundsätzlichen Wachsamkeit ist für den anderen gleich die Aufforderung zur Mobilmachung. Ein unerträglicher Zustand. Zusätzlich macht uns die Überbevölkerung der Stadt Sorgen. Ihr habt es gesehen, die Leute verlassen die Stadtmauern und siedeln sich dort an, wo sie wollen. Die Hamburger Zünfte versuchen dagegenzuwirken, indem sie hohe Zölle für alle Waren erheben, die von außen wieder in die Stadt gebracht werden sollen. Was wiederum zur Folge hat, dass es die Bürger Hamburgs, die bisher vor den Stadttoren wohnten, immer weiter zur dänischen Grenze zieht. Und solche drastischen Maßnahmen, von denen Ihr gerade berichtet habt, werden diese Flucht noch unterstützen."

„Und was wäre, wenn Ihr diesen Menschen eine Möglichkeit bieten würdet, sich im Klosterdorf Eimsbüttel anzusiedeln?", folgte Christian einer plötzlichen Eingebung, ohne vorher darüber nachgedacht zu haben.

Bürgermeister Lemmermann blickte sein Gegenüber mit erstaunten Augen an. Dann schüttelte er seinen Kopf, als ob er sich soeben verhört hätte. „Sagt das noch einmal!"

„Warum offeriert Ihr diesen Bürgern nicht die Chance, eine Heimat im Klosterdorf Eimsbüttel zu finden. Durch Eure Schutzherrschaft über das Kloster würde die Hansestadt auch weiter Einfluss auf diese Bürger haben können." Christian begeisterte sich langsam an seinem eigenen Vorschlag.

„Mein lieber Monsieur Gottlieb, es ist einfach erfrischend, mit Euch zu plaudern. Ihr seid offensichtlich in der Lage, Probleme in kurzer Zeit zu lösen, wozu die ergrauten Stadtväter Hamburgs Jahre bräuchten. Ein plausibler Ansatz, den ich, wenn Ihr gestattet, im Senat und in der Bürgerschaft bei Gelegenheit vortragen und ohne Rücksicht auf Euch als die meine ausgeben werde."

„Es wäre mir eine Ehre, auf diese Weise der Mann in Eurem Ohr gewesen zu sein, Herr Bürgermeister."

Gertrud stand dem Umzug nach Eimsbüttel, wie Christian vermutet hatte, zunächst skeptisch gegenüber. Genoss sie doch die Nähe zu ihrer Familie und ihrer Freundin Agnes in Plön sehr. Christians längere Abwesenheiten von zu Hause und nicht zuletzt auch die täglichen kleinen Nadelstiche der boshaften Bürger, die ihr das Leben schwer machten, waren dann doch ausschlaggebend für ihre Zustimmung. Der Gutshof, den Hieronymus Schlapritz und auch Peter Gansberg ihr beschrieben hatten, entpuppte sich tatsächlich als feudales Schmuckstück mit einem Torhaus, gemauerten Wirtschaftsgebäuden und einem repräsentativen Herrenhaus mit einem mächtigen Säulenportal. Auch wenn der vorherige Besitzer sich mit dem Gut übernommen hatte, so übergab er das Anwesen doch in einem einwandfreien Zustand, nicht zuletzt dank des ausgesuchten Personals.

Gertrud und Christian wunderten sich stets aufs Neue, mit welcher Leidenschaft und welch fröhlichem Einsatz sich die Menschen auf dem Gut engagierten, als sie hörten, dass Christian keinen von ihnen entlassen wollte. Auch Wochen später, nachdem sie sich ein wenig eingelebt und die Bediensteten besser kennengelernt hatten, waren sie beide absolut sicher, dass dieses die richtige Entscheidung gewesen war. Gertrud hatte keine Mühe, sich an die neuen Gegebenheiten zu gewöhnen. Nachdem sie sich mit den Örtlichkeiten vertraut gemacht hatte, lief auch die Führung des Haushalts auf dem großen Gut reibungslos. Schließlich war sie auf dem Mohrenhof in Ascheberg in eine gute Schule gegangen.

In Eimsbüttel hingegen kam jedoch noch eine ganz andere unerwartete Verpflichtung auf sie zu. Das St. Johanniskloster erhielt aus einer Vielzahl abgabepflichtiger Dörfer keine unerheblichen Einkünfte. Zudem diente es als Damenstift der Versorgung unverheirateter Töchter von begüterten Hamburger Bürgern und hielt auch Wohnungen für Witwen aus der Hansestadt bereit. Der Herrin des Eimsbütteler Gutes oblag es, zu den Damen des Stifts ein gutes Verhältnis zu pflegen, das sich vorrangig in regelmäßigen Besuchen ausdrückte. Als sich dann noch herausstellte, dass die Erbtante Auguste ihres gemeinsamen Freundes, des Regimentsfeldschers Peter Gansberg, im Kloster wohnte und mit großem Interesse alles Neue aufsaugte, was außerhalb der Klostermauern geschah, wandelte sich für Gertrud diese Verpflichtung sehr schnell in eine wohltuende Abwechslung vom Alltag im Gutsbetrieb.

Heute allerdings stand Gertrud eine ganz neue Erfahrung bevor, der sie aufgeregt wie ein kleines Kind kurz vor Weihnachten entgegenfieberte. Ihre beiden Freundinnen Agnes und Elisa hatten sich angekündigt. Einem freundschaftlichen Besuch hätte Gertrud ja gelassen entgegengesehen, aber Elisa hatte angeordnet, sie wolle den beiden „Landpomeranzen", wie sie sich ausgedrückt hatte, endlich die große weite Welt zeigen. Jeden Augenblick musste die Kutsche vorfahren, um sie dann auf direktem Weg nach Hamburg zu bringen.

„Franz, halte bitte kurz an!", befahl Elisa Gansberg ihrem Kutscher, als sie über den hohen Berg auf Hamburg zurollten.

„So, meine Lieben, das ist die weltoffene Stadt Hamburg, die jetzt vor euch liegt." Elisa machte mit ihrem kleinen Sonnenschirm eine ausholende Bewegung und wies auf die grünen Wallanlagen hin, die von mächtigen Bastionen unterbrochen wurden und hinter denen die Dächer der Häuser und die Kirchtürme zu sehen waren. Gertrud und Agnes schienen tief beeindruckt zu sein, denn für kurze Zeit war das aufgeregte Geschnatter der jungen Frauen unterbrochen.

„Und in das Gewühle wollen wir uns jetzt stürzen?“, fragte Gertrud nach kurzer Zeit etwas furchtsam, nachdem sie auch den unaufhaltsamen Strom von Menschen und Fuhrwerken vor dem Stadttor entdeckt hatte. Auch der junge Leutnant, der die Damen auf seinem Pferd als Eskorte begleitete, musste schmunzeln.

„Keine Angst, liebe Gertrud, der Leutnant, Franz und die Pferde kennen den Weg.“ Elisa gab dem Kutscher das Zeichen zum Weiterfahren. Die Frau des Regimentsfeldschers kannte sich in Hamburg aus. Immer wieder einmal entfloh sie ihrem Gut in Uetersen, um in die nahe Großstadt einzutauchen. Heute hatte sie sich angeboten, ihre beiden Freundinnen bei ihrem ersten Ausflug in die Hansestadt zu begleiten.

Durch Straßen und schmale Gassen, über Plätze und Brücken rumpelte die Kutsche, immer darauf bedacht, anderen Fuhrwerken und Lasten tragenden Menschen nicht in die Quere zu kommen.

„Mein Gott, was stinkt das hier!“, konnte sich Agnes nicht verkneifen zu bemerken, als sie auf einer Brücke über einen schmalen Bach rollten, der augenscheinlich zu einem bevorzugten Platz für allen erdenklichen Unrat genutzt wurde. Auch aus anderen Gräben und den Fleeten roch es penetrant nach Abfall und Kot, selbst auf den Gassen schien erst kürzlich so mancher Inhalt aus den Nachtgeschirren gelandet zu sein.

„Das geht gleich vorbei“, beruhigte Elisa ihre beiden Freundinnen und gab ihnen jeweils ein kleines Taschentuch, das wie ein Beutelchen aussah und angenehmen Duft ausströmte. „Haltet euch das hier unter die Nase.“

Wenig später trauten Gertrud und Agnes ihren Augen nicht. Nachdem die Kutsche aus einer engen Gasse herausgefahren war, standen sie vor einem See, der auf der einen Seite von einer Allee gesäumt wurde. Unter den Bäumen lustwandelten gut gekleidete Damen, begleitet von galanten Herren. Am Ende der Allee stand ein Pavillon, unter dem an kleinen Tischen Menschen saßen und den Blick auf den See genossen.

„Die Hamburger nennen dieses Wasser Alster. Eigentlich ist es ja ein Fluss, aber hier in der Stadt nutzt man ihn zum idyllischen Zeitvertreib“, erläuterte Elisa ihren Freundinnen diesen erholsamen Flecken in der sonst so umtriebigen Stadt. „Und wenn ihr mögt, können wir uns nachher auch eine kleine Bootsfahrt gönnen. Aber vorher machen wir noch einen unverzichtbaren Besuch.“

Gertrud und Agnes sahen ihre Freundin erwartungsvoll an, doch die lächelte nur geheimnisvoll. Nicht weit von der Alster entfernt hielt Franz die Kutsche an und Elisa bat die beiden Freundinnen auszusteigen.

„Wir sehen uns in einer Stunde wieder“, warf sie dem Leutnant und dem Kutscher zu, während sie auf ein mehrstöckiges weißes Haus zusteuerte und Gertrud und Agnes aufforderte, ihr in den ersten Stock zu folgen. Ihre neugierigen Fragen nach dem Wohin hatte Elisa nur mit einem verschmitzten Lächeln beantwortet.

„Madame Gansberg, es ist mir stets eine große Ehre und Freude, Euch in meinen bescheidenen Räumen willkommen zu heißen. Und wie ich vermute, sind das Eure ehrenwerten Freundinnen, die Ihr mir letztlich schon avisiert habt.“ Eine elegant gekleidete Frau, deren Alter schwer einzuschätzen war, begrüßte sie, nachdem sie an einer großen Glastür geklingelt und einen einfach eingerichteten Salon betreten hatten.

„Darf ich euch Madame Grandville vorstellen, meine Lieben, die euch heute auf der ganzen Linie verzaubern wird“, stellte Elisa die schlanke und elegante Erscheinung vor, die sie mit ihren braunen Augen anlächelte, sodass ein Paar Grübchen auf ihren Wangen erschienen, die ihr zusätzlich zu ihren Sommersprossen auf der Nase ein schelmisches Aussehen verliehen.

Obwohl Gertrud und Agnes immer noch nicht wussten, was sie hier erwarten würde, folgten sie Madame Grandville bereitwillig in einen größeren angrenzenden Raum, der mit kleinen Tischen und Stühlen ausgestattet war und an dessen Wänden mehrere große Spiegel hingen.

„Nun mach es doch nicht so spannend, Elisa.“ Agnes konnte nicht mehr an sich halten.

Madame Grandville hatte sie aufgefordert, Platz zu nehmen, und sich für einen Augenblick entschuldigt. Dabei war den beiden Freundinnen zum ersten Mal auch der französische Singsang ihrer Aussprache aufgefallen. Kurze Zeit später erschien Madame Grandville wieder, gefolgt von einem Dienstmädchen, das den Damen Schokolade und Gebäck servierte.

„Nun, meine Damen, ich glaube, es ist an der Zeit, Euch meine neueste Kollektion nahezubringen.“ Madame Grandville ergriff eine kleine Glocke und unverzüglich öffnete sich eine auf den ersten Blick unsichtbare Tür zwischen zwei Spiegeln. Heraus traten drei junge

Frauen in atemberaubender Garderobe. Gertrud und Agnes hielten sich vor Überraschung die Hände vor den Mund. Madame Grandvilles drei Mädchen drehten und bewegten sich anmutig, als würden sie in einem Traum von Seide, Batist und Samt schweben. Das entzückte Staunen versetzte den Raum in andächtige Stille. Nach einer Weile klatschte Madame Grandville in die Hände und die drei Mädchen verließen den Raum durch die Geheimtür.

„So etwas Schönes habe ich ja in meinem ganzen Leben noch nicht gesehen."

„Hast du den gerafften Unterrock bei dem blauen Kleid gesehen?"

„Und dieser gewagte Ausschnitt! Aber doch elegant. Ob mir so etwas stehen würde?"

Gertrud und Agnes waren aus dem Häuschen, ganz so, wie Elisa es sich erhofft hatte. Aufgeregt besprachen sie die Kleinigkeiten, die jede von ihnen an den auserlesenen Roben entdeckt hatte. Elisa und Madame Grandville beobachteten die beiden mit sichtlichem Vergnügen, bis ein neues Klingelzeichen ertönte und die drei Mädchen wieder erschienen, jede mit einer neuen, ebenfalls umwerfenden Kreation. Jetzt konnten sich die Frauen bereits während der Vorführung nicht zurückhalten und äußerten begeistert ihr Entzücken über die gefälligen Variationen der Kleider.

„Ihr Lieben", unterbrach Elisa nach einer Weile das überschwängliche Geschnatter und Gekicher ihrer Freundinnen, „der Grund unseres Besuchs bei Madame Grandville dient nicht nur eurer Belustigung. Ich habe beschlossen, dass ihr in Zukunft neben euren stattlichen Männern zu festlichen Anlässen in noch größerem Glanz erstrahlen sollt als bisher. Madame Grandville und ihre

Schneiderinnen stehen bereit, euch von Kopf bis Fuß in Damen von Welt zu verwandeln."

„Ist das wirklich wahr?"

„Das ist doch viel zu teuer!"

„Ich weiß gar nicht, für welches Kleid ich mich entscheiden soll."

„Meine Damen, meine Damen", bat Madame Grandville um Aufmerksamkeit und versuchte die unruhigen Geister zu beruhigen. „Ich werde Euch jetzt in meine Schneiderei führen und gemeinsam mit Euch ein Ensemble zusammenstellen, das nur zu Euch passt und nur für Euch geschneidert wird."

Nachdem auch Elisa ihren Freundinnen beteuert hatte, dass alles einschließlich der Bezahlung und des Transportes der fertiggestellten Kleider geregelt sei, folgten Gertrud und Agnes Madame Grandville bereitwillig in die atemberaubende Welt von Tüll und Taft. Elisa lächelte. Sie war sich ganz sicher, dass dieser erste Ausflug ihrer Freundinnen nach Hamburg unvergessen bleiben würde.

Die Ruhe und Beschaulichkeit über dem Gutshof in Eimsbüttel schien an diesem Abend zum Greifen nahe. Nebelschwaden verwandelten die Wiesen in ein verwunschenes Land. Einzelne Sterne bemühten sich, die Wolkendecke zu durchdringen. Über allem schwebte ein Hauch von Einklang und Zufriedenheit. Ein Gefühl, das auch Gertrud und Christian in diesen Abendstunden zu teilen schienen.

„Wenn ich ganz ehrlich bin, war ich doch schon sehr skeptisch, ob es richtig war, nach Eimsbüttel zu ziehen", bekannte Gertrud freimütig und mit einem leichten Seufzer. „Doch heute sieht die Welt ganz anders aus."

„Besser oder schlechter?“, neckte Christian seine Frau und nahm sie sogleich in die Arme. Sie hatten es sich in einem gemütlichen kleinen Salon des Herrenhauses, den Gertrud über alles liebte, auf einer breiten Chaiselongue bequem gemacht.

„Du sollst ernst bleiben, wenn ich meine geheimsten Gedanken mit dir teilen möchte“, tadelte Gertrud ihren Mann lächelnd. „Hier gibt es keine aggressiven Verwandten, keine neidischen Nachbarn. Hier begegnet man uns mit einer entwaffnenden Offenheit und mit gebührendem Respekt. Ich empfinde das nach unseren turbulenten Jahren als äußerst wohltuend.“

„Ich kann dir nicht widersprechen, meine Liebste. Auch ich fühle mich hier rundherum wohl. Eigentlich müssten wir dem alten Fuchs Schlapritz dankbar sein. Die Wege, die er uns aufgezeigt hat, waren nie die schlechtesten. Mit diesem Anwesen haben wir auch etwas für unsere Kinder geschaffen, für später, wenn wir einmal nicht mehr sind. Ein beruhigendes Gefühl.“

„Wo du gerade die Kinder erwähnst, wir müssen aufpassen, dass sie nicht zu sehr verwöhnt werden. Jedes Mal, wenn ich sie mit in das Kloster nehme, bringen sich die Damen aus dem Stift halb um im Wettstreit um die Gunst der Kleinen. Und Peters Tante Auguste verwöhnt sie von hinten bis vorne. Unter dem Mantel der Verschwiegenheit hat sie mir letztens anvertraut, dass ihre Nachbarin, eine Frau Hasselburg aus Barmbek, ihr vorgehalten hätte, dass sie ja unsere Kinder und die von Elisa und Peter nur deshalb so gern habe, weil sie schokoladenbraun seien. Daraufhin hat Tante Auguste geantwortet, dass das richtig sei, denn weiße Kinder könne ja jeder haben.“

„Eine äußerst weise Dame, die Tante von Peter“,

bemerkte Christian lachend. „Es freut mich sehr, meine liebe Gertrud, dass du dich hier so gut eingewöhnt hast. Und wie es aussieht, scheint auch der Herzog mit meiner Arbeit zufrieden zu sein. Die einzelnen Stationen auf der Handelsroute zwischen Hamburg und Plön nehmen immer konkretere Formen an. Selbst der Senat und der Klostervogt fanden die Idee der Ansiedlung von Hamburgern in Eimsbüttel zukunftsweisend. Die Nähe der Hansestadt schafft einfach ganz andere Möglichkeiten und immer neue reizvolle Aufgaben."

„Und Verlockungen für Landpomeranzen, wie unsere Freundin Elisa Agnes und mich genannt hat", warf Gertrud ein.

„Du meinst eure Ausflüge nach Hamburg, die ihr euch von Zeit zu Zeit nicht verkneifen könnt? Ach, Gertrud, wenn das dein einziges Laster ist, dann kann ich darüber großzügig hinwegsehen." Christian küsste sie verständnisvoll auf die Stirn, woraufhin Gertrud sich umdrehte und Christian übermütig ansah.

„Über meine wahren Laster möchte ich mich mit dir noch eine Weile unterhalten, wobei wir die nicht unbedingt in Worte fassen müssen." Christian lächelte seine geliebte Gertrud verstehend an und küsste sie voller Begehrlichkeit.

Der Mond tauchte den Gutshof in einen silbernen Schimmer. Im Herrenhaus erloschen die Lichter. Lautlosigkeit senkte sich über Bäume und Wipfel. Selbst der Ruf des Waldkauzes schien für eine Weile zu verstummen.

Kapitel 21

Plön, am 3. Juni 1690

Schwerfällig rumpelte der Wagen über den staubigen Feldweg zwischen Eutin und Plön. Alles schien an diesem sonnigen Nachmittag ein wenig langsamer zu gehen. Auch das alte Pferd vor dem Fuhrwerk mit den hohen Aufbauten tat nicht mehr, als es musste. Die Bäume des Waldes am Wegesrand warfen kaum Schatten. Sein Kutscher döste auf dem Bock vor sich hin. Nur dem Jungen, der auf einem Grauschimmel dem Wagen munter vorausritt, machte die drückende Wärme anscheinend nichts aus.

Der Kaufmann Archibald Schleevogt hatte heute auf dem Markt in der Bischofsstadt Eutin ein gutes Geschäft gemacht. Sein umfangreiches Sortiment erfüllte fast alle Wünsche der Menschen, zumindest wenn es um die Dinge ging, die im Alltag nötig waren. Ob Töpfe, Pfannen oder Feuerhaken, ob Nähnadeln, Kochlöffel oder Beißzangen, ob Knöpfe, Borten oder Spitzen, das Angebot war schier unerschöpflich.

Besonders die Weiblichkeit konnte sich an Kaufmann Schleevogts Waren stets erfreuen. Das lag auch daran, dass der gewiefte Kaufmann es immer verstand, den Damen mit schmeichelnden Worten die Einmaligkeit des jeweiligen Objekts der Begierde zu vermitteln. Besonders begehrt waren seine feinen Stoffe, die er in einer verschlossenen Truhe mitführte, während manch andere Gerätschaften klappernd am Wagen hingen.

Plötzlich schreckte der Ruf seines Sohnes Walter den Kaufmann aus seinen Träumen. „Vater, seht Ihr das braune Pferd da vorne? Es ist weit und breit kein Reiter zu entdecken." Der Junge zeigte auf ein herrenloses Pferd mit Sattel, das am Wegesrand graste.

Kaufmann Schleevogt griff unverzüglich unter den Kutschbock, holte eine Pistole hervor und legte sie unter eine Decke neben sich. Man konnte ja nie wissen. Räuber und Wegelagerer lauerten überall.

Der Junge des Kaufmanns ritt langsam auf das Tier zu, das aufmerksam seine Lauscher aufstellte. Dann glitt er von seinem Grauschimmel und näherte sich vorsichtig dem herrenlosen Pferd. Beruhigend sprach er auf den Braunen ein, bis er seine Zügel, die lose über die Erde schleiften, ergreifen konnte. Inzwischen war auch der Kaufmann mit seinem Wagen herangekommen.

„Es muss schon einem edlen Herrn gehören, Vater. Seht nur, es hat ein Wappen auf der Satteldecke und auch das Zaumzeug ist von bester Güte. Nur von dem Reiter fehlt jede Spur."

„Binde das Tier zunächst einmal hinten an den Wagen, Walter, und dann werden wir sehen, ob wir den Besitzer hier irgendwo entdecken können."

Der Alte kletterte mühsam von seinem Kutschbock und holte einen mannshohen Stock aus dem Wagen. Der Junge war inzwischen vorausgeritten und blickte immer wieder suchend in den Wald, während der alte Kaufmann zu Fuß am Waldrand entlangging und das Buschwerk mit seinem Knüppel teilte. Nur hier konnte sich der fremde Reiter aufhalten, denn die andere Seite des Weges wurde von einer Brache gesäumt, deren kahle Fläche weit einzusehen war.

Nachdem sie eine ganze Weile vergeblich gesucht hatten, kehrte der Junge wieder zu seinem Vater zurück. „Wie vom Erdboden verschluckt“, bemerkte er schulterzuckend.

„Wir sind ja gleich an der Fegetasche, dann sollen sich die Männer von der Zollstation um den Gaul kümmern.“ Der Kaufmann kletterte schwerfällig auf den Wagen und setzte seine Fahrt fort. Eine leichte Brise ließ die Baumwipfel rauschen und brachte etwas Abkühlung.

„Vater, haltet einmal an!“ Der Junge zügelte plötzlich sein Pferd unmittelbar vor dem Fuhrwerk.

„Was ist denn nun schon wieder!“, knurrte der Alte unwillig.

„Dort im Graben habe ich etwas Blaues leuchten sehen, als der Wind die Blätter bewegt hat“, rief Walter aufgeregt, sprang vom Pferd und ging auf eine dicht mit Farn bewachsene Stelle des Grabens zu. Dann teilte er die Wedel mit beiden Armen und erstarrte. Erschrocken trat er zurück und blickte seinen Vater mit großen Augen an. „Ich glaube, das ist der Reiter.“

Betroffen sah Kaufmann Schleevogt seinen Sohn an. Wachsbleich und zitternd stand der Junge vor ihm. So schnell er konnte, kletterte er vom Wagen herunter, ergriff wieder den langen Stock und ging auf den Graben zu. Mit dem Knüppel teilte er die Farnwedel. Der Kaufmann hielt die Luft an. Es gab keinen Zweifel. Dort lag ein Mann in einem blauen Rock und braunen Stulpenstiefeln. Archibald Schleevogt bückte sich stöhnend und schob auch die anderen Farnwedel zur Seite, um das Gesicht des Reiters zu sehen.

„Mein Gott!“, entfuhr es ihm.

Gebrochene starre Augen blickten den Kaufmann an. Eine klaffende Wunde am Kopf hatte deutliche Blutspuren auf dem Gesicht und der Kleidung des Mannes hinterlassen. Der Reiter war tot, und der Reiter war ein Mohr.

„Ach, der alte Kaufmann Schleevogt gibt uns auch einmal wieder die Ehre“, wurden sie von den Soldaten am Schlagbaum der Fegetasche als alte Bekannte begrüßt. „Was führt Ihr denn heute Besonderes mit, wofür wir Euch zur Kasse bitten müssen?“

„Wir haben einen Toten auf dem Wagen“, antwortete der Kaufmann betreten.

Die beiden Zöllner blickten den Alten verwundert an, als wolle er sie auf den Arm nehmen. Doch seine bedrückte Miene verriet, dass er die Wahrheit sprach.

Als Archibald Schleevogt ihnen die Geschichte ihres traurigen Fundes in groben Zügen erzählt hatte und sie einen Blick unter die Plane, mit der der Mohr zugedeckt war, geworfen hatten, wiesen sie ihn an, so schnell wie möglich nach Plön zu fahren und dem Hauptmann der Stadtwache zu berichten. Der würde dann alles andere veranlassen. Kaufmann Schleevogt hatte den Eindruck, dass die beiden Zöllner froh waren, als sich der Wagen mit der unheimlichen Fuhre endlich wieder in Bewegung setzte.

Ein Korporal der Plöner Stadtwache am Lübschen Tor hatte den Kaufmann, den er kannte, da er regelmäßig in die Stadt kam, schon durchgewinkt, als dieser unmittelbar in der Toreinfahrt anhielt.

„Ich muss sofort den Hauptmann sprechen“, rief Kaufmann Schleevogt dem Korporal zu, der ihn gerade zur Weiterfahrt auffordern wollte, da er die Zufahrt versperrte.

Kurze Zeit später stolperte der Hauptmann aus der Wachstube, während er sich noch seinen Waffenrock zuknöpfte. „Was gibt es so Wichtiges, Kaufmann, dass Ihr hier die ganze Straße versperrt“, pfiff der Hauptmann den Alten an.

„Werft doch einmal einen Blick in meinen Wagen unter die Plane, Herr Hauptmann“, bat der Kaufmann den Soldaten freundlich, um nicht noch mehr Aufsehen zu erregen, denn inzwischen waren schon einige Menschen stehen geblieben, weil sie das Stadttor nicht passieren konnten.

Der Hauptmann wirkte zunächst ungnädig, ging dann aber forschen Schrittes hinter den Wagen und schlug die Plane zurück.

„Ach du Scheiße!“, entfuhr es ihm.

Er bedeckte den Toten schnell wieder, weil die Umstehenden vor Neugier bereits lange Hälse machten. Das Verhalten des Hauptmanns kam ihnen verdächtig vor. Wieso war das braune Pferd hinter den Kaufmannswagen gebunden? Auch das Wappen auf der Satteldecke mit den drei Sternen, der Faust und der Trompete war vielen bekannt. Gehörte das Pferd nicht dem Mohren?

„Korporal, du übernimmst die Wache. Ich fahre mit dem Kaufmann zum Radeleffschen Haus“, ordnete der Hauptmann entschlossen an.

Der Korporal nickte nur, denn auch er hatte den Toten gesehen und ihn sofort erkannt.

Anschließend schwang sich der Hauptmann auf den Kutschbock des Fuhrwerks und setzte sich neben den Kaufmann.

„Fahrt los, Kaufmann! Es ist nicht weit. Wir bringen den Mohren in das Haus seiner Schwiegermutter“, wies der Hauptmann Archibald Schleevogt an.

„Kennt Ihr den Toten?“

„Und ob, das ist Monsieur Christian Gottlieb, ein

Hoftrompeter des Herzogs. Wo habt Ihr ihn gefunden?"

Kaufmann Schleevogt konnte nur kurz von dem grausamen Fund berichten, da sie das Haus des ehemaligen Bürgermeisters sehr bald erreicht hatten.

„Wartet hier!", befahl der Hauptmann, sprang vom Kutschbock und betrat das vornehme Backsteinhaus nach kurzem Anklopfen. „Ist deine Herrin da?", fragte er ein Dienstmädchen, das ihm auf dem Flur entgegenkam.

„Ja, in der Küche", antwortete das junge Mädchen aufgrund des fordernden Tons des Hauptmanns verschüchtert.

„Hol sie, aber schnell!"

Kaum hatte sich das Mädchen umgedreht, öffnete sich die Küchentür und Elisabeth Radeleff kam dem Hauptmann entgegen. Sie war durch die lauten Worte auf dem Flur aufmerksam geworden.

„Wie kann ich Euch behilflich sein, Herr Hauptmann?" Die Witwe Radeleff musterte den Soldaten skeptisch.

„Ich habe eine traurige Nachricht für Euch, Madame Radeleff. Euer Schwiegersohn, der Mohr, ist tot aufgefunden worden."

„Nein!", entfuhr es Elisabeth Radeleff in einem schrillen Schrei, wobei sie ihre Hände vor den Mund schlug. „Nein, nein, bitte lieber Gott, nicht das!"

„Was ist los, Mutter?"

Behrend stürzte die Treppe hinunter, gefolgt von seinen beiden Schwestern. Aus der Küche kamen der Hausknecht Arthur und die Köchin Bertha geeilt und sahen ihre Herrin fragend an.

„Der Hauptmann hat uns gerade mitgeteilt, dass Christian tot ist", brachte Elisabeth Radeleff unter ständigem Schluchzen mühsam hervor.

Entsetzt starrten sie den Hauptmann an.

„Der Kaufmann, der ihn gefunden hat, steht mit seinem Wagen vor der Tür. Seid so gut und fasst mit an. Wir müssen den Hoftrompeter hereinbringen.“ Der Hauptmann wandte sich an Behrend, der von allen noch am wenigsten erschüttert schien.

Vor dem Haus hatte sich in der Zwischenzeit eine Menschenmenge versammelt, die den wartenden Kaufmann und seinen Sohn mit Fragen bombardierte.

„Wo habt Ihr das Pferd her?“

„Was wollte der Hauptmann von Euch?“

„Welche geheime Fracht liegt auf Eurem Wagen?“

„Worauf wartet Ihr hier?“

Doch Kaufmann Schleevogt und sein Sohn Walter blickten stur auf die Tür, hinter der der Hauptmann gerade verschwunden war, ohne ein Wort zu sagen.

„Macht Platz und verschwindet! Hier gibt es nichts zu sehen!“, fuhr der Hauptmann die Neugierigen an, als er aus dem Haus trat.

Als Antwort erhielt er nur ein widerspenstiges Murren.

Gemeinsam trugen sie den Leichnam, der noch immer von der Plane bedeckt war, ins Haus. Behutsam legten sie den Mohren auf den Küchentisch, den die Köchin und die Mädchen eilig leer geräumt hatten.

„Ich darf Euch bitten, alles so zu lassen, wie es ist“, ordnete der Hauptmann an. „Ich werde jetzt die Hofkanzlei informieren, dass ein Wundarzt nach dem Hoftrompeter sieht. Den Kaufmann schicke ich zum Rathaus, damit der Stadtschreiber ein Protokoll fertigen kann.“

Zwanzig Minuten nachdem der Hauptmann das Haus verlassen hatte, stand der Wundarzt und Inspektor der Neustadt, Hieronymus Schlapritz, in der Tür. „Was höre ich da für unglaubliche Hiobsbotschaften?“

„Es ist eine Katastrophe, Monsieur Schlapritz. Christian ist tot", empfing Behrend den Wundarzt, da sich die Frauen des Hauses in ihrem Kummer in das Obergeschoss zurückgezogen hatten.

„Das ist doch nicht wahr. Das ist einfach nicht wahr. Wo ist er?", polterte der Wundarzt los und folgte dann Behrend in die Küche.

Dort saß nur Arthur, der alte Hausknecht, auf einem Schemel und brütete vor sich hin. Er war der Einzige, der sich wieder in die Küche getraut hatte, nachdem er das Pferd des Mohren in den Stall gebracht und es versorgt hatte.

Hieronymus Schlapritz schlug die Plane, die immer noch über dem Toten lag, zurück. Ein kräftiges Pfeifen entwich seinem Mund, als er die starren Augen in dem bekannten Gesicht erblickte. Fachmännisch betrachtete er die verhängnisvolle Wunde am Kopf. Dann legte er behutsam seine Hand auf das Antlitz des Toten und schloss dessen Augen.

„Ich benötige eine Schüssel mit warmem Wasser und ein sauberes Tuch", forderte er einen Augenblick später. Der Hausknecht erhob sich schwerfällig von seinem Platz und machte sich knurrend am Herdfeuer zu schaffen.

„Was höre ich für schreckliche Nachrichten?" Die bedrückende Stille wurde unterbrochen, als der Regimentsfeldscher Peter Gansberg die Küche betrat.

„Herr Kollege, wie Ihr unschwer erkennen könnt, ist dies ein trauriger und schrecklicher Tag", begrüßte Hieronymus Schlapritz seinen Kollegen mit betrübter Miene.

„Es ist einfach nicht zu fassen." Peter Gansberg schüttelte resignierend den Kopf, als er an den Küchentisch herangetreten war und einen ersten Blick auf seinen toten Freund geworfen hatte. Ein eiserner Ring legte sich um seine Brust und erschwerte ihm das Atmen. Der Tod war für ihn als Wundarzt und Regimentsfeldscher wahrhaftig kein ungewohntes Bild, doch der Anblick Christians und seine Gedanken an Gertrud und die Kinder brachten ihn an seine gefühlsmäßigen Grenzen.

Erst als der Hausknecht mit der gewünschten Schüssel warmen Wassers herangeschlurft kam und sie vor den beiden Wundärzten auf den Tisch stellte, bemühte sich Peter Gansberg darum, seine Emotionen durch berufliche Distanz zu vertreiben. Arthur reichte dem Inspektor der Neustadt ein weißes Tuch. Dieser begann sogleich damit, die Wunde am Kopf des Mohren vom geronnenen Blut zu säubern.

„Es muss ein kräftiger Schlag gewesen sein, vermutlich mit einem scharfkantigen Stein. Seht selbst, der Schädel ist zertrümmert. Er war ohne Frage auf der Stelle tot." Hieronymus Schlapritz trat einen Schritt vom Küchentisch zurück, um Peter Gansberg die Gelegenheit zu geben, die Wunde genauer zu begutachten.

„Kein Zweifel, Herr Kollege. Welch eine Tragödie! Weiß man schon Genaueres über die Umstände?"

„Der Kaufmann Schleevogt hat Christian kurz vor der Fegetasche gefunden", berichtete Behrend. Er hatte die ganze Zeit schweigend an der Küchentür gestanden und den beiden Wundärzten zugesehen. Dann erzählte er ihnen, was er von dem Hauptmann der Stadtwache und dem Kaufmann selbst erfahren hatte.

„Wer tut so etwas, frage ich Euch?" Peter Gansberg konnte immer noch nicht fassen, dass sein Freund Christian nicht mehr am Leben war.

„Meiner Meinung nach können es nur Straßenräuber gewesen sein", stellte Behrend Radeleff erste

Vermutungen an, „denn nach Aussage des Kaufmanns fehlte alles Wertvolle. Die Satteltaschen sollen fort gewesen sein wie auch der Geldbeutel und der Degen."

Beide Wundärzte schüttelten missbilligend die Köpfe.

„Wir müssen den Hoftrompeter irgendwo aufbahren. Hier in der Küche kann er ja wohl nicht liegen bleiben." Hieronymus Schlapritz wandte sich jetzt wieder den praktischen Notwendigkeiten zu.

„Gleich nebenan, die Kammer von Gertrud steht seit ihrem Auszug leer", schlug Behrend vor. Mit vereinten Kräften trugen sie den Hoftrompeter in die benachbarte Kammer und legten ihn auf das Bett, in dem Gertrud bis zu ihrer Eheschließung geschlafen hatte.

„Ich werde morgen nach Eimsbüttel reiten und Gertrud die traurige Nachricht überbringen", erklärte Peter Gansberg mit einem Seufzer, als sie sich auf dem Flur im Haus des ehemaligen Bürgermeisters verabschiedeten.

„Das wird das Beste sein. Aber Ihr solltet nicht allein reiten. Nehmt den Zweiten Stallmeister, Jasper Eppelmann, mit. Er wird, wie Ihr, seinem einstigen Freund auf diese Weise die letzte Ehre erweisen wollen", schlug der Inspektor der Neustadt vor. „Inzwischen kümmere ich mich um alles andere hier im Ort, einschließlich der Untersuchung dieser schrecklichen Angelegenheit."

Die kleine Residenzstadt am Plöner See schien noch am selben Abend für einen Augenblick den Atem anzuhalten. Die Nachricht vom Tod des schwarzen Hoftrompeters war wie ein Lauffeuer durch die Gassen gefegt. In den Schänken und Gaststuben blühten in kurzer Zeit die abenteuerlichsten Gerüchte. Doch auch die änderten nichts an der einen Gewissheit: Der Mohr war tot.

In der kleinen Kirche in der Neustadt gab es keinen Platz mehr. Die Menschen quetschten sich in die Bänke. Ob aus Neugier, Mitleid oder aufrichtiger Trauer, die Plöner Bürger nahmen Anteil. Es gab kaum jemanden, den der plötzliche Tod des Feld- und Hoftrompeters Christian Gottlieb nicht auf irgendeine Weise berührte. Wer keinen Platz mehr in dem Gotteshaus fand, wartete geduldig vor der Kirche.

Vom Herzog war auf Anraten von Hieronymus Schlapritz eine Kommission eingerichtet worden, die den Tod des Mohren untersuchen sollte. Fest stand, dass es sich nicht um einen Unfall gehandelt haben konnte, dafür war der Hoftrompeter ein viel zu guter Reiter gewesen. Außerdem deutete das Fehlen aller Wertgegenstände auf einen hinterlistigen Raubüberfall hin. Satteltaschen und Degen waren jedoch bisher nicht wieder aufgetaucht, um daraus Rückschlüsse auf irgendwelche verdächtigen Personen ziehen zu können.

Der Regimentsfeldscher Peter Gansberg war gemeinsam mit Jasper Eppelmann nach Eimsbüttel geritten und hatte die traurige Pflicht übernommen, Gertrud von dem Tod ihres Mannes zu informieren. Mit einer gewissen Hochachtung registrierte er, wie tapfer und gefasst die junge Witwe die erschreckende Nachricht aufgenommen hatte. Kein Zetern, kein Klagen, lediglich ein versteinertes Gesicht und eine klammernde Umarmung waren die Folge gewesen.

Sachlich hatte Gertrud anschließend Anweisungen an das Personal erteilt und die Versorgung der Kinder geregelt, da sie schon am nächsten Tag nach Plön reisen wollte. Erst jetzt hatte Peter Gansberg von Christians Willen erfahren, in Plön beigesetzt zu werden. Gemeinsam waren sie am frühen Morgen nach Uetersen aufgebrochen, um Elisa, die Ehefrau des Regimentsfeldschers, abzuholen. Nur hier, bei der Umarmung der Freundin, hatte Gertrud ihre wahren Gefühle für eine kurze Zeit nicht verbergen können und ihr waren die Tränen über die Wangen gerollt.

Die bisherige atemlose Stille in der Kirche wurde durch ein verhaltenes Raunen abgelöst, als Gertrud Gottlieb das Gotteshaus betrat. Zu ihrer Rechten den Regimentsfeldscher Peter Gansberg und zu ihrer Linken dessen Ehefrau Elisa schritt sie erhobenen Hauptes bis zu dem Sarg vor dem Altar. In ihrem schwarzen Gewand und dem schwarzen Schleier, der ihr blondes Haar bedeckte, bildete ihr blasses Gesicht einen deutlichen Kontrast. Ihre Miene war regungslos.

Eines hatte sich Gertrud fest vorgenommen: Bei aller Trauer, bei all dem unendlichen Schmerz in den verweinten Nächten und dieser beklemmenden Hoffnungslosigkeit, die sie empfand, diesen neidischen und missgünstigen Menschen würde sie den erwarteten Anblick einer erschütterten und am Boden zerstörten Witwe ganz bestimmt nicht bieten.

Der Sarg war mit einem blauen Samttuch abgedeckt. Auf ihm lag Christians silberne Trompete. Vor dem Sarg stand sein Wappen, drei goldene Sterne auf blauem Grund, gekrönt von der Helmzier, einer Faust, die eine Trompete fest umschloss. Andachtsvoll blieb Gertrud vor dem Sarg stehen, dann trat sie einen Schritt vor und legte ihre Hand für einen kurzen Moment auf das blaue Tuch. Es sah aus, als wollte sie nur eine Falte richten, oder war es doch eine dezente Geste, ein letzter Abschied?

Pastor Hinrich Petersen zeigte in seiner Andacht das bewegte Leben des verstorbenen Christian Gottlieb auf. Er sparte nicht mit mahnenden Worten. Er klagte alle diejenigen an, die das Äußere in den Vordergrund gestellt und nicht den wahren Menschen gesehen hatten.

„Wir geben heute einen Menschen in Gottes Hand, der von ganzem Herzen christlich und vorbildlich gelebt hat. Zwei Personen, die auch an diesem traurigen Tag unter uns weilen, verdanken ihr Leben seinem beherzten Einsatz. Er fragte dabei nicht nach dem Warum oder Wieso. Er fragte nicht nach Vorteilen und Profit. Er fragte nicht nach Herkunft und Stand und er fragte erst recht nicht nach der Farbe der Haut. Für ihn waren Menschen in Not, die seiner Hilfe bedurften. Wie oft habt ihr alle, die ihr euch heute hier versammelt habt, gefragt: Wie kann ich dem Feld- und Hoftrompeter Christian Gottlieb, seinem Eheweib Gertrud und seinen Kindern uneingeschränkt beistehen oder gar helfen?“

Pastor Petersen hatte den Finger in die Wunde gelegt. Eine gewisse Unruhe machte sich in der kleinen Trauergemeinde bemerkbar. Regte sich hier das eine oder andere schlechte Gewissen? Erst als er zum gemeinsamen Gebet für den Toten aufrief und diesem seinen Segen erteilte, war wieder Ruhe in der Kirche eingetreten.

Doch dieses sollte sich in wenigen Augenblicken wieder ändern. Während des anschließenden Chorals durch die Hoftrompeter waren sechs herzogliche Pagen an den Sarg herangetreten und hatten die Trompete, das Wappen und auch das blaue Tuch entfernt. Zu sehen war jetzt nur noch der schlichte Eichesarg, der auf zwei Balken und zwei Seilen über einer Grube unmittelbar vor dem Altar stand. Die Pagen hoben den Sarg an, zogen die Balken hervor und senkten den Sarg dann unter den Klängen der Trompeten behutsam in die Gruft ab.

In den Kirchenbänken entstand ein unruhiges Gerangel.

Hälse wurden gereckt, Köpfe geschüttelt, allgemeines Erstaunen lief durch die Reihen. Der Platz vor dem Altar gebührte dem Adel, den Hochwohlgeborenen und jetzt wurde hier als Erster in dieser neuen Kirche überhaupt ein Mensch ungeklärter Herkunft begraben, dazu noch ein Mohr? Ein Skandal! Eine Ungeheuerlichkeit! Wie konnte so etwas angehen?

Plötzlich wurde die Aufmerksamkeit der Entrüsteten auf andere Weise abgelenkt. Unbemerkt von allen hatte sich das Kirchentor geöffnet und zehn weitere Pagen des Herzogs trugen unter großer Anstrengung eine schwere Grabplatte durch den Mittelgang bis vor den Altar, mit der sie die Öffnung der Gruft passgenau verschlossen. Erneut ging ein Raunen durch das Kirchenschiff, das nur von den Trompetenklängen übertönt wurde.

Nachdem die Pagen sich links und rechts der Grabplatte postiert hatten, trat Gertrud aus der ersten Reihe des Kirchengestühls hervor, kniete sich nieder und legte eine rote Rose auf die Grabplatte. Nach einem kurzen Moment der Andacht drehte sie sich um und verließ ohne nach links und rechts zu blicken das kleine Gotteshaus, gefolgt von ihren Verwandten und Freunden.

Als auch diese die Kirche verlassen hatten, hielt es die Neugierigen nicht mehr in ihren Reihen. Sie schubsten, drängelten und schimpften, um als Erste vor den Altar zu gelangen und zu lesen, was auf der Grabplatte geschrieben stand.

Diejenigen, die nicht lesen konnten, sahen nur das ihnen bekannte Wappen mit den drei Sternen, der Faust und der Trompete, doch denen, die des Lesens und Schreibens mächtig waren, sprang die Grabinschrift entgegen:

„Dieser Stein gehört Herrn Christian Gottlieb
ihre hochfürstlichen Durchlaucht Hof- und Feldtrompeter
ist gestorben anno 1690 den 3. Junius.

Hier ruhet Gottlieb als ein Christ
Bedenck das End der du das liest
weil du gleich ihm auch sterblich bist"

Epilog

Plön, im Sommer 1707

Ein leiser Windhauch ließ die Blätter der Trauerweide rascheln. Das Wasser kräuselte sich. Margaretha Magdalena genoss die Stille auf der Bank am See. Was war nur alles geschehen in den letzten Monaten? Wie sehr hatte sich ihr Leben verändert? Die endliche Gewissheit, wer ihr Vater war, hatte schon etwas Beruhigendes. Der Feld- und Hoftrompeter Christian Gottlieb, ein Mohr. Und doch?

Langsam drehte sie ihren Kopf zur Seite und blickte den jungen Mann an, der schweigend neben ihr saß. Hatte so auch ihr Vater ausgesehen? Magda – wie sie alle riefen – musste schmunzeln, als sie an ihre erste Begegnung dachte.

„Du hast ganz schön dumm geguckt, als du mich das erste Mal am Grab unseres Vaters gesehen hast", bemerkte sie lächelnd.

„Und du? Deine Augen waren vor Erstaunen so groß

wie Wagenräder“, kam die Retourkutsche.

Beide prusteten los vor Lachen.

Hans Adolf hieß der zweite Sohn des Hoftrompeters, den Magda vor wenigen Tagen nur zufällig in der Johanniskirche getroffen hatte. Schon in den ersten Sekunden war beiden klar geworden, dass sie am Grab ihres gemeinsamen Vaters standen. Danach hatten sie viel Zeit miteinander verbracht und Magda hatte ihren Halbbruder mit einer Fülle von Fragen überschüttet.

Kurz nach der Rückkehr von ihrer ersten Reise nach Plön war Magdas Mutter Barbara gestorben. Danach hatte sie nichts mehr im Haus am Hamburger Elbufer gehalten. Nach langem Drängen hatte ihr Onkel endlich nachgegeben und der jungen Frau erlaubt, in das Haus der Familie in die Klostergasse in Plön zur Großtante zu ziehen, wo gleich nebenan auch Agnes, die Freundin ihrer Mutter, wohnte. In langen Gesprächen hatte Magda von ihr mehr und mehr über das Leben ihres Vaters erfahren. Regelmäßig besuchte sie nun die kleine Kirche vor dem Wentorfer Tor, immer noch auf der Suche nach Antworten auf unzählige Fragen. Hier fühlte sie sich geborgen und ihrem Vater sehr nahe.

„Deine krause Stirn verrät mir, dass du immer noch grübelst und nachdenkst“, unterbrach Hans Adolf Magdas Gedanken.

„Das wird sich so schnell wohl auch nicht ändern. Ich bin dir sehr dankbar, dass du dir immer wieder gern die Zeit nimmst, mir von deiner Familie und unserem Vater zu erzählen. Damit hilfst du mir sehr.“

Magda erfuhr unter anderem, dass ein Dreivierteljahr nach dem Tod ihres Vaters Hans Adolfs Mutter Gertrud den Regimentsfeldscher und Wundarzt Peter Gansberg geheiratet hatte. Dessen Ehefrau, selbst eine Mohrin, war annähernd zur selben Zeit wie der Feldtrompeter verstorben. So war Hans Adolf mit seinem älteren Bruder Bertram und seiner Mutter auf das Gut ihres Stiefvaters und seiner drei Kinder nach Uetersen gezogen. Da alle fünf Nachkommen aus der Verbindung von Mohren und Weißen entstammten, nannten die Menschen sie „schwarz-gelbe Kinder".

Magda erfuhr auch, dass Hans Adolfs Mutter im Frühjahr 1692 nach der Geburt eines weißen Kindes im Kindbett gestorben war. Ihrem Wunsch folgend hatte sie ihre letzte Ruhe neben ihrem geliebten Mohren, dem Hof- und Feldtrompeter Christian Gottlieb, in der Johanniskirche in Plön gefunden.

„Glaubst du, dass auch unser Vater einmal auf dieser Bank gesessen hat?" Wehmütig blickte Magda über den See.

Wiederum rauschten die Blätter der Trauerweide. Kleine Wellen schwappten ans Ufer. Hans Adolf legte behutsam seine Hand auf Magdas Hände, die sie in ihrem Schoß gefaltet hatte.

Hoch vom Schloss erklang die liebliche Melodie einer einsamen Trompete.

Dichtung und Wahrheit

Ein historischer Roman ist stets eine Mischung aus Dichtung und Wahrheit. So auch dieser über den schwarzen Hof- und Feldtrompeter Christian Gottlieb. Ich möchte jedoch nicht versäumen, Ihnen aufzuzeigen, welche Personen tatsächlich in jener Zeit, in der dieser Roman spielt, gelebt haben und welche meiner Fantasie entsprungen sind.

So märchenhaft, wie diese Geschichte über den Mohren und die weiße Bürgermeistertochter und ihre Liebe aus dem siebzehnten Jahrhundert auch klingen mag, sie ist wahr und die beiden haben wirklich gelebt. Ebenso wie auch Graf Bertram von Rantzau und seine Ehefrau Dorothea, die dem Mohren die komfortable Ausbildung und seinen gesellschaftlichen Aufstieg ermöglicht haben. Auch Graf Christian von Rantzau, der Margarethe, die älteste Tochter der beiden, geheiratet hatte und den Mohren letztlich aus Ascheberg vertrieb, hat es gegeben.

Herzog Johann (Hans) Adolf zu Schleswig-Holstein-Sonderburg-Plön war nicht nur ein erfolgreicher Feldherr in zahlreichen Schlachten in ganz Europa, sondern auch der Vater der Neustadt und weiterer sozialer Errungenschaften in Plön. Zugleich zählte er zu den wenigen Förderern des Mohren, assistiert von seinem Hofmarschall, Graf Benedict von Kuningham und Hieronymus Schlapritz, dem Schweizer Wundarzt und Stadtplaner aus St. Gallen. Ebenso entspricht es der Wahrheit, dass der Regimentsfeldscher Peter Gansberg mit einer Mohrin verheiratet war und nach ihrem und des Hoftrompeters Tod die Witwe Gertrud geehelicht hat.

Die uneheliche Tochter des Mohren, Margaretha Magdalena, wurde 1755 im Alter von siebzig Jahren auf dem Friedhof der Johanniskirche in Plön begraben, nur wenige Meter von der Grabstelle ihres Vaters entfernt.

Auch die Familie Radeleff mit dem Bürgermeister, seiner Frau Elisabeth, dem vom Mohren geretteten Sohn Behrend und natürlich seiner Tochter Gertrud, des Mohren Weib, haben gelebt. Selbst über die beiden Kontrahenten und Neider, den Bruder des Bürgermeisters Klaus Radeleff und den Schwiegersohn Joachim Mack und deren Intrigen berichten einschlägige Urkunden.

Den charakterlichen Unhold, Graf Eberhard von Rantzau, und dessen Familienmitglieder hat es dagegen nie gegeben. Auch der ebenfalls hinterhältige Stadtrat Hinrich Stellmacher ist ein Produkt meiner Fantasie wie auch zahlreiche Nebenfiguren, die ich zur Abrundung der Geschichte erfinden musste.

Das Stadtbild Plöns hingegen habe ich so darzustellen versucht, wie es zu jener Zeit ausgesehen haben mag. Wer heute die kleine Kreisstadt im Norden Deutschlands besucht, wird immer noch Zeichen jener Zeit vor mehr als dreihundert Jahren wiederentdecken. Alles überragend ist das Schloss, das immer noch hoch über den Dächern der Altstadt thront. Die Lange Straße und die beiden Kirchen, der Platz vor dem Rathaus, die Klosterstraße und die Seen, sie alle haben diesen Ort schon vor langer Zeit geprägt. Auch wenn unzählige moderne Errungenschaften und Gebäude hinzugekommen sind, das alte Plön ist immer noch zu entdecken. Und wer seine Schritte vom Marktplatz durch die Lange Straße zur kleinen Johanniskirche lenkt, der findet bis heute an ihrer Mauer jene Grabplatte, die an den schwarzen Hof- und Feldtrompeter Christian Gottlieb erinnert.

Jürgen Vogler

Der zweite historische Roman des Autors:

„Der Narr von Eutin“
Jürgen Vogler

ISBN: 978-3-944399-27-0
12,90 Euro, 544 Seiten

Eutin, im Frühjahr 1633: Aufgrund seines „zweiten Gesichts“ lebt Martin Seedorf, der Sohn des Apothekers, in ständiger Gefahr, als Hexer verfolgt zu werden. Als der Herzog auf den tatkräftigen jungen Mann aufmerksam wird, tritt Martin in seine Dienste und muss feststellen, dass auch im Eutiner Schloss Habgier und Mordlust lauern. Jetzt kommen ihm seine Visionen zu Hilfe und mit List und Beharrlichkeit deckt der „Hofnarr“ – wie er heimlich genannt wird – die Schandtaten auf.

Jürgen Vogler entführt seine Leser in eine Welt von Aberglaube und Hochmut, aber auch von Aufrichtigkeit und Freundschaft, eingebettet in die geschichtlichen Ereignisse jener Zeit.

Auch als ebook erhältlich.

Bücher aus der Reihe „Kriminelle Reiseführer“

„Mörderische Ostsee“ Bd. 1
Lübecker Bucht
Hrsg. Dietlind Kreber
ISBN: 978-3-9813966-0-7
11 Euro, 192 Seiten

Kurzkrimis von Eva Almstädt, Michael Mehrgardt, u. a.

„Mörderische Ostsee“ Bd. 2
Fehmarn – Kiel
Hrsg. Petra Tessendorf
ISBN: 978-3-9813966-4-5
11,90 Euro, 224 Seiten

Kurzkrimis von Andrea Tillmanns, Walter M.Dobrow u. a.

„Krimineller Reiseführer“ Bd. 3
Hamburg
Hrsg. Dietlind Kreber
ISBN: 978-3-9813966-0-7
11 Euro, 192 Seiten

Kurzkrimis von Eva Almstädt, Michael Mehrgardt u. a.

„Krimineller Reiseführer“ Bd. 4
Sylt
Hrsg. Petra Tessendorf
ISBN: 978-3-944399-01-0
11,90 Euro, 224 Seiten

Kurzkrimis von Sina Beerwald, Jürgen Rath u. a.

„Krimineller Reiseführer“ Bd. 5
Berlin
Hrsg. Petra Tessendorf
ISBN: 978-3-944399-19-5
12,90 Euro, 256 Seiten

Kurzkrimis von Horst Bosetzky, Stephan Hähnel u. a.

Fantasy - Jugendbuchreihe

„Nicki und der Zauberschimmel“
Regina Schnorrenberg

ISBN: 978-3-944399-10-2
13,90 Euro, 300 Seiten

Als Nicki unweit vom Gut Immenhof einen alten Armreif im Moor findet und in Gefahr gerät, rettet ihr der aus dem Nichts auftauchende Schimmel
Ona das Leben und wird zu ihrem ständigen Begleiter. Dann erfährt sie von dem verfluchten Ort im Sumpfgebiet und beschließt, der geheimnisvollen Sage um den im Moor versunkenen Reiter auf den Grund zu gehen ...

„Die Nebelpferde“
Regina Schnorrenberg

ISBN: 978-3-944399-23-2
10,90 Euro, 270 Seiten

Seitdem die Zwillingsschwestern Nicki und Becki auf den Immenhof gezogen sind, geschehen seltsame Dinge: „Ihr seid in meiner Welt, in einer versunkenen Welt, die darauf wartet, wieder ans Licht geholt zu werden.“
Die Schwestern glauben ihrer neuen Freundin Amira kein Wort, doch als sie sich gegen deren Erzfeind Tamaro und die Wölfe zur Wehr setzen müssen, sind alle Zweifel beseitigt.

Die Romane sind auch als eBook erhältlich.